Novela Histórica

Ross King
Ex libris

Traducción del inglés por R. M. Bassols

Seix Barral

*El autor agradece al Dr. Bryan King su ayuda
en los temas de alquimia y astronomía*

Título original: *Ex libris*
Publicado originalmente por Sinclair Stevenson

© Ross King, 1998
© por la traducción, R. M. Bassols, 2002
© Editorial Seix Barral, S. A., 2004
   Avinguda Diagonal 662, 6.ª planta. 08034 Barcelona (España)

Diseño de la cubierta: Opalworks
Ilustración de la cubierta: Corbis/Cover
Primera edición en Colección Booket: setiembre de 2004

Depósito legal: B. 33.584-2004
ISBN: 84-322-1650-X
Impresión y encuadernación: Liberdúplex, S. L.
Printed in Spain - Impreso en España

Biografía

Ross King nació en Canadá en 1962 y se doctoró en Literatura Inglesa en la Universidad de York, en Toronto, en la que se especializó en el siglo XVIII. Siguió luego cursos de posdoctorado en el departamento de inglés del University College de Londres, ciudad en la que reside actualmente. *Ex libris* le valió a su autor la nominación para el International Impac Dublin Literary Award, tras el éxito más que considerable de su primera novela, *Dominó*, también ambientada en el siglo XVII, y que fue traducida a más de diez idiomas.

A Lynn

En cuanto a mí, pobre hombre, mi biblioteca
era un ducado suficientemente grande...

SHAKESPEARE, *La Tempestad*

I

LA BIBLIOTECA

CAPÍTULO PRIMERO

Cualquiera que quisiera comprar un libro en el Londres de 1660 podía elegir entre cuatro zonas. Las obras eclesiásticas podían adquirirse a los libreros de Saint Paul Churchyard, mientras que las tiendas y puestos de Little Britain estaban especializados en obras grecolatinas, y los del lado occidental de Fleet Street surtían de textos legales a los abogados y magistrados. El cuarto lugar donde buscar un libro —y, con mucho, el mejor— era en el Puente de Londres.

En aquellos días los edificios con tejado de gablete situados sobre el antiguo puente albergaban muchas y abigarradas tiendas. Allí se encontraban dos guanteros, un fabricante de espadas, dos sombrereros, un comerciante de té, un encuadernador, varios zapateros, así como un fabricante de sombrillas de seda, invención esta que se había puesto de moda últimamente. Estaba también, en el extremo norte, la tienda de un *plumassier*, que vendía plumas de brillantes colores para las copas de los sombreros de castor como el que llevaba el nuevo rey. Por encima de todo, sin embargo, el puente era el hogar de excelentes libreros. Allí había seis de ellos en el año 1660. Debido a que estas tiendas no estaban especializadas para satisfacer las necesidades de los curas o los abogados, o de cualquier otra profesión en particular, tenían más variedad que las de los otros tres distritos, de modo que casi todo lo que alguna vez había sido garabateado en un pergamino o impreso y encuadernado podía hallarse en sus estanterías. Y la tienda del Puente de Londres cuyas mercancías figuraban entre las más variadas de todas se alzaba en medio del puente, en Nonsuch House [Casa Sin Igual], donde, encima de una puerta verde y dos relucientes escaparates, colgaba un cartel cuya inscripción, deteriorada por el tiempo, rezaba:

NONSUCH BOOKS
Compra y venta de toda clase de libros
Isaac Inchbold, propietario

Soy Isaac Inchbold, propietario. En el verano de 1660 llevaba unos dieciocho años como dueño de Nonsuch Books. La tienda, con sus bien provistas estanterías de la planta baja, que llegaban hasta el techo, y su atestada vivienda situada al final de la escalera de caracol, llevaba radicada en el Puente de Londres —y en una esquina de Nonsuch House, el más bello de sus edificios— mucho más tiempo. Casi cuarenta años. Yo había entrado de aprendiz allí en 1635, a la edad de catorce años, después de la muerte de mi padre durante una epidemia de peste, y de que mi madre, enfrentada poco después con las deudas dejadas por su marido, se tomara una copa de veneno. La muerte de Mr. Smallpace, mi amo —debida también a la peste—, coincidió con el final de mi aprendizaje y mi entrada como ciudadano libre en la Compañía de Libreros. Y, así, aquel día trascendental me convertí en el propietario de Nonsuch

Books, donde he vivido desde entonces entre el desorden de varios miles de libros encuadernados en tafilete y bucarán que me hacen compañía.

La mía era una vida tranquila y contemplativa entre mis estanterías de nogal. Estaba constituida por una serie de apacibles rutinas proseguidas con mesura. Yo era un hombre de sensatez y erudición —o al menos así me gustaba pensarlo— pero de una limitadísima experiencia mundana. Lo sabía todo sobre libros, pero poco, tengo que admitirlo, del mundo que iba y venía apresuradamente más allá de la puerta verde. Me aventuraba en aquella extraña esfera de ruedas en movimiento, humo de chimeneas y pies apresurados tan raramente como las circunstancias lo permitían. En 1660 había viajado apenas más de doce leguas más allá de las puertas de Londres, y poco era también lo que me adentraba en el interior de la capital, evitándolo siempre que podía. Mientras realizaba simples recados, a menudo me sentía desesperadamente confuso en el laberinto de atestadas y sucias calles que empezaban a veinte pasos más allá de la puerta norte del puente, y cuando volvía cojeando a mis estanterías de libros me sentía como si estuviera regresando del exilio. Todo lo cual —combinado con el asma y un pie contrahecho que me daba un andar desequilibrado— me convierte, supongo, en un improbable agente de los acontecimientos que van a seguir.

¿Qué más deben ustedes saber de mí? Yo me sentía indebidamente cómodo y satisfecho. Estaba entrando en mi cuadragésimo año con casi todo lo que un hombre de mis inclinaciones podía desear. Aparte de mi próspero negocio, poseía todos mis dientes, la mayor parte de mi cabello, muy pocos pelos grises en la barba, y una bien cuidada barriga en la que podía descansar un libro mientras me sentaba hora tras hora cada tarde en mi sillón favorito de crin. Todas las noches, una vieja llamada Margaret me preparaba la cena, y, dos veces por semana, otra pobre desgraciada, Jane, lavaba mis sucias medias. Yo no tenía esposa. Me había casado de joven, pero mi mujer, Arabella, había muerto unos años atrás, cinco días después de arañarse el dedo con el pestillo de una puerta. Nuestro mundo era peligroso. Tampoco tenía hijos. Yo había cumplido con mi deber engendrando cuatro en total, pero también ellos habían muerto todos de una u otra enfermedad y ahora yacían enterrados junto a su madre en el cementerio exterior de Saint Magnus Martyr, al cual seguía realizando visitas semanales con un ramo del tenderete de flores. Tampoco tenía esperanza o perspectiva alguna de volver a casarme. Mis circunstancias me convenían particularmente bien.

¿Qué más? Vivía solo, excepto por la compañía de mi aprendiz, Tom Monk, que se veía confinado después del cierre del negocio al piso superior de Nonsuch House, donde comía y dormía en una habitación que no era mucho mayor que un armario. Pero Monk nunca se quejaba. Y tampoco, por supuesto, lo hacía yo. Era más afortunado que la mayoría de las otras 400.000 almas apiñadas dentro de los muros de Londres, o fuera, en las Liberties. Mi negocio me proporcionaba 150 libras al año... una bonita suma aquellos días, especialmente para un hombre sin familia ni gustos por los placeres sensuales, tan fácilmente asequibles en Londres. Y sin duda mi tranquilo y libresco idilio habría continuado, y mi confortable vida habría seguido intacta y felizmente apacible hasta que yo pasara a ocupar mi lugar en la pequeña parcela rectangular reservada para mí cerca de Arabella, de no haber sido por una peculiar llamada recibida en mi tienda un día del verano de 1660.

Aquella cálida mañana de julio la puerta que daba a una intrincada y singular casa crujió para entreabrirse de forma sugerente. Yo, que me consideraba tan sabio y escéptico, estaba destinado a avanzar, ignorante, a lo largo de sus oscuras arterias, dando traspiés a través de falsos pasajes y secretas habitaciones en las que, mucho más tarde, sigo buscando en vano una clave. Es más fácil toparse con un laberinto, escribe Comenio, que con un sendero que nos oriente. Aunque todo laberinto es un círculo que empieza donde termina, como Boecio nos dice, y termina donde empieza. Así que debo volver sobre mis pasos, rehacer mis giros en falso, y, siguiendo este hilo de palabras detrás de mí, llegar una vez más al lugar donde, para mí, comenzó la historia de sir Ambrose Plessington.

El acontecimiento al que me refiero tuvo lugar un martes por la mañana de la primera semana de julio. Recuerdo bien la fecha, porque fue sólo muy poco tiempo después de que el rey Carlos II hubiera regresado de su exilio en Francia para ocupar el trono que había quedado vacío cuando su padre fue decapitado por Cromwell y sus amigotes once años antes. El día empezó como cualquier otro. Abrí mis postigos de madera, bajé mi verde toldo bajo una suave brisa y envié a Tom Monk a la Oficina Central de Correos, en Clock Lane. Formaba parte de los deberes de Monk sacar cada mañana las cenizas de la chimenea, fregar los suelos, vaciar los orinales, limpiar los sumideros y traer el carbón. Pero antes de que se pusiera a realizar cualquiera de estas tareas lo mandé a Dowgate a recoger mis cartas. Yo era muy exigente con el correo, especialmente los martes, que era cuando la saca de correspondencia procedente de París llegaba en paquebote. Cuando Monk finalmente regresó, después de remolonear, como de costumbre, por Thames Street durante el camino de vuelta, un ejemplar de la traducción de Shelton del *Quijote*, la edición de 1652, estaba apoyado sobre mi barriga. Levanté la mirada del texto, y, ajustándome los lentes, miré con los ojos entrecerrados a la forma del dintel. Ningún fabricante de gafas ha sido nunca capaz de esmerilar un par de lentes lo suficientemente gruesas para remediar mi miopía. Marqué el lugar de mi lectura con el dedo y bostecé.

—¿Algo para nosotros?

—Una carta, señor.

—¿Bien? Recibámosla, entonces.

—Me han hecho pagar dos peniques por ella.

—¿Cómo?

—Fue el empleado. —Extendió su mano—. Dijo que no llevaba suficiente franqueo, señor. Así que tuve que pagar dos peniques.

—Muy bien. —Dejé a un lado el *Quijote*, obsequié a Monk con una mirada de irritación y luego cogí la carta—. Ahora vete. Ve a buscar el carbón.

Estaba esperando noticias de M. Grimaud, mi agente en París, que había recibido instrucciones de pujar en mi nombre por un ejemplar de la edición de Vignon de la *Odisea*. Pero vi inmediatamente que la carta, una sola hoja atada con cordel y grabada con un sello, llevaba el tampón verde de la Oficina Nacional en vez del rojo de la Oficina del Extranjero. Esto resultaba curioso, dado que el correo nacional llegaba a la Oficina Central los lunes, miércoles y viernes. De momento, sin embargo, no saqué ninguna conclusión de esta peculiaridad. La Oficina de Correos se hallaba en un estado de gran agitación, como todo lo demás. Muchos de los viejos administradores de correos —los espías más ocupados de Cromwell, o eso era al menos lo que se rumoreaba— habían sido relevados de sus cargos, y el administrador general, John Thurloe, había ido a parar a la Torre.

Di unas vueltas a la carta en mi mano. En el extremo superior derecho la fecha del tampón rezaba: «1.º de julio», lo que quería decir que la carta había llegado dos días antes a la Oficina Central de Correos. Mi nombre y dirección aparecían escritos en el sobre con un tipo de escritura legal, cursiva y algo apresurada. El escrito aparecía manchado en algunos lugares y débil en otros, como si la tinta fuera vieja y polvorienta, y la pluma de ganso estuviera aplastada por la punta o gastada hasta el muñón. La impresión cuadrangular de un anillo de sello en el reverso llevaba un escudo de armas con la leyenda MARCHAMONT. Corté el deshilachado cordel con mi cortaplumas, rompí el sello con el pulgar y desplegué la carta.

Aún poseo aquella extraña carta, mi llamada, el primero de los múltiples textos que me condujeron a la figura siempre huidiza de sir Ambrose Plessington, y la reproduzco aquí, palabra por palabra:

28 de junio
Pontifex Hall
Crampton Magna
Dorsetshire

Estimado señor:

Confío en que usted perdonará la impertinencia de una dama escribiendo a un desconocido para hacer lo que parecerá —no me cabe ninguna duda— una peculiar petición; pero dadas las circunstancias, resulta conveniente. Estos tristes asuntos son de naturaleza acuciante, pero creo que usted puede desempeñar un papel nada desdeñable en su resolución. No me atrevo a facilitar más detalles hasta que podamos hablar privadamente y debo, por tanto, lamentándolo mucho, confiar enteramente en su buena fe.

Mi petición es que acuda usted a Pontifex Hall lo antes posible. Con este fin un carruaje, conducido por el señor Phineas Greenleaf, le estará esperando bajo el rótulo de Las Tres Palomas, en High Holborn, a las ocho de la mañana del 5 de julio. No tiene usted nada que temer de este viaje, que le prometo que merecerá la pena.

Debo terminar aquí, y quédese en la seguridad de que soy, querido señor, con gratitud, su más segura servidora,

ALETHEA GREATOREX

Postscriptum: Procure que la cautela regule sus acciones. No mencione a nadie que ha recibido esta carta, ni les revele su destino o propósito.

Esto era todo, nada más. La extraña comunicación no ofrecía más información ni otros incentivos. Después de leerla una vez más, confieso que mi primer impulso fue arrugarla y convertirla en una bola de papel. No tenía ninguna duda de que los asuntos «tristes» y «acuciantes» de Alethea Greatorex implicaban deshacerse de una propiedad en proceso de desmoronamiento heredada de un difunto marido indigente. La triste apariencia de una carta sin franqueo sugería la pobre condición económica de su autor. Sin duda, Pontifex Hall incluía entre sus exiguos encantos una biblioteca con cuyo modesto contenido esperaba ella apaciguar a sus acreedores. Las peticiones de esta clase no eran infrecuentes, por supuesto. La triste tarea de asignar valor a los patéticos restos de propiedades arruinadas —sobre todo, las viejas familias monárquicas cuyas fortunas se habían venido abajo durante la época de Cromwell— había figurado en tres o cuatro ocasiones dentro del ámbito de mis deberes. Por lo general, yo mismo compraba las mejores ediciones, luego enviaba el resto del apolillado lote a la subasta, o a Mr. Hopcroft, el trapero. Pero nunca, durante el desempeño de mi profesión, me habían contratado en condiciones tan secretas o requerido para viajar tan lejos como Dorsetshire.

Y, sin embargo, no podía desechar la carta. Una de las frases más misteriosas —«No me atrevo a facilitar más detalles»— había captado mi imaginación, al igual que la súplica de la posdata de mantener el secreto. Me subí los lentes por el puente de la nariz y de nuevo contemplé fijamente la carta con mirada miope. Me pregunté por qué podría sentir que tenía algo que «temer» del viaje y cómo la vaga promesa de que éste merecería la pena podía cumplirse. El beneficio al que las palabras aludían parecía a la vez mayor y más difuso que cualquier vulgar transacción financiera. ¿O se trataba de mi imaginación, ansiosa como de costumbre de tejer y luego deshacer un misterio?

Monk se había deshecho de la basura y entraba entonces por la puerta con algunos terrones de carbón mineral que resonaban ruidosamente en su cubo. Lo dejó en el suelo, suspiró, cogió su escoba y barrió apáticamente una zona iluminada por un rayo de luz solar. Yo dejé la carta a un lado, pero un segundo más tarde la volví a coger para examinar con más detalle el tipo de escritura, un estilo anticuado incluso en aquellos tiempos. Volví a leer la carta, lentamente, y esta vez el texto resultaba menos explicable. Ya no parecía tanto la súplica de una viuda en apuros económicos. La extendí sobre el mostrador y estudié el ornamentado sello más detenidamente, lamentando la prisa con que lo había roto, porque la leyenda ya no era descifrable.

Y fue en este momento cuando observé algo peculiar en la carta, uno más de sus extraños, y, por el momento inexplicables, rasgos. Cuando sostenía el papel a la luz comprobé que el autor había doblado el papel dos veces y lo había sellado no con cera sino con una laca color de orín. Esto no era excepcional en sí mismo, naturalmente: la mayor parte de la gente, incluyéndome a mí, sellaba sus cartas fundiendo una barrita de laca. Pero cuando reuní los trozos y traté de reconstruir la imagen impresa por la matriz observé que la laca estaba mezclada con una sustancia de un color y una composición ligeramente diferentes: algo más oscuro y menos adhesivo.

Moví la carta para situarla bajo el rayo de luz que cruzaba mi mostrador. La escoba de Monk producía un ruido peculiar al barrer las tablas del suelo, y pude notar la curiosa mirada del muchacho. Traté de levantar el sello con la hoja de mi cortaplumas tan suavemente como un boticario cortaría la cubierta de los pistilos de una planta rara. El conjunto se desmenuzó desparramándose por el mostrador. La cera de abeja resultaba claramente distinguible de la laca con la cual, por la razón que fuera, estaba mezclada. Cuidadosamente separé unos pocos granos, confuso ante el hecho de que mi mano parecía estar temblando

—¿Ocurre algo malo, Mr. Inchbold?

—No, Monk. Nada en absoluto. Vuelve al trabajo.

Me enderecé y miré por encima de su cabeza, por la ventana. La estrecha calle estaba muy concurrida con su matutino trajín de agitadas cabezas y ruedas que giraban. Se levantaba polvo en la calzada, que era captado por los rayos del sol de la mañana y convertido en oro. Bajé la mirada hacia los trocitos esparcidos por el mostrador. ¿Qué sentido, si es que podía tener alguno, tenía aquella mezcla? ¿Que la matriz de aquella lady Marchamont contenía un residuo de cera? ¿Que ella había cerrado otra carta con cera sólo unos momentos antes de sellar la mía con laca? Eso no tenía mucho sentido. Pero tampoco la alternativa: que alguien había fundido su original sello de cera, lo había roto, y luego lo había cerrado con laca impresa con un sello falsificado.

Mis pulsaciones se aceleraron. Sí, parecía sumamente probable que el sello había sido manipulado. ¿Pero, por quién? ¿Alguien de la Oficina Central de Correos? Eso podía explicar el retraso de su entrega... por qué no estaba disponible hasta un martes en vez de un lunes. Corrían rumores de que en el piso superior de la Oficina General de Correos desarrollaban su actividad abridores de cartas y copistas. Pero ¿con qué fin? Hasta ahora, por lo que yo sabía, mi correspondencia nunca había sido abierta... ni siquiera los paquetes enviados por mis agentes de París y Oxford, esos dos bastiones de exiliados y descontentos realistas.

Era más plausible, desde luego, que mi corresponsal fuera el verdadero objeto de este examen. Sin embargo, me sorprendía lo raro de la situación. ¿Por qué, si ella tenía algo que temer, había confiado lady Marchamont su correspondencia a un medio de transporte con tanta fama de poco escrupuloso como el servicio de correos? ¿Por qué no había mandado la misiva con Mr. Phineas Greenleaf u otro mensajero?

Mientras doblaba la carta por sus pliegues y me la metía en el bolsillo, no sentía ninguna incomodidad, como quizás debería. En vez de ello, sólo experimentaba un mediano interés. Sentía curiosidad. Eso era todo. Sentía como si la peculiar carta y su sello fueran simplemente partes de un difícil pero en absoluto incomprensible rompecabezas que debería resolver mediante una aplicación de los poderes de la razón... y yo tenía una fe tremenda en los poderes de la razón, especialmente de la mía. La carta era sólo un texto más que esperaba ser descifrado.

De manera que, movido por un repentino impulso, decidí que un incrédulo Monk cuidara de la tienda mientras yo, como Don Quijote, me disponía a abandonar mis estanterías de libros y aventurarme en el campo... en un mundo que, hasta entonces, había conseguido evitar. Durante el resto del día atendí a mis clientes habituales, ayudándolos, como siempre, a encontrar ediciones de esta obra, o con comentarios sobre aquella otra. Pero aquel día el ritual había sido alterado, porque todo el tiempo sentía que la carta crujía discretamente en mi bolsillo con suaves, anónimos, susurros conspiratorios. Como me habían pedido, no la mostré a nadie, y tampoco le dije a nadie, ni siquiera a Monk, adónde pensaba viajar o a quién me proponía visitar.

CAPÍTULO SEGUNDO

Al día siguiente de la recepción de la carta, en la hora que precedía al alba, tres jinetes entraban en Londres procedentes del este. Llegaron a la vista de las agujas y fustes de chimeneas cuando las estrellas palidecían y las nubes se cubrían aquí y allá con un manto de luz. Un trío de jinetes vestidos de negro galopaban a lo largo de la orilla del río, hacia Ratcliff. Su viaje debía de haber sido largo, aunque no es mucho lo que de él conozco, si exceptuamos esas últimas leguas.

Habían desembarcado en la costa de Kent, en Romney Marsh, dos días antes, tras cruzar el Canal de la Mancha en un barco de pesca. Aun con buen tiempo y una mar calma, cruzar el canal debía de haber llevado sus buenas ocho horas, pero el desembarco había sido cuidadosamente calculado. El dueño del barco, Calfhill, había recibido precisas instrucciones y conocía cada bajío, caleta y oficial de aduanas en un tramo de cincuenta millas de extensión en cada costa. Llegaron a la playa en la oscuridad, con la marea alta, su morro rebotando en el oleaje, la vela arriada, mientras Calfhill se encontraba en la proa sujetando una larga pértiga. A aquella hora, las casetas de las aduanas situadas a lo largo de la playa estarían vacías, pero sólo durante una hora más, o quizás menos, de manera que se veían obligados a trabajar rápidamente. Calfhill soltó el ancla y, cuando las uñas agarraron en el fondo, los pasajeros saltaron por encima de la borda, al agua, que tenía una profundidad hasta la rodilla, y que debía de estar helada incluso en aquella época del año. Desembarcaron sin antorcha ni llama alguna y subieron el barco arrastrándolo por la playa de guijarros hasta llegar a la línea de la marea alta, donde tres caballos negros permanecían atados con ronzal ocultos entre las mimbreras. Los corceles, relinchando y piafando en la oscuridad, estaban ya ensillados y embridados. Por lo demás, la playa estaba vacía.

Durante los siguientes minutos, Calfhill se mantuvo vigilante, inquieto y suspicaz, mientras los hombres regresaban a las olas y se frotaban con agua para quitarse la brea de la cara y las manos. Por encima de sus cabezas, una bandada de chorlitos se dirigía tierra adentro. Olores de tomillo y de ovejas soplaban hacia el mar. Sólo faltaban unos minutos para que se hiciera de día, pero los pasajeros de Calfhill trabajaban tan meticulosamente como si estuvieran efectuando sus abluciones matinales. Uno de ellos incluso hizo una pausa para pulir algunos de los botones dorados de su chaqueta —una especie de librea negra— con un pañuelo humedecido; luego, inclinándose, hizo lo mismo con la puntera de sus botas. Sus esfuerzos resultaban un tanto melindrosos.

«Por el amor de Dios», murmuró Calfhill en un susurro. Comprendía los riesgos, naturalmente, aunque sus pasajeros no lo hicieran. Él era un *owler*, un contrabandista cuya usual mercancía eran los sacos de lana que transportaba a Francia, o las cajas de vino y coñac que traía de vuelta. Tampoco le hacía ascos a transportar pasajeros de contrabando... o a comercios aún más provechosos. Hugonotes y católicos romanos, al igual que las cajas de coñac, llegaban a Inglaterra, en tanto que los realistas iban en la otra dirección, hacia Francia. Y ahora eran los puritanos los que huían de Inglaterra, por supuesto; Holanda era su destino. Las pasadas seis semanas había transportado al menos una docena de ellos desde Dover o Romney Marsh hasta Zelandia, o los dejaba sobre *pinks* anclados cerca del cabo North Foreland; y a algunos otros los llevaba de los *pinks* a Inglaterra para que actuaran como espías contra el rey Carlos.[1] Era un trabajo peligroso el de Calfhill, pero éste calculaba que si toda aquella desconfianza y engaño duraban (como sabía que durarían, siendo la naturaleza humana como era), podría retirarse a una plantación de azúcar en Jamaica al cabo de cuatro años.

Pero esta última tarea resultaba muy peculiar, incluso para un *owler* de la experiencia de Calfhill. Dos días antes, en Calais, en una taberna de la *basse ville* donde normalmente recibía información sobre sus transportes de coñac, un hombre llamado Fontenay se le acercó, le pagó la mitad de la suma convenida —diez pistolas de oro— y le transmitió pormenorizadas instrucciones. Sería otra provechosa noche de trabajo. Fontenay había desaparecido a partir de aquel momento, pero al caer el crepúsculo del día anterior, los extranjeros vinieron a encontrarse con él, como se le había indicado, en el tramo de costa resguardado desde el cual, disfrazado de pescador, Calfhill partía con sus cajas de licor y —hasta donde él podía determinar su identidad— con ocasionales agentes realistas o sacerdotes católicos. Sus nue-

1. *Pink*: Barco de vela con un estrecho yunque saliente. *(N. del t.)*

vos pasajeros jadearon hondo al encaramarse a bordo. Calfhill captó una buena imagen de uno de ellos a la luz de la luna: figura corpulenta, cara enrojecida como la de la mujer de un posadero, con anteojos, boca sensual y una gruesa, bien alimentada, barriga que hubiera honrado a un concejal londinense; difícilmente a un marinero. ¿Se marearía en el barco de pesca, como tantos otros hacían, y vomitaría por la borda? De forma sorprendente, no fue así. Pero durante el viaje, ninguno de los tres hombres dijo una palabra, ni a Calfhill ni a nadie más, aunque Calfhill —una especie de lingüista, como su oficio requería— trató de hacerles hablar en inglés, francés, holandés, italiano y español.

Ahora, todavía en silencio, los hombres se dirigían tambaleantes a los corceles, que no paraban de resoplar mientras las secas mimbreras crujían bajo sus pies. Calfhill se preguntó por enésima vez de qué país —o de qué parte dentro de qué país— venían. Los tres parecían ser caballeros, lo cual resultaba insólito, porque, por experiencia, Calfhill sabía que espiar no era exactamente una ocupación de caballero. La mayor parte de los que él transportaba de contrabando era un puñado de malhablados villanos... asesinos a sueldo, rateros, matones, rufianes de todo tipo, todos ellos reclutados en los peores lupanares y tabernas de Londres o París y a los que luego se les pagaba un salario de esclavos por traicionar a sus amigos y países, lo cual la mayor parte de ellos estaban encantados de hacer. Pero ¿y estos tipos? Parecían demasiado blandos para diversiones tan agitadas. Las palmas del gordo, cuando le tendiera las restantes monedas, aparecían suaves y rellenitas como las de una dama. Antes de aplicarse la brea, una medida a la que se negó al principio, sus suaves morros olían a jabón de afeitar y perfume. Y las negras libreas, chaquetas, chalecos, pantalones y jubones del grupo eran todos de excelente corte, adornados incluso, un poco ostentosamente, con anillas y cintas de oro. Así que, ¿qué desesperada misión podía haberlos apartado de sus bodegas y mesas, enviándolos a arriesgar su vida o su integridad física en Inglaterra?

Los tres hombres estaban ahora, por fin, listos para partir. El gordo consiguió subir al caballo en su cuarto intento, y se balanceaba ahora torpemente —estaba acostumbrado a la ayuda de un montador, supuso Calfhill— y luego, sin hacer siquiera un movimiento con la cabeza o la mano, guió al percherón por una empinada loma. Era un jinete pésimo, eso lo vio Calfhill al punto. Se inclinaba de un lado al otro, balanceando la cabeza, sus gordas piernas rebotaban desmayadamente a cada paso. Era un hombre más familiarizado con carruajes y sillas de mano, supuso Calfhill. El desafortunado caballo se esforzó para subir hasta la cornisa de hierba, la salvó con un desesperado arranque e inició su camino tierra adentro a medio galope.

Tras finalizar sus obligaciones, Calfhill dio la vuelta y empezó a hacer retroceder el barco hacia el agua. Tenía prisa, porque en aquel mismo *auberge* de Calais se había entrevistado con un segundo hombre junto a Fontenay, y ahora veintiocho *tods* de la más fina lana de Cotswold le estaban esperando en una cueva dos millas más abajo de la costa.[2] Se encontraría entre los cañizales con tres hombres que le pagarían cinco pistolas por llevar de contrabando la lana a la costa francesa, donde le pagarían otras cinco. Pero ahora mientras la quilla de la embarcación arañaba la arena, oyó un sonido a sus

2. *Tod*: Medida de peso para lana, aproximadamente 28 libras. (*N. del t.*)

espaldas. Al darse la vuelta, vio que uno de los tres jinetes seguía en la playa, su caballo de cara al agua.

—¿Sí? —Calfhill se enderezó y dio algunos sonoros pasos sobre la guijarrosa playa—. ¿Ha olvidado usted algo?

El jinete vestido de negro no dijo nada. Simplemente tiró de las riendas e hizo dar la vuelta a su caballo para dirigirse a la colina. Casi como una idea tardía, giró en su silla y con un centelleo de brocado dorado sacó de entre los pliegues de su capa una pistola de pedernal.

Calfhill se quedó boquiabierto como ante un ingenioso truco, y luego dio un paso hacia atrás.

—¿Qué demonios...?

El hombre descargó el arma sin ceremonia. Se produjo una explosión sorprendentemente suave y apareció una pequeña bocanada de humo. La bala de plomo golpeó a Calfhill en el pecho. El contrabandista retrocedió, tambaleándose como un bailarín poco diestro, luego bajó la cabeza y parpadeó extrañado ante la herida, de la cual salía a chorros la sangre como si de la boca de un tonel de vino se tratara. Calfhill levantó las manos para restañarla, pero la parte delantera de su jubón estaba ya ennegrecida y su cara estaba blanca como la de un ganso. Abrió la boca y la cerró como si quisiera formular una última y ofendida objeción. Pero ésta nunca llegó a expresarse, porque con una maniobra suave, casi digna de un ballet, ejecutó media vuelta y se desplomó entre las cañas del borde del agua.

El hombre guardó su pistola y, cinco minutos después, se reunía con sus compañeros, que le estaban esperando más allá de la cresta de la loma. Durante una milla, los tres hombres siguieron una de las sendas de las ovejas a través de las tierras bajas. Luego doblaron hacia el interior siguiendo un sendero por donde se llevaba el correo. A aquellas alturas, media docena de cangrejos se dirigían apresuradamente a través de la guijarrosa playa hacia el cuerpo de Calfhill, sobre el cual las más altas mimbreras se inclinaban como lloraduelos. Su cadáver no sería descubierto hasta varios días después, cuando los tres jinetes habrían cruzado ya las puertas de Londres.

CAPÍTULO TERCERO

La única manera de llegar a Crampton Magna en aquellos tiempos era seguir el camino que iba de Londres a Plymouth, hasta Shaftesbury, y luego doblar hacia el sur, a lo largo de una bien definida y raras veces usada red de senderos que conducían a la distante costa. En su camino a Dorchester, uno de los más rústicos de estos senderos, bordearon una aldea de diez o doce casas de madera con tejados de paja cubiertos de musgo y ennegrecidos por el hollín, todas abrigadas en un resguardado valle de colinas bajas. Crampton Magna —porque esto era, finalmente— tenía también un decrépito molino con saetines rotos, una sola posada, una iglesia de aguja octogonal y un pequeño arroyo del color de la turba que vadearon en un lugar y cruzaron en otro, unas cien yardas más abajo, por un estrecho puente de piedra.

El sol estaba declinando en las colinas cuando el coche en el que yo viajaba llegó a la vista del pueblo y luego arañó y se abrió paso a través del puente. Cinco días habían transcurrido desde que se recibiera la llamada. Me asomé por la ventanilla y miré hacia atrás, en dirección a las casas y la iglesia. Flotaba un débil olor de humo de leña en el aire, pero, bajo la menguante luz y las alargadas sombras color ocre, el pueblo daba la impresión de estar extrañamente vacío. Durante todo el día los caminos que procedían de Shaftesbury habían estado desiertos excepto por algún ocasional rebaño de ovejas de cabeza negra, y a estas alturas sentí como si hubiera llegado al borde de un desolado precipicio.

—¿Nos falta mucho para Pontifex Hall?

Mi conductor, Phineas Greenleaf, emitió el mismo gruñido bajo, bovino, con que había recibido la mayor parte de mis peticiones de información. Por enésima vez me pregunté si estaría sordo. Era un hombre viejo, de movimientos letárgicos y modales lúgubres. Mientras avanzábamos, me descubrí contemplando, no el paisaje rural que estábamos cruzando, sino, más bien, el lobanillo de su cuello y el marchito brazo izquierdo que emergía de la acortada manga de su chaqueta. Tres días antes este hombre me había estado esperando, como se me prometiera, en Las Tres Palomas de High Holborn. El coche era el más impresionante vehículo de los que se hallaban estacionados en el patio de la caballeriza de la venta, un cómodo cuatro plazas de pescante cubierto y exterior lacado en el cual podía ver reflejada mi ondulante imagen. Un recargado escudo de armas aparecía pintado en la puerta. Me había visto obligado a revisar la opinión que tenía de la escasez de recursos de mis futuros anfitriones.

—¿Vamos a ver a lady Marchamont? —le pregunté a Greenleaf mientras cruzábamos la estrecha entrada de las caballerizas. Como réplica recibí su evasivo gruñido, pero, impávido por el momento, aventuré otra pregunta:

—¿Desea lady Marchamont comprar algunos de mis libros?

Esta pregunta había tropezado con mejor suerte.

—¿Comprar sus libros? No, señor —dijo tras una

pausa, entrecerrando los ojos con decisión ante la carretera. La cabeza estaba como echada hacia delante bajo sus hombros, lo que le daba la apariencia de un buitre—. Creo que lady Marchamont tiene ya suficientes libros.

—¿Así que lo que desea es vender sus libros, entonces?

—¿*Vender* sus libros?

Se produjo otra pausa de desconcierto, meditabunda. Al fruncir el ceño se hicieron más profundas las arrugas de aspecto cuneiforme dibujadas en la piel de su frente y mejillas. Se quitó su sombrero de castor de copa baja, y se secó la frente, dejando al descubierto un desnudo cráneo que estaba salpicado de manchas como un huevo de codorniz. Finalmente, poniéndose otra vez el sombrero con su manita de niño, se permitió una grave risita.

—Imagino que no es así, señor. Lady Marchamont siente mucho cariño por sus libros.

Ésa fue más o menos toda nuestra conversación durante los siguientes tres días. Las ulteriores preguntas fueron, o bien desdeñadas, o respondidas con el acostumbrado gruñido. Los únicos otros sonidos que emitió fueron los sepulcrales ronquidos que me impidieron el sueño nuestra primera noche en Bagshot y la segunda en Shaftesbury.

Nuestra marcha había sido exasperantemente lenta. Yo era una criatura de ciudad —de su humo y su velocidad, de sus agitadas multitudes y ruedas de hierro giratorias— y por lo tanto nuestro pausado avance a través de la campiña, de sus terrenos baldíos y anónimos poblados, era casi más de lo que yo podía soportar. Pero el saturnino Greenleaf no parecía tener prisa. Milla tras milla permanecía sentado muy erguido en el pescante, con las riendas flojas en sus manos y el látigo sujeto entre sus rodillas como la caña de un pescador en un río truchero. Y ahora, después de Crampton Magna, el camino aparecía muy deteriorado. La última etapa de nuestro viaje, aunque sólo suponía una distancia de una o dos millas, duró una hora entera. Nadie, al parecer, había viajado por aquella senda durante años. En algunos lugares, el camino había sido invadido por la vegetación y casi había desaparecido; en otros, el carril izquierdo estaba situado a mayor altura que el derecho, o viceversa, o ambos estaban cubiertos de grandes piedras. Las ramas de los árboles sin podar rayaban la cubierta del vehículo, y los descuidados setos de hayas y espinos, sus puertas. Estábamos en constante peligro de volcar. Pero finalmente, después de que el coche consiguiera cruzar dificultosamente otro puente de piedra, Greenleaf tiró de las riendas y dejó el látigo a un lado.

—Pontifex Hall —gruñó, como para sí mismo.

Saqué la cabeza por la ventanilla y quedé cegado durante un segundo por los chillones brochazos pintados a través del horizonte. Al principio no vi nada excepto un arco monumental y, en su cima, una piedra angular sobre la cual, entrecerrando los ojos pude leer algunas letras de una inscripción: L T E A S R I T M N T.

Levanté la mano derecha para cubrirme los ojos del sol. Greenleaf chasqueó la lengua a los caballos, que bajaron la cabeza y avanzaron cansinamente, meneando la cola, sus cascos triturando la grava que, unos metros antes, había sustituido al camino de tierra. Las letras esculpidas —sumergidas en la sombra, entretejidas con hiedra y moteadas de amarillo mostaza y negro por el musgo— seguían siendo ininteligibles, pero ahora se distinguían algunas letras más: L TTE A S RIPT M NET.

Uno de los caballos piafó y se desvió ligeramente a

un lado, como si rehusara entrar por la puerta, luego se encabritó. Greenleaf dio un tirón a las riendas y gritó enfadado. Una enorme casa apareció ante nuestros ojos cuando penetrábamos en la sombra del arco. Dejé caer la mano y asomé la cabeza por la ventanilla.

Durante los últimos días, había estado tratando de formarme una imagen mental de Pontifex Hall, pero ninguna de mis fantasías había reflejado bien el edificio que, enmarcado como un cuadro, aparecía entre los pilares del arco. Se levantaba al final de una larga y verde explanada de césped partida por una calzada de color ocre que aparecía flanqueada a ambos lados por una fila de limeros. La extensión de césped se hundía y elevaba hasta llegar a una enorme fachada de ladrillo pulido dividida por cuatro gigantescas pilastras y una asimétrica disposición de ocho ventanas. Encima, el declinante sol hacía resaltar una veleta de latón y seis chimeneas circulares.

El coche recorrió unos pasos más, sus tirantes flameando. Tan rápidamente como había aparecido, la visión ahora se transformó. El sol, casi desaparecido detrás del tejado de cuatro agujas, de repente arrojó sobre la escena una luz diferente. La explanada de césped, pude ver ahora, era muy tupida y estaba demasiado crecida y llena, aquí y allá, al igual que el sendero, de agujeros de antiguas excavaciones así como de pirámides de tierra. Muchos de los limeros estaban enfermos y sin hojas, mientras otros habían quedado reducidos a chatos tocones. La casa, cuya larga sombra se extendía hasta nosotros, no tenía mucho mejor aspecto. La fachada estaba picada de viruelas, sus parteluces, astillados y sus goterones, desprendidos. Algunos de los cristales de las ventanas habían sido reemplazados de manera improvisada por paneles hechos de paja y tela; una de ellas había sido incluso invadida por un tallo de hiedra. Un roto reloj de sol, una fuente seca, una charca de agua estancada, un arriete de hierba muy tupida... todo esto completaba la imagen de ruina. La veleta, mientras avanzábamos al trote, lanzó un amenazador destello. Mis esperanzas, hasta entonces muy grandes, se desmoronaron de repente.

Uno de los caballos volvió a gañir e hizo un extraño. Greenleaf tiró de las riendas con brusquedad y emitió otra orden gutural. Dos vacilantes pasos más sobre el sendero de grava; luego fuimos engullidos por el arco. En el último segundo antes de que se cerrara sobre nuestras cabezas, eché una mirada hacia arriba a las dovelas en forma de cuña y, por encima de ellas, a la clave: LITTERA SCRIPTA MANET.

Diez minutos más tarde, me encontré de pie en medio de una estancia cuya única luz era la que penetraba a través de una ventana rota que daba al parterre cubierto de maleza, el cual a su vez daba a la agrietada fuente y al reloj de sol.

—¿Sería usted tan amable de esperar aquí, señor? —dijo Greenleaf.

Sus botas resonaron en el cavernoso edificio, mientras subían por un crujiente tramo de escaleras, y luego corrían a lo largo del piso situado encima de mi cabeza. Me pareció oír unas voces y otro andar, más ligero éste.

Transcurrió un momento. Lentamente mis ojos se fueron acostumbrando a la escasa luz. Al parecer, no había ningún lugar donde sentarse. No sabía si me estaban insultando, o si aquella extraña hospitalidad —ser abandonado en una habitación oscura— era simplemente una muestra de los modales de la nobleza. Yo ya había decidido, por su condición tan deteriorada, que Pontifex Hall era una de esas desgraciadas propiedades ocupadas por el ejército de Cromwell durante las guerras civiles. Yo no sentía ninguna simpatía por Cromwell y los puritanos... una banda de iconoclastas y quemadores de libros. Pero tampoco experimentaba ningún afecto por nuestros ampulosos nobles, de manera que me habían hecho sonreír irónicamente los relatos aparecidos en nuestros periódicos sobre alborotados aprendices londinenses bombardeando aquellas viejas casonas con balas de cañón y metralla, soltando a sus mimados habitantes en los campos antes de liberar el vino de sus bodegas y desprender las hojas de oro de las puertas de sus carruajes. El otrora regio Pontifex Hall debía, supongo, de haber sufrido aquel indigno destino, junto con muchos otros palacios.

Una tabla crujió bajo mi bota cuando me di la vuelta. Entonces el dedo gordo de mi tullido pie golpeó con algo. Miré hacia abajo y descubrí un grueso volumen a mis pies, sus páginas revoloteando bajo la suave brisa procedente de la rota ventana. A su lado, en un estado de parecido desorden, yacían un cuadrante, un pequeño telescopio dentro de un estuche corroído y otros diversos instrumentos de función no tan clara. Esparcidos entre ellos, muy arrugados, y con las esquinas enrolladas, había una media docena de viejos mapas. A aquella débil luz, sus líneas costeras y especulativos esbozos de continentes resultaban irreconocibles.

Pero entonces... surgió algo familiar. Percibí un viejo olor que impregnaba la habitación. Un olor que conocía mejor, y amaba más, que cualquier perfume. Me di la vuelta nuevamente y, levantando la mirada, distinguí unas filas de estanterías de libros que cubrían lo que parecía ser cada centímetro de pared, circundadas a media altura por una galería con barandilla, encima de la cual se apretujaban más libros, subiendo hasta un invisible techo.

Una biblioteca. De modo, pensé, con la cara vuelta hacia arriba, que Greenleaf había tenido razón en una cosa al menos: lady Marchamont poseía gran cantidad de libros. La poca luz existente se esparcía sobre estanterías repletas de centenares de libros de todas las formas, tamaños y grosores. Algunos de los volúmenes que podía distinguir eran imponentes, como losas de una cantera, y estaban unidos a las estanterías por largas cadenas que colgaban como collares de sus encuadernaciones de madera, en tanto que otros, diminutos volúmenes en dieciséis, tendrían el tamaño de cajas de rapé, y eran lo bastante pequeños para caber en la palma de la mano, sus cubiertas de cartón atadas con descoloridas cintas o cerradas con diminutos broches. Pero eso no era todo. Los que no cabían en las estanterías —doscientos volúmenes o más— habían sido amontonados en el suelo o estaban colonizando corredores o habitaciones adyacentes; un exceso que comenzaba formando filas muy marciales, para terminar, unos pasos más allá, esparcidos en un salvaje desorden.

Miré asombrado a mi alrededor antes de pasar por encima de una de las columnas avanzadas y arrodillarme cuidadosamente a su lado. Aquí el olor —de húmedo y podrido, como el de los pajotes— no era tan agradable. Mis narices se sintieron ofendidas, así como mi instinto profesional. El suave latido y el calor que habían brotado en mi pecho a medida que descubría las doradas palabras escritas en cuatro o cinco diferentes lenguajes guiñándome el ojo desde docenas de encuadernaciones bellamente trabajadas —la visión de tanto conocimiento, tan hermosamente presentada—, rápidamente se apagó. Parecía que, como todo lo demás de Pontifex Hall, aquellos libros estaban condenados. No era una biblioteca, sino un osario. Mi sentimiento de ultraje aumentó.

Pero también mi curiosidad. Cogí al azar uno de los libros de la fila desmoronada y abrí la maltratada cubierta. La grabada portada era casi ilegible. Pasé otra crujiente página. La cosa no mejoró. El papel, no obstante de buena calidad, se había arrugado tanto debido al daño causado por el agua que, visto de costado, las páginas parecían las laminillas de la parte inferior de un hongo. Aquel volumen deshonraba a su dueño. Eché un rápido vistazo a través de sus rígidas páginas, la mayor parte de las cuales había sido barrenada por los gusanos. Párrafos enteros resultaban ahora ininteligibles, convertidos en pelusa y polvo. Volví con disgusto el libro a su lugar y cogí otro, luego otro, y los dos resultaron igualmente ser dignos sólo del trapero. El siguiente parecía como si lo hubieran quemado, mientras un quinto había sido amarilleado y desteñido por los rayos de algún antiguo sol. Suspiré y devolví los libros a su sitio, confiando que lady Marchamont no tuviera esperanzas de restaurar la fortuna de Pontifex Hall gracias a la venta de unos miserables restos como aquéllos.

Pero no todos los libros estaban en semejante estado lamentable. Cuando me acerqué a las estanterías, pude ver que muchos de los volúmenes —o sus encuadernaciones al menos— eran de considerable valor. Se veían excelentes tafiletes de todos los colores, algunos estampados o embellecidos con oro, otros decorados con joyas y metales preciosos. Algunas de las vitelas estaban pandeadas, cierto, y el tafilete había perdido parte de su lustre, pero no se trataba de defectos que un poco de aceite de madera de cedro y lanolina no pudieran arreglar. Y sólo las joyas —lo que a mis inexpertos ojos parecían rubíes, piedras de la luna y lapislázuli— debían de haber costado una pequeña fortuna.

Las estanterías situadas a lo largo de la pared sur, cerca de la ventana, estaban dedicadas a autores grecolatinos, y dos estantes enteros se combaban bajo el peso de varias colecciones y ediciones de Platón. El dueño de la biblioteca debía de haber poseído tanto una visión de erudito como una buena bolsa, porque había conseguido encontrar las mejores ediciones y traducciones. No solamente estaban allí los cinco volúmenes de la segunda edición de la traducción latina de Marsilio Ficino de Platón —la gran *Platonis opera omni*, impresa en Venecia y que incluía las correcciones de Ficino a la primera edición encargada por Cosme de Médicis— sino también la más autoritaria traducción publicada en Ginebra por Henri Étienne. Aristóteles, por su parte, estaba representado no sólo por la edición en dos volúmenes de Basilea de 1539, sino también por la de 1550 con las enmiendas de Victorio y Flacio, y finalmente por la *Aristotelis opera* editada por el gran Isaac Casaubon y publicada en Ginebra. Todos los volúmenes se encontraban en un estado razonable, si no se tenía en cuenta algún que otro arañazo o raspado, y podrían alcanzar un buen precio.

Los otros autores clásicos habían recibido una atención parecida. De puntillas, o en cuclillas, saqué volumen tras volumen de la estantería y lo inspeccioné antes de devolverlo cuidadosamente a su lugar. Aquí estaba la edición de Plamerio de la *Naturalis historia* de Plinio, encuadernada en piel de becerro roja, así como la edición Aldine de Tito Livio, junto con el *Historiarum* de Tácito, editado por Vindelino y envuelto en una delicada camisa. Estaba también la edición de Basilea del

De natura deorum de Cicerón, encuadernado en tafilete color oliva con un bonito dibujo repujado... La edición de Dioniso Lambino de *De rerum natura*... y, lo más asombroso, un ejemplar de las *Confesiones* de san Agustín en piel de becerro marrón trabajada pero sin dorar que yo reconocí como la del encuadernador Caxton. Había, además, docenas de libros más delgados, comentarios y descripciones como los de Porfirio sobre Horacio, de Ficino sobre Plotino, de Donato sobre Virgilio, de Proclo sobre *La República* de Platón...

A estas alturas yo no paraba de pasear y observar, habiendo olvidado completamente a mi ausente anfitriona. No sólo estaba representada allí la sabiduría de los antiguos, sino también los adelantos en el conocimiento realizados a principios de nuestro siglo. Había libros de navegación, agricultura, arquitectura, medicina, horticultura, teología, educación, filosofía natural, astronomía, astrología, matemáticas, geometría y esteganografía o «escritura secreta». Había incluso un número bastante grande de volúmenes que contenían poesía, obras de teatro y *nouvelles*. Inglés, francés, italiano, alemán, bohemio, persa, el idioma no parecía importar. Autores y títulos desfilaban ante mis ojos, una galería de famosos. Me detuve y dejé deslizar los dedos a través de un estante de las obras de Shakespeare editadas en cuarto: diecinueve de ellas en total, encuadernadas en bucarán. Pero no había, observé, una colección de la edición infolio de sus obras que, como cualquier librero sabía, William Jaggard había impreso en 1623. Eso me sorprendió como algo que no encajaba con el exhaustivo deseo de aprendizaje, de perfección, tan evidente en otros sitios. Tampoco parecía haber ninguna otra obra impresa después de 1620. En la amplia colección de herbarios, por ejemplo, había copias de *De his-*

toria plantarum de Teofrasto, *Medicinae herbariae* de Agricola y *Generall Historie of Plants*, pero ninguna de las obras más recientes tales como *Pharmacopeia Londinensis* de Culpeper, *Garden of Health* de Langham, o incluso la edición ampliada y muy superior de 1633 de Thomas Johnson de la obra de Gerard. ¿Qué significaba esto? ¿Que el coleccionista había muerto antes de 1620, quedando incumplidos sus ambiciosos sueños? ¿Que, durante cuarenta años o más, la magnífica colección había permanecido intacta, sin lectores ni ampliaciones?

A estas alturas yo me encontraba frente a la pared norte, y allí la colección se hacía aún más notable. Alargué la mano para tocar algunas de las frágiles encuadernaciones. La luz procedente de la ventana se debilitaba rápidamente. Una amplia sección de la izquierda parecía estar dedicada al arte de la metalurgia. Al principio vi el tipo de obras que era de esperar, como la *Pirotechnia* de Biringuccio y *Beschreibung allerfürnemisten Mineralischen Ertzt* de Ercker, encuadernadas en piel de cerdo y con hermosos grabados de madera. Libros un poco anticuados, pero respetables. Mas ¿qué podía opinar de muchos de los otros que aparecían mezclados entre ellos... la *Metallurgia* de Jacob Böhme, la *Mineralia opera* de Isaac de Holland, una traducción de Denis Zachaire de la *Auténtica filosofía natural de los metales*... libros estos que eran casi manuales de magia negra, productos de mentes inferiores y supersticiosas?

Otras mentes inferiores y supersticiosas podían encontrarse también más allá en la estantería. La sabiduría y el buen gusto que gobernaban la selección se deterioraban convirtiéndose en un indiscriminado y omnívoro consumo de autores de muy dudosa reputación, hombres que ponían su fe con demasiada facilidad —y algo impíamente— en las operaciones ocultas de la naturaleza. Las descoloridas cintas para tirar de los volúmenes emergían de sus dorados lomos como impúdicas lenguas rosadas. Entrecerrando los ojos bajo la débil luz, saqué una traducción francesa de las obras de Artefio. A su lado se encontraba el comentario de Alain de Lisle sobre las profecías de Merlin. Pronto los temas fueron empeorando. El *De Speculis* de Roger Bacon, *Compound of Alchymy* de George Ripley, *De occulta philosophia* de Cornelio Agrippa, *Occulta occultum occulta* de Paul Skalich... Todos estos volúmenes eran la obra de ilusionistas, charlatanes y hombres de misterios que no tenían nada que ver, al menos por lo que yo puedo juzgar, con la búsqueda del verdadero conocimiento. En los anaqueles de abajo había docenas de libros de diversas formas de adivinación. Piromancia. Quiromancia. Astromancia. Esciamancia.

¿Esciamancia? Apoyé mi bastón de madera de espino contra una estantería y alargué la mano en busca del libro. Ah, «Adivinación por las sombras». Lo cerré de golpe. Semejante tontería parecía completamente fuera de lugar en una biblioteca dedicada a los más nobles temas de la sabiduría. Devolví el libro a su sitio y, sin mirarla, tiré de la cinta de otra obra. Qué pena que los gusanos no se hubieran cebado en *esas* páginas, pensé mientras la abría. Pero, antes de poder leer la portada, una voz procedente de mis espaldas me interrumpió de repente:

—La edición de Lefèvre de la traducción de Ficino del *Pimander*. Una excelente edición, Mr. Inchbold. Sin duda, poseerá usted un ejemplar de ella.

Sobresaltado, levanté la mirada, y vi dos formas oscuras recortándose en el dintel de la puerta que daba a la biblioteca. Tuve la incómoda impresión, de repente, de que me habían estado observando todo el tiempo.

Una de las formas, la de una dama, había avanzado unos pasos y ahora, dándose la vuelta, encendió la mecha de una lámpara de aceite de pescado que colgaba de una de las estanterías. Su sombra se alargó hacia mí.

—Permítame que me excuse. —Yo ya estaba devolviendo apresuradamente el libro a su lugar—. No debería haber supuesto...

—La edición de Lefèvre —continuó ella mientras volvía a darse la vuelta y soplaba la llama de su encendedor de velas— fue la primera vez que el *Corpus hermeticum* apareció entre dos cubiertas desde que fuera compilado en Constantinopla por Miguel Psclo. Contiene incluso el *Asclepius,* del cual Ficino no poseía ninguna copia escrita, de manera que fue incapaz de incluirla en la edición preparada para Cosme de Médicis. —Hizo una pausa aunque sólo por un brevísimo momento—. ¿Tomará usted un poco de vino, Mr. Inchbold?

—No... quiero decir, sí —respondí, haciendo una torpe reverencia—. Quiero decir... el vino sería...

—¿Y algo de comer? Phineas me dice que usted no ha cenado esta noche. ¿Bridget? —Se volvió hacia la otra figura, una doncella, que seguía aguardando en la puerta.

—¿Sí, lady Marchamont?

—Trae las copas, ¿quieres?

—Sí, señora.

—El vino húngaro será lo mejor. Y dile a Mary que prepare la comida de Mr. Inchbold.

—Sí, señora.

—Y date prisa, Bridget. Mr. Inchbold ha hecho un largo viaje.

—Sí, señora —murmuró la doncella antes de escabullirse.

—Bridget es nueva en Pontifex Hall —explicó lady Marchamont en un tono extrañamente confidencial, cruzando lentamente la biblioteca con la lámpara rechinando en sus goznes, mientras la luz convertía las cuencas de sus ojos en oscuros agujeros. Parecía poco dispuesta a realizar presentaciones, como si me hubiera conocido desde siempre y considerara absolutamente normal encontrarme agachado en la oscuridad como un ladrón, manoseando codiciosamente los volúmenes entre las estanterías. ¿Eran éstos, también, los modales de los aristócratas?—. Era una de las sirvientas —añadió— de la familia de mi difunto marido.

Busqué una réplica, fracasé y en vez de ello observé en pasmado silencio mientras ella se aproximaba con su sorda ostentación de luz de lámpara y la delgada nube de humo de la vela levantándose hacia el techo a su espalda. ¡Oh, con cuánta exactitud recuerdo aquel momento! Porque ahí fue como, y cuando, empezó todo... y donde terminaría, poco tiempo más tarde. A través de los rotos cristales de las ventanas habían llegado los sonidos de un grupo de ruiseñores que volaban por el descuidado jardín, así como el roce de una rama muerta en uno de los parteluces. La biblioteca permanecía en silencio excepto por sus suaves pasos —llevaba un par de borceguíes de piel—, y entonces se oyó como una sonora palmada cuando uno de los libros apilados en el suelo se vino abajo de su fila, golpeado lateralmente por la falda de la mujer.

—Dígame, Mr. Inchbold, ¿qué tal viaje ha tenido? —Se había detenido finalmente, su apenas visible expresión aparentemente vaga y molesta—. No, no. No debemos iniciar nuestra relación con una mentira. ¿Fue terrible, no? Sí, lo sé, y tengo que excusarme. Phineas es bastante seguro como conductor —dijo con un suspiro—, pero, en efecto, es un espantoso compañero. El pobre hombre no ha leído un libro en toda su vida.

—El viaje fue agradable —murmuré débilmente. Sí; nuestra asociación era una serie de mentiras, pese a lo que ella había dicho. Mentiras desde el principio hasta el final.

—Lamento no poder ofrecerle un lugar para sentarse —continuó ella, señalando la biblioteca con un amplio movimiento de su brazo—. Los soldados de Oliver Cromwell quemaron todos los muebles para cocinar su comida y calentarse los pies.

Parpadeé de sorpresa.

—¿Hubo un regimiento acuartelado aquí?

—Hace catorce o quince años. La hacienda fue confiscada por actos de traición contra el Parlamento. Los soldados quemaron incluso mi mejor cama. Tenía doce pies de altura, Mr. Inchbold. Enmarcada por cuatro columnas de haya, con metros y metros de tafetán colgante. —Hizo una pausa para dedicarme una forzada sonrisa—. Seguramente eso debió de mantenerlos calientes algún tiempo, ¿no le parece?

Estaba allí de pie ante mí, o casi, y pude verla más claramente a la pálida luz de la lámpara. Me encontraría con ella sólo en tres cortas ocasiones, y mi primera impresión —ahora me sorprende recordarlo— no fue especialmente favorable. Debía de tener más o menos mi edad, y aunque poseía un aspecto bastante agradable, noble incluso, con una frente perfecta, fina nariz aquilina y un par de oscuros ojos que sugerían una voluntad decidida, estas ventajas habían sido erosionadas por la negligencia o la pobreza. Su oscuro cabello era espeso, y, a diferencia del mío, aún no había empezado a encanecer; pero lo llevaba suelto y se amontonaba a partir de su coronilla en una especie de revoltosa e impropia aureola, como un nimbo. Su vestido había sido confeccionado a partir de un material bastante bueno, pero la lanilla se había gastado hacía mucho, su corte era pasado de moda y, algo peor aún, aparecía manchado como una vela vieja. La mujer llevaba además una especie de capa o manto con capucha, que podía haber sido de seda, aunque no era una de esas bonitas capuchas de ojo de perdiz como las que se puede ver en la cabeza de las mujeres elegantes que se pasean por Saint James Park, porque era negra como el azabache, al igual que el vestido, y se hallaba en pobre estado. Daba la impresión, por su lúgubre color, y por el par de negros guantes que le cubrían hasta la mitad del brazo, que la mujer estaba de luto. Todo lo cual, decidí, servía para prestarle a lady Marchamont el mismo aire de desolado esplendor que Pontifex Hall.

—¿Los puritanos le quemaron todos sus muebles?

—No todos —contestó ella—. No. Supongo que algunos, los más valiosos, fueron vendidos.

—Lo lamento mucho.

De repente, la imagen de la chusma de soldados de Cromwell no parecía tan divertida a fin de cuentas. Una media sonrisa apareció en su cara.

—Por favor, Mr. Inchbold. No necesita excusarse en su nombre. Las camas pueden ser reemplazadas, a diferencia de otras cosas.

—Su marido —murmuré con compasión.

—Incluso los maridos pueden serlo —dijo ella—. Hasta un hombre como lord Marchamont. ¿Sabía usted algo de él?

Negué con la cabeza.

—Era irlandés —añadió ella simplemente—. Murió hace dos años en Francia.

—¿Pertenecía al Partido Real?

—Por supuesto.

La mujer se había apartado de mí y ahora recorría

la habitación a grandes y lentas zancadas, examinando libros y estanterías como un mayoral que examina un rebaño de calidad o una cosecha de maíz especialmente satisfactoria. Yo me estaba preguntando ya si todo aquello le pertenecía a ella. No parecía probable. Los libros no eran, según mi experiencia, asunto de mujeres. ¿Pero cómo, en tal caso, había sabido ella lo de Ficino y Lefèvre d'Etaples y Miguel Psello? Sentí que una especie de temblor, como una precavida emoción, me invadía suave y cautelosamente.

—Éstos son todos los que me quedan —dijo como para sí misma. Había estado deslizando sus enguantados dedos por el dorso de los volúmenes, tal como yo hiciera momentos antes—. Todo lo que poseo. Los libros y la casa. Aunque quizás no conserve Pontifex Hall mucho tiempo.

—¿Era de lord Marchamont?

—No, su hacienda estaba en Irlanda, y hay también una casa en Hertfordshire. Unos lugares espantosos. Pontifex Hall era de mi padre, pero, después de nuestro matrimonio, lord Marchamont fue nombrado su presunto heredero. No teníamos hijos, y me fue legado a mí en su testamento. Allí... —Estaba señalando a la ventana, de la que había desaparecido casi la luz. El parterre exterior se perdía en las sombras, y también por culpa de nuestras dos imágenes reflejadas en el cristal—. Había cuatro sillas tapizadas en piel, junto a una mesa y al viejo y hermoso escritorio de nogal donde mi padre solía escribir sus cartas. Y en el suelo, una alfombra turca hecha a mano, con monos y pavos reales y todo tipo de dibujos orientales en ella.

Lentamente su mirada regresó a mí.

—Ahora, me pregunto qué habrá sido de todo eso. Vendido como botín, no me extrañaría.

Me aclaré la garganta y expresé los pensamientos que se me habían ocurrido momentos antes:

—Es un milagro que sus libros hayan sobrevivido.

—Oh, pero no fue así —replicó ella con rapidez—. No todos. Se había perdido buen número de ellos cuando regresé. Otros, como puede usted ver, quedaron muy dañados. Pero, sí, fue realmente un milagro. Los soldados podrían haberlos quemado todos, y no sólo a causa de los fríos inviernos; algunos podrían haber sido considerados papistas, o diabólicos, o ambas cosas.

Hizo un gesto con la cabeza hacia el anaquel que estaba a mis espaldas.

—La traducción de Ficino del *Pimander,* por ejemplo. Afortunadamente, estaban escondidos.

—¿Qué quiere usted decir?

—Lo hizo mi padre. Es una larga historia, Mr. Inchbold. Todo a su debido tiempo. Ya ve, cada uno de estos libros tiene su propia historia. Muchos de ellos sobrevivieron a un naufragio.

—¿Un naufragio?

—Y otros son refugiados —continuó—. ¿Ve usted estas cadenas? —Estaba señalando un grupo de volúmenes atados por sus encuadernaciones a las estanterías. Los eslabones de cadena se reflejaban apagadamente en la penumbra. Asentí con la cabeza—. Estos libros habían sido ya rescatados anteriormente, en aquella ocasión de las bibliotecas de la Universidad de Oxford. Donde los libros estaban encadenados —explicó, sacando uno de ellos, infolios, del estante. Deslizó una mano enguantada por encima de su cubierta de vitela... un gesto de cariño. La cadena hizo un débil ruido metálico de protesta—. Eso ocurrió durante el siglo pasado.

—¿Fueron rescatados de Eduardo VI?

—De sus comisionados. Fueron sacados a escondidas de las bibliotecas de la universidad y escaparon a la hoguera.

Lady Marchamont había abierto un enorme volumen y empezó a pasar distraídamente las páginas.

—Resulta sorprendente cuán decididos han estado reyes y emperadores a destruir libros. Pero la civilización se ha construido sobre tales profanaciones, ¿no? Justiniano el Grande quemó todos los pergaminos griegos de Constantinopla después de codificar la ley romana y expulsar a los ostrogodos de Italia. Y Shih Huang Ti, el primer emperador de China, el hombre que unificó los Cinco Reinos y construyó la Gran Muralla, decretó que todo libro escrito antes de que él naciera debía ser destruido.

Cerró de golpe en volumen y lo restituyó a su lugar con firme pulso.

—¿De modo que todos éstos son libros *de él*? Y usted desea venderlos.

—Eran —rectificó ella—. *Eran* sus libros. Sí, él reunió la colección.

Hizo una pausa durante un segundo y me miró con gravedad.

—No, Mr. Inchbold, no deseo venderlos. Rotundamente, no. Ah —dijo, dándose la vuelta—, aquí está Bridget. ¿Nos retiramos al comedor? Creo que puedo ofrecerle un asiento allí.

Un ratito más tarde, me encontraba sentado ante un pato que Mrs. Winter, la cocinera, había asado sobre un lecho de chalotas verdes y servido en una gran fuente. En vez de hacerlo encima de una mesa de comedor —otra baja de las guerras, evidentemente— el plato se balanceaba precariamente en mi regazo. Comí tímidamente, sin apetito, consciente de los penetrantes ojos de mi anfitriona, que se sentaba enfrente de mí. Durante un segundo, su franca mirada se había fijado en mi pie encogido y vuelto hacia dentro, que parece, siempre he pensado, el miserable apéndice de algún espantoso enano de un libro de cuentos alemán. Noté que enrojecía de resentimiento, pero para entonces lady Marchamont había apartado la mirada.

—Debo excusarme por el vino —dijo la mujer mientras hacía un gesto con la cabeza hacia Bridget para que llenara mi copa por tercera vez—. Hace siglos, mi padre cultivó sus propios vinos. En el valle. —Hizo un gesto vago en dirección a una de las rotas ventanas—. En las laderas situadas encima del río, resguardadas del viento. Producían excelentes caldos, o al menos así lo decían. Yo era demasiado joven para disfrutarlos en aquella época, y las viñas fueron arrancadas.

—¿Por los soldados, supongo?

Ella movió negativamente la cabeza.

—No, por una casta diferente de vándalos, una más indígena. Los aldeanos.

—¿Los aldeanos?

Acudió a mi mente la imagen del pueblo misteriosamente vacío que habíamos cruzado con el coche.

—¿Crampton Magna?

—De allí y de otras partes. Sí.

Me encogí de hombros.

—Pero ¿por qué haría alguien una cosa así?

Ella levantó el vaso y contempló pensativamente el oscuro líquido. Ya había explicado, en aquella vacilante y en cierto modo gratuita manera que se estaba haciendo familiar, cómo habían sido fabricadas las copas. A su padre le había sido concedida una patente para el proceso, que implicaba mezclar oro y mercurio en un crisol, evaporar luego el mercurio y decorar la copa con una delgada película del oro extraído. Había poseído muchas patentes, contó lady Marchamont. Un verdadero Dédalo. Ahora ella parecía estar estudiando el monograma en el fondo de la copa —un entrelazado «AP»— que yo ya había observado.

—Dígame, Mr. Inchbold —dijo tras una pausa—. ¿Se fijó usted por casualidad en las excavaciones realizadas en el césped y el sendero, cuando se aproximaba a Pontifex Hall?

Asentí con la cabeza, recordando las irregulares zanjas y los negros montecillos de tierra a su lado.

—Las tomé por alguna especie de fortificaciones de tierra. —Ella sacudió negativamente su gran y oscura aureola hacia mí—. ¿Fuego de cañón? —pregunté.

—No, nada tan drástico como eso. Aquí no tuvo lugar ningún asedio. La zona inmediata fue considerada carente de importancia por los ejércitos de ambos bandos. Afortunadamente para nosotros, Mr. Inchbold, o supongo que no estaríamos teniendo esta conversación.

Me resistí al impulso de preguntar por qué estábamos los dos teniendo esta conversación. Aún no tenía ni idea del motivo por el que me habían convocado, o por qué aquella mujer me estaba contando una historia de su peculiar y, francamente, poco hospitalaria mansión. ¿Era éste otro ejemplo de los extraños modales de los aristócratas? Si ella no deseaba que tasara o vendiera en subasta sus libros, entonces ¿cuál demonios iba a ser mi tarea? Seguramente ella no sentía ningún deseo —ninguna necesidad— de comprar nada más. Sería como echar agua en el mar. Al punto, me sentí más exhausto que nunca.

Pero al parecer no iba a descubrir pronto cuál sería mi tarea, porque ahora lady Marchamont se lanzó a un relato de la reciente historia de Pontifex Hall. Mientras yo desmembraba torpemente el pato, ella explicó que, después de que partiera el regimiento de soldados, tras haber cortado los árboles del huerto y destrozado los muebles para hacer fuego, desmontando las barandillas de hierro forjado para fabricar sus mosquetes y cañones, la casa quedó vacía durante varios meses. La propiedad fue puesta en las manos de un fideicomiso que, autorizado por el Acta del Parlamento de 1651, la vendió finalmente al miembro local del Parlamento, un hombre llamado Standfast Osborne.

—Lord Marchamont y yo nos encontrábamos en Francia por aquella época, en el exilio. Yo vine a Inglaterra hará unos dos meses, cuando la casa me fue restituida según los términos del Acta de Reparación y Amnistía. Osborne hace un año que se marchó. Huyó a Holanda. Muy prudente por su parte, dado que era uno de los regicidas. Cuando yo volví de Francia no esperaba ser bien recibida en Pontifex Hall, porque la gente de esta zona apoyó a los parlamentarios. Y no fui bien recibida. La buena gente de Crampton Magna me mira, creo, como una bruja.

Su media sonrisa reapareció mientras se encogía de hombros.

—Sí, por extraño que pueda resultarle a usted, un londinense, un hombre educado; es así. En estos parajes, a cualquier mujer que sepa leer se la considera una bruja. Y una mujer que vive sola, en una casa arruinada, rodeada de libros e instrumentos científicos, sin un marido o padre o hijos para guiarla o controlarla... bueno, eso es aún peor, ¿no?

Hizo una pausa, observándome atentamente con sus intensos ojos, que tenía muy juntos y que, bajo la luz del comedor, que era algo mejor, vi que eran de un pálido azul grisáceo. Yo estaba ocupado masticando lenta y torpemente, como una vaca su bolo alimenticio. Mi pie estaba bajo la silla, fuera de la vista. Ella se dio la vuelta e hizo un movimiento hacia Bridget para que me llenara la copa.

—Puedes irte ahora —le dijo a la doncella cuando la tarea estuvo realizada. Sólo cuando las pisadas de la muchacha desaparecieron, tragadas por la inmensa mansión llena de ecos, continuó:

—Tuve muchas dificultades para contratar sirvientes de la zona —me dijo en tono confidencial—. Por ello me vi obligada a reclutarlos entre los domésticos de lord Marchamont.

—Pero ¿por qué tendría usted dificultades? ¿A causa de lord Marchamont? ¿O debido a su... política?

Ella movió negativamente la cabeza.

—No, a causa de mi padre. Quizás haya usted oído hablar de él... Fue bastante famoso en su época. Se llamaba sir Ambrose Plessington —añadió tras una breve pausa.

Ese nombre, por extraño que ahora parezca, no significaba entonces nada para mí, absolutamente nada. Pero, en mi recuerdo, aquel momento aparece ahora acompañado de un clamoroso silencio, una especie de terrible tensión en la cual una larga sombra penetraba subrepticiamente, oscureciendo la habitación, arrojando su pesado velo a través de mí. Pero, de hecho, yo me limité a sacudir la cabeza, preguntándome cómo podía no haberme enterado de la existencia de alguien capaz de amasar una colección tan formidable.

—No, no he oído hablar de él —respondí—. ¿Quién era?

Por un momento ella no dijo nada. Estaba sentada, completamente quieta, las manos juntas en su regazo.

La lámpara de aceite de pescado proyectaba su sombra en la combada pared a sus espaldas. Pensé distraídamente en el libro sobre esciamancia de la biblioteca y me pregunté qué claves podría adivinar su autor en la movediza sombra de lady Marchamont.

—Tómese el vino, Mr. Inchbold —dijo ella finalmente. Se había inclinado hacia adelante cayendo bajo la cetrina luz de la lámpara, y sus ojos estaban escrutando nuevamente mi cara, como buscando signos de que se podía confiar en mí. Quizás yo resultaba, en ese momento, tan insondable para ella, como lo era ella para mí—. Tengo algo que quisiera mostrarle. Algo que bien podría usted encontrar interesante.

¿En qué sentido? A estas alturas mi curiosidad estaba siendo eclipsada por mi impaciencia. Pero ¿qué podía hacer? Me tragué el vino de golpe y apresuradamente me sequé las manos en los pantalones. Luego, reprimiendo media docena de atropelladas preguntas, la seguí fuera del comedor.

CAPÍTULO CUARTO

Así pues, mi primer encuentro con sir Ambrose Plessington tuvo lugar en una bóveda o cripta bajo Pontifex Hall.

Al salir del comedor, volvimos a bajar por la amplia escalera, luego dimos varios giros por una serie de antecámaras, habitaciones desiertas y corredores conectados entre sí, antes de bajar por otra escalera mucho más estrecha. Lady Marchamont sostenía en alto la lámpara de aceite de pescado como si fuera un guarda nocturno, mientras yo la seguía andando pesadamente. La inadecuada luz caía sobre una pared llena de cicatrices en la cual nuestras sombras se perfilaban en fantásticas, amenazadoras, posturas. Nuestros pies arañaban los escalones que seguían bajando hacia lo que parecía una especie de cripta. Se me engancharon telarañas en el cuello cabelludo y labios. Las aparté a un lado y luego apresuradamente me puse el pañuelo sobre la nariz y la boca. A cada nuevo paso que dábamos el hedor de descomposición parecía multiplicarse por dos. Lady Marchamont, sin embargo, daba la impresión de ser tan indiferente a la peste como al frío o a la oscuridad.

—La despensa, la bodega —estaba diciendo—, todo

se hallaba aquí abajo, junto con la vivienda de la servidumbre. Teníamos tres criados, recuerdo. Phineas es el último de ellos. Llevaba al servicio de mi padre más de cuarenta años. Fue un don del cielo que pudiera encontrarlo otra vez. O, más bien, que él me encontrara a mí después de mi regreso. Comprenda usted, me es muy leal...

Mientras bajábamos, había estado esperando penetrar en un laberinto de pasadizos y cámaras que reflejara aquel otro que estaba situado sobre las escaleras, pero al llegar al fondo nos encontramos en un corredor de techo bajo que discurría hacia adelante en línea recta hasta donde se extendía el encogido halo de la lámpara. Avanzamos lentamente por él, abriéndonos camino entre fragmentos de muebles, duelas de toneles rotos y otras obstrucciones menos identificables. El suelo no parecía muy horizontal; continuábamos bajando, por una suave pendiente. Allí las paredes goteaban, y llegaron hasta nosotros débiles sonidos de agua corriente, seguidos de un olor acre. El suelo parecía estar cubierto de arenisca. Seguía sin haber un final al pasaje. Quizás estábamos en un laberinto, pensé, una especie de *mundus cereris* como el que los romanos construían bajo sus ciudades —oscuras criptas y tortuosos túneles— a fin de conversar con los habitantes del inframundo.

De repente, lady Marchamont dio un golpecito a una de las paredes con sus enguantados nudillos. Resonó como un timbal.

—Cobre —explicó—. Los hombres de Cromwell almacenaban su pólvora aquí, de manera que los muros y la puerta estaban revestidos de cobre. No era precisamente el lugar más seco de la casa. ¿No cree?

—¿Pólvora?

Inmediatamente reconocí el olor acre y la arenisca bajo mis pies. Empecé a preocuparme por la lámpara, que lady Marchamont balanceaba arriba y abajo con poco cuidado. Su luz alumbraba ahora una serie de puertas selladas y alcobas más pequeñas a ambos lados del corredor. Volví a estremecerme en la fría humedad, preguntándome si, tras aquellas puertas, los cráneos y huesos de un centenar de Plessingtons no estarían promiscuamente amontonados en desmoronados osarios. Anduvimos apresuradamente por el largo corredor, cuyo término —si es que lo había— se perdía en la negrura.

Al fin llegamos a nuestro destino. Lady Marchamont se detuvo ante una de las puertas y, tras forcejear con un manojo de llaves, abrió dificultosamente la puerta. Un par de oxidados goznes crujieron siniestramente.

—Por favor —dijo ella, volviéndose hacia mí con una sonrisa—, entre usted, Mr. Inchbold. Ahí encontrará usted los restos mortales de sir Ambrose Plessington.

—¿Restos...?

Me dispuse a retirarme, pero era demasiado tarde para resistir. Lady Marchamont me tenía cogido de la muñeca y me arrastraba a través del umbral.

—Allí...

Estaba señalando a un rincón de la habitación, donde un estropeado ataúd de roble descansaba sobre una mesa caballete. Retrocedí, intentando liberar mi brazo, mas entonces vi para gran alivio mío que los «restos» de su padre eran textuales, no corpóreos; porque el ataúd, cuya tapa había sido apuntalada para que permaneciera abierta, estaba lleno, no de huesos, sino de montones de documentos, grandes fajos de documentos, que amenazaban con rebosar del féretro.

—Todo está aquí. —Su tono era reverente mientras se abría camino cuidadosamente por el lugar—. Todo lo que se refiere a mi padre. Y a Pontifex Hall. O, más bien, casi, casi todo...

Había colgado la lámpara de un candelabro de pared y ahora se arrodilló ante el ataúd sobre un lecho de juncos que habían sido esparcidos por el suelo de tierra ante la mesa caballete. El ataúd, pude ver, tenía una capa de suciedad. La mujer empezó a retirar los documentos uno a uno, a examinarlos superficialmente y luego a devolverlos a su lugar. Su capa le cubría los hombros como un par de alas plegadas. Nos encontrábamos en una especie de archivo, supuse, sintiéndome reacio a cruzar el umbral, hasta que ella me hizo un signo de que me adelantara.

—Los documentos de la propiedad —explicó—. Los inventarios, los contratos, las escrituras de traspaso.

Lo mismo podía haber estado hurgando con sus enguantadas manos en un baúl lleno de piedras de la luna y amatistas, en vez de aquellos montones de documentos amarillentos.

—Por esto Stanfast Osborne compró la propiedad, sabe usted. —Su voz resonaba con dureza en las desnudas paredes—. Por sus documentos. No le importaba nada la casa, como puede usted ver. Pero el ataúd estaba escondido en sitio seguro. Lord Marchamont se preocupó de ello.

La habitación estaba mal ventilada, era exigua y en sus paredes había incrustados lo que tomé por depósitos de salitre. La lámpara, que ahora brillaba tenuemente, iluminaba generaciones de telarañas, todas ellas llenas de polvo. Yo había sufrido toda la vida de asma... el resultado de ver mis pulmones sometidos al humo de carbón de Londres. Ahora, mientras me encontraba de pie en la puerta de aquella extraña bóveda, sentí un familiar borboteo bajo mi esternón.

—¿Estuvieron guardados aquí, en esta habitación —conseguí finalmente preguntar, apoyándome en mi bastón de madera de espino—, todos estos años?

—Por supuesto que no. —Su alada espalda estaba aún vuelta hacia mí—. Habrían sido hallados en menos de una hora. No, estuvieron enterrados en una parcela del cementerio de Crampton Magna. En este ataúd. ¿Ingenioso, no? Bajo una lápida inscrita con el nombre de uno de los lacayos. Aquí... —Se dio la vuelta alargando una hoja en su enguantada mano—. Ésta es la orden que selló nuestro destino.

El papel era de grueso lino, sus bordes enrollados y débilmente chamuscados. Lo cogí, e inclinándome para que le diera la luz de la lámpara y acercándolo a pocos centímetros de mi nariz, vi la impresión de un sello parlamentario y, debajo, la inscripción, ligeramente descolorida, en una escritura legal de trazo grueso:

Sea por lo tanto decretado, Que todas las haciendas, tierras, propiedades y herencias, con todas sus dependencias, sean cuales fueren, del susodicho Henry Greatorex, barón Marchamont, sean embargadas o confiscadas, en posesión, reversión o saldo, el día 20 de mayo, en el año de nuestro Señor de 1651, así como revocados todos los derechos de entrada en las susodichas haciendas, tierras, propiedades o herencias...

—La orden de confiscación de la propiedad —explicó ella. Me tendió otro documento, o, más bien un pequeño fajo de documentos. Este fajo, atado con una cinta descolorida y deshilachada, era sin duda menos oficial, y su escritura, la propia y formal de un secretario, una escritura que, aunque yo lo ignoraba en aquella época, era la del propio sir Ambrose Plessington, el

61

cual se me apareció por primera vez, por lo tanto, entre las líneas de un largo texto, una lista de sus pertrechos: «Un inventario realizado de todo el ganado y bienes muebles e inmuebles de Ambrose Plessington, caballero de Pontifex Hall, en la Parroquia de Saint Peter's, valorada y tasada en presencia de cuatro magistrados...»

Dejé a un lado mi bastón y desaté la cinta. El resto, seis páginas en total, escritas por ambos lados, consistía en una lista terriblemente larga de posesiones de sir Ambrose Plessington, de sus muebles, cuadros, ropas, plata y vajilla, junto con artículos más esotéricos como telescopios, cuadrantes, calibradores, brújulas y varios armarios cuyo contenido —animales disecados, conchas y corales, monedas, puntas de flecha, fragmentos de urnas, *objets d'art* de todo tipo, e incluso dos autómatas— había sido numerado individualmente. Uno de los más valiosos de todos era un *Kunstschrank* cuya superficie aparecía incrustada con diamantes y esmeraldas, aunque lo que pudiera haber dentro de esa resplandeciente arca —valorada en unas asombrosas diez mil libras— el inventario lo callaba. El valor de todo el contenido de la casa figuraba en la última página, y ascendía a 155.000 libras, una increíble suma que ya era bastante inmensa en 1660, y que en junio de 1622, la fecha del inventario, debía de ser realmente sobrecogedora. Ni siquiera los tesoros del difunto rey Carlos, el gran experto, habían alcanzado un precio tan alto cuando Cromwell los sustrajo del palacio y los vendió luego a los voraces príncipes de Europa.

Lady Marchamont había captado mi asombrada mirada.

—De todos estos artículos —dijo con voz tranquila—, puede usted comprobar que casi no queda nada. Todos nos fueron arrebatados, o los destruyeron los soldados. Sólo este baúl y estos documentos dan fe de lo que era Pontifex Hall, de todo lo que mi padre construyó.

—Pero la biblioteca... —Yo había regresado al principio de la lista y estaba ahora repasándola lentamente por segunda vez—. No veo mención alguna de los libros de su padre.

—No. —Cogió el fajo de papel de mis manos y, después de atar nuevamente la cinta, lo restituyó al ataúd—. Este inventario no incluye el contenido de la biblioteca. Para eso se compiló otro aparte.

Se dio la vuelta y, después de hurgar en el baúl un poco más, desenterró un fajo mayor.

—Sumamente detallado, como puede usted ver. Contiene el precio pagado por cada libro, junto con el nombre del librero o agente a quien se le compró. Una interesante relación, aunque ahora no tenemos tiempo para estudiarla. Por el momento...

Lo dejó a un lado y buscó con cuidado en el ataúd, removiendo pesadas capas de papel.

—Por el momento, Mr. Inchbold, debe usted leer algo más. Durante su vida, mi padre recibió muchas patentes de privilegio en una serie de países, de varios reyes y emperadores. Pero éstas quizás sean de especial importancia.

¿Importancia para qué? ¿Qué tenía que ver mi presencia en Pontifex Hall con esa fétida bóveda subterránea y sus viejos papeles? ¿Con reyes y emperadores? Lady Marchamont se había dado ya la vuelta y me alargaba tres o cuatro documentos. El primero era un pergamino y al pie llevaba, en agrietada cera roja, la impresión de un enorme sello cuya circunferencia rezaba, en unos caracteres que apenas era perceptibles,

Sostuve el papel más cerca de la luz. Encima del sello, escrito con una recargada letra gótica, había algunos párrafos en alemán, que mi limitado conocimiento de esta lengua me indicó que equivalía a una comisión por la búsqueda de libros y manuscritos en las regiones de Bohemia, Moravia, Silesia y Glatz. Estaba fechada en 1610. Durante unos segundos, froté el arrugado borde del documento entre mis dedos índice y pulgar, disfrutando de la vellosa textura de la membrana, tan blanda y suave como la mejilla de una dama. Después le di la vuelta a la página, cuidadosamente, con un ahogado, agradable, crujido, y empujé hacia arriba con el pulgar el puente de mis lentes.

El siguiente documento, fechado un año más tarde e impreso con el mismo sello, era de similar contenido, pero extendía el encargo más allá de las tierras checas para incluir Austria, Estiria, Maguncia y el Alto y el Bajo Palatinados, así como —lo más notable de todo— las tierras del sultán otomano. Las últimas tres páginas otorgaban, respectivamente, una patente de nobleza imperial, una pensión de 500 táleros por año y un doctorado en filosofía de la Carolinum. Este último documento estaba escrito en latín y grabado en relieve con un escudo de armas. Levanté la mirada para descubrir que lady Marchamont fruncía el entrecejo, muy atenta a mi reacción. La luz de la lámpara chisporroteó y, para alarma mía, casi se extinguió.

—Está en Praga.

—¿Praga? —Mi mirada interrogadora había regresado a los volúmenes en piel, que mis manos estaban revolviendo nerviosamente.

—La Carolinum —dijo ella en un tono seco, como repitiendo una sencilla lección a un niño obtuso—. Está en Praga. Bohemia. Mi padre pasó allí varios años.

—¿En la Carolinum?

—No. En Bohemia. Después de que Rodolfo trasladara la corte imperial de Viena a Praga.

Yo seguía estudiando los pergaminos.

—¿Sir Ambrose estaba al servicio del sacro emperador romano?

Ella asintió con la cabeza, aparentemente encantada de la nota de admiración que se traducía en mi voz.

—Al principio, sí. Como uno de los agentes contratados para procurar libros a la Biblioteca Imperial. Posteriormente estuvo al servicio del editor palatino, proveyendo la Biblioteca Palatina de Heidelberg.

Se detuvo, y una vez más empezó a examinar cuidadosamente los papeles del ataúd. Durante los siguientes diez minutos me vi obligado a toquetear, resoplando, una docena y pico de otros documentos, todos ellos patentes para diversos monopolios e invenciones —nuevos métodos de aquilatar el oro o de aparejar barcos— junto con los títulos de propiedades alodiales esparcidas por Inglaterra, Irlanda y Virginia. En conjunto, más ajadas páginas de la ocupada vida de sir Ambrose. Yo apenas prestaba atención a medida que lady Marchamont iba arrojando cada uno de ellos en mis manos con el celo de un cuáquero predicando en la esquina. Pero pronto me encontré fijando mi atención ante un documento de un tipo diferente, otra patente de privilegio con el gran sello de Inglaterra grabado en relieve al pie, una patente cuyos designios eran más grandiosos que los otros:

Este contrato, realizado el día 30 de agosto, en el *Anno Domini* de 1616, cuarto año del reinado de nuestro soberano señor Jaime, por la gracia de Dios, rey de Inglaterra, Escocia e Irlanda, Defensor de la Fe, entre nuestro susodicho soberano señor de una parte, y Ambrose Plessington, Caballero de la Jarretera, de la otra parte, para construir, aparejar, aprovisionar y por lo demás equipar, y después capitanear y gobernar, el barco conocido como el *Philip Sidney*, desde el puerto de Londres, a la ciudad de Manoa, en el Imperio de la Guayana...

Parpadeé, me froté los ojos con los nudillos, y luego continué leyendo. El documento era una comisión de 3.000 libras en favor de sir Ambrose por realizar un viaje en busca, no de libros y manuscritos —como en los tiempos del emperador Rodolfo— sino más bien de la cabecera del río Orinoco y de una mina de oro cerca de una ciudad llamada Manoa, en el Imperio de la Guayana. Yo sabía algo de la expedición, si es que se trataba de la misma, porque era muy consciente de que sir Walter Raleigh había subido al cadalso un año después de su desastroso viaje a la Guayana en 1617. ¿De modo que el *Philip Sidney* había remontado el Orinoco junto con la malhadada flota de Raleigh? Y en tal caso, ¿qué se había hecho del barco y de su capitán?

No pude leer más. Las letras de la patente empezaban a bailar ante mis cansados ojos, y a esas alturas aún sentía más presión en el pecho. Me quité las gafas y me froté los ojos con los nudillos. Tosí, tratando de limpiar mis pulmones del viciado aire y de las motas de polvo. De nuevo pude oír el suave discurrir de agua, que parecía ahora originarse detrás de la pared del diminuto archivo. Me puse otra vez los lentes, pero las letras de la página seguían haciendo amagos y encogiéndose ante mis ojos, que continuaban escociéndome.

—Lo siento pero yo...

—Sí, por supuesto.

Lady Marchamont me quitó los papeles de la mano y los devolvió al féretro. Pero antes de que cerrara de golpe la tapa, capté un atisbo de lo que parecía ser un documento más nuevo, otro contrato. El borde superior del pergamino estaba como rasgado, mientras que el inferior había sido doblado y cerrado con un sello colgado de una etiqueta de pergamino. ¿Lo había hecho ella a propósito, me preguntaría yo más tarde, para permitirme aquella brevísima visión, aquella sutilísima clave? La firma que figuraba al lado del sello era ilegible, pero fui capaz de distinguir algunas palabras escritas en la parte superior: «Sciant presentes et futuri quod ego...»

Pero entonces la tapa del féretro fue cerrada de golpe, y un segundo más tarde me sobresalté ante el ligero toque de la mano enguantada sobre mi antebrazo. Cuando volví la cabeza, mi acompañante me estaba brindando la más curiosa e inquietante de las sonrisas.

—¿Volvemos arriba, Mr. Inchbold? Apenas si hay aire en estos sótanos. A lo sumo basta para que dos personas respiren un máximo de treinta minutos, al mismo tiempo.

Asentí agradecido y busqué mi bastón de madera de espino. De repente el aire parecía más denso que nunca, y por primera vez me di cuenta de que ella también estaba respirando con pesadez. Tras coger la lámpara del candelabro, la mujer se volvió hacia la puerta.

—Mi padre ventilaba los sótanos con una bomba —continuó—, pero naturalmente la bomba fue robada junto con todo lo demás.

Los goznes volvieron a crujir cuando ella cerró la puerta y se oyó un tintineo de llaves y cadenas de plata cuando echó el cerrojo. Yo seguí el negro vestido a lo largo del corredor.

«Sciant presentes et futuri...»

Me impulsaba a través de la oscuridad apoyándome en el bastón, mi ceño fruncido en confusa concentración. ¿Que todos los hombres presentes y futuros sepan *qué*? Mientras ascendíamos por las escaleras me descubrí pensando, no tanto en las docenas de documentos que me habían puesto ante las narices, sino en el misterioso pergamino medio oculto entre los demás papeles del ataúd, el documento cortado en dos partes con su apretado borde esperando encajar como una pieza de rompecabezas en su contraparte, el pergamino doble del cual había sido cuidadosamente separado. ¿Supuse entonces que podría encajar en un rompecabezas mayor cuyas otras piezas eran hasta el momento desconocidas y estaban sin descubrir? ¿O sólo es ahora, retrospectivamente, cuando lo recuerdo con tanta claridad?

Mi pecho silbaba como una tetera hirviendo mientras subíamos, mientras el tullido pie se arrastraba y golpeaba sonoramente contra los escalones. En mi cara, una mueca de dolor por la vergüenza que sentía, contento de que reinara la oscuridad. Pero lady Marchamont, dos pasos por delante, con la cara medio vuelta hacia mí, no parecía darse cuenta de estas emociones. Mientras nos abríamos camino hacia arriba, ella describió algunos de los servicios realizados por su padre a Rodolfo II, el gran «emperador mago», cuyo palacio de Praga se llenó de astrólogos, alquimistas, invenciones curiosas y, por encima de todo, decenas de miles de libros. Un buen número de las posesiones del emperador habían llegado a serlo gracias a sir Ambrose, declaró lady Marchamont. Porque, siempre que un noble o un erudito con recursos moría en algún lugar dentro de las fronteras del Imperio —desde la Toscana, al sur, a Clèves al oeste, y a Lusacia o Silesia, al este—, su padre había sido despachado a través del dilatado mosaico de principados y feudos para garantizar al emperador la posesión de los artículos más importantes e impresionantes del legado: cuadros, mármoles, relojes, piedras preciosas, nuevas invenciones de todo tipo, y, por supuesto, la biblioteca, especialmente si ésta contenía volúmenes sobre alquimia y otras artes ocultas, que habían sido las favoritas de Rodolfo. En estas misiones, presumía lady Marchamont, su padre raras veces había decepcionado.

—En sólo un año, negoció la adquisición de las bibliotecas de Benedikt de Richnov y del noble austríaco Anton Schwarz von Steiner. —Hizo una pausa para respirar y se volvió hacia mí—. ¿Ha oído usted hablar de esas colecciones?

Moví negativamente la cabeza. Habíamos llegado a lo alto de la escalera. El embaldosado suelo parecía inclinarse bajo mis pies como la cubierta de un barco que se estuviera hundiendo. Ella abrió la puerta para mí, y yo entré tambaleándome tras mi propia sombra. ¿Benedikt de Richnov? ¿Anton Schwarz? Había muchas cosas, aparentemente, que yo no sabía.

—Cada biblioteca contenía más de diez mil volúmenes —llegó su voz desde la oscuridad a mis espaldas—. Entre otros tesoros, incluía la obra de Rupescissa sobre alquimia y la edición de Finé de Roger Bacon. Incluso manuscritos sobre astrología de Albamazar y Sacrobosco. La mayoría fueron enviados a la Biblioteca Imperial de Viena para ser catalogados por Hugo Blotius, el *Hofbibliothekar*, pero algunos fueron llevados a Praga para inspección de Su Excelencia. No era una tarea sencilla. Fueron transportados a través de montañas y del Böhmerwald en carros especiales de mulas, y furgones con amortiguadores, una invención nueva en aquellos tiempos. Las cajas de madera en que fueron embalados habían sido calafateadas en sus junturas, como el casco de un buque de guerra, y a su vez estas cajas fueron envueltas en dos capas de lona curtida. El conjunto debía de ofrecer una imagen asombrosa. Desde su comienzo hasta el final, los convoyes tenían casi una milla de largo, con todos los libros colocados en orden alfabético.

Su voz resonaba contra las desnudas y lisas paredes. Las palabras parecían ensayadas, como si ella hubiera contado la historia muchas veces en el pasado. Me acordé de las pobladas estanterías de obras sobre ocultismo de la biblioteca de su padre y me pregunté si esos libros tendrían alguna relación con Benedikt de Richnov o Anton Schwarz, o quizás incluso con el propio «emperador mago».

Estábamos caminando ahora uno al lado del otro, rápidamente, deshaciendo laboriosamente nuestro complicado camino en dirección —al menos por lo que yo podía ver— a la biblioteca. Era imposible saber si habíamos pasado por allí antes. Los sirvientes, incluso Phineas, parecían haberse desvanecido. Se me ocurrió que dos personas, hasta media docena tal vez, podrían fácilmente andar arriba y abajo, ocupándose de sus asuntos, en Pontifex Hall durante días enteros sin llegar a verse.

Bruscamente la narración terminó.

—Mi querido Mr. Inchbold...

Yo había estado apresurándome para mantener el paso, jadeando y resoplando como una orca. Casi colisioné con ella cuando la mujer se detuvo súbitamente en medio del corredor.

—Mi querido Mr. Inchbold, he abusado demasiado

de su buen temperamento. Seguramente se estará usted preguntando por qué le he contado todas estas cosas, por qué le he mostrado la biblioteca, el inventario, las patentes...

Me enderecé y descubrí que no era capaz de mirarla a los ojos.

—Bueno, lady Marchamont, debo confesar...

—Oh, por favor —me interrumpió levantando una mano—. Llámeme Alethea. No nos hacen falta formalidades, espero.

Era una orden más que una petición. Me mostré conforme. Ella era mi superior en rango, después de todo, estuviera vigente, o no, su título. Un nombre —una palabra— no cambia nada.

—Alethea. —Pronuncié el extraño nombre con cautela, como alguien que prueba un plato nuevo y exótico.

Ella reanudó la marcha, aunque más lentamente ahora, las gruesas suelas de sus borceguíes arañando las baldosas. Torcimos a la izquierda, penetrando en otro largo corredor.

—La verdad es que deseaba que usted viera algo de lo que Pontifex Hall había sido. ¿Se lo imagina usted? Los frescos, las tapicerías...

Su mano libre hizo un gesto como si fuera un conjuro hacia las desnudas paredes, hacia el vacío corredor que se extendía ante nosotros. Yo parpadeé estúpidamente en la oscuridad, incapaz de imaginar nada de lo que ella evocaba.

—Pero, más aún —prosiguió ella bajando la voz—, quería que usted supiera qué clase de hombre era mi padre.

Habíamos llegado a la biblioteca, cuya oscuridad ahora era completa. Yo me sobresalté una vez más por el toque de su mano. Al darme la vuelta descubrí dos pequeñas llamas, reflejos de la lámpara, bailando en las pupilas de sus ojos, muy juntos. Aparté la mirada nerviosamente. Sir Ambrose era, en ese momento, aún más inimaginable que sus saqueadas posesiones.

—No tengo marido, ni hijos, ni parientes vivos. —Su voz se había convertido en un susurro—. Es muy poco lo que me queda actualmente. Pero sí que me queda una cosa, una ambición. Mire usted, Mr. Inchbold, quiero devolver Pontifex Hall a su antigua condición. Restablecer su primitivo estado; hasta el último detalle. —Me soltó el brazo para volver a hacer un gesto hacia la vacía oscuridad—. Hasta el último detalle —repitió con énfasis—. Los muebles, los cuadros, los jardines, el invernadero de naranjos...

—Y la biblioteca —terminé yo, pensando en los libros que se iban arruinando hasta convertirse en jirones y polvo en el suelo.

—Sí. La biblioteca también.

Me volvió a coger del brazo. La lámpara se balanceaba en cortos arcos. Nuestras sombras oscilaban de un lado a otro como bailarines. Allí, en la vacía casa, con sus desnudas y desconchadas paredes, la ambición de aquella mujer parecía extravagante e imposible.

—Todo como mi padre lo dejó. Y sé que lo conseguiré. Aunque supongo que no será fácil.

—No —respondí confiando en que mi voz sonara comprensiva. Estaba pensando en las tropas acuarteladas, en la devastada fachada de la casa, en la gran rama de hiedra que se introducía a través de la ventana del segundo piso... en la espantosa imagen de ruina que había podido contemplar a través de la arcada. No sería nada fácil.

—Seré franca. —La mujer había levantado la lámpara como para iluminar nuestras caras. Ardía más brillantemente, pero la llama servía sólo para aumentar la profundidad de las sombras—. Las dificultades con la restauración de la mansión no surgirán sólo debido a las profanaciones, y tampoco sólo porque (en efecto, si usted debe saberlo) esté, diríamos, en apuros económicos. Surgirán también porque hay otros intereses.

Su voz sonaba despreocupada, pero sus ojos, del color de la obsidiana en la oscuridad con sus ensanchadas pupilas, mantenían su intensa, inquisitiva, mirada.

—Otros intereses. Ya ve, Mr. Inchbold. Yo, como mi padre, he acumulado un número de enemigos mayor del que me corresponde. —La presión del brazo creció hasta hacerse dolorosa—. Habrá visto, por el inventario, que sir Ambrose era un hombre de inmensa riqueza.

Asentí. Por un segundo pude ver a los magistrados municipales desfilando por aquel corredor y a través del resto de la casa, cruzando habitaciones tan ricas como la cueva de Aladino; los cuatro hombres tocando jarrones, relojes, tapicerías, secreteres, joyas de inimaginable precio, mientras sus ojos se abrían como platos; un fabuloso artículo tras otro sumándose al increíble inventario. Y todo esto se había esfumado.

—La riqueza atrae sus enemigos —dijo ella, y añadió luego en tono casual—: Sir Ambrose fue asesinado. Al igual que lord Marchamont.

¿Asesinados? —La palabra resonó como correspondía contra las desnudas paredes del corredor—. ¿Pero por quién? ¿Los hombres de Cromwell?

Ella movió negativamente la cabeza.

—Eso no puedo decirlo con seguridad. Pero tengo mis dudas. Lo cierto es que no lo sé. Había esperado que los documentos ofrecieran alguna clave. Lord Marchamont pensó que podía haber descubierto algo, pero...

Movió nuevamente la cabeza en un gesto negativo y bajó los ojos. Al levantarlos, un segundo más tarde, debió de haber visto lo que ella interpretó como una mirada de alarma en mi rostro, porque agregó rápidamente:

—Oh, pero no tiene usted por qué preocuparse. No hay nada que temer, Mr. Inchbold. Deje que le tranquilice. Por favor, comprenda. Usted estará completamente a salvo. Se lo prometo.

Esta promesa tranquilizadora abrió, con todo, en mí una grieta de duda. ¿Y por qué *no* iba a estar a salvo? Pero no tuve tiempo de contemplar la cuestión porque ahora la mujer me soltó el brazo y tiró de una campanilla. El sonido de ésta era áspero y quejumbroso, como una alarma.

—No tenga ningún temor —dijo dándome la espalda mientras los ecos iban muriendo—. Su tarea será muy simple. Una tarea que no le pondrá en peligro en absoluto.

Ah, pensé. Por fin.

—¿Mi tarea?

—Sí. —Phineas había aparecido al final del corredor. Lady Marchamont se dio la vuelta para mirarme—. Pero ya he hablado demasiado. Perdóneme. Todo esto debe esperar a mañana. Tiene que descansar ahora, Mr. Inchbold. Ha hecho usted un largo viaje. ¿Phineas?

La lúgubre cara del lacayo apareció bajo la amarillenta luz de la lámpara de aceite de pescado.

—Por favor, muéstrale a Mr. Inchbold su cuarto.

Sí, pensé, mientras seguía a Phineas escalera arriba. Había hecho un largo viaje. Más largo, quizás, de lo que suponía.

Fui acomodado para pasar la noche en un dormitorio del piso superior situado a lo largo de un ancho corredor donde a intervalos regulares se alineaban puertas cerradas. La habitación era grande, pero, tal como ya había esperado, inadecuadamente amueblada. Había un jergón de paja, un taburete de tres patas, una chimenea vacía festoneada de sucias telarañas, un libro y unos pocos artículos más. Yo estaba demasiado agotado para dedicarles una mirada.

Por un momento me sentí también demasiado exhausto para moverme. Permanecía en el centro del cuarto contemplando tristemente su vaciedad. Reflexioné que las chozas de los campesinos con que nos habíamos cruzado en el camino de Crampton Magna estaban probablemente mejor amuebladas. Tuve una breve visión del inventario guardado bajo llave en la diminuta habitación dos pisos más abajo; de su interminable catálogo de alfombras, tapicerías, relojes de pared, sillas de *boiserie*. En otra época, aquella habitación —el «dormitorio de terciopelo», la había llamado Alethea— debió de estar espectacularmente amueblada; quizás era la del propio sir Ambrose. Aún ahora se descubrían rastros de su anterior esplendor, como la astillada y desconchada repisa de chimenea o el parche triangular de papel aterciopelado carmesí en lo alto de la pared. Migajas de la gloria que otrora fuera Pontifex Hall. Para los soldados puritanos medio muertos de hambre, con sus negros uniformes de confección casera, debió de ser un espectáculo obsceno. Y para alguien más, al parecer, un motivo para asesinar.

Me desnudé lentamente. Phineas, o quien fuera, había traído mi baúl a la habitación depositándolo sobre el jergón. Hurgué en él en busca de mi camisón, que deslicé por encima de mi cabeza. Después, utilizando mis humedecidos índice y pulgar, apagué la vela de sebo que Phineas había colocado sobre la mesa, y un instante más tarde el dormitorio se vio inundado a través del agrietado marco de la ventana por profundas oleadas de la noche. Cerré los ojos, y el sueño, con su pesado troquel, estampó su sello en mis párpados.

CAPÍTULO QUINTO

El castillo de Praga, visto desde la distancia, era como una irregular diadema colgando sobre la escarpada cima de un peñasco que dominaba los entrelazados tejados de la Ciudad Vieja, al otro lado del río. Al alba, sus ventanas reflejaban el sol matutino, y al crepúsculo, su sombra se deslizaba a través del río como la mano de un gigante, y luego avanzaba lentamente introduciéndose en las estrechas callejuelas de la Ciudad Vieja para cubrir sus agujas y plazas. Visto desde dentro, era aún más impresionante, con su multitud de arcadas, patios, capillas y palacios, incluso varios conventos y ventas. Todo esto encerrado dentro de unos muros fortificados cuyas formas, desde arriba, sugerían un ataúd. La Catedral de San Vito ocupaba el centro del castillo, y al sur de la catedral se alzaba el Palacio Královsky, que en el año 1620 era el hogar de Federico e Isabel, los nuevos reyes de Bohemia. A doscientos metros a vuelo de pájaro del Palacio Královsky, pero a través de una sucesión de patios, y luego pasado un pozo con caseta, una fuente y un jardín, se alzaba lo que en 1620 debía de ser la más nueva y notable de las edificaciones del castillo, una serie de galerías conocidas como las Salas Españolas. Estas salas se construyeron en la esquina noroeste, a corta distancia de donde la Torre de las Matemáticas se alzaba sobre el foso. Habían sido construidas unos quince años antes para albergar los miles de libros y otros abundantes tesoros del emperador Rodolfo II, una estatua de bronce del cual, con gorguera y barba, nariz ganchuda y aspecto melancólico, se levantaba ante la fachada sur. En 1620, Rodolfo llevaba ya muerto casi diez años, pero sus tesoros permanecían. Los libros y manuscritos, entre los más preciosos de Europa, estaban guardados en la biblioteca de las Salas Españolas, y en aquella época el bibliotecario del castillo era un hombre llamado Vilém Jirásek.

Vilém andaría por sus treinta y cinco años, y era un hombre tímido y modesto, mal calzado y de aspecto descuidado, con una chaqueta remendada y un par de anteojos, tras cuyos lentes revoloteaban y flotaban sus pálidos ojos. Pese a los insistentes ruegos de Jirí, su solitario sirviente, él permanecía indiferente a su humilde aspecto. Se mostraba igualmente indiferente a los asuntos del mundo más allá de los muros de las Salas Españolas. Muchas cosas habían ocurrido en Praga durante los diez años que él llevaba trabajando en la biblioteca, entre ellas la rebelión de 1619, en la que los nobles protestantes de Praga depusieron al católico emperador Fernando del trono de Bohemia. Sin embargo, ningún suceso, por turbulento que fuera, había perturbado sus labores eruditas. Cada mañana salía con paso cansino de su diminuta casa del Callejón Dorado y, exactamente diecisiete minutos más tarde, llegaba ante su desordenado escritorio, en el momento en que los centenares de relojes mecánicos de las Salas Españolas estaban dando las ocho en punto. Cada tarde, con los ojos enrojecidos y exhausto, iniciaba su fatigoso regreso al Callejón Dorado, justo cuando los relojes daban las seis. En diez años no se sabía que se hubiera desviado de esta órbita perdiendo un solo día de trabajo o llegando siquiera un minuto tarde.

El puesto de Vilém exigía semejante precisión, por supuesto. Durante los últimos diez años, con la ayuda de dos asistentes, Otakar e István, había estado catalogando y clasificando convenientemente cada volumen en las estanterías de las Salas Españolas. La tarea era inmensa y condenada al fracaso, porque Rodolfo había sido un insaciable coleccionista. Sólo sus libros sobre ciencias ocultas ascendían a millares. Una sala entera estaba atiborrada con obras sobre «sagrada alquimia», otra con libros sobre magia, entre ellos el *Picatrix*, que Rodolfo había usado para lanzar hechizos contra sus enemigos. Como si estas toneladas de libros no fueran bastante, cada semana seguían llegando a la biblioteca centenares de volúmenes, junto con montones de mapas y otros grabados, todo lo cual tenía que catalogarse y luego colocarse correctamente en los estantes de las superpobladas e interconectadas habitaciones en las que a veces el propio Vilém se perdía. Para hacer aún más difíciles las cosas, cajones de volúmenes y otros valiosos documentos estaban actualmente siendo expedidos a Praga desde la Biblioteca Imperial de Viena para mantenerlos a salvo de los turcos y los transilvanos. Así ocurría que la edición del *Magische Werke*, de Cornelio Agrippa depositada sobre el escritorio de Vilém en su primera mañana de trabajo de 1610 seguía allí diez años más tarde, sin catalogar ni clasificar, enterrada cada vez más profundamente bajo las crecientes pilas de libros.

O ésa, al menos, había sido la situación de la biblioteca hasta la primavera de 1620, cuando parecía que había llegado un período de respiro. El río de libros entrantes había ido perdiendo fuerza hasta convertirse en un hilillo tras la revuelta estallada contra el emperador y la coronación de Federico e Isabel. Algunas de las cajas de libros de Federico habían llegado el otoño anterior desde Heidelberg, procedentes de la gran Biblioteca Palatina, y la mayor parte de estos volúmenes aún no había sido desembalada, y menos aún catalogada o clasificada en las estanterías. Pero las otras fuentes de aprovisionamiento —los monasterios, las propiedades de nobles en bancarrota o fallecidos— parecían haberse secado. Circulaban incluso alarmantes rumores de que algunos de los manuscritos más valiosos habían sido saldados por Federico para financiar el andrajoso y mal equipado ejército bohemio en la que un rumor paralelo pretendía iba a ser la próxima guerra contra el emperador. Muchos otros libros y manuscritos procedentes de las Salas Españolas serían enviados para su salvaguarda, o bien a Heidelberg, o, en el caso de que Heidelberg cayera, a Londres.

¿Salvaguarda? Los tres bibliotecarios habían quedado desconcertados por tales historias. ¿Salvaguarda de qué? ¿De quién? No podían hacer otra cosa que encogerse de hombros mirándose mutuamente y regresar al trabajo, incapaces de aceptar que su tranquila rutina podía verse alterada por acontecimientos tan remotos e incomprensibles como guerras y destronamientos. Si el mundo exterior era, por lo poco que Vilém comprendía de él, desordenado y confuso, allí al menos, en aquellas habitaciones, prevalecían un hermoso orden y armonía. Pero en el año 1620, este delicado equilibrio iba a verse roto para siempre, y para Vilém Jirásek, encerrado entre sus montones de amados libros, el primer indicio de este desastre fue la reaparición en Praga del inglés sir Ambrose Plessington.

Sir Ambrose debió de haber regresado al castillo de Praga, tras una larga ausencia, durante el verano o la primavera de 1620, en la época en que él, como Vilém, andaba promediando sus treinta, aunque, a diferencia de Vilém, él no parecía, ni siquiera remotamente, un erudito. Tenía un torso tan grueso como un carnicero o un herrero, y era alto pese a sus arqueadas piernas, que sugerían que se pasaba más tiempo sentado en la silla de un caballo que ante una mesa. Tanto su frente como su barba eran oscuros, y esta última estaba esculpida en forma de «V», algo que, al igual que su agobiante gorguera, se había puesto de moda últimamente. Vilém debía de conocerle por su reputación ya que sir Ambrose era responsable de un buen número de los libros y artefactos de las Salas Españolas. Diez años atrás había sido el más famoso de los agentes de Rodolfo, recorriendo cada ducado, *Erbgut*, feudo y *Reichsfreistadt* del Sacro Imperio Romano, al objeto de traer a Praga aún más libros, cuadros y curiosidades para el obsesivo y demente emperador. Había viajado incluso hasta Constantinopla, de la cual regresó no solamente con sacos de bulbos de tulipán (una flor favorita de Rodolfo), sino también con docenas de antiguos manuscritos que figuraban entre los más valiosos de las Salas Españolas. Exactamente, lo que le había devuelto a Bohemia en 1620 era sin duda un misterio para las escasas personas de Praga —Vilém entre ellas— que conocían su presencia.

Por supuesto, sir Ambrose no era el único inglés que llegaba a Praga en esa época. La ciudad rebosaba de ellos. Isabel, la nueva reina, era hija del rey Jaime de Inglaterra, y el Palacio Královsky se había convertido en el hogar de su abundante séquito. A sus hordas de calceteros, sombrereros y médicos, se sumaban las docenas de sirvientes que se esforzaban por cuidar y servir a la reina día tras día. Entre esta legión de subalternos había seis damas de honor, y entre éstas una joven llamada Emilia Molyneux, la hija de un noble anglo-irlandés que había sido muerto unos años atrás. Emilia tenía en aquella época veinticuatro años, la misma edad que su real ama. Y en su aspecto, también, se parecía a la reina —que era remilgada, pálida y menuda—, excepto por una gruesa mata de cabello negro y un estrabismo acompañado de miopía.

Cómo Emilia había conocido a Vilém es algo que queda para la especulación. Quizás había sido en uno de los numerosos bailes de máscaras a los que la joven reina era tan aficionada, a una hora tardía cuando los formalismos de la corte se relajaban entre el frenesí de la música y la bebida. O tal vez el encuentro había sido una cuestión más seria. La reina era una gran amante de la lectura —uno de sus rasgos más atractivos—, y por tanto podía haber enviado a Emilia a las Salas Españolas a buscar alguno de sus libros favoritos. O posiblemente Emilia fue a las Salas Españolas a una misión propia. Había aprendido, entre otros talentos suyos, a leer. Fuera lo que fuese, sus posteriores encuentros se habrían mantenido en secreto. Vilém era católico romano, y la reina, una devota calvinista, detestaba a los católicos romanos casi tanto como a los luteranos. Tan devota era que se había negado a cruzar el puente sobre el Moldava a causa de la presencia de una estatua de madera de la Virgen María situada en el otro extremo, y por orden suya todas las estatuas y crucifijos estaban siendo arrancados de la Ciudad Vieja. Incluso los objetos curiosos de las Salas Españolas habían sido inspeccionados por el capellán de la reina, no fuera que algunos de los resecos fragmentos fueran los huesos de santos u otras reliquias papistas. Por ello, para Emilia, en el caso de que fuera descubierta en compañía de un católico romano —un católico romano educado por los jesuitas en el Clementinum—, eso hubiera significado la expulsión de Praga y un inmediato regreso a Inglaterra.

Por todo ello, los dos jóvenes se habían encontrado en la casa de Vilém, en el Callejón Dorado. Una de aquellas tardes en que sus servicios no eran requeridos hasta última hora, Emilia se habría escabullido del Palacio Královsky a las ocho en punto, por la escalera de atrás, abriéndose camino a través de los patios, sin antorcha ni linterna, palpando las paredes. El Callejón Dorado, una fila de humildes casitas, estaba situado en el costado lejano del castillo, y la casa de Vilém, una de las más pequeñas, se hallaba en el extremo opuesto, bajo los arcos de la pared norte del castillo. Pero siempre había una luz en la ventana, salía humo de la chimenea y Vilém estaría allí para abrazarla.

Y lo cierto es que él siempre estaba esperando para abrirle la puerta cada vez que ella efectuaba su excursión nocturna, hasta que una fría noche de noviembre Emilia encontró la ventana a oscuras y la chimenea sin humo. Aquella noche, la joven regresó apresuradamente al palacio, pero retornó la noche siguiente, y luego la otra. Al cuarto día, seguía sin haber respuesta, y la muchacha se dirigió a las Salas Españolas, donde descubrió, no a Vilém, ni siquiera a Otakar o István, sino a otra persona, un hombre inmenso, calzado con botas con espuelas, cuya larga sombra, proyectada por una lámpara de aceite, se retorcía sobre las tablas del suelo a sus espaldas. Más tarde, la joven recordaría esa noche, no tanto porque era en la que había conocido a sir Ambrose Plessington, sino porque fue la noche en que comenzó la guerra.

Había sido en domingo. Copos de nieve revoloteaban en el aire, y una placa de hielo cubría el río. Estaba llegando otro invierno. Los sirvientes se habían recogido en las iglesias, cuyos campanarios se difuminaban en la niebla; más tarde jugaron a los bolos en los patios bordeados de escarcha, o se dedicaron a charlotear en los corredores y escaleras traseras. Los establos y los montones de boñigas humeaban. Un rebaño de flacuchas vacas era conducido, con sus cencerros sonando, a través de las empinadas callejuelas de la Ciudad Pequeña. Haces de leña y sacos de forraje eran subidos al castillo junto con las cajas de cerveza y Pilsener descargadas de las gabarras que flotaban a lo largo del río. El hielo había agrietado los cascos de los barcos, produciendo un sonido como el del trueno, o, para los más nerviosos, como el del fuego de cañón.

Emilia había estado temiendo pasar otro invierno en Praga, porque el castillo era un lugar duro cuando el tiempo empeoraba. Las puertas del Palacio Královsky se encogían por el frío y golpeaban por la acción de las corrientes de aire, mientras la nieve penetraba por debajo de ellas, formando un barrillo de dos centímetros de espesor que se amontonaba contra los muebles. El agua de los pozos se congelaba y los soldados tenían que romper el hielo con sus picas. Por la noche, el viento aullaba a través de los patios, en réplica, al parecer, a los hambrientos lobos de las colinas cercanas. A veces esos lobos llegaban a introducirse furtivamente en la Ciudad Pequeña y a atacar a los mendigos que hurgaban en los estercoleros en busca de migajas, y en alguna ocasión un mendigo había sido descubierto sin vida en la nieve, medio desnudo y congelado, agarrando todavía su bastón, como una estatua derribada de su pedestal.

Pero si los pobres se morían de hambre, los ricos se atiborraban, porque el invierno era la estación en que la reina de Bohemia celebraba docenas de banquetes. En estas ceremonias se esperaba de las seis damas de honor que permanecieran de pie durante horas interminables, sin comer ni beber, sin hablar, sin toser ni estornudar, mientras la reina y sus invitados —príncipes, duques, margraves, embajadores— se atiborraban con humeantes platos de pavo real, venado u oso salvaje, todo ello rociado con barriles de Pilsener o botellas de vino. Los temas de conversación eran siempre los mismos. ¿Apoyaban los invitados las pretensiones de Federico al trono de Bohemia? ¿Cuánto dinero enviarían para defenderlo? ¿Cuántos soldados? ¿Cuándo podrían llegar las tropas? Sólo mucho tiempo después, cuando el grupo real se había hartado de comer, peleaban las damas de honor con los sirvientes de la cocina y los lacayos por las grasientas migajas.

A una de esas fiestas, después de vaciarse las iglesias, Emilia y las demás damas de honor estaban convocadas. Sin embargo, otro banquete había sido dispuesto en la mansión Vladislav, esta vez en honor de dos embajadores de Inglaterra. Emilia estaba en cama en aquel momento y fue sacada de su lectura por el violento sonido de la campanilla suspendida de un gancho, al lado de su cama. Leer era uno de los pocos placeres que uno podía permitirse en aquella época, y ella lo realizaba en cama, envuelta en mantas y apoyada en sus almohadas con una vela ardiendo en la mesilla de noche y el libro sostenido a ocho centímetros de su nariz. La joven había devorado centenares de volúmenes desde que saliera de Londres para dirigirse a Heidelberg en 1613... en su mayoría leyendas del ciclo artúrico como *Sir Gawain y el caballero verde* y *La Muerte de Artús* de Malory, o historias de amor y aventura como *Olivante de Laura* de Torquemada y *La fortuna de amor* de Lofraso. Pero había leído también la biografía de Whetstone de sir Philip Sidney, y muchos de los sonetos de Sidney los había releído tantas veces que se los sabía de memoria, cosa que ocurría también con los de Shakespeare, cuyas obras ella leía en ajadas ediciones en cuarto. Tan apasionada lectora era que muchas veces durante los últimos siete años había sido elegida para leerle a la propia reina... una de las pocas tareas del Palacio Královsky con las que ella disfrutaba. Cuando Isabel era conducida a la cama después de uno de sus banquetes o bailes de máscaras, o incluso confinada por uno de sus embarazos, Emilia ocupaba su lugar en una silla junto a la cabecera real y leía un capítulo o dos de algún volumen seleccionado, hasta que su real ama caía dormida. La Reina podía escuchar textos tan soporíferos como *Las crónicas de Inglaterra* de Holinshed, o bien obras serias sobre la fe.

Pero sus deberes hoy no serían nada tan agradable como pasar una hora o dos con un grueso volumen sobre el regazo. Llegó a la mansión Vladislav y encontró la mesa llena de comida y los toneles de vino alineados contra las paredes. La reina no escatimaba consigo ni con sus invitados, aunque los precios en el mercado habían subido y corrían rumores de hambruna. Los embajadores debían de haber oído dichos rumores, porque se atiborraban de pollos enteros y jarretes de cerdo como si aquélla fuera a ser su última comida. El mono mascota de la reina, que no conocía el decoro, saltaba de silla en silla, charloteando en tono estridente y aceptando trozos de comida. Emilia permanecía inmóvil y callada todo el tiempo, apenas escuchando cuando los embajadores contaban sus noticias sobre los atrevidos planes del rey Jaime para enviar tropas a defender Bohemia y rescatar a su hija de las garras de los papistas. Sólo al cabo de dos horas, sintiéndose más débil, se atrevió a mordisquear un trozo de pan que había deslizado en su bolsillo una de las sirvientas. El pan se había vuelto de un gris verduzco por el moho. Era la clase de pan que ella suponía que la gente se vería reducida a comer durante un asedio... la clase de pan que, si la mitad de los informes que llegaban eran ciertos, todo el mundo en el castillo de Praga estaría pronto comiendo. La miga resultaba gruesa y pastosa en su boca. Era como liga para mascar.

Pero no habría ningún asedio, estaban asegurando los embajadores a la reina, ni siquiera guerra. Praga estaba a salvo. El ejército imperial se hallaba aún a doce kilómetros de distancia, y los soldados de Federico, los veinticinco mil, estaban preparados para bloquear su avance. Las tropas inglesas se encontraban de camino, así como las holandesas, y Buckingham, el gran almirante, estaba equipando una flota de barcos para atacar a los españoles. Además, estaba llegando el invierno, observó uno de los embajadores mientras se inclinaba hacia adelante apoyándose en sus codos y escarbándose los dientes con un tenedor. Ningún general sería tan incivilizado que entablara una guerra en invierno, especialmente en Bohemia. Ni siquiera los papistas, aseguraron los presentes, serían tan bárbaros.

Pero, por supuesto, los embajadores se habían equivocado con los ejércitos católicos, como lo habían hecho con el rey Jaime y la flota de barcos de Buckingham. Los platos sucios aún no habían sido retirados de la mesa y los criados aún no habían empezado a pelearse por las migajas, cuando la primera bala de cañón se elevó por encima del tejado del Palacio de Verano, a sólo ocho kilómetros de distancia, para caer en el bosque, entre los árboles. La artillería imperial había llegado al alcance de la Montaña Blanca. La primera barrera de fuego se abrió paso con gran estrépito a través del aire congelado, crujiendo y estallando como una tempestad que se aproxima, asustando a los caballos en sus establos y haciendo que la gente de la ciudad corriera a refugiarse en sus casas.

Para entonces Emilia había regresado a su habitación del piso superior del palacio y empezaba a atarse la capucha sobre la cabeza preparándose para su última desesperada incursión al Callejón Dorado. Sus pensamientos no se referían entonces a los soldados imperiales, aquellos vastos ejércitos que probablemente se dirigían a la humilde Bohemia y reclamaban para Fernando el trono robado por Federico e Isabel. Ella estaba más bien pensando en Vilém, de modo que fueron necesarias varias explosiones más para que la muchacha se diera cuenta de que aquel sonido no era el del trueno o el hielo partiéndose en el Moldava.

Lo que pasó a continuación, pudo observarlo a través de la lente de un telescopio, un instrumento de las Salas Españolas que Vilém le había enseñado a usar quince días antes. La batalla se había iniciado en el Palacio de Verano, donde los soldados bohemios se habían atrincherado detrás de terraplenes. La niebla estaba cubriendo las hondonadas y penetrando en el parque de caza de modo que sólo podía verse una de las dependencias, rodeada de pétalos de llamas. Las manos de la joven temblaban mientras sostenía el instrumento ante la ventana. El humo subía lentamente en espirales a través del derrumbado tejado del edificio, formándose una exótica flor coloreada de malva y naranja con cada estallido del cañón. Entonces una de las explosiones iluminó a los soldados bohemios cuando éstos huían hacia abajo, zigzagueando entre los árboles, abandonando tras ellos sus volquetes y cureñas. Bastante más arriba, los primeros soldados de las tropas enemigas —un escuadrón de piqueros y mosqueteros— llegaban a los parapetos.

La muchacha abandonó el palacio por la escalera trasera menos de una hora más tarde. En los rellanos se vio obligada a apartar a empujones a las sirvientas de la cocina que lloraban pensando en los invasores cosacos, y después siguió su camino por el patio. A esas alturas, el crepúsculo había caído y los primeros soldados bohemios fugitivos llegaban a las puertas. Desde el patio del palacio, Emilia pudo oír sus enfurecidos gritos mientras suplicaban a los centinelas, y luego el sonido de las puertas chirriando al abrirse. Algunos de los hombres se habían deshecho de sus armas —mayales y hoces—, y otros las arrastraban como trabajadores exhaustos que retornan de un día de labor en los campos. Estaban mal alimentados y, con sus sucias chaquetas de piel y abollados petos, más parecían caldereros que soldados. La joven procuraba esquivarlos mientras grandes grupos de ellos caminaban tambaleándose por entre los adoquines. Entonces Emilia se arremangó la falda y corrió hacia el norte, al Callejón Dorado, su camino iluminado por las explosiones.

Las casas del Callejón Dorado estaban oscuras a aquella hora, todas y cada una de ellas. Sus ocupantes debían de haber huido junto con otras docenas más de los moradores del castillo. Unos días antes, cuando el ejército imperial llegó a Rokovník, el consejero inglés y el palatino habían levantado el campo con sus familias y posesiones. ¿Había huido Vilém con ellos? ¿La había abandonado? Volvió a llamar a la puerta, esta vez con más fuerza, pero seguía sin haber respuesta. ¿Había abandonado incluso sus libros?

El cielo seguía ardiendo unos minutos más tarde cuando, sin poder ver ningún signo, ni siquiera de Jirí, la joven tomó el camino de regreso al Palacio Královsky. Las puertas del Puente de la Pólvora empezaban a cerrarse en medio de un gran griterío. Habían ido a buscar el coche de la reina, que permanecía ahora preparado en el patio del palacio. El fuego graneado se iba acercando, y Emilia podía oír el estampido de las armas cuando los mosqueteros disparaban y luego se replegaban a sus filas a fin de recargar las armas para otra sangrienta carga. Troncos de caballos arrastraban largas culebrinas y rechonchos morteros a través de la cima de la montaña, colocando sus cureñas en posición para el siguiente bombardeo. La joven agachó la cabeza y corrió hacia las Salas Españolas, mientras la escarcha crujía bajo sus pies.

La biblioteca se encontraba en la línea de fuego, y las ventanas de su ala oeste daban a la oscura mole de la Montaña Blanca, que bajo la luz crepuscular parecía una enorme bestia agachada. Los miles de libros estaba alojados en los recovecos más profundos de las Salas Españolas, de modo que primero tenía que abrirse camino a través del laberinto de galerías dedicadas a los otros tesoros de Rodolfo, docenas de enjoyadas, acristaladas, vitrinas que con sus extrañas curiosidades —cuernos de unicornio, dientes y mandíbulas de dragones— parecían los relicarios de un sacerdote loco. Excepto que, los últimos días, la mayor parte de las salas habían sido vaciadas de sus vitrinas, o éstas de su contenido. Sólo podían verse unos pocos animales y reptiles disecados, colocados en posturas naturales, detrás de sus cristales. Pero faltaban las docenas de relojes mecánicos, así como los inapreciables instrumentos científicos —astrolabios, péndulos, telescopios— que Vilém le había enseñado a Emilia unas semanas antes. Al igual que los cuadros, las urnas, las armaduras...

La muchacha no se sorprendió ante aquella desolación, pues había entrado de puntillas en las Salas Españolas dos noches antes, descubriendo las habitaciones vacías de su contenido. No había ningún signo de Vilém, tampoco; parecía haberse desvanecido junto con todo lo demás. Sólo quedaba Otakar. Emilia lo había encontrado sentado en una caja de libros medio llena, con una botella de vino volcada en el suelo. Había estado llorando y se encontraba tan ebrio que apenas podía mantener erguida la cabeza o abiertos los ojos. La mayor parte de los tesoros, contó a través de sus hipos, habían sido enviados fuera.

—Para su salvaguarda —le dijo Otakar a la muchacha, poniéndose en pie inseguro y llenándose chapuceramente la copa del vino de una segunda botella, que también había sido robada de la bodega real—. Todo lo posible. Al rey le preocupa que sus tesoros puedan caer en manos de los soldados, o, peor aún, en las del emperador Fernando.

—¿Qué quieres decir? ¿Dónde los han enviado?

Los dos se encontraban de pie al lado de la mesa de Vilém, que por una vez aparecía limpia de su enorme montón de obras sin catalogar. Las estanterías, para asombro de la muchacha, también habían sido vaciadas de sus libros. La voz de Otakar resonaba, pues, contra las desnudas paredes al hablar. Él no tenía ni idea de adónde habían sido enviadas las cajas, pero se mostraba lleno de pesimistas profecías que el vino le impulsaba a formular. Parecía considerar la invasión de Bohemia un insulto personal, como si el propósito de ésta no fuera otro que la profanación de la biblioteca. ¿Sabía ella que, en el año 1600, cuando Fernando era archiduque de Estiria, había mandado quemar todos los libros protestantes de sus dominios, lo que incluía más de diez mil volúmenes sólo en la ciudad de Graz? Por tanto, ahora que era emperador, probablemente haría incinerar todos los libros de Praga también, porque todos los gobernantes celebran sus conquistas aplicando la antorcha a la biblioteca más próxima. ¿Acaso no había quemado Julio César los rollos de la gran biblioteca de Alejandría durante su campaña contra los republicanos en África? O el general Estilicón, jefe de los vándalos, ¿no había también ordenado quemar las profecías sibilinas en Roma? Sus casi incomprensibles sílabas habían resonado en la vacía habitación. Emilia había hecho ademán de marcharse, pero una torpe mano que la agarraba por el antebrazo se lo impidió. No había nada tan peligroso para un rey o un emperador, proseguía Otakar, como un libro. Sí, una gran biblioteca —una biblioteca tan magnífica como aquélla— era un peligroso arsenal, algo que reyes y emperadores temían más que al mayor de los ejércitos o polvorines. Ni un solo volumen de las Salas Españolas sobreviviría, juraba Otakar, sorbiendo de su copa. ¡No, ni el más pequeño trozo de papel escaparía al holocausto!

Pero esa noche, mientras las armas seguían disparando fuera, ni siquiera había signos de Otakar. La muchacha se abrió paso entre las vacías estanterías hasta llegar a la pequeña habitación donde Vilém trabajaba. Aunque la puerta estaba cerrada, ella podía ver una rendija de luz por debajo; pero la habitación estaba vacía excepto por una lámpara de aceite y las dos vacías botellas de vino de Otakar. La mesa de Vilém se encontraba en su lugar habitual ante la chimenea, y el quinqué, con una mecha muy corta, estaba a su lado, casi sin combustible. Emilia iba a retirarse cuando percibió el perfume débilmente astringente que flotaba en el aire y vio luego varios objetos sobre el escritorio: botellas de tinta y plumas de ganso, junto con un libro —en pergamino— encuadernado en piel. La joven no recordaba que dos noches antes hubiera allí ninguno de aquellos objetos. ¿Era esto obra de Otakar? ¿O Vilém había regresado? Quizás el libro le pertenecía. O tal vez era una de las obras de filosofía —algo de Platón o Aristóteles— con las que él, Vilém, había tratado de destetarla de su dieta de poesía o romance.

Se acercó de puntillas al escritorio para examinar los papeles. Sobre la mesa había también, observó, una piedra pómez y un pedazo de tiza, como si se tratara del escritorio de un amanuense. Ella estaba al corriente sobre estas cosas, sobre los escribas y sus pergaminos, que eran frotados con piedra pómez y después con tiza para absorber las grasas animales e impedir que se corriera la tinta. Dos semanas antes, Vilém le había mostrado, además de los telescopios y astrolabios, una serie de antiguos manuscritos, copiados, al parecer, por los amanuenses de Constantinopla. Los manuscritos en cuestión eran los documentos más valiosos de las Salas Españolas, y los monjes, añadió Vilém, los artistas más exquisitos que el mundo había conocido. Colocó bajo la luz de la lámpara uno de los documentos para mostrarle a ella que ni siquiera el paso de un millar de años había decolorado las letras, los rojos hechos a base de cinabrio pulverizado, y los amarillos, de tierra excavada en las vertientes de los volcanes. Y algunos de los más hermosos y valiosos pergaminos de todos —los llamados «libros de oro», hechos para las colecciones de los propios emperadores bizantinos— habían sido teñidos de púrpura y luego escritos con tinta hecha de oro pulverizado. Cuando Emilia cerró sus tapas, que eran tan gruesas como las planchas de un barco, sus palmas y dedos brillaban como si hubiera estado manoseando el contenido de un cofre del tesoro.

Pero ahora los hermosos pergaminos de Constantinopla habían desaparecido con los demás libros. Solamente quedaba el de la mesa. Apartó a un lado las plumas de ganso y examinó el volumen más detenidamente. La encuadernación era exquisita. La cubierta había sido cuidadosamente labrada, su piel estampada con simétricos dibujos de espiras, volutas y hojas entrelazadas... intrincados dibujos que ella reconoció como los que decoraban algunos de los libros de Constantinopla. Sin embargo, al levantar la cubierta, vio que, lejos de estar teñidas de púrpura o escritas en oro, las páginas se encontraban en mal estado, rígidas y arrugadas, como si hubieran estado sumergidas en agua. La tinta negra estaba muy descolorida y corrida, aunque las palabras parecían estar escritas en latín, lengua que ella era incapaz de entender.

Lentamente pasó las páginas, mientras oía el retumbar de los morteros más allá de los muros. Una de las balas de cañón debió de haber caído sobre las almenas, porque el suelo pareció temblar bajo sus pies y los cristales de las ventanas vibraron con fuerza en sus marcos. Una suave difusión de luz, el fuego procedente del Palacio de Verano, se reflejaba pálidamente en la pared del fondo. «Fit deorum ab hominibus dolenda secessio», leyó ella en la parte superior de una de las páginas, «soli nocentes angeli remanent...»

Otra granada de mortero golpeó contra las almenas, esta vez mucho más cerca, y una sección del muro se derrumbó en el foso con gran estrépito. La muchacha levantó la mirada del pergamino, asustada por el estallido, y descubrió la alta figura masculina y su negra, inmensa, sombra. Le llevó unos segundos asimilar aquella visión: la barba, la espada, el par de arqueadas piernas que le hacían parecer un oso que se mantuviera erecto. Más tarde, la muchacha decidiría que se parecía a Amadís de Gaula o a don Belianís, o incluso al caballero de Febo, uno de los héroes de sus leyendas de caballería. Cuánto tiempo llevaba allí, observándola a través de la habitación, Emilia no tenía ni idea.

—Lo siento —tartamudeó la joven, soltando el libro sobre la mesa—, estaba sólo...

Otro proyectil de mortero golpeó contra el muro y la ventana estalló en llamas.

CAPÍTULO SEXTO

Me despertó el ruido de un martilleo. Por un momento, mirando fijamente al techo, a las costillas de listones de roble y viguetas de madera dejadas al descubierto por el yeso caído, no pude recordar dónde estaba. Me erguí sobre los codos, y una franja de luz de sol cruzó mi pecho como una bandolera. Me sorprendió encontrarme en el lado derecho del jergón... en lo que, en otra vida, hubiera sido la parte de Arabella. Durante mi primer año de viudo había dormido en su lado de la cama, pero luego lentamente —mes a mes, centímetro a centímetro— me había ido deslizando hacia mi propia mitad, donde permanecía. Ahora tuve la perturbadora impresión de que había soñado con mi esposa por primera vez desde hacía un año.

Me levanté de la cama y, colocándome los anteojos, me dirigí torpemente hacia la ventana, ansioso de echar la primera ojeada a Pontifex Hall a la luz del día. Sentía bajo mis pies el frío de las desnudas tablas. Tras abrir la ventana, miré hacia abajo, descubriendo que me encontraba en una de las habitaciones con vistas al sur. La ventana daba al parterre y, más allá de éste, a un obelisco, que correspondía al estropeado que había visto la noche anterior en el lado norte de la mansión. Más allá del obelisco aparecía otra fuente y otro estanque ornamental, ahora casi seco, cada uno de ellos gemelo también de los que viera en el lado norte. ¿O acaso estaba mirando al norte? Todos los terrenos del parque parecían haber sido construidos simétricamente, como si Pontifex Hall, aun en ruinas, fuera un espejo de sí misma.

No, el sol aparecía a la izquierda —apenas visible a través de las ramas y las hojas— por encima del muro que señalaba el perímetro del parque. De modo que, en efecto, estaba mirando al sur. Al observar por la ventana los lastimosos restos del parterre, comprendí que me encontraba directamente encima de la biblioteca.

Permanecí un minuto en la ventana; el aire olía a fresco y verde, un cambio agradable después de Nonsuch House, donde el hedor del río con la marea baja resulta a veces insoportable. Los martillos cesaron de tamborilear y fueron reemplazados, segundos más tarde, por un seco golpe en la puerta. Phineas entró con una palangana de agua humeante.

—El desayuno se sirve abajo, señor —dijo, despejando un espacio en la mesa con su mano derecha mientras el agua se balanceaba en el borde de la palangana que él tenía cogida con su mano como si fuera una garra—. En el salón de desayunar.

—Gracias.

—Cuando esté usted listo, señor.

—Gracias, Phineas. —El hombre se había dado la vuelta para irse, pero yo lo detuve—. Ese golpeteo, ¿qué era?

—Los yeseros, señor. Restaurando el techo del gran salón. —Había algo untuoso y ligeramente desagradable en sus modales. Exhibía una fila de dientes que eran

97

agudos y separados como los de un rastrillo de empaja-
dor—. Espero que no le molestaran, señor.

—No, no. En absoluto. Gracias, Phineas.

Efectué mis abluciones rápidamente, lavando con
vigor mi barba, y después empecé a vestirme, sin dejar
de hacerme preguntas sobre los «intereses» y los «enemigos» de que Alethea había hablado. La noche anterior no me habían asustado aquellas revelaciones, como
ella había supuesto... sino simplemente desconcertado.
Ahora, a la luz del día, con la fresca brisa agitándose en
la habitación iluminada por el sol, la idea parecía ridícula. Posiblemente la gente de la ciudad tenía razón.
Pobre Alethea, pensé mientras peleaba con mis tirantes.
Quizás la había atacado la locura a fin de cuentas. Posiblemente las muertes de su padre y su marido —asesinados o no— habían trastornado su mente. Esta idea de
restaurar la mansión era sin duda un objetivo excéntrico.

Finalmente estuve listo para bajar. Tras cerrar a mis
espaldas la puerta del Dormitorio de Terciopelo, inicié
la marcha por el corredor. Había dos puertas a ambos
lados, las dos cerradas; luego una tercera, también cerrada, directamente delante de mí. Crucé ésta, entrando en una antecámara, y luego en otro corredor. Dos
puertas cerradas aparecían a cada lado del pasillo, el
cual se encontraba con otro, también con sus puertas
cerradas.

Quedé confundido durante un momento. ¿Qué dirección tomar? Me pareció oír el crujido de una barandilla y las pisadas de Phineas subiendo como si lo hiciera desde el fondo de un pozo. Consideré la posibilidad
de llamarle, pero algo en sus modales —su insolencia
apenas reprimida, su sonrisa carnívora— me disuadió.
Phineas no era amigo mío. De modo que mantuve la lí-

nea recta, siguiendo el corredor, mi pie zopo golpeando ruidosamente el suelo. ¿Debía dar la vuelta, me pregunté, y probar alguna de las otras puertas? Pero seguí andando. A corta distancia de la intersección, el corredor terminaba en una puerta cerrada.

Giré en redondo y deshice lo andado. Los pasos de Phineas se habían desvanecido y todo estaba en silencio, roto sólo por mis vacilantes pasos y el ocasional crujido de una tabla del suelo. Comprendí con desaliento que las puertas y pasajes debían de reproducir el laberinto de la planta baja. La simetría operaba tanto sobre un eje vertical como horizontal.

Me quedé durante un momento en la intersección antes de elegir el nuevo corredor. Giré a la izquierda. Recordé haber leído en alguna parte que se conquistaban los laberintos girando siempre a la izquierda. Esta táctica pareció tener su recompensa, porque tras unos pocos pasos más el corredor se ensanchó perceptiblemente y me encontré en una larga galería. En las paredes pude descubrir oscuros rectángulos, como sombras... las manchas residuales de los cuadros enmarcados que yo suponía habían sido destrozados o robados por los puritanos. Pero no aparecía señal alguna de la escalera.

Continué a lo largo de la galería, palpando con mi bastón como un mendigo ciego. Pronto el pasaje se estrechó y las puertas y nichos desaparecieron. Aquel corredor parecía ahora tan confuso y traidor como el otro. ¿Debía retroceder, me pregunté, y volver al dormitorio de terciopelo? ¿Pero acaso podía encontrarlo ahora? Estaba completamente desorientado. Pero entonces el corredor dio otro giro a la izquierda y finalmente, veinte pasos más adelante, me detuve ante dos puertas, una a cada lado. Ambas permanecían invitadoramente entreabiertas, sus pomos de latón centelleando de forma conspiradora en la penumbra. Hice una pausa de un segundo antes de empujar suavemente la de la derecha y penetrar por ella.

Me sorprendió inmediatamente un olor acre. El penetrante aire me hizo cosquillas en la nariz como el hedor en un boticario, la tienda que peor olía de Londres. Y cuando mis ojos se adaptaron a la penumbra, vi para gran sorpresa mía que la habitación parecía realmente la de un boticario: cada centímetro de su mesa de trabajo y estanterías estaba atiborrado de alambiques, cañas de soplar, embudos, quemadores, varios morteros y majas, así como docenas de botellas y frascos llenos de productos químicos y polvos de todos los colores. Había ido a parar a una especie de laboratorio. Excepto que aquéllas no eran las pociones de un boticario, al parecer, sino las de un alquimista. Recordando algunos de los libros de la biblioteca —las tonterías de charlatanes como Roger Bacon y George Ripley—, decidí que Alethea debía de estar interesada en la alquimia, ese excéntrico arte supuestamente inventado por Hermes Trimegisto, el sacerdote y mago egipcio cuyas obras, traducidas por Ficino, podían encontrarse también en las estanterías de la biblioteca.

Sentí una leve punzada de remordimiento mientras me acercaba a la mesa. ¿Era lady Marchamont uno de aquellos buscadores del llamado *elixir vitae*, la poción milagrosa que debía otorgar la vida eterna? ¿O quizás esperaba descubrir la escurridiza piedra filosofal que convertía trozos de carbón y arcilla en pepitas de oro? Tuve una repentina imagen de la mujer inclinada sobre burbujeantes frascos y alambiques, murmurando encantamientos en latín macarrónico mientras las alas de murciélago de su negra capa le caían por los hombros.

No era extraño que la buena gente de Crampton Magna la considerara una bruja.

Debieron de transcurrir varios segundos más antes de que descubriera el telescopio en el antepecho de la ventana. El hermoso instrumento, de sesenta centímetros de longitud, con funda de vitela y férulas de latón, aparecía apoyado sobre un trípode de madera en un ángulo de 45 grados respecto del suelo, como un largo dedo apuntando a los cielos. Me incliné hacia adelante y traté de echar un vistazo a través de la convexa lente ocular, preguntándome si Alethea era astróloga además de alquimista. Me acordé una vez más de los volúmenes de tonterías supersticiosas, junto con la media docena de atlas estelares que también había encontrado en las estanterías. ¿O habían pertenecido, tanto el telescopio como los productos químicos, a su padre, y era éste el nigromante y astrónomo? Quizás Alethea estaba restaurando su laboratorio, como todo lo demás, a su estado original, un altar más en el gran santuario dedicado a sir Ambrose Plessington.

Pero la habitación no era simplemente un santuario. El telescopio era nuevo —podía oler aún su vitela— y alguien recientemente había mezclado los productos químicos, porque había un residuo pulverizado en uno de los morteros y más polvos derramados sobre la mesa. Una serie de frascos, incluyendo uno etiquetado como «cianuro de potasio», aparecían medio vacíos.

¿Cianuro? Devolví el frasco, lleno de cristales, a su estante, sintiéndome como si hubiera tropezado con algún prohibido secreto. ¿Estaba quizás Alethea preparando alguna clase de mortal veneno para administrar a sus misteriosos adversarios? La idea no era tan extravagante como pueda parecer. A fin de cuentas, en aquellos tiempos nuestras hojas de noticias hervían de alarmantes informes sobre hermosas parisienses que guardaban botellas de veneno en sus tocadores junto a los perfumes y polvos. Y en Roma, los curas informaban al papa de que jóvenes damas les habían descrito en el confesionario cómo habían asesinado a sus opulentos maridos con arsénico y cantárida comprados a una anciana adivina llamada Hieronyma Spara. ¿Había tal vez conocido lord Marchamont su fin de esta espantosa manera... por veneno? ¿A manos de su propia esposa? ¿O estaba Alethea implicada en alguna otra actividad, ligeramente más inocente? Porque, por lo poco que conocía de la alquimia, sabía que el cianuro, un veneno que se encuentra en las hojas de laurel y los huesos de cerezas y melocotones, era utilizado en la extracción del oro y la plata.

Sentí cómo se me ponían de carne de gallina los antebrazos. La habitación parecía de pronto helada. De algún lugar fuera de la abierta ventana llegaba el relincho de un caballo, y, desde abajo, un chasquido, un sonido agudo y metálico, como el choque de cimitarras. Me di la vuelta lentamente, diciéndome que mi tarea, fuera cual fuese, nada tenía que ver con aquella pequeña y espantosa sala. La biblioteca, y no el laboratorio, era mi terreno. Pero entonces observé algo más entre toda aquella confusión.

Los dos volúmenes estaban casi ocultos entre las docenas de frascos e instrumentos. Alargué la mano en busca del de arriba, esperando descubrir otro tratado de alquimia. Pero el libro resultó ser un atlas del mundo, el *Theatrum orbis terrarum* de Abraham Ortelio. La edición ha sido impresa en Praga en el año 1600, unos pocos años antes de la muerte de Ortelio, si no recordaba mal. Las páginas estaban muy dañadas por el agua, pero el ejemplar había sido expertamente reencuadernado en bucarán. Sellado en la hoja fija de la guarda aparecía un trabajado ex libris con el lema *Littera Scripta Manet.*

Por un momento, eché un vistazo a través de las arrugadas páginas, y de las docenas de mapas hermosamente grabados. Yo estaba bastante familiarizado con el atlas, aunque aquella edición me era desconocida. Esto no era tan raro, sin embargo, porque las obras habían sufrido docenas de ediciones desde su primera publicación en 1570. Me pregunté cómo había emigrado de la biblioteca. ¿Quizás la obra del gran Ortelio, el otrora cosmógrafo real de Felipe II de España, se había visto reducida al papel de tope de puerta o taburete?

Devolví el atlas a la mesa y cogí el segundo volumen, que era más nuevo y estaba en mucho mejor estado. Era, descubrí, una obra igualmente notable: la traducción de Thomas Salusbury del *Dialogo sopra i due massimi sistemi del mondo,* de Galileo. Titulado *The Systeme of the World: in Four Dialogues,* había sido impreso en Londres sólo un mes o dos antes. Yo le había pedido dos docenas de ejemplares al impresor, todos los cuales fueron vendidos en cuestión de horas. Ahora tenía montones de pedidos más de todo el país... así como de Holanda, Francia y Alemania. Toda Europa, al parecer, estaba clamando por leer aquella obra maestra filosófica, que era con mucho el más importante y controvertido libro de su época, y que uno de los sacerdotes jesuitas del Collegio Romano afirmaba que causaría más daño a Roma que Lutero y Calvino juntos.

Yo acababa justamente de leer el libro. La obra contiene una serie de diálogos que enfrentan a un seguidor del sistema ptolemaico, llamado Simplicio, con un más astuto partidario de Copérnico. Lo que le sucedió a Galileo tras su publicación en 1632 es bastante conocido. Pese al apoyo diplomático de Ptolomeo y una entusiasta recepción en toda Europa, el libro chocó con las autoridades esclesiásticas. El papa Urbano VIII, amigo de Galileo, ordenó un encausamiento, por lo que el astrónomo fue convocado a Roma para ser procesado ante la Inquisición, acusado de propagar el copernicanismo, la teoría que sostiene que, contrariamente a las Sagradas Escrituras, el Sol, y no la Tierra, es el centro del Universo. En 1633, fue encontrado culpable de las acusaciones lanzadas contra él, encarcelado en los calabozos de la Inquisición para mostrarle los instrumentos de tortura a disposición del papa, y luego llevado a la iglesia y obligado a retractarse de sus ideas. Fue puesto bajo arresto domiciliario para el resto de su vida, en tanto que el *Dialogo* fue incluido en el *Index librorum prohibitorum*, la lista de libros prohibidos del Vaticano.

Chik-chik-chik...

El peculiar sonido chasqueante procedente del exterior se había hecho más alto. Me estremecí nuevamente y devolví el libro a su sitio, preguntándome qué interés podía tener Alethea en aquella obra maestra del más grande astrónomo de Europa. El volumen parecía extrañamente fuera de lugar en el laboratorio, porque Galileo había sido enemigo de los camelos y supersticiones alimentados por los alquimistas, ocultistas y otros seguidores del antiguo chamán Hermes Trimegisto. De modo que, ¿qué relación podía existir entre el libro y las sustancias químicas esparcidas a su alrededor? ¿O siquiera entre Ortelio y Galileo, entre el dibujante de mapas y el observador del cielo?

Yo había decidido que no existía ninguna relación, que la presencia de ambos en el laboratorio era meramente adventicia, cuando repentinamente descubrí algo más. La brisa de la ventana, moviendo las páginas del *Theatrum,* dejaba al descubierto una extraña inserción, un trozo de papel, en medio del texto. El papel parecía haber sido impreso con un revoltijo de letras carente de sentido, lo que daba la impresión de alguna especie de lenguaje bárbaro.

FUWXU KHW HZO IKEQ LVIL EPX ZSCDWP YMGG

FMCEMV ZN FRWKEJA RVS LHMPQW NYJHKR

KHSV JXXE FHR QTCJEX JIO KKA EEIZTU

AGO EKXEKHWY VYM QEOADL PTMGKBRKH

Al principio pensé que la incomprensible inscripción era un tremendo error del impresor o del encuadernador. Aunque un error de aquella magnitud difícilmente parecía posible.

Volví la página. El reverso estaba en blanco, pero uno de los mapas de Ortelio —el del Océano Pacífico y su rosario de islas— continuaba en el siguiente recto. ¿Podía ser que la inserción de la hoja constituyera una deliberada, aunque encubierta, interrupción del texto? Sin duda no formaba parte de la original recopilación, pero había sido introducida, por la razón que fuere, cuando el libro fue nuevamente encuadernado. Y los cepillados bordes de las hojas me indicaban que el libro había sido verdaderamente reencuadernado. De modo que, ¿había sido un accidente del encuadernador? ¿Acaso una página procedente de otra obra —una página cuya filigrana, observé, era diferente de las demás— había hallado la forma de colarse en el cuadernillo suelto antes de coser y luego el operario lo había encuadernado? Tom Monk, que era un manazas cuando se ponía a encuadernar libros, cometía a menudo errores de este tipo. Pero yo dudaba de que en este caso pudiera hablarse de incompetencia. En su creación había intervenido cierto empeño, porque no parecía un trozo de papel corriente. Hojeé rápidamente el resto de los mapas y, no encontrando más anomalías, regresé a la misteriosa hoja.

Si su inclusión no era un accidente, había una posible explicación, desde luego. Durante los últimos diez años habían corrido abundantes rumores sobre familias monárquicas opulentas que habían ocultado sus objetos de valor en los terrenos de su propiedad antes de huir al exilio, esperando recuperarlos cuando regresaran, en tiempos más felices. Tales rumores eran probablemente la causa de las excavaciones que yo había visto al lado del sendero, de las que Alethea consideraba responsable al erróneo celo de los aldeanos. Yo no hacía demasiado caso de semejantes historias, pero ahora me encontré preguntándome si las letras constituirían tal vez, no un lenguaje extranjero, sino un código que había sido inscrito en la página y luego oculto en el ejemplar del *Theatrum* de Ortelio, al comienzo de la guerra civil. Quizás el papel contenía una clave sobre el paradero de la profusión de cuadros y artefactos de sir Ambrose, todos los cuales, como Alethea afirmaba, habían desaparecido. Quizás el código era, como los hermosos grabados del libro, un mapa de algún tipo.

Sentía como si me hubieran conducido de un laberinto —los tramos del corredor— a otro aún más desorientador. No parecía haber ninguna salida... A menos, por supuesto, que me llevara el libro o, mejor aún, cortara la misteriosa página con el cortaplumas que ahora veía sobre la mesa. ¿Pero era, por algún concepto, excusable que yo, un bibliófilo, mutilara un libro?

La vergonzosa acción fue ejecutada en dos o tres segundos. Presioné la encuadernación del libro con la palma de la mano e hice deslizar la punta del instrumento por el canto de la hoja, cerca de la encuadernación, como si estuviera abriendo la panza de un pescado con un cuchillo de limpiar. La página se desprendió con un suave desgarrón. La doblé por dos veces y me la guardé en el bolsillo del pecho, pero me sorprendió descubrir lo rápidamente que estaba latiendo mi corazón. Lancé un profundo suspiro y volví a salir al corredor.

Chik. Chik. Chik, chik, chik...

El sonido era vigoroso y penetrante, como el entrechocar de dientes o el grito de algún pájaro raro. No, un pájaro no. La mitad superior de la cabeza de un hombre, su frente quemada por el sol, había aparecido a través de un hueco en el seto. Entrecerré los ojos para mirar a la curvada pared de follaje y capté, bajo la cabeza, el rápido brillo de metal.

Chik, chik, chik...

El ritmo se iba acelerando, cada áspera sílaba respondida un segundo más tarde por el enladrillado de la casa. El hueco en el seto se fue ensanchando mientras yo observaba. Hojas y ramas iban cayendo. El seto, como los parterres, estaba demasiado crecido, o, allí donde no lo estaba, aparecía desarraigado o cortado... una imposible maraña de carpe, espino blanco, alheña y acebo. La cabeza se agachó y la ruidosa punta desapareció de la vista.

—Los manantiales se originan allí —dijo Alethea—, a nuestra izquierda. Justo pasado el invernadero de naranjos.

Aparté mi atención del seto. Los dos nos encontrábamos al oeste de Pontifex Hall, a algunos metros más allá del alcance de su gran sombra cuadrangular, que se extendía hasta nosotros a través del césped. Alethea estaba señalando más allá de un pozo poco profundo, lleno de escombros, encima de los cuales algunas tristes vigas se alzaban como antiguas formas idólatras. Amontonados a su alrededor había fragmentos de viejas obras de albañilería. Más allá, en un terreno más elevado, cierto número de piedras habían sido dispuestas en dibujos geométricos discontinuos.

—Aún puede usted ver los restos del pozo.

Hizo un gesto con la cabeza en dirección a los anillos concéntricos. Una vez más su mano me había agarrado del brazo, en esta ocasión como un gesto de intimidad. Bajo la luz natural, su manchado vestido ahora no era negro, sino de un verde oscuro como el de un pato silvestre. El manto con capucha, echado todavía sobre los hombros pese el calor, parecía estar adornado con diminutas flores marchitas.

—El manantial brota de las rocas —continuó— y penetra en el pozo y el estanque de berros, ambos ideados por mi padre. Desde allí el agua desaparece por un desaguadero y fluye hacia las alas de la mansión por una red de canales. El agua era conducida y utilizada en fuentes y cascadas. Incluso en una gigantesca rueda hidráulica. Se levantaba allí —dijo, volviendo a señalar vagamente hacia el sur de la mansión.

—Todo construido por sir Ambrose.

—Naturalmente. Le concedieron una serie de patentes de bombas de agua y molinos de viento.

Se quedó en silencio. A veces, esa mañana, parecía distraída, absorta en una especie de privado ensueño melancólico que se manifestaba en su silencio y en oblicuas, insondables, miradas. Rodeamos el devastado invernadero de naranjos y nos encontramos junto al estanque de berros bordeado de piedras. Estaba infestado de lentejas de agua, e incluso a aquella hora su superficie aparecía cubierta de nubes de mosquitos.

Como el silencio de la mujer daba la impresión de que iba a durar, volví la mirada hacia la lúgubre mole de Pontifex Hall, tratando sin éxito de imaginar las fuentes y los juegos de agua, en lugar del césped asfixiado por las malas hierbas y el seto excesivamente crecido que ahora se levantaba ante nosotros. Una solitaria urraca se estaba pavoneando a través de él, en nuestra dirección. Un mal presagio, habría dicho mi madre. Una era augurio de pena; dos, de alegría. Instintivamente busqué un segundo pájaro, pero, con una mano ante los ojos para tapar el sol, sólo pude ver los utensilios de los obreros contratados para restaurar la casa, un despreocupado desorden de cinceles, mazos, cepillos, sierras de mano. Varias lonas alquitranadas, sus esquinas sujetas por ladrillos, tapaban gruesas planchas de mármol. Estaban destinadas a las chimeneas, había explicado Alethea. Un andamio de madera sin terminar se encaramaba torpemente por la pared llena de cicatrices del ala norte. Bajo ella, ganduleaba uno de los yeseros, fumando una pipa de tabaco y echándonos una mirada de vez en cuando.

Había transcurrido una hora desde que saliera de la habitación con la página rasgada guardada en el bolsillo, junto a mi carta de llamada original. En mi segundo intento había conseguido recorrer los pasajes sin equivocarme; la puerta que originalmente impedía mi progreso no estaba cerrada, sino simplemente rígida, y encontré mi camino para bajar a la planta en pocos minutos. Era como si la extraña hoja de papel hubiera sido una especie de clave o pasaporte —un ovillo de oro—, sin el cual estaba condenado a vagar interminablemente por el piso de arriba. Phineas había estado aguardando mi llegada en el salón de desayunar. Lady Marchamont, explicó, había desayunado ya y se hallaba fuera, en el parque. Si tenía la bondad de tomar asiento, entonces miss Bridget estaría encantada de servirme. Después, lady Marchamont deseaba encarecidamente que me reuniera con ella para dar un paseo.

El papel crujía suavemente en mi bolsillo cuando los dos regresamos a la casa, caminando uno al lado del otro, pasando por delante de docenas de canijos troncos, sin miembros, que se alzaban en medio de la frondosidad de lo que otrora fuera un huerto de árboles frutales. Yo ya había decidido que se trataba de un código, una especie de mensaje cifrado. Pero ¿por quién?

El sonido de las cizallas se iba haciendo más fuerte a medida que nos acercábamos al asolado seto, y la cabeza separada del cuerpo del jardinero se balanceaba y flotaba a lo largo del irregular parapeto verde. Un complejo dibujo se iba definiendo a medida que más y más ramas caían al suelo. Parecía, no un solo seto, sino más bien una docena de ellos, conectados todos entre sí. Las líneas de la plantación parecían imitar los ángulos de bastiones, medias lunas, escarpas, como el modelo de una fortaleza... una serie de anillos concéntricos como los del pozo. ¿Con qué objetivo? ¿Un laberinto rompecabezas? Yo me cubría los ojos del sol, estudiando la fila de carpes sin podar; las oscuras parcelas de tejo; el sendero recién cubierto de grava que penetraba de manera imperfecta el muro.

Sí, un seto-laberinto. Un «jardín infernal» como los que había leído que existían en los castillos de Heidelberg y Praga. A través de la arqueada entrada podía ver las intrincadas vueltas que empezaban a tomar forma. El plano, supuse, había sido destruido o se había perdido, de tal modo que ahora los fracturados contornos del jardín formaban un laberinto imposible, sin esquema. El jardinero había inclinado la cabeza y las tijeras estaban chasqueando furiosamente. ¿Me rozó suavemente una premonición cuando pasábamos, o es simplemente el deformado ocular de la memoria —el recuerdo de los hechos que al cabo de muy poco tiempo iban a ocurrir— lo que ahora presta una horrible resonancia a la visión de aquel laberinto de plantas excesivamente crecidas y del jardinero con sus mortíferas tijeras?

—Los tubos se han taponado. —Despertada de su ensueño, Alethea continuaba su relato—. Estaban hechos de troncos de olmos vaciados y, bajo tierra, estos tubos tienen una duración normal de veinticinco, quizás treinta, años. Después de eso, tienden a hundirse, o a atascarse o a tener filtraciones.

Entonces el agua fluye por todas partes.

Se detuvo en seco y dirigió su mirada al ala cubierta de andamios de Pontifex Hall.

—Los cimientos de la casa están siendo socavados, ¿sabe? —continuó—. El agua se está acumulando debajo, cada día más. Me han dicho que dentro de unos meses podría desmoronarse la casa entera.

—¿Desmoronarse? —Yo había apartado la mirada del seto-laberinto y me cubría los ojos del sol mientas contemplaba el trágico espectáculo de Pontifex Hall. Me acordé de repente de los sonidos de la noche anterior en la cripta, del constante fluir de aguas invisibles—. ¿No podrían represarse las aguas donde brotan? ¿O conducirlas hacia otro lugar?

—Los manantiales son demasiado numerosos para una presa. Las fuentes brotan en cinco o seis lugares al menos. Y algunas ni siquiera han sido encontradas. Todo el edificio está siendo socavado por un río subterráneo. De manera que el agua ha de ser desviada. Tengo un ingeniero en Londres trabajando en planos para una nueva serie de conducciones.

Soltó un agotado suspiro. Luego tiró de mi brazo tal como había hecho ante la puerta que daba a la sala de documentos.

—Vamos.

Mientras paseábamos por la propiedad, Alethea contó más cosas sobre la historia de la mansión. El actual edificio sustituía a aquel, dijo la mujer, que fuera construido en tiempos de la reina Isabel, que a su vez había reemplazado a Pontifex Abbey, una antigua institución confiscada por Enrique VIII al pequeño grupo de frailes carmelitas tras el Acta de Disolución de 1536. La historia de la mansión parecía ser una historia de crecimiento y destrucción, de un edificio surgiendo —a veces literalmente— de las cenizas de otro; un ciclo de olvido y renovación. Alethea señaló por dónde se había extendido la viña y el jardín de hierbas medicinales de la abadía; dónde se había alzado su confiscada biblioteca; dónde se habían levantado otrora cúpulas, campanarios y torreones que dominaban huertas y terrenos baldíos. Ahora llevaban mucho tiempo desaparecidos excepto por los extraños terraplenes o los montones de trozos de mampostería derruida... tantas cicatrices y huesos antiguos. Me acordé, de repente, de lo que ella había dicho antes sobre que la civilización estaba fundada en actos de profanación. Pero ¿cómo, en aquel caso, me pregunté, se podía establecer la diferencia entre éstos, entre los actos de civilización y los de barbarie?

—La mansión isabelina ardió hará unos cincuenta años, matando a sus habitantes, una antigua familia llamada De Courtenay. Bastante empobrecida, creo. Un año después del incendio, mi padre compró la propiedad al aún más empobrecido heredero de la familia, un vendedor de quesos de Dorchester. Durante los siguientes cinco años, más o menos, sir Ambrose levantó la mansión actual. La diseñó el mismo, ¿comprende usted? Hasta el último detalle de su construcción, tanto dentro como fuera.

De modo que el propio sir Ambrose era el arquitecto, la persona obsesionada con laberintos y simetrías. Sí, un verdadero Dédalo —como Alethea le había llamado—, porque, ¿acaso no era Dédalo el arquitecto, entre otras cosas, del Laberinto de Creta? Pero yo no encontraba palabras para explicar la fijación existente con aquellas peculiares repeticiones y ecos. ¿Mera extravagancia, o había alguna oculta intención? Tuve la impresión de que, pese a las anécdotas de Alethea y a los «restos» que había visto en la bóveda subterránea, yo no sabía casi nada de sir Ambrose. Las hojas marchitas y pieles animales arrugadas amontonadas en el desenterrado ataúd contaban alguna extraña y posiblemente trágica historia, al igual que su colección de libros. Pero en aquel momento no podía siquiera empezar a imaginar qué oscuro vínculo podría relacionar todas estas cosas. El sujeto parecía mostrar una cara y luego otra, de manera que resultaba imposible formarse una imagen de aquella extraña quimera. ¿Era un coleccionista? ¿Un inventor? ¿Un arquitecto? ¿Un capitán de barco? ¿Un alquimista? Decidí que cuando regresara a Londres realizaría alguna investigación.

Comprendí asimismo que apenas si sabía más cosas de la propia Alethea. Cada uno de sus relatos —de la biblioteca, de la mansión, de su padre— parecía ocultar tanto como revelaba. No sabía hasta dónde podía confiar en ella. Mientras nos acercábamos a la casa me pregunté si podría hacerlo o no, si sería prudente hablarle de mi experiencia en el laberinto de corredores situados en el piso, o siquiera preguntarle algo sobre el ejemplar de Ortelio. ¿O seguía siendo el silencio la actitud más juiciosa?

Antes de que hubiera tomado una decisión, la mujer me condujo hacia la puerta como se hace con un ciego.

—La biblioteca nos espera, Mr. Inchbold. Ha llegado la hora de que conozca usted su tarea.

CAPÍTULO SÉPTIMO

Mi tarea, según se reveló, iba a ser, al menos en función de la primera impresión, relativamente sencilla, si bien no exactamente clara.

Tenía que ver con los libros de sir Ambrose. ¿Con qué, si no? Después de devolverme a la biblioteca —la cual resultaba aún más espectacularmente voluminosa iluminada por la franja de luz que penetraba a raudales por la ventana—, Alethea sacó una lista de libros, una docena en total. A su regreso, explicó, se había descubierto que esos volúmenes faltaban de la biblioteca. Y como ella deseaba completar la colección y devolverla al estado en que sir Ambrose la había dejado a su muerte, era imperativo que todos fueran encontrados.

—De manera que usted quiere que encuentre unos ejemplares para sustituir... —Yo estaba tratando de leer al revés los nombres escritos en la página. Sentía cierto alivio (mezclado, quizás con decepción) de que al final todo se estuviera aclarando. Todo aquel alboroto por una docena de libros. Estirando el cuello ligeramente pude descifrar uno de los títulos: la *Historia del Mondo Nuovo* de Girolamo Benzoli—. Ya veo. Muy bien. Tendría que ser capaz de encontrar otros ejemplares...

Fui interrumpido por Alethea, que parecía extrañamente irritada por mi suposición.

—No, Mr. Inchbold. No lo entiende usted. He dicho que es imperativo que estos libros vuelvan a la biblioteca. —Golpeó con su dedo violentamente contra la página, lo que produjo un estruendo como un trueno de escenario—. *Estos* ejemplares exactamente, los originales. Cada uno de ellos identificado por su ex libris, que muestra el escudo de armas de mi padre. Aquí...

Sacando un libro al azar de la estantería, lo abrió por la cubierta interior, sobre la cual un escudo negro y blanco había sido grabado en relieve. Me tendió entonces el volumen, una edición de la traducción latina de Leonzio Pilato de la *Ilíada*, cuyas insignias estudié más detenidamente por miedo a alterar más su humor. El escudo, observé, estaba dividido por un cheurón y adornado en su base por un blasón, un libro abierto con dos sellos y dos broches. Muy apropiado, pensé. Observé además que el emblema delataba también la peculiar afición de sir Ambrose por las simetrías, porque el lado izquierdo del escudo —la mitad siniestrada— encajaba perfectamente con la diestra. De hecho, encajaban perfectamente excepto por sus colores, ya que el escudo había sido intercambiado: La mitad siniestrada era blanca allí donde la diestra era negra, y viceversa, de manera que la mitad izquierda del cheurón era blanca y la derecha, negra, y así sucesivamente. Ello producía un efecto peculiar de, a la vez, reflejo y contraste, de simetría juntamente con variación o diferencia. La única excepción a la norma era el documento que se desplegaba debajo, en el cual aparecía inscrito el ahora familiar lema de sir Ambrose: *Littera Scripta Manet*. «La palabra escrita permanece.» Era un lema que parecía al mismo tiempo una promesa y una amenaza.

Cerré el libro y al levantar la mirada descubrí a

Alethea estudiándome con un *empressement* extrañamente nervioso. Los tristes sueños de unos momentos antes se habían desvanecido: estaba ahora alerta e impaciente. Le devolví el libro, que ella colocó de nuevo cuidadosamente en la estantería antes de dedicarme otra vez su atención.

—Desea usted que encuentre doce libros que eran propiedad de su padre —aventuré—. Doce libros con sus ex libris.

Mientras hablaba, le echaba una dubitativa mirada a la lista al revés, frunciendo el entrecejo. A esas alturas ya podía adivinar varios de sus títulos. Uno parecía ser las *Elegías de varones ilustres de las Indias*, de Juan de Castellanos, y otro era la *Primera parte de la crónica del Perú*, de Pedro de León, ambos libros, como la edición de Benzoli, crónicas de las exploraciones españolas del Nuevo Mundo.

—Pero eso puede resultar difícil —añadí, adoptando mi tono más profesional—, imposible incluso. Les puede haber ocurrido miles de cosas. Podrían estar en cualquier parte. O en ninguna. ¿Y si hubieran sido quemados por los soldados de la guarnición?

Una línea vertical apareció entre los dos arcos oscuros de sus cejas. Movió negativamente la cabeza y me lanzó la desesperada, cansada, mirada de alguien que se ve obligado a explicar abstrusas cuestiones a un niño difícil. Me sentí enrojecer... de ira, pero también de algo más sutil, porque observé que el cambio de su apariencia iba más allá de su evidente frustración conmigo. Aquella mañana, se había empolvado la cara, pintado ligeramente los labios, y la gran mata de pelo aparecía contenida, parcialmente al menos, por una cofia de encaje negro. Tenía un aspecto junoesco, tanto en estatura como en porte —podría decir incluso amazónico—, pero con todo parecía... bueno... más bien seductora. Incluso me pareció oler una especie de aceite dulce que me recordaba, con espantosa incongruencia, el perfume de azahar de Arabella. Sin embargo, los encantos de Alethea eran tan contrarios a los de Arabella —mi tranquila, modesta Arabella— que los encontraba difíciles de reconocer y apreciar, con polvos y pintura carmesí o no. Rápidamente aparté la mirada, captando mientras lo hacía una fugaz visión de un cuarto título escrito en la página: *Certaine Errors in Navigation*, de Edward Wright.

—Por favor, Mr. Inchbold. Debería usted escuchar más atentamente. —Su voz sonaba más acalorada e insistente de lo que la cosa parecía requerir, sin la paciencia y la corrección que yo hasta entonces había asociado con las damas—. Deseo contratarle para que encuentre usted un libro. Un solo libro. Los otros once, tengo la satisfacción de decirle, ya han sido localizados. Pero este último, el duodécimo, no... Aunque no porque no se haya intentado.

Tanto alboroto, entonces, por un solo libro. Suspiré para mis adentros.

—De modo que es por causa de éste, el duodécimo, que desea usted contratarme —dije tratando de disimular un tono de resignación en mi voz. No quería alterar nuevamente su humor.

—Justamente. Porque, verá usted, muchas cosas dependen de que usted lo encuentre.

—¿No es tomarse mucho trabajo traer a alguien desde Londres por un simple libro?

—Un libro muy valioso.

—Incluso por un libro valioso.

La línea vertical de su ceja se hizo más profunda.

—Mr. Inchbold, quisiera subrayar la importancia de su tarea.

—Y así lo hace usted.

Pero había más, mucho más, que ella no «subrayaba»; estaba seguro. Todo lo que decía me parecía meticulosamente seleccionado de una más larga, oculta, historia, alguna intriga a la que ella sólo hacía alusión. Los enemigos de su padre, por ejemplo, aquellos «otros intereses». ¿Deseaban ellos, también, reclamar ese misterioso duodécimo libro? Pero, al mismo tiempo, me pregunté en qué medida debía permitirme creer en lo que ella decía... sobre su padre, sobre su marido.

Le había dado la espalda, y durante unos pocos y calculados segundos lancé una furiosa mirada por la ventana, a través de los cristales que colgaban precariamente de sus decrépitos marcos de plomo. Me aclaré la garganta suavemente y pregunté:

—¿Y si rehusara?

—Entonces ambos perderíamos —replicó ella, sin inflexión en la voz—. En dicho caso mi situación se tornaría sumamente desafortunada.

—Hay otros libreros.

—Puede ser. Pero ninguno, creo, posee sus recursos.

Eso era cierto, o al menos a mí me gustaba pensar que era así. Pero apelar a mi vanidad no servía de nada. Y tampoco servía la llamada a mi codicia, que fue lo que siguió.

—Le pagaré bien. —Su voz llegaba desde pocos metros de distancia a mis espaldas, y en ella vibraba una nota que no había oído hasta entonces—. Cien libras. ¿Será suficiente? Más los gastos, desde luego. Probablemente se le pedirá viajar.

—¿Viajar? —La idea me horrorizaba. No tenía el menor deseo de viajar a ninguna parte excepto de vuelta a Nonsuch House. Un centenar de libras era una buena cantidad de dinero, sin duda. ¿Pero para qué quería yo más dinero? Me sentía perfectamente feliz tal como estaba, con mis 150 libras al año: con mi pipa de tabaco, mi sillón, mis libros.

—Un centenar de libras, en realidad, solamente por *aceptar* la misión —continuó ella. Podía sentir sus ojos taladrando mis espaldas—. Luego, si encuentra usted el libro... y estoy segura de que lo hará... otras cien. Doscientas libras, Mr. Inchbold —la mujer había adoptado un tono cuya ligereza contradecía la magnitud de la oferta—, doscientas libras simplemente por dar con un libro. Mi única condición es, naturalmente, su completa discreción.

¿Doscientas libras por un simple libro? Quitándome los anteojos, empecé a limpiar sus lentes vigorosamente con el dobladillo de mi chaqueta. Mi curiosidad empezaba a liberarse de los estrictos ronzales con que la había sujetado. ¿Doscientas libras por un *solo* libro? Inaudito. Ridículo. Por ese precio se podría adquirir la mitad de mis existencias. ¿Qué clase de libro podía valer semejante suma? Ni siquiera la edición encuadernada por Caxton de las *Confesiones* de san Agustín —la edición que había visto por unos instantes la noche anterior— podía alcanzar un precio como aquél.

Me puse nuevamente los anteojos y por un momento no dije nada. Alethea había permanecido en silencio, esperando mi respuesta. Bueno... ¿qué tenía que perder realmente? Tal vez ni siquiera se me exigiera viajar, a fin de cuentas. Además, disponía de todos mis agentes, desde luego: hombres expertos, en Oxford, París, Amsterdam, Frankfurt. Y podía contar con Monk, para recorrer los puestos de libros de Paternoster Row y Westminster Hall, o cualquier otro lugar donde pudiera considerar oportuno enviarlo. Y, por lo que sabía, el libro en cuestión podía estar en mis estanterías de nogal en aquel mismo momento. ¡Vaya! Cosas más extrañas ocurrían. Después de todo, sabía a ciencia cierta que poseía un ejemplar en mi librería del *Discoverie of the large, rich, and beautifull Empire of Guiana,* de sir Walter Raleigh... el quinto título que había atisbado en la página invertida un minuto antes.

Me di la vuelta en redondo para darle frente. Casi a pesar mío, extendí la mano.

—¿Bien? ¿Y cuál es, puedo preguntar, el título de este valioso libro?

Aquella tarde me derrumbé en el asiento del carruaje puesto a mi disposición para el viaje de vuelta a Londres. Por primera vez en horas —en *días*—, me sentía relajado. Phineas hizo restallar el látigo, los caballos se pusieron bruscamente en marcha y los atrofiados árboles empezaron a cruzar por delante de las ventanillas del vehículo. Pero cuando nos acercábamos a la arcada estuvimos a punto de chocar con un jinete solitario que cabalgaba a todo galope hacia la casa.

—¡Sir Richard!

—¡Condenado viejo loco! ¡Fuera de mi camino!

—¡*Sí*, sir Richard!

Phineas tiró de las riendas violentamente hacia un lado. El carruaje empezó a dar bandazos hacia el arcén cubierto de hierba, donde la rueda delantera derecha chocó contra una roca y luego se hundió en una zanja. Yo fui arrojado al suelo del vehículo y me torcí la cadera. El jinete espoleó su montura, un gran ruano castaño, y pasó como una exhalación por delante de mi ventanilla con un graznido como el de un grajo.

Cuando conseguí enderezarme, habíamos salido ya de la zanja y nos encontrábamos bajo la arcada. Con expresión sombría en mi rostro, giré en redondo en el asiento y levanté el faldón de piel que cubría la diminuta ventanilla trasera oval. Vi como el jinete desmontaba y luego se inclinaba ante Alethea, la cual hizo una reverencia y le ofreció su mano. La mujer ya se había cambiado de atuendo, y vestía ahora un traje de montar, a la espera sin duda de la llegada del caballero. Éste era un individuo corpulento que llevaba una anticuada gorguera y un sombrero de elevada copa con una cinta púrpura que se agitaba bajo la brisa. Por un instante, ambos quedaron enmarcados por las alas de Pontifex Hall, dos figuras de un cuadro al óleo. Luego doblaron una esquina y el cuadro quedó dividido por un tramo de muro roto y un seto descuidado.

—Sir Richard Overstreet —gritó Phineas, por una vez proporcionando voluntariamente información—. Un vecino. Comprometido en matrimonio con lady Marchamont.

—¿De veras?

—Antes de que el año se acabe, no me extrañaría. Un sinvergüenza, señor, si quiere que se lo diga —terminó, con una vehemencia insólita en él.

—¿Ah, sí?

Pero Phineas había dicho su parecer. No habría más comentarios. Seguimos nuestro camino, durante tres días más, en deprimente silencio.

Pero el incidente produjo en mí un extraño efecto. Mi ira e impaciencia habían desaparecido para ser reemplazadas por algo más. Porque en algún momento durante el día anterior se había producido una pequeña ruptura. Algunas imágenes de Alethea se filtraban a través de las irregulares compuertas de la memoria. Cuando cerraba los ojos, esos canales goteantes me traían imágenes de la mujer inclinada sobre los volúmenes, soplando el polvo de sus encuadernaciones o dejando resbalar las puntas de sus dedos por su superficie, como alguien que explorara las curvas del rostro de su amante. En una ocasión ella había incluso levantado un libro hasta sus labios y, cerrando los ojos, lo había olido como si se tratara de una rosa.

Y así, a medida que el camino serpenteaba ante nosotros y dejaba de hacerlo a nuestras espaldas, sentí las primeras punzadas de un confuso e inesperado malestar, el tímido estremecimiento de un atrofiado y rudimentario órgano para el cual, como con un apéndice, ya no tenía ningún uso; algo que, como el hueso de la cola o la muela del juicio, había sido conservado de una vida extinta, inactivo y olvidado. Inmediatamente me acordé de cómo me miraba ella en la cripta, así como de las docenas de libros sobre brujería amontonados en las estanterías de la biblioteca, y por un momento me pregunté si durante mi estancia no podría haberme hechizado como una bruja o una maga... si es que había algún encantamiento pagano en el origen de aquellos extraños temblores. Pero antes de que pudiera considerar por más tiempo aquella descabellada idea, las entreabiertas compuertas se habían cerrado, distraída mi atención por el dolor que sentía en la cadera. Sin embargo, el hecho no era menos preocupante pese a su brevedad. Permanecería en estado de alerta ante nuevos síntomas.

Mientras mi asiento se inclinaba de un lado a otro, observé cómo los valles se abrían y descendían, cómo las colinas y los árboles se alzaban para venir a nuestro encuentro, y luego desaparecían. Algunas nubes colgaban sobre nuestras cabezas, grises como el humo del cañón. Nuevamente me sentí relajado. Pronto divisaría las doradas cúpulas y veletas de latón de Nonsuch House levantándose hacia el brumoso cielo de Londres. Pronto me encontraría otra vez al abrigo de mis gruesas paredes de libros, aislado de los alarmantes enigmas del mundo. Los acontecimientos del último día no parecían otra cosa que un extraño sueño, del cual a Dios gracias me había despertado, sin estar muy seguro del lugar adonde había viajado o de qué podía haber ocurrido.

Pero aún poseía un recuerdo de mi viaje, un incomprensible testamento de su extraño propósito. Cuando llegábamos a Crampton Magna saqué el trozo de papel de mi bolsillo y contemplé fijamente las emborronadas palabras escritas con la anticuada letra de Alethea: *Labyrinthus mundi* o *El laberinto del mundo.*

Traqueteando en mi asiento, fruncí el ceño al mirar el papel tal como había hecho cuando Alethea lo pusiera en mis manos. El nombre me sonaba, aunque andaba lejos de estar seguro de dónde lo había oído. Era el título de un libro completamente diferente de los otros errantes volúmenes, aquellos tratados sobre navegación y exploraciones remotas de las Américas españolas. Era un pergamino que databa, según ella, de comienzos del siglo XV, cuando había sido copiado de un papiro original —ahora perdido— y traducido al latín por un amanuense de Constantinopla; un fragmento de quizás diez o doce hojas de papel vitela con la recargada encuadernación oriental estampada sin dorar conocida como *rebesque* o *arabesco.* Ella no había dicho nada más excepto que se trataba de un texto hermético, un texto oscuro que jamás había sido publicado. Pero cómo semejante pergamino podía valer doscientas libras, y cómo se había convertido en la misteriosa clave de los destinos de lady Marchamont, eran unas adivinanzas que no deseaba, en aquel momento, meditar.

¿Cuánto sabía yo, en aquella época, del llamado *Cor-*

pus hermeticum? No mucho más, supongo, que cualquiera otra persona. Tenía noticias, naturalmente, de que el manuscrito había aparecido en Florencia hacía unos doscientos años, después de que Cosme de Médicis despachara a agentes suyos con la orden de llevar a su magnífica biblioteca todos los pergaminos que pudieran encontrar en cada iglesia o monasterio que les permitiera cruzar su puerta. Y sabía también que esos exploradores —la mayor parte de ellos monjes de San Marcos de Florencia— habían recuperado montones de piezas maestras perdidas en los mohosos escritorios y bibliotecas de los remotos monasterios de Monte Cassino, Langres, Corvey y Saint Gall, obras de autores tan apreciados como Cicerón, Séneca, Livio y Quintiliano, y docenas más, todas las cuales fueron rápidamente revisadas, traducidas y puestas bajo custodia para su estudio junto con los demás tesoros de la Biblioteca de los Médicis. La intención de aquellos exploradores-eruditos, aquellos intrépidos frailes a lomo de mula, siempre me había parecido conmovedora. Los suyos eran los más humildes, y sin embargo más nobles, viajes de descubrimiento, peligrosas misiones realizadas décadas antes de las expediciones de Colón y Cabot, antes de que se impusiera la manía de navegar por el mundo, expediciones peligrosas cuyo objetivo no era el oro, o las especias, o el descubrimiento de rutas comerciales, sino los manuscritos antiguos, algunas pieles de animales secas cuyos mundos secretos eran devueltos a la vida sólo después de semanas enteras de recorrer laboriosamente senderos montañosos medio cubiertos por la vegetación e infestados de bandidos.

Y también sabía, por último, que el más importante de tales descubrimientos había sido efectuado en, o alrededor de, el año 1460, menos de diez años después de la caída de Constantinopla ante los turcos, cuando uno de los intrépidos monjes de Cosme llevara a Florencia los primeros catorce libros del *Corpus hermeticum*. El tesoro descubierto en Macedonia era tan valioso —así lo creía Cosme— como las especias de la India o el oro del Perú, igualando su valor al de todos los demás manuscritos combinados de la Biblioteca de los Médicis. Los pergaminos llegaron a Florencia poco después de los no traducidos diálogos de Platón, que habían sido traídos de Macedonia por Giovanni Aurispa. Pero Cosme ordenó a Marsilio Ficino, el más grande erudito de Florencia, y por tanto el más grande del mundo, que tradujera primero las obras de Hermes, porque él creía, como todo el mundo, incluido el gran Ficino, que Platón solamente había recibido toda su sabiduría del antiguo sacerdote egipcio Hermes Trimegisto. Porque, a fin de cuentas, ¿acaso antiguos eruditos como Iamblico de Apamea no escribieron que Platón se había inspirado en la venerada ciencia de Hermes Trimegisto cuando visitó Egipto? Así que, ¿por qué debería Cosme de Médicis leer unas copias de ese arribista de Platón si poseía sus originales, las obras del propio Hermes Trimegisto?

Mientras Ficino se ocupaba en traducir los catorce libros del griego al latín, surgieron en Florencia, y luego en todo el resto de Europa, docenas de rumores sobre la existencia de más manuscritos herméticos en Macedonia y otros lugares, a la espera de ser descubiertos. Unos veinte pergaminos más fueron finalmente recuperados, después de sobornar con generosidad a los sacerdotes y de saquear los templos, pero todos eran fragmentos o versiones de los mismos catorce libros, así como de otros tres, de manera que el número total de textos herméticos en existencia ascendía a diecisiete. Un siglo después de la muerte de Cosme, el texto griego de los pergaminos macedónicos fue publicado en París, y posteriormente las dos copias del *Corpus hermeticum* —la latina y la griega— sufrieron muchas ediciones y enmiendas, todas las cuales sir Ambrose, al parecer, había convenientemente reunido: todas las ediciones y traducciones que habían sido impresas en Europa durante los pasados doscientos años.

Alethea me había hecho señas de que me acercara a la estantería, con el fin de mostrarme que su padre poseía las ediciones preparadas por Lefèvre d'Étaples, Turnebus, Flussas, Patrizzi, Rosseli, incluso la edición de Trincavelli de Johannes Stobaeo, un pagano macedonio que había reunido algunas de las obras herméticas más de un milenio antes. Pero ninguna de estas colecciones, afirmó la mujer, contenía el decimoctavo manuscrito, *El laberinto del mundo*, el primer texto hermético descubierto en casi doscientos años.

Yo había estado observando en silencio con cierto escepticismo mientras ella se encontraba junto a la estantería y los iba sacando uno a uno, pensando que era una lástima que, en aquellos volúmenes al menos, sir Ambrose hubiera gastado tanto dinero. Todos estaban hermosamente encuadernados, cierto, y yo los hubiera podido vender en cuestión de días a una docena de coleccionistas. Pero cincuenta años antes, el gran Isaac Casaubon había demostrado que todo el *Corpus hermeticum* —aquella supuesta fuente de la magia y la sabiduría más antigua del mundo— no era más que un fraude, la invención de un puñado de eruditos griegos que vivieron en Alejandría en algún momento del siglo I después de Cristo. De manera que, ¿qué posible valor o interés podía tener para nadie un libro más, otra más de estas falsificaciones?

El coche vadeó la pequeña corriente, levantando sus ruedas cortinas de agua a ambos lados. El pago a cuenta de los soberanos de oro —una buena docena de ellos— tintineaba suavemente en mis bolsillos. Cerré los ojos y no los volví a abrir, por lo que puedo recordar, hasta que llegamos al humo de Londres, que juro que nunca había olido tan bien.

CAPÍTULO OCTAVO

La batalla de Praga duró menos de una hora. Los soldados de Federico y sus fortificaciones de tierra no podían competir con las hordas imperiales y sus balas de cañón de veinticuatro libras y fusiles de chispa. La artillería destrozó las trincheras construidas delante del Palacio de Verano; luego intervinieron los mosqueteros, descansando sus armas sobre horquillas y disparando contra la infantería bohemia, que daba tumbos por la ladera de la colina. Aquellos que huían de las balas de mosquete acababan siendo decapitados por los sables de la caballería que barría el parque de caza sobre sus caballos de guerra, minutos más tarde. Los que escapaban a la caballería procuraban deslizarse a través de las rejas para entrar en el castillo, o, al no conseguirlo, se zambullían en el Moldava. Trataban de cruzar a nado el río por su meandro, para llegar al Barrio Judío o a la Ciudad Vieja, poniendo agua de por medio entre ellos y el destructivo enemigo.

Otros estaban también tratando de escapar a través del Moldava. Un convoy de sobrecargados carruajes tirados por mulas y caballos intentaba abrirse paso, de tres en fondo, sobre el puente, llenando éste por completo y también la calle de Carlos mientras serpenteaba por aquel estrecho canal a través de filas de casas en dirección a la plaza de la Ciudad Vieja. La propia reina se encontraba en medio de la densa circulación, sus bolsas apresuradamente empaquetadas y luego amontonadas en el techo del vehículo como las de un gitano o un calderero. Unos minutos antes la habían envuelto en una capa de piel e introducido en el coche real. Ahora, las cortinas decoradas con brocados que cubrían las ventanillas del vehículo se movían en un triste vaivén mientras el coche avanzaba dando tumbos por el puente y sus ruedas chirriaban al chocar contra las de las carretas y carretillas tiradas o empujadas por sus fugitivos súbditos. Con el lento paso del carruaje las estatuas de los santos daban la impresión de agitarse. Habían sido decapitadas por orden suya unos meses antes y ahora constituían una horripilante visión. Luego la estatua de madera de la virgen apareció ante su vista, otro fantasma bamboleante. Pero el conductor gritó y mostró el látigo a sus caballos. La reina cruzaría el Moldava hasta la Ciudad Vieja con Madre Santísima o no.

Emilia también estaba cruzando el río para dirigirse a la Ciudad Vieja. Había huido con sir Ambrose, a través de las Salas Españolas y luego del castillo, que para entonces estaba vacío exceptuando unos pocos sirvientes que empujaban carretillas de mano llenas de pieles y cajas de vino a través de los patios, arramblando con lo que podían antes de que las tropas imperiales abrieran brecha en las puertas y el saqueo empezara en serio. Quedaría bastante poco para ellos en la biblioteca, sin embargo. Dos de sus habitaciones estaban ardiendo; las llamas habían llenado los corredores de un humo negro y arrojado luego una chillona, parpadeante, luz a través del jardín baluarte y de la cúpula en forma de cebolla de la catedral. La bala de cañón había sido calentada al rojo en un brasero, de modo que las llamas saltaron a través de los restos del muro segundos después del impacto. Sir Ambrose había tratado de sofocarlas con su capa, su enorme sombra pegando brincos en la pared a sus espaldas, pero fue repelido hacia atrás cuando las llamas se alzaron espectacularmente, ennegreciendo el techo de yeso, y luego el aire mismo. Girando en redondo, tendió su mano enguantada de negro.

—¡Vamos! ¡Por aquí!

Ya en el patio, cogió las riendas de un caballo sin jinete, y luego saltó al lomo del animal e izó a la muchacha para situarla a su espalda. Era un viejo caballo de silla, una bestia más acostumbrada a los carruajes que a los jinetes, pero sir Ambrose lo montó con dureza, espoleándolo pendiente abajo hacia la Ciudad Pequeña. Emilia se aferraba al borrén de la silla de montar mientras resbalaban por las escaleras, los cascos del animal lanzando chispas. Ante ellos se encontraba la Plaza de la Ciudad Pequeña, donde el río de coches tirados por mulas se dividía en dos brazos en la columna conmemorativa de la peste, y luego éstos se juntaban, más densos que nunca. La joven ya podía ver la rematada torre del puente moviéndose contra el irregular fondo de agujas y veletas que se apiñaban en la Ciudad Vieja.

¿Adónde habían ido a parar? Sir Ambrose había hablado poco desde que salieran de la biblioteca, dando solamente concisas órdenes de seguirle, de agarrarse bien, de agachar la cabeza cuando el caballo pasaba bajo cada piedra angular. Ni siquiera se había preocupado de presentarse... Tenía los modales de un turco, descubriría Emilia, incluso en sus mejores momentos. Pero ella ya suponía quién era. Sabía que el alto inglés era el agente que había traído los Libros Dorados de Praga, junto con otras docenas de pergaminos de Constantinopla... aquellas antiguas obras que Vilém afirmaba que no habían visto la luz del día desde que el sultán Mehmet capturara la ciudad en 1453. Pero Vilém no le había contado nada del retorno del inglés a Bohemia. Evidentemente su visita era *sub rosa*, o «bajo la rosa», como los embajadores lo calificaban. Ella sabía de su presencia sólo porque los rumores que corrían por el Palacio Královsky afirmaban que había venido a Praga, no a comprar libros para las Salas Españolas, como antaño, sino a venderlos, a canjearlos por soldados y balas de mosquete.

El caballo adelantó a la procesión formada por la chusma sobre el puente, corriendo más que las carretas y caballos de tiro y entrando a medio galope en la calle de Carlos. Allí, en el lado opuesto del río, su ruta se hizo de repente más indirecta y complicada, su ritmo aún más vivo. Sir Ambrose se separó del rebaño de fugitivos, espoleando el caballo hasta ponerlo al galope y guiándolo a través de una sucesión de calles más estrechas y oscuras que serpenteaban hundiéndose en la Ciudad Vieja. Emilia, una pésima amazona, se balanceaba, a punto de perder el equilibrio, y se agarraba a los pliegues de su chaqueta para no caer al suelo. La empuñadura de la espada de sir Ambrose se clavaba en la cadera de la joven. Se trataba de una de aquellas hojas curvadas, ancha por la punta, que Emilia sabía por sus lecturas que se llamaba cimitarra... otra cosa que sir Ambrose debía de haber traído de Constantinopla. La muchacha podía ver también una pistola metida en una funda en el cinturón y otra en la bota. Emilia cerró los ojos y se agarró con más fuerza.

La artillería de la montaña había enmudecido, terminada su tarea. Sólo se oía el golpeteo de las herraduras sobre la piedra y, en la lejanía, el extraño ladrido de un mosquete. Cuando se atrevía a abrir los ojos, Emilia veía aparecer y desaparecer de la vista el castillo bajo una columna de humo. Mucho más cerca, garabateado en el costado de uno de los edificios al otro lado de la calle, apenas distinguible, vislumbró algo más, un único jeroglífico dibujado con tiza sobre los ennegrecidos ladrillos:

La imagen le resultaba familiar. La había visto bastante recientemente, aunque no podía recordar dónde. ¿En otra pared? ¿O en un libro? Volvió la cabeza cuando pasaba por su lado, y luego rápidamente la agachó al cruzar bajo un arco.

Cabalgaron durante un cuarto de hora más, de un lado para otro a través de las calles, deslizándose hacia el norte por callejuelas secundarias paralelas a otras por las cuales el caballo había corrido hacia el sur un minuto antes. Las alcantarillas estaban heladas, y el barro y el estiércol de las calles se había endurecido con la escarcha. Emilia se preguntó si no se habrían perdido. Parecían estar viajando en círculos, volviendo sobre sus propios pasos. Nunca en su vida había cruzado el puente, y nunca había entrado en la Ciudad Vieja o el barrio judío, por cuyas desiertas calles también habían galopado, cruzando por delante de escuelas de plegarias y sinagogas.

En algún lugar al borde del barrio judío, y desde la

calle que estaba a sus espaldas, les llegó un fuerte estampido de armas de fuego. El caballo se encabritó ante el estallido, y luego enfiló la siguiente callejuela. Emilia, a su vez, se sobresaltó ante la detonación. ¿Habían abierto los soldados del emperador una brecha en las puertas y llegado tan pronto a la Ciudad Vieja? Se produjo otra explosión y una abeja zumbó por encima de sus cabezas, y golpeó contra un cepillo de los pobres en la pared de una sinagoga, haciendo tintinear sus monedas. A estas alturas podía oler el acre hedor de la pólvora en el viento. Cuando el caballo brincaba hacia adelante, la muchacha volvió la cabeza para descubrir a tres jinetes a sus espaldas.

Al principio pensó que eran cosacos, los guerreros más fieros y brutales de Europa, el tema de docenas de asustados rumores en las cocinas y antecocinas del palacio. Pero el trío no llevaba el atuendo de los cosacos... largos abrigos y altos gorros de astracán. En vez de eso, vestían libreas, capas y pantalones tan negros como los de un predicador puritano pero adornadas las mangas con un brocado dorado que lanzó destellos cuando pasaron velozmente por delante de una taberna iluminada por velas de junco. Nunca había visto ella semejantes vestiduras, ni en Praga ni en Heidelberg. Y tampoco unas caras tan espantosas. Atezadas y barbudas, eran retorcidas como las de unas gárgolas con intenciones homicidas. El brocado de oro centelleó cuando uno de ellos levantó la pistola. Pero sir Ambrose ya había sacado la suya de la bota y giró en redondo para hacer fuego. Hubo un breve siseo antes que la mecha empezara a arder y se encendiera, luego relampagueó apenas a quince centímetros de la nariz de la joven. Otro hedor acre. Cegada, Emilia lanzó un grito de alarma. Sir Ambrose hurgó en busca de la otra pistola en su funda, mientras espoleaba el caballo hacia la siguiente calle.

La joven volvió a cerrar los ojos, aferrándose desesperadamente a sir Ambrose. Pero no hubo más disparos de pistola. Unos minutos y muchas vueltas más tarde, habían perdido de vista a sus perseguidores, pese a llevar éstos monturas más rápidas. Cuando abrió los ojos, el caballo empapado de espuma chacoloteaba sobre un amplio patio frente a una iglesia de dos torres gemelas y un reloj. Habían llegado a la plaza de la Ciudad Vieja. Docenas de caballos y mulas de carga se arremolinaban sobre los adoquines de la plaza. Hombres de uniforme gritaban sus instrucciones en inglés, alemán y bohemio, mientras se peleaban como obreros de las dársenas.

Sir Ambrose condujo el caballo entre la multitud, abriéndose camino en diagonal a través del adoquinado de la plaza antes de llegar a una fila de casas situadas bajo los soportales con pequeñas ventanas saledizas resplandecientes de luz. Allí tiró de las riendas del jadeante animal delante de una de las casas más grandes y rápidamente desmontó antes de ayudar a bajar a Emilia y cogerla por el codo. Cuando aterrizaba sobre los adoquines, la cara de sir Ambrose, que mostraba una forzada sonrisa, bañada por sombras carmesíes y anaranjadas, ya no parecía tanto la de Amadís de Gaula o el caballero de Febo, y más la de los perseguidores de negras vestiduras. ¿Había sido rescatada, se preguntó, o capturada?

La casa con su hermosamente pintada fachada era una confusión de flameantes antorchas y figuras que corrían de un lado para otro. Sir Ambrose la condujo hasta el soportal a través de archipiélagos de boñigas y montones de equipajes que parecían haber sido arrojados contra las columnas por una fuerte marea. Había asnos rebuznando y llamas que se agitaban en el aire.

¿Adónde la llevaba? La muchacha se sentía como un ave de caza en las mandíbulas del perro cobrador. Forcejeó brevemente... su primera muestra de resistencia. Después, cuando pasaba por el lado de una antorcha sostenida en lo alto, vio que el hombre agarraba algo con la otra mano. Se había quitado el guante y mostraba sus dedos manchados de tinta. A Emilia le llevó otro segundo reconocer el objeto como un libro, el de la biblioteca. El solitario pergamino encuadernado en piel que había descansado sobre la mesa de Vilém. De nuevo trató de liberarse retorciéndose, pero entonces la puerta se abrió de par en par y fue arrastrada dentro.

II

EL INTÉRPRETE DE LOS SECRETOS

CAPÍTULO PRIMERO

Nonsuch Books no se encontraba inmerso en el caos, como yo había esperado, cuando regresé a casa, exhausto, después del arduo viaje realizado desde Crampton Magna. Cuando Phineas me depositaba sobre el Puente de Londres, capté una visión de Monk a través de una de las pulidas ventanas. Estaba inclinado sobre el mostrador, y detrás de su cabeza los libros aparecían alineados en marciales filas a lo largo de las estanterías, mientras el sol de la tarde arrojaba sus macilentos rayos sobre sus encuadernaciones. Todo estaba en el lugar adecuado... incluyéndome, finalmente, a mí. Mi exilio había terminado.

Al bajar del coche, golpeé fuertemente con mis botas sobre los pequeños adoquines como si quisiera liberarlos de la tierra y la descomposición de Pontifex Hall. Hice una pausa para secarme la frente y hacer varias inhalaciones de la acre brisa del río. Eran cerca de la seis de la tarde. Las multitudes regresaban de los mercados con su cena, cruzando el puente en dirección a Southwork. Jarretes de buey, envueltos en papel marrón, y plateados pescados con aletas mostrando unas amplias e irónicas sonrisas sobresalían de las cestas mientras las amas de casa y sus sirvientes me empujaban para adelantarme por la acera. Me incliné hacia adelante y abrí la verde puerta con un agradecido suspiro, haciéndome la promesa —pronto rota— de no volver a salir de Londres.

—¡Señor! ¡Buenas tardes!

Monk saltó de su asiento como un gato chamuscado, y luego me ayudó a arrastrar el baúl a través del umbral.

—¿Cómo ha ido su viaje, Mr. Inchbold? ¿Ha disfrutado del campo?

Le estaba echando al baúl una mirada peculiar, supongo que porque esperaba que estuviera lleno a reventar de libros, que él, correctamente, imaginaba eran los únicos posibles incentivos a mi marcha.

—¿Tuvo un tiempo bueno y seco, señor?

Pacientemente respondí a ésas y media docena más de excitadas preguntas. Para cuando terminaba, las campanas de Saint Magnus Martyr estaban dando las seis en punto, de modo que levanté el toldo, cerré los postigos y luego la puerta con llave. Realizaba esas operaciones con cierta desgana, porque estaba impaciente por sumergirme de nuevo en las aguas de la hermosa rutina; ver a mis clientes habituales entrar por la puerta, lograr que la familiar visión de sus rostros y el sonido de sus voces diluyera los perturbadores recuerdos de la pasada semana. Monk me vio mirar el correo, netamente apilado sobre el mostrador. La carta de Monsieur Grimaud, explicó, había llegado por fin de París.

—Vamos, Monk.

Yo empecé a leer la carta mientras subía por la escalera de caracol. La edición de Vignon de Homero se nos había escapado pero ni siquiera esa decepción podía desalentar mi resucitado ánimo, porque a esas alturas había percibido un confortable olor de comida y oído el familiar estrépido de cazuelas y sartenes en la antecocina.

—Veamos lo que Margaret nos ha preparado para cenar.

Pero por supuesto ya lo sabía, puesto que era miércoles, y un conejo del mercado de Cheapside estaría, como de costumbre, asándose en el espetón, junto a una hirviente cazuela de boniatos comprados en Covent Garden. Y, también como de costumbre, Margaret habría descorchado una botella de vino de Navarra, del cual yo me permitiría ocho tintos centímetros mientras me sentaba en mi tapizado sillón y me fumaba mis dos cazoletas de tabaco.

Mi tarea más inmediata, como vi entonces, era resolver el enigma del documento cifrado. La copia del manuscrito podía esperar, al menos un par de días. No podría decir por qué pensé que ése era el orden de prioridad. Posiblemente creía que los dos misteriosos textos —el que poseía y el que buscaba— estaban relacionados, y que el primero, sin resolver, podía conducir a una solución para el segundo. Dado que sir Ambrose era en sí mismo un enigma —para mí al menos—, razoné que descifrando aquel pedazo de papel podría saber algo más sobre su persona de lo que la miserable información de Alethea me había revelado. Lo cierto es que ocurriría todo lo contrario, porque el documento en clave no era, tal como yo creía, mi hilo de oro, y, en vez de ello, iba a alejarme cada vez más del centro del laberinto. Pero yo no podía saber nada de eso en aquel momento, de modo que cuando terminé de cenar estaba resuelto a hacer un intento con el documento, utilizando para ello los libros sobre esteganografía, o escritura cifrada, encontrados en mis estanterías. Había decidido además escribir una carta a mi primo Erasmo Inchbold, un matemático del Wadham College de Oxford.

Subí por las escaleras hasta mi estudio y encendí una vela de sebo. Monk se había retirado a su buhardilla y Margaret a su cuchitril de Southwork. El puente estaba en silencio, excepto por la marea, que chasqueaba entre sus pilares. Dentro, la última luz del día iluminaba la ventana, cuya perspectiva del río había sido tapada hacía mucho tiempo por pilas de libros. El estudio resultaba diminuto; era la primera de las habitaciones sobre la escalera de caracol en sufrir la invasión desde abajo. Cada superficie horizontal estaba ahora atiborrada de libros, una pila de los cuales tuve que sacar de la mesa a fin de que hubiera suficiente sitio para mi palmatoria.

Antes de estudiar el documento cifrado contemplé durante un momento el otro pedazo de papel de Pontifex Hall, el que Alethea me había dado: *El laberinto del mundo*. ¿Un texto hermético? Yo estaba más confundido que nunca sobre mi tarea. La nuestra era una era de la razón y del descubrimiento científico, no de la supuesta sabiduría secreta del *Corpus hermeticum*. En nuestros días, leíamos a Galileo y a Descartes en vez de a magos como Hermes Trimegisto o Cornelio Agrippa. Realizábamos transfusiones de sangre y escribíamos tratados sobre la composición de los anillos de Saturno. Admirábamos y tratábamos de imitar las hermosas formas de las antiguas estatuas de mármol traídas de Grecia por lord Arundel. Emprendíamos guerras, no por razones religiosas, sino por los intereses del comercio. Habíamos fundado una universidad en Nueva Inglaterra y, en Londres, una Real Sociedad para el Perfeccionamiento del Conocimiento Natural. Ya no quemábamos a las brujas ni realizábamos exorcismos. Ya no pensábamos que una enfermedad como el bocio pudiera curarse por el toque de la mano de un ahorcado, o la sífilis mediante plegarias al santo Job. Éramos, por encima de todo, un pueblo civilizado. De modo que, ¿qué nos importaba a ninguno de nosotros el oscuro significado, la falsa sabiduría, del *Corpus hermeticum*?

Al cabo de un minuto dejé a un lado el papel y cogí el documento cifrado. Éste era aún más misterioso. Lo sostuve contra la luz de la vela para estudiar su filigrana. Las que habían sido impresas en las páginas del *Theatrum orbis terrarum* de Ortelio eran gorros de bufón, el símbolo usado por los fabricantes de papel bohemios en 1600. No obstante, ese documento estaba impreso sobre un papel cuyo manufacturador lo había marcado con el motivo de una cornucopia, a ambos lados de la cual aparecía una inicial: una «J», a la izquierda, y una «T», a la derecha.

Mi corazón dio un brinco de alegría. Reconocí el motivo, por supuesto, del mismo modo que conocía el monograma. Ambos eran los de John Thimbleby, un fabricante de papel cuya factoría se levantaba hacia el este siguiendo el río, en Shadwell. Eso significaba que la hoja debía de haber sido insertada en el *Theatrum* en una fecha muy posterior a 1600. Pero ésa era mi única clave para conocer el origen del papel, y además probablemente inútil al respecto, ya que Thimbleby era uno de los más importantes suministradores de papel en el país y llevaba en el negocio más de un cuarto de siglo. Sin embargo, valdría la pena hacerle una visita para descubrir a qué impresores suministraba, monárquicos o puritanos, y si alguna vez había servido pedidos a Dorsetshire.

Le di la vuelta a la hoja, la olí, luego la toqué con la punta de la lengua para descubrir si había sido marcada de cualquier otra manera. Sabía que incluso los criptógrafos más inexpertos poseían hasta media docena de ingeniosos métodos de ocultar sus mensajes mediante lo que se llamaba «tinta simpática». Cebollas, vino, *aqua fortis*, el jugo destilado de insectos... al parecer casi todo podía ser usado. Me sorprendía que Alethea, con su extraña preocupación por el secreto, no hubiera recurrido a esa táctica. Pero supuse que más valía así. No sentía ningún deseo de entretenerme en mi estudio como un alquimista o un boticario, jugueteando con ollas de agua y polvo de carbón del cubo. Porque eso era lo que se necesitaba para descifrar uno de aquellos mensajes secretos. Cartas escritas en una tinta especial hecha, por ejemplo, de alumbre —una sustancia que se usa más habitualmente para detener el flujo de sangre, hacer pegamento o curtir piel— que no podían leerse hasta sumergir el papel en agua, lo que hacía que se formaran cristales en la página. Otras cartas escritas con tintas hechas de leche de cabra o grasa de ganso eran invisibles a menos que la página fuera primero rociada con serrín, lo cual hacía aparecer mágicamente las letras. Otro tortuoso método era emplear una tinta destilada de un sauce en putrefacción... una clase de tinta que sólo era visible en habitaciones oscuras como boca de lobo, y era muy parecida a la hecha a partir de otra receta que requería, según me parecía recordar, jugo de luciérnaga. Había leído incluso en alguna parte algo sobre una mezcla fabricada a base de sal amoníaca y vino picado. Las cartas escritas con este hediondo brebaje permanecían invisibles, se decía, a menos que el destinatario tuviera suficiente ingenio para sostener el papel ante la llama de una vela.

Pero yo no podía hallar prueba alguna de que aquel pedazo de papel hubiera sufrido semejante tratamiento, de manera que dejé la hoja a un lado y cogí el primero de mis libros sobre desciframiento.

Bueno, quizás nuestra era, con su espíritu científico, no se había liberado de los viejos engaños, a fin de cuentas. Lo cierto es que yo vendía un alarmante número de libros sobre descifrado, la mayor parte de cuyos títulos se encontraba también en las estanterías de Pontifex Hall. De hecho, ¿acaso no se había dedicado allí un estante entero al arte de la esteganografía? Ahora, mientras me encontraba sentado con un montón de libros esparcidos ante mí como unas cuantas parejas de urogallos dispuestas a ser desplumadas, observé que muchos de ellos habían sido reimpresos en Londres durante los últimos veinte años. Sí, la nuestra era evidentemente una era que apreciaba la conservación —y la revelación— de secretos. ¿Y quién podía censurarnos, supongo, después de tantos años de guerra e intrigas?

Yo había descubierto en mis estantes la *Esteganografía* de Johann von Heidenberg, alias John Trithemio, un monje benedictino que probablemente había levantado los ánimos de la difunta esposa del emperador Maximiliano I. Estaba también la *Magia Naturalis* del ocultista Gian Battista della Porta, el cual había fundado una Academia de Secretos en Nápoles; y también aparecía *De cifris*, escrita por Leon Alberti, cuya mayor invención era un disco cifrado, dos ruedas de cobre, una dentro de la otra, que rotaban hacia adelante y hacia atrás. Poseía también la obra de un autor inglés, John Wilkins, cuya esposa era hermana de Oliver Cromwell. Y asimismo un ejemplar del más famoso manual de criptografía de todos, el *Traicté des chiffres, ou secretes manières d'écrire*, de Blaise de Vigenère, un volumen de 600 páginas publicado por primera vez en París en el año 1586. Un ejemplar de esta obra en particular, recordé, se hallaba también en las estanterías de Pontifex Hall.

Durante dos horas estuve sentado, encorvado sobre el papel, meneando la cabeza con desaliento mientras trataba de encontrar sentido, primero a los tratados, y luego al documento cifrado, al cual aplicaba los oscuros preceptos de aquéllos. El concepto de código es bastante simple. Consiste en una serie de ocultamientos: cierto número de caracteres debajo de los cuales otros, los verdaderos, ocultan su cara. El rostro de estos caracteres ocultos ha sido cambiado según alguna arbitraria convención llamada código, el «lenguaje» en el que está escrito el documento. Como todo lenguaje, un código consiste en una serie de relaciones gobernada por sus propias reglas y convenciones particulares. Descifrar, por tanto, implica conocer o descubrir tales reglas y convenciones a fin de revelar la verdadera identidad de los impostores que ocupan su lugar. El problema, naturalmente, es mediante qué método deben desenmascararse tales impostores. Generalmente, el destinatario resuelve el misterio por medio de una clave, una especie de gramática que explica el lenguaje en el que está escrito. La clave podría estipular, por ejemplo, que los verdaderos caracteres sean reemplazados por los que se hallan dos lugares más abajo en el alfabeto. Así:

A B C D E F G H I J K L M N O P Q R S T U V W X Y Z
C D E F G H I J K L M N O P Q R S T U V W X Y Z A B

En este caso —un cambio de dos letras a la derecha—, el criptógrafo simplemente reemplaza las letras de la línea superior por las de abajo, mientras que el descifrador mueve dos letras hacia atrás en vez de dos letras hacia adelante. Este simple sistema es conocido como el alfabeto César, puesto que fue usado por primera vez por Julio César en las comunicaciones con sus tropas de Hispania y Siria. Semejante sistema puede descifrarse, explicaban los libros de mis estanterías, gracias a una sencilla conjetura. Por ejemplo, según las facturas de los fundidores de tipos de imprenta, la letra más común del alfabeto inglés es la «E», la segunda es la «A», luego la «O», luego la «N», y así sucesivamente. La palabra más común es, por supuesto, el artículo definido «el». Así pues, teniendo en cuenta esta pequeña información, el descifrador debería en primer lugar determinar si una letra en particular se presenta más que las otras. Probablemente la letra no será la «E», porque, al igual que las otras letras, la «E» habrá sido reemplazada por una impostora. Caso de que encuentre una que cumple esta condición —digamos, la letra «X»— ésta se convertirá en su candidato para la letra «E». Y si esta letra se presenta frecuentemente en conjunción con otras dos, tendrá razones para sospechar que el trío en conjunto representa el artículo definido en inglés... y habrá resuelto por añadidura la identidad de dos letras más.

O así lo espera. Pero debe proceder con mucho cuidado. Le pueden haber dejado trampas en su camino mientras avanza a ciegas. La palabra puede haber sido escrita al revés o transpuesta de otro modo. O quizás se hayan insertado palabras sin ningún valor para despistarlo. La clave podría estipular, por ejemplo, que la letra «Y» carece de valor y que por tanto no se empareja con nada en absoluto en el texto original. O también podría establecer que debe desdeñarse cada quinta letra del documento cifrado, o que sólo hay que tener en cuenta la segunda letra de cada línea. O tal vez el artículo definido, o incluso la misma letra «E», hayan sido omitidos completamente el texto.

Mi mente estaba empezando a dar vueltas ante la idea de tales duplicidades, de manera que me aparté de los libros sobre escritura secreta para centrarme en el documento mismo. El sol brillaba con tonalidades rojo-anaranjadas en la ventana y el vigilante circulaba arriba y abajo de la calzada, haciendo sonar su campanilla. La letra más corriente en el texto, descubrí, era la «K», de la cual conté hasta once. Realicé sustituciones basándome en que la «K» representaba a la «E», lo cual quería decir, por tanto, que el alfabeto cifrado consistiría en un cambio de seis letras a la derecha del texto original. Pero tras efectuar estos simples cambios, el documento no quedaba más claro que antes. Al parecer, mi criptógrafo era una criatura más sutil que Julio César.

Decidí por tanto que el autor del documento cifrado debía de haber usado lo que los criptólogos conocen como *le système Vigenère*, un método más complejo en el que se utiliza una palabra clave para ocultar, y luego desvelar, las letras del texto original. Según Vigenère, la palabra clave era la pista del laberinto de letras: el ovillo de oro que el descifrador sigue mientras recorre su camino hacia atrás y hacia adelante. Su propósito es explicar qué alfabetos cifrados —a menudo tantos como seis o siete— han sustituido al alfabeto simple. Generalmente será una sola palabra, pero de vez en cuando pueden ser dos o tres, o posiblemente una frase entera. El propio Vigenère recomienda una frase, porque cuanto más larga sea la palabra clave, más difícil será resolver el documento.

Una vez más me sentí intimidado por la tarea con que me enfrentaba. Había abierto el *Traicté* de Vigenère y andaba tropezando con los pasajes de aquel francés arcaico, intentando hallar sentido en las largas columnas de tablas y letras que llenaban página tras página. Sin la palabra clave, parecía que el documento sería casi imposible de resolver, dado que tal vez habría que emplear media docena de códigos en un solo documento.

Finalmente, sin embargo, descubrí que *le système Vigenère* no era tan misterioso a fin de cuentas, al menos en su concepto, y, como método de cifrar textos, era ingenioso, por no decir desalentadoramente efectivo. Mientras estudiaba el *Traicté*, llegué a ver al gran Vigenère como un mago o un nigromante cuyo instrumento eran las palabras y las letras más que las sustancias químicas o las llamas... palabras y letras cuyas formas él transformaba con el encantamiento de un hechizo o el gesto de una varita.

Su método consiste, como el de César, en sustituciones polialfabéticas, pero sustituciones de una variedad más compleja, por medio de las cuales las letras del texto original pueden reemplazarse por las de cualquiera de veinticinco alfabetos cifrados. La letra «A» del texto original puede ser reemplazada en el alfabeto cifrado por la «C», como en el alfabeto César. Pero de ello no se deduce, por tanto, que la letra «B» del texto original sea entonces reemplazada en el cifrado por la letra «D»; podría serlo, con la misma probabilidad, por cualquiera de las otras veinticuatro letras. Tampoco significa eso que, cuando reaparece la «C» en el texto cifrado, esté representando una vez más a la letra «A» del original, porque «A», también, podría haber cambiado de valor. Pues en la tabla de sustituciones de Vigenère, cualquier letra del texto original situada a lo largo del eje horizontal puede ser sustituida por cualquier otra que haya bajo ella en el eje vertical o en el situado a la izquierda, que se convierte en su clave:

```
A B C D E F G H I J K L M N O P Q R S T U V W X Y Z
B C D E F G H I J K L M N O P Q R S T U V W X Y Z A
C D E F G H I J K L M N O P Q R S T U V W X Y Z A B
D E F G H I J K L M N O P Q R S T U V W X Y Z A B C
E F G H I J K L M N O P Q R S T U V W X Y Z A B C D
F G H I J K L M N O P Q R S T U V W X Y Z A B C D E
G H I J K L M N O P Q R S T U V W X Y Z A B C D E F
H I J K L M N O P Q R S T U V W X Y Z A B C D E F G
I J K L M N O P Q R S T U V W X Y Z A B C D E F G H
J K L M N O P Q R S T U V W X Y Z A B C D E F G H I
K L M N O P Q R S T U V W X Y Z A B C D E F G H I J
L M N O P Q R S T U V W X Y Z A B C D E F G H I J K
M N O P Q R S T U V W X Y Z A B C D E F G H I J K L
N O P Q R S T U V W X Y Z A B C D E F G H I J K L M
O P Q R S T U V W X Y Z A B C D E F G H I J K L M N
P Q R S T U V W X Y Z A B C D E F G H I J K L M N O
Q R S T U V W X Y Z A B C D E F G H I J K L M N O P
R S T U V W X Y Z A B C D E F G H I J K L M N O P Q
S T U V W X Y Z A B C D E F G H I J K L M N O P Q R
T U V W X Y Z A B C D E F G H I J K L M N O P Q R S
U V W X Y Z A B C D E F G H I J K L M N O P Q R S T
V W X Y Z A B C D E F G H I J K L M N O P Q R S T U
W X Y Z A B C D E F G H I J K L M N O P Q R S T U V
X Y Z A B C D E F G H I J K L M N O P Q R S T U V W
Y Z A B C D E F G H I J K L M N O P Q R S T U V W X
Z A B C D E F G H I J K L M N O P Q R S T U V W X Y
```

Así, la letra «B» del texto original de la línea superior, horizontal, podría ser sustituida por cualquiera de los veinticinco caracteres dispuestos verticalmente bajo ella en los veinticinco posibles alfabetos cifrados. El descifrador sabe cuál de estos alfabetos cifrados elegir sólo por medio de la palabra clave, esas pocas letras cuya estructura es lógica pero cuyo efecto es nada menos que mágico, como un hechizo murmurado sobre un metal base, metal que luego milagrosamente se transmuta en lingotes de oro. El hechizo funciona cuando las letras de la palabra clave se superponen a las del documento cifrado en una serie de repeticiones, de modo que cada letra de la palabra clave esté emparejada, en cada una de sus repeticiones, con una del texto cifrado. Luego, se produce la transmutación. Los valores de las letras en el texto cifrado cambian según el alfabeto que las letras de la palabra clave ordenen al descifrador que emplee. Lo que sigue es un suave, constante, intercambio de letras, una metamorfosis textual en la que la inscripción oculta cristaliza como alumbre sumergido en el agua, reconstruyendo su estructura en función de un patrón ordenado. El acto del desciframiento se torna tan simple y seguro como dar la vuelta a los naipes del juego para ver su valor, o quitar una máscara de satén para verle la cara al villano.

Encontré algo profundamente atractivo en esta idea de una clave que puede ser usada para revelar los más complicados secretos, esta palabra o frase que, casi como un divino *fiat*, convierte el azar y el caos en un modelo ordenado. Vigenère no era un mago, a fin de cuentas. No. Su sistema pertenecía a nuestra nueva era, la de Kepler, Galileo y Francis Bacon, una era en la que las envolturas externas eran desechadas y el meollo de la verdad quedaba al descubierto para que todos lo vieran. Su sistema confirmaba mi fe en los poderes de la razón humana para penetrar en las profundidades de cualquier misterio. Así que, ¿puede extrañarse nadie de que yo creyera que mi pedazo de papel, combinado con algunas sílabas secretas, era capaz de penetrar el de sir Ambrose Plessington?

Sólo que yo aún no conocía la palabra clave. Abru-

mado, dejé a un lado los libros, en el momento en que
el vigilante nocturno anunciaba las diez. Mi primo
Erasmo seguía pareciendo la mejor opción. Durante
años, le había vendido muchos libros sobre el tema del
desciframiento y había oído incluso rumores de que había descifrado documentos para Cromwell. Así que decidí que él sabría interpretar las letras cifradas en cuestión. Pero no le diría nada sobre mis sospechas de que
se trataba de un criptograma concebido para ocultar el
lugar donde se encontraba la fortuna de sir Ambrose.
«Mi querido Erasmo», empecé a escribir, sorprendido
del ligero temblor de mi mano.

Era noche cerrada cuando terminé la carta, y las
campanas de Saint Magnus estaban anunciando las once.
Tendría que apresurarme, comprendí, si quería llegar a
tiempo al coche de correos nocturno. Alargué la mano
en busca de mi chaqueta, empujado por un peculiar
sentido de urgencia. Pero entonces vino a mi mente,
con el mismo carácter repentino, algo igualmente urgente.

«No tiene nada que temer, Mr. Inchbold. Estará usted a salvo. Se lo prometo...»

Mientras me retorcía para ponerme la chaqueta y
contemplaba el documento cifrado de la mesa, la pequeña grieta de duda que se había abierto la primera
noche de Pontifex Hall se ensanchó ahora, y, siguiendo
un impulso repentino, me arrodillé junto al escritorio y
levanté dos tablas del suelo, que estaban flojas, introdu-
ciendo luego el trozo de papel entre los escantillones.
Tras reflexionar un momento, añadí el inventario de los
libros que faltaban y la llamada de Alethea, junto con
mi adelanto de doce soberanos... o sea, todo lo que pudiera relacionarme con Pontifex Hall. Después volví a
poner en su lugar cuidadosamente las tablas, las cubrí

con dos pilas de libros y me abrí camino entre otras pilas hacia la escalera de caracol.

—¿Señor?

Me encontraba a medio camino de la escalera cuando la cara de Monk apareció en lo alto, medio oculto por su gorro de dormir. Me acababa de dar un susto espantoso.

—Me voy a dar una vuelta por la calle —le grité. Aun en la oscuridad pude ver que sus cejas se levantaban por la sorpresa. Raras veces me aventuraba fuera después del crepúsculo, y aun entonces generalmente sólo hasta Jolly Waterman. Si Londres daba miedo durante el día, por la noche era, según mi limitada experiencia, algo muchísimo peor. Mi resolución casi me abandonó—. Una cortita —añadí—. Tengo que echar una carta al correo.

—Permítame, señor.

Y empezó a bajar por los retorcidos escalones. Llevar las cartas al correo era uno de sus muchos deberes.

—No, no. —Alargué hacia él una mano con sobresalto—. He estado sentado demasiado tiempo en el coche —expliqué, flexionando las piernas y dándome un golpecito en el trasero para convencerle—. Un paseo es justo lo que me hace falta. Ahora, por favor, Monk, vuelve a la cama.

El gorro de dormir desapareció. Un minuto más tarde me encontraba fuera de la casa, andando por la acera. Las calles más allá de la verja del puente estaban vacías y oscuras. Las intermitentes farolas de cristal abombado —una serie de halos amarillos que se reflejaban en los edificios— apenas iluminaban mi camino. Desde la lejanía llegó el sonido del hombre de la campanilla. Agaché la cabeza y me apresuré tras mi sombra, moviéndome con la misma precaución que si estuviera pisando huevos.

La estafeta que venía después de Nonsuch House se encontraba en Tower Street, cerca de Botolph Lane. La encontré sin dificultad y, después de meter la carta por el agujero del buzón (una especie de caja fuerte sujeta a la pared por una cadena), regresé apresuradamente por Fish Street Hill al sonido de las campanas que daban el toque de queda. A su fúnebre llamada, dos centinelas habían vuelto a la vida y se estaban preparando para cerrar con un chirrido las verjas del puente. El rastrillo había iniciado su descenso. Me deslicé por debajo de él justo a tiempo, agradecido una vez más de ver la negra y blanca mole de Nonsuch House, recortada contra el cielo, que venía a encontrarme.

Treinta minutos más tarde, la carta era recogida del buzón y entregada a la Oficina de Interior, que ocupaba el piso superior de la Oficina General de Correos, situada en Clock Lane. Allí, a la luz de un cabo de vela, en medio de un desorden de etiquetas y sellos de mano, el cordel era cortado con una navaja, el sello de oblea cuidadosamente partido, y la carta copiada, palabra por palabra, por un funcionario. Éste llevó después la copia a la planta baja, a una gran sala donde un hombre estaba sentado detrás de una mesa sobre cuya superficie golpeaba con los dedos de su mano derecha. Se encontraba de espaldas a la puerta.

—Sir Valentine —murmuró el funcionario, cuyo nombre era Ottermole.

—¿Qué ocurre?

—Otra carta, señor. De Nonsuch House.

La piel de la silla crujió cuando sir Valentine se dio la vuelta. El oficinista dejó la copia sobre la mesa y, regresando a su puesto dobló otra vez la carta original por sus pliegues y cuidadosamente volvió a sellarla con una gota de cera. Esto, también, fue entregado en la planta baja. Media docena de morrales aguardaban junto a la puerta de la calle. Sir Valentine había desaparecido. Fuera, en el pequeño patio, un tronco de caballos estaba siendo enganchado al coche de correos que aguardaba, y que estaba previsto que llegara a Oxford unas quince horas y cinco postas más tarde.

Ottermole volvió a sus obligaciones en la Oficina de Interior. Una nueva pila de cartas, dobladas y selladas, habían sido colocadas sobre su mesa durante su corta ausencia. Suspirando, se sentó ante su cabo de vela y cogió la navaja para cortar el cordel de otra carta. Como de costumbre, iba a ser una larga noche.

CAPÍTULO SEGUNDO

Al otro lado del río, rodeado por una niebla de noviembre, el castillo de Praga parecía estar en su sitio y en paz. La nieve no había dejado de caer pesadamente durante la noche. Las fuentes de los jardines aparecían quietas, congeladas sus saltarinas aguas, mientras la reciente nieve formaba un espesor de varios centímetros sobre los arcos y los portales. Bajo los muros, apenas podían distinguirse las siluetas de los jardines y sus desmochadas avenidas, alterados sus dibujos por irregulares zonas de sombra. El fuego de las Salas Españolas se había extinguido hacía horas, pues quedaba muy poco en la biblioteca para quemar, pero una fantasmagórica columna de humo negro se cernía inmóvil en el aire. El castillo entero parecía haberse deslizado en una silenciosa suspensión, como reteniendo la respiración a la espera de algo. Entonces se produjo, el lento retumbar de fuego de cañón, todavía en la lejanía pero acercándose cada vez más. No podía transcurrir mucho tiempo ya, un día a lo sumo, antes de que los soldados cruzaran el río y abrieran una brecha en las puertas de la Ciudad Vieja. Luego los cosacos —el tema de tantos asustados rumores— harían su aparición.

De pie en el balcón de la casa, en la plaza de la Ciudad Vieja, Emilia respiró levemente formando una voluta de vapor ante su boca y escuchó el clamor que subía de la calle. El éxodo iba a continuar. Pequeños ejércitos de hombres se esforzaban por atar con correas enormes serones a las mulas de carga, o amarrar cubiertas de lona a carros y carretas demasiado pesados por su parte superior y cuyas ruedas habían esculpido caóticos senderos a través de la nieve. Los hombres habían estado trabajando toda la noche. En total había más de cincuenta vehículos, la mayoría ya cargados y enganchados a caballos de tiro y bueyes amarillentos que hacían oscilar la cabeza de un lado a otro en soñolientos amagos. La procesión daba la vuelta a la plaza y luego se perdía en las calles envueltas por la niebla. Pajes de librea corrían arriba y abajo por la nieve; algunos soldados a caballo escoltaban a medio galope los carros de equipajes, maldiciendo en inglés y alemán. Al otro lado de la plaza, bajo la torre del reloj del ayuntamiento, un caballo de tiro estaba siendo herrado. El ahogado sonido del martillo llegaba al balcón una fracción de segundo después de cada balanceo del brazo del herrero, haciendo que todo el espectáculo pareciera falso y desordenado, como un cuadro que cobrara vida imperfectamente.

Agarrándose a la helada barandilla, Emilia se inclinó hacia el frío aire, atisbando al oeste, a través de las chimeneas coronadas de nieve y entrelazadas, a la Montaña Blanca, situada a ocho kilómetros de distancia, que se alzaba perdida bajo su velo de niebla gris. El Palacio de Verano había sido tomado durante la noche. Soldados y cortesanos habían sido asesinados de la misma manera. La mirada de la joven se deslizó otra vez por la ladera de la colina hasta el Moldava, donde vislumbraba de vez en cuando oxidadas hojas que centelleaban en los espacios existentes entre en las casas de paja y yeso. Emilia divisó un espantoso ballet de cuerpos que se retorcían flotando en la corriente, brazos extendidos y faldones abiertos en abanico como alas de ángeles. Los soldados de infantería moravos. La noche anterior habían intentado, sin conseguirlo, cruzar a nado el río hasta la seguridad de la Ciudad Vieja.

¿Seguridad? Emilia desvió la mirada y se apartó de la barandilla, ajustándose más estrechamente el chal sobre los hombros. Toda la noche se habían estado oyendo rumores, cada uno de ellos peor que el anterior. Los soldados transilvanos finalmente no habían hecho su aparición, al igual que las tropas inglesas; y los jinetes magiares, o bien habían muerto o se habían pasado al emperador. Los primeros cosacos estaban ahora bajando por la colina en dirección al puente, cuyas puertas no podrían ser defendidas durante mucho tiempo. Los católicos habían triunfado. Praga iba a ser saqueada, sus ciudadanos tomados prisioneros y torturados... eso si no eran pasados a cuchillo primero, es decir, todos y cada uno de ellos, Dios acoja sus almas.

El rey Federico no sería capturado, sin embargo. Ya había huido a su fortaleza de Glatz, o al menos así lo afirmaba otro rumor. Pero la reina seguía allí, dentro de la mansión, haciendo ella misma sus preparativos. Toda la noche, Emilia había oído los estridentes chillidos de su mono, así como el golpear de puertas mientras los embajadores y consejeros entraban y salían en tropel de la cámara. Ése era el momento en que Emilia y las otras damas de compañía serían llamadas por un paje o una campanilla a participar en el ritual de una hora de duración de ataviar al real personaje con capas de seda y damasco, abrochar luego los botones, atar las cintas, colgar las joyas, rizar el cabello con tenacillas calientes, completando la mágica transformación de la menuda y frágil Isabel en la reina de Bohemia. Pero aquella mañana ningún paje había llamado y ninguna campanilla había sonado. ¿Quizás se habían olvidado de ella? Tampoco Vilém había dado ningún signo de vida, ni dentro de la casa ni fuera en la plaza, y no se elevaba humo alguno de la chimenea del Callejón Dorado. De manera que ella permaneció en el balcón, sin nada que comer y nada que leer, y aguardó.

Un grito subió desde la plaza, y Emilia bajó la mirada descubriendo a sir Ambrose Plessington caminando pesadamente por la nieve. A él se lo veía mucho. La noche anterior la había acompañado hasta su habitación de arriba, desapareciendo luego, sin decir una palabra, con el pergamino encuadernado en piel aún bajo su brazo. Aquella mañana no había rastro alguno del pergamino, aunque sir Ambrose estaba supervisando la carga de cajas de libros en uno de los carros, levantando sus tapas con la hoja de su cimitarra, y luego cerrándolas a golpes. Debía de haber un centenar de cajas en total. Emilia se preguntó por enésima vez qué había estado haciendo sir Ambrose en la biblioteca la noche anterior. ¿Trataba quizás de averiguar algo sobre la desaparición de Vilém? Los dos debían de conocerse, razonó Emilia. Tal vez Vilém formaba parte incluso de la oscura intriga, fuera cual fuese ésta, que había traído al inglés a Praga. A través de Vilém, la muchacha sabía que la biblioteca albergaba, entre sus miles de libros, un archivo secreto, una cámara subterránea cerrada que contenía los más valiosos e incluso peligrosos libros, aquellos que figuraban en el *Index librorum prohibitorum*, el catálogo del Vaticano de los libros prohibidos. Sólo un puñado de hombres tenían acceso a ese misterioso sancta sanctórum. Cada año centenares de eruditos viajaban a Praga para estudiar en la biblioteca... eruditos cuya aparición, como la de las golondrinas o los cucos, anunciaban la llegada de la primavera. Pero a ninguno se le dejaba echar una mirada a los libros del archivo secreto. Ni siquiera a Vilém, su guardián, se le permitía leerlos. El archivo estaba formado, contó él en una ocasión, aparte de por las obras de reformadores religiosos como Huss y Lutero, por los opúsculos de sus seguidores, y de otros herejes también. Había asimismo obras de renombrados astrónomos. Tanto *De revolutionibus orbium coelestium*, de Copérnico, como la disquisición sobre las mareas, de Galileo, figuraban en los archivos, así como varios tratados sobre el cometa de 1577 y sobre la nueva estrella que había aparecido en la constelación del Cisne... obras que según cabe suponer contradecían la venerada sabiduría de Aristóteles. Vilém desaprobaba todo este secretismo, especialmente cuando se refería a tratados científicos. ¿Cuántas noches se las había pasado ella en el Callejón Dorado oyéndole quejarse sobre el *Index librorum prohibitorum*? Libros como los de Galileo y Copérnico estaban destinados a suscitar debates entre eruditos y astrónomos, insistía Vilém, a cambiar viejos prejuicios e ilustrar a los ignorantes, a trabajar en pos de una gran instauración del conocimiento. Cualquier sabiduría que esas obras pudieran poseer se volvía peligrosa sólo cuando era ocultada al resto del mundo... ocultada por algunos personajes reservados que, como los cardenales del Santo Oficio, deseaban gobernar tiránicamente sobre la mayoría.

Ahora mientras observaba cómo sir Ambrose inspeccionaba, y luego sujetaba con clavos, otra caja, la joven se preguntó si los libros procedentes del archivo secreto habían sido sacados de la biblioteca junto con todos los demás. Quizás el volumen que ella había visto la noche anterior era uno de ellos, algún libro temido y prohibido por Roma. Porque ella era consciente, por lo poco que entendía del traicionero embrollo de la política bohemia, que el caballero inglés, al igual que Federico e Isabel, era un paladín de la religión protestante y un enemigo tanto del emperador Fernando como de su cuñado, el rey de España. Rumores de la corte afirmaban que, tres años antes, sir Ambrose había tomado parte en la expedición de otro osado inglés y adalid protestante cuyo barco zarpaba hacia la Guayana con la esperanza de apoderarse de una mina de oro de los españoles. El viaje de sir Walter Raleigh había sido un desastre, por supuesto. La mítica mina no había sido encontrada; y tampoco la codiciada ruta a través del Orinoco a los Mares del Sur. Y los españoles no habían sido derrotados en la batalla y traídos prisioneros desde las costas de la Guayana. Para colmo, sir Walter había perdido la cabeza a causa de sus problemas. Pero sir Ambrose había sobrevivido... eso si es que, realmente, había tomado parte en el viaje. La joven se preguntaba si su inexplicada reaparición en Praga se debía al mismo tipo de misión, otro golpe contra los detestados católicos. En tal caso, los hombres que los habían perseguido por las calles de la Ciudad Vieja la noche anterior, ¿eran quizás agentes de un cardenal o un obispo?

—Señora...

El reloj astronómico del otro lado de la plaza estaba dando las ocho. Emilia se dio la vuelta. En el dintel de la puerta se encontraba la doncella estrujando un pañuelo de encaje en sus manos. Miraba como si hubiera estado llorando. Del corredor llegó la voz de la reina, y de abajo el mugido de un buey; luego, la irritada maldición de sir Ambrose.

—Vamos —susurró la doncella—. Está esperando un coche.

Transcurrió otra hora antes de que el convoy iniciara su marcha a través de las calles de la Ciudad Vieja, guiado por un soldado a caballo. Un serpenteante río de carros tirados por caballos, carretas de equipajes, coches de todo tipo, mulas de carga con cestas y serones. Era como si el contenido entero del castillo de Praga hubiera sido cargado en la desvencijada caravana. Uno a uno, los vehículos iban avanzando con una lentitud infinita, de dos en fondo, introduciéndose en las estrechas calles, en dirección al este, los ejes abriéndose camino por la nieve mientras los bueyes se resistían como si se dirigieran al matadero. Delgadas capas de hielo crujían al romperse bajo sus pezuñas mientras los conductores los fustigaban, y sus huellas se volvían rígidas al helarse. El avance era lento y desordenado. Durante minutos enteros, la caravana permanecía parada mientras los jinetes se esforzaban por limpiar la nieve del camino con las botas y las culatas de los mosquetes. Luego la nieve empezaba a fundirse y las calles se convertían en un cenagal, haciéndose aún más difícil el paso. En treinta minutos, el frente de la procesión apenas había avanzado la mitad de la calle Celetná.

Emilia estaba acurrucada dentro de uno de los coches más pequeños en la parte trasera de la caravana, encajada como una cuña entre otras dos damas de compañía. Temblaba bajo una manta de establo, doblando los dedos, soplando sobre ellos, frotándose las palmas, palmeando y luego metiendo las manos dentro de su abrigo de piel de oveja, en una serie de frenéticos pero inútiles rituales. También se retorcía continuamente en el asiento para atisbar a través de la ventanilla a la plaza y luego al castillo, aunque no para buscar a los perseguidores cosacos, como hacían los demás, ni siquiera a los tres jinetes de negros ropajes. Pero era demasiado tarde, comprendió la muchacha, mientras cruzaban por delante de la desordenada mezcolanza de tenderetes de madera vacíos dispuestos a lo largo de los muros de la iglesia husita. Estaban saliendo de Praga. Vilém ya no la encontraría aunque estuviera aún vivo.

Se apretó la piel de oveja contra las rodillas y se dio la vuelta para observar cómo el pálido sol se elevaba por encima del inclinado tejado de la Torre de la Pólvora, bajo cuya sombra penetraba ahora la cabeza de la caravana. Su carro se había atascado profundamente en el lodo y tenían que colocar una palanca para liberarlo. Los jinetes maldecían el retraso. Entonces las puertas de la torre se abrieron de par en par, empujadas por los soldados, unas puertas que daban a campos cubiertos de nieve a través de los cuales el sendero aparecía aún más cenagoso, y el agua de los surcos y baches, más profunda. Pero la caravana prosiguió su sinuosa ruta, maniobrando y deslizándose ahora más rápidamente sobre las ondulaciones del terreno, como si hasta mulas y bueyes supieran que se encontraban fuera de los muros y por tanto expuestos a los proyectiles de los enemigos. El fuego graneado seguía sonando en el castillo, las cargas se iban haciendo más débiles y más irregulares a medida que la procesión se desvanecía en el horizonte y el último de los rebeldes bohemios era capturado o muerto.

Durante el resto del día, la caravana siguió por la fangosa carretera, cruzando una serie de ciudades amuralladas que a Emilia le parecían versiones reducidas de Praga, con sus atalayas, columnas de la peste, pequeñas plazas con ayuntamientos rematados por veletas y enormes relojes. Los soldados acechaban desde las torres de entrada, sobre las cuales aparecían grabados en piedra escudos de armas. La procesión serpenteaba por las calles bajo la silenciosa mirada de grupos de ciudadanos, luego seguía hasta cruzar la otra torre del extremo opuesto. Al cabo de unas horas, las ciudades se fueron espaciando. Aparecieron bosques, que luego se fueron espesando, mientras la nieve se iba haciendo más profunda en las cunetas. Los signos de ocupación humana desaparecían excepto por unos cuantos postes indicadores medio enterrados y algunos lejanos castillos que se acurrucaban en los valles o se recortaban en las cimas de las colinas contra el cielo.

¿Adónde huía la caravana? Durante todo el día, rumores sobre su destino corrían incesantemente de un lado a otro. Algunos afirmaban que se estaban dirigiendo a Bautzen, aunque poco después apareció un jinete con las tristes noticias de que el elector de Sajonia —un borracho cazador de jabalíes, un luterano que odiaba a los calvinistas aún más que a los católicos— había invadido Lusatia y puesto sitio a la ciudad. Surgió luego el rumor que la caravana se dirigía a Brünn... hasta que corrió la voz de que los estados moravos se habían retirado de la confederación bohemia. Poco después, otro rumor declaraba que se habían despachado cartas al primo de la reina, el duque de Brunswick-Wolfenbüttel, en otro tiempo su pretendiente, al cual se le pedía permiso para refugiarse en sus dominios. Pero el duque se había mostrado muy poco galante en su respuesta, explicando que primero debía consultar con su madre, la cual por desgracia estaba ausente de Wolfenbüttel. De modo que la especulación echó mano de las ciudades de la Liga Hanseática, aunque pronto todos recordaron que Federico había pedido prestado a los comerciantes de Lübeck y Bremen grandes sumas de dinero, dinero que él, ay, había olvidado devolver. A continuación se rumoreó algo sobre un posible retorno a Heidelberg... una elección desesperada, porque el Palatinado, como todo el mundo sabía, estaba ocupado por tropas españolas. Igualmente inverosímil resultaba la opción de Transilvania, pues aunque su príncipe, Bethlen Gábor, era un buen calvinista, el país se encontraba peligrosamente cerca de las tierras del Gran Turco, de cuyos jenízaros se decía que estaban echando mano de la espada en aquel mismo momento. De manera que finalmente fue Brandenburgo la que ocupó el primer lugar en esta cada vez más reducida lista de posibilidades, porque el elector de Brandenburgo, Jorge Guillermo de Hohenzollern, era no sólo un buen calvinista sino también el cuñado de la reina, alguien, por tanto, que no podía rechazarla. Pero Brandenburgo estaba a más de trescientos kilómetros de distancia, al otro lado de las Montañas Gigantes.

Al caer la noche la caravana entró desordenadamente en una pequeña ciudad llena de campanarios situada a unos dieciocho kilómetros de las puertas de Praga. Estaba dividida por un río que corría bajo muros fortificados y después por la parte trasera de una hilera de casas de mercaderes tan recta como una fila de soldados. Las orillas de este río estaban cercadas por la nieve y sus bajíos cubiertos de placas de hielo y de nevados bancos de arena. El Elba, dijo alguien. La procesión avanzó pesadamente hasta una desierta plaza, donde se fue apiñando hasta detenerse, los animales exhaustos y cojos. Emilia divisó a la escasa luz el carruaje de la reina, un vehículo imponente, lleno de cortinas y tapizado, que había sido suspendido sobre una serie de tirantes de cuero. Se necesitaban seis poderosos caballos para arrastrarlo. En su interior, la reina se sentaba envuelta en una manta de viaje forrada de piel y rodeada de fardos de ropa y, al parecer, docenas de libros. Ella, al igual que Emilia nunca se había embarcado ni en el más pequeño viaje sin una enorme provisión de material de lectura. Pero había estado a punto de marcharse de Praga sin uno de los príncipes, el más joven, Ruperto. Éste había sido descubierto en el último instante por el chambelán del rey, se decía, y metido en un carruaje. Ahora los tres príncipes viajaban en otro coche detrás de su madre, el príncipe Ruperto en brazos de su nodriza. Cuando su carro desembocó en la plaza, Emilia pudo descubrir también a sir Ambrose. Montaba un gran percherón, desde cuyo lomo vigilaba toda la procesión como un señor feudal, gritando órdenes en inglés y en bohemio mientras su montura arrojaba tepes de barro y nieve.

Después de mucha confusión, las damas de compañía fueron enviadas por la *demoiselle d'honneur* a una posada de triste aspecto, El Unicornio Dorado, que se encontraba en una callejuela lateral y daba a una iglesia calvinista. Aquello constituía, convinieron entre sí las damas, una lamentable decadencia desde los días en que viajaban con la reina entre banquetes y arcos triunfales en cada ciudad, y audiencias con los nobles, mientras rebaños de ciudadanos acudían a quitarse el sombrero y doblar la rodilla.

Emilia fue alojada en una diminuta habitación cuyo suelo estaba cubierto de excrementos de rata. Estuvo tiritando durante largo rato en el estrecho jergón, exhausta pero incapaz de dormir. Alguien estaba llorando en el cuarto de al lado, un ruido bajo, sofocado, espasmódico y laborioso. De la calle llegaba de vez en cuando el errático sonido del carillón de la iglesia y el crujido de pies sobre la nieve. Al cabo de una hora, se levantó de la cama, y, envuelta en las mantas, se sentó frente a la ennegrecida ventana. El cielo se había despejado y brillaba una hermosa luna. El desembalaje del convoy aún no había terminado. Pudo ver a sir Ambrose en medio de la plaza, apoyándose en un bastón y dando órdenes a los soldados mientras éstos distribuían forraje entre los caballos y los bueyes. Emilia entrecerró los ojos y estudió su ancha figura. Aquel hombre era un enigma. Apenas si le había dicho una palabra desde que salieran de Praga. No había dado tampoco explicación alguna por su presencia en la biblioteca o por aquella peligrosa huida a través de las calles de la Ciudad Vieja... No daba la impresión de que hubiera ocurrido nada entre ellos, o siquiera de que se acordara de ella. Emilia se preguntó si debía sentirse ofendida, o aliviada, por ello.

¿Cuál era el plan del caballero? Sin nada que leer durante el viaje y poco que ver a través de las ventanillas del coche excepto extensiones de roca y nieve, Emilia había dispuesto de muchas horas para romperse la cabeza con los enigmas del pergamino de la biblioteca y de los tres jinetes perseguidores, incluso con el misterio que representaba el mismo sir Ambrose, tan enigmático. Varias tramas habían empezado a sugerirse en su mente. Ella sabía que durante la primavera y el verano docenas de extranjeros habían llegado al castillo de Praga. Y no eran los habituales estudiantes y eruditos, esos humildes peregrinos que viajaban en coches de correos o en sarnosas mulas. No, éstos habían sido unos visitantes de clase diferente, a menudo vestidos de librea o portando selladas cartas de presentación de duques y obispos de todos los rincones del Imperio, así como de Francia, España e Italia. «Urubús», los había llamado

Vilém.[3] Circulaban rumores, explicó, de que, a fin de financiar sus ejércitos, el rey Federico estaba preparándose para vender los tesoros de las Salas Españolas... centenares de cuadros, relojes, bargueños, incluso los telescopios y astrolabios fabricados por el propio Galileo. Se había elaborado en secreto un catálogo de 500 páginas por la nobleza bohemia, que luego había sido distribuido entre los potentados de Europa. Sus agentes llegaron al castillo de Praga poco después, un paso por delante de sus ejércitos saqueadores.

Por supuesto, se había incluido un buen número de libros de la biblioteca en el enorme catálogo. Federico estaba planeando venderlos; igual que un vendedor ambulante que pregonara sus coles por la calle, se quejaba amargamente Vilém. Y, naturalmente, habían tantos compradores para los libros como para todo lo demás, especialmente para los más valiosos, entre ellos los Libros Dorados procedentes de Constantinopla. En Roma, se decía que el cardenal Baronio —el hombre que supervisaba la descomunal tarea de catalogar la Biblioteca Vaticana— había interesado al mismísimo papa en la colección. Debía de haber sido una difícil tarea, decía con desprecio Vilém, porque Paulo V era un hombre vulgar, un detestable filisteo... el mismo hombre que había censurado a Galileo en 1616 y puesto la obra de Copérnico en el *Index*. Pero aparentemente Su Santidad estaba interesado ahora en adquirir, no solamente los tesoros de Praga, sino también el patrimonio de Federico, los libros de la Biblioteca Palatina... la más hermosa colección de conocimientos protestantes del mundo.

Y ahora, al parecer, los libros de la biblioteca habían

3. Juego de palabras intraducible: *turkey-buzzards*, urubús, y *a-buzz*, cuchicheo, rumor. *(N. del t.)*

atraído a alguien más a Praga, otro agente que era igualmente misterioso. Emilia se estremeció de frío, observando cómo sir Ambrose supervisaba a los soldados, que transportaban en este momento una serie de cajas y maletas al interior de las casas para pasar la noche. El equipaje de la reina había sido ya descargado y los caballos estabulados. Los restos del convoy daban la vuelta a la plaza y llegaban hasta una oscura calle lateral, donde los bueyes mugían o metían sus anchas cabezas en los morrales. Los soldados se abrían paso entre los vehículos, trabajando silenciosa y rápidamente, hasta que uno de ellos, que se esforzaba por levantar una caja de una carreta, tropezó en la nieve. La caja cayó al suelo con ruido de cristales rotos.

—¡Zoquete!

Sir Ambrose golpeó al caído soldado en las partes posteriores con la fusta, y luego sacó su cimitarra y violentamente levantó la tapa de la caja dañada. Emilia, que se hallaba todavía en la ventana, se inclinó hacia adelante. La caja parecía haber sido embalada con paja y llenada, no de libros, como tantas de las otras, sino de docenas de frascos y botellas, varias de las cuales se habían roto y estaban derramando su contenido por la nieve. Fuera cual fuese aquel líquido, su hedor debía de ser poderoso, porque los soldados se retiraron rápidamente algunos pasos, sintiendo náuseas y tapándose la nariz. Pero sir Ambrose se arrodilló en la nieve y cuidadosamente inspeccionó las botellas antes de volver a sellar la tapa de la caja con unos golpes de mazo.

Emilia estaba desconcertada por lo que acababa de ver. Al principio pensó que las botellas debían de proceder de la bodega real; ¿acaso Otakar no había declarado que Federico estaba sacando su colección de vino de Praga junto con todo lo demás? Pero las botellas eran demasiado pequeñas; parecían más bien frascos o viales. Decidió que debían de haber salido de alguno de los numerosos laboratorios del castillo. La fortaleza de Praga estaba llena de tales lugares misteriosos; nadie vivía en Praga durante un año sin oír historias al respecto. Las docenas de alquimistas y ocultistas del emperador habían practicado sus artes secretas, se decía, en habitaciones especiales escondidas en la Torre de las Matemáticas. La biblioteca estaba atestada no solamente de sus obras publicadas, le contó Vilém a Emilia una vez —con ejemplares de la *Basilica chymica*, de Croll, el *Novum lumen chymicum*, de Sendivogio y la *Magna alchemia*, de Thurneysser— sino también de sus manuscritos, centenares de documentos escritos en extraños códigos compuestos de signos astrológicos y otros garabatos estrafalarios. La joven se preguntó si sir Ambrose no estaría también transportando esas dudosas obras maestras a través de los nevados yermos junto con los polvos y porciones de sus laboratorios ocultos. Algún extraño asunto estaba en marcha, estaba segura. ¿Había sido acaso sir Ambrose, además de todo lo otro, un alquimista, otro de los magos supersticiosos de Rodolfo?

Emilia apartó unos centímetros más la apolillada cortina, apretó la frente contra el helado cristal y buscó una vez más a sir Ambrose para echarle una última mirada. Pero el caballero ya se había desvanecido en la oscuridad con la caja de madera entre sus brazos.

CAPÍTULO TERCERO

Las ocho. La mañana llegaba filtrándose a través de Londres en forma de venas de luz rosa pálido y gris perla. La ciudad ya se había levantado hacía horas: hirviendo, resonando con estrépito, eructando, repicando, cantando, suspirando. Pero persistía una oscuridad en el cielo pese a la estación. Retorcidas hebras de humo ascendían al cielo, difuminando y desmenuzando la luz matutina, como docenas de genios liberados de botellas que hubieran sido esparcidas desde Smithfield a Ratcliff y a lo largo del estuario tan lejos como el ojo podía alcanzar. El humo regresaba luego a posarse sobre la ciudad en forma de un fino polvo negro, empañando, cubriendo y corroyéndolo todo, un constante rociado del cual no había forma de escapar. Las lonchas de bacon que colgaban en Leadenhall Market mostraban ya un ribete negro, como cada cuello, ala de sombrero, toldo y alféizar de la ciudad. Y las cosas no podían más que empeorar, porque incluso a esa temprana hora llegaba la promesa de calor, y con el calor vendría también el olor. Al lado del Támesis, la peste del cieno se mezclaba con las dulzonas emanaciones de melazas, azúcar y ron almacenados en el revoltijo de decrépitas fábricas y depósitos que se apretujaban en los muelles, juntamente con los acres olores de las algas y caracoles dejados al descubierto por la marea menguante. El viento llegaba del este, algo insólito para aquella época del año, y guiaba la pestilente nube río arriba por los interminables trazados reticulares de calles con casas de ladrillos, patios y callejones sin sol, puertas y ventanas medio abiertas, penetrando hasta el último pliegue o escondrijo de la ciudad.

El hedor se estaba ya agarrando a mi garganta y escociéndome en los pulmones mientras cruzaba por debajo de la puerta norte del Puente de Londres y me dirigía a Fish Street Hill. Desde Nonsuch House, me llevaría unos veinte minutos llegar a Little Britain, que iba a ser la primera de mis paradas esa mañana. Desde allí me dirigiría al sur, a Saint Paul Churchyard y Paternoster Row. Luego, si aún no había encontrado lo que buscaba, tomaría un coche de alquiler hasta Westminster. No es que realmente tuviera esperanzas de encontrar nada en el montón de puestos de libros de segunda mano situados delante de Westminster Hall, o siquiera en las librerías de Saint Paul Churchyard o Little Britain, si vamos al caso. Mientras avanzaba cojeando apoyado en mi bastón de madera de espino, fruncía el ceño por debajo del cuello de mi chaqueta, que había levantado para taparme la nariz, en un infructuoso intento de protegerme del hedor. Prometía ser un largo día.

Había decidido, mientras desayunaba, una hora antes, que había llegado el momento de iniciar la búsqueda del pergamino de sir Ambrose. Pero ahora, aun antes de llegar a medio camino de Fish Street, lamentaba la resolución. No sólo las calles estaban atestadas y olían espantosamente, sino que, el día anterior, en una sistemática búsqueda en mis estanterías y catálogos de ediciones y ejemplares del *Corpus hermeticum* no había logrado descubrir una sola referencia a *El laberinto del mundo*. Sí, un largo día. Agaché la cabeza y me apresuré, pasando junto a una gran multitud que contemplaba cómo un caballo de tiro se revolcaba patas arriba en medio de la calle, agitando sus cascos frenéticamente.

¿Cabe extrañarse de que generalmente evitara las calles de Londres? Me abrí paso en la acera a través de una serie de obstáculos formada por desvencijadas casetas y mozos de mercado que transportaban penosamente desollados cadáveres de cabras. El camino aparecía también bloqueado por ancianos que empujaban traqueteantes carros de ostras, y otros que portaban bandejas llenas de peines y tinteros. Me aparté a un lado para dejar pasar a un par de ellos, pero, empujado por detrás, metí el pie en un montón fresco de excrementos de la alcantarilla. Cuando me fregaba la bota en el bordillo, casi sufrí un accidente bajo los cascos de un caballo de tiro que se movía pesadamente. En medio de un coro de groseras risotadas, lancé una maldición en voz alta y di un brinco para salvarme.

Sin embargo, ni siquiera esas familiares humillaciones podían desalentarme. Podría incluso haberme echado a silbar de contento. Porque la noche anterior —o, más bien a las cuatro de la mañana— había descubierto la palabra clave y descifrado la misteriosa página procedente del *Theatrum orbis terrarum*, de Ortelio.

Como no había recibido respuesta alguna de mi primo después de cuatro días, se me ocurrió que debía de encontrarse en su período de vacaciones largas, que él invariablemente pasaba en la campiña de Somersetshire, en Pudney Court, una venerable ruina que servía de sede ancestral al ya muy menguado clan Inchbold. De modo que la noche anterior, tras cerrar la tienda, había decidido emprender la tarea de descifrar yo mismo el documento. Una vez más me senté en mi estudio, iluminado por una vela, con el ejemplar de Vigenère apuntalado a un lado de la mesa, el documento en el otro y una hoja de papel en medio. Para cuando el centinela anunciaba la una, había digerido ya lo suficiente del *Traicté* para estar seguro de las operaciones de la tabla de sustitución; pero también apreciaba que, ingeniosa como era, sin la palabra clave la tabla sería inútil.

Hacia las dos, había intentado ya un gran número de probables —y, cada vez más, improbables— palabras y frases, empezando con el nombre de sir Ambrose y finalmente con el de Alethea, que comprendí con sorpresa que debía de haber derivado de ἀλήθεια, o *a-letheia*, el término griego que significaba la verdad, un concepto que para los filósofos atenienses implicaba un proceso de revelación, de sacar algo a la luz desde el lugar donde yace enroscado en ocultas grietas. Sin embargo, ese prometedor nombre no revelaba ninguna verdad oculta por lo que al documento se refería; sólo más cosas sin sentido, y apenas me detuve en mi trabajo lo suficiente para contemplar la curiosa ironía de las connotaciones de este nombre, *aletheia,* cuando se aplicaba a lady Marchamont, alguien que difícilmente era capaz de revelar nada. Hora tras hora, permanecía inclinado sobre la mesa, lanzando maldiciones y sonidos inarticulados, garabateando interminables trazos, encendiendo la mecha de cada nueva vela con el cabo de la anterior. Aquello era imposible, no paraba de decirme, absolutamente imposible. Descifrarlo llevaría meses, y aun entonces el pedazo de papel podría no tener nada inteligible que decir.

Finalmente me recosté en el respaldo de la silla, exhausto, y me dediqué a contemplar cómo se consumía la última vela, chisporroteando y lanzando bufidos como un gatito. Una ráfaga de viento cálido penetró por la ventana, haciendo vibrar los postigos y parpadear la llama. Al punto me sentí más cansado que nunca. Cerré los ojos y por un instante divisé, medio dormido, levantándose ante mí, la silueta de Pontifex Hall enmarcada en su monumental arco, su piedra angular sumergida en la sombra y manchada de musgo y liquen, con sus apenas visibles palabras inscritas debajo: ITT. LITTLE. LITTER...

Retrospectivamente —durante los días que seguirían—, la palabra clave me parecería algo un tanto fácil y evidente. A fin de cuentas, daba la impresión de que casi una de cada dos piedras de Pontifex Hall estaba grabada con el peculiar lema de sir Ambrose, que también había sido estampado en sus muchos millares de libros. Pero por el momento me sentía simplemente decepcionado por no haberlo descubierto horas, o incluso días, antes. En lo sucesivo, descifrar el documento se convertía en un simple proceso de rellenar los espacios en blanco, de encontrar las intersecciones entre el texto cifrado y la palabra clave y luego observar cómo el texto original —el mensaje oculto— aparecía. Tomaba las letras del lema, quiero decir, y las superponía a las del texto cifrado, así:

L I T T E R A S C R I P T A M A N E T L I T T E R A
F V W X V K H W H Z O I K E Q L V I L E P X Z S C D

Y así sucesivamente, una letra del epígrafe por cada una del texto cifrado. Utilizando la tabla de Vigenère, sustituía entonces las letras de los alfabetos del texto original sugeridas por la leyenda por las del texto cifrado, convirtiendo los valores de cada una de ellas, hasta que finalmente emergía una pauta... una pauta tan seductora que, después de que aparecieron las primeras palabras, apenas podía sostener la pluma con mano firme para continuar la tarea:

```
L I T T E R A S C R I P T A M A N E T L I T T E R A
F V W X V K H W H Z O I K E Q L V I L E P X Z S C D
U N D E R T H E F I G T R E E L I E S T H E G O L D
```

«Bajo la higuera yace el oro» *[Under the fig tree lies the gold]*. Me quedé mirando fijamente esas palabras, mientras me preguntaba si había alguna higuera en Pontifex Hall y si quizás mi primer instinto había tenido razón a fin de cuentas: que, al principio de la guerra civil, sir Ambrose había escondido sus tesoros en algún lugar de la propiedad, dejando atrás sólo ese trozo de papel, cuidadosamente cifrado y oculto, como indicador de su paradero. Bueno, si había una higuera en Pontifex Hall, entonces Alethea sabría sin duda algo al respecto.

Pero cuando empecé a realizar más sustituciones, las claves se fueron volviendo menos inteligibles como referencia a un tesoro de oro enterrado. Trabajaba rápidamente, sintiéndome como Tycho Brahe o Kepler inclinado sobre sus emborronados cálculos, buscando a través de una interminable serie de combinaciones matemáticas las leyes universales de la armonía cósmica. Al cabo de cuarenta y cinco minutos habían aparecido cuatro líneas:

BAJO LA HIGUERA YACE EL CUERNO DE ORO
TRAMA DE MISTERIO Y FORMAS FUTURAS
QUE FIJA EL MÁRMOL EN SU PLINTO
Y DESTUERCE DEL MUNDO EL LABERINTO

Mi júbilo ante el descubrimiento de ese peculiar verso quedaba disminuido sólo por el hecho de que —aparte de la sobrecogedora alusión a *El laberinto del mundo*— no parecía tener mucho más sentido que el grupo de letras garabateadas del que había sido extraído. La higuera, el cuerno de oro y el laberinto evidentemente constituían otra especie de código: un código contextual para el cual, ay, el gran Vigenère no disponía de métodos o respuestas, y que se refería a la topografía de Pontifex Hall (si es que realmente lo hacía) sólo de la manera más elíptica. Antes de irme a la cama, pasé otra hora entera tratando de sacar algún sentido a esas líneas. Al principio pensé que podían proceder de un poema o una obra y fui corriendo a buscar la edición en folio de Jaggard de Shakespeare y luego las *Metamorfosis* de Ovidio con su historia del laberinto de Creta. Yo no podía recordar ningún cuerno de oro, sin embargo, en la historia de Teseo y el laberinto. Un hilo de oro, sí, pero, ¿un cuerno? Con todo, la referencia al laberinto me hacía sospechar que el mensaje tenía algo que ver con sir Ambrose. El cuerno de oro —el ovillo que el curioso verso prometía que iba a «destorcer» el laberinto— parecía también tocar una cuerda familiar. Daba la impresión, al igual que la higuera, de ser una alusión a algún episodio de la historia o la mitología clásicas.

No fue hasta la mañana siguiente, al despertar de tres horas de trabajoso sueño, cuando recordé dónde había visto una referencia a un cuerno de oro. En una rápida búsqueda por varias ediciones de textos herméticos, había tropezado con suficientes referencias a Constantinopla —aquel magnífico centro de aprendizaje donde el monje Miguel Pselo había compilado, a partir de fragmentos sirios, la mayor parte de lo que hoy conocemos como el *Corpus hermeticum*— para sentir curiosidad sobre esa ciudad. Empecé a hurgar en las estanterías dedicadas a geografía y viajes, donde finalmente descubrí lo que andaba buscando, la formidable *Geografía* de Estrabón el Estoico. Había hojeado ya la mitad del enorme volumen, mientras Monk preparaba el desayuno de arenques, cuando encontré finalmente el pasaje que estaba buscando. En el libro VII, parte del cual describe la geografía de las zonas fronterizas entre Europa y Asia, Estrabón alude al «Cuerno de los bizantinos», un golfo de mar con forma de cuerno de venado, golfo cuya topografía y situación describe con referencia a otro puerto llamado «Bajo la Higuera».

Leí y releí el pasaje durante más de cinco minutos. Esas referencias seguramente eran algo más que una coincidencia. En tal caso, el cuerno del verso descifrado se refería al puerto de Constantinopla, lo que hoy conocemos como Estambul: un puerto conocido también como el Cuerno de Oro. Y lo hacía así especialmente si se tomaba en cuenta la otra, totalmente inesperada, alusión al puerto llamado «Bajo la Higuera».

Pero esos descubrimientos, al igual que el descifrado, no conducían a inmediatas respuestas, ni inspiraban nuevas ideas. La referencia a Bizancio no aclaraba exactamente las cuatro líneas, y menos aún destorcía el laberinto; tampoco explicaba por qué el Cuerno de Oro —una simple masa de agua— era llamado «trama» como si fuera un tapiz o incluso tal vez un edificio. Apenas empezaba a suponer por qué aquel verso tan complicadamente cifrado, aparecido entre las páginas de una edición de Ortelio, conducía aparentemente a una cita que describía el punto de encuentro de dos continentes, un puerto situado a unos dos mil cuatrocientos kilómetros de Pontifex Hall. En aquella época no tenía ni idea de si sir Ambrose había viajado hasta Constantinopla en su búsqueda de libros, aunque me parecía recordar que una de las patentes concedidas por el emperador Rodolfo —uno de las docenas de pergaminos del ataúd de Pontifex Hall— había sido para un viaje a las tierras del sultán otomano.

De modo que, mientras me comía los arenques, me pregunté si el documento cifrado tendría algo que ver con la biblioteca de sir Ambrose, o incluso con el propio manuscrito hermético perdido. Resultaba imposible estar seguro de ello con tan pocas pruebas. Pero pensé que el manuscrito podía muy bien aclarar el verso, y, por tanto, antes de terminar el desayuno, me había decidido ya a aventurarme al exterior en su busca.

Pero mi júbilo pronto desapareció, porque mi búsqueda entre las tiendas y puestos de libros resultó tan inútil y desagradable como me temía. En Smithfield, el hedor se había hecho tan irresistible que cuando los huérfanos del Hospital de Cristo empezaron su primera lección de la mañana hubo que bajar las ventanas de sus clases, pese al calor. Debajo del muro oriental del hospital los libreros de Little Britain habían cubierto ya sus ventanas con cortinas empapadas de cloruro de cal. Cuando llegué, se estaban llevando pañuelos a la nariz y montando la exposición de pilas de libros cuyas cubiertas tendrían que limpiarse de hollín tres veces antes de que terminara la jornada. Pero al cabo de tres horas de fisgonear entre aquellos montones de libros no había conseguido más que cansarme los pies, quemarme la nariz y el cuello bajo el sol —que era abrasador cuando el humo de carbón aclaraba lo suficiente para permitir su paso— y provocar miradas sin expresión de desinteresados tenderos que declaraban no haber oído hablar de ningún libro o manuscrito titulado *El laberinto del mundo.*

Una pinta de cerveza Lambeth en el almuerzo me hizo revivir, y cogí un coche de alquiler para dirigirme a Westminster Hall, donde, por supuesto, no tuve más suerte que en Little Britain o en Paternoster Row. Sin embargo, el día no fue una completa pérdida, porque conseguí enterarme de algo sobre la edición de Praga del *Theatrum orbis terrarum,* de Ortelio, aunque no era nada que pareciera concordar con lo que hasta entonces había descubierto sobre sir Ambrose Plessington o su extraviado pergamino. Todos los libreros y dueños de tenderetes poseían ejemplares del *Theatrum,* y uno de ellos incluso tenía entre sus existencias un ejemplar de la rara edición de 1590 impresa en Amberes por el gran Plantino. Pero ninguno había oído hablar de la edición de Praga, y mucho menos había vendido alguna. Estaban tan sorprendidos por la existencia de dicha edición como lo había estado yo. Decidí, por tanto, que debía de haber leído mal el apéndice; o eso, o que la edición de 1600 era una falsificación. Me disponía a iniciar el regreso cuando divisé, bajo el arco del New Exchange en el Strand, la tienda de un vendedor de mapas: Molitor & Barnacle. Conocía bien ese establecimiento. En mi época de aprendiz, siempre la había considerado la tienda más fascinante de Londres, porque en aquellos tiempos aún soñaba con viajar por el mundo, no en huir de él, como ahora. Cuando Mr. Smallplace me mandaba a algún recado, a veces entraba en ella y ramoneaba durante horas entre los mapas y globos de metal, olvidando completamente mi obligación, hasta que Mr. Molitor, una indulgente alma de Dios, me echaba del local a la hora del cierre.

Era casi la hora del cierre cuando crucé la puerta, comprobando que la mayor parte de los globos y astrolabios habían desaparecido, así como los mapamundis, aquellas bellamente grabadas reproducciones de Ptolomeo y Mercator que Mr. Molitor clavaba en las paredes como mapas en la cabina de un barco. Ocho o nueve años debían de haber pasado desde mi última visita. Mr. Molitor, ay, también había desaparecido... muerto de tisis en el 56, me informó Mr. Barnacle. Lamenté descubrir que la tienda estaba pasando por tiempos difíciles y que Mr. Barnacle, ahora un caballero de edad, no era capaz de reconocerme. Viéndole encorvado tras su mostrador, respirando con dificultad, tuve una aleccionadora visión de mí mismo dentro de veinte o treinta años.

Pero Mr. Barnacle entendía de su negocio tanto como siempre. Me informó de que conocía la edición de Praga del *Theatrum* pero que nunca había visto un ejemplar. Eran unos ejemplares, explicó, sumamente raros e incluso más valiosos que las ediciones publicadas por Plantino, porque sólo se habían impreso poquísimos libros. Sin embargo, su rareza no era la única razón de su gran valor. La edición en cuestión era la primera edición póstuma, desde que Ortelio muriera un año o dos antes de su aparición. Ortelio era flamenco, y sospechoso de protestantismo, pero durante un cuarto de siglo había sido cosmógrafo real del rey de España. Tras la muerte de Felipe II en 1598, viajó a Praga por invitación del emperador Rodolfo II, pero murió antes de tomar posesión de su puesto de geógrafo imperial. Mr. Barnacle hizo alusión a una leyenda existente entre los cartógrafos, totalmente carente de fundamento, de que Ortelio había sido envenenado. La edición de Praga apareció uno o dos años más tarde. La leyenda sugería además que esa edición incluía alguna especie de variante, aunque Mr. Barnacle no podía decir precisamente cuál. Pero era por este nuevo detalle por lo que el gran cartógrafo había sido asesinado.

—¿Una variante? ¿Qué quiere usted decir?

—Me refiero a que la edición de 1600 era diferente de todas las demás, incluyendo las realizadas por Plantino. Mr. Molitor tenía su propia teoría al respecto —dijo en un tono confidencial, sacando de su estantería un ejemplar del atlas. Cuando abrió la tapa pude ver un mapa del Océano Pacífico y, dentro de un recuadro, las palabras NOVUS ORBIS—. Tenía relación con el particular método de proyección que Ortelio empleó para la edición de Praga.

Nuevamente se dio la vuelta, de pronto muy activo, y alargó la mano en busca de otro texto.

—La escala de latitud y longitud. Todas las otras ediciones utilizan la proyección Mercator —añadió—. ¿Conoce usted la proyección Mercator?

—Un poco.

Observé que abría con un crujido el famoso atlas de Mercator... un atlas cuyos mapas yo solía estudiar con especial deleite durante mi soñador aprendizaje. Yo no sentía ninguna inclinación por las matemáticas; muy al contrario. Las palabras, no los números, son mi *métier*. Pero era capaz de apreciar un poquito la hazaña de Gerardo Mercator al representar la esfera, la tierra, sobre un plano; aplanando el mundo y metiéndolo en un libro, con sus proporciones más o menos intactas.

—Su proyección fue creada para uso de los navegantes —explicó Mr. Barnacle mientras daba unos golpecitos sobre una de las hojas con su amarillenta y agrietada uña y luego se ajustaba los anteojos (cuyas lentes eran casi tan gruesas como las mías) sobre el puente de la nariz—. Fue ideada en 1569, durante la gran era de la exploración y el descubrimiento. Sus escalas de latitud y longitud forman una trama de líneas paralelas y ángulos rectos que hace posible que los marineros tracen su rumbo a lo largo de líneas rectas en vez de curvas. Es de suma ayuda, por supuesto, para viajes a través del océano.

Estaba trazando una línea diagonalmente con la uña del pulgar por toda la hoja, siguiendo un rumbo que se extendía como un hilo de araña a través de una cuadrícula. Luego, de repente dejó los dos atlas a un lado y alargó la mano en busca de uno de los globos, un enorme modelo de cartón, de aproximadamente un metro veinte de diámetro, que hizo girar en su lacado pedestal. Océanos azules y abigarradas masas de tierra empezaron a cruzar rápidamente bajo el anillo de latón que marca el ecuador.

—Pero un mapa no es un globo —continuó mi interlocutor, mirándome por encima de la gran bola giratoria—. Todos los mapas implican distorsión. Mercator hace que sus meridianos corran paralelamente uno al otro, pero todo el mundo sabe que los meridianos no son paralelos como lo son las latitudes.

—Naturalmente —murmuré, mareado por la visión del globo, que seguía girando rápidamente, su eje chirriando mientras desfilaban mares y continentes—. Los meridianos convergen en los polos. Las distancias entre ellos se reducen a medida que las líneas se extienden hacia el norte o el sur del ecuador.

—Pero los meridianos de Mercator nunca convergen. —Mr. Barnacle estaba toqueteando el mapa una vez más—. Siguen siendo paralelos entre sí, lo cual distorsiona las distancias este-oeste. Así que Mercator cambia también las distancias entre las latitudes, aumentándolas a medida que se alejan del ecuador y se acercan a los polos. Podemos, por lo tanto, hablar de sus «latitudes crecientes». El resultado de estas alteraciones es una distorsión hacia los polos. Las masas de tierra de los lejanos norte y sur son exageradas en cuanto a su tamaño porque los paralelos y meridianos se dilatan de modo que pueda ser conservada la cuadrícula de líneas paralelas y ángulos rectos. La proyección de Mercator es, por tanto, muy conveniente si uno navega a lo largo del ecuador o en las bajas latitudes, pero no sirve de mucho si se está explorando las latitudes altas.

—No sirve de mucho —asentí yo apasionadamente— para alguien que trata de explorar el paso del noroeste hacia Catay.

Estaba recordando que, cuando era un muchacho, yo solía estudiar los viajes de Frobisher, Davis y Hudson —aquellos grandes héroes ingleses— a través de los mares árticos infestados de hielo y laberintos de islas representados en la parte superior de los globos de Mr. Molitor.

—O la ruta marina del noroeste a través de Arjánguelsk y Nueva Zembla. Sí. O el paso del sudoeste a los Mares del Sur a través del Estrecho de Magallanes o rodeando el Cabo de Hornos.

Mi interlocutor estaba girando las páginas del atlas y pinchando con un dedo los diversos pasos. Cuando levantó la cabeza y me miró entrecerrando los ojos, pude captar el olor que despedían sus cariados dientes junto con el perfume a rancio de sus raídas ropas. Y por un segundo me pareció ver, reflejada en una de las lentes de sus anteojos, una forma apoyada en el saliente de la ventana a mis espaldas: una figura solitaria inclinándose hacia delante como si atisbara a través del cristal. Pero entonces Mr. Barnacle bajó la cabeza y el reflejo se perdió.

—Ya ve, todas estas nuevas rutas marítimas, si existen, se encontrarán en las altas latitudes, cerca de los polos, lugares donde la proyección de Mercator casi resulta inútil. Por esta razón, los marineros nunca las han descubierto. Y es también la razón por la que los españoles y los holandeses estuvieron trabajando en nuevos y mejores métodos de proyección cartográfica. En 1616, los holandeses descubrieron una nueva ruta hacia el Pacífico entre el Estrecho de Magallanes y el Cabo de Hornos, el llamado Canal de Lemaire —se estaba lamiendo el dedo para pasar otra hoja—, que se extiende a lo largo del paralelo cincuenta y cinco. Sus flotas utilizaban el nuevo paso para dirigirse al Pacífico y atacar a los españoles en Guayaquil y Acapulco. Así que estas rutas eran de una importancia estratégica evidente —añadió—; pero se necesitaba una clave para encontrarlas, algo que guiara a los navegantes a través de los laberintos de islas e islotes.

Ésa era, entonces, la leyenda que había preferido Mr. Molitor: matemáticos y cartógrafos de Sevilla, al servicio de Felipe II, habían, alrededor del año 1600, perfeccionado un nuevo método de proyección de mapas, un método que preservaba la cuadrícula de Mercator, en tanto que suprimía sus distorsiones, de modo que la navegación se hacía más fácil en las altas latitudes. Podrían descubrirse, por lo tanto, nuevas y más cortas rutas hacia Catay y la India, juntamente con el famoso continente perdido, *Terra australis incognita,* que se creía situada en algún lugar de los Mares del Sur, en las altas latitudes al sur del ecuador.

—¿Y Ortelio? —Yo estaba estudiando el atlas cabeza abajo, esperando conducir a mi interlocutor otra vez al tema que me interesaba—. ¿Habría sabido lo de esa proyección?

Mr. Barnacle asintió vigorosamente con la cabeza.

—Desde luego, debía de estar al corriente. Era el cosmógrafo Real. Podría incluso haber ayudado a inventarla. Pero cuando Felipe murió en 1598, Ortelio se marchó de España para dirigirse a Bohemia. Posiblemente esperaba pasar los secretos del nuevo método, por un precio, al emperador Rodolfo, o incluso a alguien más. Praga estaba llena de fanáticos protestantes aquellos días, enemigos de España y de los Habsburgo. De manera que tal vez fue asesinado por agentes españoles.

Se encogió de hombros y cerró de golpe el volumen.

—El rumor es convincente, pero imposible de verificar, ya que las láminas han desaparecido desde entonces. Algunos dicen que fueron robadas, pero tampoco eso puede comprobarse.

Sonrió débilmente y luego volvió a encogerse de hombros, y terminó:

—Tampoco ha sobrevivido ninguno de los libros. Se cree que los pocos ejemplares que se llegaron a imprimir se perdieron o fueron destruidos cuando Praga fue saqueada durante la Guerra de los Treinta Años.

No, pensé yo, mientras cruzaba la puerta de la tienda unos minutos más tarde y volvía al calor, recordando el libro dañado por el agua en el pequeño y misterioso laboratorio. No todos los ejemplares se habían perdido. Pero mientras vagaba sin propósito fijo de regreso a Charing Cross, me pregunté si no habría perdido el tiempo a fin de cuentas. Porque, ¿qué relación podría existir entre el *Theatrum* de Ortelio y el texto hermético que me habían encargado localizar, entre un nuevo mapamundi y un manuscrito de sabiduría antigua? Pero entonces recordé lo que Mr. Barnacle había dicho sobre la era del descubrimiento y me pregunté si no había quizás topado con una relación, aunque remota, con la expedición de sir Ambrose a la Guayana, si es que realmente ese viaje tuvo lugar.

Aparté la idea de mi cabeza. Decidí que mi imaginación, al igual que mis pies, me había llevado demasiado lejos. Era hora de volver a casa.

Debían de ser más de las seis cuando tomé un coche de alquiler frente a Postman's Horn (en cuyo parque me había consolado con otra pinta de cerveza amarga bajo una morera) y emprendí mi camino de vuelta al Puente de Londres a través de los embotellamientos del tráfico nocturno. Caí dormido al cabo de unos minutos pero me despertó, en alguna parte de Fleet Street, el sonido de un griterío. El tráfico debía de ser más denso, porque durante minutos interminables el coche apenas se movió. Volví a dormitar, pero una vez más fui despertado, esta vez por el balido en dos tonos, de una bocina. Me enderecé y aparté la cortinilla, esperando ver el Fleet Bridge, con Ludgate más allá. Sólo que ya no estábamos en Fleet Street.

Saqué mi cabeza por la ventanilla y atisbé arriba y abajo de la calle. Debíamos de haber tomado un camino equivocado. No reconocía ninguna de las tabernas y cervecerías que sobresalían por encima de la calle, ni siquiera la calle misma, un estrecho y desierto canal envuelto en oleadas de negro humo.

—¡Chófer! —grité golpeando el techo del vehículo. ¿Se había desorientado el idiota?

—¿Señor?

—¿Dónde diablos nos está llevando, hombre?

Había girado en redondo en su asiento. Era un tipo

corpulento con pinta de oso, de grueso cuello y nariz pelada por el sol. Sonreía con incomodidad mostrando una dentadura postiza de madera.

—Un accidente en Fleet Street. Un caballo de tiro que cayó muerto, señor. Así que pensé que si a usted no le importa...

Le interrumpí.

—¿Dónde estamos?

—En Whitefriars, señor —replicó, chasqueando los dientes—. Alsatia. Pensé que regresaría al Fleet Bridge desde Water Lane, señor y entonces...

—¿Alsatia...?

El estrecho pasaje había asumido ahora un aspecto más siniestro. Sabía de la indeseable reputación de Alsatia. Era un peligroso suburbio situado al lado del nocivo lodo de Fleet Street; una docena y pico de calles y sólo Dios sabe cuántos patios traseros y callejones, todos ellos reclamando exención de la jurisdicción de los magistrados y jueces por derecho de un estatuto concedido a principios de siglo por el rey Jaime. El resultado de estos privilegios era que el barrio se había constituido ahora en un santuario para criminales y villanos de todas clases. Magistrados y alguaciles entraban sólo por su cuenta y riesgo, como cualquiera que fuera lo bastante insensato para vagar al sur de Fleet Street. La bocina que me había despertado debía de ser, supuse, una señal de alguno de sus centinelas, un aviso a los demás de que habían llegado extraños a su medio. Aunque el barrio parecía ahora bastante inocente bajo su amarillenta luz que recordaba el brillo del oro viejo, yo no iba a correr riesgos.

—Sáquenos de aquí inmediatamente —ordené al conductor.

—Sí, señor.

El coche arrancó bruscamente, y, a sacudidas, tomó una curva muy cerrada, y luego se deslizó por una calle estrecha bordeada a ambos lados por decrépitos edificios cuyas ventanas mostraban sus cristales cubiertos de grasa y hollín. La calzada estaba acribillada de baches, algunos de los cuales habían sido imperfectamente reparados con broza. No parecía haber nadie por allí. El Támesis corría a nuestra derecha, mostrándose a la vista de vez en cuando a través de solares vacíos atestados de cascotes y escombros, su orilla bordeada de una serie de muelles de aspecto precario. Negros fantasmas de polvo de carbón se cruzaban apresuradamente en nuestro camino. Manteníamos un curso paralelo al río, y el coche se balanceaba de un lado a otro mientras el Jehú de la dentadura postiza sentado en su pescante se abría camino con arrojo rodeando una serie de obstáculos formada por descamadas tejas, trozos de piedras de molino y flejes rotos de barriles de cerveza abandonados desde hacía mucho tiempo. Pronto pude percibir el olor del lodo del río Fleet; entonces, un minuto más tarde, su orilla nos cortó el paso y giramos hacia una pista que, a mis ojos, no parecía que pudiera conducir de vuelta a Fleet Street.

—¡Por el amor de Dios, hombre!

—Un minuto más, señor.

Pero después de otro minuto seguíamos dando tumbos y balanceándonos en la pista, mientras el viento nos traía el olor del constreñido río, con nuestras ruedas chapoteando en el lodo. La superficie del Fleet estaba cubierta de espuma, y nubes de insectos se cernían en el aire. Me cubrí la nariz con un pañuelo y contuve la respiración.

Inmediatamente, no obstante, divisé por la ventanilla algo que resultaba familiar, un dibujo —¿la obra de un niño?— garabateado con tiza en una pared sin ventanas, así:

Estiré el cuello cuando cruzábamos lentamente por delante del dibujo. ¿Qué significaba aquel peculiar jeroglífico? ¿Era la caricatura de un hombre? ¿Un hombre con cuernos? ¿Quizás el diablo? Estaba seguro de que había visto aquella figura en alguna parte. ¿Pero dónde? ¿En un libro?

—¡Maldita sea!

Giré en redondo y levanté la mirada hacia el pescante.

—¿Qué pasa?

—Lo siento, señor. —El coche había dejado de moverse—. Parece que hemos llegado a un callejón sin salida.

—¿Una callejón sin salida?

El dibujo quedó olvidado. Abrí de golpe la puerta, bajé e inmediatamente me hundí hasta los tobillos en alguna especie de cieno. Los caballos, también, se habían sumergido hasta los espolones y las ruedas del coche estaban enterradas hasta las llantas. Levanté la mirada. Pude ver ante nosotros el campanario de la prisión de Bridewell y la aguja de Saint Bride, pero poco más que un grupo de chozas en las sombras, cuyo número iba aumentando. Me di cuenta de que era más tarde de lo que yo pensaba, porque el sol estaba descendiendo por detrás de la endentadura irregular de Whitehall Palace, y de vez en cuando entre los edificios habían empezado a parpadear algunas luces. Alsatia se estaba despertando.

—Permita, señor.

El conductor echó el látigo a un lado y bajó de un brinco de su pescante, obsequiándome con una zalamera sonrisa. Casi me había hecho subir otra vez al coche cuando levanté la mirada desde el cieno viendo que había aparecido una luz en la ventana del edificio más próximo a nosotros: una taberna, por su aspecto. Su rótulo crujía débilmente al balancearse bajo la brisa. Entrecerré los ojos para ver su inscripción. Pude distinguir la cabeza de alguna especie de animal y el centelleo de una pintura dorada.

—Venga, señor. —Las manos del chófer me apretaban los hombros—. ¿Señor? ¿Todo va bien?

—Sí... —Apenas le oía. Estaba apretando un chelín contra su palma, sin mirarle—. Aquí tiene... su dinero. Cójalo. —Empecé a andar hacia la taberna—. Ahora váyase.

Oí su incrédula voz a mis espaldas:

—¿Señor?

—¡Váyase!

El lodo se tragaba mis botas y tenía que tirar con fuerza de ellas para liberarlas a cada paso. Pero unos segundos más tarde me encontré sobre terreno sólido, una acera enladrillada, y la taberna se alzaba ante mí. La puerta se abrió, proyectando un triángulo de luz a través de los ladrillos. Yo me estaba moviendo hacia adelante, bizqueando para leer el rótulo. Y una vez más vi la desconchada imagen, ahora más clara: la cabeza de un ciervo cuyos cuernos habían sido pintados de amarillo. Encima de la cornamenta, cuatro palabras: EL CUERNO DE ORO.

CAPÍTULO CUARTO

El olor fue lo primero que me impactó, de tabaco de pipa rancio y de humo de carbón mezclado con serrín y madera apolillada embadurnada con pez: el olor de una habitación que no conocía ni la escoba ni la cera de abejas, como tampoco la luz o el aire. Luego, cuando penetré en su interior y mis pupilas se fueron adaptando a la escasa luz, capté lo que se convirtió en el más penetrante olor de todos. Olía a café. Porque El Cuerno de Oro no era una taberna, después de todo, sino un café.

La puerta se cerró a mis espaldas y di unos pasos más a través del humo de la chimenea, buscando una silla. Un café era lo último que esperaba encontrar en el corazón de Alsatia, aunque no debería haberme sorprendido, porque parece que incluso entonces, en una época tan antigua como 1660, se levantaba un café en cada calle. Yo solamente había entrado en uno de ellos en toda mi vida, La Cabeza del Griego, un espacioso lugar lleno de supuestos actores y poetas, y su agradable atmósfera no podía haberme preparado para el humo y la penumbra de El Cuerno de Oro.

Encontré un asiento, un taburete de tres patas, y me senté lejos del fuego, que tiraba muy poco.

—¿En qué puedo servirle?

Un bajo y barrigudo camarero había aparecido a mi lado, secándose las manos con su sucio delantal. A sus espaldas, dos hombres de aspecto indeseable se encontraban enfrascados en una discusión, mientras que detrás de ellos un hombre solo, el que había entrado un momento antes, estaba sentado dándonos la espalda, cortándose los callos de las palmas con una navaja. Cuando miré a mi alrededor, a los toscos muebles, a la pequeña chimenea, a las sobadas octavillas que amarilleaban en las paredes, me pregunté qué enmarañado hilo podía conectar El Cuerno de Oro con Pontifex Hall. Al punto dudé de que las cosas que estaba descubriendo —el documento cifrado, la palabra clave, el extraño verso, Estrabón, ahora el café El Cuerno de Oro— tuvieran alguna importancia más allá de mi imaginación. ¿Había realmente un significado detrás de esa serie de claves, o todo era solamente suerte y coincidencia?

No había más que una manera de averiguarlo. Metí la mano en el bolsillo y saqué un penique.

—Un tazón de café, por favor.

Pero no se reveló clave alguna ni misteriosos poderes; al menos, todavía no. Para cuando terminaba de beber —un amargo, cenagoso, brebaje— la habitación se había llenado de más parroquianos. Había llegado una docena de hombres, solos o por parejas, todos ellos de aspecto andrajoso, con desgastadas botas y remendadas chaquetas. La conversación era esporádica y tranquila, salpicada de risas guturales. El camarero se movía arriba y abajo, del mostrador a las mesas, y los platos tintineaban en su bandeja. Todo el mundo parecía estar esperando que ocurriera algo, pero nada ocurría. Me había equivocado sobre el significado del nombre; debía de ser una coincidencia, nada más. Probablemente había una docena de tabernas o cafés llamados El Cuerno de Oro, ninguno de los cuales tenía la menor relación con Pontifex Hall, y éste menos que ninguno.

No fue hasta al cabo de unos minutos cuando observé la vitrina. Se encontraba en el rincón de la estancia, una pequeña vitrina de rarezas del tipo usado por los propietarios para atraer clientela. Pero desde mi asiento podía ver que ésta en particular contenía una colección más lastimosa que la mayoría, un armario de bruja que no era probable que convenciera ni al más ingenuo de los clientes. Pero yo, aunque no crédulo, era curioso, así que me levanté de la silla y crucé la estancia.

En el rincón reinaba más oscuridad que en el resto de la sala, y nadie estaba prestando ni la más mínima atención a la fría exposición. Algunas tarjetas escritas con mano temblorosa y llenas de faltas de ortografía identificaban media docena de objetos carentes de inspiración que parecían encogerse detrás del cristal. Me incliné hacia delante entrecerrando los ojos detrás de mis lentes. Un trozo de tela apolillada aparecía identificado como parte del sudario de Eduardo el Confesor, mientras, a su lado, una vulgar rama de árbol, medio podrida, procedía al parecer de un árbol contra el cual rebotó la flecha que había matado al rey Guillermo el Rojo. Según indicaba su etiqueta, otro fragmento, aún más difícil de distinguir, había sido cortado de la tumba de Sebert, rey de los sajones.

Casi prorrumpí en risa al ver esos simulados fragmentos de historia, pero entonces otra de las tarjetas llamó mi atención. Amarillenta y enrollada por sus bordes, apoyada en la pared trasera de la vitrina, identificaba unos centímetros cuadrados de deshilachada lona como parte de la gavia principal del *Britomart,* uno de los barcos de la expedición al Orinoco de sir Walter Raleigh en

1617. Fruncí el entrecejo y me incliné un poco más hacia adelante. Dudaba de que aquel pedazo de tela fuera más auténtico que todo lo demás, pero me recordaba la patente del ataúd de Pontifex Hall, la que había sido concedida para la construcción del *Philip Sidney*.

Y entonces descubrí el último objeto expuesto en la vitrina, con mucho el más espantoso. Estaba también en la parte trasera de la vitrina y parecía la cabeza cortada de un hombre. Me sobresalté, luego volví a inclinarme hacia adelante, observando con ojos desorbitados aquella horrible muestra de lo que debía de haber sido algún culto bárbaro y pagano. Era una horrible visión. Un apelmazado cabello castaño le caía sobre su cerosa frente, bajo la cual aparecían dos globos oculares que parecían salirse de las órbitas, uno de ellos apuntando al techo, el otro al suelo. El párpado izquierdo bajaba, sugiriendo un guiño, mientras los labios —grotescamente gruesos y pintados de rojo como los de una ramera— aparecían retorcidos en una sonrisa cínica y de complicidad. Pero apenas acababa de darme cuenta de que la cabeza era una falsificación, hecha de terciopelo y cera, cuando volví a sobresaltarme, en esta ocasión debido al cartel apoyado contra la protuberante barbilla, escrito con la misma caligrafía infantil que los otros.

La cabeza de un autómata procedente
del reino de Bohemia
que antaño perteneció a
Su Imperial Majestad, Rodolfo II

Para cuando me deslicé nuevamente hasta mi mesa, las ventanas se habían oscurecido y el humo de la chimenea subía en espiral enroscándose en las viguetas. La mano me temblaba cuando levanté el plato hasta mis labios. Me pregunté si la espantosa cabeza era más auténtica que los otros objetos. ¿Había quizás encontrado su camino hasta aquí desde Pontifex Hall, vía los soldados de Cromwell, o tal vez a través de algún otro grupo de saqueadores?

Me mantuve sentado en la silla treinta minutos más, sintiéndome cada vez más exhausto y desasosegado, echando de vez en cuando una mirada al cráneo hecho de cera que parecía guiñarme un ojo, en un gesto de astucia y complicidad, desde detrás de su cristal. El tazón de café, lejos de tranquilizarme, como yo esperaba, parecía haberme puesto los nervios de punta. Sin embargo, cuando el camarero pasó por mi lado arrastrando los pies, conseguí señalar la vitrina y preguntar cómo había sido adquirido aquel objeto. Pero el hombre me respondió que no sabía ni cómo ni cuándo había llegado a El Cuerno de Oro. De hecho, por su expresión sorprendida y luego desconcertada, parecía como si nunca hubiera advertido su presencia, y menos aún la de su horrible habitante.

Decidí volver a casa, lamentando haber despedido a mi conductor tan rápidamente. El viaje de vuelta a Fleet Street iba a ser peligroso. Tendría que hacerlo a pie, lo sabía, porque era muy improbable que un coche de alquiler se adentrara en esa calle, especialmente después del crepúsculo. Mi cabeza estaba llena de todo tipo de desagradables encuentros, que yo trataba de desechar mientras me acercaba a la salida.

Entonces realicé mi último descubrimiento de la noche. Cuando llegaba a la puerta, observé un folleto pegado a la pared, al lado de la jamba. No había nada insólito en ello, porque las paredes del establecimiento estaban empapeladas con todo tipo de avisos. Desde donde estaba sentado había podido leer una docena o dos de cochambrosos carteles, anuncios de tenderos, baladas obscenas impresas en mugrientas hojas de papel, junto con algunos dibujos, también obscenos, grabados en los bancos y mesas, o pintarrajeados en las vigas. De modo que estuve a punto de pasar junto a la octavilla sin prestarle atención. Pero cuando me echaba a un lado para permitir que otras personas entraran por la puerta, la inscripción, un borroso grabado en cobre, llamó mi atención:

AVISO DE SUBASTA
que se celebrará en El Cuerno de Oro, Whitefriars,
el día 19 de julio, a las nueve de la mañana,
en cuyo momento muy diversos y extraordinarios libros
serán expuestos a la vista y subastados
en 300 lotes
por el doctor Samuel Pickvance

Me quedé mirando fijamente el aviso mientras varios clientes me empujaban para entrar, y luego otros lo hacían para salir a la noche. ¿Una subasta de libros? Era como si me hubiera topado con una edición de Homero o de Virgilio en los bosques de la Guayana. Pensaba que conocía a todo el mundo en el negocio de libros en Londres, incluyendo a los subastadores, pero nunca había oído hablar de nadie llamado Pickvance, si ése era su verdadero nombre. Me pregunté qué «diversos y extraordinarios» libros vendería y qué clase de coleccionistas podrían presentarse para pujar por ellos. Pero, por encima de todo, me pregunté por qué había elegido celebrar la subasta en El Cuerno de Oro. Sería bastante fácil averiguarlo, sin embargo, porque para el diecinueve, la fecha de la subasta, faltaban sólo dos días.

Alsatia parecía ahora casi pacífica cuando salí a la

acera decorada con mosaico, y el aire nocturno, frío y agradable comparado con el infernal clima de El Cuerno de Oro. La ilusión no duró mucho. Un momento más tarde, olí el Fleet y fui apartado violentamente a un lado por cuatro o cinco hombres, todos ellos provistos de cimitarras o dagas en la cadera, que se dirigían contoneándose hacia la puerta del café. Otras figuras se estaban moviendo en las sombras. Alsatia había cobrado vida salvajemente. Me estremecí ante la perspectiva del viaje que me aguardaba.

Pero retornaría al cabo de dos días. Ya era consciente de esto cuando giré en redondo para echar una última mirada a la cornamenta dorada y a la inscripción que había encima, apenas algo más que una sombra a la débil luz, pero que constituían ahora un centelleante jeroglífico. Porque debía de haber una relación, de eso estaba repentinamente seguro, entre el pergamino que andaba buscando y los «extraños y extraordinarios» libros del doctor Pickvance.

El viaje de vuelta a Nonsuch House tuvo lugar sin incidentes. Fui siguiendo las roderas de los coches hacia el río y encontré a un barquero dormitando junto a sus remos a lo largo de uno de los muelles de carbón. Por dos chelines, aceptó llevarme a remo río abajo a favor de la marea, que estaba menguando una vez más. Cuando el barquero hubo encajado los remos en los escálamos y desatracado con un gruñido, me recosté en el bote y observé las luces de tierra cada vez más escasas. Edificios y agujas se deslizaban lentamente; una barca nos adelantó. Nuestros remos se hundían y se levantaban, se hundían y se levantaban, y el barro de los bajíos se adhería a las palas cayendo después con un ruido sordo otra vez al agua. El inclinado tejado de El Cuerno de Oro se encogió, menguó y desapareció. Unos minutos más tarde vi la luna alzándose por encima de los cañones de las chimeneas en el Puente de Londres. Cerré los ojos y sentí el bote deslizándose entre los malecones de piedra y sumergirse, carente de peso, en cinco pies de rugiente oscuridad y una repentina ráfaga de espuma y aire.

Al llegar al otro lado, sintiendo mis piernas temblorosas, desembarqué descubriendo que una luz ardía en mi casa de Nonsuch House. Monk se había retirado a dormir, pero Margaret estaba aún en la cocina, encurtiendo ostras. Me riñó por haberme perdido la cena, y la carne de cerdo adobada, que comí fría, sentado solo en mi estudio, exhausto. Treinta minutos más tarde yo también me había metido en la cama. Yací allí despierto largo rato, escuchando cómo la marea borboteaba entre los malecones, tratando de regularizar mi respiración. Sentí por un momento como si aún estuviera cayendo entre las gigantescas patas del puente: como si todo, debajo de mí, hubiera, al igual que el bote, dado paso al aire vacío y a la emocionante sensación de estar suspendido. Porque cuando me dejé llevar por el sueño estaba pensando no sólo en el aviso pegado a la pared de El Cuerno de Oro sino también en la carta, estampada con un sello familiar, que habían dejado en mi escritorio, esperando mi regreso.

CAPÍTULO QUINTO

Si el viaje hasta el Eiba había resultado arduo, después, durante los siguientes días, a medida que los carruajes y carros dejaban atrás Bohemia, se fue haciendo mucho peor. La nieve empezó a caer de los plomizos cielos, al principio en forma de algunos copos circunspectos y sin objetivo, luego ya más pesadamente. Los vientos se formaban en el este y soplaban a través de la media luna de los Cárpatos, a lo largo de las Tierras Altas moravas y penetrando en las Montañas Gigantes, aullando entre los peñascos y ventisqueros por los que la caravana se abría camino. Las pocas ciudades que iba cruzando fueron menguando hasta convertirse en aldeas cuya media docena de casas se aferraban como nidos de golondrinas a las laderas de empinadas colinas. Después, las aldeas siguieron haciéndose más pequeñas hasta transformarse en sólo unas pocas casas, y pronto desaparecieron completamente. El camino, también, amenazaba con desaparecer. En algunos lugares se había hecho imposible de transitar por los deslizamientos de rocas, y en otros, por la nieve. Viajar en esa estación, murmuraban los sirvientes en su fuero interno, no era civilizado. A fin de cuentas, hasta las guerras —incluso

Fernando, cuyos valones e irlandeses se habían detenido en Praga para iniciar su saqueo— esperaban a la primavera. Sin embargo, cada mañana, por malo que fuera el tiempo, por más empinados que fueran los caminos, por más viajeros que hubieran caído enfermos de fiebre, o caballos que hubieran sufrido aventaduras o se les hubieran partido herraduras, el triste viaje continuaba. Pronto desapareció todo signo de vida en el nevado paisaje, excepto por los lobos que aparecían a medida que los caminos ascendían a través del bosque. Los lobos iban llegando de uno en uno al principio, más tarde en manadas de diez o doce, medio ocultos entre las escarpas de granito, siguiendo los carros a distancia. Luego se fueron haciendo más osados, deslizándose lo bastante cerca para que Emilia pudiera ver sus amarillos ojos y los afilados contornos de sus hocicos. Flacos y mal alimentados como mendigos, se dispersaban ante el ahogado estampido de un arcabuz. El ruido del arma también sobresaltaba a los viajeros, porque habían empezado a correr rumores en la caravana de que los mercenarios del emperador habían salido rápidamente en su persecución, aunque era imposible imaginar cómo nadie, ni siquiera los cosacos, hubiera podido viajar tan velozmente a través de caminos tan traicioneros como aquéllos.

La primera etapa del viaje llegó a su término al caer la noche del noveno día. La caravana avanzó penosamente por delante de un monasterio y, después de deslizarse colina abajo, se detuvo, no frente a una de las usuales posadas, sino ante un castillo cuyas iluminadas troneras brillaban desigualmente en la creciente oscuridad. Emilia, acurrucada en el carro, congelados los dedos de sus pies, tuvo la impresión de que podía oír el rumor de un río. Inclinándose hacia adelante, atisbó a través de una abertura en las cortinas de la ventanilla y vio a un grupo de hombres de largos abrigos y sombreros de ala ancha andando apresuradamente por el patio, cuyo perímetro estaba bordeado de docenas de carruajes de todos los tamaños. El rastrillo chirrió, y después un par de pesadas puertas se cerraron de golpe a sus espaldas. Breslau, dijo alguien. Habían llegado a Silesia.

La exiliada corte se quedó menos de una semana en el antiguo castillo Piast. No iba a ser su destino final, sino simplemente una escala más para los fugitivos. Emilia se encontró alojada junto con otras tres damas de honor en una cámara que, aunque no tenía ventanas, sufría misteriosas corrientes de aire y espolvoreos de nieve. La reina dormía en alguna habitación cerca de allí. Había caído peligrosamente enferma en cuanto la caravana llegó a Breslau, por lo que Emilia no sabía nada de ella. Sólo los médicos la atendían, entrando y saliendo con pesados pasos de los apartamentos reales, en sus caras una expresión torva. Al cabo de un par de días, corrieron rumores por el castillo de que la soberana había muerto. Luego, un día más tarde, era su bebé no nacido el que había muerto... porque otro rumor, más fiable éste, afirmaba que la soberana estaba embarazada. Finalmente, se decía también que ambos, madre e hijo, habían expirado juntos. La verdad se volvía tan escasa como la leña y el forraje. Cayó más nieve. El Oder se heló. Después, al cuarto día de su estancia en el castillo, Emilia recibió la visita de sir Ambrose.

La joven se encontraba en su habitación en aquel momento, sola, leyendo un libro. Cuando oyó los golpecitos en su puerta, no se levantó de la exigua cama, porque ella, al igual que la reina, se hallaba indispuesta. Se encontraba mal hacía dos días. Sus dolores menstruales le habían llegado pocos días antes, pero sin flujo. Le dolía la cabeza, así como los dientes, y dormía fatal. Hasta el acto de leer se había convertido en una tarea penosa. Por falta de sus propios libros, se veía obligada a leer los de la colección de la reina. El día anterior había estado leyendo el *Descubrimiento del grande, rico y hermoso Imperio de la Guayana,* de sir Walter Raleigh, con sus maravillosas descripciones de climas cálidos y sepulcros llenos de tesoros. Se había ido amodorrando hasta caer dormida —su primer sueño en más de veinticuatro horas— cuando el golpe en la puerta la sobresaltó, despertándola.

Quedó sorprendida al ver a sir Ambrose, naturalmente. El caballero no le había dicho una palabra desde hacía quince días; de hecho, no parecía haber advertido la presencia de la muchacha en absoluto. Desde las ventanillas de su carruaje o las ventanas de las posadas, ella le había visto supervisando la carga y descarga de las cajas, o montando junto al carruaje de la reina con la cimitarra golpeándole la cadera. Otras veces galopaba hasta perderse de vista, adelantándose mucho al convoy, buscando pasos a través de las montañas o explorando el terreno en busca de soldados polacos, un grupo de los cuales se decía que él había matado y abandonado a los lobos. Tres de sus monturas habían quedado cojas por esas aventuras, y tuvieron que ser sacrificadas, pero el propio sir Ambrose no parecía muy desmejorado por ello.

—¿No la molesto, espero?

El caballero había entrado ágilmente en su habitación, y ahora con sus enormes botas y sombrero de castor, casi parecía llenarla. Obligado a bajar la cabeza para no chocar en el dintel, parecía un hombre entrando en una tienda en el campo de batalla. Cuando se enderezó por completo, su aspecto resultaba igualmente marcial, porque la cimitarra le colgaba de una cadera y la pistola, de la otra. Pero llevaba también una linterna y, bajo el brazo, un libro. Después de hacer una reverencia, efectuó una pausa, detenidos por una vez sus activos movimientos. Tenía la cabeza inclinada hacia un lado como un pintor que examinara críticamente su modelo.

—¿Estaba usted dormida?

—No, no —dijo Emilia, encontrando finalmente la voz. Se había incorporado en la cama, y sostenía el *Descubrimiento* de Raleigh contra su pecho como si fuera un escudo—. No, señor. Estaba leyendo, eso es todo.

Él dio otro paso hacia adelante, la paja crujiendo bajo sus botas mientras sus oscuros ojos realizaban una cuidadosa valoración de la joven. La pluma de su sombrero rozaba las vigas del techo.

—¿Está usted enferma, Miss Molyneux?

—No, no —tartamudeó nuevamente la muchacha. No deseaba hablar a nadie de sus indisposiciones, y menos que nadie a sir Ambrose—. Estoy perfectamente bien, gracias, señor. Tengo costumbre de leer en la cama —explicó, levantando el libro y luego sintiendo que se ruborizaba.

—Ah. —Su enorme sombrero se inclinó con su gesto de asentimiento—. En efecto. Me han dicho que es usted una consagrada lectora. Sí, una verdadera doña Quijote.

Sonrió brevemente para sí mismo, luego se rascó la barba con el índice.

—Y, de hecho, este encantador hábito suyo, Miss Molyneux, es lo que me trae aquí —añadió sir Ambrose inclinándose hacia adelante con un crujido de la piel de sus botas y colocando el volumen sobre la mesa situada al lado de la puerta—. La reina desea que tenga usted otro libro para su placer. Junto con sus buenos deseos.

Se inclinó y se dio la vuelta para irse.

—Por favor... —Emilia había dejado balancear sus piernas sobre el borde de la cama—. ¿Qué noticias hay? ¿Está enferma la reina, señor?

—No, no, la reina está completamente bien. No debe usted creer todo lo que oye. —Haciendo una pausa en el umbral, el caballero le hizo un guiño de complicidad—. Y tampoco debería usted creer todo lo que lee.

—¿Cómo?

—Sir Walter Raleigh. —Sus facciones talladas por el viento se habían ensanchado en otra sonrisa mientras señalaba el libro de la joven con el ala del sombrero—. La Guayana no es el paraíso que sir Walter describe. Le deseo un buen día, Miss Molyneux.

Luego se marchó, desapareciendo por el corredor antes de que ella pudiera preguntar por Vilém o por cualquier otra cosa. Pero al punto se sintió esperanzada. Él debía de haberse enterado de sus hábitos de lectora por Vilém. ¿O había sido por la propia reina? No, más probablemente por Vilém, decidió. ¿Cómo, si no, hubiera sabido sir Ambrose de su afición por las leyendas de caballería? Emilia había tenido mucho cuidado de no hablarle a la reina de esa pasión, porque la soberana detestaba todo lo que era español.

Un minuto más tarde, las demás damas de honor regresaron a la habitación. Iba a celebrarse un servicio religioso aquella noche, para dar gracias por la recuperación de la reina, seguido de un banquete. Durante los siguientes veinte minutos, las damas charlotearon felices, vistiéndose como antaño con sus vestidos de mucho vuelo, con escarlatas y púrpuras, con encajes y cintas, como si Praga o Heidelberg estuvieran allí; como si los últimos días no hubieran sido más que una pesadilla nocturna de la que habían sido misericordiosamente despertadas. Sólo cuando se hubieron marchado, abrió finalmente Emilia el libro dejado por sir Ambrose. Era otra leyenda de caballería: *Príncipe Palmerín de Inglaterra,* de Francisco de Moraes. Y sólo cuando abrió la tapa descubrió la nota que había entre las páginas, una nota escrita con una caligrafía familiar.

Se encontró con Vilém aquella noche en las bodegas, donde la nota la había citado. El resto de la corte se hallaba en mitad de un placentero y ensordecedor intercambio social. La fiesta había empezado. Músicos reclutados de una taberna local soplaban cuernos de doble lengüeta, golpeaban tamboriles y cantaban con fuerza en polaco mientras algunos bailarines daban vueltas por el suelo de la ruinosa sala con peligrosa furia... un tumulto de miriñaques giratorios y codos ondeantes. Las puertas del castillo debían de haberse abierto de par en par para admitir a toda la buena gente de Breslau, burgueses y mendigos juntos, porque Emilia, que procuraba evitar sus arremetidas, no había conseguido reconocer una sola cara. No tenía ni idea, tampoco, de dónde podía proceder la comida. Fuentes llenas de carne de buey y de venado, faisanes y pollos, jabalí asado, docenas de codornices, incluso un pavo real todavía con sus plumas, junto con cuencos rebosantes de ostras, quesos, huevos pasados por agua, confituras, nueces, ciruelas, caquis, naranjas de jugo, helados que se fundían bajo el calor de una docena de resplandecientes antorchas y un número aún mayor de velas... todo ello servido a un grupo de exiliados que sólo unos días antes se estaban helando mortalmente en el yermo, comiendo pan agorgojado y pedazos congelados de ganso salado. Pero Vilém no se contaba entre ellos. Al cabo de una hora, la joven consiguió escabullirse y bajar por las escaleras hasta los sótanos, donde lo encontró en una antigua bodega, inclinado sobre una caja de libros.

Emilia se sobresaltó al ver su aspecto. Vilém había llegado a Breslau más de quince días antes, cuando aún no habían empezado las nieves, pero parecía haberle sentado mal el viaje. Estaba más delgado y descuidado que nunca. Sus pantalones y jubón le colgaban en andrajosos jirones sobre hombros y caderas como los de un espantapájaros. ¿Quizás también había estado enfermo? Tenía una constitución débil, eso era algo que le constaba a la muchacha... En varias ocasiones había pasado tardes en el Callejón Dorado cuidándolo durante una enfermedad u otra. Una repentina y resonante tos le hizo doblarse en dos.

—¿Vilém...?

Su reunión no resultó como ella esperaba. Tan ocupado estaba Vilém comprobando el posible daño sufrido por las cajas, abriéndolas de una en una, inspeccionando los volúmenes envueltos en hule, chascando la lengua y murmurándoles palabras antes de reemplazar los maderos que servían de tapa, que estuvo a punto de no darse cuenta de la llegada de la joven. Ella se movía rápidamente a través de la bodega en dirección a él, abriéndose camino entre botelleros vacíos y las docenas de cajas. La mayor parte de las tapas habían sido levantadas, y diminutas letras doradas brillaron a la luz de la antorcha al pasar Emilia por delante. Más tarde caería ella en la cuenta de que los libros habían sido embalados por orden alfabético. Abulafia; Agricola; Agrippa; Artefio; Augurello. Luego Bacon; Biriguncio; Böhmen; Borbonio; Bruno. Los nombres no significaban mucho para ella, al igual que los títulos. *De occulta philosophia*. *De arte cabalistica*. Sugiriendo impías aficiones. *De Speculis. Occulta occultum occulta.* ¿Qué pensaría la reina, enemiga jurada del papismo y la superstición, de tales obras? FICINO, leyó sobre el lomo de unos de los volúmenes más gruesos, PIMANDER MERCURII TRISMEGISTI.

—¡Vilém!

Él no mostró más sorpresa o placer cuando finalmente la vio que cuando descubría algunos apreciados volúmenes en el fondo de las cajas, donde siguió buscando durante otros veinte minutos. De hecho, los días que siguieron dio la impresión de estar más preocupado por el bienestar de los libros que por ella. Al igual que Otakar, se había obsesionado con la idea de que la colección pudiera caer en lo que él llamaba malas manos... que fuera saqueada, quemada o desapareciera en los archivos de Fernando o de los cardenales del Santo Oficio. Más tarde le diría a Emilia que él había ayudado con el trasporte de la «primera expedición», unas cincuenta cajas de libros. La segunda expedición fue enviada desde Praga por el propio sir Ambrose, por cuyo motivo Vilém no encontraba extraño que el inglés estuviera solo dentro de la biblioteca. Solamente cuando ella describió ese episodio —en aquel momento estaban sentados sobre un par de toneles de vino—, demostró él algún interés por los apuros de la joven. O, más bien, se mostró interesado por el volumen encuadernado en piel que ella había visto en su mesa de escritorio. Por dos veces, la obligó a describir los acontecimientos de aquella noche, pero luego, desconcertado, dijo que no le sonaban ni sus descripciones del libro ni de los jinetes. Sin embargo, estaba especialmente interesado en la rebuscada encuadernación. Bajó de un salto del barril, quedó agazapado en el suelo y revolvió en una de las cajas durante un minuto, murmurando para sí mismo y lanzando gruñidos.

—Dijiste que estaba encuadernado —gritó por encima del hombro—, como uno de éstos. —Giró en redondo, sosteniendo un grueso volumen contra su pecho—. ¿Así?

A la luz de la antorcha, ella pudo distinguir los complicados remolinos grabados en la tapa de piel del libro... una serie de espiras y florituras que le recordaron, de pronto, las caprichosas líneas del jardín laberinto del castillo de Praga vistas desde las ventanas superiores del Palacio Královsky. Por sus coloreados canales, el volumen parecía uno de los Libros Dorados que Vilém le había mostrado un mes antes. Emilia asintió:

—Exactamente así, en efecto. El mismo dibujo, diría.

—Extraño... muy extraño. —Vilém estaba retorciendo un mechón de su descuidada barba entre sus dedos mientras estudiaba la piel grabada—. ¿Pero dices que las páginas no habían sido teñidas?

La joven movió negativamente la cabeza.

—Mmm... —murmuró él dentro de su manchada gorguera, frunciendo el ceño—... realmente muy extraño.

—¿Vino de Constantinopla, crees?

—Oh, es posible. —Su cabeza se balanceaba. La idea parecía agitarlo—. Sí, podría haber venido de allí. No se juzga un libro por su encuadernación, desde luego. Pero lo que tú describes es un adorno mahometano conocido como *rebesque* o arabesco, que era utilizado por los encuadernadores de Estambul. Había una docena de libros como ésos en la biblioteca, pero éste que describes, vaya...

Había abierto el libro y estaba hojeando lentamente sus purpúreas hojas, las páginas que ella recordaba haber oído decir a Vilém que procedían de la piel de becerros nonatos, a veces hasta cincuenta por volumen. Vitela, se llamaba. Los becerros eran aturdidos y cuidadosamente sangrados, luego se los desollaba. Un arte perdido, afirmaba Vilém.

—¿Pero qué podía ser? —Preguntó la joven observando atentamente su cara y preguntándose si él le estaba contando todo lo que sabía—. ¿Piensas que era algo de valor?

Él se encogió de hombros y dejó delicadamente el volumen a un lado.

—Oh, podría ser cualquier cosa... cualquier cosa imaginable. Y, sí, en efecto, pensaría que es algo de valor. Quizás de considerable valor. Especialmente si procedía de Constantinopla. Sus bibliotecas y monasterios, comprendes, fueron los más importantes depositarios de la antigua sabiduría.

Adoptaba su postura más sentenciosa ahora, tirándose de la barba y mirando fijamente con ojos vidriosos a media distancia. Los saltos de los bailarines del salón se transmitían a través del abovedado techo, pero él no parecía darse cuenta.

—Durante los últimos siglos se han descubierto más autores griegos y romanos en Constantinopla que en cualquier otro lugar. ¡Inapreciables descubrimientos, ojo! Las once obras de Aristófanes... las siete de Esquilo... los poemas de Nicandro y Musaeo... *Los trabajos y los días*, de Hesíodo... las obras de Marco Aurelio... ¡Vaya, incluso *Los elementos*, de Euclides... por el amor de Dios! Ninguna de estas obras sobreviviría hoy de no haber sido por los amanuenses de Constantinopla. Hasta la última de ellas hubiera desaparecido sin dejar rastro. ¡Y cuánto más pobre hubiera quedado el mundo tras su pérdida!

Emilia asintió gravemente, aunque algo divertida, sin embargo, por su apasionada disertación, que ella ya había oído antes. Sabía que Vilém sentía una fuerte afinidad por aquellos humildes hombres cuya tarea había sido recoger y preservar unos documentos que llegaban a ellos procedentes de las bibliotecas quemadas o asediadas de Alejandría, de Atenas, de Roma. Una tarea que él sin duda se veía rehaciendo.

—Pero los turcos...

—Oh, sí, sí —le interrumpió él—, los turcos. Así es. ¡Un gran desastre! ¿Cuántos inestimables manuscritos más se perdieron cuando el sultán invadió Constantinopla en 1453? O, más bien —añadió—, ¿cuántos inapreciables manuscritos aún no han sido redescubiertos?

Ella volvió a asentir con la cabeza, mientras sentía que en su estómago se iniciaban las primeras punzadas de un calambre. La bóveda pareció quedarse repentinamente sin aire. Se sintió confinada. Apenas podía respirar. Calafateadas con hilaza de estopa, las cajas olían a brea... un hedor ácido que, como otras muchas cosas aquellos días, le producía náuseas además. Se acordó de la bodega de un barco, de su viaje desde Margate a Holanda en el *Prince Royal*, siete años antes. Se había puesto enferma en aquel viaje. Ahora la cabeza le dolía y le daba vueltas exactamente de la misma manera. Parecía girar en una dirección y su estómago en la otra, como si estuviera realmente a bordo de un pestilente barco azotado por una tormenta.

Pero hizo una profunda aspiración y trató de concentrarse en lo que Vilém le estaba diciendo. Conocía bien la historia, por supuesto... Debía de haberla oído media docena de veces. Cuando el sultán Mehmet II capturó Constantinopla en 1453, sus hombres robaron centenares de preciosos manuscritos de las iglesias y monasterios, incluso del propio Palacio Imperial. Solamente unas pocas de esas obras habían sido recuperadas, por intrépidos agentes como Jacopo da Scarperia, Ghiselin de Busbecq y el mismo sir Ambrose. Vilém se sentía a la vez atraído y horrorizado por la historia de sus descubrimientos... de antiguos manuscritos rescatados pocos días antes de que los comerciantes que los poseían cumplieran su propósito de borrar lo escrito y vender el pergamino para su reinscripción. ¿Qué otros tesoros del conocimiento antiguo podían estar ahora pendiendo entre la destrucción y el descubrimiento, como aquel solitario pergamino de las obras de Catulo que había sido hallado —así al menos lo afirmaba Vilém— atorando un barril de vino en una taberna de Verona?

—... los libros de Queremón. Su tratado de los jeroglíficos egipcios fue mencionado por Miguel Pselo y Ioannes Tzetzes, pero no ha sido visto desde... desde el saqueo de Constantinopla. Y muchos otros libros y pergaminos que podrían ser hallados también. Sabemos que Esquilo escribió más de noventa obras, aunque sólo sobreviven siete de ellas, en tanto que hoy únicamente subsiste menos de la mitad de las *Historias* y los *Annales* de Tácito, sólo quince libros de unos treinta originales... ¡Y la mitad de *ellos* son fragmentos! O Calímaco... que escribió *ochocientas* obras, de las que apenas se conocen algunos fragmentos. Posiblemente hay incluso otras obras del propio Aristóteles esperando ser descubiertas en Estambul. Su fama entre los antiguos se basaba en algunos diálogos (los llamados escritos exotéricos e hipomnemáticos) pero ninguno de estos textos ha sido visto o leído durante siglos.

Hizo una pausa durante unos segundos mientras su mirada retornaba lentamente al rostro de la joven.

—Y por tanto, libros como éstos, entiendes, era lo que sir Ambrose esperaba encontrar en Estambul.

Emilia asintió lentamente. Los viajes de sir Ambrose a Estambul eran el tema de una leyenda, al menos para Vilém. Muchas de las obras que el inglés había traído de las tierras del sultán —obras como el tratado de observación astronómica de Aristóteles, el ἀστρο λογική δ'ίστορίαδ, una obra mencionada por Diógenes Laercio pero nunca vista en Europa— figuraban, según pretendía Vilém, entre los mayores tesoros de la biblioteca.

—Operó como uno de los agentes de Rodolfo —estaba diciendo Vilém— en una época tan antigua como 1606. Fue el año en que finalmente terminó la larga guerra contra los turcos y el viaje a tierras otomanas se hizo más seguro. Pero sir Ambrose había viajado a Estambul incluso antes, muy probablemente como dragomán en una de las embajadas inglesas. Se decía que tenía buenas relaciones con el gran visir, y obtuvo el acceso al emperador a través de Mehmet Aga, el embajador del sultán en Praga. Obsequió a Rodolfo con un manuscrito del *Carmina de mystica philosophia*, de Heliodoro, una inapreciable obra de enseñanza oculta (está aquí, en alguna parte) que antaño estuvo en manos de Constantino VII. Rodolfo lo envió más tarde a sus otras misiones. Negoció la compra de algunos pergaminos propiedad del sultán. Otros los encontró medio olvidados en los bazares y mezquitas de la ciudad. Y fue en estos lugares —Vilém hubo de levantar la voz para hacerse oír por encima del estrépito que llegaba de arriba— donde descubrió los palimpsestos.

—¿Cómo?

—Palimpsestos —repitió—. Pergaminos antiguos cuyos textos originales han sido borrados y reemplazados por otros nuevos. El pergamino era con frecuencia reutilizado, sabes. Siempre había gran demanda de él. Pero a veces los textos originales no estaban completamente borrados, o empezaban a filtrarse a través de la reinscripción. Sir Ambrose conseguía recuperarlos por medios alquímicos, reactivando el carbón en la tinta original. Uno de ellos fue la obra de Aristóteles sobre astronomía, el otro un comentario sobre Homero, de Aristófanes de Bizancio.

Hizo un gesto entonces hacia las cajas que estaban alineadas delante de él.

—Éstos, también, están aquí, en alguna parte. Pero por lo que se refiere al volumen que viste... —Sus estrechos hombros se sacudieron levemente—. Por lo que yo sé, sir Ambrose no ha puesto sus pies en tierras otomanas desde hace al menos diez años, así que no tengo ni idea de dónde podría proceder el texto. Ni qué otro podría haber sido originalmente.

Dicho eso, se quedó en silencio y, dándose impulso, bajó del barril y reanudó su trabajo, inspeccionando cada volumen para asegurarse de que no estaba ni demasiado apretado ni demasiado holgado. La fiesta de la sala había ido creciendo en intensidad y ruido, dejándose oír a través del techo de piedra en forma de una serie de porrazos y ruidos sordos. Emilia se sentía más mareada y más exhausta que nunca. Ya no le importaban nada sir Ambrose o el pergamino de la biblioteca... o ninguno de los libros por los que Vilém se estaba preocupando como una madre por sus hijos. Tampoco le importaba ya la reina. Simplemente quería que el viaje terminara, que la corte cesara con aquellos trabajosos vagabundeos. Brandenburgo... era lo único que le interesaba ahora. Su mente tenía una fijación con eso. Había incluso empezado a imaginarse a ellos dos haciendo una vida por su cuenta. Ella podía trabajar como costurera, él como librero o quizás como preceptor del hijo de un acaudalado brandenburgués. Podían vivir juntos en una casita bajo los muros de su castillo.

—¿Querrá la corte ir a Brandenburgo, quizás? ¿Qué te parece? —acabó por preguntar.

—La reina puede ir a cualquier parte que desee —gruñó él—, a Cüstrin, o a Spandau, o a Berlín, donde la acepten. —Se había inclinado otra vez sobre la caja—. Pero Brandenburgo no le proporcionará refugio durante mucho tiempo. Y tampoco ningún otro lugar del Imperio, si vamos al caso.

—¿Ah, sí? —La costurera y el preceptor se esfumaron; su casita se deslizó por un escarpado y sangriento horizonte—. ¿Y eso por qué?

—Porque los brandenburgueses son calvinistas, por eso. —Vilém se encogió de hombros—. Serán víctimas de los ataques de los luteranos, que están en la vecina Sajonia, y han capturado ya Lusatia. Por no hablar del hecho que Jorge Guillermo ha recibido ya un mandato imperial de Fernando. —Había empezado a desenvolver uno de los volúmenes—. ¿No has oído ese último rumor? El emperador aconseja a Brandenburgo que no tolere la presencia del rey o de la reina dentro de sus dominios. No, no, no —enfatizó sacudiendo la cabeza—, la reina no estaría segura en ningún lugar de Brandenburgo durante más de unas semanas. Y los libros tampoco estarían a salvo en Brandenburgo. O en ningún otro lugar del Imperio, para el caso —añadió—. Y, por tanto, yo no la seguiré a Brandenburgo.

—¿Así que a Brandenburgo, no? —Emilia sintió un nudo en el estómago—. ¿Pues adónde entonces...?

Él había tratado de explicar unos minutos antes, cuando ella intentó hablarle de la terrible batalla, de la muerte en el río, que no le importaba nada el destino de Bohemia, y menos aún el de su rey o su reina, un par de imbéciles y derrochadores que tan dispuestos habían estado a despilfarrar sus tesoros a cambio de soldados y cañones. Se había dicho que Federico estaba ofreciendo el Palatinado a los comerciantes hanseáticos —incluidos los libros de la Biblioteca Palatina— a cambio de un refugio en Lübeck. Así que, ¿qué perverso trato sería capaz de cerrar usando los inapreciables volúmenes de las Salas Españolas como garantía de su seguridad? De manera que él, Vilém, mantendría los libros a salvo del rey Federico... y de los ejércitos saqueadores de los Habsburgo, también.

Unos tacones de botas estaban chirriando y resonando en la escalera, pero Emilia hizo caso omiso. Se impulsó para bajar del tonel. El techo de crucería parecía dar vueltas sobre su cabeza.

—¿Qué estás diciendo? ¿Adónde vas a ir, entonces, si no es a Brandenburgo?

—Ah, sí... —Vilém parecía no haberla oído. Estaba sosteniendo en alto el volumen desenvuelto, como un sacerdote que levantara un niño para acercarlo a la pila bautismal. El vapor se alzaba en espirales de su sudorosa frente—. El gran Copérnico, ves, ha realizado su viaje en excelente estado.

—Herr Jirásek...

Los pasos de botas se habían detenido. Un paje de sucio aspecto, y borracho por añadidura, estaba realizando una torpe reverencia. Vilém se inclinó sobre otra de sus cajas, una vez más en postura devocional. Emilia se tambaleó hacia atrás y buscó a tientas el barril para apoyarse. Se había mordido el labio con tanta fuerza que pudo notar el sabor a sangre. Sí; los libros era todo lo que a él le importaba. Nada más.

—*Fräulein...* —Otra torpe reverencia. El muchacho se agarró al borde de uno de los toneles para sostenerse—. *¿Mein Herr?* Su presencia es encarecidamente —capturó un eructo en su enguantada mano—... encarecidamente solicitada arriba, en la sala de banquetes. Un entretenimiento —dijo, tropezando con sus consonantes— para nuestra reina Isabel.

Se oyó un fuerte crujido procedente de arriba cuando se improvisó un juego de bolos a base de sombreros y botes de loza, con naranjas de jugo que empezaron a dar golpes por el suelo de la gran sala y a colisionar con las piernas de los cortesanos que danzaban sus frenéticas cuadrillas y gavotas. Se hizo rodar un barril de vino por el suelo —con retumbar de trueno— acompañado de un clamor de vítores. El muchacho se dio la vuelta para afrontar con indecisión las escaleras, casi se cayó hacia atrás, y luego empezó a subir. Emilia se sentó sobre el tonel y se agarró a sus aros de hierro para sostenerse.

—Se ha cerrado un trato —dijo Vilém finalmente. Estaba hablando bajo, aunque el muchacho había desaparecido—. Un trato favorable —susurró. Añadió algo más, pero las palabras se perdieron cuando se produjo más estruendo arriba y otra estrepitosa ovación llegó hasta ellos por la escalera.

—¿Un trato? —La joven se inclinaba hacia delante, esforzándose por oírle.

—A Inglaterra —repitió Vilém. Inclinado sobre la caja, estaba como hablando consigo mismo—. Iremos a Inglaterra, ahí es a donde iremos.

CAPÍTULO SEXTO

Alsatia a primera hora de la mañana estaba tranquila y silenciosa, con un aire de calmosa expectación. Cuando mi coche de alquiler se detuvo en lo alto de Whitefriars Street, las filas de edificios parecían irreales bajo la cenicienta luz, como decorados móviles de lona esperando ser desmontados por los tramoyistas y devueltos al almacén. Casi resultaba posible ver a través, o más allá, de ellos el primer asentamiento efectuado allí, siglos atrás: los sombreados claustros, la torre de la iglesia con su docena de campanas, los monjes con cilicios y blancas capuchas caminando por la biblioteca y susurrando, todos reunidos, maitines y laudes en la capilla. En el siglo anterior, por supuesto, el priorato había sido derribado, de forma muy semejante a Pontifex Abbey. Ya no había ninguna biblioteca, ni capilla, ni monjes de blancas capuchas; sólo sus silenciosos restos: la rota columna, la reducida pared, algunos obstinados ladrillos cubiertos de pamplina y grama. Lo demás se había convertido en una nidada de tabernas y cervecerías, junto con otros establecimientos destinados a una más anónima, pero sin duda siniestra, actividad.

—¿No querrá que *lo* atravesemos, señor?

—Sí, sí... siga recto.

Le había estado dando instrucciones al conductor, quien pretendía no haber puesto nunca los pies en Alsatia, un historial que parecía deseoso de mantener, hasta que le ofrecí el incentivo de dos chelines extra. Tratando de recordar el azaroso recorrido efectuado por mí dos noches antes, me incliné hacia adelante, sacando el rostro por la ventana y levantándolo hacia el sol. Los edificios se alzaban inclinados como ebrios a ambos lados de nosotros, sus puertas combándose en las bisagras y sus ventanas cerradas a cal y canto con postigos. Esta vez no había oído el gemido de la bocina al entrar; quizás, medio dormido dos días antes, me lo había imaginado. O quizás había otras señales más sutiles, un lenguaje silencioso que se transmitía como un latido de edificio en edificio. Recordé un rumor que había oído una vez sobre Alsatia: que todas sus tabernas estaban llenas de pequeños cubículos, falsos suelos y pasajes ocultos, docenas de lugares secretos donde fugitivos y contrabandistas se escondían u ocultaban su botín. Existía otra Alsatia bajo la superficie, ennegrecida por el hollín, de madera, piedra y paja, detrás de un centenar de paneles y entradas protegidas por tablas. Giré en redondo en mi asiento y, por duodécima vez aquella mañana, lancé una mirada a la calle detrás de nosotros. Nada. Un minuto más tarde divisé el desconchado rótulo.

No tenía ni idea de lo que debía esperar, si es que podía esperar algo, de la subasta. Hasta el verano de 1660, había asistido sólo a cuatro o cinco de ellas, no por negligencia o indiferencia, sino porque las subastas de libros eran, al igual que los cafés, un fenómeno reciente. De hecho, ambas cosas estaban relacionadas de muchas maneras. La mayoría de las subastas de aquellos días se efectuaban en salas alquiladas a los cafés, en La Cabeza del Griego, por ejemplo, donde el subastador, generalmente un antiguo librero, presidía la venta de en ocasiones un millar de libros, cuyo propietario había muerto o estaba en quiebra. Por lo general eran acontecimientos muy concurridos, ruidosos. El subastador anunciaba la subasta en hojas de noticias y folletos, y se podía disponer por anticipado de catálogos con la lista de los títulos. Era casi siempre la misma gente —libreros u otros coleccionistas— que pujaban, uno contra otro, por esta edición de Homero o aquélla de Aristóteles.

Así, según mi breve experiencia, era como funcionaban las subastas. Pero la de El Cuerno de Oro prometía ser diferente. En primer lugar, no había sido anunciada en las hojas de noticias. No había podido encontrar mención alguna de ella en las gacetas, pese a haber buscado en los ejemplares correspondientes a las dos semanas anteriores. Tampoco había visto más folletos como aquél colgado en El Cuerno de Oro, aunque había inspeccionado las paredes idóneas, los postes, las picotas y todos los otros diversos lugares preferidos por los colgadores de carteles ilegales de la ciudad, incluyendo el interior de un par de tabernas y cafés. Tampoco, por último, aquellos pocos clientes a los que me había atrevido a preguntar —mis clientes más conocidos y discretos— parecían haber oído hablar del doctor Pickvance ni del café El Cuerno de Oro, y mucho menos de la prevista subasta. En su mirada había aparecido una expresión de duda cuando les expliqué que El Cuerno de Oro estaba en Alsatia, al lado del río Fleet. Lo mismo podría haberles dicho que me disponía a viajar al país de los patagones o de los ottawas.

Yo estaba ansioso de enterarme de algo —sobre el

pergamino, sobre el verso, incluso sobre el propio Cuerno de Oro—, porque los días anteriores no había descubierto muchas cosas que digamos. Me había pasado horas enteras buscando en mis estanterías información sobre el *Corpus hermeticum*. No tenía ni idea de por dónde empezar, pero lo hice buscando las ediciones de Lefèvre y Turnebo, que me condujeron, remontando el tiempo, hasta un puñado de escritores grecolatinos, que a su vez me hicieron avanzar por inesperados caminos que formaban una extraña e hipnotizadora trama. Empecé a descubrir que los textos herméticos eran una especie de corriente subterránea que se deslizaba, apenas entrevista, a través de casi dos mil años de historia. Saldría burbujeando a la superficie en algún lugar —en Alejandría o en Constantinopla— para volver a sumergirse en invisibles canales bajo desiertos y cadenas montañosas y ciudades asoladas por la guerra... y entonces, de pronto, emerger en algún lugar, cientos de años más tarde y a miles de kilómetros de distancia.

Los primitivos comentaristas pensaban que los libros habían tenido su origen en Egipto, en Hermoupolis Magna, que en el pasado se consideraba el lugar más antiguo de la tierra. Se decía que los libros eran las revelaciones de un sacerdote conocido por los egipcios como Tot, y por los griegos, que eran sus seguidores, como Hermes Trimegisto, o Hermes el Tres Veces Grande, al que Bocaccio llama el «*interpres secretorum*», o «el intérprete de los secretos». Tot era el dios egipcio de la escritura y la sabiduría, y, según Sócrates en el *Fedro*, dio al mundo la aritmética, la geometría y las letras, y fue el que en su tiempo libre inventó juegos de diversión tales como las damas y los dados. Se decía que la sabiduría de Tot había sido grabada por primera vez en tablas de piedra antes de copiarse en rollos de papiro y, en el siglo III antes de C., durante el reinado de Ptolomeo II, trasladada a la recién fundada Biblioteca de Alejandría, donde los Ptolomeos esperaban albergar una copia de toda obra escrita en el mundo. Fue allí en Alejandría, entre los miles de rollos y de eruditos de la gran biblioteca, donde las revelaciones de Tot fueron traducidas de los jeroglíficos al griego por un sacerdote llamado Manetón, el famoso historiador de Egipto.

Y en ese momento, en Alejandría, la corriente se ensancha hasta alcanzar dimensiones nilóticas. A partir de la gran biblioteca, los textos se irradian por el exterior hasta llegar al último rincón del mundo antiguo, y durante los siguientes setecientos años ningún tratado respetable —fuera cual fuese su tema: astrología, historia, anatomía o medicina— se consideraría completo sin algunas referencias escogidas al sacerdote egipcio, cuyas revelaciones eran aceptadas por todo el mundo como las fuentes de todo el conocimiento. Pero entonces, mucho tiempo después de esto, el río se contrae repentinamente. La corriente disminuye su velocidad, se reduce, se divide y —después del reinado del emperador Justiniano, que cerró la Academia de Atenas y quemó los rollos griegos de Constantinopla— desaparece. No se vuelve a oír a hablar de los textos herméticos hasta varios cientos de años más tarde. En este momento, a comienzos del siglo IX, se descubren ejemplares en la nueva ciudad de Bagdad, entre los sabeos, una secta de no-musulmanes que había emigrado de Mesopotamia septentrional. Éstos proclamaban las revelaciones de Hermes como su sagrada escritura, y su más grande escritor y maestro, Thabit ibn Qurra, se refiere a los textos sabeos como una «sabiduría oculta». Pero parte de esta sabiduría quizás no había sido tan bien ocultada, porque pronto fue a parar a manos de los mahometanos. Mención de Hermes Trimegisto puede ser hallada, poco después de la época de Thabit, en el *Kitab al-uluf* del astrólogo musulmán Abu Ma'shar, y asimismo un texto hermético, *La tabla esmeralda*, parte de una obra más amplia conocida como *El libro del secreto de la Creación*, es estudiado por el alquimista ar-Razi.

Pero poco tiempo después de la época de estos escritores árabes, la corriente se redujo y desapareció de Bagdad, de nuevo por razones políticas y religiosas. Después del siglo XI, se impuso una estricta ortodoxia mahometana en todo el imperio, y no vuelve a saberse nada más de los sabeos de Bagdad. Sin embargo, las obras herméticas reaparecen casi inmediatamente en Constantinopla —la ciudad aludida en el documento cifrado— donde, el año 1050, el erudito y monje Miguel Pselo recibe un manuscrito dañado escrito en siríaco, el lenguaje de los sabeos. Y es uno de estos manuscritos, copiado por un amanuense en un pergamino, y luego sacado de Constantinopla tras la captura de ésta por los turcos, el que es llevado a Florencia, a la biblioteca de Cosme de Médicis, unos cuatrocientos años más tarde.

Pero ¿dónde encaja *El laberinto del mundo* en esta larga y compleja historia? No pude encontrar mención alguna del libro ni entre las ediciones ni en los comentarios sobre ellas... ni siquiera en el *Stromateis* de Clemente de Alejandría, el cual enumera varias veces docenas de obras sagradas escritas por Hermes Trimegisto. Parecía que *El laberinto del mundo* era aún más misterioso y estaba envuelto en el secreto más que todos los demás libros.

Desalentado, elegí por tanto una táctica diferente, tomando una barca de remo que me condujera a Shadwell, con el fin de visitar la fábrica de papel de John

Thimbleby. Yo había hecho negocios con Thimbleby durante muchos años, y resultó que era, como había sospechado, el «JT» de la filigrana de la hoja aparecida entre los folios. Pero fue incapaz de decirme dónde exactamente había sido fabricado el misterioso trozo de papel o dónde podía haber sido comprado.

El espécimen era, admitió Thimbleby, una obra de calidad inferior. ¿Podía ver cuán frágil era el papel, y cómo estaba ya amarilleando y retorciéndose por las puntas? ¿Y que resultaba casi transparente cuando se sostenía contra la luz? Esto quería decir que procedía tal vez de una partida fabricada en la década de 1640, probablemente entre 1641 y 1647. Durante aquellos años, Thimbleby era el principal, aunque no exclusivo, suministrador de las prensas realistas, incluyendo al impresor del rey, que había estado siguiendo a los diezmados y asediados ejércitos monárquicos por todo el país, obligado a producir su propaganda tan pronto como ésta podía ser escrita. El papel era de mala calidad en aquellos tiempos, explicó, porque la demanda había superado con mucho a la oferta.

Thimbleby me llevó a su taller, donde dos hombres estaban sumergiendo marcos en una gigantesca cuba de lo que parecía ser una espesa sopa. El papel generalmente se hacía así, explicó mientras señalaba las gachas, que un tercer hombre se estaba esforzando por agitar: a partir de trapos de lino, restos de viejos libros y folletos, y otros residuos recogidos por los traperos. Todo esto era cortado en tiras, despedazado, hervido en una tina, marinado en leche cortada, fermentado durante unos días, y luego filtrado, así, a través de un tamiz metálico. Pero ante la escasez de trozos de lino, surgía la improvisación. Algas, paja, viejas redes de pesca, pieles de plátano, ovillos de cuerda, incluso boñigas de vaca y mortajas podridas de cadáver procedentes de esqueletos exhumados para incinerar en los osarios... Thimbleby se había visto forzado a utilizarlo casi todo. El resultado era un papel de dudosa calidad, que, no obstante, él mandaba a los ejércitos realistas. Comprobando sus archivos, fue capaz de decirme que se habían enviado grandes expediciones a Shrewsbury en 1642, a Worcester y Bristol en 1645 y a Exeter en 1646. Pero él había fabricado centenares de resmas cada año, de cualquiera de las cuales, me dijo, podía ser la misteriosa página.

De manera que regresé a Nonsuch House aquella noche con sólo una vaga pista de cuándo sir Ambrose podría haber cifrado el verso. Con todo, el relato de Thimbleby era alentador. Si el verso había sido codificado en la década de 1640, al comienzo de, o incluso durante, la guerra civil, mi teoría tenía sentido. El documento cifrado debía de hacer referencia a un tesoro, incluyendo quizás el pergamino, que había sido escondido —en Pontifex Hall o en otro lugar— y estaba destinado a ser recuperado una vez que los parlamentarios fueran derrotados y resultara seguro regresar a Pontifex Hall. Pero el tesoro no había sido recuperado. ¿Por qué no? ¿Por qué sir Ambrose había sido asesinado, tal como Alethea pretendía? Pero, ¿asesinado cuándo? Me di cuenta entonces de que no sabía cuándo había muerto sir Ambrose. Debía de haber sido antes del final de la guerra civil en 1651, cuando Pontifex Hall había sido expropiado, pero no podía recordar que Alethea lo hubiera dicho.

Antes de volver a deslizar la página entre las tablas del suelo, la estudié durante un momento, sosteniéndola a la luz de la vela, observando primero la filigrana, luego las líneas muy juntas, la ligera impresión de la rejilla cuyas líneas entrecruzaban la superficie. Me acordé de la disquisición de Thimbleby y me pregunté a partir de qué había sido hecha esa página en particular. ¿De una red de pesca? ¿De las páginas de un libro o panfleto cuya tinta había sido borrada? ¿De la mortaja de algún viejo esqueleto? Pensé cuán extraño era que cada página, por más perfectamente blanca que apareciera, fuera cual fuese su inscripción o filigrana, siempre contenía otro texto, otra identidad, bajo su superficie, palimpsestada e invisible, como una tinta secreta que sólo puede verse cuando se frota con un polvo mágico o se expone a una llama. ¿Pero qué polvo o llama, me pregunté, podría devolver el mensaje de sir Ambrose a la superficie, devolverlo a la vida?

Había metido el documento cifrado entre los escantillones, al lado de otro pedazo de papel, al parecer de la misma calidad inferior y escrito con una pluma de ganso gastada. Era la carta de Alethea, fechada cinco días antes, que Monk había recogido de la Oficina General de Correos. ¿Qué secreto mensaje, me pregunté, estaba oculto bajo *su* irregular tinta, detrás de las educadas y enigmáticas palabras que aparecían en la página escrita con la anticuada caligrafía de Lady Marchamont?

La volví a leer una vez más, sintiendo un trastorno en la barriga y cierto insistente y poco familiar cosquilleo detrás del esternón.

Estimado señor:

Por favor, perdone la intrusión de otra carta. ¿Podría usted encontrarse conmigo dentro de una semana, el 21 de julio, a las seis de la tarde? Puede usted preguntar por mí en Londres, en Pulteney House, del lado norte de Lincoln's Inn Fields. Baste con decir, por el momento, que han surgido asuntos de cierta importancia.

Espero volver a gozar de su compañía. Temo que debe seguir imperando la habitual discreción.

Su más atenta servidora,

ALETHEA

«La habitual discreción», pensé tristemente mientras, yaciendo en la cama una hora más tarde, recordaba la laca en la que su sello —o una imitación de él— había sido impreso. Pero al parecer Alethea no se mostraba aún muy discreta por lo que se refería a la Oficina de Correos: un desconcertante descuido, pensé, en alguien por lo demás obsesionado con el secreto. Al principio no me tomé su advertencia demasiado en serio. Incluso me convencí, después de las dos primeras lecturas, de que tal vez estaba equivocado y la carta no había sido abierta en la oficina a fin de cuentas. Pero mientras iba y volvía de Shadwell al día siguiente, tuve la impresión —la levísima impresión— de que me estaban siguiendo. O quizás sólo observando. No era nada en concreto, sólo una serie de peculiares hechos que podría no haber notado de no haber sido por la carta, que, como tantas cosas aquellos días, me había puesto los nervios de punta. El bote que era empujado desde un muelle momentos después del mío. La imagen de la figura detrás de mí reflejada en la ventana cuando Thimbleby y yo entramos en El Viejo Barco para comer. El inquisitivo par de ojos que me observaban a través de una pequeña abertura de una estantería mientras yo ramoneaba por los pasillos de una librería aquella misma tarde en el extremo Southwark del Puente de Londres. Hasta Nonsuch House parecía en cierto modo alterada. Gente que no conseguía reconocer entraba en la tienda y, después de unas rápidas y superficiales ojeadas a las estanterías, se marchaba sin hacer ninguna compra;

otros simplemente atisbaban por la ventana antes de desaparecer nuevamente entre la multitud. Cuando salí a levantar el toldo, un hombre que estaba al otro lado de la calzada cobró repentinamente vida en una actitud casi culpable; luego se marchó paseando.

No, no, no era nada. Nada en absoluto. O así me lo dije a mí mismo, firmemente, cuando salí aquella mañana en dirección a Alsatia. Pero ¿por qué, entonces, estiraba el cuello a cada momento para atisbar a mis espaldas, temiendo lo que pudiera ver enmarcado durante un segundo en la pequeña abertura oval de la ventanilla del coche?

Pero nada aparecía en la ventana, y yo había olvidado ya a mis misteriosos seguidores —de hecho, había olvidado casi todo lo demás, incluyendo a Alethea y sus «asuntos de cierta importancia»— cuando aparté al camarero y crucé la puerta de El Cuerno de Oro.

A las nueve en punto, justamente, el doctor Samuel Pickvance avanzó hacia una mesa, golpeó en la superficie de ésta con un ruido seco empleando un mazo y se aclaró la garganta para pedir silencio. Andaría quizás por sus cuarenta años de edad, y era un hombre alto, demacrado, con un mechón de pelo sobre la frente, una nariz llamativa y delgados y ascéticos labios que aparecían retorcidos en una mueca de desprecio. Se alzaba ante nosotros en una plataforma elevada, que él ocupaba como un magistrado sobre su estrado, o tal vez más como un cura en el altar, esgrimiendo su mazo cual si fuera una campanilla o un hisopo. Golpeó la mesa por segunda vez, aún más violentamente, y la sala quedó finalmente en silencio. El ritual iba a comenzar.

Yo me había deslizado en uno de los últimos asientos disponibles, en la última fila, cerca de la puerta. El Cuerno de Oro estaba aún oscuro excepto por su única vela de mecha de junco y un rayo de sol envuelto en humo que caía oblicuamente a través de la habitación como una viga que se hubiera venido abajo. Pero Pickvance sacó una linterna, que encendió ceremoniosamente con una vela que le trajo su asistente, un joven de cabello rojizo. Ahora la fila de cabezas que tenía ante mí se dibujaba más claramente, incluyendo la del autómata del rincón, que me sonreía, petulante e inteligente.

Al entrar en la habitación, unos minutos antes, me había encontrado en medio de una de aquellas apiñadas multitudes tan amadas por los carteristas. La mayor parte de los reunidos había estado reclamando las cuarenta y tantas sillas, que fueron dispuestas en filas delante de la plataforma, sobre la cual se instaló la mesa y, un minuto después, Pickvance y su monaguillo. Yo había esperado reconocer a alguien... a alguno de mis clientes, quizás, a algún otro librero. Pero no reconocí a nadie, ni siquiera cuando encendieron el farol. Y quedé estupefacto por lo que vi. Los espectadores de Pickvance —porque eso era lo que parecíamos— no parecían especialmente diferentes de los clientes que yo había visto dos noches antes; de hecho, podía tratarse del mismo grupo, por lo que yo podía decir. La mayor parte vestía pantalones de cuero y arrugado lino, con sombreros de fieltro bien encasquetados; otros mostraban la negra tela de fabricación casera y torvas expresiones de los cuáqueros o anabaptistas. De forma bastante curiosa, también había algunos caballeros entre ellos, con aspecto próspero y malvado, sonriendo afectadamente para sí mismos y guiñándose obscenamente el ojo unos a otros, con las piernas cruzadas, y barbas en forma de

«V» cuidadosamente cultivadas. ¿Qué misteriosa empresa podía haber reunido a semejante grupo tan heterogéneo?

Pero cuando la subasta comenzó y el primero de los lotes fue anunciado, comprendí por qué no había conseguido reconocer a nadie... por qué no había visto a ninguna de aquellas personas en mi tienda y por qué no había libreros entre ellos, o al menos ninguno de los acreditados libreros que yo conocía. El doctor Pickvance no era tanto un sacerdote o un magistrado, decidí, sino un saltimbanqui encaramado en su caseta de la Feria Bartholomew, engañando a un crédulo auditorio. Aquel hombre era, o un ignorante, o un fullero, porque incluso desde la parte trasera de la sala pude ver que estaba embelleciendo e inflando cada uno de los volúmenes que su ayudante, presentado como Mr. Skipper, sostenía en alto para que los asistentes lo vieran. Era un ultraje. Libros encuadernados en bucarán o incluso en simple lona eran calificados como «la más primorosa *doublure*» o «el más excelente tafilete prensado», mientras todo lo demás del espectáculo era «grabado a mano», «repujado», «opulento» y «exquisito» con «Aldine» éste y «Plantinus» aquél, encuadernado especialmente por el «encuadernador del difunto rey Carlos» o incluso «por el incomparable Nicholas Ferrar, de Little Gidding».

Me sentí tentado de levantarme y denunciar la grotesca farsa, pero todo el mundo parecía haber caído bajo el hechizo de Pickvance. Éste con frecuencia iniciaba las pujas con un penique o dos, pero rápidamente subía a un chelín, luego a una libra, y, al cabo de unos minutos, el mazo resonaba y nuestro perverso subastador gritaba triunfalmente: «¡Vendido! ¡Por treinta chelines! ¡Al caballero de la segunda fila!»

Tan horrorizado estaba por este engaño que dos o tres de los lotes habían sido vendidos ya antes de darme cuenta de qué clase de volumen estaba siendo ofrecido. Los primeros habían sido colecciones encuadernadas de tratados religiosos o políticos, incluyendo folletos de sectas perseguidas, como los ranters, los cuáqueros y, los más numerosos de todos, los hermanos Bunhill... obras, en otras palabras, que hubiera entrado en colisión con el Acta de Blasfemia aprobada por el Parlamento diez años antes. Por esta razón, ningún respetable comerciante los tocaría, al menos ninguno que deseara continuar con el negocio mucho tiempo, porque el secretario de Estado enviaba regularmente sus inspectores a las tiendas para apoderarse y quemar cualesquiera libros o panfletos blasfemos o sediciosos que pudieran encontrar.

De modo que ésa era la razón, supuse, por la que el doctor Pickvance celebraba su subasta en El Cuerno de Oro... para escapar a la vigilancia de los inspectores. Porque evidentemente ninguna de sus mercancías había sido autorizada por el secretario de Estado. Sin embargo, esa falta de sanción no había conseguido desalentar a los asistentes a la subasta. Yo observaba asombrado cómo sectarios de negras vestiduras competían por los folletos contra una pareja de afectados y perfumados caballeros, que parecían considerar incluso la más lasciva de las exhortaciones de los hermanos Bunhill como una especie de broma. Pero yo supuse que a los inspectores no les gustaba más entrar en Alsatia que a los alguaciles y bailes, de modo que estábamos a salvo —si ésa era la palabra— de las garras de la ley.

Pronto los lotes se fueron haciendo más escandalosos y las pujas más fuertes. Al cabo de treinta minutos los lotes empezaron a incluir grabados de madera ejecutados apresuradamente y dibujos estampados que describían con el más vívido detalle impúdicas acciones realizadas por amos con sus doncellas, o entre damas y sus cocheros y jardineros. Otros consistían en delgados volúmenes de versos, decididamente aficionados, que describían una serie de parecidas relaciones, juntamente con volúmenes en prosa de dudosa autoridad médica ilustrativas de ingeniosas pero seguramente imposibles posturas sexuales que garantizaban, a los acróbatas que las intentaran, delicias casi increíbles.

Cuando los lotes eran anunciados, el doctor Pickvance o Mr. Skipper agitaban las obras para la observación general, como frenéticos titiriteros. O bien Pickvance leía en voz alta pasajes de los libros con su aguda voz, los ojos vidriosos y perlas de sudor cayendo de su frente mientras lo hacía, en tanto Mr. Skipper permanecía dócilmente a su lado, su rostro adoptando cada vez más una tonalidad escarlata.

Yo ya había oído y visto bastante. No podía haber nada que tuviera relación con mi búsqueda en aquellas crudas páginas. Los siguientes diez o doce lotes trataban del tipo de literatura oculta que había visto en Pontifex Hall, pero en esta ocasión los libros se encontraban en un estado mucho peor y su encuadernación era de calidad inferior, la mayor parte en piel de becerro; los ex libris de sir Ambrose Plessington, pensé, jamás hubieran sido hallados entre ellos. Me dispuse a marcharme. Pero apenas hice chirriar mi silla y estaba irguiéndome, cuando oí a Pickvance anunciar un nuevo lote, similar, al parecer, a las anteriores dos docenas.

—¡Caballeros! ¡Están ustedes ante el lote 66 —gritó con su intimidadora cadencia—, procedente de la famosa colección de Anton Schwarz von Steiner!

Me sobresalté ante aquel nombre, que sabía que

había oído con anterioridad. Observé el volumen esgrimido en la mano de Pickvance, mano que tenía un extraño aspecto de garra, como si los dedos estuvieran mal formados. Entonces recordé. Me vi a mí mismo subiendo desde la cripta de Pontifex Hall, junto a Alethea, que iba dos pasos por delante de mí, describiendo las hazañas de sir Ambrose, contando cómo una vez negoció para el Sacro Emperador Romano la compra de toda la biblioteca de un noble austríaco, un famoso coleccionista de literatura oculta llamado —estaba seguro de ello— Von Steiner. Las pujas por el lote 66 se habían iniciado en diez chelines. Dos hombres en particular estaban pujando uno contra otro: el primero se encontraba sentado en la fila delantera; el otro, dos o tres asientos a mi izquierda. Pickvance estaba solicitando ofertas cada vez más altas. Veinte chelines... treinta... treinta y cinco...

Se me había secado la boca, y sentí que un estremecimiento me subía por la espina dorsal como una gota de mercurio. Entrecerré los ojos con fuerza para mirar el volumen, que Mr. Skipper sostenía en alto mientras desfilaba arriba y abajo de la plataforma. ¿Cuáles eran las probabilidades, dada la pésima moralidad mostrada por Pickvance hasta aquel momento, de que aquel libro realmente formara parte de la colección Schwarz, y menos aún de la biblioteca del emperador? Pero se había forjado un vínculo, aunque tenue, que podía relacionar a sir Ambrose Plessington con El Cuerno de Oro, o al menos con el doctor Samuel Pickvance.

Me incliné hacia adelante en la silla y me lamí los labios. La sala parecía haber caído en un imposible silencio. El hombre de mi fila había dejado de pujar. Pickvance levantó el mazo.

—Treinta y cinco chelines, a la una... a las dos...

Para cuando el último de los trescientos lotes hubo sido vendido, las campanas de Saint Bride daban las cuatro en punto. Salí dando traspiés al exterior, parpadeando y entrecerrando los ojos bajo la brillante luz del sol, golpeado y empujado por la marea saliente de los asistentes a la subasta, con los que ahora sentía, después de tantas horas juntos, una incómoda afinidad. Para escapar de ellos bajé hasta el Fleet y me quedé unos momentos en la orilla, observando el vaivén del agua que burbujeaba a medida que la marea iba subiendo lentamente, dejando pequeñas lagunas en los lugares adonde había llegado. Una capa de aceite se estremecía y brillaba en la superficie, un perfecto espectro de color. Luego, cuando las voces finalmente se apaciguaron a mis espaldas, metí la mano en el faldón del chaqué.

El lote 66 era, según las normas de esta particular subasta, un volumen más bien distinguido: tafilete auténtico con sólida encuadernación, y sus páginas de papel de hilo no habían sido atacadas ni por la humedad ni por los insectos. Era una edición del *Magische Werke*, de Cornelio Agrippa von Nettesheim, publicada en Colonia el 1601 y editada por alguien llamado Manfred Schloessinger. Yo sabía poco de la obra, aparte de que era una traducción al alemán de *De occulta philosophia*, un libro de encantamientos en el que uno puede encontrar, entre otras cosas, la primera referencia a la palabra «abracadabra». Me había costado casi cinco libras, lo cual era demasiado, por supuesto. Yo no hubiera sido capaz de venderla por dos libras, y menos por cinco. Pero lo que me interesaba no era el título ni el autor, sino el ex libris pegado a la cubierta interior. En él figuraba un escudo de armas, un lema —*Spe Expecto*— y debajo un nombre grabado en gruesa letra gótica: Anton Schwarz von Steiner.

Desde luego, el ex libris podía no ser auténtico. Los libreros aprendíamos a desconfiar de estas pequeñas muestras de identidad. No se puede juzgar el libro por su cubierta, como afirma el dicho, ni por su ex libris. Éste, por ejemplo, podía haber sido sacado, remojándolo, de otro libro —uno que perteneciera a Von Steiner— y luego pegado a la cubierta interior de un por lo demás mediocre ejemplar del *Magische Werke*, de Agrippa. Se sabe que los libreros poco escrupulosos han recurrido a semejantes tácticas a fin de aumentar el valor de un libro... algo que no me habría extrañado por parte de Pickvance. O el ex libris podría no haber sido de Von Steiner, sino una falsificación. Y si ése era el caso, yo no reconocería el fraude si no podía ver un verdadero ejemplar del ex libris de Von Steiner, lo que no parecía muy probable en un próximo futuro.

Por otra parte, me dije a mí mismo, era bien sabido que el contenido de la Biblioteca Imperial de Praga había sido saqueado y dispersado durante la Guerra de los Treinta Años. Y lo que los soldados descuidaron en su saqueo del castillo de Praga al comienzo de la guerra había sido recogido por la reina Cristina de Suecia al terminar la guerra, treinta años más tarde. De modo que era posible que el ex libris fuera auténtico y que el volumen hubiera conseguido llegar a Inglaterra. Podría haber sido traído por sir Ambrose, el cual hubiera tenido noticias de él por sus tratos con el Sacro Emperador Romano. Posiblemente el inglés no había sido muy escrupuloso en sus negocios con Rodolfo y se había guardado algunos volúmenes para su colección privada, que con el tiempo debía casi de haber rivalizado con la del emperador. Pero, si ése era el caso, ¿por qué no estaba el volumen en Pontifex Hall? ¿Por qué no aparecía su ex libris en la hoja fija delantera de la guarda? Y, si había sido saqueado o perdido como muchos de los otros, ¿por qué Alethea no lo había mencionado?

Cuando cerraba la tapa de piel, recordé haber leído en alguna parte que Agrippa, el llamado «príncipe de los magos», amigo tanto de Erasmo como de Melanchton, secretario del emperador Maximiliano y médico y astrólogo de la corte de Francisco I, era considerado la máxima autoridad en Europa sobre escritos herméticos. Aun así, la relación entre su *Magische Werke* y el pergamino hermético robado en Pontifex Hall prometía ser larga y tortuosa. Auténticamente de Schwarz o no, el volumen podía no tener relación alguna ni con sir Ambrose ni con su pergamino perdido. ¿Había quizás derrochado yo simplemente cinco libras y un día entero de trabajo?

Tal vez no. Busqué en mi bolsillo la tarjeta que Pickvance me había dado después de que yo me hubiera abierto camino hasta la parte delantera de la sala para recoger mi premio. De cerca, el subastador parecía más bajo y mucho más viejo. Muchas arrugas le cruzaban su demacrado rostro, y el blanco de sus ojos —o, más bien, el amarillo— estaba afiligranado de rojo. Sus largos dedos estaban, como yo había observado, extrañamente retorcidos en forma de garra, como si fueran artríticos, o incluso, tal vez, hubieran sido rotos y aplastados por un torno. Me pregunté si no habría sido torturado por algunos de los secretarios de Estado de Cromwell, o simplemente si sus manos habían sido pilladas en una ventana de guillotina. Mientras recibía el ejemplar de Agrippa de aquellas espantosas garras encontré suficiente coraje para preguntar quién había cedido aquel volumen para subastar.

—Podría estar interesado en otros textos de parecida procedencia —le dije en tono confidencial—. De la colección de Von Steiner.

Pickvance pareció sorprenderse por la pregunta. Se me ocurrió entonces, y no por primera vez, que el volumen podría haber sido robado: otra razón más por la que se había elegido subastar esta mercancía en El Cuerno de Oro. Posiblemente su inventario —aquellos lotes que no eran falsificaciones— consistía enteramente en el botín procedente de las bibliotecas de mansiones realistas que, como Pontifex Hall, habían sido saqueadas o confiscadas. Su respuesta no contribuyó a aliviar mis sospechas. Se encogió de hombros y me dijo que «no tenía libertad para divulgar» sus fuentes. Su demacrado rostro se había alargado en una malsana sonrisa que más parecía una mueca.

—Secreto comercial.

Le agarré por la manga de su chaqueta cuando se daba la vuelta para atender a alguien más. Albergaba la sospecha de que el tintineo de algunos soberanos de oro podían fácilmente poner término a los escasos escrúpulos o discreción que pudiera quedarle, de modo que le dije, en el mismo tono susurrado, que mi cliente estaría dispuesto a pagar una buena cantidad —mucho más que cinco libras— por el volumen adecuado. Al oír eso, hizo una pausa, y luego volvió lentamente el rostro hacia mí. Por un segundo, me pregunté si estaba haciendo lo correcto... y si Pickvance no sería algo más que un ladrón o un charlatán. Fuera lo que fuese, pareció dejar a un lado inmediatamente sus propias reservas y lanzarse con ansia en busca del cebo.

—Oh, quizás. Oh, es posible, sí, que pueda conseguir alguna cosa de ese estilo.

Su tono era más respetuoso ahora. Probablemente

estaba concibiendo planes para más «Schwarziana», como él lo llamaba, más textos falsificados.

—Por supuesto —añadió—, tendría que comprobar mis catálogos. Pero sí, sí, sí, muy bien podría tener...

Ahora me había llegado a mí el turno en saltar en busca de su cebo.

—¿Tiene usted catálogos? ¿Lleva un registro de sus ventas?

Parecía ofendido por la pregunta.

—Vaya, pues claro. Naturalmente que lo llevo.

—Sí, por supuesto —apremié, educado y ansioso como nunca—: ¿Sería posible, me pregunto, que yo consultara...?

Pero fui interrumpido por un grito que procedía de mis espaldas. Los caballeros y los hermanos Bunhill habían empezado a apartar a la gente para reclamar sus deshonrosas adquisiciones, y Mr. Skipper, impaciente por complacerles, estaba tratando de llevar a Pickvance a un lado. El subastador murmuró algo en voz baja, luego se volvió otra vez hacia mí, buscando dentro de su chaleco con sus espantosos, torturados, dedos.

—Mañana —me susurró antes de que una marea de cuerpos lo apartara de mí.

Entonces, bajando la mirada hacia la tarjeta, que el hombre me había alargado, comprendí que, cuando la noche siguiente acudiera a Pulteney House, tendría al menos alguna cosa de qué informar a Alethea —algo de importancia, si mi cita con Pickvance acababa siendo fructífera. No tenía ni idea de qué podía encontrarse, si es que podía encontrarse algo, en uno de sus catálogos. Listas de compradores y vendedores, quizás, o el nombre de quien había sacado a subasta la edición de Agrippa. Posiblemente incluso una referencia, una especie de pista, que condujera al pergamino, o al menos a la biblioteca de sir Ambrose, y al que la había saqueado, fuera quien fuera éste. Porque el autor del pillaje podría haber vendido los libros —libros robados, a fin de cuentas— a través de un tratante poco escrupuloso como Pickvance.

Inicié la vuelta a El Cuerno de Oro, al que poco a poco empezaban a entrar algunos clientes. Era aún temprano, supuse; no habían dado las cinco. Con un pequeño sentimiento de culpa, por no hablar de la sorpresa que tuve, me di cuenta de que no deseaba regresar a Nonsuch House; aún no. Quizás volvería al puente, un paseo sin prisas. Había resultado un día estupendo, aun en Alsatia. El hedor de la acequia Fleet no era tan malo, decidí, una vez que te acostumbras a él. El viento había cobrado intensidad, dispersando los tornasolados miasmas y las nubes de insectos. También había traído algunas nubes que se arrastraban lentamente por encima de nuestras cabezas, dirigiéndose al este. Tal vez me detendría en alguna taberna durante el camino, pensé; o en un café.

Volví a meter el *Magische Werke* dentro de los faldones de mi ropón y de nuevo miré, como si de una guía se tratara, el pedazo de papel que tenía en la mano. Una tarjeta de comerciante corriente que incorporaba un escudo de armas —sin duda fraudulento— y cuatro líneas de texto, limpiamente grabadas.

DR. SAMUEL PICKVANCE,
Librero y subastador
en el rótulo de La Cabeza del Sarraceno
Arrowsmith Court, Whitefriars

Tendría que realizar al menos un viaje más a Alsatia; pero, por primera vez, la idea no me llenaba de temor. Y tampoco, comprendí, la perspectiva de visitar Lincoln's Inn Fields. El rostro de Alethea surgió de pronto ante mí, de forma alarmantemente clara, y me di cuenta también de que estaba casi anhelando la cita. De modo que mientras regresaba a casa por Fleet Street, donde hice una parada en una taberna, me pregunté qué me estaba sucediendo. Me volvía osado e impredecible, un extraño para mí mismo: como si alguna de las reacciones alquímicas de Agrippa von Nettesheim, una profunda y alarmante transmutación, hubiera tenido lugar dentro de mí.

CAPÍTULO SÉPTIMO

Pulteney House se alzaba en el lado norte de Lincoln's Inn Fields, a medio camino de una hilera de seis o siete casas, cada una de ellas réplica perfecta de las otras, que daban al campo: fachadas de ladrillo, pilastras blancas, altas ventanas que reflejaban un montón de soles. Me acerqué a ellas por uno de los doce senderos públicos que discurrían entre la frondosa vegetación de pimpinela y pie de gato. Era a última hora de la tarde, y yo estaba sudando profusamente tras un largo paseo. Las piernas empezaban a fallarme y la camisa se me pegaba a la espalda. Me cubrí los ojos del sol poniente y miré a mi alrededor.

Lincoln's Inn Fields había sido antaño el barrio más elegante de Londres, un lugar donde nuestros lores y ladis —miembros de la predestinada corte de Carlos I— habían vivido en su insolente y audaz lujo. Pero al instaurarse la República, se marcharon apresuradamente a Holanda o a Francia, de modo que durante los últimos diez años la mayor parte de las casas habían quedado desiertas. Ahora no había ni humo ni luz, y al acercarme pude ver su pintura llena de burbujas, una ventana rota aquí o allá, las capas de hollín sobre sus alféizares y óvolos. Las barandillas y puertas de hierro forjado que rodeaban sus jardines —invadidos por la grama— habían sido arrancadas. Convertidas en mosquetes y cañones para Cromwell, supuse.

Pulteney House se mantenía, marginalmente, en el mejor de los estados, con una joven morera montando guardia en la puerta y los pulidos cristales de una ventana reflejando oriflamas de luz solar. Los pesados pliegues de una cortina adornada con borlas de oro resultaban apenas visibles detrás de ellos. Yo no recordaba que Alethea hubiera dicho que sir Ambrose o lord Marchamont hubieran sido propietarios de una casa en Londres, de modo que mientras cogía el pesado llamador en forma de garra de león llegué a la angustiosa conclusión de que Pulteney House debía de pertenecer a sir Richard Overstreet, el hombre al que, según Phineas Greenleaf, lady Marchamont estaba prometida en matrimonio. Los «asuntos de cierta importancia» tenían sin duda algo que ver con planes de boda.

Me quedé estupefacto, por tanto, cuando el que abrió la puerta resultó ser nada menos que el propio Phineas Greenleaf. El hombre no dio señales de reconocerme, lo que encontré bastante raro dado que habíamos pasado seis días juntos en la carretera y compartido una serie de habitaciones de forma humillantemente íntima. Simplemente ensanchó la apertura lo suficiente para que yo me deslizara a través de ella y luego me acompañó por un corredor hacia lo que parecía un salón, oscuro a causa de las cortinas verde tejo.

—Hará el favor de esperar aquí, señor.

Escuché mientras el hombre subía por una invisible escalera y luego sus pasos crujían en el techo encima de mí. Los acontecimientos parecían estar repitiéndose en una especie de perturbadora y decepcionante pauta.

Aquella primera noche en la biblioteca de Pontifex Hall, Phineas me había dejado solo, exactamente como ahora, mientras subía arrastrando los pies por la escalera en busca de su ama. De manera que no me sorprendí demasiado cuando descubrí que no había sido conducido a un salón, a fin de cuentas. Una vez más, Phineas me había dejado varado en medio de una biblioteca. Las filas de estanterías habían sido despojadas, vaciadas de sus libros, e incluso faltaba una serie de estantes. ¿Quemados como leña, me pregunté, por un regimiento de soldados de Cromwell? Pero algunos de los demás muebles de la casa habían sido salvados del holocausto o el pillaje, porque había un tapiz, destrozado por las polillas, en una de las paredes, y una chimenea de mármol y pizarra con tenazas y morillos ante ella. Cuatro sillas acolchadas aparecían en simétrica formación alrededor de una mesita de palisandro.

Con todo, la biblioteca no estaba completamente vacía de libros. A la débil luz, descubrí una pila de gruesos volúmenes dispuestos sobre la mesa... libros que supuse que Alethea había traído consigo con la esperanza de amenizar sus largos viajes en carruaje. Abrí con un leve crujido la cubierta de uno de los situados en la cima del montón, esperando sin duda descubrir el ex libris de sir Ambrose grabado en la hoja fija de la guarda. Pero inmediatamente vi que el volumen era mucho más nuevo que cualquiera de los de Pontifex Hall, al igual que sus tres compañeros. Pude oler la piel curtida de sus encuadernaciones.

¿Libros nuevos? Me quedé sorprendido por el descubrimiento. ¿Qué demonios podía buscar la dueña de Pontifex Hall adquiriendo más libros? Me encontraba sentado en una de las sillas ahora, pasando las páginas del primer volumen con una mezcla de curiosidad y placer culpable. ¿Qué textos escogidos, me pregunté, podría haber traído consigo? ¿Tomos eruditos como las traducciones de Platón o Hermes Trimegisto? ¿O volúmenes sobre brujería o quizás incluso necromancia?

Pero cada uno de ellos trataba de temas más mundanos, difícilmente preferibles, en mi opinión, a la compañía del severo y desabrido Phineas Greenleaf. Fruncí el ceño ante los títulos, a medida que iba cogiendo bruscamente los volúmenes y luego los devolvía a su sitio. Todos ellos trataban de temas relacionados con testamentos y leyes de la propiedad. Los nombres resultaban bastante familiares, pero nunca me hubiera tomado la molestia de abrir ninguno de ellos, y menos aún leer una sola página. Sin embargo, aquí, con un punto de lectura situado en el tercer cuarto del libro, aparecía un *Tratado de testamentos y últimas voluntades*, mientras bajo él se encontraba el notoriamente insípido *Criterio de prueba de propiedad y escritura de traspaso*, de Blackacre. Sus páginas habían sido cortadas completamente hasta el mismísimo final, al igual que las del tercer volumen, la formidable *Leyes del valor de la propiedad y la práctica del Tribunal de Justicia*, de Phillimore. Sólo el último libro parecía encajar con la lady Marchamont que yo creía conocer: un volumen titulado *La resolución de la Ley de los Derechos de las Mujeres*. Sus páginas también habían sido cortadas completamente, en tanto que las notas garabateadas en el margen estaban realizadas en una escritura febril que resultaba familiar.

De pronto se oyó el leve crujido de unos pasos en el techo encima de mi cabeza. Devolví a su lugar el último volumen y me senté otra vez en la silla, todo el cuerpo dolorido de cansancio. No me había recuperado aún de mis esfuerzos —me había pasado casi toda la mañana y buena parte de la tarde en Alsatia—, ni de la impresión de mi descubrimiento. Me froté las palmas contra mejillas y frente, luego hice como si estuviera bebiendo el denso, cargado, aire de la habitación desde una pesada calabaza. Busqué en el bolsillo el ejemplar del *Magische Werke*, de Agrippa y lo coloqué sobre la mesa junto a los demás libros. Sí, había llegado lejos hoy. Había aprendido mucho.

Cerrando los ojos, oí el suave ruido de pasos y de los escalones mientras Alethea bajaba por la escalera. Permanecí apoyado en el respaldo de la silla esperando su llegada. ¿Cuánto, me pregunté, debía contarle?

Había dejado Alsatia a primera hora de la mañana, esta vez viajando río arriba en un bote de remos. Arrowsmith Court, cuando finalmente llegué allí, resultó exactamente la clase de lugar donde se podía esperar que Pickvance llevara a cabo su deshonroso negocio; una pequeña parcela de fangosos y resbaladizos adoquines en torno de la cual, por tres de sus lados, se apretujaba una serie de viviendas ennegrecidas por el hollín, de cuatro o cinco plantas de altura. Una manada de flacuchos gatos estaba ocupada con un montón de espinas de pescado, mientras otros se acicalaban en las puertas y los alféizares de las ventanas. La lluvia de la noche anterior se había acumulado formando turbios charcos, que ya apestaban como el agua de una sentina. Mientras seguía mi camino cuidando de no pisarlos, un orinal fue vaciado desde una de las ventanas superiores. Pude saltar a un lado justo a tiempo. Sí, pensé tristemente. Había llegado al lugar adecuado.

La Cabeza del Sarraceno se encontraba directamente enfrente de la estrecha y arqueada entrada del patio. Un rostro atezado, con bigote, de expresión fiera e implacable, me miraba desde un rótulo situado sobre la puerta. La taberna en cuestión parecía estar cerrada. Un estanco se alzaba a un lado de ella, y una tienda de más ambigua designación, al otro; ambas estaban cerradas también a cal y canto. Sus ventanas de cristales de botella aparecían difuminadas por la suciedad y el hollín. Al lado de la puerta del estanquero había otra, más pequeña, cuyo empañado rótulo de latón rezaba: «Dr. Samuel Pickvance. Librero y subastador.»

Después de tirar de una desgastada campanilla, fui admitido al interior con mucho disimulo y luego acompañado cinco tramos de escalera arriba por Mr. Skipper, quien explicó que el doctor Pickvance estaba ocupado en otra cosa, pero que él, Mr. Skipper, tendría el honor de atenderme. Las «dependencias», por lo que se me permitió verlas, consistían de una sola habitación amueblada con dos mesas, un par de sillas y lo que parecían ser los utensilios de un taller de encuadernación. Un montón de pieles de oveja y una piedra de abatanar en un rincón alejado, junto con un surtido de barrenas, prensas de coser y hierros de pulir esparcidos por el resto de la habitación. Había también una prensa, una enorme bestia mecánica a la que se retiró Mr. Skipper después de ofrecerme asiento junto a una de las mesas. Sobre ésta se amontonaba una pila de quizás dos docenas de catálogos encuadernados en grasienta piel marrón.

—Le deseo buena suerte —murmuró con una sonrisa taciturna; luego volvió la espalda, supongo que para empezar a confeccionar más «obras maestras» para la siguiente subasta de Pickvance. Cogí el primero de los volúmenes y abrí la tapa.

Mientras leía los catálogos, durante las siguientes ocho horas, alimentado sólo con un poco apetitoso pastel de conejo que había traído Mr. Skipper de una casa de comidas, algunos hechos sobre el misterioso doctor Pickvance empezaron a tomar forma. Pude determinar que celebraba sus subastas aproximadamente dos veces al año, remontándose su actividad a 1651, el año en que la guerra civil terminó y el Acta de Blasfemia fue aprobada en el Parlamento. Todas las subastas debían haber sido tan clandestinas como la de El Cuerno de Oro, porque todas se habían celebrado en Alsatia, la mitad de ellas más o menos en El Cuerno de Oro, y las otras diseminadas entre un puñado de cercanas tabernas y cervecerías, incluyendo dos o tres en La Cabeza del Sarraceno. Las obras subastadas concordaban, al parecer, con aquellas vendidas en El Cuerno de Oro, y algunas de las subastas habían estado formadas nada menos que por unos 500 lotes. Los catálogos mencionaban el autor, el título, la fecha de impresión, el estilo de encuadernación, el número de páginas e ilustraciones, su estado general y, finalmente, la procedencia de cada una de las obras. Me sentí animado por este último detalle. Observé que Pickvance y algunos amanuenses habían registrado no solamente el nombre de la persona que había sacado el lote a subasta sino también el de quién lo había adquirido.

Sospechaba, sin embargo, que muchos de estos nombres y procedencias eran tan fraudulentos como los propios libros, porque 1651 era el año en que Cromwell había secuestrado muchas propiedades realistas, y yo suponía que el contenido de sus bibliotecas —o los volúmenes que mostraban sus trabajados ex libris— había pasado por las manos de Pickvance. Observé que uno de los catálogos de una subasta celebrada en 1654 anunciaba «libros que antaño habían pertenecido a sir George VILLIERS, Duque de BUCKINGHAM, sacados de su admirable colección de York House, en el Strand». Yo sabía que aquella parte de esa «admirable colección» —realmente, una de las más escogidas de Europa— había sido saqueada después de la guerra civil cuando York House fue confiscada; la otra mitad había sido vendida en subasta unos años más tarde cuando al hijo de Buckingham, el segundo duque, un monárquico, se le acabaron los fondos durante su exilio en Holanda. Pero si Pickvance había estado vendiendo, o no, de buena fe volúmenes robados de la colección de Buckingham, era algo imposible de dilucidar, basándome sólo en los catálogos.

El corazón me dio un vuelco al contemplar las docenas de títulos de la colección de York House. La nuestra era una época de gran discernimiento y buen gusto, de estetas y coleccionistas como Buckingham y el difunto rey Carlos, pero era también una era de gran profanación. ¿Cuántos tesoros como los de Buckingham debían de haberse perdido para Inglaterra a causa de nuestras guerras, debido a los puritanos y su fanatismo supersticioso? Porque, cuando Cromwell y sus cohortes no estaban destruyendo obras de arte —descabezando estatuas o arrojando cuadros de Rubens al Támesis— las estaban vendiendo a dos por un penique a los agentes del rey de España y del cardenal Mazarino, quizás incluso a comerciantes poco escrupulosos como el doctor Pickvance. Observé que una serie de lotes de los catálogos de Pickvance procedía de las salas de subastas de Amberes, que durante los últimos decenios habían sido el centro distribuidor desde donde el botín procedente de las numerosas guerras europeas era vendido a precios de miseria a los codiciosos príncipes de Europa. Cuando alargaba la mano para alcanzar otro volumen, me sentí acobardado ante la tarea con que me enfrentaba. ¿Cómo demonios iba a descubrir *El laberinto del mundo* en medio de semejante montaña de libros robados?

Encontré el ejemplar de Agrippa, junto con mi propio nombre, en el catálogo más reciente, uno de los primeros que inspeccioné. El *Magische Werke* estaba registrado como procedente de la colección vienesa de Anton Schwarz von Steiner. Pero en aquel momento su propietario más reciente, la identidad del hombre que la había sacado a subasta en El Cuerno de Oro, era mucho más interesante para mí. Se trataba de un nombre que nunca había oído: Henry Monboddo. No había ninguna pista sobre el trayecto efectuado por el volumen desde Von Steiner a Monboddo, de manera que era imposible saber cómo Monboddo había adquirido la obra... si había venido, o no, a Inglaterra vía sir Ambrose y había sido, por tanto, robada de Pontifex Hall. La única pista de la identidad de Monboddo era una dirección, una casa de Huntingdonshire, que aparecía escrita a lápiz en el catálogo. Pero no figuraba ninguna indicación de si Monboddo estaba vivo, o —como ocurría a menudo con los dueños de libros subastados— muerto. Copié el nombre y la dirección en un trozo de papel; luego ojeé rápidamente el resto del catálogo, buscando en vano alguna otra cosa que él o sus herederos hubieran sacado a pública subasta.

Pero la edición de Agrippa e incluso el propio personaje misterioso de Henry Monboddo pasaron pronto a segundo plano ante lo que constituía mi objetivo. Retorné al primero de los volúmenes, el del año 1651, y empecé a abrirme camino, subasta a subasta, año tras año, cuidando de no perderme ningún nombre familiar o título que pudiera conducirme a Pontifex Hall. Las horas pasaban lentamente. Eran casi las cuatro cuando llegué al penúltimo catálogo, el que se refería a una subasta celebrada cuatro meses antes:

Catalogus Variorum et insignium Librorum
Selectissimae Bibliothecae
o,
Un catálogo que contiene una variedad de libros
antiguos,
y modernos, ingleses y franceses, sobre la Divinidad,
la Historia y la Filosofía

La subasta había tenido lugar en El Cuerno de Oro
el 21 de marzo, y su mercancía era muy parecida a las de
todas las demás. Deslicé el dedo por la siguiente página,
le di la vuelta e hice lo mismo en la página siguiente. A
estas alturas, ya casi veía doble. Tan exhausto estaba, y
tan huero mi cerebro, que cuando llegué a la anotación
que buscaba —casi al final del catálogo— no sufrí ninguna conmoción ni sorpresa, y tuve que leerla varias veces antes de poder captar sus implicaciones:

> *Labyrinthus mundi* o *El laberinto del mundo*. Un
> fragmento. Una obra de filosofía oculta atribuida a
> Hermes Trimegisto. Traducción latina del original grie-
> go. 14 páginas manuscritas, del más fino papel vitela.
> Encuadernación de arabesco. Excelente estado. Fecha y
> procedencia desconocidas.

Por algún descuido, o quizás debido a una deliberada omisión, en la anotación no aparecía el nombre del
vendedor. Pero el nombre del nuevo propietario —de la
persona que lo había comprado cuatro meses antes—
estaba escrito claramente a lápiz. Fue la repetición del
nombre de Henry Monboddo, tanto como cualquier
otra cosa, lo que sacó a mi cerebro de su entumeci-
miento. Estudiando la anotación cuidadosamente, vi
que Monboddo había pagado quince chelines por el

fragmento; una miseria, pensé, recordando la insisten-
cia de Alethea sobre su valor y su deseo de pagar el precio que fuera para recuperarlo. Pero se trataba del objeto de mi búsqueda, no me cabía duda. No aparecía ninguna mención de un ex libris, aunque esa omisión no
resultaba muy sorprendente: probablemente había sido
eliminada, bien por Pickvance o bien por el anterior
propietario, quien, a fin de cuentas, no habría deseado
hacer publicidad del robo de Pontifex Hall.

Con todo, estaba sorprendido y desconcertado por
el precio de quince chelines. ¿Acaso ni Pickvance ni el
anónimo dueño habían conocido su verdadero valor?
No podía imaginar a Pickvance vendiendo algo por un
penique menos de lo que valía. Decidí por tanto que
Alethea se había equivocado drásticamente sobre el
fragmento. Quizás, a ese precio de quince chelines, no
era más valioso que cualquier otra cosa que Pickvance
pusiera a la venta.

No tuve valor de preguntar a Mr. Skipper qué sabía sobre Henry Monboddo —Alethea había insistido
en la discreción, después de todo—, de modo que tras
copiar los detalles de la anotación cerré el volumen y
lo devolví a su estante. Mis pasos se habían vuelto más
ligeros cuando salí del edificio unos minutos más tarde y empecé a caminar por Alsatia. El nudo gordiano,
decidí, estaba casi cortado en dos. Encontraría a
Henry Monboddo, le haría una generosa oferta —utilizando el dinero de Alethea— y recibiría mi premio.
Después acabaría con el asunto de una vez por todas,
y podría reanudar mi pacífica y sedentaria vida. Había
sido un buen día, me dije. Me sentí incluso con ganas
de silbar.

Seguía del mismo humor, exhausto pero optimista,
cuando oí que los pasos en el corredor de arriba se ha-

cían más fuertes. Me puse en pie dificultosamente apartando la silla. Lady Marchamont había llegado.

Diez minutos más tarde, me encontraba sentado ante una enorme mesa de comedor, escuchando cómo Alethea se excusaba por el espantoso estado de Pulteney House. Había aparecido en la puerta de la biblioteca con aspecto de lo que Horacio llama *mentis gratissimus error*, «una sumamente deliciosa alucinación». Iba vestida exactamente como en Pontifex Hall —los borceguíes de piel, la oscura capa— pese al tiempo cálido. Yo había llegado a la conclusión que debía de haber comprado Pulteney House muy recientemente; de ahí los macizos volúmenes depositados sobre la mesa de abajo. A fin de cuentas, como viuda, ella era ahora una *feme sole*, una mujer soltera según nuestras leyes, y ya no *feme covert*, una mujer casada. Era por tanto legalmente capaz de comprar y vender propiedades, incluso llevar un pleito en el Tribunal de Justicia si lo deseaba. Pero de hecho mis primeras sospechas fueron correctas, porque mientras subíamos por la escalera hacia el comedor la mujer explicó que Pulteney House pertenecía a su «vecino» (como ella lo llamó) sir Richard Overstreet, quien «amablemente» se lo había prestado. Pontifex Hall ya no era seguro, de modo que ella había venido a Londres de momento; por cuánto tiempo, no podía decirlo. Pero pensaba que, a pesar de los riesgos, los dos debían encontrarse «para intercambiar información».

¿Pontifex Hall ya no era un lugar seguro? Me sentí desconcertado por esa afirmación de Alethea. ¿Y por qué demonios, no? ¿A causa de los torrentes de agua procedentes del manantial que, según cabía suponer, estaban erosionando sus cimientos? ¿O se trataba de alguna razón más amenazadora?

—Por supuesto, nadie ha habitado Pulteney House durante casi diez años —estaba diciendo ahora la mujer—, de manera que no es muy confortable. Los tubos de conducción están atascados o rotos, así que no tenemos agua. Unas condiciones aún menos hospitalarias, me temo, que en Pontifex Hall.

Sonrió brevemente, parpadeando sus ojos por décima vez ante el ejemplar de *Magische Werke*, de Agrippa, que yo seguía agarrando en mi mano.

—Por favor, Mr. Inchbold —añadió, haciendo un gesto hacia los platos de comida, carne de venado procedente de uno de los parques de caza de sir Richard, que Bridget había servido unos momentos antes—. ¿Empezamos? Me parece que tenemos mucho de qué hablar.

De manera que, mientras la llama de la vela ejecutaba su mágica danza entre nosotros, le conté todas las cosas de que me había enterado durante los últimos dos días; o casi, casi, todo. No sabía muy bien cuánto debía revelar. Decidí no decirle nada sobre el documento cifrado, o de mis sospechas de que era seguido. Pero sí le hablé de El Cuerno de Oro, de la extraña subasta, del doctor Pickvance, y finalmente de la enorme pila de catálogos que apenas dos horas antes había terminado de inspeccionar. Pero, descubrí que ella no se mostraba tan desconcertada como yo por el nombre de Henry Monboddo. Estábamos tomando nuestro postre, una bebida hecha a base de leche, azúcar y licores. Hice una pausa durante un momento y luego le pregunté si ella conocía aquel nombre.

—Realmente, sí —respondió lady Marchamont simplemente. Luego se quedó en silencio durante un rato, contemplando su imagen reflejada en la redondeada superficie de la sopera de plata. Pude ver los reflejos de la vela, dos perfectas llamas, en sus dilatadas pupilas. Finalmente, dejó a un lado su cuchara y cogió la servilleta para secarse cuidadosamente los labios—. De hecho —acabó diciendo—. Henry Monboddo es mi razón para invitarle a usted a Pulteney House esta noche.

—¿Cómo?

—Sí. —Se estaba levantando de la mesa, de modo que yo hice lo mismo... demasiado rápidamente quizás. Estaba algo mareado por el vino—. Venga conmigo, Mr. Inchbold. Hay algo que debo mostrarle. Ya ve, yo también he hecho un descubrimiento sobre Henry Monboddo.

Me acompañó por el corredor, y luego, tras cruzar una pequeña rotonda, al interior de un dormitorio. Al parecer sir Richard había al menos intentado hacer a esa parte de Pulteney House algo más hospitalaria para su invitada, porque las paredes estaban recién empapeladas y la habitación había sido amueblada con una cama de cuatro columnas, una silla y un espejo cuya manchada superficie reflejó mi espantosamente reducida y encorvada imagen mientras yo entraba vacilante en la habitación. Había también un baúl en el suelo al lado de la cama con varias prendas que sobresalían desordenadamente de él. Me quedé como congelado al lado de la puerta, igual que un indio de madera de un estanquero.

—Por favor, Mr. Inchbold. —Alethea señaló la silla antes de inclinarse sobre el baúl. La ventana había sido abierta, y pude captar el susurro de las cortinas de terciopelo—. ¿No quiere usted sentarse?

Me acerqué a la silla y observé, impaciente y alerta, mientras ella revolvía en el arca, primero entre una capa de ropas —capté una serie de vestidos y batas que se retorcían bajo su toque— y luego en un sedimento más profundo. Al final encontró lo que estaba buscando, un fajo de papeles, que extrajo y me tendió.

—Otro inventario —explicó, sentándose ella también en el borde de la cama.

—¿Como el de Pontifex Hall?

Yo recordaba muy bien aquel documento: las seis maravillosas páginas, cada una de ellas firmada por cuatro magistrados municipales.

—No, no es exactamente lo mismo. Éste fue recopilado casi treinta años más tarde. Consta solamente de libros, como puede usted ver. Es el contenido de la biblioteca de Pontifex Hall en el año 1651.

—Inmediatamente antes de que la propiedad fuera incautada.

—Sí. Lord Marchamont había valorado el contenido de la biblioteca antes de que marcháramos al exilio. Tenía el propósito de vender toda la colección. Teníamos... problemas de dinero. Pero no se pudo encontrar ningún comprador. Al menos en aquellos tiempos. Es decir, nadie a quien lord Marchamont tuviera el menor deseo de vender la colección. De modo que consideró la posibilidad de llevarse la biblioteca a Francia. Había arreglado incluso su traslado por el canal desde Portsmouth en el *Belphoebe*, uno de los pocos buques de guerra que no habían desertado pasándose a las fuerzas de Cromwell en 1642. Pero el plan fracasó, por supuesto. El *Belphoebe* se hundió frente a las costas de la Isla de Wight, menos de dos semanas antes de la fecha prevista para enviar los libros desde Pontifex Hall. Una monstruosa tempestad. Pero ese naufragio fue una suerte para la colección, tal como fueron las cosas. No necesito decirle lo que hubiera pasado en caso contrario.

Ciertamente, no. Muchas bibliotecas que habían

sido trasladadas a Francia para su seguridad durante la guerra civil se habían convertido en propiedad de la corona francesa, por *Droit d'Aubain,* a la muerte de sus dueños. Un destino que los libros de sir Ambrose hubieran indudablemente compartido cuando lord Marchamont murió.

—Descubrí el inventario en la sala de documentos —continuaba ella— en el fondo del ataúd, un día después de que usted se marchara de Pontifex Hall. De lo contrario, se lo hubiera entregado a usted entonces. —Se estaba inclinando ahora desde la cama—. Es muy detallado, como podrá comprobar.

—¿Menciona el pergamino?

—Naturalmente. Pero este detalle no es la información más interesante. Por favor, vea la última página. Ahí descubrirá usted que la colección fue inventariada y valorada por la persona a quien lord Marchamont había contratado para venderla.

El documento constaba al menos de cincuenta páginas, un interminable enjambre de autores, títulos, ediciones, precios. La cabeza me daba vueltas. Había leído ya demasiados catálogos aquel día. Pero la última página estaba en blanco, descubrí, excepto por unas pocas palabras escritas al pie: «Esta colección entera está valorada en la suma de 47.000 libras esterlinas, en el día de hoy, 15 de febrero de 1651, por Henry Monboddo, de Wembish Park, Huntingdonshire.»

Sentí una opresión en la barriga y levanté la mirada encontrando que Alethea me estaba estudiando atentamente.

—Henry Monboddo —murmuró con aire pensativo—. Un hombre muy conocido entre los exiliados realistas de Holanda y Francia.

—¿Le conocía usted bien, entonces?

—Sí, muy bien. —Alargó la mano hacia el inventario y cuidadosamente lo devolvió al baúl—. O, más bien, me encontré con él en dos ocasiones. Trabajaba en Amberes en aquellos tiempos —continuó diciendo, mientras las columnas de la cama crujían al sentarse ella nuevamente—. Era vendedor de cuadros, un comisionista de arte. Vendió el contenido de muchas bibliotecas y galerías, incluyendo las de York House. ¿Conoce usted la colección?

Asentí con la cabeza, recordando el catálogo de Pickvance correspondiente al año 1654, con su descripción de los artículos procedentes de la «admirable colección» del segundo duque de Buckingham.

—Aquéllos eran tiempos difíciles para todos nosotros. Buckingham tenía también apuros económicos. York House había sido confiscada y muchos de sus tesoros, los reunidos por su padre, habían sido saqueados por los hombres de Cromwell. De manera que, en 1648, a fin de aliviar las finanzas del duque, Monboddo vendió unos doscientos de sus cuadros. Consiguió un buen precio por ellos, porque la Paz de Westfalia se había firmado recientemente, y por tanto el suministro del botín amenazaba con agotarse. En realidad, después de Westfalia, el flujo podría haber desaparecido completamente, de no haber sido por nuestros propios disturbios, aquí en Inglaterra.

—¿Así que Monboddo se dedicaba a buscar un comprador de colecciones de libros y cuadros para los exiliados insolventes? ¿Para cualquiera cuya propiedad estuviera siendo secuestrada?

Ella asintió.

—Encontraba compradores de sus colecciones de arte. Duques y príncipes que desearan abastecer sus bibliotecas y gabinetes. Tenía relaciones en las cortes de toda la Cristiandad. Mi padre hizo tratos con él en varias ocasiones, cuando realizaba compras para el emperador Rodolfo.

—¿Quiere usted decir que Monboddo era conocido por sir Ambrose?

—Sí. Muchos años antes, por supuesto. Monboddo llevaba a cabo negociaciones con agentes como mi padre y cobraba una bonita comisión a cambio.

Su mirada se deslizó hacia el ejemplar de Agrippa que yo seguía sosteniendo en mi mano.

—Creo que incluso llegó a negociar con mi padre la compra de la colección Von Steiner de Viena. Pero corrían también rumores sobre el trabajo de Monboddo —añadió Alethea—. Se dijo que tenía clientes, además de los realistas, incapaces de pagar los impuestos que gravaban sus propiedades.

Hizo una pausa para sacar de los pliegues de su falda un objeto que a la débil luz tardé un momento en reconocer como una pipa, que ella procedió a llenar, expertamente, con tabaco. Yo esperaba que me la tendiera a mí, pero quedé sorprendido al ver que la encajaba con igual destreza entre sus molares. Su cara centelleó con un resplandor anaranjado cuando encendió una pajuela y logró con paciencia que la cazoleta cobrara vida.

—Perdóneme —dijo, saboreando el humo y agitando la vela para apagar su llama—. Tabaco de Virginia. Las hojas curadas al fuego de la *Nicotiana trigonophylla*, una especie particularmente deliciosa. Sir Walter Raleigh afirma que tiene efectos perjudiciales, pero yo siempre he encontrado que una pipa en la sobremesa constituye una excelente ayuda para la digestión, especialmente si se fuma en pipa de arcilla. Mi padre poseyó una vez un *calumet* —continuó mientras una nube de humo se desplegaba en el espacio que había entre nosotros—. Tenía una cazoleta de arcilla y un cañón hecho de junco cogido de la playa de Chesapeake Bay. Era un regalo que le había hecho un jefe indio nanticoke en Virginia.

—¿Virginia? —Sir Ambrose Plessington, aquel Proteo, aquel decágono con todas sus misteriosas facetas, asumía otro nuevo disfraz. Pero yo estaba allí para otro asunto—. Estaba usted mencionando que Monboddo...

—Sí, sí, estábamos hablando de Monboddo, no de mi padre. Y también de Raleigh.

Se había inclinado hacia atrás recostándose ahora en la cama, sobre su media docena de esparcidos almohadones, con su gran y enmarañada melena desparramada contra la cabecera.

—Había historias, debería decir leyendas, sobre Henry Monboddo.

—¿Leyendas de qué tipo?

—Bueno... ¿por dónde empezamos?

Ahuecó la palma de su mano para abarcar la cazoleta, y durante unos segundos estudió el dosel de la cama que tenía encima de su cabeza como si buscara inspiración.

—Por una parte —continuó—, se dijo que había negociado la compra de la colección Mantua en el año 1627. En aquellos tiempos era el agente artístico del rey Carlos. Hasta ahí, era del dominio público. Era también el agente del duque de Buckingham. El primer duque, quiero decir... sir George Villiers, el primer lord del Almirantazgo. Monboddo recorrió las cortes y talleres de Europa en nombre de los dos, trayendo a Inglaterra toda clase de artículos. Libros, cuadros, estatuas... cualquier cosa que pudiera satisfacer las exigencias de aquellos dos grandes expertos. —La pipa de arcilla se balanceó en el aire y brilló ante mí cuando la mujer aspiró lentamente otra bocanada de humo—. ¿Ha oído usted hablar de la colección Mantua?

—Naturalmente —asentí. ¿Quién no había oído hablar de ella? Docenas de cuadros de Ticiano, Rafael, Correggio, Caravaggio, Rubens, Giulio Romano, todos comprados por el rey Carlos por la suma de 15.000 libras... una ganga incluso a ese precio. Las telas colgaban de las galerías de Whitehall Palace hasta que Cromwell y su banda de filisteos los vendieron para pagar sus deudas. Fue la mayor desgracia, en mi opinión, del reinado de Cromwell... una expoliación de nuestra nación.

—La industria de la seda de Mantua se había venido abajo en el decenio de 1620 —continuó la mujer—, por lo que los Gonzaga carecían de fondos. El rey Carlos también andaba escaso de ellos, pero un detalle como ése apenas lo incomodaba cuando se trataba de cuadros, especialmente unos tan maravillosos y valiosos como los de la colección Mantua. Apenas podía dar crédito a sus oídos cuando oyó por primera vez el informe de Mantua. Se recaudó un impuesto especial y Monboddo reunió el resto de los fondos juntamente con sir Philip Burlamaqui, el financiero del rey. Al mismo tiempo, por supuesto, Burlamaqui estaba consiguiendo dinero para equipar una flota de un centenar de buques para la expedición de Buckingham a la Île de Ré, donde los protestantes de La Rochelle estaban siendo asediados por los ejércitos del cardenal Richelieu. Una desafortunada coincidencia de hechos —murmuró Alethea—. El rey se vio forzado a elegir entre sus cuadros y sus barcos.

Pero eligió los cuadros. Yo conocía bien la historia. Escogió los cuadros antes que la vida de sus marineros y de los hugonotes, dejando en el abandono a la flota a fin de pagar a los Mantua. Cinco mil marineros ingleses murieron de hambre en sus putrefactos barcos o fueron masacrados por las tropas francesas, y quién sabe cuántos hugonotes perecieron en La Rochelle. La expedición fue un desastre, peor aún que la incursión de Buckingham sobre Cádiz dos años antes. De manera que los cuadros de la colección Mantua —todos aquellas imágenes de la Virgen María y de la Sagrada Familia— estaban empapados en sangre protestante, habían sido pagados con las vidas de ingleses y rocheleses.

—Esa maravillosa colección se convirtió en la vergüenza de la Europa protestante —dijo la mujer—. Al igual que los tesoros reunidos por Buckingham en York House. Porque Buckingham no solamente había dirigido la fracasada expedición, sino que también había arreglado el matrimonio del rey Carlos con la hermana de Luis XIII y luego prestado a la marina francesa los buques con los que Richelieu procedió a destruir a cañonazos La Rochelle y más tarde a la medio muerta de hambre flota inglesa. ¿Así que, cabe extrañarse de que Cromwell deseara vender ambas colecciones, la de York House y la de Whitehall Palace?

Hizo una pausa para chupar pensativamente su pipa.

—Y ahí, Mr. Inchbold, fue donde los otros rumores comenzaron.

Yo fruncía el ceño en la oscuridad, tratando de captar el retorcido hilo, de ensamblar en mi cabeza el reparto de personajes: Buckingham, Monboddo, el rey Carlos, Richelieu.

—¿Quiere usted decir que Monboddo estaba implicado en la venta de la colección Mantua, así como de los cuadros de York House?

—Eso es lo que creo.

—¿Estaba conchabado con Cromwell, entonces?

—No; lo estaba con alguien más. Los rumores pretendían que Monboddo estaba actuando secretamente como agente del cardenal Mazarino, el ministro de Estado de Francia, protegido de Richelieu. Es bien sabido que Mazarino esperaba echar mano a los tesoros que Cromwell estaba vendiendo. Monboddo no dejaba ningún rastro, desde luego, al igual que Mazarino, pero mi marido llegó a creer los rumores. Por esa razón despidió a Monboddo como agente suyo y se negó a separarse de un solo volumen, aunque en aquellos años éramos pobres como ratas.

—Pero ¿por qué debería lord Marchamont haberse opuesto tanto a la venta? La colección se habría perdido para Inglaterra, cierto. Hubiera sido una verdadera pena. Pero ya no estábamos en guerra con los franceses. En aquellos tiempos se les suponía aliados nuestros en la guerra de Cromwell contra España.

—Sí, pero había implicados ciertos principios. Otras preocupaciones.

Alethea vacilaba como si no estuviera muy segura de que debía continuar. Pero finalmente, mientras otra nube de humo se retorcía entre nosotros, explicó que semejante transacción habría violado la letra del testamento de su padre, que estipulaba que la colección no debía ser fragmentada ni vendida, bien fuera toda o bien en parte, a quien profesara la fe romana. Roma, con su *Index librorum prohibitorum*, era la enemiga de todo conocimiento verdadero. Sir Ambrose creía que Roma no era partidaria de la difusión del pensamiento sino, más bien, de su supresión. Las obras de Copérnico y Galileo habían sido proscritas, así como la Cábala y otros escritos judíos marginales estudiados por eruditos como Marsilio Ficino. En 1558, se decretó la pena de muerte contra quien imprimiera o vendiera obras condenadas. Centenares de libreros huyeron de Roma tras la publicación del *Index* en 1564, seguidos de millares de judíos expulsados por Pío V, quien sospechaba que eran cómplices del protestantismo. Los herméticos pronto se encontraron bajo la misma sospecha que los judíos. El editor y traductor de la edición políglota del *Corpus hermeticum* fue condenado por la Inquisición como hereje, y el más grande hermético de todos, Giordano Bruno, fue quemado en la hoguera. Su crimen había sido defender las doctrinas de Copérnico.

—Oh, ya sé que todo esto debe de parecerle muy peculiar, como los desvaríos de un fanático. Pero mi padre era sumamente decidido en estos aspectos. Creía en la Reforma y en la difusión del conocimiento, en una comunidad mundial de eruditos, en una utopía del conocimiento como la descrita por Francis Bacon en *La nueva Atlántida*. De manera que habría sido un desastre, en su opinión, que un solo libro cayera en manos de alguien como el cardenal Mazarino, un alumno de los jesuitas.

Hizo una pausa nuevamente, luego bajó la voz como si temiera que la estuvieran oyendo.

—Ya ve, mi padre había rescatado los libros de las hogueras de los jesuitas ya en una ocasión.

—¿Qué quiere usted decir? —Yo me estaba inclinando en la silla—. ¿Rescatados cómo?

Recordaba su descripción de los libros, aquella noche en Pontifex Hall, como «refugiados», junto con su afirmación de que algunos de ellos habían sobrevivido a un naufragio. Me pregunté si se disponía a decir algo sobre los «intereses» y «enemigos» de los que ella había hablado.

—Del cardenal Baronio. —El cañón de la pipa hizo un ruido seco suavemente entre sus dientes—. El conservador de la Biblioteca Vaticana. ¿Conoce usted quizás su obra? Escribió con todo detalle sobre el *Corpus hermeticum*. Pude leer al respecto en su historia de la Iglesia Romana, los *Annales ecclesiastici*, publicados en doce volúmenes. En su época, el cardenal Baronio era una de las primeras autoridades del mundo sobre los escritos de Hermes Trimegisto. Tomó la pluma con el fin de refutar las obras del teólogo hugonote Duplessis-Mornay. En 1581, Duplessis-Mornay había publicado un tratado hermético titulado *De la vérité de la religion chrétienne*. La dedicó al paladín protestante de Europa, Enrique de Navarra, del cual llegó más tarde a ser consejero. La obra fue traducida al inglés por sir Philip Sidney.

—Otro adalid protestante —murmuré yo, recordando que Sidney (el gran cortesano isabelino que murió luchando contra los españoles) había sido el homónimo del barco construido para sir Ambrose, según la patente, en 1616.

Cerré los ojos y traté de pensar. El nombre de Baronio me resultaba familiar, aunque no por Duplessis-Mornay ni por el *Corpus hermeticum*. No. Un cardenal llamado así era el hombre responsable del transporte —del robo— de la Biblioteca Palatina en 1623, después de que los ejércitos católicos invadieran el Palatinado. Fue uno de los más ultrajantes escándalos de la Guerra de los Treinta Años. Unas 196 cajas de libros procedentes de la mayor biblioteca de Alemania, el centro del saber protestante de Europa, fueron acarreadas a través de los Alpes a lomos de mula, y cada animal llevaba alrededor de su cuello una etiqueta de plata con la misma inscripción: *Fero bibliothecam Principis Palatini*. Los libros y manuscritos habían desaparecido, todos y cada uno, en la Biblioteca Vaticana.

¿O acaso no? Abrí los ojos. El vino y el humo que nos envolvían me estaban pudriendo el cerebro, pero ahora también recordaba la afirmación de Alethea de que sir Ambrose había trabajado en Heidelberg como agente para el elector palatino. Una idea se filtraba lentamente hacia la superficie.

—Los libros de Pontifex Hall procedían de la Biblioteca Palatina. ¿Es eso lo que me está usted diciendo? El cardenal Baronio no los robó todos a fin de cuentas. Sir Ambrose los rescató de...

—No, no, no... —La mujer trazó un arco en el aire con la pipa—. De la Palatina, no.

Esperé a que continuara, pero el tabaco de Virginia parecía haber inducido en ella un humor de voluptuoso reposo. Se inclinó sobre el borde de la cama y dio unos golpecitos con la cazoleta de la pipa contra la piedra de la chimenea. Me aclaré la garganta y decidí emplear otra táctica.

—¿Y fue el cardenal Mazarino —pregunté lo más suavemente posible—, o sus agentes, quien, quienes...?

—... ¿quienes asesinaron a lord Marchamont? —Su voz me llegó amortiguada de entre el montón de cojines—. Sí, quizás. O al menos así lo pensé en un tiempo. A mi marido lo mataron en París. ¿Le he contado eso? Estábamos cruzando el Pont Neuf en nuestro carruaje cuando fuimos atacados cerca del lugar donde fuera asesinado Enrique de Navarra por Ravaillac. Lo apuñalaron en el cuello con una daga —continuó con calma—, al igual que al rey Enrique. Eran tres asesinos, todos a caballo, todos vestidos de negro. Nunca olvidaré su imagen. Librea negra con borde dorado. Era de noche pero se dejaron ver a propósito, comprende usted. Se me permitió ver sus uniformes, sus caras. Era algo deliberado, como una advertencia.

—¿Una advertencia de quién? ¿Del cardenal Mazarino?

—Así lo pensé un tiempo. Pero los acontecimientos me han hecho cambiar de opinión. Ahora creo que los asesinos fueron contratados por Henry Monboddo.

Me lamí los labios y dejé escapar un cauteloso suspiro.

—¿Pero por qué Monboddo debería haber...?

—*El laberinto del mundo*. —Su voz me llegó a través de la bochornosa oscuridad—. Justamente por eso, Mr. Inchbold. Por ninguna otra razón. Quería el pergamino. No el resto de la colección; sólo el pergamino. Estaba obsesionado con él. Había encontrado un comprador que deseaba desesperadamente adquirirlo. Alguien que estaba dispuesto a hacer asesinar a mi marido. Y ahora parecería que los peores temores de mi marido se han hecho realidad —añadió tras una breve pausa, su voz debilitándose una vez más—. Si lo que usted dice es cierto, entonces Monboddo se ha apoderado de él finalmente.

La llamita de la vela situada junto a la ventana vaciló unos instantes. Los campos que se extendían fuera estaban oscuros y silenciosos. Podía sentir picor en mis patillas, y carne de gallina por todo el antebrazo. Desde algún lugar bajo las escaleras llegó el sonido del lento arrastrar de pies de Phineas y el artrítico crujido de las tablas. Cuando miré hacia la cama vi que Alethea se había incorporado, de manera que ahora estaba sentada erguida bajo el dosel, cogiéndose las rodillas con los brazos. Pude ver también que tenía sus ojos fijos en mí.

—Se han hecho algunos arreglos —dijo finalmente.

—¿Arreglos, milady?

—Sí, Mr. Inchbold. —La cama lanzó un quejido cuando la mujer se impulsó para ponerse de pie. Su sombra cayó longitudinalmente sobre mí—. Una visita a Wembish Park parece pertinente, ¿no? El manuscrito debe ser recuperado. Y hemos de apresurarnos a reclamarlo antes de que Monboddo pueda venderlo a su cliente. Pero usted debe tener cuidado —susurró mientras me acompañaba a la escalera—. Mucho cuidado. Le doy mi palabra, Mr. Inchbold, Henry Monboddo es un hombre peligroso.

Una hora más tarde estaba de vuelta en Nonsuch House, en mi estudio, balanceando la cabeza sobre una pipa de tabaco y una traducción de Shelton del *Quijote*. Había regresado al puente sin incidentes, sin que me siguieran. O al menos así lo parecía. Pero mis sentidos estaban embotados y la noche era negra como boca de lobo. Me adormilé un par de veces, y el conductor tuvo que darme una sacudida para despertarme cuando llegamos a nuestro destino. Ahora no podía ni mantener encendida mi pipa ni concentrarme en las páginas del *Quijote*, a través de las cuales iba avanzando a ciegas sin conseguir captar una sola migaja de sentido.

«Una visita a Wembish Park parece pertinente...»

Sí, el débil, errante, perfume que yo había estado siguiendo era más fuerte ahora y parecía dirigirme, de forma urgente y nada ambigua, a Wembish Park y a Henry Monboddo. Pero todo el optimismo que sintiera a primera hora del día, en Alsatia, se había desvanecido ya completamente. Me acordé de lord Marchamont asesinado en el Pont Neuf de París, y de las solitarias figuras que me habían seguido.

«Henry Monboddo es un hombre peligroso...»

Me puse de pie y me acerqué a la ventana. El cielo estaba más negro y sin estrellas; bajo él, la ciudad parecía carecer de alumbrado exceptuando los faroles oscilantes que colgaban en las batayolas de algunos buques mercantes, río abajo, en el Limehouse Reach. Desplegando sus velas, supuse, y haciéndose a la mar con el inicio de la marea baja, que yo podía oír fluyendo con su familiar susurro entre los malecones.

Volví a bostezar, empañando los cristales de la ventana con mi aliento. Oyendo un pequeño sonido metálico en el suelo a mi lado, bajé la mirada descubriendo un leve resplandor en las tablas. Una llave. La cogí y le di la vuelta en mi mano, pensativamente, observando el pulido latón que brillaba bajo la luz de la vela. Alethea me la había dado cuando nos separamos en el oscuro atrio de Pulteney House. Una pequeña caja fuerte estaría oculta bajo el losange de piedra que había sobre una tumba en el cementerio de Saint Olave, en Hart Street, no lejos del extremo norte del Puente de Londres. Tendríamos que utilizar esa caja fuerte para todas las comunicaciones futuras, me explicó la mujer, porque estaba segura de que le abrían su correo... un descubrimiento que se había producido, pensé yo, un poco tarde. Tampoco nos volveríamos a ver en Pulteney House, de donde ella dijo que, en todo caso, pronto se marcharía. Por lo tanto, en adelante dejaría todas las cartas para mí en el cementerio, escondidas en la tumba de un hombre llamado Silas Cobb.

Volví a deslizar la llave en mi bolsillo y cogí el libro. Una vez más tendría que salir de Londres, comprendí, hacia un desconocido destino, a algún lugar cargado, posiblemente, de numerosos peligros. Me sentía como un viejo guerrero de una leyenda de caballería: un empobrecido hidalgo con su rota lanza y abollado escudo partiendo, por capricho de su amada, hacia un mundo de intrigas y encantamientos, concentrado en alguna imposible misión.

Pero entonces me recordé a mí mismo que Alethea no era mi amada, que no me estaría esperando encantamiento alguno en Wembish Park y, por último, que mi tarea ahora parecía —en virtud de los descubrimientos realizados hoy— lejos de ser imposible.

CAPÍTULO OCTAVO

Las primeras placas de hielo invernales se estaban formando en los canales de Hamburgo cuando el *Bellerophon,* un buque mercante de trescientas toneladas, soltó amarras e inició la etapa final de su viaje de dos mil millas desde Arjánguelsk. El cuaderno de bitácora del barco registraba la fecha del mes de diciembre del año 1620. Había pasado el día de san Martín, el inicio de los más peligrosos e impredecibles mares, aunque el viaje por el Elba hasta Cuxhaven empezaba bastante bien. El *Bellerophon* era empujado rápidamente por la marea menguante, pasando por delante de las atestadas casetas del Sant Pauli Fischmarkt por su lado de estribor, y ante el puñado de cordelerías y depósitos de mercancías con tejados de gablete por el otro lado. Río abajo, en aguas más profundas, crujiendo por la parte de las anclas, se encontraban los *fluyts* de ágil aspecto de la flota hanseática, cada uno de ellos rodeado por media docena de gabarras y barcas de aprovisionamiento. El *Bellerophon* constituía una brillante imagen mientras desfilaba balanceándose entre ellas con los estays tensos y silbando bajo la brisa, sus velas de color crema gualdrapeando e hinchándose en cuanto eran desplegadas.

Aunque la bodega estaba llena de pieles procedentes de Moscovia, su aire era tranquilo y boyante. La línea de flotación era alta, y las sombras de sus velas barrían rápidamente al pasar a los obreros agachados en los muelles o que golpeaban con ruido sordo las planchas en los almacenes, acarreando barriles de bacalao islandés o sacos de lana inglesa. Podía verse a algunos miembros de la tripulación en su combés, agitando los gorros, mientras, muy por encima de sus cabezas, diminutos contra el cielo de diciembre de acerados tonos y que escupía nieve, los vigías subían y bajaban por los flechastes y a lo largo de las vergas, tirando de las cuerdas de amarre y alargando las gavias que captaban el viento en sus senos y arrastraban el buque aún más rápidamente a través de la salobre marea hacia el mar.

De pie en el alcázar, dejando que los copos de nieve se posaran y fundieran en sus mejillas, mientras a popa la aguja de la Michaeliskirche se iba alejando y reduciendo de tamaño, el capitán Humphrey Quilter observaba cómo sus hombres se dedicaban a sus tareas. El viaje desde Arjánguelsk había sido difícil. El Dvina se había helado casi dos semanas antes, y el *Bellerophon* y su tripulación escaparon de sus garras sólo por un par de días. Quilter había quedado ya atrapado en su hielo una vez en el pasado, dos años atrás, cuando la entrada de la bahía se congeló completamente la primera semana de octubre. Ninguno de los que recordaban aquella espantosa experiencia desearía repetirla. Seis meses inmovilizados en las heladas fauces del Dvina, esperando el deshielo de primavera, que aquel año llegó con un retraso de tres semanas. Pero siempre era un viaje peligroso. Esta vez el barco había escapado del hielo que empezaba a extenderse, sólo para ser azotado por espantosas galernas en medio del Mar Blanco. Después de llegar con dificultad al puerto de Hammerfest para reparar un agrietado palo de mesana, tuvo la fortuna de burlar el hielo una vez más, en esta ocasión por una sola marea.

Pero ahora, cuatro semanas más tarde, el capitán Quilter podía relajarse. Esa última etapa del viaje, desde Hamburgo a Londres, sería la más fácil, aun cuando diciembre y su impredecible tiempo habían llegado... y aunque ésa era, como afirmaba el rumor, una época poco propicia para los viajes. Porque pronto sería difícil navegar con cualquier barco al extranjero, con o sin hielo, con buen o mal tiempo. Los puertos, así como las rutas marítimas que los unían, estarían cerrados a todos los barcos excepto los buques de guerra, porque se perfilaban en el horizonte nuevas batallas. Todo el continente europeo era un barril de pólvora esperando una mecha que no tardaría en encenderse. Y nadie, suponía Quilter, escaparía a los efectos de la explosión.

Se apuntaló sobre la crujiente cubierta, sus piernas bien separadas, y percibió que la brisa se hacía más fría, más salada. Los brezales y saladares con sus diques y empalizadas de mimbre iban desfilando por el lado de babor. Quilter conocía bien el estuario, cada banco de arena y cada bajío, y casi no necesitaba echar una mirada a los enrollados mapas marinos de su cabina. El barco llegaría a Cuxhaven a primera hora de la tarde y después, con viento favorable y buen tiempo en el mar del Norte, a la costa de Inglaterra dos días más tarde. No lo bastante rápido aún, lo sabía, para sus cuarenta y seis tripulantes, que estaban anhelando regresar a casa después de cinco meses en el mar, aunque al menos llevarían dinero en sus bolsillos, pese a que la prometida carga de cerveza de Wismar se había extraviado en algún lugar entre Lübeck y Hamburgo. Sí, un buen botín, que bien valía sus penalidades. Habría salarios y gratificaciones para todos, por no hablar de las hermosas ganancias que tendrían los accionistas de la Bolsa Real. Porque, bajo las cubiertas, el *Bellerophon* transportaba casi quinientas pieles de alta calidad compradas a los lapones y samoyedos en el fuerte inglés de Arjánguelsk. El barco llevaba a Inglaterra suficientes pieles de castor, calculaba Quilter, para varios cientos de sombreros, por no mencionar las de ratones almizcleros y zorros destinadas a la confección de docenas de finos abrigos; y cibelinas y armiños para las togas de un centenar de jueces. Todo eso junto con unas docenas de pieles de oso y reno, las primeras completas con sus garras y sus momificadas cabezas, y las segundas con su cornamenta intacta, todas las cuales acabarían colgando de las paredes o cubriendo los suelos de señoriales haciendas. El último invierno había sido frío, incluso para las tierras moscovitas (o así al menos le habían asegurado los samoyedos), y por ello las pieles eran más gruesas —más valiosas por tanto— que de costumbre.

Luego estaba también la otra carga, la más secreta, aquella por la que el capitán no había pagado ni un solo tálero de derechos portuarios. Quilter cambió de postura y lanzó una mirada en dirección a la escotilla. Cierto, la misteriosa carga lo había convertido en un vulgar contrabandista, pero ¿qué elección había tenido? Las doscientas cajas de cerveza del comerciante de Lübeck no habían llegado, lo que quería decir que el *Bellerophon* habría necesitado algunas decenas de miles de libras de barata sal de Lüneburg para usar como lastre. Pero la sal de Lüneburg habría sido difícil de vender en Londres, eso contando con que pudiera encontrarla en tan corto plazo, lo cual se daba el caso que no era así. Tampoco había glasto o lingotes de hierro, ni lastre de ningún tipo, de modo que Quilter había aceptado —con menos reticencia de lo que hubiera sido correcto— llevar a bordo aquellas misteriosas cajas que no habían pasado por el registro portuario y, una vez sobre suelo inglés, tampoco serían declaradas a la aduana. O al menos ése era el plan. Dos mil *reichsthalers* era lo que iba a recibir por sus molestias, o sea, casi cuatrocientas libras, la mitad de las cuales habían sido pagadas ya y estaban a salvo, guardadas en su baúl de marinero. Oh, sí, se dijo a sí mismo mientras la fortaleza de Glückstadt aparecía a proa por estribor, un buen botín, la verdad.

Sin embargo, había algo en aquel asunto que inquietaba a Quilter. ¿Cómo, por ejemplo, había sabido su nombre el individuo del Golden Grapes? ¿Cómo había tenido noticias de la extraviada carga de cerveza de Wismar? ¿Y quiénes eran los pasajeros que, por algunos táleros extra, alguien le había convencido de que tomara a bordo y ocultara bajo la cubierta? Quizás eran espías de la clase que abundaba en todos los puertos de Europa aquellos días. ¿Pero espías para quién? ¿Y el extranjero de la taberna, John Crookes... era un espía también?

En conjunto había sido un extraño y desconcertante asunto. Quilter oyó el familiar sonido de las escotas zumbando sobre su cabeza mientras las velas se hinchaban formando blancas ondulaciones, captando el viento del río cada vez más fuerte. La proposición se había producido dos noches antes, en una taberna del Altstadt, junto al muelle, donde estaba bebiendo una pinta de cerveza amarga y comiendo una merluza frita en compañía de su contramaestre, Pinchbeck, y media docena más de miembros de la tripulación del *Bellerophon*, que estaban diseminados por las mesas con su nariz metida en otras tantas pintas. La noche había estado a punto de discurrir como cualquier otra pasada en Hamburgo... bebida, cartas y quizás una prostituta de la Königstrasse antes de regresar tambaleantes a la pasarela que les aguardaba. Pero entonces las campanas de la torre de la Petrikirche empezaron a repicar furiosamente y un hombre cruzó diestramente la puerta y tomó asiento en la vacía mesa situada junto a Quilter. Captando la mirada de Quilter, el hombre se presentó como John Crookes, un inglés de la compañía Crabtree & Crookes, importadores en Inglaterra de las ciudades hanseáticas. En torno de una copa de ginebra holandesa explicó que su firma utilizaba la flota hanseática, cuyos barcos habrían, de lo contrario, viajado hasta Inglaterra con las bodegas vacías. Sólo que ahora se estaba produciendo, susurró, cierta desavenencia, el origen de la cual era que los hamburgueses se estaban peleando con los daneses, cuyo rey acababa de construir una enorme fortaleza unas millas río abajo, en Glückstadt. Y como el rey Jaime de Inglaterra se había casado con la hermana del rey de Dinamarca —ese beligerante enemigo que deseaba gobernar tanto el Elba como el Báltico—, ni un solo buque de toda la flota hanseática estaba dispuesto a transportar carga de comerciantes ingleses. En ese momento Crookes sacó una bolsa de su bolsillo y, sin apartar los ojos de la cara de Quilter, la hizo deslizar por la mesa remedando el movimiento de un caballo de ajedrez.

—No nos andemos con rodeos, capitán Quilter —dijo en voz baja—. Necesito un barco. O parte de él... Ahora... —Dio un golpecito a la bolsa de piel con un dedo—. ¿Tal vez usted, un compatriota, podría hallar la forma de proporcionar cierta ayuda?

La bolsa contenía un centenar de *reichsthalers*. La carga fue llevada a bordo una noche más tarde, bastante después de oscurecido, sin emplear para ello antorchas o luces de ningún tipo. Incluso los cuatro faroles montados en la batayola de popa habían sido apagados. Noventa y nueve cajas en total. Se dieron sobornos a los descargadores del puerto para acelerar la tarea y también para que mantuvieran la boca sellada, porque lo último que Quilter necesitaba era que alguna de las bandas de la ribera del río que merodeaba por los muelles legales de Londres y Gravesend oyera hablar de una carga valiosa estibada en la bodega del *Bellerophon*.

El capitán había observado las actividades desde arriba, sobre la pasarela, mordiéndose los labios y luego los nudillos. Las cajas fueron arrastradas penosamente a través del puerto de embarque por los estibadores y refunfuñones marineros de la tripulación que estaban ya tratando de suponer lo que podían contener pero que no podían prever los pesares que la extraña carga pronto les iba a traer. Tan pesadas eran las cajas, y tan numerosas, que por un momento Quilter llegó a pensar que podían sobrecargar y desequilibrar el barco. Pero el temor se había demostrado infundado; el *Bellerophon* estaba ahora viajando rápidamente por el Elba, perfectamente lastrado. Para cuando el sol le ganó la batalla a las nubes y apareció sobre las vergas del trinquete, surgieron los primeros campanarios de Cuxhaven, una visión familiar y bien recibida.

El capitán Quilter se permitió una sonrisa de satisfacción. Muy por encima de su cabeza, las orzas flameaban a medida que los vigías largaban velas. La sombra de una nube barrió la cubierta, perseguida por la luz del sol. El tiempo se mantendría. En dos días más, el *Bellerophon* llegaría al Támesis, o más bien al Nore, el fondeadero donde las misteriosas cajas serían descargadas en una pinaza, y luego, tras embolsarse otros mil *reichsthalers*, podría olvidarse de ellas.

Un minuto más tarde se encontraba dentro de su cabina, entre los montones de mapas y brújulas. Poco después, mientras el *Bellerophon* penetraba suavemente en la bahía de Heligoland, el repicar de las campanas de la iglesia, un signo de hombres enfermos, pudo oírse en la lejanía. Sin embargo, el capitán Quilter no se imaginaba nada de ello en aquel momento; tampoco prestó mayor atención a la visión, a través de la escotilla, de otro buque mercante, el *Estrella de Lübeck,* que apareció a corta distancia por babor. En vez de ello, inclinó la cabeza sobre el sobado portulano que mostraba los bancos de arena y naves hundidas que señalaban la entrada al Nore, y más allá, el puerto de Londres.

El viaje a Hamburgo desde el castillo de Breslau duró más de tres semanas. La nieve había caído en Bohemia y el Palatinado, así como en Silesia. Los voraces ejércitos quedaban bloqueados durante días, estancados en las granjas y alquerías o en medio de desconcertados aldeanos. Desde Heidelberg, en el oeste, a Moravia, en el este, los soldados del emperador, amontonados en sus acantonamientos o metidos en nieve hasta la cintura, arramblaban con el escaso forraje que podían encontrar para sus hambrientos caballos. En los patios y jardines del castillo de Praga la nieve alcanzaba tres pies de profundidad. El saqueo no había terminado hasta cinco días después de que se abriera finalmente una brecha en las puertas; las profecías de Otakar se habían cumplido de la manera más brutal. Los palacios y las Salas Españolas habían sido saqueados uno por uno, al igual que las iglesias e incluso los sepulcros y cementerios, de cuyos cadáveres se rumoreaba que llevaban oro en sus dientes. Las casas del Callejón Dorado y los laboratorios de la Torre de las

Matemáticas fueron también saqueados, a causa del rumor de que el grupo de alquimistas rosacruces de Federico habían descubierto procedimientos para convertir el carbón en oro. Se encontrara o no oro, o siquiera carbón, los tesoros del castillo y luego de la Ciudad Vieja resultaron tan abundantes que no pocos de los soldados merodeadores se vieron obligados a contratar esclavos para transportar sus sacos de botín.

En Silesia, la corte fugitiva había residido en Breslau durante seis días después de la larga *via dolorosa* desde Praga. La mañana del séptimo día, la caravana, o parte de ella, se dirigió hacia el norte y luego al oeste, siguiendo las curvas del Oder, ofreciendo bajo la luz del alba el mismo aspecto que un rebaño sarnoso de bestias migradoras. Los retrasos eran constantes. Al cabo de un día, las cajas fueron cargadas en siete barcazas, pero, primero el Oder y luego el Elba, los ríos se helaron, y los hielos tenían que ser rotos por hombres sirviéndose de bicheros. Aun así, una de las barcazas sufrió un accidente y se agrietó su casco, por lo que hubo de ser remolcada a la orilla y abandonada, lo que implicó otro retraso antes de que se reanudara el viaje, tan lento como siempre. Los mojones que marcaban la frontera iban surgiendo y luego desaparecían por la popa. Friedland. Sajonia. Brandenburgo. Mecklemburgo. Las estaciones de peaje, cada una con sus soldados y cañones, surgían a la vista y luego iban menguando. Un hermoso soborno se pagaba a cada una, y ninguna de las barcazas era abordada, ninguna de las cajas forzada.

Al final el viaje desde Breslau representó algo más de trescientas millas a vuelo de pájaro, aunque, con los recodos del Elba, y debido al hielo y al frío, pareció mucho más largo, un agónico viaje a través de gargantas de arenisca y ciudades cuyos edificios se acurrucaban tras muros fortificados en laderas boscosas sobre el río. Finalmente las barcazas llegaron a nevados páramos azotados por el viento, donde algunos rediles de ovejas y enebros sobresalían de esculpidos ventisqueros como ruinas. Sólo después de que el Elba se ensanchara y se librara del hielo, llenándose de barcos carboneros y botes de pesca, apareció el sol y el tiempo mejoró. Un día después el río se ensanchó aún más, su corriente se aceleró y el tráfico aumentó hasta convertirse en un caos. Un enjambre de torres y agujas apareció encima de las húmedas Geestlands.

Emilia, frotándose sus dedos llenos de sabañones, no era capaz de imaginarse siquiera dónde estaban, o cuántos días habían pasado desde Breslau. No dijo nada cuando la barcaza se deslizó entre otras dos, y luego chocó contra un concurrido muelle. Tampoco dijo una palabra cuando media docena de hombres, conducidos por un alto administrador del muelle, anduvo tropezando por las planchas hacia ellos. Aunque el crepúsculo había caído, no se habían encendido faroles, y las figuras que saltaban a bordo no eran más que unas sombras.

Vilém la tomó de la mano y desembarcaron juntos. Ascendieron por el resbaladizo terraplén hasta donde, en la cima, el escenario de abajo aparecía iluminado y sombreado por la débil luz de los faroles de una taberna del puerto. Detrás de ellos el administrador estaba vociferando instrucciones en alemán. Las cajas estaban siendo transportadas a uno de los almacenes que se amontonaban en la orilla. La presión sobre su muñeca se acentuó.

Permanecieron tres días en Hamburgo, en el Gänge-Viertel del Altstadt. Emilia pasó cada noche en una *Gasthaus* diferente, en una habitación para ella sola, pequeñas y estrechas celdas donde se despertaba cada mañana esperando oír el tintineo de la campanilla de la reina en la puerta de al lado. Pero no sonó ninguna campanilla de llamada en la puerta de al lado, al menos desde la noche en que ella fue despertada de su sueño, le dieron dos minutos para empaquetar sus cosas, y luego fue acompañada al Oder del brazo de sir Ambrose. Emilia pensaba, dado el estado de pánico que sintió al partir, así como por la expresión de la cara de Vilém —porque él estaba allí, amarrando una de las cajas a la parte superior de un carro—, que los mercenarios cosacos los habían atrapado finalmente. Pero no huían de los cosacos, descubriría ella más tarde, sino, más bien, de la reina y su corte. Porque sólo después de que la noche terminara y saliera el sol, una débil claridad en el borroso horizonte, se dio cuenta ella de que el carruaje de la reina con sus pilas de libros y cajas de sombreros no aparecía a la vista por ninguna parte. Que sólo estaban ellos tres ahora, junto con media docena de trabajadores, silesios que no hablaban ni inglés ni alemán.

¿Qué trato se había hecho? Cuando observó las cajas que estaban siendo transportadas desde el muelle, se preguntó si simplemente habían sido robadas, si tal vez sir Ambrose no era más que un ladrón o un pirata. En sus fugaces momentos juntos, Vilém había declarado saber muy poco de los planes del inglés aparte de que tenía que verse en Londres con un hombre llamado Henry Monboddo. Monboddo era un tratante de arte, un vendedor de cuadros y de libros que proveía a los opulentos lores ingleses de valiosas pinturas y manuscritos, así como de cualquier otra curiosidad que fuera capaz de arrancar de las manos de los príncipes y potentados de Francia, Italia o el imperio. Sir Ambrose había tratado con él en varias ocasiones, porque Monboddo también se había hecho con algunas piezas y objetos que fueron a parar a las colecciones del emperador Rodolfo. Ahora al parecer Monboddo había encontrado un nuevo cliente. Vilém no tenía ni idea de quién. Pero en su segunda noche en el Altstadt confesó lo que ella ya sospechaba. Los perseguían.

Los dos se habían sentado a la mesa en la habitación de ella, susurrando sobre un tablero de ajedrez, mientras una única vela ardía en el candelabro de ocho brazos. Él le había recitado una familiar letanía, pretendiendo no saber ni quién los estaba persiguiendo ni si ellos tenían algo que ver con los hombres de librea negra y oro. Tampoco sabía si los hombres de librea negra y oro podían estar al servicio del cardenal Baronio, o del emperador, o de alguien completamente distinto. Pero admitió que entre los centenares de libros que él y sir Ambrose habían acarreado desde Praga en las noventa y nueve cajas de madera estaban aquellos procedentes del archivo secreto de la biblioteca... libros prohibidos como heréticos por el Santo Oficio. ¿Era el pergamino en cuestión uno de ellos? Vilém afirmaba no saberlo. Pero los cardenales de la Inquisición no aceptarían gustosos, dijo, la liberación de los libros del castillo de Praga... ni su traslado a un reino hereje como Inglaterra. Porque, incluidos entre las cajas había tratados tan polémicos como la obra de Copérnico que Emilia había visto en la bodega de Breslau. Ese volumen en particular, *De revolutionibus orbium coelestium*, había sido suspendido por la Congregación del Índice, explicó Vilém, después de los roces de Galileo con la Inquisición en 1616. Los escritos de Galileo —tanto los publicados como los no publicados— podían encontrarse también en los archivos. Y Galileo era, a los ojos de Roma, un escritor sumamente peligroso.

Pero se podían encontrar más documentos en las

noventa y nueve cajas. El santuario secreto de las Salas Españolas había sido muy ampliado durante los últimos años, y no solamente debido al celo de la Congregación del Índice. Había también montones de pieles de cordero en los archivos donde estaban catalogadas las múltiples actividades del mayor imperio sobre la tierra. Porque, unos años antes, cuando era archiduque de Estiria, Fernando había firmado un acuerdo con su primo y cuñado, el rey de España. El tratado unía las dos Casas de Habsburgo —una en Austria, otra en España— que en adelante trabajarían conjuntamente para aplastar a los protestantes. En aquellos tiempos se producía mucha fraternal mezcla de sangre. Documentos de los archivos de Sevilla iban a parar a la Biblioteca Imperial de Viena, y viceversa. Felipe incluso envió a Viena un ejemplar del *Padrón real,* el mapa de sus dominios en el Nuevo Mundo. Pero Viena ya no era un lugar seguro, porque tanto los turcos como los transilvanos la amenazaban. Tanto era así que durante los últimos años muchos de los documentos procedentes de la Biblioteca Imperial fueron enviados por su seguridad al castillo de Praga, al archivo secreto de las Salas Españolas. Pero luego, por supuesto, todo cambió. Fernando fue desposeído del trono de Bohemia y reemplazado por un protestante.

Emilia cerró los ojos y sintió que la habitación empezaba a dar vueltas. ¿El rey de España? Fuera, el viento gemía lastimeramente entre los cañones de las chimeneas, como los aullidos de una manada de lobos. ¿Los cardenales de la Inquisición? La vela amenazaba apagarse a causa de la corriente, al tiempo que soltaba carámbanos de cera. ¿Qué fatal caja de Pandora había sido abierta en el castillo de Praga? No por primera vez, se daba cuenta ella del peligro —un peligro peor que el cortante frío o los hielos flotantes del Elba— en los que sir Ambrose los había metido. ¿Y acaso no era el inglés en sí mismo un peligro también, alguien al que había que temer tanto como a los misteriosos perseguidores?

Sir Ambrose entró en su habitación unos minutos más tarde, llamando a la puerta y andando con paso vivo. Parecía de humor alegre. Les tendió a cada uno de ellos un pasaporte y un certificado de salud —ambos extendidos con nombres falsos—, y luego se volvió hacia Vilém.

—Lamento decir que, si mi información es correcta, puede usted también tener necesidad de ellas. —Y le tendió una pequeña bolsa de piel de becerro—. En caso de que fuéramos capturados, ¿comprende? Me han dicho que tienen algunos desagradables métodos de persuasión.

—¿Persuasión?

Vilém aceptó la bolsita de piel y aflojó las cintas. Emilia, que observaba desde el rincón, vio que Vilém esparcía en su palma tres o cuatro pequeñas semillas.

—*Strychnos nux vomitica* —explicó sir Ambrose—, procedente de un árbol de la India. Traída, creo, por una misión jesuita. Indolora, al parecer, y muy rápida. He visto funcionar una en un mirlo. —Hizo una pausa—. Pienso que una serviría para el caso; dos, para estar seguros.

Vilém frunció el ceño.

—Pero ¿cómo voy a...?

—¿A qué?

—¿A convencer a los hombres de que se las traguen?

Sir Ambrose le miró perplejo, durante un segundo, y luego rompió a reír.

—¡Mi querido amigo! —exclamó. Hizo un terrible espectáculo de secarse las mejillas con un pañuelo y reprimir posteriores erupciones de hilaridad—. No, no, hombre. Son para usted. *Usted* es el que debe tragarlas, si tuviera la desgracia de permitir que lo capturen. Oh, Dios mío...

Una noche después Emilia era furtivamente introducida a bordo del *Bellerophon*, acompañada por la calzada pasarela en medio de la negrura, y luego conducida a través de una escotilla hasta el viciado aire del sollado, el nivel más bajo habitado del barco. Su pequeño camarote —otra estrecha celda a la que fue arrojada— olía a pólvora y brea, y a la tóxica agua de la sentina. Mientras el *Bellerophon* seguía su camino descendiendo por el Elba, ella vigilaba a través de una escotilla, sola en su camarote, en tanto el mar adquiría el color del desierto y agitaba sus olas a lo largo de la playa como los bajos con volantes de una falda. Luego cuando llevaba ya unas cuantas millas mar adentro y los arenosos acantilados de Heligoland surgían en lontananza, se sintió violentamente mareada, y durante lo que parecieron interminables días, yació bien envuelta en mantas en su coy, sintiendo que el *Bellerophon* se agitaba, cabeceaba y crujía en medio del inmenso mar. El médico del barco la visitó en su camarote y le hizo tomar preparados de jengibre y manzanilla alemana. Pero aun entonces, desde luego, ella sabía que su enfermedad no se iba a curar con unas pocas hierbas; era algo más grave y sin embargo más maravilloso que el simple mareo.

CAPÍTULO NOVENO

La iglesia de Saint Olave se alzaba en Hart Street, cerca de Crutched Friars, a la sombra del Ministerio de Marina y Tower Hill. Cuando llegué, sus puertas estaban abiertas de par en par, mostrando una nave iluminada por las velas y un rebaño de feligreses en trance de partir. Estaban terminando las vísperas. Esquivé a la pequeña multitud, di la vuelta a la esquina, luego me deslicé por un sinuoso sendero hacia el cementerio, cuyas puertas aparecían rematadas por un par de calaveras. Las cuencas de sus ojos me miraron torvamente mientras me adentraba en el viejo cementerio esperando parecer solemne y respetuoso, como los cementerios exigen, no un bellaco dispuesto a realizar alguna siniestra acción malvada... lo cual, por lo que yo sabía, era justamente mi caso.

Era el día siguiente de mi excursión a Pulteney House, y por segunda noche consecutiva dejaba a Tom Monk solo en Nonsuch House. Monk había empezado a sospechar, creo, que yo tenía algún lío romántico, una ridícula sospecha por lo demás, pero alentada sin duda por el ramo de flores que llevaba en la mano. Sin embargo, este ritual —las flores y el cementerio— había sido algo familiar. Cada domingo durante los últimos cinco años, me había dirigido de puntillas al cementerio exterior de Saint Magnus Martyr, sosteniendo unas flores contra mi pecho y deslizándome entre las víctimas de la peste y la tisis, y un montón de desgracias más, hasta una familiar lápida de granito rodeada de cuatro pequeños losanges. Pero me di cuenta con un remordimiento de conciencia y de pena de que llevaba ya algún tiempo sin visitar la tumba de Arabella, desde la primera carta que recibiera de Alethea y la posterior visita a Pontifex Hall. Apreté los tallos con más fuerza y avancé con inseguridad.

Había pasado gran parte del día en Whitehall Palace, en las oficinas del fisco, examinando interminables registros de impuestos municipales e ingresos de capitaciones. Esperaba saber algo más de Henry Monboddo antes de verme obligado a enfrentarme con él. Hombre prevenido vale por dos, como mi madre solía decir. Había considerado la posibilidad de regresar a Alsatia y realizar investigaciones sobre Samuel Pickvance, pero debía tener cuidado con no levantar las sospechas del subastador. Él y Monboddo podían estar conchabados. Así que me contenté con ir al palacio, al que un barquero me condujo, viajando río arriba a través del denso tráfico matutino.

Whitehall Palace en aquellos tiempos era un azaroso laberinto de unos treinta edificios de estructuras de madera y tejados de paja cuyos corredores y recintos estaban tan atestados de gente y llenos de humo de carbón y excrementos de rata como todo lo demás en Londres. Difícilmente resultaba un lugar apropiado para un rey, decidí, o siquiera para su amante. Me abrí camino a través de una serie de patios umbríos y exiguos pasajes hasta llegar al indescriptible bloque de alquitranados edificios destinados a la contabilidad y el almacenamiento del tesoro real. Por las estadísticas de capitaciones, que especificaban las ocupaciones, esperaba saber algo de las transacciones comerciales de Monboddo, y, por los registros de impuestos, qué propiedades podía tener, si es que tenía alguna, aparte de Wembish Park. Supongo que debía, si no desconfiar completamente de Alethea, sí al menos sentir un firme escepticismo sobre sus afirmaciones. Pero semejante escepticismo era saludable, me aseguré a mí mismo. La confianza, a fin de cuentas, es la madre del engaño. Por lo tanto, deseaba descubrir algunos hechos objetivos e independientes sobre Henry Monboddo.

La búsqueda resultó larga y difícil. Tuve que remontarme hasta 1651 para encontrar alguna referencia de Monboddo. Supuse que eso se debía a que él, como Alethea, había pasado los últimos nueve años en el exilio. Lo que leí en los registros concordaba con todo lo que Alethea había dicho. Henry Monboddo figuraba como tratante de cuadros y libros de calidad y había sido conservador de la Biblioteca Real en el Palacio de Saint James durante cinco años del reinado de Carlos I. No había pistas, sin embargo, sobre la identidad de su cliente, es decir de la persona que estaba tan desesperada por apoderarse de *El laberinto del mundo*. El registro de propiedades de 1651 establecía su dirección en Wembish Park, mencionando también la propiedad de una casa en Covent Garden... una casa que, cuando la visité dos horas más tarde, resultó que estaba abandonada. En el registro figuraba también una oficina en Cheapside, que se había convertido en el local de un platero, quien declaró no haber oído hablar de nadie llamado Henry Monboddo.

Antes de que dejara Whitehall Palace, había investigado también en los registros, por capricho, buscando información referente a sir Richard Overstreet. Éste no subió mucho en mi estima cuando descubrí que aparecía allí como abogado. Claro que no todos los abogados eran necesariamente unos sinvergüenzas, me dije, y sir Richard parecía haber disfrutado de una brillante y lucrativa carrera antes de verse obligado a marchar al exilio en 1651. Había ejercido privadamente como notario especializado en escrituras de traspaso siendo luego nombrado procurador de la Corona en 1644. Más tarde ejerció cargos tanto en el Ministerio de Marina como en el de Asuntos Exteriores, para el segundo de los cuales sirvió como enviado extraordinario en Madrid. Había formado parte incluso de la embajada monárquica en Roma.

Inclinado sobre los arrugados documentos, me pregunté por un momento si sir Richard no sería, como tantos otros de nuestra pequeña aristocracia, un criptocatólico, posiblemente incluso un espía del papa o de los españoles. Parecía una idea absurda, pero yo sabía que en 1645 una embajada secreta había viajado a Roma con el propósito de conseguir ayuda militar contra Cromwell a cambio de la conversión del rey Carlos y de sus consejeros al catolicismo romano. Sin embargo, no había ninguna pista de si sir Richard había viajado a Roma formando parte de esa misión. Tampoco esos pocos hechos, al igual que los referentes a Henry Monboddo, revelaban nada de su carácter, de sus motivos o incluso de su religión. De manera que agradecí al funcionario su ayuda e inicié mi viaje de vuelta a través del decrépito laberinto hacia las escaleras del embarcadero.

Mientras me abría camino por el cementerio, descubrí a dos personas de negras vestiduras entre las lápidas, un hombre y una mujer, una en cada extremo del recinto. La mujer llevaba velo, y el hombre, un sombrero de ala ancha. Crucé un grupo de tejos hasta llegar a la primera fila de monumentos, sintiéndome demasiado visible y también algo absurdo mientras inspeccionaba el terreno. Un centenar aproximado de lápidas sobresalían de sus montículos de tierra formando extraños ángulos e irregulares filas, a intervalos aquí y allá, como si fuera una cosecha en parte fallida, y sus sombras de última hora de la tarde marcaban a rayas la hierba recién segada.

Descubrí la tumba de Silas Cobb en mitad del cementerio, medio tapada por las ramas de un tejo que la ocultaba, parcialmente al menos, del resto del camposanto. Era una losa de granito rematada por una calavera de profundas cuencas. Para cuando la hube localizado, uno de los visitantes había desaparecido, pero el otro, sentí, me había estado observando, su cara medio vuelta para seguir mi torpe avance. Decidí que, después de que el hombre partiera, echaría una mirada al monumento ante el que se encontraba. Luego hice una profunda aspiración y busqué la llave en mi bolsillo. Mientras lo hacía volví a leer la inscripción:

Hic jacet
SILAS COBB
1585-1620
Soli Deo laus et gloria in saecula

Habían dejado contra la lápida un ramito de jacintos y manzanilla. Eso me sorprendió. ¿Era alguien que aún mostraba aflicción por Mr. Cobb incluso cuarenta años después de su muerte? ¿Su anciana viuda, quizás? Empezaba a reflexionar gravemente que nadie pondría flores en mi tumba cuarenta años después de mi muerte —ni siquiera cuarenta días, si vamos al caso—, cuando me sentí más desconcertado aún por la losa en cuestión. La otras lápidas a lo largo de la fila databan también del decenio de 1620, pero mientras sus calaveras llevaban un tocado de musgo y sus inscripciones estaban en parte erosionadas, la de Silas Cobb parecía nueva y fuera de lugar. Y sin duda el granito no daba la impresión de tener una antigüedad de cuarenta años.

Me arrodillé al lado del losange y, con las blandas agujas de los tejos tirando de mi cabello, coloqué mis propias flores sobre la lápida. El losange estaba parcialmente cubierto de ortigas, que yo limpié con la punta de mi bastón de espino antes de deslizar mis dedos debajo. La marga del suelo era oscura y caliente y olía a tubérculos en descomposición. Habían cavado un poco la tierra y la habían amontonado a un lado, ocultando luego una caja fuerte en el hueco. Me sentía como un escolar desenterrando un falso tesoro enterrado el otoño anterior. Cuando metí la llave en la cerradura ésta se abrió de golpe con un estampido sorprendentemente fuerte. Contuve la respiración y miré por encima de mi hombro, a través de las ramas del tejo movidas por el viento. El segundo visitante había desaparecido.

No encontré ningún mensaje de Alethea dentro de la caja, de modo que dejé un pedazo de papel confirmando mi intención de viajar a Wembish Park cuando ella lo tuviera a bien, tal como habíamos convenido. Luego cerré la caja fuerte, la volví a poner en su lugar, deslicé otra vez en su sitio el losange, y empecé a desfilar por entre las filas de gastado granito. Me sorprendía el hecho de que Alethea, con su obsesión por el secreto, no hubiera insistido en emplear un código o una tinta invisible.

Las ventanas de la iglesia no mostraban luz alguna a estas alturas, y Hart Street parecía por el momento desierta de tráfico. Yo me movía en la dirección opuesta, diagonalmente a través del cementerio, hacia el sudeste, camino de Seething Lane, que también parecía desierto. Por mucho que detestara aventurarme al exterior, a la luz del día, entre las multitudes y el hedor, de noche, Londres era aún peor. Experimenté una desagradable sensación entre los omoplatos, como si alguna gran ave se hubiera instalado allí y se dedicara a picotearme lentamente, desplegando un par de fuliginosas alas. Había algo siniestro y misterioso en la manera como las casas de Seething Lane, más allá de la verja, parecían acurrucarse en la oscuridad. A su lado se levantaba la gran mole amenazadora del Ministerio de Marina.

Me detuve junto a una tumba para atisbar a la enorme estructura que se alzaba sobre la pantalla de tejos. Recordando la patente para la expedición al Orinoco de sir Ambrose, así como el pedazo de lona de El Cuerno de Oro, la supuesta gavia principal del *Britomart,* me pregunté si no debería regresar al día siguiente para hacer algunas preguntas. Quizás el diario de a bordo del *Philip Sidney* aún existía, o posiblemente había alguien en el Ministerio de Marina capaz de informarme sobre la participación de sir Ambrose en el viaje de sir Walter Raleigh a la Guayana. Me preguntaba tontamente si era posible que existiera una relación, por tenue que fuera, entre el viaje de Raleigh y *El laberinto del mundo.* A fin de cuentas, Alethea afirmaba que Monboddo había sido el agente artístico del duque de Buckingham, y yo sabía que Buckingham, el primer lord del Almirantazgo, había apoyado la empresa de Raleigh en la Guayana. Me acordé también de que los otros libros que faltaban de Pontifex Hall —uno de los cuales había sido el *Descu-*

brimiento del grande, rico y hermoso Imperio de la Gua-
yana, de Raleigh— tenían todos relación, de una u otra
manera, con la exploración de la América Hispana. ¿O
me estaba agarrando a un clavo ardiendo?

Por supuesto, yo estaba ya al corriente sobre la desgraciada expedición de Raleigh. Como aprendiz de la
tienda de Mr. Smallplace, me había tragado las historias
de los viajes de Raleigh y Drake como si fueran relatos de aventuras. Aún guardaba una serie de libros sobre las expediciones de Raleigh al Orinoco, incluyendo
relatos de primera mano escritos por hombres que habían navegado en el *Destiny*, o en otros barcos de la flota. Los había examinado cuidadosamente en los días
que siguieron a mi regreso de Pontifex Hall, y ninguno
de ellos mencionaba nada sobre el *Philip Sidney* o sir
Ambrose Plessington.

¡Pero vaya historia la del viaje de Raleigh! Un osado
aventurero marino se pasa trece años en la cárcel por
conspirar contra un viejo y astuto rey, el cual lo pone en
libertad con la condición de que llene los siempre men-
guantes cofres reales descubriendo una mítica mina de
oro al otro lado del océano, a miles de millas de distancia, en medio de una insuficientemente explorada tierra
llena de soldados enemigos. Podría haber salido de la
lengua de Homero o de la pluma de Shakespeare: el héroe imperfecto, el rey traidor, los escurridizos consejeros, la imposible tarea, la trágica muerte, todo ello confundido en un frío mundo de traición y codicia. Pensé
que podía entrever, en Raleigh, la imagen misma de Ja-
son cuando éste fue enviado por el usurpador Pelias a
recuperar el vellocino de oro, o a Belerofonte cuando
viaja a Licia para luchar contra la Quimera después de
enfurecer al traidor Preto... un Belerofonte que, como
Raleigh con su fatídica carta real, lleva una orden que

exige su propia muerte. ¿Quién dice que ya no vivimos en una época de héroes?

Los principales hechos de la triste historia de Raleigh son bastante conocidos. Zarpó de Londres con su flota en abril de 1617, dejando tras de sí facciones enfrentadas y poderosos enemigos. Su plan estaba apoyado por el nuevo favorito del rey Jaime, sir George Villiers —que más tarde sería el duque de Buckingham— así como por la facción antiespañola de la corte, el llamado Partido de la Guerra, encabezado por el conde Pembroke y el arzobispo de Canterbury. Pembroke y el arzobispo habían empujado al joven Villiers a que derribara al favorito reinante, Somerset, y se opusiera a la facción pro española que lo apoyaba. Sin embargo, ni siquiera las zalamerías de Villiers podían tentar al rey para que abandonara su política pro española. De manera que mientras las instrucciones de Raleigh eran localizar la mina de oro, su patente también estipulaba que no debía atacar a ningún barco o asentamiento español. Si incumplía estas condiciones, el embajador español en Londres, el conde Godomar —el más poderoso de sus enemigos— exigiría su cabeza, como se disponía en la cédula.

Por supuesto, las cosas empezaron de inmediato a ir mal. Dos días después de iniciado el viaje, con el Lands End todavía a la vista, uno de los catorce barcos se hundió en una tempestad, llevándose con él a sesenta hombres. Cuando la flota llegó a la desembocadura del Orinoco, ocho desgraciados meses más tarde, tras superar tormentas y escorbuto, Raleigh estaba demasiado enfermo para continuar y se quedó con el *Destiny* en Trinidad. Estaban en la estación seca, una época en que el nivel del Orinoco baja y la navegación se vuelve más arriesgada incluso que de costumbre. Pero Raleigh no podía esperar, y cinco barcos fueron elegidos para ascender por el río. Se creía que la mina se encontraría a unos centenares de millas tierra dentro, cerca del escurridizo El Dorado, una ciudad de la que se afirmaba que se encontraba en medio de un lago. La leyenda de esta ciudad y de sus insondables riquezas había sido repetida por todos los cronistas hispanos, y durante setenta años los conquistadores, aquellos caballeros errantes de la jungla, habían navegado por el Orinoco y sus afluentes en busca de ella. Pero ni El Dorado ni sus minas de oro habían sido vistas, excepto, según cabe suponer, por un hombre llamado Juan Martín de Albujar, un fugitivo de la expedición de Maraver de Silva, del año 1566, expedición de la que, cosa asaz insólita, no existen crónicas.

Tampoco fue descubierta la mina por los hombres de Raleigh. En vez de eso, la flota tropezó con la más humilde ciudad de Santo Tomás, una guarnición española compuesta de un centenar de chozas de bambú, una iglesia de muros de barro y un par de oxidados cañones, todo ello colgando de la orilla del Orinoco. Entonces se produjo el desastre. Se intercambiaron disparos, murieron hombres, la búsqueda fue abandonada, la flota se adentró en la Boca de la Sierpe —la «boca de la serpiente»— y rápidamente se dispersó. Raleigh y sus hombres regresaron a casa deshonrados. Raleigh fingió estar enfermo, luego la locura y después trató de escapar a Francia. Pero fue capturado y devuelto a sus antiguos aposentos de la Torre Ensangrentada. Una investigación sobre el desastroso asunto fue iniciada por sir Francis Bacon. En octubre de 1618, a petición de Gondomar, Raleigh era decapitado. La razón oficial esgrimida fue traición contra el rey Jorge.

Pero yo no estaba seguro de cómo encajaba sir Ambrose Plessington en esa trágica fábula. ¿Había sido el *Philip Sidney* uno de los barcos de la predestinada flota de Raleigh? En tal caso, ¿cuáles eran las relaciones entre *El laberinto del mundo,* Henry Monboddo y un antiguo viaje a la jungla de la Guayana?

Estuve contemplando el Ministerio de Marina con los ojos entrecerrados durante bastante rato, dudando, de repente, de que el edificio pudiera proporcionar alguna respuesta. Luego giré en redondo y me dirigí al lugar donde había visto detenerse al segundo visitante del cementerio. Se trataba de una sepultura con una pequeña columna de granito bajo la protección de un ciprés cuyas ramas sobresalían hasta Seething Lane. Yo esperaba encontrar un reciente montículo de tierra cubierto de ramos de flores, pero la lápida estaba agrietada, la tumba desatendida y la inscripción era casi ilegible. Una raíz de ciprés asomaba del suelo, dando la misteriosa impresión de una rodilla que sobresaliera. Me incliné cautelosamente hacia adelante y esforcé los ojos. La lápida parecía conmemorar a un niño llamado Smethwick —el nombre de pila era ilegible— que había muerto en el tercer cuarto del siglo anterior; así que decidí que me había equivocado sobre la ubicación de la tumba... y, sin duda, sobre las intenciones del visitante también. Además, ¿acaso yo no me había estado comportando sospechosamente, deslizándome en el cementerio a la hora del crepúsculo y luego moviéndome de un lugar a otro como un profanador de camposantos? Toda clase de cosas espantosas ocurrían en los cementerios aquellos días. Probablemente el visitante me había tomado por un «hombre resurrección», uno de aquellos ladrones de tumbas que desentierra cadáveres recientes para venderlos a los aprendices de barbero-cirujano y a los estudiantes de medicina de Londres. Al menos, ésas fueron las palabras tranquilizadoras que me dije a mí mismo cuando empecé a retroceder hacia las tétricas calaveras de fija mirada, resistiendo el impulso de correr y sintiendo que el par de garras se hundían aún más profundamente en la temblorosa carne de mi espalda.

Regresé a casa a pie. Más tarde me pregunté qué podría haber sucedido de haber tomado un carruaje y llegado a Nonsuch House cinco minutos antes. Pero no había coches de alquiler, de manera que empecé a renquear hacia casa, llegando al puente unos veinte minutos más tarde. Todo parecía estar como de costumbre cuando me acercaba a Nonsuch House, pero entonces, frente a la tienda cerrada de un boticario, descubrí a Monk en medio de la calzada, dirigiéndose vacilante hacia mí, mostrando en su blanca cara una expresión de aturdimiento. A sus espaldas, la verde puerta de Nonsuch House parcialmente abierta colgaba ladeada en su marco.

—¡Mr. Inchbold...!

Un grupo de mirones se habían reunido ante la puerta de la tienda, como el auditorio de un espectáculo callejero, indecisos entre quedarse o marcharse, murmurando, especulando en voz baja del mismo modo que lo hacen cuando un caballo de tiro cocea al hijo de un extraño o cae muerto en la calle. Monk se me había acercado tambaleándose y ahora empezaba a agarrarse a mi manga farfullando algo ininteligible.

Lo aparté de un empujón y tiré con fuerza del pomo de la puerta. Ésta se balanceó hacia abajo, más torcida ahora, mientras sus goznes gemían de dolor, es decir los goznes superiores, porque los de abajo estaban doblados y colgaban ladeados del astillado marco. El conjunto amenazaba con desprenderse en mis manos. Pero yo había ensanchado la apertura unas pulgadas más... lo suficiente para introducirme en el interior, sintiendo un ahogo en mi garganta producido por el temor y la furia.

Mis pies habían resbalado en algo, y cuando ajusté los ojos a la penumbra descubrí que mis libros —hasta el último de ellos, al parecer— habían sido arrancados de las estanterías y esparcidos por todo el suelo. Centenares de ellos aparecían formando montones al azar como si estuvieran aguardando la hoguera: las encuadernaciones rasgadas, las cubiertas abiertas de par en par como alas, sus dobladas páginas al descubierto movidas por la ligera brisa que penetraba por la destruida puerta. Flotaba un olor a polvo, cuero y moho... de cosas viejas, gastadas, cuyo familiar y agradable aire viciado hubiera sido de algún modo reforzado como a través de la decocción, una penetrante pero invisible nube que formaba remolinos como el humo del cañón sobre las delicadas ruinas.

Me enderecé y me dirigí tambaleándome, entre libros que me llegaban a los tobillos, hacia el mostrador, dando vueltas en círculo, incapaz de comprender el alcance de aquella destrucción, y menos aún su propósito. Me dejé caer de rodillas en el centro de la tienda, sólo vagamente consciente de la presencia de Monk a mis espaldas. Mi precioso refugio, el puerto donde cobijarme del torbellino del mundo... todo había desaparecido, destruido. Mi pecho empezó a palpitar como el de un niño. Recuerdo haber sentido unas manos sobre mis hombros, pero no sabía a quién pertenecían, o qué sucedió a continuación.

Realmente, de las siguientes horas recuerdo muy poco: sólo una especie de aturdido deambular a través de la tienda, con Monk y yo valorando los daños, recogiendo libros y tratando de hacer una selección entre ellos, lamentando la destrucción de un volumen o, más raramente, celebrando sobriamente la improbable preservación de otro. Mis estanterías de nogal, descubrí, habían sido también destruidas... arrancadas de las paredes y arrojadas al suelo, donde yacían entrecruzadas en desordenados ángulos y astilladas como las jarcias de un barco después de una tempestad. Más tarde llegaría a la conclusión de que había sido necesario un ejército de hombres para llevar a cabo tales destrucciones. Sin embargo, únicamente eran tres los individuos que lo habían hecho, me contó Monk, y probablemente les había llevado sólo cinco minutos. Pusieron pies en polvorosa cuando, después de oír el ruido, Monk había bajado por la escalera de caracol y observado lo que ocurría en la tienda. Parecían estar buscando algo, dijo, porque arrancaban cada libro del estante, lo hojeaban frenéticamente y luego lo arrojaban a un lado antes de pasar al siguiente. Pero a veces uno de ellos alargaba un brazo y derribaba una estantería entera al suelo, o la rompía arrancándola de sus soportes; y todo eso sin haber echado una sola mirada a ninguno de sus libros.

—Me asustaron mucho —terminó Monk, sus ojos brillantes y nerviosos al recordar—, no me importa reconocerlo.

—¿Quiénes supones que eran, Monk? ¿Los inspectores?

—¿Los inspectores, señor?

A estas alturas estábamos ya cerca de la medianoche. Nos encontrábamos sentados junto al mostrador, en nuestra postura habitual, amo y aprendiz, como si esa familiar pose pudiera devolver algo de su destrozado equilibrio a la tienda. Docenas de libros medio desmembrados seguían esparcidos por el suelo, pero habíamos conseguido levantar algunos de los estantes y devolver a su sitio los pocos libros que no requerían re-encuadernación.

—Los secuaces del secretario de Estado —le sugerí—. Recuerda.

Él me miró, ahora más alarmado aún. Sabía algo sobre esos esbirros desde que, dos años antes, John Thurloe, el secretario de Estado en aquella época, los envió a efectuar su ronda por Little Britain y el Puente de Londres. Nos hicieron una visita sólo días después de que una mujer embarazada llegara a Nonsuch House tras lo que ella dijo había sido un difícil viaje en barcaza desde Oxford. Mientras Monk observaba entre asustado e incrédulo, ella dejó caer sobre el mostrador, como si los diera a luz, unos trillizos: tres ejemplares del *Matar no asesinar,* de Sexby, un tratado que exigía la muerte de Cromwell. Los inspectores habían llegado dos noches más tarde, golpeando con fuerza en la puerta. El pobre Monk fue sacado de su cama cuando proyectaron la luz de una lámpara contra su cara y una voz grave le exigió que se identificara. El pobre muchacho no había olvidado el episodio.

—No... Los inspectores no —respondió—. Extranjeros.

—¿Extranjeros?

—Sí. Franceses. Quizás turcos. Eran de piel oscura, señor. El vivo retrato de unos piratas, todos vestidos de negro. Uno de ellos llevaba un pendiente de oro. Otro, un cuchillo —añadió gravemente.

—¿Dijeron algo?

—Ni una palabra.

—¿Se llevaron algo consigo? ¿Algún libro?

—No, señor. —Movió negativamente la cabeza—. Que yo viera.

—No. No parece que falte nada, ¿verdad?

El muchacho volvió a negar con la cabeza. Hasta el momento los volúmenes parecían estar todos, aunque el día siguiente haría otra comprobación en mi catálogo.

—¿Hacia dónde se marcharon?

—Hacia Southwark. Corrí tras ellos, pero eran más rápidos que yo.

Bajó sus ojos hacia el mostrador. No podía mantener quietas las manos en su regazo.

—Entiendo. Gracias, Monk —le dije—. Hiciste bien.

Me recosté en la silla, cerrando los ojos y tratando de pensar. Por un momento casi me permití creer que la destrucción no tenía nada que ver con lo que había ocurrido aquellos últimos días. O tal vez habían sido inspectores a fin de cuentas. Quizás el secretario de Estado empleaba a franceses para efectuar aquel sucio trabajo. ¿Pero qué podían estar buscando? Posiblemente el nuevo rey iba a ser tan conflictivo para los libreros como Cromwell. Decidí que al día siguiente iría a hacer algunas preguntas sobre el tema en Little Britain y Paternoster Row. Alguien más debía de haber tenido visitantes también.

Abrí los ojos, descubriendo que Monk me observaba atentamente. Intenté ofrecerle una tranquilizadora sonrisa.

—Sí, hiciste bien —repetí—. Muy bien. Pero me temo que nuestro trabajo esta noche no ha terminado.

—¿Cómo?

Hice un gesto señalando la puerta, que colgaba pesadamente de sus goznes. La calle era visible más allá. Cada pocos minutos algún transeúnte atisbaba con curiosidad en el interior antes de retirar rápidamente la cabeza y largarse apresuradamente.

—Mañana iré a buscar un carpintero y un cerrajero —dije—. Pero para esta noche...

Metí la mano en el mostrador y saqué una pistola. Los ojos de Monk se ensancharon al verla. Era un arma de siniestro aspecto, pesada y poco manejable, un enorme pistolón de pedernal que había comprado muchos años antes a un veterano de la guerra civil, un hombre ciego y con una sola pierna que se había puesto a mendigar delante de mi tienda. No tenía ni idea de si el pedernal y la mecha funcionaban, o siquiera de cuánto polvo de cebar tenía que esparcir en la cazoleta. El viejo veterano me había dado una breve lección, pero yo jamás hubiera esperado usar aquella cosa, y la había comprado puramente para aliviar su miseria.

—Esta noche haremos turnos para guardar la tienda —dije—. Sólo por si acaso alguien se siente tentado de aprovecharse de nuestra situación. —Coloqué el espantoso instrumento sobre el mostrador entre nosotros—. O por si nuestros amigos se deciden a regresar.

Los ojos de Monk se ensancharon más aún ante estas desagradables perspectivas, de manera que intenté esbozar otra sonrisa tranquilizadora, que se quedó en una simple mueca dolorida.

—Vete a dormir —le invité amablemente—. Te despertaré dentro de dos horas.

Pero finalmente fui yo quien se mantuvo despierto toda la noche. Inicié la tarea de reencuadernar algunos libros, aunque cada diez minutos abandonaba mi máquina de coser y me deslizaba hacia la puerta con el fin de atisbar la calzada en busca de signos de vida, las orejas erguidas para captar el sonido de pasos sigilosos que huyeran corriendo. Pero no había nadie por allí ahora, excepto el vigilante, un individuo viejo y artrítico que no inspiraba demasiada confianza. Estaba muy ciego, observé. Uno de sus ojos estaba cubierto por una película, como en un pescado muerto, mientras el otro daba vueltas como el de una cabeza cortada cuando me aconsejó reparar la puerta. Se trataba de no ofrecer una tentación demasiado fuerte para que alguna pobre alma la resistiera. Luego se marchó arrastrando los pies y balanceando su farol.

Sólo después de que el alba rompiera por el este, abandoné mi máquina de coser y desperté a Monk. Y sólo mientras subía dificultosamente al piso para acostarme me permití pensar en los tres asesinos de negras vestiduras que habían matado a lord Marchamont en París. ¿Habían sido quizás los mismos hombres? Parecía posible... aunque no tenía ningún sentido. Si los asesinos era agentes de Henry Monboddo, tal como sospechaba Alethea, y si Monboddo poseía ahora el pergamino, como yo había descubierto, entonces ¿qué podían andar buscando entre mis estanterías? Quizás estaban al servicio de alguna otra persona, incluso del propio cardenal Mazarino. Me encaramé al lecho y traté de dormir. Había muchas cosas, me dije, que aún tenía que saber.

Me quedé acostado de lado en la cama durante varias horas, exhausto pero insomne, contemplando la pared, escuchando el golpeteo de un escarabajo reloj-de-la-muerte en su interior. De repente aquel sonido familiar se convertía en amenazador y siniestro, como si los insectos estuvieran consumiendo las vigas y soportes de la modesta vida que yo había construido para mí. Como si Nonsuch House estuviera a punto de derrumbarse y arrastrarme dando vueltas de campana hacia la corriente que corría impetuosamente a sesenta pies por debajo de mí.

CAPÍTULO DÉCIMO

Desde las aguas del Elba en Cuxhaven, el *Bellerophon* se dirigió al oeste a lo largo de las Islas Frisias, pasando por delante de cadenas de nevados saladares y diques, de bancos de arena y malecones que se proyectaban como costillas en las grises aguas del mar. Navegó en aguas poco profundas, de diez brazas, durante casi un día entero, siguiendo un rumbo sudoeste cuarta al sur, abandonó la costa holandesa al alba del segundo día y, soltando más velamen, captó un viento fuerte y enfiló su proa hacia Inglaterra. El capitán Quilter, atisbando por su catalejo, divisó la costa desde la pasarela dos horas más tarde. Todo marchaba según lo previsto. Bajó la lente y la devolvió al bolsillo de su chaqueta de lona. Dentro de ocho horas, si todo iba bien, llegarían al Nore y, fondeando, al *Albatross*.

Pero a partir de ese momento nada iría bien en el viaje. Más tarde, haciendo el inventario del desastre, el capitán Quilter echaría la culpa no solamente a su propia avaricia —su codicia por los dos mil *reichsthalers*— sino, más incluso, a la ignorancia de su tripulación. No a ignorancia de su tarea, porque siempre reclutaba a los marineros más capaces y experimentados,

303

sino a la primitiva ignorancia que alimentaba las peores supersticiones en hombres expuestos a la crueldad de los elementos. Sí, los marineros eran una gente supersticiosa; no había manera de evitar ese hecho. Quilter siempre los había visto en sus extraños rituales en el Golden Grapes, comprando horribles amuletos de la buena suerte —los redaños de un recién nacido— a viejas arpías que correteaban por las tabernas situadas junto al puerto. Los hombres creían con cierta extraviada curiosa fe que una de aquellas apergaminadas membranas (o lo que Quilter sospechaba que eran realmente vejigas de cerdo) los salvaría de morir ahogados. Y un día, cuando el *Bellerophon* se encontraba encalmado en la Bahía Dvina, descubrió a un furtivo grupo de hombres que murmuraban un cántico y luego arrojaban una escoba por encima de la barandilla de popa, ¡como si una acción tan insignificante como ésa, y no (como todos los hombres instruidos sabían) el movimiento de las estrellas en los cielos, o la rotación de la tierra, o la conjunción de los planetas, o un eclipse, o la salida de Orion o Arturo, o media docena de otros rituales celestiales que se encontraban más allá del tenue arco del comportamiento humano, pudiera causar un cambio en una fuerza tan poderosa e impredecible como el viento!

Luego, por supuesto, resonaron los tañidos de las campanas de la iglesia. Su fantasmal repiqueteo fue oído en la cubierta superior mientras el *Bellerophon* se deslizaba por delante de Cuxhaven... un signo seguro, cabía suponer, de que el barco y su tripulación sufriría alguna desgracia, porque no había ningún presagio tan terrible para un marinero como el sonido de campanas de iglesia en el mar. Al día siguiente el médico del barco subía desde la caseta del timón para informar de que tres de los miembros de la tripulación habían caído enfermos con fiebre. Dos vueltas al reloj de arena más tarde, se corría la noticia de que otro grupo de hombres había contraído también alguna enfermedad, pero para entonces el capitán Quilter tenía ya otros peligros más serios de qué preocuparse.

¿Qué, se preguntaría más tarde, había hecho que el viento soplara esta vez con la fuerza suficiente para tensar el cataviento al final del cabo en la regala mientras el sol subía a lo alto, al final del turno de guardia de la mañana? No se le prestó ninguna atención, sin embargo, porque el cielo estaba brillante y claro, el viento era constante, y la mayor parte de la tripulación —aquellos hombres que aún no se habían puesto enfermos— se encontraban sentados sobre enrollados acolladores en los comedores de abajo, mirándose mutuamente con desconfianza ante unas manos de cartas. Pero lentamente un frente tormentoso apareció en el horizonte por el este, negro e implacable, y empezó a abrirse paso poco a poco en el cielo como la sombra de un gigante que se fuera aproximando. Las vigas de cubierta crujían ruidosamente y el agua corría por la escotilla. Luego la primera espuma saltó por encima de la proa invadiendo la cubierta del castillo de proa, seguida de hirientes gotas de lluvia. Segundos más tarde las escalas y cubiertas retumbaron con las botas de los marineros que corrían hacia sus puestos. Los guardiamarinas estaban ya a cuatro patas en el combés, abriendo los imbornales en tanto que otros que asomaban la cabeza por la escotilla eran enviados a trepar por los chasqueantes flechastes. Mientras se esforzaban apresuradamente por arrizar la lona —Pinchbeck les gritaba órdenes desde abajo—, los primeros rayos rasgaron el cielo.

Al parecer, la suerte que había salvado a la tripulación del Escila del Dvina y el Caribdis del Mar Blanco los había abandonado. Pinchbeck se aferraba con las dos manos al palo mayor, vociferando hasta enronquecer, hasta que una enorme ola rompió en medio del barco y lo envió tambaleando de costado como un borracho pendenciero. Logró enderezarse, sólo para ser golpeado un segundo más tarde cuando la popa se sumergía vertiginosamente hacia abajo y una cascada de agua helada invadía la cubierta. Un montón de cuerpos procedentes del combés fueron esparcidos por la popa, derribados como bolos. Luego fue la proa la que se hundió, el bauprés cortó el agua y los cuerpos cayeron hacia atrás. Los rituales familiares se convirtieron en pánico mientras una docena de desesperados gritos los seguían por las cubiertas. «¡Timón por el lado de estribor!» «¡Amarrar allí!» «¡Caña toda a la izquierda!» Tres hombres se habían atado firmemente a la caña del timón, la cual se encabritaba y los arrojaba de un lado a otro como un caballo indómito, mientras la cuerda les quemaba las manos y le rompía una de sus muñecas a un marinero. «¡Fijo a sotavento!» «¡Mantenedlo así!» Y luego, cuando uno de los marineros de cubierta voló por el aire, con los miembros extendidos, el grito de sus compañeros se perdió en la tormenta: «¡Hombre al agua!»

Pero no había nada que hacer excepto arriar las velas y rezar. Desde el costado de sotavento del alcázar que no paraba de dar bandazos, el capitán Quilter observaba con impotente furia cómo el cielo se abría sobre las cabezas de los combativos marineros, sobre la punta de unos mástiles que, a medida que las cortinas de agua se iban haciendo más densas, casi se perdían de vista. Consideraba la tempestad como un insulto personal, tan impertinente e irritante como el ataque de un corsario español. No se había producido ningún aviso de antemano, ni el triple anillo en torno de la luna a la salida del sol aquella mañana, ni un halo alrededor de Venus al crepúsculo del día anterior, ni siquiera las bandadas de petreles dando vueltas en torno al barco media hora antes.... ninguna de aquellas cosas que, en la larga experiencia de Quilter, siempre presagiaban violentos cambios de tiempo. Los elementos no jugaban limpio.

Ahora, con la cubierta inundada, resbaló en una tabla, cayó pesadamente de espaldas, y luego se golpeó el tobillo con un cubo suelto. Se puso en pie de un brinco y, lanzando otra maldición, echó el cubo por la borda. Un empapado mapa se envolvió en su cabeza antes de que pudiera rasgarlo y quitárselo de encima. Restalló sobre la borda como una gaviota loca, y, a través de la lluvia, Quilter de pronto divisó la costa que se alzaba amenazadoramente a sotavento... Una costa que representaba un riesgo, ahora, más que un refugio. Sobrevivir al hielo de Arjánguelsk y Hammerfest, pensó fríamente, ¡sólo para ser hecho pedazos contra la propia costa!

Y al parecer el *Bellerophon* y sus tripulantes no serían los únicos en verse reducidos a pedazos. A dos tiros de ballesta, por estribor, otro barco aparecía bamboleándose y hundiéndose en las depresiones de las olas, mostrando dos luces de socorro en su mastelerillo de juanete. Un minuto más tarde, disparó una pieza de artillería, una breve chispa y una voluta de humo, apenas audible por encima de la lluvia y el viento. Su bauprés y su palo de trinquete pronto desaparecieron, el segundo alcanzado por un rayo que golpeó a dos de sus tripulantes lanzándolos al mar. Quilter había logrado conservar la estabilidad lo suficiente para sacar su catalejo, y ahora pudo ver al *Estrella de Lübeck*, otro buque mercante que viajaba desde Hamburgo a Londres. Su lastre había variado de posición, o bien tenía perforado el casco y hacía agua —toneladas de agua— porque se estaba escorando por babor, con sus mástiles inclinados formando un ángulo cerrado con el agua que se alzaba. Quilter esperaba que el barco pudiera mantener una distancia adecuada y no derivara más hacia el *Bellerophon*... provocando el hundimiento de los dos.

Durante las siguientes dos horas, el *Estrella de Lübeck,* más que acercarse peligrosamente, lo que hizo fue irse desvaneciendo. Sólo después de que la tempestad se hubiera consumido —en cuyo momento, y de forma bastante perversa, el sol mandó columnas de luz a través de una brecha en las nubes— reapareció el barco. Para entonces, el *Bellerophon* navegaba con los palos desnudos y se escoraba considerablemente a estribor. El daño recibido era mucho peor, sabía Quilter, que en el Mar Blanco. Las velas estaban rasgadas y la caña del timón, astillada. El juanete del palo de mesana yacía oblicuamente atravesado en la toldilla, donde había ensartado a dos marineros de cubierta y fracturado el cráneo a un tercero. Y nadie estaba seguro de cuántos hombres se habían perdido por la borda. Lo peor de todo, sin embargo, era que la quilla se había agarrado en el borde de un bajío de arena y luego golpeado contra una roca con un estrépito ensordecedor. Probablemente el barco estaba desfondado y llenándose de agua en aquel mismo momento, con lo que disponía sólo de unos minutos para taponar la filtración con una vela o un tapón de escobén. Algo había que hacer, sabía Quilter, o el resto de los hombres se perdería también, convertidos en leña o comida para peces a lo largo de la costa, que cada vez se acercaba más amenazadoramente.

Se deslizó por la escotilla más próxima, bajo la cual, en la cubierta principal y luego en la intermedia, las tablas aparecían resbaladizas a causa de las provisiones derramadas de sus cajas y armarios. El suelo estaba inclinado en un ángulo de 45 grados; era como mantener el equilibrio en la vertiente de un tejado. Pronto el aire se fue haciendo más denso, con un hedor espantoso, y se dio cuenta, demasiado tarde, de que los orinales se habían vaciado en el suelo. Luego, en la cubierta de batería, el olor fue empeorando.

—Las sentinas, capitán.

Se le había unido Pinchbeck, que sostenía un sucio pañuelo contra su nariz. Los dos hombres se abrieron camino con cuidado a través de las atestadas tablas. El agua había surgido a través de las portas, y tenía en el suelo, un desorden de cuñas y empapados cartuchos, media pulgada de fondo. Quilter podía oír los gritos de los hombres enfermos en la caseta del timón.

—Revueltos como una sopa, supongo —añadió el contramaestre con voz ahogada.

—Eso no importa —contestó secamente Quilter—. Haga que un equipo de hombres baje a las bombas. Y consiga un poco de lona del pañol de las velas. Y también un tapón de escobén, si es que puede echarle la mano a alguno. Si hay una vía de agua, tendré que obturarla deprisa o nos ahogaremos.

El contramaestre le lanzó una mirada alarmada. Quilter agitó un brazo con impaciencia.

—¡Venga, rápido! Y busque a todos los hombres disponibles —añadió persiguiendo a la fugitiva figura de Pinchbeck—, y mándelos a la bodega. ¡La carga tendrá que ser trasladada!

Quilter se encaramó por la siguiente escalera solo. Tanto el entrepuente como la cámara de oficiales estaban vacíos, sus junglas de hamacas balanceándose flácidamente de las vigas. Cuando llegó a la cubierta del sollado se quedó sorprendido al ver que también estaba desierta. Había estado esperando encontrar allí a sus tres misteriosos pasajeros —terriblemente asustados, sin duda—, pero no aparecían por ningún lado. Hasta entonces se habían mantenido discretamente en su alojamiento; ni una sola vez habían sido vistos en las cubiertas superiores. Marineros de agua dulce, había pensado Quilter para sí mismo con cierta diversión unas horas antes. Pero ahora vio que sus camarotes estaban vacíos.

Hasta que llegó a las escaleras que daban a la bodega, no percibió signos de vida. La peste de las sentinas era más fuerte ahora; la bilis le subió por la garganta mientras bajaba por la escalera. Surgieron voces de abajo. Parecía como si estuviera produciéndose una disputa. Agarró una de las lámparas de aceite que colgaba de una viga y bajó por la escalera apoyándose en una sola mano.

La bodega de carga era la que más daños había sufrido. La temblorosa luz le mostró a Quilter un promiscuo desorden de pieles entre las diseminadas maderas de estibar y los cajones, varios de los cuales habían volcado contra los mamparos. Otras cajas se habían soltado de sus amarres y resbalaban arriba y abajo con los movimientos del barco. El capitán dio unos pasos titubeantes, esforzándose por oír las voces que sonaban al otro extremo de la bodega, sin querer pensar en el daño que se había causado a sus pieles. El camino estaba bloqueado por un par de cajas, de las que se desparramaba media docena de libros.

¿Libros? Les dio un puntapié para despejar el camino, y luego levantó la lámpara para proseguir, sintiendo que el agua se filtraba en sus zapatos. ¿Por qué la firma de Crabtree & Crookes había enviado *libros* a Inglaterra?

¿Y por qué tanto secreto con ellos? Él ya había transportado contrabando en varias ocasiones en su vida, pero nunca había visto que un libro cruzara sus portas de embarque. Echó una mirada a los diseminados volúmenes bajo la oscilante luz. Algunos ya habían sido dañados por el agua, descubrió. Sus páginas, empapadas e hinchadas, parecían los pliegues de una gorguera de encaje.

Quilter levantó la mirada. Quizás una docena de formas eran visibles en el extremo lejano de la bodega, sus sombras estremeciéndose y saltando a través de las desbastadas planchas de la cubierta.

—¡Ustedes! ¿Qué está pasando?

Nadie se dio la vuelta. El capitán se abrió camino a través de la serie de obstáculos hacia ellos. Más libros. Mientras buscaba puntos de apoyo para sus pies en la cubierta sintió que sus tripas se tensaban. ¿Era un grupo amotinado? En tal caso, Quilter había apagado ya bastantes brasas de motín en el tiempo que llevaba a bordo del *Bellerophon*.

—¡Venga, a trabajar! —gruñó a las inmóviles formas—. Estamos haciendo agua. ¿No me oyen? Hay que cambiar la carga de sitio. Hay que preparar las bombas. ¡Rápido! ¡Antes de que nos hundamos!

Sin embargo, nadie se movía. Entonces vio brillar una espada a la luz de la lámpara y oyó una voz.

—¡Atrás, digo!

Fue un momento antes de que Quilter se diera cuenta de que la orden no iba dirigida contra él. El muro de figuras retrocedió unos pasos entre ininteligibles murmullos de protesta. Quilter estaba lo bastante cerca para ver sus caras bajo el arco de luz. Los tres extranjeros habían sido acorralados contra la pared por diez de los tripulantes. Uno de los extranjeros, el más corpulento de los dos hombres, había levantado su espada. ¿Qué clase de extraño asunto era aquél? Dio otro paso hacia adelante, agarrándose al borde de un mamparo, pero entonces retrocedió lanzando un jadeo. En nombre de Dios, ¿qué era...?

Su pie se había quedado congelado en medio del aire. Bajo su zapato, asomándose de una astillada caja, aparecía una enorme mandíbula, del tamaño de una ballesta, con una docena de dientes que brillaban malignamente a la luz del farol. Quilter bajó la linterna, parpadeando, presa de una confusa alarma. ¿De dónde demonios procedía *aquello*? Avanzó un paso sobre la cosa, sólo para volver a retroceder, porque al lado de la mandíbula aparecía una visión aún más sobrecogedora, el cadáver de una cabra de dos cabezas, con sus cuatro cuernos. La criatura emergía de los restos de una vasija rota cuyo líquido, que formaba ya un charco en el suelo, emitía una peste peor aún que la de las sentinas. ¿Qué, en nombre del cielo, era aquello...?

Pronto aparecieron otras extrañas criaturas, monstruos espantosos que su incrédula memoria reconstruiría sólo mucho más tarde y luego poblarían sus pesadillas durante los años venideros. Se desparramaban de sus cajas mientras él avanzaba hacia ellas, sus anillos y tentáculos torcidos, sus bocas llenas de dientes y mostrando horribles muecas de lascivia. Y más figuras aún, representadas no en carne sino en esculturas —grotescas y amenazadoras criaturas de dos cabezas y docenas de miembros agitados—, o en un enorme libro cuyas páginas iban de un lado a otro con cada movimiento del barco. Tras pasar junto al despanzurrado libro, Quilter descubrió a un demonio, con cuernos del tamaño de los de un toro, violando a una joven doncella con su enorme vergajo negro. Luego, mientras el barco se balanceaba, vio una bruja de apergaminados pechos mordiendo el cuello de una figura desnuda, un hombre, postrado bajo ella. Quilter contempló fijamente la página, horrorizado, sintiendo que le escocía la nuca bajo su empapado chaquetón. Otro balanceo. El demonio reaparecía.

Pero, con mucho, la peor de todas estas visiones —la imagen que el capitán Quilter se llevaría consigo a todos sus atormentados sueños y a la tumba— era una criatura cadavérica que yacía boca arriba en una de las cajas cerca de la pared, un hombre con una máscara en lugar de cara cuyos rígidos miembros se movían a sacudidas espasmódicamente y se agitaban con violencia como si la bestia estuviera tratando de levantarse de su ataúd. Incluso sus ojos, como los de una muñeca, daban vueltas frenéticamente, y la cabeza se retorcía e inclinaba de un lado a otro como la de una ave curiosa. Algunos de los guardiamarinas miraban con los ojos desorbitados; uno de ellos se santiguó repetidamente mientras murmuraba para su coleto una oración. Quilter permanecía agarrado a los maderos como si estuviera hechizado. ¡Vaya, incluso los sonrientes labios se movían como si la criatura estuviera tratando de hablar, de formular alguna espantosa amenaza!

—¡Ah, capitán! Ha decidido unirse a nosotros finalmente.

La voz sorprendió a Quilter devolviéndolo a la vida. Levantó los ojos apartándolos de las locas gesticulaciones de la criatura para ver cómo el hombre de la espada se inclinaba y luego, tras enderezarse, trazaba unas iniciales en el aire con la punta de su arma. El círculo de marineros dio un rápido paso hacia atrás.

—Llame a sus hombres, por favor, ¿no, capitán? De lo contrario me veré obligado a cortarle la garganta a alguno.

—Diablo —dijo con desprecio uno de los guardia-marinas, Rowley, un veterano matón de los muelles. Iba armado, observó Quilter, con un punzón del pañol de las velas. ¿Qué estaba pasando? Varios de los otros marineros agarraban también improvisadas armas —hierros de cebar, una serpentina, incluso un par de palos de escoba—, que ahora levantaban amenazadoramente como un enfurecido ejército de aldeanos acorralando con sus horcas al vampiro local. Rowley dio un paso adelante.

—¿No has matado ya a bastantes hombres?

—Le aseguro que no he hecho nada de eso.

—¡Hechicero! —gritó uno de los hombres desde la parte trasera del grupo, el grumete encargado de la pólvora—. ¡Asesino!

—Qué obra más bonita —repitió el extranjero con una amable sonrisa, afilando la hoja en el aire—. Pero ¿no le parece que podríamos representarla más tarde? ¿En otro lugar? Ya han oído al capitán. Nuestro barco está...

Rowley le interrumpió, embistiendo mientras lanzaba un grito gutural, con el punzón por delante. Pero el barco eligió justo aquel momento para dar un tremendo bandazo a estribor mientras caía más agua en las sentinas. Los tripulantes se tambalearon golpeando de costado contra las cajas, y el infortunado guardiamarina, desequilibrado por culpa de su salto, cayó de rodillas, su punzón atravesando vanamente el aire vacío. Cuando trató de levantarse, descubrió la punta de la hoja en su clavícula.

—Hijo de puta —susurró a través de sus apretados dientes, echándose hacia atrás y apoyándose en las caderas. La punta de la espada le siguió, apretando un poco más, atravesando la piel. Una perla de oscura sangre apareció y luego se deslizó por dentro del cuello de su camisa—. ¡Diablo! ¡Asesino!

—¡Rowley! —Quilter estaba ahora abriéndose camino a empujones por el grupo—. Por el amor de Dios, nos hemos desfondado.

Estaba tratando de apartarlos de la pared, del trío acorralado. ¿Qué pasaba con todo el mundo? ¿Acaso no podían oír el rugido del agua en las sentinas? La brecha estaba sólo a unos pies debajo de ellos, y el mar irrumpía con un ruido tan ensordecedor como el fragor de un trueno. En cualquier momento el agua inundaría la bodega y el *Bellerophon* se hundiría como una piedra.

—¿No me oís? ¡Hemos de mover la carga! *¡Ahora!* ¡Antes de que nos hundamos!

Sin embargo, nadie se movió. Entonces el barco sufrió un estremecimiento y una sacudida cuando la quilla rozó un bajío y se inclinó violentamente a estribor. Los tripulantes resbalaron por la atestada cubierta y cayeron unos en brazos de otros como amantes. Quilter, también, perdió el equilibrio y, antes de poder enderezarse, sintió que alguien caía y golpeaba contra su pierna. Se volvió para ayudar, pero lo que vio fue un par de ojos ciegos que le miraban desorbitados desde una máscara lasciva. La criatura, desalojada de su ataúd, había rodado al suelo. El capitán le dio un puntapié en la barriga, provocándole espasmos frenéticos. Cuando se dio la vuelta vio a alguien más —Rowley— que se contorsionaba también en la cubierta.

Todo había ocurrido muy deprisa. El guardiamarina había intentado aprovechar su oportunidad un segundo antes, arremetiendo con un grito, apuntando el punzón a la barriga del extranjero. Pero su enemigo era demasiado rápido para él. Mientras sus compañeros se echaban hacia atrás, el hombre dio medio paso a un lado y luego con unos rápidos movimientos de su muñeca dibujó otra serie de iniciales, esta vez en rojo a través de la nuez de Adán del guardiamarina. Rowley tosió como si se estuviera ahogando con una espina, manchando la parte delantera de la chaqueta de su asesino con unas motas de sangre. Luego soltó el punzón y cayó sobre las húmedas tablas, donde quedó retorciéndose, tocándose débilmente la garganta y girando desorbitadamente sus vidriosos ojos... un auténtico gemelo de la espantosa gárgola que se agitaba y estremecía a sólo unos pies de distancia.

Quilter, que se estaba levantando del suelo, observó que el hombre se inclinaba sobre Rowley, y limpiaba la hoja de su arma, frunciendo el ceño ante la sangre que manchaba su chaqueta, como preguntándose de dónde procedía. Sus compañeros aún se protegían tras su sombra, mientras Rowley permanecía inmóvil, con un charco bermellón que iba ensanchándose en torno de su cabeza.

—¿Bien? ¿Más objeciones?

La pequeña multitud había dado un paso atrás. El hombre se estaba metiendo cuidadosamente otra vez la espada en el cinto. El ruido de abajo se hacía más fuerte, como el rugido de una bestia de colmillos manchados y ojos brillantes, que se estuviera encaramando desde las sentinas.

—¿No? Entonces propongo que ayudemos al capitán.

A estas alturas, Quilter se encontraba ya de pie, tembloroso, su incrédula mirada desplazándose desde el ensangrentado cadáver a la figura que se alzaba sobre éste. Por primera vez se olvidó del agua que irrumpía en la bodega, del hecho que en menos de un cuarto de hora todos ellos morirían aplastados o ahogados.

—¿*Ayudar*...? —Estaba jadeando por el esfuerzo y también por la rabia—. ¿Quién demonios se cree...?

Pero apenas había abierto la boca cuando la cubierta se balanceó de costado por tercera vez. El cadáver de Rowley dio la vuelta por el movimiento, agitando un fláccido brazo en el aire antes de detenerse pesadamente sobre su espalda, como si él también hubiera sido inspirado por la malévola brujería del hombre que aún se alzaba sobre él con las piernas abiertas. Los aturdidos marineros dieron otro tambaleante paso hacia atrás. Entonces la primera agua empezó a borbotear en la bodega.

Quilter supo la naturaleza concreta de la disputa producida bajo la cubierta sólo más tarde, aunque ya había supuesto buena parte de ella. Al parecer los hombres, tras descubrir los libros y los especímenes —aquellas diabólicas reliquias, como Quilter las consideraría— habían acusado a sir Ambrose Plessington (así se presentaría el hombre), no sólo de causar la tempestad, sino también de los repentinos ataques de fiebre de la tripulación. ¿Cómo podían explicarse aquellas trágicas oscilaciones de la fortuna, si no como el juicio del Altísimo sobre los diabólicos libros y monstruos que aparecían en medio de ellos? ¿Y de qué otro modo podían conjurarse, y salvarse el barco, que arrojando las ofensivas cajas por la borda?

Sir Ambrose había puesto objeciones a este particular línea de razonamiento. Afirmaba que los hombres estaban saqueando las cajas, aunque el capitán Quilter no lograba entender por qué nadie —incluso alguien que guardaba en su armario los redaños de un recién nacido— desearía aprovecharse de aquellos espantosos tesoros. Pero finalmente apoyó las pretensiones de su pasajero, ordenando que las noventa y nueve cajas permanecieran en la bodega. Proporcionarían, al menos, lastre para el barco si eran movidas —pero *rápida, rápidamente*— a estribor.

Así que durante la siguiente media hora, mientras la nociva agua se deslizaba sigilosamente a través de la cubierta de la bodega y se acumulaba en los rincones hasta la altura de los tobillos, un equipo de hombres trabajó para trasladar las cajas a un lugar más alto. Fueron selladas nuevamente después de que su horrible contenido hubo sido devuelto a su lugar —una horripilante tarea, ante la cual incluso los más atrevidos de los marineros se encogieron con repugnancia—, y luego trasladadas al lado de estribor, y apiladas sobre paletas bien sujetas con maderas astilladas y trozos de maderos de estibar recuperados de la cubierta. Otro equipo de hombres fue asignado a la tarea de abrir trampillas en las cubiertas para que un tercer equipo con cubos de lona listos pudieran iniciar el trabajo de achicar el agua. Pero todos estos frenéticos esfuerzos no servían para nada. Quilter se dio cuenta pronto de ello, después de que él y la otra mitad de la tripulación hubieran trepado por las escaleras hasta el castillo de proa, porque el *Bellerophon* se estaba escorando más que nunca. Era sólo cuestión de tiempo, unos minutos a lo sumo, que se hundiera con carga y todo.

La lluvia había cesado, pero el viento del nordeste estaba soplando con la misma fuerza de siempre. Enormes olas corcovadas asaltaban el barco con sus blancas guadañas de espuma. Pinchbeck y un puñado de hombres se reunieron en la cubierta del castillo de proa, tratando de tapar una vía de agua en la proa, por estribor. Dos de los marineros sumergían un cesto envuelto en lona en el agua cerca del agujero, usando una larga pértiga, confiando en que el cesto se acercara lo suficiente a la brecha para que las hilazas que llevaba en su interior, al agitarse saltaran y fueran arrastradas, tapando así la vía. Pinchbeck ya había intentado, sin éxito alguno, pasar una vela por debajo de la proa del barco. Ahora la lona flotaba inútilmente lejos de la cuarta de babor, un enorme calamar ondulando sus tentáculos y retornando a su guarida en el fondo del mar. Tres hombres habían sido enviados al pañol de las velas en busca de otra tela, pero Quilter podía ver cuán inútil era todo eso. Distinguió, a corta distancia por el lado de sotavento, un enorme banco de arena, el Margate Hook, que había quedado al descubierto por la marea menguante. Ya no había ninguna esperanza, comprendió. El barco se estrellaría contra el arrecife para cuando los hombres hubieran regresado.

—No tenemos ni mucho menos el agua suficiente, capitán —gritó el contramaestre por encima de los aullidos del viento cuando el cesto fue arrojado bajo el agua por décima vez—. ¡Marea baja! ¡Apenas cuatro brazas! ¡Hemos encallado! ¡No podemos hacer que la vela pase por debajo! ¡Demasiado viento! —Hizo una pausa para señalar a donde estaban los hombres, que, con sus enrojecidas y rígidas manos a causa del frío, estaban luchando con el artilugio—. ¡Y el cesto tampoco!

—¡Seguid probando!

Quilter contuvo la respiración cuando el cesto desapareció de la vista con un ahogado chapoteo. A estas alturas, el *Bellerophon* se había inclinado más aún de costado; su palo de trinquete, torcido por el extremo superior, estaba casi tocando el agua. Era imposible permanecer de pie sobre la montañosa vertiente de la resbaladiza cubierta del castillo de proa sin agarrarse a algo como apoyo. Ya las primeras olas habían empezado a inundar la cubierta por encima de la regala de estribor. Se sentía la atracción de la orilla, que aparecía, por babor, peligrosamente cerca. Quilter pudo oír los gritos de las gaviotas y le pareció incluso oler el perfume de los pastos. ¿De modo que ése era el lugar donde la muerte los reclamaría, a no más de un tiro de mosquete de la costa, a la vista de los árboles y de los rebaños de ovejas que masticaban calmosamente su pasto? Unos segundos más tarde el cesto apareció balanceándose inútilmente en la superficie, entre un coro de maldiciones.

—¡No hay ninguna esperanza, capitán! —Pinchbeck se había enderezado y se estaba secando la frente con un ensangrentado pañuelo—. Digo que abandonemos el barco.

Pero Quilter se había alejado y estaba observando con aturdida indiferencia las nubes que se amontonaban en el este y empezaban su veloz viaje tierra adentro. Tenía los dedos y las mejillas helados, y sus pies estaban ya sumergidos en el agua. El Margate Hook estaba aún más cerca ahora, su faro parpadeando pálidamente en la antigua torre de madera. Al cabo de un minuto, a lo sumo, serían lanzados por las olas contra el arrecife.

—¡Digo que abandonemos el barco! —repitió Pinchbeck, volviéndose hacia los hombres que estaba en el castillo de proa al ver que Quilter no le respondía—. ¡Preparen las chalupas!

—No hay tiempo —murmuró Quilter para sí mismo mientras un par de marineros empezaron a dirigirse a popa hacia los botes que estaban suspendidos en sus coys. Pero antes de que pudieran dar media docena de pasos fueron interrumpidos por un grito procedente del combés.

—Capitán. —Uno de los marineros, un hombre de cubierta, se agarraba al mástil con una mano mientras señalaba a popa con la otra—. ¡Mire! ¡Un barco! ¡Allí!

Quilter se esforzó por escrutar en el viento. El buque en cuestión había aparecido por la cuarta de estribor, sin bauprés ni palos de trinquete y el resto de los mástiles desnudos o envueltos en jirones de lona. Iba desesperadamente a la deriva, con su línea de flotación muy baja y una de las vergas girando sobre su eje como las velas de un molino de viento. Cuando Quilter entrecerró los ojos pudo distinguir a algunos hombres en el alcázar, en tanto que otro grupo de marineros se esforzaba por bajar sus lanchas al agua, mientras el mar saltaba por encima del combés. Incluso a aquella distancia pudo leer el nombre inscrito en su proa: *Estrella de Lübeck*. Un segundo más tarde vio que los tres hombres del alcázar iban vestidos de negro. A través de la niebla, no parecían más que simples sombras.

Pero entonces la visión se perdió, porque en aquel momento el casco del *Bellerophon* golpeó contra el borde sumergido del Margate Hook y empezó a partirse. Se deslizó a lo largo del arrecife hasta la mitad de su quilla, mientras los maderos gemían y los mástiles se caían, antes de que el barco se detuviera repentinamente con su roda y su bauprés incrustándose en el descubierto banco de guijarros. Entonces se inclinó agónicamente a estribor. La proa y el casco se partieron mientras las planchas se doblaban y se rajaban y sus clavijas estallaban como corchos de una botella de vino espumoso. Turbias aguas cubrieron las astilladas cubiertas unos segundos más tarde, y el capitán Quilter y sus hombres fueron arrojados a las grises mandíbulas del mar.

CAPÍTULO UNDÉCIMO

El Ministerio de Marina proyectaba su enorme sombra a través de Saint Olave cuando regresé a Seething Lane. El inmenso edificio aparecía más grande aún a la luz del día, una imponente estructura que, con sus salientes pisos y alquitranadas vigas, daba la impresión de una enorme fragata que hubiera venido a encallar en medio de Londres. Esta impresión se vio reforzada cuando me deslicé por delante de la caseta del portero y crucé las pesadas puertas de roble que habían sido desatrancadas momentos antes. Docenas de funcionarios y mensajeros correteaban por los suelos de madera como marineros de cubierta preparándose para una tempestad, y a través de la abierta puerta de una gran oficina distinguí a dos o tres capitanes conferenciando sobre un mapa cuyas esquinas estaban sujetas a una mesa mediante pisapapeles en forma de ancla. La visión de sus hermosos rostros ennegrecidos por soles tropicales me recordó que, mientras yo me quedaba en mi hogar bien protegido, otros hombres viajaban a los confines de la tierra, explorando nuevos continentes y navegando por misteriosos ríos. Me sentí totalmente fuera de lugar.

Dos días habían transcurrido desde que mi tienda

fuera saqueada. A media tarde más o menos del día anterior, Nonsuch House había recuperado la normalidad, o casi. No hay ningún desastre demasiado grande, según mi experiencia, que no pueda arreglarse con una máquina plegadora, una barrena de mano y un bastidor de coser. Durante horas interminables, la tienda estuvo resonando con los estampidos de una frenética e incesante actividad. Un carpintero reparaba la verde puerta y la devolvía a sus goznes, mientras un cerrajero restituía la cerradura colocando un mecanismo mucho más sólido que el anterior. El carpintero tomó también las medidas y montó cinco nuevas estanterías de nogal, que yo rápidamente llené de libros. Monk y yo habíamos recogido el resto de los que se encontraban esparcidos por el suelo y luego restaurado los que habían sufrido mayores daños. Calculé que estaría listo para reiniciar mis actividades comerciales en uno o dos días más, a lo sumo.

Esa mañana dejé la tienda al cuidado de Monk y regresé a Seething Lane... no para deslizarme en el cementerio de Saint Olave, sino para realizar algunas averiguaciones en el Ministerio de Marina, que parecía un lugar tan adecuado como cualquier otro para investigar el viaje de sir Ambrose al Imperio de la Guayana. Había decidido que podría conocer mejor a mis misteriosos antagonistas —quizás incluso a Henry Monboddo—, si me enteraba de más cosas sobre sir Ambrose. Confiaba en que pudiera existir todavía el cuaderno de bitácora del *Philip Sidney*, o quizás su colección de cartas marinas o algunos otros recuerdos. Pensaba también que tal vez pudiera encontrar un ejemplar del informe del presidente de la Cámara de los Lores sobre la desastrosa expedición de Raleigh de 1617-1618.

Pero al cabo de dos horas de mi estancia en el ministerio, me encontré con que no había avanzado nada.

Me tuvieron esperando en un banco mientras las campanas de Saint Olave daban las nueve, y luego las diez. Los capitanes iban y venían con sus enrollados mapas bajo sus brazos decorados con brocados. Los funcionarios pasaban hablando atropelladamente o se inclinaban sobre sus mesas, moviendo enérgicamente la pluma. Serían las once cuando finalmente me llamaron, sólo para encontrarme yendo de un atestado chiribitil a otro. Ninguno de los funcionarios con los que hablé había oído hablar de un capitán llamado sir Ambrose Plessington; y tampoco se les ocurría dónde pudiera encontrarse el cuaderno de bitácora del barco o el informe del presidente de la Cámara de los Lores. Uno de aquellos maniquíes sugirió el viejo cuartel general del ministerio en Mincing Lane, mientras otro se decidió por la Torre, que según él albergaba algunos de los registros de la cancillería. Un tercero explicó que el Ministerio de Marina se encontraba patas arriba porque los antiguos comisarios de Cromwell habían sido despedidos y no era muy probable que los nuevos nombrados por el rey fueran capaces de localizar informes de cuarenta años atrás, dado que aún no habían aprendido la manera de encontrar sus mesas sin perderse.

Era mediodía cuando salí del Ministerio de Marina, decidido a que ya había llegado la hora de averiguar algo sobre sir Ambrose. Me abrí camino a través de las multitudes hasta el Muelle de la Torre, donde docenas de gabarras y pinazas se reunían junto a los malecones como rebaños de un paciente ganado. Durante diez minutos estuve pateando el muelle arriba y abajo, tropezando con los descargadores que acarreaban sus retumbantes toneles, y lanzando maldiciones en voz baja, antes de encontrar finalmente un bote de remos desocupado y subirme a su interior.

Como había marea entrante, me llevó casi treinta minutos llegar a Wapping. El caserío se encontraba una milla más abajo del Muelle de la Torre y consistía en poco más de una o dos filas de casas construidas sobre pilotes que dominaban las orillas de Lower Pool. Desde mi buhardilla podía en ocasiones ver su depósito de madera y la aguja de la iglesia, pero nunca había puesto los pies allí. Esa mañana, sin embargo, esperaba encontrar a un anciano llamado Henry Biddulph, quien llevaba viviendo en Wapping casi setenta años. Había sido escribiente de las actas para la marina hasta 1642, en cuyo momento la mayor parte de los barcos de la flota desertaron pasándose a Cromwell, y Biddulph, fiel al rey Carlos, perdió su empleo. Desde entonces se había mantenido ocupado componiendo una historia de la marina desde la época de Enrique VIII... una obra descomunal que después de dieciocho años y tres volúmenes no había conseguido llegar a la Armada Española de 1588. Tampoco había conseguido vender muchos ejemplares, aunque yo guardaba con deferencia en mis estanterías los tres volúmenes, ya que, con los años, Biddulph se había convertido en uno de mis mejores clientes. Visitaba Nonsuch House varias veces al mes, para encargarme que siguiera la pista de docenas de libros para él. Sabía tanto de barcos, sospechaba yo, como yo mismo de libros, y esperaba que fuera capaz de darme alguna información.

El Capitán Biddulph (como era conocido entre sus vecinos) parecía ser una persona relevante en Wapping, aunque la casa a que me dirigieron desde la única taberna de la aldea era muy humilde, una diminuta casita de madera con un tejado algo hundido y un jardín infestado por las hierbas. Dos ventanas en la parte delantera daban al río, y otras dos de detrás a un depósito de madera del cual surgía un terrorífico clamor de martillos y sierras. Pero el ruido no lograba perturbar a Biddulph, que se hallaba trabajando en el volumen número cuatro cuando llamé a su puerta con la punta de mi bastón de espino. Me reconoció inmediatamente y al punto fui invitado a entrar.

Siempre había sentido simpatía por Biddulph. Era un vivaracho anciano de alegres ojos azules y monacal flequillo de blanco cabello que se alzaba erecto sobre sus orejas como los penachos de un búho. Y mientras observaba el desorden de su estudio quedé encantado de ver que era un hombre de los que me gustaban. Todo su dinero parecía haber sido gastado, o bien en libros, o bien en estanterías para albergarlos. Realmente, la mayor parte de los volúmenes, con sus encuadernaciones de tafilete, mostraban mejores atavíos que su propietario, que llevaba por toda vestimenta un par de gastados pantalones y un andrajoso jubón de piel. Habiéndole visto solamente en Nonsuch House, en mi propio entorno, resultaba extraño encontrarlo en un terreno diferente, allí en su guarida, con sus amarillentos grabados de barcos sujetos a la pared. Cuando vi un gato rojizo brincar de la ventana y saltar a su regazo, reflexioné, con una pizca de pena, que sabía muy pocas cosas de mis más fieles clientes.

Tras una cena de anguilas, cocinadas en tajadas sobre una parrilla, nos retiramos a su estudio, donde me recomendó que probara un nuevo brebaje llamado «rumbullion», o «ron» a secas. Era un licor diabólico que parecía escaldar el gaznate y nublar el cerebro.

—Dos veces más fuerte que el brandy —dijo con una alegre risita, observando mis muecas—. Los marineros de las Indias Orientales lo llaman «mata-diablo». Está destilado de melazas. Un capitán que conozco me trae de contrabando algún que otro barril de Jamaica. Lo suelta en Wapping antes de que su barco atraque en los muelles legales.

De nuevo dejó escapar una risita, pero luego su azul mirada se volvió seria e inquisitiva.

—Pero usted no ha venido aquí para beber, Mr. Inchbold.

—No, realmente —murmuré, tratando de recuperar una respiración que la bebida me había arrancado a porrazos del pecho—. No, Mr. Biddulph, he venido a hacerle preguntas sobre un barco.

—¿Un barco? —Parecía sorprendido—. Bueno, bueno. ¿Y de cuál podría tratarse?

Al principio, ni el *Philip Sidney* ni su capitán significaron nada para Biddulph. Pero cuando le conté que el barco en cuestión había participado en el último viaje de Raleigh, empezó a mirar entrecerrando los ojos las vigas de madera de ciruelo que había sobre su cabeza y a canturrear suavemente para sí «Plessington, Plessington», como si el nombre fuera una especie de sortilegio. Un momento más tarde dio una palmada, asustando al rojizo animal que tenía en su regazo.

—Sí, sí, sí... ahora recuerdo. Por supuesto, por supuesto. ¡El capitán Plessington! ¿Cómo podría olvidarlo?

Había alojado una mascada de tabaco en su mejilla y ahora hizo una pausa para evacuar un chorro de jugo en una escupidera que tenía entre sus pies.

—Es sólo que estos días vivo en otro siglo —dijo, señalando su pequeña mesa de trabajo, sobre la cual divisé entre la pila de libros un ejemplar del *Verdadero informe de la destrucción de la Armada Invencible*. De manera que había llegado finalmente a los hechos decisivos de 1588, comprobé—. Me paso tanto tiempo en el reino de la pequeña Isabelita que a veces mi viejo y cansado cerebro se confunde —prosiguió—. Pero el capitán Plessington... sí, sí, recuerdo su barco. —Estaba haciendo vigorosos gestos de asentimiento con la cabeza—. De veras que sí, Mr. Inchbold. Y muy bien.

Pero inmediatamente dejó de asentir, y sus alegres ojos azules se estrecharon una vez más.

—¿Qué es lo que desea saber de él?

—Cualquier cosa que pueda decirme —le respondí con un encogimiento de hombros—. Creo que a Plessington le fue otorgada una carta para construirlo en 1616. Siento curiosidad por su viaje, y en primer lugar, si éste llegó a realizarse.

—Oh, sí, se realizó, Mr. Inchbold. —Biddulph estaba de nuevo asistiendo con la cabeza mientras acariciaba el gato, que se había instalado sobre sus rodillas—. Y está usted de suerte, porque puedo hablarle de la carta. De eso y de mucho más, si lo desea. Ya ve, yo estaba en el Ministerio de Marina por aquella época, como ayudante del escribiente de las actas, de manera que pude ver todos los contratos y libros de facturas del *Philip Sidney*. —Levantó una blanca ceja hacia mí—. Y contaban una extraña historia, Mr. Inchbold.

Por un momento el golpeteo en el depósito de madera pareció desvanecerse, y pude oír cómo las olas chapoteaban contra los soportes de la casa. Traté de parecer indiferente mientras manoseaba mi copa.

—¿Y qué extraña historia es ésa?

—Bueno, la expedición entera ya era extraña en sí misma, Mr. Inchbold. Como no me cabe duda de que usted ya sabe. Pero tenga paciencia conmigo, por favor... —Estaba nuevamente mirando las vigas de madera con los ojos entrecerrados y dando vueltas lentamente al bolo alimenticio en su hinchada mejilla—. Los viejos debemos hacer sólo una cosa cada vez. Es demasiado fácil para un cerebro envejecido confundir una cosa con otra.

—No faltaba más, Mr. Biddulph.

Podía sentir un latido en mi garganta ahora, lento y fuerte. Me recliné en la silla y traté de ingerir otro abrasador trago de ron.

Pero el viejo cerebro de Biddulph mostraba la agudeza de siempre, y los detalles no tardaron en venir.

—La carta fue otorgada, por lo que puedo recordar, el verano de 1616 —explicó después de una corta reflexión, sin dejar de estudiar las agrietadas vigas—. Justo después de que Raleigh fuera liberado de la Torre. La construcción del barco empezó poco después. Lo hicieron en los astilleros de Woolwich, donde han sido construidos todos nuestros mejores buques de guerra. El *Harry Grace à Dieu* fue fabricado allí para Enrique VIII, y el *Royal Sovereign,* para el difunto rey Carlos. Dios lo tenga en su seno —añadió tras una breve pausa.

—¿Y el *Philip Sidney*? Apremié cuando otro silencio reflexivo amenazaba con instalarse entre nosotros.

—Ah, sí. El *Philip Sidney*. Fue construido por el maestro carpintero de barcos Phineas Pett. Una tarea imponente, incluso para un hombre de las capacidades de Pett. Seiscientas toneladas cargadas con más de un centenar de cañones en sus cubiertas. Era incluso mayor que el *Destiny,* que también fue montado en Woolwich. Pasaron sus buenos ocho meses desde el día en que un tronco de caballos arrastró sus cuadernas de la quilla para dejarlas en su lugar hasta la noche en que el buque se deslizó por las engrasadas gradas hacia una marea viva. Yo estaba en los astilleros aquella noche. El propio príncipe Carlos hizo los honores con una copa de vino. Apenas era un muchacho por aquella época. «Dios le bendiga, y a todos los que naveguen en él...» Bueno, vaya broma, no —murmuró sombríamente— considerando todo lo que sucedió. Recuerdo que pensé que, en primer lugar, era una maravilla que llegara a estar listo para navegar.

—¿Debido a su tamaño?

—No sólo por eso. Ya ve, ninguno de nosotros en el Ministerio de Marina esperábamos que consiguiera ser terminado. Toda la expedición Raleigh parecía un disparate ya desde el principio. Sir Walter era un fanfarrón, eso era del dominio público. Primero estuvo la empresa de fundar colonias en los terrenos pantanosos de Virginia. Luego se pasó más de doce años en la Torre tramando sus locos proyectos de descubrir alguna mina en medio de la jungla de la Guayana. Pura locura, digo. A fin de cuentas el blanco mineral de espato procedente del *Lion's Whelp* analizado en Goldsmith's Hall por la Administración de la Casa de la Moneda...

—Perdone —le interrumpí—. «¿El *Lion's Whelp*?»... —El nombre me resultaba familiar.

El viejo hizo un gesto con la cabeza señalando uno de los grabados de barcos colgados en la pared sobre su mesa.

—El barco de Raleigh, en su primer viaje a la Guayana.

—Ah, sí, sí. —Recordaba el *Descubrimiento del grande, rico y hermoso Imperio de la Guayana*, un delgado volumen que yo guardaba en mis estanterías, y que había visto en la lista de Alethea de los libros perdidos de Pontifex Hall. Un volumen que había extraviado junto con *El laberinto del mundo*—. Por supuesto.

—Como digo, el blanco espato traído de la Guayana en 1595 señaló sólo la escasa presencia de veinte onzas de oro por tonelada de material. Una cantidad risible, difícilmente suficiente para que valiera la pena hacer excavar una mina en Inglaterra, y mucho menos a miles de millas de distancia, en medio de la jungla. Estaba también el hecho de que las aguas del Orinoco nunca habían sido cartografiadas de manera fiable, ni siquiera por los españoles, aun cuando los mejores ingenieros procedentes de la Escuela de Navegación y Cartografía de Sevilla habían recorrido las selvas de la Guayana durante decenios. Por lo que se refería a la mina de oro, los españoles no tenían más que la palabra de algunos salvajes torturados en la que confiar, y todo el mundo sabe que una víctima siempre les dice a sus torturadores las fantasías que éstos desean oír.

Hizo una pausa para recurrir nuevamente a la escupidera.

—Y lo peor de todo, sin embargo, fue el embajador español.

—Gondomar —murmuré.

—Justamente. Todo el mundo sabía que el rey Jaime estaba bajo su influencia. Gondomar lo dominaba más aún que Buckingham... que era conocido sencillamente como sir George Villiers aquellos días, desde luego. Y se decía que a Gondomar no le gustaba en absoluto la carta concedida a Raleigh. Mire usted, él consideraba a Raleigh un corsario, igual que a Drake. Y pronto empezaron a circular rumores de que Villiers tampoco se mostraba muy entusiasmado con la aventura. Así fue que durante ocho meses estuvimos esperando ver cómo los carpinteros de Pett arrojaban sus herramientas, o despertar una mañana para descubrir que el *Sidney* se había convertido en cenizas en sus picaderos.

El viento penetraba por la ventana, trayendo consigo el hedor de la marea salobre. Observé una gaviota bajando en picado por delante de la ventana levantada, y luego el mástil oscilante de una pinaza que ascendía lentamente por la corriente. Biddulph se había quedado en silencio y los martillos del depósito de madera parecían más ruidosos que nunca.

—Pero ninguna de esas cosas sucedió —le dije apremiante—. Y el barco navegó.

—Ciertamente. —Biddulph trasladó la mascada de tabaco a la otra mejilla y se encogió de hombros—. La codicia prevaleció sobre el miedo y el sentido común, como generalmente ocurre. El dinero para equipar el barco y pagar a su tripulación ya había sido obtenido de los inversores en la Royal Exchange, de modo que el miedo y el sentido común hubieran causado la quiebra de la mitad de Londres. *Ergo*, en junio del año 1617, el *Sidney* zarpó de Londres para unirse al resto de la flota en Flymouth. Yo fui testigo de todo ello. Le vi levar sus anclas y bajar por el Támesis desde Woolwich. Aún puedo ver el nombre pintado en oro en su espejo de popa —dijo pensativamente, añadiendo luego—: Un nombre peculiar para un barco, ¿no? El de un poeta.

—Sí —respondí—, realmente peculiar.

Ya se me había ocurrido que podía haber alguna relación entre el barco y uno de los libros de filosofía hermética que yo había limpiado de polvo unos días antes, el *Spaccio della bestia trionfante*, de Giordano Bruno, una obra esotérica que glorificaba la religión de los antiguos egipcios. Bruno había dedicado su tratado a sir Philip Sidney, el cual era, no sólo poeta y cortesano, sino también un soldado que había muerto luchando contra los españoles en los Países Bajos.

—Como digo, lo vi navegar en su primer viaje —continuó Biddulph—. Pero supe que sería la última vez que lo vería. Supe incluso que el *Sidney* nunca regresaría a Londres.

—¿A causa de Gondomar? —Yo pensaba que conocía esta parte de la historia. Se rumoreó que, cuando

Raleigh partía de Plymouth, una flota de buques de guerra españoles estaba zarpando de La Coruña—. Se decía que los españoles tenían intención de interceptar la flota.

—No, había más cosas. —Biddulph cambiaba constantemente de postura en su sillita, de la cual asomaba un poco de su relleno de crin—. En aquella época, yo me encontraba en situación de ver los registros de contratos del barco. Leía todo lo que guardaba relación no sólo con el equipamiento y aprovisionamiento del *Sidney*, sino también con los demás barcos. En aquellos tiempos yo era responsable de preparar todos los contratos y cartas que llegaban y salían de Marina para su firma y despacho. Estos documentos tenían que ver principalmente con la compra de mercancías y madera, con el cordaje y las velas y cosas así. Una flota de barcos es como un rebaño de grandes bestias voraces, comprende usted. Tienen que ser abrevados y aprovisionados, luego fregados y acicalados como valiosos caballos de carreras y posteriormente equipados de velas como elegantes damas en sus sombrereros o modistas. También me ocupaba de todos los planos y modelos realizados por los carpinteros de barcos —terminó—, juntamente con los contratos de sus servicios.

—¿Y de qué se enteró usted por los contratos del *Philip Sindey*?

Su cara no cambió de expresión.

—Me enteré de que su capitán no tenía intención de viajar aguas arriba del Orinoco. Ya ve, Mr. Inchbold, el barco del capitán Plessington era diferente de los demás de la flota.

Me sentí a mí mismo tragando saliva. El ron y el ruido de los martillos me estaban dando un terrible dolor de cabeza.

—¿Diferente, en qué sentido?

—El *Sidney* era un buque de primera categoría —explicó Biddulph—. Eso quería decir que podía llevar un centenar de cañones o más. El *Destiny* estaba equipado sólo con treinta y seis. De modo que, con tantos cañones pesados, el *Sidney* necesitaba una quilla profunda, como la mayor parte de nuestros buques de primera categoría. A ello se debe que nuestros barcos de guerra sean superiores a los de los holandeses —añadió en un tono más confidencial, como si algún espía holandés pudiera estar merodeando bajo sus desmoronados aleros—. Por eso Cromwell fue capaz de derrotar a los holandeses tan rotundamente en el 54. Sus buques de guerra, me refiero a los holandeses, necesitan tener poco calado para poder navegar por sus propias aguas costeras, y debido a ello no pueden transportar los mismos cañones pesados que nosotros. *Ergo*, tenemos mucha más potencia de tiro. Con un par de cañones del 32, uno de nuestros buques de primera puede dispersar su flota como si fuera paja. Los españoles y sus fragatas, sin embargo... bueno, eso es un asunto completamente distinto —añadió tristemente.

—Pero el *Philip Sidney* —volví a apremiarle—. ¿Su quilla era profunda?

—Oh, sí lo era. Era un estupendo barco para destrozar holandeses, pero muy malo para explorar ríos en la Guayana. Con un calado tan profundo jamás podría haber navegado por las aguas del Orinoco. Ya ve, Mr. Inchbold, ésa era otra cosa extraña del viaje. Me pregunté por qué la flota de Raleigh tenía previsto llegar a la Guayana en diciembre o en enero, la época del año en que la navegación fluvial es más difícil. Para navegar hacia el interior por el Orinoco se necesita un barco que tenga un calado de sólo cinco o seis pies de agua, y eso que en algunos lugares dicha profundidad sólo se encuentra con una marea ascendente, incluso cerca del estuario. Incluso en la estación de las lluvias. De modo que en el mes de enero...

—Sí —asentí—, la estación seca. —Trataba de dar sentido a esta información—. ¿Pero y si los cañones fueran meramente como protección? ¿Y si el *Philip Sidney* nunca hubiera tenido intención de subir por el río? ¿Y si sólo pensara echar el ancla frente a la costa? Sir Ambrose podía fácilmente haber navegado por el Orinoco en una chalupa u otro barco más pequeño.

—Sin duda. —Se encogió de hombros y luego hizo una pausa para vaciar otro chorro de tabaco con la velocidad de una ballena de Groenlandia escupiendo agua—. Y su barco tenía realmente una chalupa amarrada a su popa. Pero había otras cosas que no tenía. Ya ve, además de sus barriles de agua y de cerdo en salmuera, los demás barcos estaban cargados con toda clase de equipo para cavar y analizar. Zapapicos, palas, carretillas de todo tipo, y mercurio. Las facturas y contratos se amontonaban en mi oficina. Además de eso, estaban los contratos de los soldados y demás miembros de la tripulación, la mayor parte de los cuales, todo hay que decirlo, eran maleantes que olían a cárcel o a lupanar, porque los mejores marineros de Londres y Plymouth habían rechazado esa misión como una locura.

—Pero ¿y el *Philip Sidney*?

Bueno, eso era lo más extraño. No había, explicó Biddulph, ningún equipo de análisis a bordo del *Philip Sidney*, ni herramientas para la minería o la excavación... Nada de eso. Al menos nada que hubiera sido registrado en el Ministerio de Marina. Ni se habían sellado y timbrado contratos por parte del ayudante del administrador de las actas. Solamente soldados y cañones, todo ello dispuesto con lo que le había parecido al joven Biddulph el máximo secreto. Y asimismo otros artículos. Fajos de papel con listas y dibujos... aunque no podía decir para qué exactamente. Declaró que no era experto en tales materias. Pero toda clase de dibujos y tablas de cálculos matemáticos fueron necesarios para la construcción y aparejamiento del *Philip Sidney*. Un signo de aquellos tiempos, declaró Biddulph. En algún lugar del Ministerio de Marina, había un libro titulado *Invenciones secretas, provechosas y necesarias en estos días para una defensa de esta isla, y resistencia a los extranjeros, enemigos de la verdad de Dios y la religión*. Su autor, explicó Biddulph, era un escocés llamado John Napier.

—No es probable que encuentre usted ese libro en sus estanterías o en ningún otro lugar, si vamos al caso, Mr. Inchbold. Es un documento confidencial. Se han impreso muy pocas copias.

—¿John Napier? Me temo que me he perdido. ¿No era un matemático?

Sí, lo era, admitió Biddulph. Hombre de muchos talentos, Napier fue el primer matemático en hacer uso de la coma decimal, y en 1614 hizo su mayor invención de todas: los logaritmos. En aquellos tiempos, explicó Biddulph, se estaban abriendo nuevos mundos completos, no sólo en América y los Mares del Sur, sino también en matemáticas y astronomía. Hombres como Galileo y Kepler exploraban los cielos, del mismo modo que Magallanes y Drake exploraban los océanos. A través de su telescopio, Galileo vio por primera vez las lunas de Júpiter en 1610. En 1612, Kepler había contado 1.001 estrellas, 200 más que Tycho Brahe. Unos años antes, Kepler, un inquebrantable protestante, había interrumpido su observación de las estrellas a fin de calcular para sir Walter Raleigh el más eficaz método de almacenar las balas de cañón en una cubierta de batería. Esta nueva ciencia, explicó Biddulph, era inseparable de la exploración y las guerras por el oro y por la religión. Matemáticos y astrónomos estaban al servicio de reyes y emperadores. En Escocia, temeroso de otra armada española, de una invasión católica de la isla, Napier había concebido complicados planes para sus «invenciones secretas», una de las cuales era un gigantesco espejo que utilizaría el calor del sol para quemar los barcos enemigos en el Canal. Sus logaritmos fueron pronto empleados como una ayuda para la navegación por Edward Wright, un erudito de Cambridge, autor de *Certaine Errors in Navigation detected and corrected.*

—La guerra se había convertido en un arte sofisticado —explicó Biddulph—, y se libraba a través de misteriosos números y complejas geometrías. Igual que la navegación. Francis Bacon diseñaba planos para buques mercantes mejores y más grandes, barcos de 1.100 toneladas, con quillas de 115 pies de longitud y velas de 75 pies de anchura. Se dedicaba también a experimentar con nuevos métodos de ordenar y disponer las velas para viajes más rápidos a través del océano. Corrían incluso rumores de que el propio Bacon había diseñado el *Sidney*, lo cual podía haber sido cierto, por lo que yo sé. Pero, como la mayor parte de la gente en aquellos días, se arrastraba ante Villiers. Si éste quería un barco, Bacon inmediatamente le diseñaba uno. Y le vendió a Villiers su casa situada en el Strand, cuando Villiers se encaprichó de ella. Fue allí donde Villiers propuso guardar todos los libros y cuadros que había empezado a coleccionar.

—Así que ¿qué me está usted diciendo? —conseguí

interponer—. ¿Que el *Philip Sidney* estaba armado con... no sé... con un gigantesco espejo de Napier?

Comencé a preguntarme si la cabeza de Biddulph no estaba empezando a fallar. Pero entonces recordé que *Certaine Errors in Navigation*, de Edward Wright, había estado también en la lista de los libros perdidos de Pontifex Hall, uno de los volúmenes robados de la biblioteca junto con *El laberinto del mundo*.

—Naturalmente que no —respondió sin inflexión en su voz—. Estoy simplemente explicando que el *Philip Sidney* parecía haber sido equipado para otras tareas que no eran la prospección de oro a lo largo del Orinoco.

—¿Lo cual quiere decir...?

—Lo cual no quiere decir nada en sí mismo, quizás. Como usted señala, había muchos peligros a los que enfrentarse en alta mar. Hubiera sido una locura no llevar todos los cañones posibles. Pero para comprender el verdadero propósito del viaje del *Sidney,* debe usted entender cómo eran las cosas en aquellos tiempos. Me refiero a cómo eran las cosas en el Ministerio de Marina y el país en general.

—¿Su verdadero propósito?

Biddulph hizo una pausa. Sus ojos se habían cerrado y por un momento pensé que tal vez se había dormido. Noté que yo mismo estaba empezando a sudar y a resollar en el estrecho cuartito. Me disponía a hacer una nueva pregunta, pero sus ojos se abrieron de repente y con un laborioso gruñido se dio impulso para ponerse de pie. El adormilado gato que tenía en su brazo parpadeó bajo el amarillento rayo de luz que, con el avance del sol, había penetrado por la ventana.

—Sí. Su verdadero propósito. Pero, ¿le parece que demos un corto paseo, Mr. Inchbold? —Estaba rascando las orejas del gato mientras me miraba con los ojos entrecerrados por efecto del rayo de luz—. Se lo contaré todo mientras paseamos. Un paseo, sabe, a veces refresca un viejo y cansado cerebro.

La marea había cambiado cuando salimos de la casita, y la mayor parte del tráfico en el Lower Pool se dirigía a lugares situados corriente abajo. Los remos silbaban y chapoteaban en el agua, y las velas susurraban bajo la brisa. Caminamos a lo largo del muelle en dirección a Shadwell, mientras el sol nos calentaba la espalda. Tuve que esforzarme con mi bastón de espino para mantener el paso de Biddulph, que era muy ligero. Aflojaba el paso sólo para coger prímulas del borde del agua, señalar algún que otro lugar destacado, o decir cumplidos a las damas de Wapping mientras éstas regresaban a casa del mercado de Smithfield, con la cena asomando en sus cestos de paja. Llegamos andando hasta Limehouse Stairs, casi una milla. Sólo cuando regresábamos a la casita, parpadeando bajo el brillante sol, reanudó su relato.

La historia, tal como Biddulph la contó, parecía una de las obras de venganza tan populares en los teatros de la época, algo de John Webster o Thomas Kyd. Eran maquinaciones de corte, alianzas cambiantes, intrigas y contraintrigas, sangrientas enemistades hereditarias, sobornos sexuales y financieros, incluso un envenenamiento... todo ello ejecutado con espantoso entusiasmo por una serie de intrigantes obispos, serviles cortesanos, espías e informadores españoles, oficiales corruptos, asesinos y condesas divorciadas de muy dudosa reputación.

Sí, pensé mientras nos abríamos camino entre las redes incrustadas de sal de los pescadores extendidas por el suelo para secarse: sería un teatro excelente. De un lado, estaba el Partido de la Guerra, encabezado por el arzobispo de Canterbury, un férreo calvinista que se moría de ganas por entablar una guerra con los odiados españoles. Del otro, el Partido Español, dirigido por los aristocráticos Howard, una familia de acaudalados cripto-católicos que dominaban al rey por medio de su criatura, un joven escocés barbilampiño llamado Robert Carr, que había sido nombrado conde de Somerset. Somerset era un espía de los españoles, que hacía llegar a Gondomar toda la correspondencia entre el rey Jaime y sus embajadores. Pero en 1615 cayó en desgracia cuando su nueva y reciente esposa, una Howard, fue acusada de envenenar a sir Thomas Overbury, quien se oponía al matrimonio del favorito con una mujer cuya infamia era notable incluso en aquellos tiempos. De un plumazo, tanto Gondomar como los Howard se vieron privados de su influencia en la corte.

Y fue en ese momento cuando un nuevo personaje hizo su aparición en escena, sir George Villiers, otro joven barbilampiño, quien rápidamente sustituyó al encarcelado Somerset en el afecto del libertino y viejo rey. Villiers había sido promocionado y ascendido por el arzobispo Abbott, un inveterado enemigo de los Howard. Entre sus numerosas maquinaciones, el arzobispo planeaba usar a Villiers para reemplazar al conde de Nottingham —otro Howard— como primer lord del Almirantazgo. Otrora el héroe del 88, Nottingham era para entonces un chocho octogenario, la víctima de sus poco escrupulosos parientes y corruptos subalternos del Ministerio de Marina, por no hablar del hecho que aún recibía una hermosa pensión del rey de España.

—Un nuevo régimen empezaría con Villiers en el

Ministerio de Marina —explicó Biddulph—. Nuestros barcos dejarían de ser los instrumentos de los Howard y el Partido Español. El Ministerio de Marina ya no sería más un nido de ladrones e informadores, podridos por la corrupción de arriba abajo. Una vez más tendría un objetivo. Se construirían nuevos y mejores barcos, y la marina podría empezar a actuar como lo había hecho en tiempos del rey Enrique.

Pero la situación era urgente, porque en aquel momento empezaron a aparecer más personajes en escena, correos y mensajeros procedentes de toda Europa. Llegaban todos al Palacio de Lambeth con documentos en clave y papeles de contrabando que traían horribles noticias para el Partido de la Guerra. No sólo se había formado en Alemania una Liga Católica para contrarrestar la Unión Protestante, sino que la Unión misma se estaba cayendo a pedazos. La facción Abbott-Pembroke tenía cada vez más la impresión de que la tregua entre holandeses y españoles estaba a punto de romperse a cañonazos, como si fueran a entablarse nuevas guerras en los Países Bajos sobre los viejos campos de batalla llenos de cicatrices donde Sidney diera su vida treinta años antes... guerras para las que Inglaterra no estaba preparada ni, bajo el rey Jaime y el Partido Español, dispuesta. Y lo peor de todo, sin embargo, era un nuevo informe de Praga, entregado por un correo de librea De Quester roja y oro, que describía que un Habsburgo, Fernando de Estiria, iba a ser pronto elegido Sacro Emperador Romano con la bendición de su primo y cuñado, el rey de España. No sólo utilizaría Fernando tropas españolas para restablecer el dominio católico en cualquier lugar del imperio que él juzgara conveniente; también revocaría la Carta de Majestad otorgada por Rodolfo II a los protestantes de Bohemia.

—De modo que para Abbott y Pembroke, y asimismo para Villiers, la intención era clara. El protestantismo se estaba tambaleando como nunca, Mr. Inchbold, no solamente en Europa sino también en Inglaterra. El rey Jaime había perdido el apoyo de los puritanos, quienes ya no creían que su reinado propiciara una verdadera reforma de la Iglesia. Existía un auténtico peligro de cisma, de la Iglesia de Inglaterra rompiéndose en pedazos o desplomándose desde dentro... y de Roma aprovechándose del caos para recuperar su terreno perdido. Mirando hacia atrás, creo que la publicación en 1611 de la versión autorizada de la Santa Biblia estaba pensada para imponer la avenencia a las congregaciones inglesas, pero por supuesto consiguió el efecto contrario, porque de repente cualquier cardador de lana o mequetrefe de Inglaterra se convenció de que podía predicar la palabra de Dios. El protestantismo empezó a fragmentarse, parroquia por parroquia, en numerosas sectas y movimientos separatistas. Entonces lo que se necesitaba en 1617 era algún golpe maestro, un triunfo, un atrevido ataque al corazón del imperio español. Algo que unificara a los protestantes en su lucha contra los hermanados poderes de Roma y Madrid.

Yo iba dando traspiés por la calle tras él, intentando seguir aquellas turbulentas corrientes y contracorrientes verbales a medida que fluían y retrocedían, mientras arrastraban al *Philip Sidney* Támesis abajo, a su secreto destino situado al otro lado del mundo, entre densas junglas y ríos que no existían en los mapas, a miles de millas de las facciones y los sectarios enfrentados de Inglaterra. Tropecé con algo, la uña de una oxidada ancla, y, al enderezarme, descubrí el Puente de Londres a lo lejos, extendido sobre el río detrás de las chimeneas de Shadwell.

—La flota del tesoro —susurré al cabo de un segundo, casi para mí mismo.

—Exactamente —replicó Biddulph. Había dejado de pasear y estaba mirando al otro lado del río, hacia Rotherhithe—. Los barcos de Raleigh iban en busca de plata, no de oro. Por eso tenían que llegar a tierra firme en la estación seca. No para que pudieran navegar aguas arriba por el traidor Orinoco en busca de una mina de oro que probablemente jamás había existido, sino para atacar a la flota de la plata que debía zarpar de Guayaquil rumbo a Sevilla, como cada año. La flota entera valdría probablemente diez o doce millones de pesos. Una suma bastante grande... que serviría para pagar un ejército de mercenarios para el Palatinado o los Países Bajos, o dondequiera que pudiera ser necesario.

Habíamos reiniciado nuestro paseo, a estas alturas más lento, con las alas de los sombreros bajadas para protegernos del sol. Traté de comprender todo lo que ahora Biddulph empezaba a contarme: que la flota de Raleigh estaba financiada por desesperados príncipes alemanes que se hallaban al borde de la guerra, por el príncipe Mauricio de Nassau, por mercaderes ingleses que esperaban extender su comercio a la América española, así como por diversos calvinistas tanto de Inglaterra como de Holanda, todos los cuales soñaban con guerras de religión contra los españoles, con expulsar a los católicos de Inglaterra, de los Países Bajos y del imperio de la misma manera que el rey Felipe había expulsado a centenares de miles de moriscos de España sólo dos o tres años antes.

—La captura de la flota —o incluso su hundimiento— hubiera tenido repercusiones en todo el imperio, en cada rincón del mundo católico. Ninguna flota española había sido atacada desde la captura del *Madre de*

Dios en 1592. Incluso Drake —Biddulph se había dado la vuelta y estaba haciendo gestos con su bastón hacia la lejanía, al otro lado del río, a donde el *Golden Hind* se encontraba en dique seco en Deptford—... incluso Drake había fracasado en su intento de capturarla en el 96.

Ése era el atrevido plan, entonces. Encabezada por el *Philip Sidney*, la flota se disponía a violar la carta de Raleigh de la manera más espectacular atacando al convoy anual cuando éste zarpara de Nombre de Dios. El Partido de la Guerra creía que Jaime se negaría a invocar la cláusula de la muerte que figuraba en la carta de Raleigh, no solamente porque Villiers y su facción controlaban el Ministerio de Marina así como la corte, y ni siquiera porque la influencia de Gondomar se estaba debilitando como resultado de ello. La cláusula no sería invocada por la simple razón de que —según otra cláusula que figuraba también en la carta— el viejo y codicioso rey, el más grande derrochador de Europa, debía recibir para su personal disfrute una quinta parte de todo lo que Raleigh pudiera traer en las bodegas de sus barcos: un quinto de los tesoros del convoy más rico de la tierra.

Pero las cosas empezaron a salir mal aún antes de que la flota zarpara de Plymouth. Biddulph atribuyó el desastre, no a los elementos, no a la mala fortuna o a una deficiente planificación, sino a los espías e informadores españoles que infestaban Whitehall Palace y el Ministerio de Marina, alguien cuyo nombre cifrado era El Cid o El Señor, lo cual hacía pensar a Biddulph que se trataba del propio Nottingham. De modo que quizás la flota de la plata había sido advertida del peligro con mucha anticipación. Quizás permanecía en el Perú, en el puerto de Guayaquil. O podía haber zarpado hacia el sur, para rodear el Cabo de Hornos, cuyos estrechos azotados por los vientos controlaban los españoles pese a los recientes estragos causados por los holandeses. Fuera cual fuese el caso, al final la flota de Raleigh zarpó hacia el Orinoco en lugar de hacia las prometidas riquezas de Nombre de Dios.

En ese momento del viaje, Biddulph estaba viendo agentes y conspiradores españoles por todas partes. El supuesto ataque no provocado contra Santo Tomás efectuado por los hombres de Raleigh era realmente, afirmó el viejo, un inteligente complot que tenía por objeto desacreditar el viaje a los ojos del rey Jaime, una bien planeada conspiración de parte de los *agents provocateurs* de Gondomar, algunos de los cuales iban a bordo de los barcos de Raleigh, y otros se encontraban apostados en el mismo Santo Tomás. Lejos de tener miedo de un ataque contra el asentamiento español en la Guayana, Gondomar y el Partido Español lo deseaban; de hecho lo provocaron. Tenía poco que ganar Raleigh en la Guayana y mucho que perder, la cabeza incluso. Y, más importante aún, Villiers, Abbot y todo el Partido de la Guerra caerían en desgracia a causa del episodio, mientras que los Howard, los *bien intencionados*[4] de Gondomar dominarían una vez más tanto el Ministerio de Marina como al rey de Inglaterra.

—Pero ¿qué fue del *Philip Sidney* después de que la flota se disolviera? —pregunté, sin saber muy bien cuánto de la versión de Biddulph (aquella historia de intrigas y contraintrigas) debía permitirme creer—. El capitán Plessington no estaba en el grupo que realizó el asalto contra Santo Tomás. Al menos, yo no he podido descubrirlo.

—Y dudo de que llegue usted nunca a descubrir lo

4. En español en el original. (*N. del t.*)

que el capitán Plessington hizo —replicó Biddulph—. Ni siquiera la investigación de Bacon pudo averiguar todos los detalles. Tampoco, pienso, tenía intención de hacerlo —añadió con una sombría risita—. La historia oficial, desde luego, es que, después de la incursión contra Santo Tomás, la flota se dispersó. Se sabe que Raleigh trató de convencer a sus capitanes para que atacaran la flota del tesoro mexicano, aquella procedente de Nueva España que tenía que zarpar de Veracruz. Pero finalmente la mayoría de los barcos siguió al *Destiny* a Newfoundland, donde embarcaron cargamentos de pescado y luego regresaron a Inglaterra. ¿Puede usted imaginar la expresión de las caras de los inversores? —Biddulph estaba sacudiendo sus blancos penachos—. ¡Bacalao de Newfoundland en vez de plata peruana! ¡Imagínese la indignación de los duques y príncipes de Alemania y Holanda cuando se enteraron de que su religión había de ser preservada gracias a unas cuantas cajas de pescado salado!

De manera que la tragedia se fue mezclando con la farsa mientras los príncipes de Europa se iban deslizando hacia el precipicio. A medida que los meses pasaban, cada vez más correos llegaban al Palacio de Lambeth y al Ministerio de Marina. Viena había sido asediada por los transilvanos; Transilvania había sido invadida por los polacos, y éstos habían sido atacados por los turcos... un ciclo mortal de golpes y contragolpes, devolver mal por mal. Europa se había convertido en una bestia con colmillos que hacía presa en su propia cola. Las negociaciones eran repudiadas; los tratados, no ratificados. En Praga, dos delegados católicos en una convención de los Estados Bohemios fueron arrojados por una ventana del castillo, pero sobrevivieron porque aterrizaron en un estercolero. Su supervivencia fue considerada por los *dévots* en toda Europa un signo de Dios. Otros ejércitos empezaron a ceñirse las espadas. Tres cometas aparecieron en el cielo, y los astrólogos los tomaron como una prueba irrefutable de que el mundo se encaminaba hacia su final.

—Lo cual no era totalmente equivocado, ¿verdad? —observó Biddulph pesimistamente—. Porque a ello siguieron treinta años de las peores guerras que el mundo ha conocido.

Durante un momento caminamos junto al río en silencio. Yo estaba aún tratando de comprenderlo todo, descubrir un esquema coherente entre esas curiosas actividades, esos extraños y medio ocultos acontecimientos con sus misteriosos actores... unos actores que, por lo que podía ver, tenían poca relación con lo que Alethea me había contado sobre Henry Monboddo y *El laberinto del mundo*.

Biddulph había empezado ahora a relatar que, muy pronto, otra noticia fue entregada al Ministerio de Marina por un jadeante correo. Esto había sucedido a finales del otoño de 1618, poco tiempo después de que los cometas aparecieran y Raleigh subiera al cadalso especialmente construido para él en el patio del Palacio de Westminster. El mensaje afirmaba que un galeón español, el *Sacra Familia*, que formaba parte de la flota mexicana, se había hundido con todos sus tripulantes cerca del puerto español de Santiago de Cuba. Que se había hundido, era un hecho, aunque las circunstancias que rodeaban el asunto eran más misteriosas. Se rumoreaba en el Ministerio de Marina que el *Sacra Familia* había sido abordado y luego hundido por los soldados del *Philip Sidney*. Porque el *Sidney* no había regresado a Londres. Parecía que, igual que algunos de los demás barcos de la flota, estaba buscando presas en las Indias

Españolas, como el derrotado Drake había hecho en el 96. Pero era casi imposible encontrar detalles, incluso en el Ministerio de Marina. Hechos y fabulaciones se confundían irremediablemente.

Pronto llegó otro informe de que el *Philip Sidney* se había hundido en las Indias Españolas, seguido rápidamente por otro que pretendía que el *Philip Sidney* había capturado al *Sacra Familia*, y luego un tercer informe que afirmaba que el *Sacra Familia* simplemente se había hundido en una violenta tempestad. Pero hubo un rumor en particular que gozó de una larga vida. Lo suficientemente larga para que traspasara la frontera del rumor penetrando en el más augusto reino del mito. Éste prosperó durante años en las tabernas de Tower Hill y Rotherhithe, o dondequiera que los marineros se reunieran. Como algunos otros rumores, éste pretendía que el *Philip Sidney* había perseguido al galeón y luego, después de disparar sus cañones de costado, lo había visto hundirse con todos sus marineros. Aunque éste había sido un galeón distinto a los demás.

—Conozco el rumor —dijo Biddulph—, porque debo de haberlo oído una docena de veces. Se refiere a algunos pasajeros que iban a bordo del *Sacra Familia*. Polizones, podría decirse. Que sobrevivieron al naufragio aferrándose a los fragmentos de su casco o nadando hasta la costa.

—¿Quiénes eran? —Yo estaba escuchando atentamente—. ¿Marineros españoles?

Biddulph, meneó negativamente la cabeza.

—No; marineros españoles, no. Ni marineros de ninguna clase. —Soltó una risita para sí mismo durante un segundo antes de escupir un chorro de jugo de tabaco en la hierba. Habíamos llegado casi a Wapping, y ante nosotros una serie de buques mercantes se balanceaban plácidamente bajo el sol en las New Crane Stairs.

—Ratas. Eso es lo que la tripulación del *Sidney* vio nadar hacia la orilla mientras el *Sacra Familia* se hundía. Centenares de ratas. Las aguas hervían de ellas, y algunas incluso lograron subir a bordo del *Sidney*. Oh, lo sé, ¿qué barco no está infestado de ratas? Pero éstas no eran simplemente un tipo corriente de rata, debe usted comprender. Ninguno de los marineros había visto nunca nada igual. Tenían el doble de tamaño de las ratas del *Sidney*. Grandes y fornidas criaturas, de un color rojo grisáceo, de patas y cola corta.

Hizo una pausa durante un segundo, mientras en su boca se esbozaba una emocionada sonrisa.

—En suma, Mr. Inchbold, aquellas criaturas eran nada menos que ratas del bambú.

Yo nunca había oído hablar de semejante cosa.

—Creía que una rata es sólo una rata.

—Lejos de ello. Jonston, en su *Natural History of Quadrupeds*, enumera una buena media docena de tipos, incluyendo la rata del arroz y la rata de la caña. Pero esta especie en particular, la rata del bambú, es única en el sentido que sobrevive a base de una dieta de brotes de bambú.

—¿Bambú? No sabía que hubiera bambú en México.

—Tampoco yo —replicó Biddulph—. No se ha visto nunca ninguno. Ni tampoco en ningún otro lugar de las Indias Españolas.

—Pues, ¿de dónde venían las ratas, si no era de México o de las Indias Españolas?

El viejo se encogió de hombros.

—¿No resulta evidente? Debieron de llegar a bordo del *Sacra Familia* desde algún otro lugar donde el bambú *sí* se encuentra. ¿Y dónde hay bambú en las islas del

Pacífico? En las Islas de las Especias, por ejemplo. Jonston nos cuenta que la rata del bambú es especialmente numerosa en las Molucas.

—¿De modo que el *Sacra Familia* había estado en las Molucas?

—O en alguna otra isla del Pacífico. Sí. Lo que el barco estaba haciendo allí es un enigma, porque los viajes de los españoles al Pacífico eran raros en aquellos tiempos. Mendaña realizó su último viaje en busca de las Islas Salomón en 1595, seguido por Quirós y Torres en 1606. Después de eso, casi no hay nada más. Todo el Pacífico se estaba convirtiendo rápidamente en el dominio de los más feroces enemigos de España, los holandeses, que habían encontrado un nuevo paso hacia los Mares del Sur a través del estrecho de Le Maire. Muchas de las rutas marítimas estaban entonces controladas por los buques de la Compañía de las Indias Orientales Holandesas.

—De manera que el *Sacra Familia* debió de hallar otra ruta —dije turbado, recordando los términos de la carta de sir Ambrose con su misión de descubrir un nuevo paso a los Mares del Sur—. Una ruta hacia el Pacífico a través de la cabecera del Orinoco.

Biddulph me lanzó una sorprendida mirada.

—La idea nunca se me hubiera ocurrido —replicó, sacudiendo la cabeza—. Tampoco era mencionada en los rumores que corrían. Sin embargo, debo reconocer que es interesante. Pero fuera lo que fuese lo que descubrió, o cómo pudo haber llegado allí, el hecho es que el *Sacra Familia* había navegado hasta el Pacífico; eso parece bastante cierto. Sólo que entonces lo hacía como parte de la flota del tesoro mexicano. Sus viajes deben de haber constituido un gran secreto, porque cuando fue atacado por el *Sidney,* echó al mar todas las cartas y portulanos, la crónica del barco, el diario del capitán... todo lo que pudiera haber revelado su misión. Se deshicieron de todo, diría, excepto de su olor.

Ésa fue la última, y tal vez más curiosa, parte de la historia. Porque el *Sacra Familia* despedía un olor notable, que podía percibirse incluso a gran distancia. No se trataba del olor corriente de un barco en el mar... del hedor de las provisiones podridas, del agua de las sentinas, de la madera húmeda y de la pólvora, o de los orinales volcados por las tempestades. Por el contrario, era un hermoso olor que parecía flotar a través del agua hacia el *Philip Sidney*, un delicioso aroma que recordaba a los marineros el incienso o el perfume. Pareció quedar suspendido sobre el agua durante horas después de que el barco en llamas desapareciera finalmente bajo las aguas. La embrujadora fragancia no emanaba, insistían los rumores, de la carga —mercancías que pudieran haber sido cargadas en las Molucas— sino del barco mismo, como si el aroma brotara, de alguna misteriosa manera, de sus vigas y mástiles.

—Nunca supe cómo tomarme estas historias, tanto la de las ratas como la del hermoso olor. Sólo que, si las leyendas eran ciertas, el *Sacra Familia* no era evidentemente lo que parecía.

En efecto, pensé, intrigado. Su viaje era tan misterioso como el del *Philip Sidney,* con el cual su destino estaba de algún modo ligado.

—Así que lo siento, Mr. Inchbold —dijo con una amable sonrisa mientras abría la crujiente puerta de su casa—. Me temo que no puedo contarle nada más. Rumores y chismes, eso es todo lo que llegué a saber del episodio.

Entramos nuevamente en la casita, donde me ofrecieron otra copa de ron. Durante la siguiente hora escuché más teorías que el tiempo libre de Biddulph le había permitido fabricar, incluyendo el «oscuro asunto» (como lo llamó él) del asesinato de Buckingham en 1628, un acto llevado a cabo, no por un fanático puritano medio loco, como la historia contaba, sino por un agente del cardenal Richelieu hábilmente disfrazado de fanático puritano medio loco. Pero yo apenas escuchaba a Biddulph. Más bien estaba interesado en cómo, al parecer, sir Ambrose se había una vez más perdido sobre el horizonte y —para mí al menos— evitado que lo encasillaran. Recordaba también la misteriosa edición del año 1600 del *Theatrum orbis terrarum*, de Ortelio, junto con las patentes de la sala de documentos de Alethea, y pensaba en que sir Ambrose había estado en Praga en el año 1620, a dos años y seis mil millas de distancia de sus misteriosas aventuras en las Indias Españolas. Así que me pregunté si no habría alguna relación más profunda entre aquellas dos aventuras condenadas al fracaso, alguna historia invisible que pudiera involucrar al texto hermético perdido que Henry Monboddo y su misterioso cliente tan desesperadamente deseaban. ¿O simplemente me estaba contagiando de la curiosa línea de lógica de Biddulph en la que dos hechos, por alejados que estuvieran en el tiempo o el espacio, no dejaban de estar relacionados?

Y entonces recordé lo que había pensado preguntarle una o dos horas antes. De hecho, habíamos salido al exterior en aquel momento y estábamos en plena despedida. El sol se había puesto detrás de la lejana silueta de Nonsuch House, y las aguas del río tenían un color gris como el de un ala de gaviota. Podía notar que el ron iba realizando su furtiva acción dentro de mí. Había puesto un pie en falso en el escalón delantero y percibía un débil tintineo en mis oídos que pareció cambiar de tono cuando salimos afuera. Nuestras dos sombras se alargaban a través del diminuto jardín.

—Me estaba preguntando... —dije, después de que nos estrecháramos las manos—. ¿Llegó usted a conocer al capitán Plessington? ¿Visitó él alguna vez el Ministerio de Marina?

—No —respondió Biddulph, moviendo la cabeza—. Nunca me encontré con Plessington. Ni una sola vez. Él era demasiado importante para tener tratos con alguien como yo, ¿comprende usted? Yo era sólo un humilde ayudante del administrador de las actas en aquellos días. No, lo vi sólo una vez, y eso fue la noche en que el *Sidney* soltó sus amarras y navegó aguas abajo del Támesis. Plessington se encontraba de pie en el alcázar, y le pude ver débilmente a la luz del farol de popa.

—¿Pero todos los preparativos para su navegación...?

—Oh, Plessington tenía un delegado para detalles como ésos. Todo se arreglaba a través de él o del contador del *Sidney*.

—¿Un delegado?

—Sí.

Estaba mirando fijamente hacia las vigas del techo ahora, mientras fruncía el ceño. El viento suspiraba a nuestras espaldas y rizaba las olas.

—Bueno... ¿cómo diablos se llamaba? Me he pasado tanto tiempo en el reino de la reina Isabelita que a veces mi viejo cerebro se queda atontado por los nombres. ¡No... espere! —De repente su carita se iluminó—. No, no, recuerdo su nombre a fin de cuentas. Un extraño nombre, la verdad. Monboddo —dijo triunfalmente—. Sí, eso era. Henry Monboddo.

CAPÍTULO DUODÉCIMO

No hay visión más sublime, nos cuenta el filósofo Lucrecio, que un naufragio en el mar. Y el naufragio del *Bellerophon* constituyó realmente una visión espectacular para los mirones que salieron de sus huertas y casas, reuniéndose bajo las ventosas costas de las Chislet Marshes. El barco se hizo pedazos contra el Margate Hook en algún momento después de las cinco de la tarde. Había empezado ya a hacer agua por su parte media, y, con la proa por estribor forzada por las olas contra el acantilado —el más grande y peligroso acantilado de toda la costa de Kent—, era sólo cuestión de segundos que embarcara una docena de toneladas de agua a través de su casco y luego se escorara pesadamente. Sus mástiles se habían venido abajo como campanarios en ruinas y sus vergas y obenques se habían soltado. Las olas formaban una espuma blanca sobre el casco antes de estallar en cascadas sobre la cubierta del castillo de proa. Todos los que se encontraban aún en las cubiertas superiores fueron barridos al turbulento mar, y los que se encontraban en las cubiertas de abajo no tuvieron mejor suerte. Los hombres que se esforzaban frenéticamente con las bombas de mano, o bien se ahogaron cuando torrentes de agua penetraron estruendosamente en la bodega, o bien fueron aplastados hasta morir cuando toneles y barriles cayeron desordenadamente como toros enfurecidos por la inclinada cubierta. Otros se rompieron el cuello o el cráneo contra los montantes, que a su vez se partían en pedazos, en tanto que algunos hombres habían tenido la desgracia de quedar atrapados por vigas caídas y se ahogaron cuando la marea de agua penetró por las escotillas. Y así fue que, para cuando el *Bellerophon* se rompía en mil pedazos contra el Margate Hook, no quedaba una sola alma viva en su interior.

El barco naufragado fue rápidamente saqueado por los carroñeros. Casi un centenar de mirones se habían reunido a lo largo de la fangosa extensión de playa, y se encendieron tres enormes montones con los maderos flotantes. La deslumbrante luz de las hogueras prestaba una atmósfera casi festiva a la escena. El Margate Hook y los estragos que causaba a los ocasionales barcos que pasaban por allí constituían uno de los pocos consuelos de vivir en aquel desolado rincón de Kent. El pueblo estaba esperando una repetición del famoso episodio de tres años antes, cuando el *Scythia* fue rajado y abierto como una ostra en el mismo lugar, emborrachando a unos humildes pescadores y recogedores de bígaros, como si fueran señores, con doscientos barriles de malvasía española. De modo que tan pronto como el mar recuperó algo la calma, una flotilla de más o menos una docena de cúteres y botes de pesca se lanzó a las olas. A las primeras luces del alba más de veinte cajas habían sido arrastradas a la playa, al igual que trece de sus empapados y desaliñados tripulantes.

Entre ellos estaba el capitán Quilter. Durante más de diez horas había estado aferrado a una de las noventa y nueve cajas de contrabando mientras ésta se balanceaba y daba vueltas en la fuerte marejada, empujada arriba y abajo por mareas entrantes y salientes. Pero cuando se produjo una marea alta por segunda vez, las hogueras de repente se alzaron ante él y la caja fue arrojada con un topetazo contra los bajíos. Quilter estaba exhausto y helado tras aquella dura prueba, pero no bien sus pies habían tocado la playa cuando tres hombres que se metieron rápidamente en el agua —sus salvadores, pensó— le empujaron otra vez hacia las olas. La caja fue arrastrada a la playa y amontonada junto a otra veintena.

—Ustedes no tienen el derecho de salvamento aquí.

Se había enderezado y comenzó a andar chapoteando en medio del barro y la arena hacia un grupo de figuras que estaban reunidas en torno de una de las hogueras. Más cajas y cofres estaban siendo sacados a rastras de las aguas, mientras un pequeño convoy de carros tirados por asnos cargados con algunas cajas más empezaba a abrirse camino por entre las marismas.

—Estas cajas son pecios, la propiedad legal del *Bellerophon*, y yo como su capitán...

Una palanca brilló en el aire, y nuevamente el capitán Quilter cayó de rodillas. Su mano hurgó en el cinto buscando la pistola de pedernal con que se había armado como protección contra la banda de Rowley; pero, naturalmente, el arma había desaparecido. Ahora lo poco que quedaba de su barco y de la carga —el pequeño rédito que podía proporcionar a sus inversores de la Royal Exchange— se estaba desvaneciendo en las manos de aquellos piratas de la costa.

Al calor de otra hoguera, descubrió a un puñado de sus tripulantes, los labios azulados y tiritando. Tres de ellos, incluyendo a Pinchbeck, habían muerto desde que fueron arrastrados a la playa en la última hora. Sus cuerpos aparecían alineados junto a los de otros ocho marineros cuyos empapados cadáveres habían sido arrojados a la costa. Los bolsillos de sus chaquetas y calzones estaban siendo desvalijados por aquellos que eran demasiado pequeños o impedidos para saquear las mayores riquezas de las cajas. A Quilter se le cayó el alma a los pies al verlo. Los saqueadores, empujándose y pisándose sobre los cadáveres, parecían alentantes buitres, pero él estaba demasiado entumecido y débil para expulsarlos.

Algunos de los demás basureros de la playa fueron más hospitalarios, sin embargo. Se distribuyeron mantas entre los supervivientes, juntamente con pedazos de pan y queso, e incluso alguna que otra botella de brandy, de la cual los marineros se servían débilmente unos pocos tragos. Unos quince minutos después, otro de los tripulantes había expirado, aunque Quilter, por su parte, se estaba sintiendo revitalizar por la doble bendición del brandy y las llamas, cuando de repente llegó —nadie estaba completamente seguro de dónde, al principio— el estampido del fuego de un mosquete. Por un momento Quilter pensó que el fuego iba destinado a él, pero entonces vio que los saqueadores que estaban explorando las cajas y los cadáveres graznaban de sorpresa y buscaban refugio. Luego un segundo disparo resonó a través de la playa.

Para entonces, Quilter se estaba arrastrando sobre su barriga entre el barro y los restos del naufragio para cobijarse detrás de un tonel inundado. Las primeras luces del alba iluminaban el pecio del *Bellerophon*, cuyos fragmentos aparecían ahora diseminados por gran parte del horizonte. La lluvia se había ido debilitando hasta convertirse en una suave neblina, y el Margate Hook desaparecía bajo las crecientes mareas. Un tiempo perfecto para navegar, pensó Quilter con una punzada de pena. Observó que parte de la quilla del barco había sido arrojada a la playa por la fuerza del oleaje. Luego otro disparo rompió el silencio, y Quilter bajó la cabeza tras el tonel. La fogata estaba crujiendo y chasqueando frente a él, enviando sombras y humo a través de la arena. Cuando levantó la cabeza un momento más tarde, esperaba ver a sir Ambrose vadeando la playa y esgrimiendo su espada o pistola. Pero lo que vio en su lugar, balanceándose en el horizonte, como si fuera su propio fantasma, era el *Estrella de Lübeck*.

El mercante hanseático resultaba apenas visible a través de las salpicaduras de las olas. Seguía escorándose de forma considerable y navegando temerariamente con los palos desnudos, pero, pese a todo ello, estaba indemne y a flote. La tripulación podía verse sobre sus cubiertas superiores, izando la poca vela que quedaba en los astillados mástiles. Pero los disparos de mosquete, comprendió Quilter, procedían de algún lugar mucho más cercano a la costa.

Un cuarto disparo crepitó a lo largo de la franja de playa. Los saqueadores lanzaron maldiciones entre ellos y se retiraron más profundamente a la seguridad de los mimbrerales. Quilter podía verlos buscándose en el cinto sus dagas y anticuadas pistolas de mecha, imposibles de encender ahora a causa de la llovizna.

Quilter giró ahora sus ojos hacia la izquierda, donde un cúter con su vela gualdrapeando e hinchándose había emergido un instante antes del humo y el naufragio. Al cabo de un segundo distinguió una figura en la proa, un hombre con la rodilla doblada como si estuviera rindiendo homenaje a un superior. Sólo que el hombre no estaba rindiendo homenaje a nadie, comprendió Quilter inmediatamente. Estaba apuntando con su mosquete a los pocos individuos que aún quedaban entre las pirámides de cajas. Tras sonar un quinto disparo, una de las figuras gritó como un gatito, arqueó la espalda y luego cayó sobre la arena. El cúter chapoteó hacia adelante, su proa balanceándose en las olas.

Sí, se trataba de sir Ambrose Plessington, decidió Quilter. Cabía esperar de un tunante como él que sobreviviría cuando hombres buenos como el pobre Pinch beck habían perecido. Otras dos figuras —los compañeros de sir Ambrose, supuso— aparecían acurrucadas en la popa, apenas visibles detrás de la hinchada vela. Así que ellos también habían sobrevivido al naufragio. Ahora habían venido a reclamar lo que quedaba de su preciosa carga, las profanas reliquias que algunos dirían que habían sido las responsables de toda la espantosa desgracia.

Salió de detrás del barril rodando sobre sí mismo y se esforzó por ponerse de pie. El bote estaba en la sombra, su vela recogida, mientras una de las figuras se encontraba ya en las bancadas moviendo un par de remos. Quilter avanzó cojeando en medio de la espumeante agua, agitando los brazos como un hombre que llamara frenéticamente un carruaje en una calle londinense.

—¡Sir Ambrose!

Dio otro paso hacia adelante, entre las olas. El bote había encallado y la figura de la proa se estaba encaramando sobre la regala.

—Sir...

Aún antes de que la bala de mosquete silbara por encima de su hombro y él se zambullera nuevamente en busca de la seguridad del tonel, se había dado cuenta ya de que el hombre de la proa no era sir Ambrose, ni aquel cúter pertenecía al *Bellerophon*.

Desde un cuarto de milla de distancia, en la playa, Emilia estaba también observando cómo los tres hombres llegaban a la costa. Ellos habían arribado a la playa casi una hora antes. Daba la casualidad de que el capitán Quilter tenía razón, y ella y Vilém habían conseguido escapar del naufragio del *Bellerophon* junto con sir Ambrose, liberando una de las lanchas de su eslinga de lona y encaramándose a ella apenas diez minutos antes de que el casco se hundiera. El viaje desde el barco a la costa, una distancia de no más de una milla, superó incluso al realizado desde Breslau a Hamburgo en cuanto a peligro e incomodidad. La borda de la lancha se había astillado y las pagayas se habían perdido. Al cabo de una hora, el bote había embarcado tanta agua a través de una grieta en el casco que Vilém y sir Ambrose se vieron obligados a achicarla con sus sombreros, y Emilia con retazos de sus faldas. Pero el bote había conseguido permanecer a flote. Durante las siguientes diez horas, los tres habían ido a la deriva, mientras las hogueras surgían ante ellos al acercarse a la costa, y luego desaparecían cuando el bote se alejaba. Finalmente el viento enmudeció y la vela, un andrajoso trozo de lona, fue izada. Quince minutos más tarde arrastraban el bote a través de la playa de guijarros hasta la arena.

Ahora Vilém y sir Ambrose estaban llevando también las cajas a tierra, haciéndolas deslizarse por la guijarrosa playa infestada de algas, por encima de las conchas de bígaro que crujían bajo sus pies. Cinco cajas de libros habían sido haladas a bordo del bote. Sir Ambrose les había explicado que las demás cajas tendrían que ser izadas desde el fondo. Afortunadamente había un equipo de salvadores en Erith, hombres que empleaban campanas de buzo especiales e incluso un «submarino», una ingeniosa invención del mago holandés Cornelio Drebbel, al que sir Ambrose había conocido en Praga. Sus servicios era utilizados por comerciantes e inversores del Royal Exchange para recuperar la carga de los más o menos treinta barcos que cada año naufragaban en las Goodwin Sands o en los otros bajíos de la desembocadura del Támesis. El submarino, una maravillosa obra de ingeniería, un buque construido con madera de balsa y piel de foca de Groenlandia, y que poseía aletas y vejigas hinchables, resolvería el problema estupendamente.

—Tendrá usted que adelantarse, e ir a Londres —estaba diciendo sir Ambrose mientras hacía esfuerzos con otra caja—. Inmediatamente. Monboddo le estará esperando. Igual que Buckingham. Mandaré aviso al Ministerio de Marina lo antes posible.

Vilém agarró el otro extremo de la caja y la sacó del fango; luego, la transportaron juntos hasta la línea de la marea alta y la depositaron en la arena. La tapa había saltado, dejando al descubierto e incluso derramado parte de su contenido. Mientras los dos hombres se dirigían tambaleantes a la lancha para recuperar otra caja, Emilia volvió a colocar en su lugar los libros, el último de los cuales, medio abierto y muy dañado por el agua, era un grueso volumen que ella reconoció como procedente de las Salas Españolas, un libro del que Vilém le había leído algunos fragmentos unos meses antes, la *Anthologia graeca*, una colección de epigramas compilados en Constantinopla por un erudito llamado Céfalas. El pergamino original había sido descubierto entre los manuscritos de la Biblioteca Palatina de Heidelberg, aunque su traducción había sido impresa en Londres.

Emilia ojeó el volumen, pero antes de cerrar la empapada cubierta que olía a cuero de zapatos húmedo, captó un versículo en medio de la abierta página a la apagada luz de las hogueras:

¿Dónde está vuestra admirada belleza, dorio, corintio, dónde vuestra corona de torres? ¿Dónde están vuestros tesoros de antaño, dónde los templos de los inmortales, dónde las salas y dónde las esposas de los Sísifos, así como las decenas de miles de vuestros hombres que existían? Porque ni siquiera queda un rastro, oh seres tan lastimosos, de vosotros, y la guerra los ha barrido y devorado a todos...

Vilém le había leído el versículo una oscura noche de septiembre, cuando llegaba de Praga la noticia de que el ejército del general Spínola había invadido el Palatinado y pronto pondría sitio a Heidelberg y —en un ciclo de violencia que daba vueltas de acá para allá a través de los hemisferios y los siglos desde las ruinas de Corinto y Constantinopla— lo que quedaba de la Biblioteca Palatina, incluyendo el manuscrito de la *Anthologia graeca*.

Un grito discordante le llegó desde el otro extremo de la playa. Los saqueadores los perseguían, tropezando con las prisas, sus talones levantando terrones de barro y arena. Sin saber por qué, Emilia deslizó el volumen en su bolsillo, y luego se esforzó por recolocar la tapa de madera.

—... en el Strand —estaba diciendo sir Ambrose. Él y Vilém habían llegado con otra caja—. York House. Al lado del río. He tenido tratos con él en el pasado.

—¿Sí?

—Es uno de los mejores. Cuadros, mármoles, libros. Absolutamente respetable, por supuesto. También evitó que muchas chucherías cayeran en las codiciosas manos del conde de Arundel, puedo asegurárselo.

Vilém respiraba con fuerza.

—¿Conoce el plan?

—Naturalmente que lo conoce. Lo ha conocido desde el principio. No hay por qué preocuparse. —La caja cubierta de algas hizo un ruido sordo al ser depositada sobre la arena—. Es perfectamente capaz.

—¿Y digno de confianza?

—¿Digno de confianza? —Sir Ambrose soltó una risita, y luego levantó una ceja hacia él—. Oh, Monboddo es moneda legal, no hemos de preocuparnos por eso. Estarán ustedes completamente seguros, los dos. A condición de que lleguen ustedes a Londres —añadió, haciendo un gesto hacia los saqueadores que resbalaban y tropezaban mientras corrían hacia ellos. No lejos, detrás, estaban los tres hombres que habían desembarcado del bote.

—Parece que he perdido mi pistola. Mala suerte —dijo en tono despreocupado. Había empezado a caminar, sin apresurarse, hacia la lancha—. Por no hablar de mi espada. Al parecer, amigos míos, vamos a encontrarnos en algunos apuros más.

Ningún carruaje se movía tan rápidamente por las carreteras de Inglaterra en aquellos tiempos como los que pertenecían al Servicio de Correos De Quester para el Extranjero. Cada vehículo de la flota De Quester había sido especialmente concebido para cubrir el viaje de setenta millas de Londres a Margate, o de Margate a Londres, en menos de cinco horas, incluso con algunos pasajeros a bordo y una pesada carga de diez sacas de correos atadas con correas al techo de cuero, o amontonadas desordenadamente en su interior. Sus varales y travesaños estaban hechos de estacas del pino más ligero, y los ejes habían sido engrasados con plombagina, y las ruedas iban montadas sobre muelles y llevaban como protección un borde de hierro. El artefacto era arrastrado por la carretera por troncos de caballos bereberes criados para esa tarea en un establo de Cambridgeshire. De modo que cuando el alba rompía sobre las Chislet Marshes, uno de esos rápidos vehículos debía de ser una visión poco corriente en aquel lugar mientras se movía pesadamente y a sacudidas a través del fango a un paso más lento aún que el de los carros tirados por asnos y cargados de cajas que se arrastraban en dirección contraria.

Ése era un tramo de carretera famoso, incluso en aquellos lugares, por sus baches y su tendencia a inundarse al primer signo de lluvia. El conductor del coche, un hombre llamado Foxcroft, entrecerraba los ojos para ver a través de la llovizna y la niebla mientras se acurrucaba dentro de su chaqueta de lona y guiaba el tronco a lo largo de la traicionera carretera. Había salido de Margate casi seis horas antes, y sus sacas del correo procedente de Hamburgo y Amsterdam se esperaban ya en Londres. Podría haber llegado a Londres a su hora, con o sin tormenta, de haber tomado la carretera principal a través de Canterbury y Faversham, en vez de dar aquel desagradable rodeo por la costa azotada por el viento. Pero por supuesto no se atrevía a viajar por la carretera principal, del mismo modo que no se atrevía ya a llevar la librea De Quester roja y oro. Un litigio estaba comenzando ahora ante los lores del Consejo sobre si el monopolio De Quester infringía la patente de lord Stanhope, jefe de los Correos y Mensajeros, quien recientemente había empezado a utilizar agentes propios

—bandas de rufianes, en opinión de Foxcroft— para llevar sus cartas a Hamburgo y Amsterdam. Aún no hacía un mes que Foxcroft había caído en una emboscada de hombres enmascarados ante las murallas de Canterbury; luego, otro conductor fue atacado dos semanas más tarde, en Gad's Hill. En ambas ocasiones los ladrones llevaban las ropas usuales en los salteadores de caminos, pero todo el mundo sabía que los rufianes de lord Stanhope estaban detrás de aquellos ataques. De manera que durante las últimas semanas, Foxcroft se había visto obligado a utilizar aquella ruta indirecta... una ruta tan desolada y olvidada que ni siquiera a los más desesperados facinerosos se les hubiera ocurrido asaltar, especialmente en una mañana de diciembre tan fría y desagradable como ésta.

De manera que Foxcroft apenas dio crédito a sus ojos cuando tomó una curva y vio el convoy de asnos que se acercaba y, más allá, alguna especie de conflagración —fuego, humo, figuras que corrían— a lo largo de la playa. ¿Otra de las emboscadas de lord Stanhope? Lanzó una maldición, asustado, y tiró de las riendas de los caballos. Pero era demasiado tarde; los bereberes habían lanzado un gañido encabritándose ante el fuerte estallido de lo que sonaba como fuego de mosquete. Foxcroft perdió el equilibrio, aunque pudo enderezarse y agarrar las riendas con una mano mientras se aferraba al borde del asiento con la otra. Un segundo antes de que el borde de su sombrero se deslizara sobre sus ojos distinguió, en la lejanía, lo que parecía el naufragio de un barco.

Los caballos avanzaron precipitadamente a través del lodo, abriéndose paso a fuerza de músculos por delante de la cadena de mulas y retumbando sin control a lo largo de la estrecha carretera en dirección a la playa y sus anaranjadas hogueras. Los maderos de apoyo de las lanzas crujieron y protestaron cuando el vehículo tomó otra curva, apoyándose sólo sobre dos ruedas y arrojando pellas de barro a las mimbreras que se adivinaban confusamente a ambos lados del camino. Foxcroft observó que un grupo de figuras se escondía entre ellas. Pero entonces una de las ruedas golpeó contra una piedra y él empezó a botar en su asiento como la regañona del pueblo en su taburete de acusada.

Desde la fangosa carretera, el coche tardó menos de un minuto en llegar al borde de una playa más fangosa aún. A esas alturas las ruedas ya habían topado con dos piedras más y Foxcroft, desalojado de su asiento, se encontró aferrándose con ambas manos al asiento mientras sus botas colgaban a escasamente una pulgada de los radios que giraban. Dos sacas de correos se habían perdido, junto con su sombrero. Entonces, mientras las ruedas con su reborde de hierro golpeaban la arena, el coche frenó con una dura sacudida y Foxcroft pudo oír otro disparo de mosquete, mucho más cerca. Los caballos volvieron a encabritarse. Apoyó un pie en el travesaño y, con un desesperado impulso, se izó hasta el asiento.

Y fue en ese momento cuando tuvo su primera visión de ellas, un grupo de sombras, cinco o seis figuras, que corrían todas hacia él. Sí... se trataba de una emboscada de algún tipo. Dio la vuelta en redondo y buscó su látigo, pero éste había desaparecido junto con el sombrero y las sacas de correo. Los caballos se encabritaron nuevamente cuando agarró las riendas, y de repente el vehículo dio un bandazo y se detuvo, sus ruedas clavadas y hundiéndose en la arena.

—¡Arre! ¡Arre!

Buscó el mosquete detrás del asiento, pero también

había desaparecido, así como la bolsa de balas. Giró en redondo en su asiento para hacer frente a sus atacantes... que eran más incluso de los que lo habían sido en Canterbury. Los caballos se encabritaron, luego clavaron sus patas en el suelo, aunque, con la vara y los ejes medio enterrados en la arena, el coche no se movió más que un par de pulgadas. Entonces los caballos embistieron otra vez y el carruaje se deslizó hacia adelante con un crujido de cuero a medida que las ruedas encontraban agarre en los guijarros.

Pero era demasiado tarde, comprendió Foxcroft. Los bravos de Su Señoría —una buena media docena de hombres— estaban casi sobre él.

—Santa Madre de Dios —susurró, preparándose para saltar.

El capitán Quilter estaba observando el varado coche con sus seis caballos desde su refugio detrás de un barril de arenque arrojado por la borda del *Estrella de Lübeck*. El barril había sido perforado por una bala de mosquete y la salmuera estaba saliendo a chorros por las rajadas duelas, cayendo en la arena. Quilter había oído un grito procedente de las mimbreras y, volviendo la cabeza, divisó el coche corriendo a toda velocidad hacia el agua mientras dejaba caer un par de sacas tras él.

Agarrándose a uno de los flejes del barril, Quilter consiguió alzarse unas pulgadas más. La tierra era tan blanda y profunda como un cojín bajo sus rodillas. Otro grito, esta vez del lado opuesto de la playa. Volvió la cabeza y vio un grupo de figuras que se precipitaba hacia el coche. El vehículo estaba detenido, encallado en el barro y la arena, al borde de la playa. Los caballos se encabritaban y lanzaban coces a los tirantes del coche mientras la figura solitaria del pescante se esforzaba por liberar las riendas que estaban enredadas en los maderos de las lanzas.

Quilter se encontraba ya de pie, mirando a través de la llovizna la extraña escena que se desarrollaba ante él. Tres de las figuras habían llegado al vehículo justo en el momento en que soltaban las riendas y el coche se lanzaba hacia adelante con una violenta sacudida. Los otros tres, uno de los cuales blandía el mosquete, estaban sólo a unos pocos pasos detrás y acercándose rápidamente.

—¡Arre!

—¡Suba a bordo! —Era sir Ambrose, que levantaba a uno de sus compañeros, la dama, hasta el pescante—. ¡Sí! ¡Venga!

Uno de los perseguidores había caído de rodillas. Su mosquete centelleó y soltó un rugido seguido de una bocanada de humo. Pero el coche estaba rodando nuevamente, inclinándose de un lado a otro como una bricbarca en una mar gruesa. Una segunda persona, un hombre, delgado y sin sombrero, había saltado también a bordo. Se estaba aferrando al portaequipajes de madera mientras sir Ambrose corría junto al vehículo, levantando alguna cosa, una especie de cofre. El hombre vestido de librea estaba recargando el mosquete mientras el del portaequipajes estiraba su delgado cuerpo, con el brazo extendido.

Pero en aquel mismo momento otra cosa captó la atención de Quilter. Una de las linternas o fogones de los comedores del *Bellerophon* debía de haber encendido un barril o tonel de alcohol derramado, porque de repente una ensordecedora explosión sacudió el cielo. Cuando Quilter cayó de rodillas y miró hacia alta mar vio una fuente de fuego anaranjado, una espectacular exhibición de pirotecnia que empequeñeció a las hogueras e incluso al nuevo sol que asomaba tímidamente entre las nubes. Las líneas de fuego seguían lloviendo sobre el mar para cuando Quilter pensó en volver la cabeza y buscar el vehículo. Pero ni el coche ni sus pasajeros se veían por ninguna parte. Inspeccionando toda la extensión de playa, distinguió sólo a sus perseguidores, los tres hombres cuya vestidura negra y oro habían sido bañadas en cobre por los mil fragmentos que caían en cascada del *Bellerophon.*

CAPÍTULO DECIMOTERCERO

Me desperté a la mañana siguiente sintiéndome ligeramente indispuesto. Me parecía notar un extraño sabor, débil y dulce, en el paladar, y tenía la lengua reseca. Cuando me levanté de la cama, vacilando, agarrándome a una de las columnas del lecho, los miembros extrañamente debilitados, me di cuenta que estaba empapado de sudor, al igual que la ropa de la cama, como si tuviera fiebre, o como si en vez de dormir hubiera ejecutado en realidad un duro trabajo. Sentí pánico durante unos segundos pensando que iba a caer enfermo de fiebre intermitente o algo peor (me había vuelto un poco hipocondríaco desde la muerte de Arabella), pero luego, con un sentimiento de alivio, me acordé del ron de Biddulph. La noche volvió a mí en una constante suma de detalles. Con un suave gemido me dejé caer en una silla y escuché durante unos minutos cómo las gaviotas graznaban despiadadamente bajo la ventana, comiendo y aleteando entre el lodo. Me pareció recordar un sueño, algo violento y espantoso. Otro alarmante efecto del ron de la noche anterior, supuse.

Después de tomar un desayuno de rábanos y pan negro, y luego beber una poción matutina y pasar un cuarto de hora sentado en mi taburete-orinal, me sentí algo mejor. Bajé a la tienda y durante otro cuarto de hora ejecuté los viejos rituales del toldo y los postigos, el desatrancamiento de la puerta y la puesta en orden del mostrador, todo el tiempo tambaleándome, en una especie de agradable aturdimiento como si estuviera sorprendido de encontrar mi tienda todavía en pie y a mí mismo a salvo en ella. Aquella mañana el perfume resinoso de nogal y pino —el dulce y fuerte olor del bosque— salpimentaba el familiar aire cargado de efluvios de papel de hilo y bucarán. La tienda había quedado mejor que nueva, decidí, inspeccionando las estanterías y los goznes de la verde puerta. Me sentí como un capitán de barco cuyo buque ha naufragado y luego ha sido expertamente reparado en un puerto extranjero, del cual ya es hora de zarpar rumbo a casa.

Sí, me sentía mucho mejor. Después de que Monk partiera para la Oficina General de Correos, salí al exterior y holgazaneé un rato por la acera, sintiendo el recién acuñado sol en mi piel y contemplando imprecisamente arriba y abajo la calzada como si me estuviera orientando a partir de uno de los rótulos. Y de pronto el sueño acudió a mi mente, desnudo y horrible.

Por lo general, no valoro en mucho mis sueños. Los pocos que recuerdo son simples, vagos, ilógicos e insatisfactorios. Pero la noche anterior fue diferente. Después de mi regreso de Wapping, me retiré a la cama con mi ejemplar del *Quijote,* del cual leí el capítulo sexto, el momento en que el sacerdote y el barbero inspeccionan, y luego queman, el contenido de la biblioteca del pobre loco Don Quijote, el origen de sus fantásticas ilusiones. Este episodio volvía a circular en mi sueño, excepto que ya no eran los libros de Don Quijote los que se quemaban, sino los míos. Yo había observado con acobardado horror cómo eran arrancados de las estanterías y arrojados a brazadas a la hoguera por una banda de burlones criminales a los que no podía ver claramente mientras entraban y salían precipitadamente bajo la luz de la chimenea. Pronto aquellas figuras se desvanecían en la noche y yo me encontraba en Pontifex Hall, solo, primero dentro de la biblioteca, donde las llamas estaban devorando las estanterías, y luego, unos segundos más tarde, fuera, en el seto-laberinto, contemplando cómo las cenizas y restos de las páginas eran transportados hacia el cielo sobre grandes tentáculos de negro humo, antes de regresar al suelo lo mismo que las cenizas de un volcán en erupción. En cuyo momento Pontifex Hall se metamorfoseaba en un barco en llamas y el sueño concluía con el retumbante estruendo de unas maderas que caían. Me desperté, descubriendo que el *Quijote* había caído de mi barriga al suelo.

Ahora me pregunté cómo demonios debía tomarme esa desconcertante cadena de imágenes. Platón afirma que todos los sueños son profecías de cosas que han de suceder, visiones del futuro que el alma percibe a través del hígado, e Hipócrates dice que son presagios de enfermedad o incluso de locura. Así que ninguna de las dos interpretaciones era muy estimulante. Decidí que, en vez de ello, seguiría el consejo de Heráclito, que nos dice que todos los sueños son tonterías y que, por tanto, deben desdeñarse.

Yo aún me encontraba de pie en la acera, bajo el toldo, papando moscas como un imbécil, cuando Monk regresó de Dowgate con el correo. Habían llegado dos cartas. Una, del librero de Amberes; la otra, del clérigo jubilado de Saffron Walden. Seguí a Monk al interior de la tienda. Otro día por delante.

Una hora más tarde tomaba un coche de alquiler para dirigirme a Seething Lane. No tenía intención de volver a visitar ni a Silas Cobb ni el Ministerio de Marina, sino al sacristán de Saint Olave. El servicio matutino estaba en curso cuando llegué, de modo que me deslicé en un banco de la parte de atrás, donde abrí torpemente un devocionario —uno de esos pequeños volúmenes que Cromwell y sus generales habían hecho todo lo posible por quemar— y me sentí cohibido y extrañamente culpable. Nunca había sido practicante, a diferencia de Arabella, que a veces asistía a dos servicios en un día. Yo no tengo ninguna objeción a la práctica, y tampoco a los puritanos con sus ruidosos conciliábulos, ni a la Iglesia oficial y su incienso, sus altares cercados y demás rituales casi papistas. Pero soy en el fondo, supongo, como los cuáqueros, que creen en una supuesta luz interior que no necesita sacerdotes ni sacramentos para encenderla.

Mientras permanecía sentado bajo un rayo de sol que se filtraba por la sucia ventana, no estaba, sin embargo, contemplando temas espirituales. Estaba pensando en Henry Monboddo y sir Ambrose Plessington, en qué insospechada relación podía existir entre *El laberinto del mundo* y las aventuras de esos dos hombres en Hispanoamérica, entre el *Corpus hermeticum* y un grupo de protestantes fanáticos. Esas infructuosas meditaciones se vieron interrumpidas cuando el servicio terminó, en cuyo momento me abrí camino por la nave, por delante de los fieles que se marchaban, preguntándome si mi habitual aspecto desaliñado, junto con los perniciosos efectos de la bebida de la noche anterior, me harían parecer ante el cura como un pecador arrepentido que acude a pedir perdón por una vida disoluta. En cualquier caso, el hombre me remitió, sin aprensión aparente, a la sacristía, donde descubrí al sacristán y le expliqué que deseaba consultar los registros de la parroquia para saber algo de uno de sus feligreses —un antepasado mío, le dije— que había sido enterrado en el cementerio. Pareció bastante encantado de complacerme y, después de hurgar largo rato en uno de los armarios, me enseñó un grueso volumen, un registro del año 1620, encuadernado en piel. Me rogó que me sentara en su pequeño escritorio, y luego desapareció en la iglesia, que estaba ahora vacía excepto por una vieja que avanzaba lentamente por las baldosas con una fregona.

El registro estaba dividido en tres momentos claves de la vida: bautizo, matrimonio y defunción. Hojeé rápidamente la sección de muertes. Resultaba deprimente leer en aquel oscuro ambiente de la sacristía. Yo sabía que antes de que los sacristanes compilaran y publicaran los certificados de defunción, como se hace hoy en día, los registros a menudo especificaban las causas de la muerte. Pero yo no estaba en absoluto preparado para las pequeñas biografías de desgracias que figuraban junto a cada nombre y fecha, columna tras columna, página tras página: apoplejías, hidropesías, pleuresías, tifus, disentería, «asesinatos», inaniciones, pestes, envenenamientos, suicidios, y así sucesivamente, un interminable catálogo de tragedias largo tiempo olvidadas. Una pobre alma había sido incluso «herida gravemente por un oso escapado del recinto de los osos en Southwark», y otra, «comida por un cocodrilo en el Parque de Saint James». También mencionaba la existencia de algunas muertes de naturaleza más imprecisa, hombres y mujeres que habían sido «hallados muertos en la calle» o «muertos al caerse», mientras que «causa de la muerte, desconocida» aparecía también escrito al lado del nombre de otras personas.

La muerte de Silas Cobb era uno de esos casos más misteriosos. Al cabo de treinta minutos, descubrí su nombre cerca del final del volumen, en las páginas dedicadas al mes de diciembre, que parecía haber sido un mes especialmente peligroso para los feligreses de Saint Olave. Pero la información resultaba decepcionante. Una emborronada escritura cursiva simplemente registraba que Silas Cobb había sido «encontrado muerto en el río, debajo de York House». Nada más. No se decía nada de su profesión, su dirección o sus parientes cercanos. Ninguna pista que facilitara su identidad.

Una pérdida de tiempo, decidí. Cerré el registro, y le di las gracias al sacristán; y no fue hasta llegar a la puerta de la iglesia cuando de repente recordé algo que Biddulph había mencionado el día anterior: que York House se había pertenecido antaño a Francis Bacon, supuesto arquitecto del *Philip Sidney,* quien la acabó vendiendo al duque de Buckingham, el cual a su vez guardaba allí sus libros y cuadros hasta que su hijo se vio obligado a venderlos, empleando como agente suyo (según Alethea) nada menos que a Henry Monboddo.

Durante unos momentos sentí una picazón en mis patillas debido a la excitación... pero pronto decidí que simplemente había tenido una extraña e inestable fantasía. Ninguna relación entre Cobb y Bacon o Buckingham, o entre Cobb y Monboddo; a lo sumo, debía de ser muy lejana. Incluso la que existía entre Cobb y York House con sus centenares de cuadros no era probablemente más que una rara coincidencia, porque su cadáver podía haber flotado corriente arriba o abajo con la marea, quizás un par de millas, antes de que lo sacaran de las aguas de debajo de York House. Podría haber caído al Támesis —o haber sido arrojado, vivo o muerto— en casi cualquier lugar entre Chelsea Reach y el Puente de Londres. Los boletines de aquellos días iban llenos de noticias de esos pequeños viajes; de hombres desaparecidos que saltaban de las estacas del puente sólo para ser encontrados, días más tarde, a tres o cuatro millas río abajo.

Antes de salir de la iglesia pensé en preguntar al sacristán sobre la lápida sepulcral de Cobb, que parecía mucho más nueva que las de sus vecinos, mucho más nueva, señalé, que la fecha marcada, 1620. Pero el hombres se limitó a encogerse de hombros y a explicar que la costumbre de montar una lápida nueva sobre una tumba vieja estaba bastante extendida. No sólo eso; la gente que entraba en posesión de una fortuna a menudo se atribuía honorables *pedigrees* mejorando el emplazamiento de las tumbas de sus antepasados... hasta el punto, dijo, de exhumar los huesos de sus retiradas parcelas situadas en los rincones del cementerio para volverlos a enterrar en unos entornos más prestigiosos, tales como las naves o la cripta de la iglesia, donde el nuevo lugar de descanso se señalaba con una placa de mármol, o incluso con un busto o una estatua. Así sucedía, declaró, que humildes barqueros y pescadores se encontraban, cincuenta años después de su muerte, en la distinguida compañía de duques y almirantes, con sus efigies orgullosamente exhibidas en mármol o bronce. El sacristán me informó de que la iglesia no guardaba ningún registro oficial de tales mejoras.

—Puede consultar con el grabador o el cantero que esculpió la lápida —sugirió—. Por lo general, inscriben su nombre o un escudo de armas en la parte trasera de la losa.

Pero yo no estaba muy dispuesto a arrastrarme bajo

la lápida sepulcral de Cobb a plena luz del sol... como tampoco a penetrar en el ruido y el polvo de un taller de canteros bajo el calor del día y cuando aún estaba viviendo las secuelas del ron de Biddulph. De manera que regresé a Nonsuch House, preguntándome por el camino qué debía pensar de las cosas de que me había enterado; si es que en realidad me había enterado de algo.

El resto del día anduve ocupado con mis habituales ceremonias entre las estanterías de libros y los clientes. Ah, el agradable bálsamo de la rutina, lo que Horacio llama *laborum dulce lenimen*, el «dulce alivio de mis esfuerzos». Más tarde, ingerí una cena preparada por Margaret, me bebí dos copas de vino y fumé una pipa de tabaco; luego me retiré a la cama a las diez, mi hora usual, con el *Parsifal* de Wolfram —me había decidido en detrimento del *Quijote* aquella noche— apuntalado sobre mi barriga. Debí de caer dormido poco después de que el vigilante anunciara las once en punto.

Nunca he dormido bien. De niño era sonámbulo. Mis extraños trances y paseos a medianoche alarmaban normalmente a mis padres, y a nuestros vecinos, y finalmente a Mr. Smallpace, que en una ocasión me devolvió a Nonsuch House, descalzo y confuso, después de deambular hasta la puerta sur del puente. A medida que me hice mayor, esta agitación nocturna se fue convirtiendo en ataques de insomnio que siguen atormentándome hoy en día. Permanezco despierto durante horas interminables, consultando sin cesar mi reloj, hinchando y arreglando constantemente mi almohada, revolviéndome y dando vueltas sobre el colchón como si me peleara con un enemigo, antes de que el sueño finalmente me venza, sólo para despertarme un minuto más tarde, cuando me perturba el más ligero ruido o un fragmento de un sueño no recordado. Con los años, he visitado a diversos boticarios que me han prescrito toda clase de remedios para la enfermedad. Me he bebido pintas enteras de malolientes jarabes hechos de culantrillo y semillas de adormidera (una flor que Ovidio nos cuenta que florece junto a la cueva del sueño), y frotado las sienes una hora antes de retirarme, según las instrucciones, con otras mezclas preparadas con jugo de lechuga, aceite de rosas y quién sabe qué más. Pero ninguno de estos caros elixires ha conseguido jamás acelerar mi sueño ni un solo minuto.

Para empeorar las cosas, Nonsuch House es un lugar extraño, yo diría que espantoso, después del crepúsculo, especialmente, al parecer, después de la muerte de Arabella... una vasta cámara de resonancia donde las maderas del suelo crujían y gemían, los postigos golpeaban, la chimenea emitía un lamento fúnebre, los aleros gargarizaban, los escarabajos tamborileaban, las ratas chillaban y correteaban, y las tuberías de madera de olmo se estremecían y gemían detrás de las paredes como si el agua de su interior se congelara o se descongelara. Yo me considero un hombre racional, pero los meses que siguieron a la muerte de Arabella solía despertarme bruscamente varias veces cada noche, presa de terror, y luego acurrucarme bajo la colcha como un niño horrorizado, oyendo a un pelotón de fantasmas y demonios que susurraban mi nombre mientras proseguían con su sigiloso trabajo en mis armarios y corredores.

Esa noche me desperté sobresaltado por uno de esos ruidos. Incorporándome de golpe en la oscuridad, busqué en la mesilla de noche la pistola de pedernal. Había considerado la posibilidad de dormir con ella bajo la almohada, como creo que al parecer hace la gente por miedo a los ladrones, pero tuve visiones del arma descargándose mientras yo daba vueltas en la cama durante el sueño, y de todas maneras habría sido algo demasiado grande e incómodo para meterla bajo mi almohada de plumón de ganso. De modo que la dejaba sobre la mesilla, cargada con una bala y pólvora, aunque con el cañón apuntando lejos de la cabecera de la cama. El resto de la munición la guardaba en el cajón, en una cartuchera que el veterano cojo me había vendido junto con el arma: treinta balas de plomo que parecían curiosamente inofensivas, como los excrementos petrificados de un pequeño roedor.

Encontré la pistola sólo varios segundos después de frenética búsqueda, luego cerré los dedos sobre la culata y contuve la respiración, escuchando el extraño ruido. Había sido, pensé, una especie de débil traqueteo o tintineo, como de unas espuelas. Pero todo estaba en silencio ahora. El ruido en cuestión había sido un sueño, me dije. O el vigilante con su campanilla.

Ca-chink, ca-chink, ca-chink-ca...

Acababa de dormirme cuando volví a oír, más claramente esta vez, un sonido nada familiar que no formaba parte del repertorio usual del edificio: un débil pero insistente tintineo, como de una campanilla de comedor o del manojo de llaves de una dueña. O quizás como unos arreos de caballo, excepto que habían transcurrido horas desde la queda, las puertas estarían cerradas, y no era probable que ningún carruaje de caballos estuviera pasando por delante de la casa.

Me di impulso para incorporarme nuevamente, mientras mi mano izquierda agarraba la pistola. Encendí una vela y miré entrecerrando los ojos mi reloj, que también había tenido que buscar a tientas en la mesilla de noche. Eran más de las dos. De pronto el ruido cesó, como si el que lo producía se hubiera dado cuenta y lo hubiera amortiguado rápidamente. Dejé balancear mis piernas en el borde de la cama, imaginando al intruso acurrucado contra la pared en alguna parte, conteniendo la respiración y los oídos atentos.

¡Ca-chink-ca-chink-ca-CHINK!

El ruido se había hecho más fuerte y más insistente cuando salí furtivamente al corredor y luego, haciendo una profunda inspiración, empecé a bajar los primeros escalones. Tenía problemas para andar en la oscuridad pero conseguí evitar el tercer peldaño, contando desde arriba, que rechinaba, así como el quinto, cuyo contraescalón —a fin de hacer tropezar a los ladrones incautos— era cuatro pulgadas más alto que el resto. No sentía ningún deseo de despertar a Monk, que se hubiera asustado mortalmente al verme deambular por la casa con sigilo pistola en mano. Tampoco quería alertar al intruso, que —ya estaba seguro de ello a esas alturas— se encontraba, o bien dentro de la casa, o tratando de abrirse paso por la puerta de la calle: porque el sonido había sido causado, comprendí, por un manojo de ganzúas.

Ca-CHINK-ca...

Sentí un escalofrío de miedo en el cogote. Haciendo una profunda y temblorosa aspiración, apreté el arma con más fuerza y busqué con mi pie descalzo el siguiente escalón. El tintineo había cesado, pero ahora pude oír el chasquido del pestillo y luego el lento crujir de los nuevos goznes a medida que la verde puerta se abría poco a poco. Me quedé helado, mi pie contrahecho suspendido en el aire. Las maderas del suelo crujieron suavemente cuando el intruso penetró con cautela en la tienda. Me pasé la lengua por los labios y tanteé ciegamente buscando el siguiente escalón.

Lo que sucedió a continuación era inevitable, supongo. Los peldaños de la escalera de caracol son altos, estrechos y gastados, y sus contraescalones, de altura irregular; y por supuesto yo soy un lisiado y estaba medio ciego sin mis anteojos, que había dejado en el dormitorio. De modo que cuando traté de alcanzar otro escalón, mi pie zopo rozó el borde del siguiente peldaño y caí con un grito de dolor al rellano. Peor aún, perdí la pistola mientras me agitaba en la oscuridad. El arma hizo un ruido tremendo al caer por la escalera delante de mí.

Recobré el aliento y lo contuve. Siguió un silencio mortal. Permanecí extendido en el rellano durante unos segundos antes de incorporarme cautelosamente y quedarme en cuclillas. Tan silencioso había quedado todo durante un segundo que casi pensé que había cometido un error, que todo había sido un sueño, o el sonido del viento, o el edificio que daba sacudidas y crujía bajo el efecto de la marea. Pero entonces oí el inconfundible ruido de pasos y, segundos después, voces que susurraban.

Sentí que mi cuerpo se tensaba, preparándose para embestir. Aún podía alcanzar la pistola. Pero había al menos dos intrusos, y, aunque pudiera coger el arma antes que ellos, sólo disponía de una bala. De manera que permanecí en cuclillas en el rellano, demasiado asustado incluso para respirar.

Transcurrieron unos pocos y horribles segundos antes de oír el áspero frotar de una cerilla. Entonces una luz brotó hacia arriba y las sombras bailaron locamente en la pared. Me puse en movimiento, tambaleándome como un cangrejo a lo largo del estrecho rellano, buscando los escalones que tenía encima de mí. Pero era demasiado tarde. Ya un par de botas crujían sobre los peldaños, sólo a unos pies por debajo. Oí el suave silbido de la antorcha encendida, y luego un sonoro chirrido cuando la pistola fue recuperada. Unos segundos más, y me alcanzarían.

Giré en redondo y busqué a tientas los escalones. Pero apenas había encontrado asidero cuando una fría mano me agarró por el cogote.

Nonsuch House tendría más de ochenta años en aquella época. Había sido construida en Holanda el año 1577 y luego transportada en barco por secciones a Londres, donde sus esculpidos tejados de gablete y cúpulas en forma de cebolla fueron encajados sin el uso de clavos, pieza a pieza, como los segmentos de un gigantesco rompecabezas. Se alzaba a medio camino a lo largo de la calzada, en el lado norte de un pequeño puente levadizo cuyas dentadas ruedas de madera crujían y rechinaban seis veces al día. Así que, seis veces al día, todo el tráfico de la calzada era obligado a detenerse durante veinte minutos mientras el de abajo pasaba flotando empujado por la marea. Lanchones y chalupas se dirigían río arriba con cargamentos de malta y abadejo seco, mientras barcos de aprovisionamiento y pinazas flotaban río abajo cargadas de barriles de cerveza amarga y azúcar para los barcos mercantes del Muelle de la Torre; a veces incluso pasaba el yate del propio rey camino de las regatas de Greenwich, sus mástiles balanceándose y sus velas crujiendo. Un silencio se abatía sobre el puente en esos momentos a la vez que los caballos de carga y apresurados viandantes se detenían todos en su camino ante el desfile de ensueño de veinte o treinta barcos. Cuando era aprendiz, yo también solía detenerme y observar maravillado mientras la calzada se levantaba en pendiente hacia el cielo y las velas se movían furtivamente por delante de las ventanas, sus senos hinchados por el viento y abultados como chalecos de unos gigantes. Pero entonces Mr. Smallpace me gritaba desde la tienda y yo debía volver a dedicar mi atención a las pilas de libros.

Todo aquel ritual era impresionante e inspirador, pero también producía sus efectos en Nonsuch House, especialmente en mi rincón, que lindaba justamente con el puente levadizo y, seis veces al día, se estremecía y gemía bajo los esfuerzos. Cuando las ruedas giraban y las vigas se levantaban, podía sentir cómo temblaban las maderas bajo mis pies y oír cómo los cristales de las ventanas tintineaban dentro de sus marcos. Habían llegado a caer libros de sus estanterías, copas y platos de sus alacenas, y cazuelas de cobre y trozos de carne de sus ganchos en la despensa. Peor aún; poco después de la muerte de Mr. Smallpace, descubrí que uno de los montantes del estudio se había desplazado tanto en el techo que ahora una pared se inclinaba siniestramente hacia fuera.

Había que hacer algo. Contraté a un aprendiz de herrero para detener el desplazamiento del travieso montante, pero en medio de sus trabajos de restauración hizo un agujero en la podrida pared de zarzo y argamasa, dejando al descubierto una pequeña cavidad. El agujero fue pronto ensanchado para revelar una habitación, de siete pies de alto por tres de ancho, en la cual podía meterme yo, sobrando un poco de espacio. Unos golpecitos experimentales con un atizador de hierro revelaron que la entrada a la habitación había sido practicada a través de una trampilla oculta en el techo, las tablas de la cual constituían ahora el suelo de un diminuto armario para el calzado un piso más arriba.

Quién había construido aquel pequeño compartimento secreto, sólo podía conjeturarlo. No encontré nada en su interior excepto un plato de madera, una cuchara, los restos andrajosos de lo que parecía un jubón de piel y un estropeado candelabro de plata. Había estado esperando encontrar, si acaso, algunos antiguos vasos de altar o los pedazos de vestiduras sacerdotales, porque sabía que los escondrijos de cura habían sido algo corriente en las casas construidas durante el reinado de Isabel... pequeños escondites bajo la escalera, o las chimeneas, destinados a albergar sacerdotes de Roma y demás víctimas de nuestras persecuciones religiosas.

Aquella noche me instalé dentro de la cámara con las rodillas dobladas bajo la barbilla y una vela encendida en el viejo candelabro, tratando de imaginar quién se habría podido esconder allí. ¿Un fraile franciscano vestido con un cilicio, tal vez incluso un jesuita? Por un momento pude verlo muy claramente, un hombrecillo arrodillado sobre una esterilla de junco, susurrando un miserere, respirando cuidadosamente en la exigua oscuridad mientras, a pocas pulgadas de distancia, los hombres enviados por la magistratura se gritaban mutuamente contraseñas y golpeaban con las empuñaduras de sus espadas suelos y revestimientos de madera en busca del hueco en cuestión. Yo no era papista, pero esperaba que hubiera conseguido escapar, quienquiera que fuese, y preservara su vida secreta... una callada, ascética y casi herméticamente sellada existencia del tipo que supongo que yo siempre había anhelado. Así que quizás fue ése el motivo por el que, cuando contraté un carpintero para rellenar la cámara, cambié de idea en el último momento, siguiendo un impulso repentino, y le di instrucciones de que dejara la pequeña cavidad como estaba, pero la ocultara detrás de otra pared. Esta nueva pared fue entonces enjabelgada y panelada, y el panel cubierto por estanterías. Una vez más, la habitación resultaba invisible.

Yo no tenía previsto utilizar jamás mi cámara secreta... ¡No lo permita Dios! Deseaba preservarla como un recuerdo, eso era todo. A lo largo de los años que siguieron pensé muy poco en ella, aunque después de que los inspectores empezaran a hacernos sus visitas, me acostumbré a esconder allí algunos folletos y panfletos que de otro modo hubieran sido confiscados y quemados. Nadie más sabía de su existencia, excepto Monk, para quién el lugar se había convertido en interminable maravilla. A menudo podía oírle andar pesadamente en su interior, jugando a lo que yo consideraba misteriosos jueguecitos. Pero entonces un día levanté la escotilla en el armario de las botas y atisbé en su interior descubriendo que lo había amueblado con diversas cosillas como un taburete de tres patas, velas, una manta, material de lectura, incluso un viejo orinal recuperado de alguna parte. Y sospeché que albergaba planes para instalarse allí. El lugar era, a fin de cuentas, aproximadamente del tamaño de su propio y pequeño dormitorio, y probablemente no más incómodo.

Pero una noche mientras me encontraba sentado en mi sillón, oí un fortísimo golpear detrás de la pared y subí apresuradamente por las escaleras para pillarlo en el acto de clavar clavos a través de las suelas de tres pares de viejas botas con objeto de fijarlas a la parte superior de la escotilla de madera. Al ser interrogado, explicó que estaba inventando cosas para que, cuando abriera la trampilla y se deslizase dentro de la cámara —tal cual—, los pares de botas permanecieran en su lugar después de que la tapa fuera cerrada. La entrada quedaría por tanto disimulada. ¿Inteligente, no? Había salido del agujero y estaba jadeando con fuerza. Reconocí que ciertamente lo era. No había necesidad de preguntarle quién le había provocado su inspiración. Sólo tres noches antes, los inspectores habían irrumpido en su cuarto echándole la luz de la linterna en la cara.

—Bien hecho —repetí. Había decidido perdonarle lo de las botas, que casi nunca me ponía—. Sí, bastante ingenioso.

Pero cuando atisbé en la pequeña cámara me acordé del cura agachado en la oscuridad, orando por la preservación de su clandestina vida y silenciosa misión.

—Aunque esperemos que nunca tengamos ocasión de probarlo.

Cerramos la puerta y salimos arrastrándonos del armario. Luego, durante meses interminables —a veces mucho más tiempo—, no volvería a pensar en la pequeña celda oculta detrás de la pared de mi estudio.

—Mr. Inchbold. —Un susurro. La presa en mi cogote se había apretado—. Por aquí, señor. Arriba. Sígame...

Subimos rápidamente, nuestras sombras encaramándose por la escalera delante de nosotros. Pasado el estudio y el dormitorio, rodeando otro rellano, y después hacia arriba, otro tramo de escalera en espiral. De abajo llegaban centelleos de la antorcha y un rápido estruendo de pies. Todo sigilo había sido abandonado. Oí una voz que nos gritaba. Luego un ruido sordo y una maldición cuando nuestros perseguidores tropezaron con el quinto escalón. Pero se recuperaron y, volviendo a maldecir, reemprendieron la persecución. Oí que la voz gritaba mi nombre.

Para entonces, ya habíamos llegado a lo alto de la escalera. Monk encabezaba la marcha, gateando hábilmente por el corredor mientras yo le seguía tambaleándome a unos pocos pasos, atontado por el miedo, mirando de reojo para ver si distinguía la primera cabeza asomando por lo alto de la escalera. No tenía ni idea de lo que Monk estaba haciendo, aparte de escapar, hasta que tropecé con él. Se había detenido frente al armario del calzado y ahora mantenía abierta la puerta, elegantemente, como si fuéramos a subir a un coche.

—Usted primero, señor.

Me puse de rodillas y me descolgué, dentro de la oscuridad, agarrándome con los dedos al borde de la trampilla hasta que mis pies encontraron apoyo en un taburete. Un segundo más tarde, Monk se dejaba caer con suavidad a mi lado, como un gato, cerrando luego silenciosamente la camuflada tapa. Nos encontrábamos en una total oscuridad, sin un solo resquicio de luz procedente de arriba. No podía ver a Monk, aunque lo sentía a sólo unas pulgadas de distancia, sofocando sus jadeos. Me di la vuelta en redondo, jadeando también, pero tropecé con algo. El pánico tensó la frágil membrana de mis tripas. El aire era tan oscuro que casi parecía material, denso.

Me di la vuelta otra vez y tropecé con otra pared. El agujero era sólo un poco más grande que un ataúd. Iba a encaramarme para salir, pero entonces la mano de Monk me agarró del brazo mientras oíamos unas botas —que sonaban como un ejército de ellas— pisando con fuerza encima de nuestras cabezas. Los intrusos habían llegado a lo alto de la escalera. Una voz volvió a gritar mi nombre. Busqué un taburete, algún lugar donde sentarme. No podía respirar. Más patadas en el suelo. Puertas que se cerraban de golpe. Iba a desmayarme...

Pero no me desmayé. Monk deslizó un taburete hacia mí, y me senté, y después, durante las siguientes horas, ambos estuvimos escuchando la conmoción que se había organizado sobre nuestras cabezas, volviendo el rostro hacia la invisible escotilla, guardando un helado silencio mientras los intrusos —tres hombres, posiblemente cuatro— abrían puertas y probaban cada pulgada de las paredes de la casa con sus espadas y bastones. Nuestros huéspedes eran muy concienzudos. La escalera, las jambas, los revestimientos de madera, camas, cortinas, cada ladrillo en proceso de desmenuzamiento o madero carcomido... Nada de la casa quedó sin ser examinado. Por tres veces los oímos justo encima de nosotros, caminando pesadamente por el corredor delante del armario de las botas, y luego abriendo la puerta y golpeando sus paredes. Pero por tres veces la puerta del armario se cerró de golpe, y los pasos y golpecitos retrocedieron y se retiraron. Un momento más tarde, oí unos golpes suaves a unas pulgadas sólo de distancia de mis oídos cuando el extremo de un bastón tanteó cuidadosamente la pared de mi estudio. Pero el tabique era grueso, bien revestido de arcilla y arena mezclada con cabello, y el sonido de hueco, si es que los había, debía de quedar amortiguado. Al cabo de un momento, los golpecitos cesaron. Dejé escapar un suspiro de alivio y sentí que Monk me apretaba el hombro.

—¿Todo va bien, señor?

—Sí —dije tartamudeando, y un poco demasiado alto—. Muy bien.

Estaba temblando como un azogado, y esperé que él no lo notara, aunque supuse que ya no importaba mucho. Durante toda nuestra dura prueba, parecía como si los papeles de amo y aprendiz se hubieran intercambiado. Desde el primer momento de nuestra apresurada fuga escalera arriba, él se había mostrado paciente y valeroso, mientras yo, su amo, no era otra cosa que terror, confusión y, más tarde, quejas. Me irritaba terriblemente el confinamiento. Al cabo de sólo unos minutos en el taburete, me dolía la espalda; luego sentí que las piernas se me iban poniendo rígidas y, momentos después, me di cuenta de que mi vejiga necesitaba desesperadamente alivio. Luego no podía respirar aquel espeso aire. Mi pecho borboteaba, y mi diafragma se retorcía subiendo y bajando mientras trataba de sofocar unas toses de perro *basset*, una sola de las cuales nos hubiera delatado. Me mordía el labio y trataba de sacar fuerza y consuelo pensando en el cura que nos había precedido dentro de la celda, quizás en circunstancias parecidas, un hombrecillo que besaba su Agnus Dei, que pasaba las cuentas del rosario y recitaba las letanías de los santos para sí mismo. Pero era todo lo que podía hacer para evitar lloriquear.

Sin embargo, Monk estaba en su elemento en la exigua y oscura celda. Era como si se hubiera estado preparando desde hacía mucho tiempo para aquel momento, o como si sus anteriores experiencias con intrusos hubieran sido una especie de crisol, que le había vuelto paciente y juicioso, dejando de ser mi obediente subalterno para transformarse en un eficiente, decisivo líder, capaz de planear y evaluar. Fue él quien decidió que no podíamos permitirnos encender una vela, quien encontró la manta para protegerme la espalda, quien susurraba palabras tranquilizadoras sobre nuestra provisión de aire y posibilidades de escapar... y quien, después de que la puerta de la calle se cerrara de golpe y todo quedara en silencio, fue capaz de decir que aún permanecía un hombre dentro de la casa, absolutamente inmóvil, esperando a que nosotros saliéramos, cosa que yo estaba terriblemente ansioso por hacer. Unos minutos más tarde, por supuesto, oímos una tos contenida procedente del interior del estudio. De modo que esperamos otro par de horas hasta que el hombre también se hubo marchado. Entonces Monk formó un escalón con sus dedos entrelazados y me izó hacia arriba. Me encaramé hasta el armario de las botas, jadeando en busca de aire y luego emergiendo a los corredores y habitaciones iluminados por la luz del alba como un superviviente que sale arrastrándose de los escombros del desastre.

Sólo que no había signo alguno de desastre, ni en la casa ni en la tienda de abajo. Desde luego, nada como lo que había pasado unos días antes. Anduvimos de puntillas por las habitaciones en la semioscuridad, manteniéndonos alejados de las ventanas —otra de las juiciosas recomendaciones de Monk— tratando de encontrar signos de lo que había ocurrido. Pero era como si nadie hubiera estado dentro de la casa; como si las últimas horas no hubieran sido nada más que una pesadilla. Incluso descubrí el pistolón en el escalón inferior, aparentemente intacto. La única prueba de la presencia de nuestros visitantes era un débil olorcillo de humo de antorcha que se sumaba al viciado aire de la casa.

—¿Quién supone usted que pudieran ser esas personas, señor? —De nuevo, al recorrer los familiares pasillos, Monk se había vuelto a convertir en mi respetuoso aprendiz—. ¿Los mismos sujetos que la otra vez, cree usted?

—No, creo que no. —Estábamos ya en la tienda, y yo examinaba con un ojo la verde puerta—. No andaban detrás de nuestros libros, ¿verdad?, como los hombres de la otra noche.

El joven asintió con la cabeza, y por un momento miramos a nuestro alrededor en silencio. No, no habían tocado ninguno de nuestros libros. Seguían alineándose en perfectas filas, como los habíamos colocado sobre sus estanterías sólo unas horas antes. Aquellos hombres tampoco habían venido por nuestro dinero. La cerradura del cofre que guardaba bajo mi cama estaba intacta, así como la bolsa de monedas de detrás del mostrador y, más importante aún, la reserva de soberanos y billetes escondida bajo las tablas. Ni un solo penique faltaba de la casa. Me di cuenta de que la desconcertada, interrogadora, mirada de Monk había venido a detenerse en mi rostro.

—¿Supongo que vinieron por usted, entonces?

Me encogí de hombros, incapaz de mantener aquella inquisitiva mirada. Di la vuelta en redondo para inspeccionar la cerradura de la puerta, que estaba intacta, como todo lo demás. Los atracadores, quienesquiera que fueren, conocían bien su oficio.

Pero, justo entonces, algo que había al lado de la puerta, una mancha de suciedad, llamó mi atención, y me arrodillé para examinarlo. Un montoncito de polvo gris, como polvo de hada, que era arenoso al tacto y débilmente iridiscente a la luz de la mañana.

—¿Qué es eso, señor? —dijo Monk inclinándose sobre mi hombro.

—Caliza —le respondí tras una rápida inspección—. Piedra caliza.

—¿Piedra caliza? —Se estaba rascando la cabeza y respirando de forma audible—. ¿De una cantera?

—No, de una cantera, no. Del mar. ¿Ves esto? —Soplé sobre el polvo para dejar al descubierto un diminuto fragmento, lo que parecía un trocito de hueso—. Está hecho de conchas de berberecho aplastadas.

Monk deslizó un dedo por el polvo.

—Caray, señor. ¿Cómo pueden haber llegado hasta aquí esas conchas? Supongo que las han traído...

—Yo también lo creo. —Me enderecé, examinando

todavía los finos trocitos en la palma de mi mano—. La coquina es utilizada para hacer carreteras —expliqué—, calzadas delante de las casas, cosas así. Deben de haberlas traído en sus botas.

Monk asintió solemnemente como si esperara que yo aclarara algo más, cosa que no hice. Al cabo de un minuto me limpié el polvo de las manos y permanecí de pie ante la cerrada ventana. Eran casi las ocho, ya. Observé a través de las persianas mientras el sol de la mañana trazaba listas en el suelo detrás de mí y proyectaba sombras alargadas sobre la calzada. Las franjas de luz me herían los ojos y me producían agudos dolores que irradiaban a la parte trasera de mi cráneo. Pero me incliné hacia adelante y —igual que lo había hecho media docena de veces durante los últimos dos días— miré arriba y abajo a los dos tramos de calzada. Estaba atestada con el tráfico matutino, con su familiar barullo de voces estentóreas, caballos de tiro que hacían sonar sus campanillas, y el sonido metálico de cerraduras y barras de las tiendas que se iban abriendo a lo largo del puente. Aprendices con escobas se materializaban delante de ellas y barrían parcelas bañadas por la luz del sol.

Sentí una dolorosa punzada bajo mi esternón mientras contemplaba el desarrollo de la escena. Aquél había sido mi momento favorito del día, el instante en que abría los postigos, bajaba el toldo, enceraba el mostrador y las estanterías, limpiaba la chimenea, encendía el fuego, luego ponía a hervir un cazo de agua para el primer café de la mañana, y después me retiraba detrás del mostrador esperando a que mis primeros clientes abrieran la verde puerta y entraran en la tienda. Pero esa mañana sospeché que el ritual nunca volvería a ser el mismo. Porque, ¿qué otras personas, me pregunté, podrían aparecer sobre el puente esa mañana y luego entrar por la puerta de la tienda? ¿Quién estaba allí fuera, qué maligna eminencia gris con sus secretos poderes, oculta en portales y porches, observando la puerta de mi tienda y esperando su próxima oportunidad? Porque lo que no le había dicho a Monk era que las calzadas y senderos de Whitehall Palace estaban cubiertos de piedra caliza... que había crujido bajo mis pies mientras me abría paso hacia las oficinas de Hacienda.

Mis sombríos pensamientos fueron interrumpidos por un fuerte crujido; luego los cristales de las ventanas tintinearon y los maderos de la tienda temblaron bajo mis pies. Miré a través de los listones de la persiana y vi que el puente se levantaba hacia el cielo como una pieza de un enorme reloj, arrojando su brazo de sombra sobre la fachada de la tienda. Un familiar silencio se instaló sobre la calzada. Carretas y furgones se agruparon delante de mi tienda, mientras una docena de velas del color del ante captaban el viento y cruzaban, ondulando, la abertura dejada por el puente. Unos minutos más, y la última de ellas habría pasado por delante de la ventana. Entonces las cuerdas resbalaron y se tensaron en sus poleas, las dentadas ruedas de madera se engranaron, los maderos del suelo temblaron, y el puente fue bajado hasta su lugar con algunos gemidos de viejo. El tráfico delante de Nonsuch House volvía a la vida y de nuevo se adueñaba de la calzada, como hacía a diario a esta hora, con su estrépito de chirridos y maldiciones.

Sí, todos aquellos rituales familiares habían empezado. Pero yo comprendí, de repente, que no formaría parte de ellos esa mañana. Que no abriría la tienda, que por primera vez en mi vida profesional estaría dando la espalda a mis obligaciones. Porque mi pequeño barco no navegaba hacia casa, como había pensado, sino que lo hacía a toda velocidad, como fuera de control, hacia aguas desconocidas, sin mapas ni brújulas. Mientras me encaramaba por la escalera de caracol unos momentos más tarde, agarrándome a la pared en busca de apoyo, sabía que Nonsuch House, mi refugio durante los últimos veinte años, ya no era un lugar seguro.

III

EL LABERINTO DEL MUNDO

CAPÍTULO PRIMERO

Así empezó mi atormentada y vagabunda vida, mi agitado exilio de Nonsuch House. No tenía ni idea, al principio, de adónde podía huir. Mientras subía por las escaleras hacia mi dormitorio consideré la posibilidad de dejar Londres, pero pronto me lo pensé mejor. Había puesto los pies fuera de la ciudad apenas media docena de veces. Dos veces a la feria del libro de Ely; tres, hasta una celebrada en Oxford; y en una ocasión hasta Stourbridge, asimismo para una feria de libros. Luego, también, había habido el más largo y mucho más arduo viaje a Pontifex Hall, donde, al parecer, habían comenzado todos mis problemas.

Pensé en refugiarme en Wapping, pero rápidamente cambié de opinión. No quería traerle a Biddulph más complicaciones; el pobre hombre ya había sufrido bastante miedo y conspiraciones. De modo que mientras llenaba una pequeña bolsa de piel para libros con una muda de ropa empecé a pensar en algunos de mis otros clientes. Había varios de ellos —tranquilos, amables, eruditos— que, creía yo, estarían encantados de acogerme por una o dos noches, o incluso más, si yo lo deseaba. Pero ¿qué excusa podría darles? Cerré la bolsa y me la colgué al hombro. No. Sólo había un lugar en Londres para mí; sólo un lugar para fugitivos como yo.

Cuando volví a bajar por la escalera, Monk había abierto la tienda, y varios clientes —alegres y familiares caras— estaban paseando entre las estanterías. Les hice un gesto de saludo con la cabeza y luego le susurré a Monk que debía partir de Nonsuch House por unos días y que la tienda quedaba nuevamente en sus manos. Él echó una discreta mirada a mi bolsa, pero no mostró demasiada sorpresa. Supuse que después de los acontecimientos de las últimas noches estaba ya preparado para los repentinos caprichos de su amo. Sentí una punzada de remordimiento al abandonarlo... como si yo, precisamente, pudiera salvarlo o protegerlo. Después eché una última mirada a la tienda y me deslicé afuera, donde rápidamente me perdí entre la abigarrada multitud que se apretujaba, de cinco en fondo, por las aceras del puente.

Cinco minutos más tarde había cruzado Southwark Gate, donde el tráfico era algo menos denso. Después de mirar de reojo, anduve cojeando con mi bastón de espino por la acera hasta las escaleras de embarque que se extendían a lo largo del río, y contraté un bote de remo. El barquero sonrió y me preguntó adónde deseaba ir.

—Río arriba —respondí.

Me miró con sospecha mientras desarmaba sus remos y se apartaba del muelle, sin duda porque yo había tirado el toldo de lona sobre los aros de madera y ahora, pese al tiempo soleado que reinaba, me había acurrucado bajo el dosel, que apestaba a moho. Me atreví luego a sacar la cabeza de aquella mortaja para confirmar que nadie me había seguido hasta las escaleras de embarque. El río, corriente abajo, estaba vacío excepto por un par de barcos de pesca anclados en los bajíos, que estaban ocupados reduciendo su velamen mientras esperaban la siguiente subida del puente levadizo. Más allá de sus mástiles, Nonsuch House se alzaba por encima de los malecones, antes de ir menguando en la suave neblina como si desapareciera en el tenue aire.

—¿En qué puedo servirle, señor? ¿Adónde desea que le lleve?

—A Alsatia —contesté. Luego me zambullí de nuevo bajo el toldo y no volví a salir hasta que nuestra proa rozó los escalones de desembarco de los muelles de carbón, bajo El Cuerno de Oro.

Tomé una habitación en La Taberna de la Media Luna, que se levantaba en Abbey Court, más o menos el centro (que yo supiera) del laberinto de patios y callejuelas que era Alsatia. Mi habitación estaba en el piso superior y sólo se podía llegar a ella por una estrecha y retorcida escalera, por la cual me acompañó la propietaria, Mrs. Fawkes, una mujer bajita y de pelo moreno cuyos tranquilos y amables modales parecían más propios de un convento de monjas que de una taberna en plena Alsatia. Yo había firmado en el registro de huéspedes como «Silas Cobb», y luego pagado por anticipado un chelín por dos noches, lo cual me daba derecho, explicó la mujer con su suave voz, a desayuno y cena, además de la cama. Y si necesitaba algo más para mi placer —cerveza, tabaco, los servicios de una doncella—, no debía dudar en hacérselo saber de inmediato. Sus ojos endrinos se bajaron con modestia como si hubiera hecho alusión a las jóvenes cuyas caras nos habían atisbado desde detrás de las puertas hechas con cortinas mientras yo la seguía escaleras arriba. Le dije que estaba seguro de que no tendría tales necesidades.

—En realidad... —estaba buscando en mi bolsillo otro chelín, que deslicé en su mano—... es importante que no me molesten durante mi estancia. Nadie, ni de día y de noche. ¿Comprende usted?

Por la reacción de Mrs. Fawkes, deduje que tales peticiones no eran infrecuentes entre sus huéspedes.

—Naturalmente, Mr. Cobb —susurró, sonriéndome antes de bajar tímidamente su mirada al manojo de llaves que colgaba de su cintura, y después al negro gato que nos había seguido por la escalera—. Ni un alma le molestará. Al menos, mientras resida usted bajo mi techo. Tiene mi palabra.

Una vez ella y el gato hubieron partido, dejé la bolsa sobre la cama y eché una mirada alrededor de la habitación. Era tan pequeña y espartana como una celda monacal, y estaba amueblada con un silla de respaldo de barrotes horizontales, una mesa y una cama de cuatro columnas con un fatigado colchón. Pero estaba bastante limpia y me serviría a la perfección. Por su diminuta ventana podía ver el campanario de la prisión de Bridewell, y, más allá, el extremo norte del Puente de Londres, una vista que me reconfortó mucho y que parecía hacer mi exilio —como ya lo consideraba yo— ligeramente más soportable. Me senté en la cama, hice una entrecortada respiración y me felicité por mi elección.

Me había sentido deprimido y frustrado al llegar a Alsatia una hora antes. Estaba exhausto después de los sufrimientos de la noche anterior y no tenía ningún plan, excepto buscar refugio, como tantos otros, en sus alrededores. Primero consideré la posibilidad de tomar una habitación en El Cuerno de Oro, y luego en La Cabeza del Sarraceno, pero en ambos casos lo descarté. Tanto en un lugar como en otro podría encontrarme con el doctor Pickvance, y aún desconocía la naturaleza exacta de sus relaciones con Henry Monboddo. Además, La Taberna de la Media Luna parecía un poco más respetable —si ésa era la palabra— que cualquiera de los otros dos establecimientos. Acababa de abrir sus puertas cuando llegué, y Mrs. Fawkes estaba despidiéndose de varios caballeros ricamente vestidos, flanqueada por su gato negro, que le seguía a todas partes como el de una bruja.

El local, por lo demás, parecía vacío excepto por las jóvenes damas que nos miraban desde sus habitaciones separadas por cortinas.

Sí, me dije mientras me dejaba caer en la cama. Allí estaría a salvo. Con todo, saqué el pistolón de mi bolsa de libros y lo dejé al lado de la cama.

Me dormí casi inmediatamente y no me desperté hasta última hora de la tarde, momento en el que se encendían las primeras luces amarillentas en el Puente de Londres. Mi reloj de bolsillo me informó de que había dormido casi diez horas.

Me di la vuelta en la cama para bajar, y, todavía atontado por el sueño, saqué dos pequeños frascos de la bolsa: dos de las tres compras que había hecho antes de alquilar la habitación. Dentro del primer frasquito había una decocción de hojas de zarzamora comprada a un boticario llamado Foskett, quien me informó de que el preparado, creado en su propio laboratorio, era un soberbio remedio para llagas de la boca o de lo que él, tras guiñarme el ojo, llamó «partes secretas». Le devolví el guiño, hice una enfática mueca de dolor y le permití creer lo que deseaba.

Después de llevar el hervidor de agua al punto de ebullición, vertí en él la decocción de hojas de zarzamora, lo agité y luego añadí el contenido del segundo frasquito, tres gramos de lejía comprada en la misma tienda. Estaba totalmente despierto ahora, y me temblaban las manos cuando volví a colocar los tapones. Al enfriarse la mixtura, la vertí en la palangana y la utilicé para empaparme el cabello, la barba e incluso las cejas. Lo supiera él o no, el preparado de Foskett servía para algo más que para curar enfermedades venéreas. El espejo de afeitar confirmó que tanto mi pelo como mi barba habían pasado de un color pardo grisáceo a negro como el azabache. Por añadidura, me recorté la barba hasta dejarla puntiaguda, según la moda que seguían los monárquicos.

Y luego dediqué mi atención a la última compra de la mañana, una serie de prendas adquiridas a un sastre de Whitefriars Street. Doblé y guardé mi sobrio traje de librero —el raído jubón, los pantalones con sus fondillos casi completamente gastados, las medias corridas— y me puse el traje nuevo, pieza a pieza. Primero un sobretodo púrpura de botones dorados; luego un par de engalanados pantalones con medias de seda a juego; finalmente un sombrero de terciopelo negro con una cinta colgante y ala alta. Estaría bastante llamativo, desde luego, pero nadie me reconocería —apenas me reconocía yo— como Isaac Inchbold. No, pensé mientras inspeccionaba la imagen que se reflejaba en la oscurecida ventana, nadie me reconocería mientras me dirigía a mis asuntos de aquella noche.

Satisfecho con estos efectos, mandé a buscar mi cena. Al poco rato, me la subió a la habitación una de las supuestas doncellas, una muchacha de grandes caderas y sonrosadas mejillas que hablaba con un fuerte acento rural. La dejó sobre la mesa, aceptó dos peniques y mis gracias a cambio, y luego se retiró discretamente sin apenas dirigirme una mirada. La comida, abadejo frito con chirivías, era bastante sabrosa y comí con buen apetito. También consumí con deleite un vaso de cerveza fuerte. Minutos más tarde bajaba por las escaleras con la pistola metida dentro del cinto de mis nuevos pantalones.

A esa hora, La Media Luna estaba llena de clientes, cuyas ásperas risas, entremezcladas con los gemidos de un violín, iban a la deriva escaleras arriba. Los crujientes pasos llamaron la atención de un par de las residentes de las habitaciones con cortinas, cuyas incorpóreas caras, también rellenitas y de sonrosadas mejillas, emergieron de los pliegues de las cortinas, que en algunos casos habían sido corridas revelando cubículos iluminados por velas, con espejos y jarrones de brillantes flores. Olores de perfume y humo de tabaco flotaron hacia mí, seguidos de algunas risitas ahogadas. Agaché la cabeza, que llevaba cubierta por el sombrero, pero no antes de captar un breve reflejo de mi persona en uno de los espejos: una especie de matón de negro pelo con brillantes botones y el sombrero inclinado en un ángulo desenfadado. Sólo mi leal bastón de espino —que me sentía reacio a abandonar— proclamaba mi anterior identidad. Más tarde me asombraría ante la concatenación de extraños acontecimientos que habían hecho que fuera a parar allí, pero por el momento no me detuve a ponderar cómo había ocurrido que yo, un ciudadano respetuoso de la ley, un humilde librero, estuviera bajando por la escalera de un burdel en medio de Alsatia, al caer la noche, y disfrazado.

El cielo se había oscurecido cuando salí a Abbey Court. Miré a mi alrededor por un momento, tomando como punto de referencia un poste de señales descolorido por el sol situado en la esquina, antes de dirigirme al norte, hacia Fleet Street. Por el camino crucé por delante de Arrowsmith Court, y a través de su estrecha abertura capté una visión del espantoso rostro del turco sonriéndome lascivamente. Las ventanas de La Cabeza del Sarraceno brillaban con una luz anaranjada, pero las de las habitaciones del doctor Pickvance estaban a oscuras y tenían los postigos cerrados. Seguí caminando hacia el norte, sintiendo que el pistolón me rozaba el muslo y se clavaba en mi cadera. Al otro lado del canal, en Blackfriars, ropa puesta a secar colgaba entre las recién construidas viviendas, blanquecinos camisones y batas cortas, que parecían colas de golondrina, o las banderas de alguna desaparecida procesión. En Whitefriars Street una zorra se cruzó como una flecha en mi camino, el hocico bajado, la cola enhiesta. Parecía un presagio, al igual que el fragmento de descarado dibujo hecho con tiza que vi, segundos más tarde, en una valla medio derruida: el mismo símbolo —el hombre con cuernos— que había visto por dos veces en Alsatia. Excepto que no se trataba de un hombre cornudo, o del diablo, comprendí de repente, sino de un hombre con sombrero de alas anchas. Porque la marca era no solamente el símbolo alquímico del mercurio, supe, sino también el símbolo astrológico del planeta Mercurio.

Casi me desentendí del signo y reanudé mi caminata. A fin de cuentas, nuestra ciudad estaba llena de charlatanes que hacían horóscopos y garabateaban profecías. De hecho, las hojas de noticias estaban llenas de informes del rey Carlos consultando a nuestro más famoso astrólogo, el gran Elias Ashmole, quien le confeccionaba un horóscopo para determinar la fecha más propicia para la sesión del Parlamento. Pero entonces recordé que Mercurio, el mensajero de los dioses, el patrón de los comerciantes y tenderos como yo, era el nombre que los romanos daban a Hermes Trimegisto. Y Hermes Trimegisto era el autor del *Corpus hermeticum*, en el cual se encontraba, por supuesto, *El laberinto del mundo*.

Me quedé inmóvil ante la valla, mirando fijamente, como paralizado por un hechizo, el breve garabato. ¿Se trataba de alguna clase de grotesca broma? ¿De una coincidencia? ¿De una pista? Como todo lo demás que había descubierto, parecía imposible de interpretar.

Giré en redondo y empecé a caminar rápidamente hacia el norte, mientras las balas de plomo tintineaban en el bolsillo de mis pantalones. La brisa había aumentado de intensidad, y cenizas de carbón, impulsadas por una rápida ráfaga de viento, se precipitaron a través de los adoquines, hiriéndome en las mejillas. Aceleré el paso. Un minuto más tarde Fleet Street se abría ante mí, y levanté un brazo para detener un carruaje de alquiler vacío.

Una vez más, mi destino era Saint Olave, cuyas puertas cruzaba treinta minutos más tarde, encontrando el cementerio vacío excepto por un solo visitante en el otro extremo, muy cerca de Seething Lane, y un sepulturero que estaba cavando una nueva tumba a la luz de una lámpara. El visitante, que me daba la espalda, no pareció observar mi presencia; y tampoco el sepulturero cuya coronilla era apenas visible por encima del borde de la tumba, y cuyo pico se abría camino en la húmeda arcilla de Londres, resonando cuando el metal encontraba una piedra.

No tenía ningún mensaje para dejar a Alethea. Un rato antes, mientras ingería mi cena en La Media Luna, consideraba si debía o no contarle que mi tienda había sido asaltada en dos ocasiones por personas desconocidas y que por tanto me había marchado de Nonsuch House temiendo por mi seguridad. Pero finalmente decidí que no. Alethea, al igual que Biddulph, alimentaban ya suficientes fantasías absurdas sin que fuera necesario añadirles más. Igualmente había decidido no hablarle de mi residencia en La Media Luna.

Aunque me habían dado instrucciones de que comprobara la caja fuerte cada noche, aún no había recibido ninguna carta de Alethea por ese medio, por lo que me sorprendí, e incluso me alegré un poco, de encontrar en su interior un papel. Había abierto la cerradura de muelle lo más suavemente posible para no alarmar al visitante, que parecía estar observando Seething Lane, como si estuviera esperando que alguien llegara por su puerta y entrara en el cementerio. Incliné el papel para que le diera la luz del parpadeante farol del sepulturero y empecé a leer la información que había estado esperando esos últimos días. Los preparativos para mi viaje, escribía Alethea, estaban ya terminados. Un coche de cuatro caballos me estaría esperando en Las Tres Palomas de High Holborn a la mañana siguiente a las siete. Y firmaba con rúbrica al pie de la nota.

Cerré la caja fuerte, pero, en vez de destruir el papel, lo doblé por sus pliegues y lo deslicé en mi bolsillo. Aunque había decidido ya que obedecería su requerimiento y me aseguraría de estar a bordo del coche a la mañana siguiente. No me gustaba mucho la idea de mostrarme en público durante el día, pero quizás Huntingdonshire sería más seguro para mí que Londres.

Cinco minutos más tarde estaba otra vez en la calle, andando apresuradamente a través de la oscuridad, deteniéndome en cada cruce o bifurcación para examinar las estrechas calles bordeadas de casas de vecindad en busca de un coche de alquiler vacío. No aparecía ninguno. Y tampoco se veía a nadie. De modo que me abrí camino en la negrura, a través de calles absolutamente vacías, como si la ciudad hubiera sido abandonada después de una plaga o una guerra.

Sólo después de otros veinte minutos llegué a una bocacalle y entré en la ancha extensión del Strand. Desde allí había sólo un corto paseo hasta Alsatia, la cual, como proscrito que me sentía, había empezado a considerar mi casa.

CAPÍTULO SEGUNDO

El avance del vehículo a través de las Chislet Marshes era lento. Foxcroft guió los animales por el barro del camino costero hasta que llegaron a una de las hosterías de la línea De Quester. Allí los exhaustos caballos bereberes fueron cambiados y el arduo viaje volvió a comenzar. Blancas neblinas se cernían durante todo el día sobre las hondonadas y los inundados campos de lúpulo, pero Foxcroft no se atrevía a encender un farol por miedo a los rufianes de lord Stanhope. Y tampoco encendió ninguno al llegar el crepúsculo. El coche seguía su camino a ciegas, pasando por caminos de ganado abandonados y senderos que cruzaban decrépitos huertos de árboles frutales.

Sus inesperados pasajeros se habían reducido a dos. El único miembro de aquel extraño trío que había hablado una palabra, el más alto de los hombres, había desembarcado en Herne Bay. Los restantes pasajeros de Foxcroft estaban ahora acurrucados bajo una manta, apiñados entre las sacas de correo. Media docena de veces había intentado el conductor entablar conversación con ellos. Con todo, les daba de comer, queso y pan negro de las posadas, junto con vasos de sidra. Incluso les ofreció unos tragos de vino de su propio pellejo, que fueron rechazados con breves movimientos de la cabeza. La mujer a veces volvía la suya para atisbar a la carretera, detrás de ellos, pero el hombre, un tipo bajito y delgado, permanecía sentado absolutamente inmóvil. Llevaba agarrado contra su pecho una especie de enjoyada caja del tamaño de un gran pan de azúcar.

—¿Qué es eso, eh? ¿Un cofre del tesoro?

Silencio desde el interior del coche. Foxcroft sacudió las riendas y los caballos apretaron el paso, echando para atrás las cabezas y arrojando blancos penachos de vaho por sus hocicos. En unos minutos llegarían al camino real que conducía a Londres, donde aumentaba el peligro de que los descubrieran los rufianes de Stanhope. Pero si atacaban el coche, los salteadores podrían apaciguarse, reflexionó, por una presa como aquel cofre. Sólo por esta razón Foxcroft estaba soportando su presencia en su coche. Aquella pareja podría ahorrarle otro chichón.

—¿Es suyo esto? —Se había dado la vuelta en su asiento—. Es muy bonito, oiga.

Otra vez sin respuesta. En la oscuridad apenas podía distinguir sus dos cabezas, que sólo estaban separadas entre sí por unas pulgadas. El hombrecillo miraba fijamente a sus pies. ¿Tal vez no hablaban inglés? Foxcroft sabía mejor que nadie que aquellos días Londres estaba lleno de extranjeros, españoles en su mayor parte, todos ellos espías o sacerdotes, a menudo ambas cosas. La plaga era un signo de los tiempos. El rey español y su embajador dominaban al viejo Jaime. Primero, aquel moderno Drake, sir Walter Raleigh, había sido enviado al tajo por atreverse a luchar contra los españoles en su propio terreno. A continuación, el rey Jaime había empezado a soltar a los sacerdotes de las cárceles. ¡E incluso se atrevía a hablar de casar a su hijo nada menos que con una princesa española! Y ahora, lo peor de todo, el viejo bobo era demasiado avaro para mandar un ejército a ayudar a su propia hija, pese a que las tierras de ésta en Alemania estaban siendo invadidas por hordas de españoles.

Sin embargo, se dijo para tranquilizarse, ninguno de sus pasajeros tenía la más mínima pinta de español. La mujer, por lo poco que podía distinguir de ella, parecía especialmente atractiva a pesar de su sucio aspecto. Era también joven, apenas una muchacha. ¿Qué diablos estaba haciendo con semejante cobardica, si es que ello no tenía que ver con la caja que el tipo agarraba contra su esmirriado pecho?

Al cabo de otra hora, los olores del campo dieron paso a los de la ciudad; el silencio, el ruido intermitente. El coche con sus seis caballos cruzó el camino real que conducía a Londres en la oscuridad, y luego rápidamente torció hacia el río en dirección a Gravesend. Foxcroft tenía intención de cruzar el río desde Gravesend a Tilbury en un transbordador de caballos, y luego viajar hasta Londres a lo largo de la orilla norte, donde los matones de Stanhope difícilmente esperarían encontrarlo. Si todo iba bien, llegaría a la Ald Gate cuando ésta se estuviera abriendo, y desde allí sería un corto paseo por las calles hasta las oficinas De Quester en Cornhill. De lo que podría hacer con su otra carga, sin embargo, es decir con sus dos misteriosos pasajeros, no tenía ni idea.

No hacía falta que se preocupara tanto. Cuando el coche llegó a Gravesend, se vio obligado a esperar casi dos horas al siguiente transbordador a Tilbury. Dispuso el cambio de caballos y luego recorrió las calles hasta encontrar una taberna que estuviera abierta, en cuyo local vació tres pintas de cerveza y se zampó un pastel de pichón, antes de regresar a la posada a tiempo de contemplar cómo el transbordador descargaba su puñado de pasajeros. Los suyos, a estas alturas, estaban bastante olvidados, y hasta que hubo pagado sus dos chelines por el transporte y llegado a la mitad de las negras aguas no se acordó de ellos. Al darse la vuelta en el pescante se quedó sorprendido al descubrir que ambos se habían desvanecido en el tenue aire, junto con su valiosa carga.

Daba la casualidad que Vilém y Emilia se encontraban ya en su propia embarcación en aquel momento, viajando río arriba, hacia Londres, que quedaba a unas veinte millas al oeste. La pequeña gabarra había desatracado del muelle de Gravesend casi una hora antes y, después de deslizarse entre los pingües y buques mercantes fondeados ante las aduanas, llegó a la mitad de la turbulenta corriente. Desde allí tardaría al menos tres horas en llegar al muelle de Billingsgate, según les había informado el patrón de la gabarra, incluso con una marea alta. Y desde Billingsgate podría llevarles otra hora entera alcanzar su destino.

Emilia se estremeció y se acurrucó aún más bajo el toldo de lona mientras el agua rompía y borboteaba contra el casco de la embarcación. Cuatro horas más de frío y miedo, pero por fin sabía adónde iban. Se dirigían, le dijo Vilém, a York House, una mansión del Strand, cerca de Charing Cross, donde se encontrarían con Henry Monboddo. Vilém había recibido instrucciones de entregar la caja que contenía el pergamino a Monboddo y a nadie más. Monboddo tenía experiencia en tales negocios, insistió Vilém mientras la embarcación se bamboleaba en la corriente. Era amigo del príncipe Carlos, y actualmente estaba aprovisionando las galerías de York House según el caro pero excelente gusto de su nuevo propietario, George Villiers, conde de Buckingham.

Emilia contempló cómo las luces se oscurecían y desaparecían cuando el río torcía hacia el norte. El nombre de Buckingham le resultaba familiar. Los rumores que corrían por Praga lo hacían equipando una flota de barcos de guerra que tenía que zarpar hacia el Mediterráneo para luchar contra España. Pero tanto si los barcos habían sido equipados, como si habían llegado a zarpar o no, lo cierto era que el ataque no había tenido lugar.

—¿Así que los libros estaban destinados a él, entonces? ¿Al conde de Buckingham?

Vilém movió negativamente la cabeza, y luego levantó la mirada del cofre que sujetaba entre sus botas, dirigiéndola hacia el patrón de la gabarra, que estaba gruñendo rítmicamente mientras se apoyaba en su pértiga. De grandes patillas, vestido con un jubón de piel, los había acogido con recelo en la gabarra unos minutos antes, mirándoles con los ojos entrecerrados —y luego aún más insistentemente a la caja— bajo la débil luz de una vela. Sir Ambrose había advertido a Vilém que los barqueros del Támesis estaban al servicio del secretario de Estado o del conde Gondomar, el embajador español, de modo que, para garantizar su discreción, Vilém le pagó el individuo dos chelines extra. Esta acción no consiguió más que aumentar las sospechas del viejo marinero entrecano, al igual que la petición de viajar río arriba sin un farol.

—No, a Buckingham no —susurró Vilém, acercándose un poco más—. Él, al igual que Monboddo, es sólo un intermediario, un agente de otro personaje, alguien aún más poderoso.

—¿Sí? —Ella también se había inclinado hacia adelante. ¿Alguien más poderoso que el primer lord del Almirantazgo? El toldo de lona que se extendía sobre sus cabezas olía a moho y a sal. Afuera, el frío viento sacudía los rígidos costados del toldo de la embarcación—. ¿A quién, entonces?

Al más opulento y distinguido coleccionista de toda Inglaterra, justamente a él. Porque Monboddo y sir Ambrose habían aprovisionado no solamente las bibliotecas de Federico y Rodolfo sino también, explicó Vilém, la de su propio compatriota, el más fino experto de Inglaterra, el mismísimo príncipe de Gales. El joven príncipe Carlos no era un iconoclasta como su hermana Isabel, con sus pastores puritanos siempre preparados para descubrir el menor signo de papismo o corrupción. No, a Carlos le gustaba las imágenes y otras reliquias tanto como su hermana las despreciaba. Era del dominio público que el joven príncipe esperaba comprar la Colección Mantua a los empobrecidos Gonzaga, pero ya no era tan conocido, según Vilém, el hecho de que estaba igualmente decidido a apoderarse de los tesoros, tanto de la Biblioteca Palatina como de las Salas Españolas. Porque aquellos miles de libros, manuscritos y toda clase de curiosidades eran no sólo valiosos en sí mismos, algo apreciadísimo que añadir a la Biblioteca Real del Palacio de Saint James, sino que también eran el único medio de mantener a raya a los violentos españoles y por tanto de preservar la tolerancia y la libertad religiosa en media Europa.

—¿Oh? —Emilia veía alzarse ante sus ojos las serpientes disecadas, las momificadas cabezas con sus grotescas sonrisas—. ¿Cómo puede ser eso?

Vilém había empezado a frotarse las palmas lentamente. Se podía sentir su excitación. La ausencia de sir

Ambrose parecía haberle sentado bien. No había hablado mucho esas semanas.

—No hace falta que te diga —susurró— que ambas colecciones corrían el peligro de caer en manos de los españoles o del cardenal Baronio, eso si los soldados no las destruían primero, diría yo, o los saqueadores en las marismas. Pero el príncipe propone comprar todo el lote a su cuñado... el contenido completo de ambas bibliotecas, junto con los tesoros de las Salas Españolas. A qué precio, no tengo ni idea, pero su financiero, Burlamaqui, ha estado recogiendo fondos durante los últimos tres meses. Federico usará el dinero para equipar ejércitos y repeler a los invasores procedentes de Bohemia y el Palatinado.

Emilia se quedó sorprendida por el plan, recordando la alarmada reacción de Vilém a los rumores sobre inventarios secretos, sobre tratos cerrados con obispos y príncipes —«buitres», los llamó— que habían enviado a la carrera a sus agentes y emisarios a Praga por delante de sus ejércitos para picotear en el cadáver de Bohemia mientras aún quedaba algo de él.

—¿Así que los rumores de Praga eran ciertos, entonces? ¿Federico estaba tratando de vender las colecciones?

—Sí, sí... Pero la estrategia es más enrevesada que eso —contestó él rápidamente—, más complicada que un simple intercambio de libros por balas de mosquete. La colección permanecerá intacta, y las cajas de libros y manuscritos se convertirán en el medio por el que los católicos serán expulsados tanto de Bohemia como del Palatinado. O al menos ése es el plan, un plan que sir Ambrose forjó junto con Buckingham y el príncipe de Gales. Pero el asunto debe llevarse a cabo con el máximo secreto —añadió solemnemente.

Ella tiró de la manta, robada del coche de De Quester, para cubrir mejor sus hombros.

—Debido a los españoles.

Él asintió con la cabeza.

—Ni el rey Felipe ni Gondomar deben enterarse del plan, eso es evidente. Burlamaqui está reuniendo fondos en secreto porque muchos de ellos proceden de sus relaciones con banqueros de Italia y España. Tampoco deben malograrse los planes para los esponsales del príncipe con la infanta. Esta doblez es desagradable, cierto, pero vale la pena, pienso, porque la mano de la infanta va acompañada de una dote de seiscientas mil libras. Con semejante suma se pueden comprar muchos libros y cuadros, ¿no? Por no hablar de cómo proveerá a muchos soldados, los mejores mercenarios de Europa, de pólvora y balas durante años futuros. ¿Es ingenioso, no, usar el propio dinero del rey de España para arrebatarle Bohemia y el Palatinado, para asegurar la Biblioteca Palatina así como los tesoros de las Salas Españolas?

Ella siguió su mirada cuando él entrecerró los ojos para mirar por la abertura del toldo. ¿Estaban solos en las aguas, o había otra barcaza en la lejanía, apenas visible a la luz de uno de los guardacostas? Hasta entonces el río había aparecido vacío excepto por algún que otro barco carbonero o un convoy de barcos de pesca rebosantes de sus capturas de caballa. Cada vez que uno de ellos se aproximaba, Emilia y Vilém se ocultaban bajo el toldo y escondían sus caras. Pero durante los últimos diez minutos no habían visto ninguno.

—Pero el plan es algo más que eso —prosiguió tras un momento—. La situación es complicada. Hay que tener en cuenta otros intereses.

La llegada a Inglaterra de los libros y demás tesoros

también había tenido que ser mantenida en secreto al propio rey Jaime. La venta no podía realizarse a través de los que Vilém llamó los «canales normales» —una red de corredores de arte y financieros que se extendía por todo el continente—, porque habría sido descubierta por los numerosos agentes del conde de Arundel, uno de los más opulentos coleccionistas de estatuas y otros objetos de arte, entre ellos los libros. Arundel era un Howard, un católico romano, miembro de la poderosa familia cuyo odio contra Buckingham era bien conocido, dijo Vilém, así como sus estrechos vínculos con el embajador español. Tampoco era un secreto el que durante los últimos años el rey Jaime había sido poco más que la criatura de Gondomar, el juguete de los españoles. ¿Hacía falta recordar que recibía una pensión anual de 5.000 felipes del rey de España? ¿Que se había puesto del lado de Felipe en la rebelión de Bohemia? ¿Que no prestaba apoyo alguno a su hija y al marido de ésta, es decir a su propia carne y sangre? ¿Que los entregaba a los católicos igual que había entregado a Raleigh dos años antes? Por tanto, el rey y la mayor parte de sus cortesanos y ministros, incluyendo a Arundel, no fueron puestos al corriente del complot. Arundel lo hubiera comunicado de inmediato a Gondomar, éste lo habría hecho saber al rey Jaime, y el rey Jaime —«un viejo estúpido que chocheaba»— lo hubiera considerado sólo un robo.

—Sí, sí —terminó Vilém—, y sin duda hubiera considerado a un hombre como sir Ambrose un vulgar pirata. Y a no tardar sir Ambrose habría conocido el mismo destino que sir Walter Raleigh...

La barcaza rodeó la curva del río y entró en las aguas del Long Reach. En Greenhithe algunas barcas de pesca habían salido del muelle y se dirigían río abajo hacia el estuario. Emilia las observó flotando contra la marea con sus longitudinales velas luminosas como fantasmas. Vilém se había quedado en silencio. Emilia cambió de postura en la dura bancada, preguntándose cuánto de lo que Vilém decía era cierto y cuánto elaborada ficción.

La pértiga empujaba la embarcación a favor de la marca, un largo cada vez. Tomó otra curva y entró en Erith Reach, con sus fondeaderos a un lado, y sus fundiciones de campanas y reparadores de anclas al otro. Faltaba aún una hora para que se hiciera de día, pero ése era también el tiempo que tardarían en llegar a Londres, a pesar de que el viento había rolado hacia el oeste, lo que les favorecía. Emilia captó los primeros olores de almizcle y humo, algo que olía como la piel sucia de un animal muy viejo. Las agujas y las formas romboidales de los almacenes, oscuras y silenciosas, se alzaban y desaparecían, al igual que los barcos mercantes contra cuyos monstruosos cascos resonaban los chapoteos de la pértiga. Emilia volvió la cabeza y contempló la oscura forma que se dibujaba más allá del patrón de la gabarra. ¿Había alguien detrás de ellos en el río, tirando de un par de remos?

Se volvió hacia Vilém, pero éste parecía no haber observado nada. Estaba casi doblado por la cintura, sus ojos fijos en el cofre.

El cofre en cuestión contenía un texto hermético, catorce páginas de un antiguo manuscrito encuadernado en arabesco... un texto más valioso, dijo Vilém, que el contenido de todas las demás cajas de libros juntas. Era una copia realizada doscientos años antes a partir de un documento aún más antiguo traído a Constantinopla por un refugiado, un escriba arriano que huía de la persecución del califa de Bagdad. Cuando Constantinopla fue invadida por uno de los descendientes del califa, Mehmet II, el sultán otomano, el ejemplar fue salvado por otro amanuense que lo sacó clandestinamente del monasterio de Magnana antes de que la biblioteca y el escritorio fueran saqueados por los turcos. Y ahora, casi dos siglos más tarde, el pergamino era salvado de nuevo clandestinamente, escapando a otra conflagración, otra guerra de religión, esta vez en el reino de Bohemia.

Emilia no sabía nada del *Corpus hermeticum*. El nombre le recordaba, sin embargo, algunos de los libros con que se había tropezado en el castillo de Breslau la noche de la fiesta, aquellos cuyos títulos sugerían impías empresas. Pero Vilém juró que no había nada de impío en los textos herméticos. De hecho, se consideraba incluso que algunos de ellos predecían la llegada de Cristo. En total consistían, explicó el joven, de unas dos docenas de libros, juntamente con quién sabía cuántos más que habían desaparecido a lo largo de los siglos a consecuencia de otras invasiones, otras guerras. Algunos de los libros trataban de temas filosóficos, otros de teología, y otros —los que atraían a la mayor parte de lectores y comentaristas— de las artes de la alquimia y la astrología.

Nada de esto tenía el menor sentido para Emilia. ¿Cómo podía un manuscrito de catorce páginas —unos pedazos de piel de cabra garabateados con una mezcla de negro de humo y resina vegetal— ser tan valioso que alguien llegara a matar por él?

Vilém seguía hablando cuando la embarcación serpenteó a lo largo de la orilla de las Hornchurch Marshes, retorciéndose y luego enderezándose en las co-

418

rrientes que formaban peligrosos remolinos en cada curva del río. Sus palabras salían de él tan rápida y desordenadamente que la joven apenas podía seguirle. El *Corpus hermeticum* describía un universo entero, decía, un lugar mágico, cada parte del cual, desde las lunas de Júpiter hasta la más pequeña mota de polvo, formaba los hilos de una telaraña siempre irradiante en la cual cada átomo estaba conectado con todos los demás. Las partes también se atraían y por lo demás se influían mutuamente de manera que existía una sutil pero íntima conexión entre, digamos, el flujo de la sangre en el cuerpo y el vuelo de las estrellas a través de los cielos. Estas asombrosas influencias podía detectarse por medio de signos secretos inscritos en la superficie o en el núcleo de cada ser viviente y, una vez detectadas, podían manipularse y aprovecharse de tal modo que las heridas fueran curadas, las enfermedades sanadas, los acontecimientos predichos o previstos... los destinos de reinos enteros interpretados o incluso cambiados. El hombre capaz de leer esos complicados jeroglíficos, esas secretas escrituras, era por lo tanto un mago poseedor de formidables poderes, capaz de desviar las influencias de los cielos en su favor. Cualquier libro que pretendiera describir estas señales secretas, catalogarlas y explicarlas... Bueno, el valor de semejante volumen excedería todo lo imaginable.

—¿Así que el pergamino es una especie de libro mágico? —consiguió intercalar Emilia—. ¿Y por eso lo quiere el príncipe Carlos?

—Así parecería, sí. Sin duda lo quiere para adornar su biblioteca del Palacio de Saint James. Pero quizás existe también otra razón. —Vilém levantó sus ojos del cofre—. Porque el manuscrito posee ahora poderes políticos además de mágicos.

El lugar que ocupaba el *Corpus hermeticum* en el panteón de la literatura era actualmente más complejo, explicó Vilém. Las sospechas de Roma sobre los textos herméticos habían aumentado. Algunos de los libros podrían realmente haber predicho la llegada de Cristo, si se interpretaban desde un punto de vista caritativo por los consultores del Vaticano. Pero otras enseñanzas herméticas eran una amenaza para la ortodoxia. Especialmente preocupante eran los pasajes que se referían a la estructura del universo y la divinidad del sol. A fin de cuentas, el propio Copérnico había tomado citas del *Asclepius* al comienzo del *De revolutionibus orbitum coelestium*, el herético volumen que destronaba la tierra en favor del sol. Pero aún peores era los peligros políticos de aquellos que manoseaban las páginas de los textos herméticos, textos que estaban actualmente apareciendo en docenas de nuevas ediciones y traducciones. Filósofos como Bruno y Duplessis-Mornay habían soñado con poner fin a las guerras de religión entre católicos y protestantes promoviendo la filosofía del hermetismo como un sustituto de la cristiandad. Pero para las autoridades de Roma los herméticos eran, al igual que los judíos, partidarios de la causa protestante que deseaba erosionar los poderes del papa. La sospecha no carecía de fundamento. En el año 1600, cuando Bruno sufrió el martirio, los libros se habían convertido en la piedra imán de toda suerte de herejes y reformadores. Docenas de sectas y sociedades secretas empezaron a brotar por toda Europa, como setas en el estiércol: ocultistas y revolucionarios, navarristas y rosacruces, cabalistas y magos, liberales y místicos, fanáticos y falsos Mesías de todos los colores, todos ellos exigiendo una reforma espiritual y profetizando la caída de Roma, todos citando los antiguos escritos de Hermes

Trimegisto como la autoridad que debía regir una reforma universal.

—La Contrarreforma está perdiendo pie —explicó Vilém—, pese a los ejércitos de Maximiliano y las hogueras de la Inquisición. Se ha abierto una caja de Pandora que Roma trata de volver a cerrar por cualquier medio. Brujería y magia están ahora al mismo nivel que la herejía dogmática. La literatura cabalística ha sido puesta en el *Index,* y en 1592 Francesco Patrizzi, uno de los traductores del *Corpus hermeticum,* fue condenado por la Inquisición. Los jesuitas del Collegio Romano han redactado un *Index* por su cuenta, y una lista de las obras de Paracelso y Cornelio Agrippa ha sido colocada junto a las de Galileo. Johann Valentin Andreae, fundador de los rosacruces, ha sido acusado de hereje por los cardenales de la Inquisición. Traiano Boccalini, mentor de Andreae, seguidor de Enrique de Navarra, fue asesinado en Venecia, y el propio Enrique, la estrella polar de todas estas esperanzas, fue asesinado en París. Pero el movimiento es una hidra de muchas cabezas e imparable. Con la muerte de Enrique llegó una nueva esperanza, un nuevo eje alrededor del cual todo lo demás podía reunirse y girar.

—El elector palatino —murmuró Emilia—. El rey Federico.

—Sí. —Vilém volvió a encogerse de hombros—. Otra esperanza que se reveló como una triste ilusión.

Algunas luces a lo largo de la costa vacilaron mientras ellos pasaban lentamente. La barcaza se había desviado hacia el Gallion's Reach, evitando los muelles de desembarque que se adentraban en las negras aguas. La estela de la embarcación agitó al pasar, dándoles vida, las filas de barcazas amarradas cuyos cascos se balancearon en el suave oleaje. Más allá de los malecones y marismas se alzaban anónimas aldeas y casitas en ruinas. Los viajeros llevaban en la gabarra más de dos horas, pero el río se había estrechado sólo levemente. En ocasiones, la costa parecía desvanecerse.

—De modo que el pergamino es un peligro para la ortodoxia. —Emilia estaba empezando a comprender los intereses que estaban implicados, o pensaba que los comprendía—. Roma espera eliminarlo, para extirpar sus herejías antes de que puedan arraigar.

—Muy posiblemente. De momento Roma está aterrorizada ante cualquier amenaza a su dogma, ante una posible división que socavara su lucha contra el protestantismo. Galileo con sus lunas era una de tales amenazas, pero hace cuatro años fue silenciado por el Santo Oficio, advertido por el cardenal Bellarmino de que no escribiera ninguna otra palabra en defensa del hereje Copérnico. La aparición de otro documento en apoyo del copernicanismo o cualquier otra herejía sería, no obstante, un severo golpe, especialmente en esta época.

—Y especialmente si procede de una autoridad tan grande como Hermes Trimegisto.

—Sí. De manera que el manuscrito será guardado bajo llave en los archivos secretos de la Biblioteca Vaticana, si los cardenales y obispos se apoderan de él. Quizás incluso sea destruido.

Una vez más bajó la mirada hacia el cofre que tenía entre sus pies.

—Excepto que hay algo más —dijo lentamente—, algo que no consigo comprender. Porque estos últimos años la autoridad de Hermes Trimegisto ha sido desafiada, incluso destruida. No por teólogos de Roma, sino por un protestante, un hugonote.

Recientemente se había producido una disputa, explicó Vilém, entre un erudito protestante, Isaac Casaubon, y un católico romano, el cardenal Baronio, conservador de la Biblioteca Vaticana, el hombre que, según Vilém, deseaba ahora llevar a Roma tanto la Biblioteca Palatina como los manuscritos de las Salas Españolas. Años atrás, el cardenal había publicado un importante estudio sobre la historia de la Iglesia, los *Annales ecclesiastici*, donde se describía a Hermes Trimegisto como uno de los profetas gentiles, junto con Hidaspo y los oráculos sibilinos. Este tratado era muy admirado por los maestros de Vilém, los jesuitas del Clementinum, pero desde entonces había sido sólidamente refutado por Casaubon, un suizo hugonote que había venido a Inglaterra por invitación del rey Jaime. Y la obra maestra de Casaubon, *De rebus sacris et ecclesiasticis exercitationes XVI*, publicada seis años antes, en 1614, al parecer demostraba más allá de toda duda que el conjunto del *Corpus hermeticum* era una falsificación compuesta, no por algún antiguo sacerdote egipcio en Hermoupolis Magna, sino por un grupo de griegos que vivían en Alejandría en el siglo anterior a Cristo. Estos hombres habían hecho un revoltijo de Platón, los Evangelios y la Cábala, junto con algunos fragmentos de la filosofía egipcia, y habían conseguido engañar a eruditos, sacerdotes y reyes durante más de mil años.

Vilém movía negativamente la cabeza, taciturno, mientras los pasajeros eran agitados de un lado para otro por los movimientos de la barcaza. No tenía sentido. ¿Por qué sir Ambrose se había mostrado tan resuelto a sacar clandestinamente *El laberinto del mundo* de Praga? Sir Ambrose, un buen protestante, conocía sin duda la obra de Casaubon. ¿Y por qué, también, si la obra era una falsificación, desearía el cardenal hacerla desaparecer? Porque ésos eran los que les habían perseguido desde Praga, le dijo Vilém a Emilia: los agentes del cardenal Baronio.

—¿No se puede abrir? —Emilia, también, había dirigido su mirada al cofre—. ¿No hay una llave para la cerradura?

Él volvió a mover negativamente la cabeza.

—Sólo la que guarda sir Ambrose. No sé que exista otra.

La barcaza había llegado ahora a las aguas profundas e impetuosas corrientes de Woolwich. Los esqueléticos armazones de los buques de guerra a medio terminar de la marina podían verse en los diques secos, deslizándose por el lado de babor. Emilia se había trasladado al otro lado de la gabarra, desde donde podía contemplar las aguas detrás de ellos. Figuras con antorchas y linternas se movían arriba y abajo en las entradas del astillero y entre las grúas de madera cuyos perfiles se alzaban contra el cielo. Cuando todo esto quedó a popa, la joven pensó que divisaba otra barcaza en los breves ramalazos de luz, o más bien una vislumbre de una toldilla de lona bajo la cual podía verse a otras personas. Les separaban aproximadamente un centenar de yardas. Ella sacó la cabeza de debajo de la lona.

—¿Cuánto falta para Billingsgate?

El patrón de la gabarra hundió su pértiga en el agua, se apoyó en ella y luego la levantó, mano sobre mano.

—Ocho millas, más o menos —gruñó antes de volver a sumergir la pértiga. La embarcación dio una guiñada a estribor, y el hombre casi perdió el equilibrio—. Dos horas más —añadió tras un momento—. Y eso si la marea no cambia.

Emilia se retiró bajo la toldilla y contempló las aguas que tenía al frente. Ante ellos se encontraba el recodo del siguiente tramo con sus peligrosas corrientes. Las Greenwich Marshes tenían aspecto desolado, pero, anclados a lo largo de la orilla, había media docena de barcos del servicio de las Indias Orientales. Los faroles de sus coronamientos iluminaban bosquecillos de mástiles que oscilaban en lo alto. Tras ellos se levantaban los almacenes de la Compañía de las Indias Orientales. Cuando la barcaza se acercó a los muelles, moviéndose ahora hacia el sur, Emilia volvió la cabeza para observar la embarcación que había detrás de ellos iluminada por un farol de tempestad. Había ganado varios largos, tal vez, desde Woolwich. Dos barqueros estaban situados en la popa, mientras a sus pasajeros —un trío de oscuras figuras— se les veía acurrucados bajo la toldilla. Cuando se dio la vuelta hacia Vilém, Emilia vio que éste sostenía algo en su palma.

—Toma una.

—¿Qué?

—Son ellos —susurró Vilém—. Los hombres del cardenal. —Extendió la mano unas pulgadas—. Ocho millas. No vamos a conseguirlo...

Uno de los almacenes de la Compañía de Indias se alzaba a estribor, y su olor de melaza era transportado hasta ellos por la brisa cada vez más intensa. Bajo su breve luz, Emilia pudo ver lo que Vilém sostenía en su mano: la bolsa de piel que le había entregado sir Ambrose. *Strychnos nux vomitica*. Instintivamente, la joven se encogió contra la lona.

—En cuanto al cofre... —La luz desapareció y se quedaron a oscuras. Una gaviota chilló sobre sus cabezas mientras él se detenía, agarrando aún la bolsita, y luego levantó el cofre hasta su regazo con un suave gruñido—. Tendrá que saltar por la borda, me temo. Ésas son las instrucciones.

—¿Las instrucciones de quién?

No hubo respuesta. Vilém miraba fijamente el cofre. Ella levantó los ojos. Había muchos más muelles en la orilla y tras ellos se apretujaban laberintos de edificios. La embarcación viró de costado y una ola rompió contra la proa, salpicando las mejillas de la joven y empapando sus enaguas. Habían cobrado velocidad, pero perdían el control en las traicioneras corrientes. El patrón de la gabarra lanzó una maldición y se esforzó por mantener la embarcación en un rumbo firme, utilizando la pértiga como timón. Su propia estela los superó cuando reducían la velocidad y la barcaza se agitó aún más. Al cabo de un momento, la corriente aminoró su fuerza y el barquero empezó a empujar débilmente con la pértiga otra vez. Pero sus perseguidores habían ganado algunos largos más.

La siguiente hora transcurrió con Emilia encaramada al borde de la bancada, girando para mirar hacia atrás primero, y luego a las aguas delante de la embarcación. Ante ellos se desenrollaba una cerrada curva del río en Greenwich, junto con otras fortísimas corrientes que zarandeaban la barcaza de un lado a otro y hacían maldecir continuamente al patrón. En el cielo aparecieron breves trazos de rosa y naranja, y la marea se hizo más lenta. Pronto el río empezó a llenarse de tráfico, con docenas de barcazas abriéndose camino hacia los Muelles Legales, bajo la Torre, y con barcos dedicados a la pesca de la anguila y la ostra que se dirigían a Billingsgate. Armadas enteras de chalupas y pinazas regateaban y se deslizaban entre ellos, bajando suavemente por el río con sus velas hinchadas. Sus perseguidores iban reduciendo la distancia, pero entonces retrocedieron después de Shadwell, cuando se vieron obligados a ir más despacio en el Lower Pool, debido al tráfico, que se arremolinaba como bandadas de pájaros irritados.

Unos minutos más tarde, forzando la mirada, Emilia vio los arcos del Puente de Londres bloqueando el río. Cuando giró en redondo, vio aparecer nuevamente el bote de la toldilla. El patrón de la barcaza empujó con más fuerza, empapado de sudor, pero de nada servía. Cuando finalmente llegaron a la altura de los atestados muelles, delante de las aduanas, la embarcación perseguidora se encontraba sólo a dos largos de distancia. Los hombres del cardenal habían salido gateando desde debajo del toldo, y a las primeras luces del alba Emilia pudo distinguir sus bronceados semblantes y sus libreas negras como el azabache con sus doradas franjas. Los tres llevaban gorgueras de encaje, y uno de ellos —el que estaba agachado en la proa— agarraba una daga. Cuando Emilia se dio la vuelta hacia Vilém, éste se estaba arrodillando sobre el suelo de la barcaza con el cofre en sus manos.

—Demasiado tarde... —Vilém salió arrastrándose de debajo de la lona y se acercó a la proa, donde se esforzó en levantar el cofre por encima de la regala—. No llegaremos a York House —gruñó—. ¡Ni siquiera llegaremos a Billingsgate!

—¡No!

Emilia se encaramó sobre la bancada, despellejándose las espinillas, y luego se aferró a él con un torpe abrazo poniendo una mano sobre el cofre, antes de ser empujada hacia atrás por Vilém, que alzó la carga y de nuevo se inclinó sobre la borda con el tesoro en sus manos.

Emilia se levantó agarrándose a la borda, pero en aquel momento la barcaza fue embestida en la popa por el bote de la toldilla. Oyó al patrón de la gabarra maldecir mientras la embarcación viraba de costado y un instante después chocaba lateralmente con un esquife que se aproximaba. La colisión fue tremenda. Lo último que vio mientras era arrojada contra la cubierta fue un par de botas que desaparecían sobre la regala.

—¡Vilém!

La barcaza se balanceaba violentamente de un lado a otro en el momento en que ella pudo levantarse. Habían sido abordados. Oyó, más que vio, a dos de los hombres del cardenal peleando con el patrón de la gabarra. El pobre diablo se defendía valientemente con su pértiga, antes de que finalmente la daga le rasgara el jubón de piel y luego la barriga. Se hundió de rodillas con un último juramento y luego cayó sobre la popa cuando la barcaza era nuevamente golpeada, en esta ocasión del lado de estribor por un barco de pesca desviado de su curso por el esquife. Los hombres del cardenal cayeron uno en brazos del otro antes de quedar extendidos en la popa. El cuchillo resonó con estrépito contra las tablas.

—¡Emilia!

El barco de pesca pasó por su lado, derivando corriente arriba, la vela gualdrapeando, mientras el mástil pendulaba locamente y el patrón luchaba con denuedo para mantener el equilibro en la popa. Emilia captó un atisbo de Vilém boca abajo sobre la balanceante cubierta, enmarañado en las redes y medio enterrado por una avalancha de plateado pescado.

—¡Emilia! ¡Salta!

El barco de pesca se movió más rápidamente ahora, y pasó rozando la gabarra cuando sus medio recogidas velas captaron el viento. Emilia se subió apresuradamente a una de las oscilantes bancadas y empezaba a balancear los brazos para saltar, cuando una mano se aferró a sus faldas y tiró de ella hacia atrás. Pero en aquel momento la barcaza fue embestida por el cuarto y último barco, una chalana que transportaba una docena de pasajeros. Entonces la mano desapareció y Emilia se encontró saltando hacia el barco de pesca a través de cinco pies de espuma y aire.

CAPÍTULO TERCERO

El campo estaba inundado. La lluvia había caído incesantemente durante toda la noche y seguía haciéndolo mientras el cielo sobre el bosque de Epping cambiaba de color, pasando del negro del carbón a un gris ceniza: había llovido tanto que los estanques de peces y los pozos de las canteras se desbordaban por las orillas. De la noche a la mañana, el bosque cubierto de musgo se había convertido en un pantano. Lo peor de la tormenta había pasado, pero un fuerte vendaval seguía soplando del sudoeste, y la lluvia no cesaba de caer. Robles y hayas se alzaban en medio de los ríos como si estuvieran varados, mientras que los astillados troncos de otras especies, derribados por el viento o los rayos, yacían en los tramos más azotados por el vendaval de la carretera que procedía de Londres.

En medio del bosque, cerca de las cabañas de los guardas de caza y exterminadores de sabandijas, podían verse cuatro caballos que chapoteaban a lo largo de la carretera de Epping, arrastrando a través del barro y el agua un carruaje con capota de piel. Eran un poco más de las siete de la mañana. Los caballos se dirigían al norte, a través de Essex, tambaleándose y con gran esfuerzo, sus húmedas crines aleteando como gallardetes, mientras las ruedas del vehículo escupían grandes tepes de barro al aire. Pero en el lugar más bajo de la carretera, donde el agua de las hondonadas dejadas por la extracción de las canteras alcanzaba su máxima profundidad, el coche se detuvo con un violento bandazo. El conductor, que ya había tenido que apartar los troncos de tres árboles de su camino aquella mañana, lanzó una maldición contra los caballos e hizo restallar el látigo sobre su grupa. Los animales hicieron un esfuerzo, pero el vehículo no se movió.

—¿Qué pasa?

Yo había levantado el faldón de piel para atisbar por la ventana. Las gotitas que me golpearon el rostro eran como salpicaduras de las olas en alta mar.

—Estamos atascados en el barro —se quejó el conductor saltando al suelo con un ruido de chapoteo. Al hacerlo casi perdió el equilibrio. Estaba empapado hasta los huesos—. No se preocupe, señor —gruñó con voz casi inaudible mientras se bajaba el sombrero sobre la frente—. Saldremos en un momento.

Me recosté en el respaldo y saqué una torta de avena y una porción de queso del bolsillo. Llevábamos en camino más de una hora, desde antes de que asomaran las primeras luces del alba. Había encontrado el coche con sus cuatro caballos esperándome, como se me había prometido, en la caballeriza situada en los bajos de Las Tres Palomas, con sus caballos ya enganchados. Esperaba volver a ver a Phineas, pero no me sentí decepcionado al descubrir que sería un conductor diferente el que me transportaría a Wembish Park, un hombre fornido que se presentó como Nat Crump. Estaba resultando un compañero más locuaz que Phineas, aunque igualmente malhumorado. Mientras me mantenía sentado en la parte trasera del vehículo —diferente del que me trasladara a Pontifex Hall—, me dediqué a masticar el desayuno y a escuchar las maldiciones, gritos de aliento y lastimosas observaciones del impaciente conductor sobre el inclemente tiempo que reinaba.

—Debería haber tomado una ruta diferente —estaba diciendo mientras metía una gruesa rama bajo una de las ruedas traseras y trataba de hacer palanca para liberarla del barro. Intentó hacer avanzar los caballos, y los tirantes se tensaron y crujieron. El coche dio una pequeña embestida y las ruedas cubiertas de hierro gimieron tercamente, pero nos movimos sólo unas pulgadas antes de quedar nuevamente atascados en el barro. Me alarmé al ver que el agua había subido hasta la altura del eje trasero. Crump y los caballos estaban ya con agua hasta las rodillas—. Debería haber cruzado Puckeridge —explicó, reuniendo fuerzas para hacer mejor la palanca—. Hay un terreno más alto por aquel camino.

—¿Puckeridge? —Me estaba balanceado con el movimiento del coche. Sobre nuestras cabezas, las ramas de los olmos azotaban el vehículo salvajemente—. Bueno, ¿por qué demonio no lo hizo, entonces?

—Órdenes —dijo con un irritado gruñido de esfuerzo—. Me ordenaron que no lo hiciera, ¿sabe? —Hizo una pausa y levantó la cabeza para mirarme. Parecía considerar que aquello era culpa mía—. Me dijeron que pasara a través del bosque.

—¿Ah, sí? ¿Y eso por qué?

Se había agarrado a uno de los radios y al borde de la rueda, y trató de introducir la rama con su empapada bota. A su orden, los caballos delanteros se encabritaron y avanzaron un paso, pero luego se quedaron otra vez clavados en el fango. En esta ocasión las ruedas no se habían movido ni una pulgada. El hombre volvió a maldecir mientras vadeaba el charco.

—¿Por qué? —Había empezado a quitar el barro de debajo de las ruedas con el extremo de su palo—. Por la misma razón que no hemos tomado el coche de lord Marchamont, por eso. Porque es más seguro.

Se rió sin alegría, pero luego hizo una pausa en sus esfuerzos lo bastante larga para balancear su brazo con ademán de propietario hacia los bosques que nos rodeaban. Su sombrero había caído al agua y observé su mata de rubio pelo aplastada contra el cráneo por la lluvia. Antes, a la escasa luz del establo, me había parecido casi reconocerlo, pero decidí que, como con tantas cosas aquellos días, ya no podía confiar en mi intuición. También pensé que el hombre parecía sorprenderse de mi aspecto —mi oscuro cabello y recortada barba— pero supuse que eso era porque yo no respondía a la descripción que le habían dado de mí. Fuera lo que fuese, me había tomado a bordo sin más remilgos.

—A través del bosque —estaba explicando el hombre entre jadeos y gruñidos. Había encontrado otra rama que usar como punto de apoyo, y luego había vadeado otra vez hasta la parte trasera del coche, donde ahora estaba trabajando nuevamente con la rueda. El vehículo se balanceaba de un lado a otro como un bote en la marea—. No nos seguirán si vamos por ahí.

Levanté la cortinilla de piel de la ventanilla trasera y atisbé el camino endoselado de ramas que serpenteaba a nuestras espaldas. La mañana estaba todavía medio a oscuras. A través del aire gris vi una pareja de gamos observándonos desde el bosquecillo, un macho y una hembra, ambos preparados para huir. Pero no podía distinguirse vida humana alguna, ni siquiera a los cazadores furtivos por los que el bosque de Epping era tan famoso. El espantoso tiempo estaba manteniendo vacíos los caminos. Desde nuestra llegada al camino de Epping nos habíamos encontrado solamente con algún ocasional furgón que se dirigía a Londres, o con un carro tirado por ponis.

—¡Arre! ¡Vamos!

Una de las ramas se partió con un fuerte crujido, y de repente el vehículo hundió el morro y dio varias sacudidas, arrojándome casi al suelo. La cortina de la ventanilla se había abierto y por ella pude ver que nuestras ruedas lanzaban chorros de agua contra la fangosa orilla. Crump se esforzó frenéticamente por encontrar un lugar al que agarrarse en el costado del coche e izarse a bordo. Finalmente lo consiguió. De modo que nos encontrábamos otra vez en marcha, abriéndonos camino en el barro hacia el norte en medio de una densa cortina de árboles y de lluvia. Me recosté en el respaldo para lo que prometía ser una larga ruta, pues no esperábamos llegar a Wembish Park hasta la tarde siguiente.

Viajamos durante el resto de la mañana, devorando las millas con lentitud. Dormía y me despertaba alternativamente, exhausto porque no había regresado a Alsatia hasta después de la medianoche, y aún entonces, debido a que La Media Luna después del crepúsculo era tan ruidosa como un aquelarre, había conseguido dormir sólo a ratos. Pies que bajaban atronadoramente por las escaleras a todas horas, violines que gemían en la cervecería, bailarines brincando arriba y abajo de los corredores entre carcajadas. Llegó la paz una o dos horas antes del alba, pero al poco rato, demasiado poco para mí, me despertaron unos golpecitos en la puerta y la voz de una de las doncellas de Mrs. Fawkes informándome a través del maderamen de que mi coche de alquiler me estaba esperando.

Mi viaje a Wembish Park empezó bajo un familiar presagio. Cuando el coche se acercaba a Chancery Lane, había visto otra figura garabateada con tiza en una pared: uno de los jeroglíficos que ahora recordé por mis estudios herméticos que Marsilio Ficino había llamado una *crux hermetica*. Debajo, escrita toscamente, también con tiza, medio borrada por la lluvia, aparecía una sola frase, como leyenda: «Nosotros, la invencible hermandad de los rosacruces.»

Yo me había recostado en mi asiento, confuso, preguntándome si había leído correctamente aquella leyenda. ¿Era una broma? Porque parecía demasiado extraño, demasiado críptico, para ser auténtico. Había oído hablar de la secreta sociedad conocida como los Hermanos de la Rosacruz, por supuesto. Había tropezado con su extraña historia unos días antes mientras echaba un rápido vistazo a algunos de mis tratados sobre filosofía hermética. Me sorprendía que la narración de Biddulph, con sus conspiradores protestantes, no hubiera incluido a la hermandad. Por lo poco que sabía de ellos, los rosacruces eran un grupo secreto de alquimistas y místicos protestantes que se habían opuesto a la Contrarreforma a comienzos de siglo. Apoyaron a Enrique de Navarra como el paladín de su fe y, después del asesinato de Enrique en 1610, a Federico V del Palatinado. Sus inscripciones en las paredes y sus carteles aparecían por todas partes en Heidelberg y Praga en 1616 o 1617, es decir, aproximadamente por la época en que Fernando de Estiria fue designado para ser rey de Bohemia. Los rosacruces debieron de considerar a Fernando, un discípulo de los jesuitas, con terror y desprecio, pero sus carteles y manifiestos eran extrañamente optimistas, pues profetizaban una reforma en política y religión en todo el imperio. Estas reformas debían llevarse a cabo merced a artes mágicas como las enseñadas por Marsilio Ficino, el primer traductor al latín del *Corpus hermeticum*. Por medio de la «magia científica» presente en los textos herméticos y en los *Libri de Vita* de Ficino, la Hermandad de la Rosacruz esperaba convertir los degradados y sucios detritos de la vida moderna —el mundo de luchas religiosas, de guerra y persecuciones— en una especie de Edad de Oro o Utopía, de manera bastante parecida a como esperaba fabricar oro en sus laboratorios a partir de pedazos de carbón y arcilla.

Su deseo de reforma era bastante comprensible, supuse. ¿Qué veían los rosacruces, cuando dirigían hacia atrás su mirada sobre los últimos cien años de historia europea, sino bancos de sacrificio empapados de sangre protestante? Estaba la matanza de los hugonotes en París el día de san Bartolomé y las hogueras de Smithfield y Oxford durante el reinado de la reina María. Estaban los horrores de la Inquisición española y el Santo Oficio, junto con las guerras de los españoles en los Países Bajos, donde sir Philip Sidney perdió su vida. Estaban los clérigos luteranos expulsados de Estiria y la hoguera de diez mil libros protestantes en la ciudad de Graz, de la que Kepler había sido también expulsado. Estaba Copérnico, intimidado y silenciado, y Galileo, llamado a Roma en el 1616 para sufrir examen ante Roberto Bellarmino, uno de los cardenales de la Inquisición, que había hecho quemar al filósofo hermético Giordano Bruno en el Campo de'Fiore. Estaba Tommaso Campanella, torturado y encarcelado en Nápoles. Y estaban Guillermo el Silencioso, asesinado por agentes españoles, y Enrique IV, apuñalado por Ravaillac en el Pont Neuf.

Al final, sin embargo, los propios rosacruces se convirtieron en parte de esa trágica letanía. No descubrieron la piedra filosofal ni su amada Edad de Oro, porque en 1620 el rey Federico y los protestantes bohemios fueron aplastados por los ejércitos de la Liga Católica. Indudablemente la mayor parte de los Hermanos de la Rosacruz eran charlatanes supersticiosos y tontos idealistas, pero yo sentía pena por esos hombres que habían deseado evitar, con sus libros y sustancias químicas y débiles encantamientos mágicos, lo que ellos veían como los males de la Contrarreforma, de España y de los Habsburgo, sólo para verse al final consumidos en los horrores de la Guerra de los Treinta Años.

Pero esa mañana, mientras el coche pasaba traqueteando por delante de Chancery Lane, había algo más de la Hermandad de la Rosacruz que me chocó. Me di cuenta de que sus manifiestos habían aparecido en Praga aproximadamente por la misma época en que la flota de Raleigh —financiada por otro grupo de celosos protestantes— zarpaba hacia la Guayana. De hecho, el más famoso de los tratados de la Rosacruz, *El enlace químico de Christian Rosencreutz*, un ejemplar del cual descubrí en mis estanterías, fue publicado en Estrasburgo en 1616, el mismo año que Raleigh era liberado de su celda de la Torre Sangrienta. De modo que volví a preguntarme si sir Ambrose con su texto hermético era una especie de eslabón entre esas dos malhadadas aventuras, la primera con Raleigh en la Guayana, la segunda con Federico en Bohemia. No tenía ni idea; pero el otro día mientras examinaba mi ejemplar de *El enlace químico* observé otra cosa en el texto, algo aún más espectacular que su fecha, porque, grabado tanto en sus márgenes como en su portada, aparecían diminutos símbolos de Mercurio, duplicados exactos de aquellas figuras garabateadas en las paredes de Londres.

Luego el coche llegó a Bishopsgate, donde las puertas se abrieron con un chirrido para permitir la entrada de una bandada de gansos que llevaban al mercado para su sacrificio. Yo había corrido las cortinas y cerrado los ojos, y mientras el coche seguía su camino entre crujidos y tumbos estaba pensando en las docenas de obras alquímicas de Pontifex Hall, junto con su bien surtido laboratorio, y me preguntaba si el padre de Alethea, un devoto protestante, no habría sido también, quizás, un rosacruz. Pero en aquel momento mis pensamientos se vieron interrumpidos cuando penetró en mis oídos el cacareo de los alborozados gansos... el ruidoso clamor de unas criaturas inconscientes del destino que les aguardaba sólo unos minutos después.

—¿Tiene hambre, señor?

—¿Mmmmm...?

La voz me había despertado, sobresaltándome, y por unos segundos me sentí demasiado desorientado para moverme, o hablar.

—¿Paramos para tomar algo, señor?

Me obligué a enderezarme y atisbé por la ventanilla, confuso y parpadeando, sintiendo el trastorno que siempre había experimentado cuando abandonaba la ciudad para dirigirme al campo. Un paisaje llano se estaba desplegando lentamente ante mí, con sus campos y caminos de ganado rodeados de bosques medio cubiertos por el agua. La lluvia seguía cayendo a mares, golpeando el techo de piel del carruaje.

—¿Cuánto falta para Cambridge?

—Una hora —repuso Crump.

—No. —Me dejé caer otra vez en el asiento—. Siga.

En realidad, nos llevó más de dos horas llegar a

Cambridge, pero para entonces la lluvia había cesado y el cielo aparecía despejado. Una impresionante puesta de sol, una hora antes, había teñido de rosa pálido un rebaño de ovejas que pastaban diseminadas por las llanas tierras cretácicas. Al asomar la cabeza por la ventanilla había sentido un húmedo viento que tiraba de mi cabello al tiempo que observaba un coche de cuatro caballos manchado de barro que nos seguía a distancia; después un jinete montado en un caballo ruano con manchas grises que seguía al coche. Pero no les presté demasiada atención en aquel momento. La carretera, a medida que nos acercábamos a Cambridge, estaba llena de todo tipo de carruajes, jinetes y diligencias que se dirigían a Londres o a Colchester. Me recosté en el asiento y cerré los ojos.

El plan había sido quedarse por la noche en Cambridge y partir al alba hacia Wembish Park. Con este fin, Crump sugirió una posada del correo llamada Las Armas del Encuadernador, que él afirmaba que se encontraba junto al Magdalene College, y daba al río. Accedí de buena gana. Hasta entonces Crump había demostrado ser un guía muy competente.

Pero en ese momento nuestro viaje sufrió un desconcertante contratiempo. Podría haber sido causa de la creciente oscuridad, o del agotamiento de Crump, o de las atestadas calles con sus filas de salientes edificios. O podría deberse a la desgana de los caballos de posta, que rehusaban cada puerta o callejuela mal iluminada y a los que les molestaban sus filetes. Fuera cual fuese el motivo, sin embargo, el aplomo con que Crump había encontrado nuestro camino a través del bosque de Epping y de las más o menos cincuenta atormentadas millas de camino parecía ahora abandonarlo. Porque durante los siguientes tres cuartos de hora anduvimos serpenteando por estrechas callejuelas de apenas el ancho de unos brazos extendidos, pasando por delante de colegio tras colegio, de posada tras posada, girando en círculo alrededor de nosotros mismos, entrecerrando los ojos y estirando el cuello, sorteando terraplenes y puentes, sólo para vernos detenidos por zanjas o callejones sin salida, todo ello sin conseguir llegar ni al Magdalene College ni a Las Armas del Encuadernador. De modo que al final Crump me invitó a compartir el pescante con él. Yo trataría de encontrar la posada, dijo, mientras él se concentraba en la tarea de conducir.

Había apenas suficiente espacio para dos en el asiento, pero durante bastante rato viajamos de esa manera, nuestros pies juntos unos al lado de otros en la tabla del pescante, y nuestros hombros rozándose. Él guardaba silencio y mantenía sus ojos enfocados hacia el camino delante de nosotros, mientras yo miraba a un lado y a otro, buscando carteles y, al mismo tiempo, estudiándole a él más detenidamente. Era un individuo muy fornido, de ojos pálidos, cabello rubio y una nariz de bebedor que estaba picada de viruelas como una naranja sanguina. Lo había visto antes —ahora estaba seguro de ello—, pero no podía recordar dónde. Quizás era uno de los trabajadores de Pontifex Hall, pensé, o uno de los clientes que soplaba su tazón de café en El Cuerno de Oro.

Por un instante un recuerdo pareció brillar y alzarse en el borde del horizonte, pero entonces de pronto nos paramos en seco en la carretera y hube de agarrarme al borde del asiento para no caer del vehículo. Al hacerlo, noté una repentina presión en mi cadera y, al bajar la mirada, vi la culata de una pistola en el cinto de Crump. Levanté los ojos hacia su rostro y me alarmó descubrir algo nuevo —una expresión de preocupación, tal vez de miedo— inscrita en sus curtidas arrugas.

—¿Nos detenemos aquí? —pregunté, señalando una cercana posada cuyo patio de caballerizas podía olerse incluso a aquella distancia. Habíamos pasado ya por delante de su rótulo dos veces—. Este lugar parece adecuado. ¿Qué importa? Son todas iguales, esas posadas.

—Mantenga la boca cerrada y los ojos abiertos —gruñó Crump, apretando sus mandíbulas con fiereza y tirando de las riendas repentinamente—. Podría perderse algo.

Pasamos por delante de San Jorge y el Dragón, al igual que de El Cayado del Pastor, de La Espaldilla de Cordero, de El Manojo de Juncos, de El León Alegre, de La Botella de Cuero, de La Cerda y los Marranos, además de otra media docena de posadas y tabernas, todas las cuales Crump se negó a considerar. Decidí que me bajaría del vehículo y seguiría mi propio camino —con o sin Crump— hasta alguna de las otras posadas. Pero justo en el momento en que me levantaba del asiento y me balanceaba en la tabla del pescante, divisé la posada de Las Armas del Encuadernador, una pálida masa de parpadeantes ventanas y un empinado tejado que se perfilaba contra el cielo como una pirámide babilónica. Se levantaba justo frente a nosotros al otro lado del río, en el extremo opuesto de un estrecho puente hacia el cual Crump estaba guiando sus caballos.

—Allí —le dije. Pude oír el familiar borboteo del agua, el río Cam discurriendo por entre los pilares del puente—. ¿Lo ve? Las Armas del Encuadernador.

Pero Crump no respondió nada. Con las mandíbulas apretadas, miró fijamente otra vez por encima de sus enormes hombros, tiró de las riendas, y los caballos se movieron hacia adelante en un rápido trote. Quizás no me había oído a causa del rugido del agua. Señalé el edificio y luego traté de darle un golpecito en el brazo —nos estábamos acercando al extremo del puente y, a aquella velocidad, pasaríamos de largo de la posada— pero mis dedos tocaron algo frío y duro. Bajando la mirada, vi que agarraba la pistola con la mano derecha.

—¡Arre! ¡Adelante! ¡Arre!

Los caballos se precipitaron a través del puente tan velozmente que casi me vi arrojado del asiento. Cuando conseguí enderezarme, oí a Crump lanzando un juramento y, volviendo la cabeza, descubrí que ya no estábamos solos. El coche de cuatro caballos manchado de barro se estaba acercando desde el lado contrario, bloqueando nuestro paso, y delante de él un caballo ruano con manchas grises montado por un jinete estaba cargando contra nosotros.

Me volví, lleno de confusión, hacia Crump, el cual esbozó una mueca, volvió a lanzar una maldición, y luego levantó la pistola y apuntó a la figura que se alzaba apoyándose en los estribos. El caballo se desvió hacia la balaustrada de piedra cuando el arma se descargó con una brillante lluvia de chispas, que me escocieron en la mejilla izquierda. Nuestros caballos dieron un brinco hacia adelante, asustados por el estampido, mientras el coche se balanceaba locamente tras ellos. Me aferré al borde del asiento mientras Crump se manejaba torpemente con las riendas y otro cartucho para su pistola. Unos segundos más y llegaríamos a la altura del otro coche.

—¡Por amor de Dios, ayúdeme! —Crump estaba arrojando su pistola y cartucho hacia mí. El cubo de una de nuestras ruedas rozó contra la balaustrada, y nuestras cabezas chocaron cuando el vehículo dio un violento bandazo—. ¡Nos matarán!

Pero yo no cogí la pistola, que cayó con estrépito al puente detrás de nosotros. En vez de ello, me aparté de él mientras el coche se enderezaba, luego giré en redondo en el asiento y me izé torpemente de un salto a la balanceante capota, donde permanecí por un segundo en cuclillas, agarrado al borde. Entonces, sin hacer caso de los gritos de Crump ni mirar hacia abajo, salté por encima de la balaustrada a las turbulentas aguas del Cam, que venía muy crecido por las lluvias. Pero mientras chocaba contra el agua y era arrastrado bajo la superficie y, después a través del arco del medio, y más tarde río abajo, por delante de Las Armas del Encuadernador, no fue el tronar del caudaloso río lo que oía sino el eco de los dientes de madera de Crump castañeteando y resonando como una carraca.

Porque finalmente recordaba dónde le había visto. Pero entonces, durante largo rato, mientras la corriente me llevaba río abajo, no recordé nada en absoluto, pues de repente el mundo entero se había vuelto negro y silencioso.

Desde el Puente Magdalene, el río Cam fluye hacia el nordeste en dirección a la Isla de Ely, varias millas después de la cual, en el borde de los pantanos de turba, cortados transversalmente por antiguos canales de drenaje romanos, sus aguas van a parar al Great Ouse y luego, en dirección al mar, al Wash, treinta millas al norte, donde fluyen hacia un desolado horizonte. Con el aguacero que había caído aquel día, los pantanos estaban más inundados aún que de costumbre, y aquella noche la corriente del río era turbulenta y rápida. Cuántas millas la corriente podía haberme arrastrado río abajo, no tenía ni idea. Sólo sabía que me desperté empapado y helado en el suelo de una barcaza que estaba siendo impulsada con una vieja pértiga contra la corriente por un hombre de los pantanos en su camino hacia el mercado, un viejo cortador de turba llamado Noah Bright. Las estrellas brillaban sobre nuestras cabezas mientras costeábamos fangosos terraplenes. Tosí para liberar mis pulmones llenos de agua y tomé aliento con ásperos jadeos. Podrían haber transcurrido horas o tal vez días.

Del viaje de vuelta a Cambridge tengo sólo el más vago de los recuerdos: el viejo habitante de los pantanos que se apoyaba en su pértiga; el movimiento de la barcaza en el agua mientras un oscuro paisaje ribereño parecía deslizarse por encima de la borda de la embarcación; y el dulce olor de la turba secada por el sol contra la que se apretaba mi mejilla. Bright mantenía un animado monólogo mientras nos empujaba río arriba con la pértiga, aunque yo no tenía la menor idea acerca de lo que estaba hablando, porque casi no escuchaba ni respondía. Todo el tiempo no dejaba de pensar en Nat Crump, en lo que yo había visto cuando nuestras cabezas chocaron en el puente: el juego de dientes de madera desnudos como los de un perro mestizo por el miedo y la ira.

«Un accidente en Fleet Street. Un caballo de tiro ha caído muerto, señor...»

El descubrimiento había sido una conmoción. Aun ahora no tenía ni idea de qué hacer con él. Pero Crump había sido el conductor del coche de alquiler de Alsatia, eso lo supe inmediatamente. Crump era el que me había llevado, en aquel aparentemente fortuito rodeo, a El Cuerno de Oro. Yo estaba tan seguro de eso, en ese momento, como de cualquier otra cosa.

«Un accidente en Fleet Street...»

Porque ya no podía saber nada, comprendí, excepto que unos días antes alguien llamado Nat Crump me había seguido a Westminster, a El Cuerno del Cartero, donde me recogió de la calle, según todas las apariencias por casualidad, y luego me dejó a la vista de El Cuerno de Oro, también aparentemente al azar. Pero el viaje debía de haber sido cuidadosamente planeado y ejecutado de manera que el elaborado proyecto pareciera un accidente, una coincidencia, un raro golpe de suerte. Lo que quería decir que todo lo que había sucedido desde mi primer viaje a Alsatia, así como todo lo que le había seguido tan fluidamente —la subasta, el ejemplar de Agrippa, el catálogo— era también una representación. Como, por supuesto, el viaje a Wembish Park. Me estaban llevando por mal camino, me engatusaban para que me metiera en aguas cada vez más profundas y peligrosas. Aunque la casa existiera realmente, no me cabía duda de que, como todo lo demás, no sería otra cosa que una máscara. ¿Pero una máscara de qué? ¿De quién?

«Parece que hemos llegado a un callejón sin salida...»

¿Y qué decir del locuaz cortador de turba, Noah Bright, que estaba de pie sobre mí en la popa? ¿Qué pasaba con él? Parecía estarme observando atentamente mientras hablaba, dirigiendo hacia mí un par de ojos tan brillantes y despiertos como los de un viejo perro *pointer*. Yo había conseguido explicar que era un librero de Londres, llamado Silas Cobb, que había venido a curiosear entre las tiendas y tenderetes de Market Hall de Cambridge, pero que se había caído al río después de disfrutar de la hospitalidad de una de las numerosas tabernas de la ciudad. No tenía ni idea de si el hombre se creía mis apresuradas mentiras... o de si podía confiar en él. De repente empezaba a sospechar de todo el mundo. Me preguntaba si el viejo hombre de los pantanos no sería otro Crump o Pickvance, un actor salido a escena para representar su papel, una marioneta cuyos hilos eran manejados desde detrás de las cortinas por alguien más. ¿Me había recogido del río sólo por azar, por pura suerte? ¿O mi salto sobre la borda era también alguna especie de acto controlado, determinado por una serie de indicios cuyo autor y propósito seguían siendo un misterio? Me pregunté dónde podrían estar los límites de dicho control, si tal vez Biddulph, con sus historias sobre el Ministerio de Marina y el *Philip Sidney*, había sido preparado como todo lo demás. Si todos aquellos dibujos habían sido grabados en los muros de Londres, y los objetos curiosos situados en el polvoriento gabinete de Biddulph, solamente para que yo los viera...

—¿Qué demonios...?

La barcaza se había deslizado de costado en la corriente, guiñando frenéticamente a estribor. El agua salpicaba por encima de la regala y la carga de turba se balanceaba inestablemente a mi lado. Levanté la cabeza para descubrir que Bright había dejado de empujar con la pértiga y se encontraba agachado en la popa, atisbando expectante al otro lado del inundado río. Al volver la cabeza vi las débiles luces de Cambridge en las aguas delante de nosotros. Debíamos de estar una milla o más al norte del Puente Magdalene. El farol se balanceaba y amenazaba con caer a las olas. Dediqué nuevamente mi atención a Bright, mientras sentía que se me erizaba el pelo en la nuca y los hombros.

—¿Qué pasa?

—Allí —susurró, señalando con la cabeza hacia el terraplén—. Hay algo allí, en la orilla.

Volví otra vez la cabeza y distinguí una oscura forma medio oculta entre las inundadas juncias: lo que parecía una especie de criatura anfibia que se había arrastrado hasta casi salir del agua. La luz del farol la iluminó cuando Bright hundió la pértiga en el barro y empujó, conduciendo cuidadosamente el morro de la embarcación a través de la traicionera corriente. El hombre perdió casi el equilibrio, pero consiguió mantener el curso, dirigiéndolo con su pértiga como si fuera un timón, mientras nos balanceábamos en las impetuosas aguas. Unos segundos más tarde la quilla se deslizaba con un suave chirrido sobre el barro. Pude ver un brazo extendido en las juncias. Bright levantó la pértiga del agua con un gruñido.

Era un hombre, echado boca abajo en la orilla con los miembros extendidos y las piernas sumergidas en el crecido río. Bright hizo oscilar la pértiga como un botalón a lo largo de la orilla, pero aún antes de que la clavara en su hombro y le hiciera dar la vuelta resultó evidente que estaba muerto. A la fantasmal luz del farol pude ver que tenía la garganta cortada de oreja a oreja, casi lo suficiente para separarle la cabeza, que colgaba horriblemente ladeada. Sentí que se me revolvía el estómago y aparté la mirada, pero Bright estaba ya desembarcando, chapoteando con el agua hasta las rodillas y sosteniendo en lo alto el farol. Apenas había llegado al cuerpo cuando la corriente los alcanzó a los dos, pero antes de que el farol se apagara y el cuerpo rodara introduciéndose en las juncias pude captar una rápida visión del rostro del cadáver... de la bulbosa nariz y, bajo ella, del par de dientes de madera apretados como por alguna inarticulada rabia.

CAPÍTULO CUARTO

Uno de mis recuerdos más antiguos es el de ver a mi padre escribiendo. Era amanuense, de modo que escribir era su profesión, un oficio regulado por toda clase de rituales precisos y complejos. Aún lo veo encorvado como en actitud de súplica sobre su destartalado escritorio, el cabello colgándole sobre la cara, una pluma de pavo girando incesantemente en su esbelta mano. Su aspecto era, al igual que el mío, poco impresionante, un hombre bajito de oscuras vestiduras y taciturnos, tristones, ojos de frailecillo. Pero verlo trabajar era maravillarse ante el genio de la mano del escriba. Yo solía permanecer al lado de su mesa, sosteniendo en alto una vela mientras él mezclaba la tinta o recortaba las plumas con una navaja tan cuidadosamente como si realizara la más delicada cirugía. Después humedecía la afilada punta en el tintero y, mágicamente, empezaba a escribir en el pulido pergamino extendido ante él sobre el escritorio.

¿Y qué escribía mi padre? Yo no tenía la menor idea de ello. Aquéllos eran los inocentes tiempos en que mi abecedario aún no me había enseñado a descifrar las agachadas cabezas y florecientes miembros de sus curiosas figuras de tinta, de modo que en aquel momento aquellas figuras eran tan irresistibles y seductoras como los jeroglíficos de los faraones. De hecho, mi pobre padre debió de haber escrito pasajes de lo más aburrido: patentes de privilegio, relaciones de tribunales, registros parroquiales, esa clase de cosas. El escribano llevaba una vida de trabajo excepcional. Sólo cuando me hice mayor me di cuenta de que la espalda de mi padre estaba permanentemente encorvada de tanto doblarse sobre la mesa, y sus ojos empañados a causa de que era demasiado pobre, la mayor parte del tiempo, para permitirse una vela. Sus tareas en la pequeña buhardilla que le servía de estudio se interrumpían una vez por semana cuando visitaba las tiendas de los fabricantes de tinta y vendedores de pergamino, o cuando iba a entregar los frutos de sus esfuerzos a los tribunales de la Cancillería a cuyo precario servicio se encontraba. A medida que me hacía mayor, a veces lo acompañaba a esas excursiones por las calles de Londres. Con los pergaminos enrollados bajo el brazo o metidos en una gastada bolsa que colgaba en bandolera de su cuello con una correa se presentaba en el Tribunal de Clemencia, o cualquiera de los otros doce, y yo me sentaba en silenciosas antesalas, vigilando a través de la puerta mientras mi encorvado padre, ataviado con su sucia gorguera, desenrollaba tímidamente y con manos temblorosas sus artículos sobre la mesa de envarados y poco sonrientes funcionarios del tribunal.

Cuánto recuerdo estos viajes, incluso ahora. Cogidos de la mano, vagábamos por las calles, penetrábamos en extraños e imponentes edificios, mundos de poder y privilegio, muy distantes de nuestra pequeña casa y del manchado escritorio de mi padre. En dos ocasiones fuimos incluso introducidos por pajes vestidos de seda a la

Oficina del Sello en el propio Whitehall Palace. Sin embargo, la mayoría de las veces en aquellas odiseas semanales visitábamos Chancery Lane, porque era allí, en el lado este de la calle, cerca de la casa de juego de Bell Yard —otro lugar predilecto de mi pobre padre, ay— donde se alzaba la Rolls Chapel.

Mi padre, un hombre de tendencias ateas, a menudo bromeaba diciendo que la Rolls Chapel era la única iglesia a la que había entrado en su vida. Y realmente, desde fuera, el edificio parecía exactamente una iglesia. Poseía un campanario de piedra, de forma hexagonal, junto con ventanas de cristales de colores desde las que apenas se podía ver a los ocupados abogados y magistrados que correteaban arriba y abajo de Chancery Lane. Detrás de una maciza puerta de roble tachonada de clavos había un presbiterio y una larga nave llena de interminables filas de bancos. Pero esos bancos no estaban ocupados por piadosos feligreses con sus devocionarios, sino por pesados libros encuadernados en tafilete y pilas de papel y pergamino de tres pies de altura. Y aquellos que entraban en la sala —pequeños grupos que se acurrucaban en el rincón del noroeste— rogaban, no a Dios, sino al presidente de la Cámara de los Lores, o más bien al maestro de los pergaminos, su ayudante, que escuchaba las peticiones desde donde estaba encaramado, como un sacerdote en el púlpito, en su estrado del presbiterio. Porque la Rolls Chapel quizás había sido una iglesia en algún momento —construida, me contó mi padre, para los judíos convertidos de Inglaterra—, pero hacía mucho tiempo que se había convertido, ella también, y ahora albergaba en su campanario y en la cripta bajo sus baldosas los voluminosos archivos del Tribunal de Justicia.

Reviví el fantasma de mi infancia —el pequeño

Isaac Inchbold vestido con su rojiza bata y apolilladas calzas— cuando ocupé mi lugar en un banco al lado de la puerta, la mañana después de mi regreso de Cambridge. El sol, a través de los sucios cristales, arrojaba los brillantes rayos de luz sobre las embaldosadas naves que yo recordaba tan bien desde aquellas lejanas mañanas en que permanecía sentado golpeando con mis pies contra un reclinatorio y esperando que mi padre bajara de la torre o subiera de la cripta. Como entonces, la Rolls Chapel estaba en silencio y olía a humedad, a pergamino viejo y a piedra antigua.

Pero no estaba vacía. Porque desde donde me encontraba sentado podía ver a docenas de funcionarios y escribanos deslizarse cuidadosamente entre los reclinatorios y sitiales, mientras que mi propio banco lo compartía con una docena de caballeros, la mayor parte de los cuales parecían monárquicos. Y detrás de la carcomida reja del presbiterio, ante una pequeña audiencia de abogados con pelucas de crin, el juez superior de la Cámara de los Lores, un hombre gordo de ropas escarlatas, estaba presidiendo el tribunal. Consulté la hora en mi reloj de bolsillo, y luego dirigí mi ansiosa mirada a la pequeña puerta del campanario a través de la cual un funcionario había desaparecido unos minutos antes. Encima de la puerta había un cartel: ROTULI LITTERARUM CLAUSARUM. Suspiré y devolví el reloj a su sitio. Tenía una prisa desesperada, porque me hallaba en grave peligro... al igual que Alethea.

Habían transcurrido dos días desde mi partida hacia Cambridge. Había vuelto a Alsatia la noche anterior después de pasar otro día entero en la carretera, y me apresuré a dirigirme a Londres debido a una terrible idea que se me había ocurrido, una idea que me erizaba el pelo de la nuca y las patillas. Me daba cuenta que todas aquellas extrañas concatenaciones —todo lo que alguna desconocida persona o personas habían organizado para mí— conducían directamente al documento cifrado hallado en el ejemplar de Ortelio, un texto que evidentemente estaba pensado para que yo lo descubriera y lo resolviera. Lo que quería decir que quienquiera que estuviera tendiendo la trampa tenía acceso a Pontifex Hall y a su laboratorio. Lo cual significaba que se trataba probablemente de una de estas dos personas, o bien Phineas Greenleaf o sir Richard Overstreet, o quizás de los dos juntos conchabados. Fuera lo que fuese, el culpable tenía acceso no solamente a Alethea, sino también a su confianza. Y uno de ellos, muy probablemente sir Richard, había asesinado a Nat Crump.

Sin embargo, los acontecimientos de los últimos días aún me producían perplejidad. No podía ni siquiera imaginar los motivos por los que Crump había sido asesinado, ni tampoco la forma como los demás hechos —las incursiones en Nonsuch House, Henry Monboddo y su misterioso cliente, la expedición al Orinoco— estaban relacionados con el pergamino, el alfa y omega del misterio, el Santo Grial que parecía estarse alejando cada vez más de mis manos.

Pero entonces de repente comprendí cómo podría cortar el nudo gordiano... cómo podría llegar hasta el fondo del misterio de Henry Monboddo y Wembish Park... y luego, a través de ellos, a la identidad de quienquiera que estuviese en el corazón de todo el asunto. Porque el villano no había borrado completamente sus huellas. La respuesta residía, no en Wembish Park, lo sabía, sino aquí en Londres, en Chancery Lane... en unas pocas líneas de texto escritas en un rollo de pergamino.

Llegué a la Rolls Chapel aquella mañana, todavía disfrazado, después de un infructuoso viaje a Pulteney

House, que había mostrado un aspecto oscuro y desierto. Expliqué mi misión a un funcionario sentado a una mesa junto la pila bautismal, el cual me informó con una sonrisa burlona que lo que quería era imposible, porque todos los funcionarios que supervisaban los pergaminos archivados se encontraban, debía comprenderlo, muy ocupados en aquel momento. Nadie podía satisfacer mi deseo, explicó, durante unos días al menos.

—El Acta de Compensación y Amnistía —explicó con un encogimiento de sus estrechos hombros.

—¿Cómo dice?

—La asignación de tierras —dijo en un tono de burlona altivez—. Los funcionarios están buscando los títulos de propiedad para que las haciendas confiscadas por el Parlamento puedan ser devueltas a sus legítimos propietarios.

—¡Pero ése es el motivo por el que estoy aquí!

—¿De veras? —Me miraba por encima del borde de su mesa, estudiándome descaradamente de la cabeza a los pies, con aire bastante escéptico, pensando, supongo, que una persona de tan humilde e incluso desastrado aspecto difícilmente podía tener alguna relación con una propiedad aristocrática, confiscada o no—. Bien, tendrá que esperar su turno como cualquier otra persona. —Hizo un gesto con la cabeza hacia la repantigada galería de monárquicos. Después volvió lentamente sus ojos hacia mí—. A menos, es decir, naturalmente...

El tipo aquel había tosido delicadamente en su diminuta mano adornada con encajes y lanzado una furtiva mirada en dirección al presbiterio. Con un suspiro mental, busqué un chelín. Sabía, por supuesto, que la codicia era esencial para el oficio de un abogado. Pero no me había dado cuenta de que el vicio se había filtrado también hasta sus empleados. Como la moneda mereciera sólo una dudosa mirada, me vi obligado a añadirle otra. Ambas monedas se esfumaron en el tenue aire. Y el hombre volvió a dirigir su mirada a los papeles de la mesa.

—Espere allí sentado, por favor.

Después, durante una hora entera, nada. Dos juicios se celebraron en el presbiterio y sus demandantes, despedidos. Escribientes y abogados iban de un lado para otro, desenterrando los volúmenes depositados en los bancos o en la sacristía, que estaba situada a mi derecha. El brillante jardín de luz se deslizaba lentamente por las baldosas hasta casi llegar a las puntas de mis botas, que, como en el pasado, golpeaban impacientemente el acolchado reclinatorio situado ante mí. Finalmente oí que gritaban mi nombre y, levantando la mirada vi a un empleado, un individuo joven y delgado, que se encontraba de pie ante la pequeña puerta del campanario.

—Puede usted ver las inscripciones ahora, si lo desea —me informó el funcionario de la mesa—. Mr. Spicer le mostrará el camino.

El ascenso fue dificultoso. No había más barandilla que una deshilachada cuerda, y la escalera era tan estrecha que el hombro me rozaba a cada paso contra el eje de arenisca. Subí girando por ella en persecución del ágil Mr. Spicer, pero al cabo de una docena de pasos empecé a imaginar las toneladas de piedra que me apretaban y sentí los mismos escalofríos de pánico que en el escondrijo del cura unos días antes. Siempre había detestado los espacios reducidos y cerrados, que me recuerdan, supongo, ese eterno confinamiento que dentro de poco me reclamará. Para empeorar las cosas, el joven Mr. Spicer no consideraba necesario encender una vela, por lo que me vi obligado a moverme dificultosamente hacia arriba a través de una mohosa oscuridad aliviada sólo por alguna ventana ocasional en forma de tronera.

Resoplando, llegué por fin a la cúspide, encontrando a Spicer, que me esperaba en una sala hexagonal. Me di cuenta inmediatamente de por qué no había encendido una vela durante la subida: porque la habitación estaba atiborrada de fajos de pergaminos, algunos de los cuales habían sido cosidos de arriba abajo y enrollados en gruesas bobinas de varios pies de diámetro. Esparcidas, y tan numerosas que ocupaban la mayor parte del suelo, había docenas de cajas de madera de las cuales sobresalían más pergaminos, algunos de ellos ya cetrinos, otros nuevos.

Mis ojos revolotearon por los rollos y cajas, sobre las etiquetas de pergamino con sus brillantes sellos de cera colgando como borlas. Era el mundo de mi padre el escribano. Pero yo me sentía fascinado por aquella visión por una razón completamente diferente, porque sabía que la respuesta a la identidad de mi perseguidor estaría allí, entre aquellos documentos. ¿Cuántos papeles había estudiado ya hasta entonces en busca de respuestas? Índices, patentes, registros parroquiales, catálogos de subastas, ediciones del *Corpus hermeticum* y relatos de los viajes de Raleigh... todos los cuales no habían hecho otra cosa que desorientarme cada vez más. Pero ahora, por fin, iba a descubrir la verdad. Estaría inscrita allí, lo sabía, en algún lugar entre esos pergaminos.

—Cada última voluntad, patente, mandamiento y fletamiento del país está enrollado aquí —estaba explicando Spicer con cierto orgullo mientras captaba mi transfigurada mirada—. Estos documentos son el exceso de lo que se halla en la cripta y la sacristía. En la cripta hay ya más de 75.000 pergaminos en aproximadamente un millar de rollos.

Se abrió camino hasta su mesa y se agachó para abrir con un crujido un hondo cajón, del cual sacó, tras soltar un exagerado gruñido, un enorme infolio encuadernado en piel. Debía de tener un grosor de un pie, al menos.

—Soy un hombre ocupado —dijo suspirando, y sentándose—, como espero que usted sabrá apreciar. De modo que si no le importa...

—Sí, sí. Desde luego. Iré directamente al asunto. —Di un paso adelante, apoyándome en el bastón—. Ando buscando un título de propiedad.

—Usted y todo el mundo —murmuró el joven en voz baja. Luego con un crujido de piel abrió la tapa del cartulario y cogió su lente de aumento—. Muy bien. Un título de propiedad. —Se lamió el pulgar y fue pasando las pesadas páginas—. ¿En qué año fue inscrita? La estación también ayudaría, si la sabe. ¿Verano? ¿Otoño?

—Ah, bueno... ahí está, me temo, la dificultad. —Intenté una sonrisa zalamera—. No estoy completamente seguro de cuándo tuvo lugar la transacción.

—¿Ah, no? Bien, ¿cuál es el nombre del comprador, puedo preguntar?

—Otra dificultad, me temo. —Amplié un poco más mi sonrisa—. Eso es precisamente lo que espero encontrar, sabe... el nombre del propietario.

—¿Pero no tiene usted fecha de compra? ¿Ni siquiera aproximada? ¿No? Bueno, entonces —dijo a través de unos apretados, desdeñosos, labios cuando yo moví negativamente la cabeza—, está usted poniendo el carro antes que el burro, si no le importa que se lo diga. Tiene usted que saber uno u otra, el nombre o la fecha. Seguramente que puede entender eso. —La enorme tapa, que el joven mantenía entreabierta, volvió a crujir y luego se cerró suavemente con un ruido sordo—. Tal como le digo, Mr. Inchbold, soy un hombre ocupado. —Volvió a inclinarse, devolviendo el cartulario a su lugar—. Confío en que pueda usted encontrar el camino para bajar por las escaleras.

—No... espere. —No me iban a despedir tan fácilmente—. Tengo un nombre —dije—. Dos nombres, por favor.

Sin embargo, Spicer fue incapaz de encontrar mención alguna en su libro de una propiedad en Huntingdonshire que perteneciera a sir Richard Overstreet —el primer nombre que le hice buscar entre las ordenadas columnas que recorrían las páginas de papel de lino—, o a Henry Monboddo. Con todo, finalmente descubrió en su cartulario el registro de una propiedad a nombre de alguien llamado, no Henry, sino Isabella, Monboddo. Para entonces había pasado casi una hora. Yo me estaba inclinando hacia adelante, tratando de leer al revés los caracteres que alguien, uno de los predecesores de Mr. Spicer, había escrito con una limpia letra de juzgado. La casa era un usufructo vitalicio de la viuda, explicó él en un aburrido tono, asignada a Isabella por su marido que se llamaba —sí, sí— Henry Monboddo. Spicer se inclinó con su nariz pegada a la lupa. Una propiedad alodial llamada Wembish Park.

—Eso es —dije tartamudeando—. Sí, eso es...

—La viudedad fue otorgada —continuó él como olvidando mi presencia— en un testamento dictado por Henry Monboddo en el año 1630. Desde entonces ha sido embargada por el Parlamento, más tarde confiscada, y luego devuelta a su propietario bajo las condiciones del Acta de Compensación y Amnistía.

—¿Devuelta a Isabella Monboddo?

—Correcto. Ella aparece descrita como la viuda de Henry Monboddo.

—¿La viuda? ¿Pero, cuándo murió Monboddo?

—Éstos no son registros parroquiales, Mr. Inchbold. El cartulario no registra esas cosas.

—Por supuesto —murmuré apaciguadoramente. Estaba tratando de encontrar algún sentido a la información. ¿Monboddo muerto? ¿Alethea no lo sabía? Me incliné un poco más hacia adelante.

—¿Así que... Isabella Monboddo es la propietaria de la hacienda?

—*Era* la propietaria. Wembish Park parece haber cambiado de manos desde la reciente asignación de tierras.

El funcionario se había inclinado ahora sobre la página, como un joyero que examinara unas piedras de rara calidad a través de su lupa. Desde donde yo estaba sentado podía ver las columnas encogerse y dar vueltas bajo ella. Después volvió la página con un áspero crujido y, dejando a un lado la lupa, levantó la mirada por primera vez en veinte minutos.

—Sí —dijo—, ha sido vendida. Bastante recientemente, por lo que parece. La escritura fue registrada hace sólo unas semanas. Aunque, por supuesto, podía haberlo sido en el condado con el escribano de paz un mes antes. Estamos un poco retrasados con nuestro trabajo...

—Sí, desde luego, todas esas asignaciones de tierras... —Apenas me atrevía a respirar—. ¿A quién fue vendida?

—Ah. Bueno. —Se permitió una sonrisa—. Eso el cartulario no nos lo dice.

—Pero ¿y la escritura? —Apenas pude reprimir mi impulso de quitarle el registro de las manos y leer la inscripción por mí mismo—. ¿Dice que fue registrada?

—Naturalmente que fue registrada. Es la ley, comprende.

—Bien, en este caso ¿dónde se encuentra?

Spicer pareció hacer caso omiso de la pregunta. Cogió su lente de aumento y una vez más encorvó la espalda, aplicándose como un laborioso escolar a la página. Al cabo de unos segundos tomó una de sus plumas y con sumo cuidado afiló la punta y luego copió, en un papel sacado de uno de los cajones, una erizada masa de números que, aun inclinándome hacia adelante, apenas pude descifrar: CXXXIIIW. DCCLXXVIII. LVIII.

—Aquí lo tiene —dijo, deslizando el críptico mensaje a través de la mesa hacia mí con la punta del dedo índice—. Esto, creo, es lo que usted deseaba saber.

Yo cogí el papel y lo sostuve por los bordes, cuidando de no correr la tinta. Fruncí las cejas y levanté la mirada hacia Spicer. Éste me estaba observando con una sonrisa complaciente.

—¿Qué quiere usted decir? ¿Qué es eso? —pregunté.

—La cripta, Mr. Inchbold. —El cartulario hizo un ruido sordo cuando su tapa fue cerrada de golpe. La sonrisa de Spicer había desaparecido. Devolvió la pluma al tintero y luego metió la lupa en el cajón—. Ahí es donde hallará usted lo que busca. En la cripta.

El sol se había trasladado ya a las ventanas del oeste para cuando me hube abierto camino por la estrecha escalera de regreso a la nave. La capilla estaba incluso más vacía ahora; sólo vi a un par de funcionarios en susurrada conferencia en el presbiterio. Avancé a lo largo de la nave apoyándome en mi bastón de espino, desfallecido de hambre porque no había comido nada desde el día anterior. Pero no había tiempo para comer. Apuntalándome en un banco icé con las manos mi pie zopo sobre un taburete, mientras sostenía con fuerza el papel.

Sí, había demasiadas cosas que hacer antes de poder pensar en mi estómago.

La puerta que daba a la cripta se encontraba en la parte delantera de la iglesia, cerca del presbiterio bajo el cual supuse que se extendía. Llevaba la misma leyenda que la que encabezaba la entrada al campanario, ROTULI LITTERARUM CLAUSARUM, y crujió al abrirse dejando ver una escalera tan estrecha y empinada como la anterior. No había luz, por lo que pude comprobar, excepto un apagado resplandor en el fondo. Agaché la cabeza bajo el sobresaliente partaluz de madera y, haciendo una profunda aspiración, empecé a descender lentamente.

En la cripta había de encontrarme con un funcionario llamado Appleyard, quien descifraría el papel y localizaría la escritura. Pero yo ya había deducido que los numerales se referían al número de la estantería del rollo en cuestión. Mientras bajaba pude ver que los estantes y cajas de la catacumba estaban todas numeradas, así como las otras cajas y docenas de rollos atados con cintas que atestaban las estanterías. Sin embargo, me hubiera sido imposible localizar el rollo yo solo. A medida que mis ojos se ajustaban a la escasa luz, descubrí que la cripta era un vasto laberinto que se extendía mucho más allá del presbiterio abarcando la zona bajo la nave y luego, por lo que podía ver, Chancery Lane y quizás incluso una buena parte de Londres también. Estrechos corredores de apenas dos pies de anchura y atestados de rollos de pergaminos que sobresalían —algunos del diámetro de platillos, otros, delgados como tubos de pipa— se perdían en la oscuridad a cada lado, y después se dividían en otros, igualmente atestados, afluentes. Sólo porque soy bajito y mi barriga de modestas dimensiones, pude abrirme camino a lo largo de los más anchos de esos corredores hasta el débil resplandor de una lámpara y, bañado por su luz, el diminuto escritorio ocupado por Mr. Appleyard. La mecha de la lámpara había sido bajada para dar menos luz, y Mr. Appleyard estaba profundamente dormido.

Me llevó un minuto o dos despertarlo. Era un viejo de frágil aspecto con una guirnarla de blanco cabello sobre sus orejas y una calva coronilla que ya había adquirido el mismo color amarillento que los pergaminos que lo rodeaban. Por dos veces lo sacudí suavemente por el hombro. La segunda vez, resopló y tosió, luego se enderezó bruscamente con unos pálidos ojos parpadeantes.

—Sí. —Sus manos estaban buscando a tientas en la mesa—. ¿Qué pasa? ¿Quién hay ahí?

Deslicé el papel sobre la mesa y expliqué que era enviado desde el campanario por Mr. Spicer.

—Busco una escritura —añadí—. Me llamo Inchbold.

—Inchbold... —Sus manos se congelaron en medio del aire sobre el secante. Después hizo una pausa, frunciendo profundamente el entrecejo y dándose golpecitos sobre la punta de la nariz con el índice como perdido en algún ensueño privado—. ¿De los Inchbold de Pudney Court? ¿De Somersetshire?

Quedé sorprendido por la pregunta.

—El parentesco es sólo lejano.

—Por supuesto. Pero su parentesco con Henry Inchbold, pienso, no debe de ser tan lejano. ¿Correcto? Su voz, al igual que su nombre, es muy parecida.

Ahora estaba yo completamente estupefacto.

—¿Recuerda usted a mi padre?

—Muy bien, sí, señor. Una excelente gama de escrituras. Sus trazos altos en su letra gótica estaban, recuerdo, sumamente bien trazados. —Se encogió de hombros y brindó una sonrisa desdentada—. Como puede usted ver, en aquellos tiempos aún gozaba de los placeres de la vista.

Sólo entonces me di cuenta de que Appleyard, con sus manos que buscaban a tientas y su parpadeante mirada, era tan ciego como Homero. El corazón me dio un vuelco. ¿Era una especie de broma por parte de Spicer? ¿Cómo iba un ciego —incluso un hombre con una memoria evidentemente tan prodigiosa como la de Appleyard— guiarme a través de los sinuosos corredores de la cripta?

—Pero, entiendo, Mr. Inchbold, que no ha venido usted a hablar sobre su padre.

—No.

—Ni tampoco sobre Pudney Court. ¿O se trata tal vez de la escritura que usted busca? La recuerdo muy bien, sabe usted. Un excelente ejemplo de la floreada escritura de título, anterior a la supuesta reforma de la caligrafía del siglo trece. Reforma —repitió desdeñosamente—. Una mutilación, diría yo.

—No —repliqué—, tampoco sobre Pudney Court. Sino de una propiedad en Huntingdonshire.

Su cetrina cabeza no paraba de subir y bajar.

—Una casa llamada Wembish Park. Creo que recientemente ha sido vendida. —Recuperé el papel de la mesa—. Mr. Spicer me ha dado la referencia de la estantería. ¿Quiere que se la lea?

El papel fue descifrado, en buena parte, como yo suponía. El pergamino sería hallado en la estantería número CXXXIII, que se levantaba en el ala oeste de la cripta. De ahí la «W» del código, explicó Appleyard. El rollo número DCCLXXVIII era uno de aquellos en los cuales habían sido enrolladas las escrituras del año en curso. La escritura en cuestión sería el pergamino cincuenta y ocho, lo que significaba que habría sido enrollada más o menos hacia la mitad, «por lo que recuerdo». Palpaba su camino por el corredor delante de mí mientras hablaba, marcando las estanterías mientras pasaba por delante, moviéndose con tanta rapidez que yo tenía cierta dificultad en andar a su mismo paso. Llevaba el bastón en una mano, y en la otra el farol, que él me había aconsejado que no dejara caer si no quería ver cómo las llamas engullían cuatrocientos años de historia legal.

—Ya estamos —dijo finalmente, después de abrirse paso como un topo a lo largo de una ramificada serie de pasillos cada vez más estrechos—. Estantería número ciento treinta y tres. ¿Correcto?

Levanté la linterna. Bajo su luz, leí la leyenda escrita en un amarillento y enrollado papel fijado al extremo de la estantería: CXXXIIIW.

—Correcto.

—Bien, entonces, el resto es cosa suya, Mr. Inchbold. ¿Está usted familiarizado con el latín, imagino?

—Por supuesto.

—¿Y con las escrituras legales? ¿De juzgado? ¿De secretario?

—La mayoría de ellas.

—Naturalmente. Su padre... —Estaba forcejeando con el rollo, que yo le había ayudado a bajar desde donde estaba almacenado. Era un bulto poco manejable, sorprendentemente pesado, y había sido atado con una cinta roja—. Tendrá usted que leerlo aquí. Lamento no disponer de mejor espacio. Pero este corredor y el siguiente deberían ser suficientemente largos.

—¿Suficientemente largos?

—Tendrá usted que desenrollarlo, desde luego. Tenga cuidado con la linterna, sin embargo. Es todo lo que le pido.

Dicho esto, se marchó arrastrando los pies por el

corredor, murmurando cosas para sí mismo y dejándo-
me en cuclillas en el suelo, mientras los huesos me crujían, con aquella curiosa presa agarrada en mis brazos.
Mientras desataba la cinta —lentamente, como alguien
que desenvuelve un precioso regalo—, pude oír el ahogado ruido del tráfico que rodaba por encima de mi cabeza. De manera que efectivamente la cripta se extendía
bajo Chancery Lane. ¿Así era como el viejo funcionario
encontraba su camino a través de los corredores? ¿Por el
ruido? ¿O había sido dotado, como el ciego Tiresias, de
poderes sobrenaturales?

Una vez desatada la cinta, me la metí en el bolsillo
para que no se perdiera. Luego, tras fijar lo que constituía la cola del pergamino contra la pared sujetándola
con mi bastón de espino, empecé a desenrollar cuidadosamente la enorme bobina. Al cabo de un minuto llegaba ya a la entrada del corredor, moviendo manos y
rodillas. Me sentía como Teseo arrastrándose por el laberinto con el hilo dorado de Ariadna devanándose a
sus espaldas. Después entré en el siguiente pasillo, que
al cabo de unos pasos formaba un ángulo de 120 grados. Luego, trazaba otra curva en dirección opuesta. Las
estanterías aparecían atestadas a ambos lados. El rollo se
iba haciendo más delgado, y su cola más larga. ¿Qué
descubriría al final de él? ¿Un minotauro? ¿O un pasaje
para salir del laberinto a la luz del día? El suelo se inclinaba ligeramente mientras yo seguía arrastrándome hacia delante. 66... 65... 64... 63...

Finalmente llegué a ello, a mitad del rollo y a mitad
del corredor. Contuve la respiración mientras lo desplegaba, aun cuando la escritura número cincuenta y
ocho del rollo de juzgado DCCLXXVIII apenas se distinguía, a primera vista, de las demás: un trozo de pergamino —quizás de dieciocho pulgadas de largo, con un

sello colgado de una cinta al pie— que había sido cortado y luego cosido a la cabeza del anterior documento. ¿Bien? ¿Qué había esperado ver? Dejé la linterna en el suelo y me senté con las piernas cruzadas al lado de ella, con el pergamino extendido sobre mi regazo.

Mientras desenrollaba los documentos, había pensado que al cabo de unos segundos de llegar a la escritura ya sabría el nombre del culpable. Pero cuando lo estudié por delante y por detrás, debió de transcurrir un minuto entero antes de que el significado del documento finalmente penetrara en mi cabeza. Lo primero que observé fueron las firmas del dorso, ambas ilegibles. Las de los testigos, supuse: funcionarios, probablemente. Di la vuelta al rollo, conteniendo la respiración. Siguió sin haber revelación, aunque inmediatamente observé la línea mellada del borde superior de la página. Mientras deslizaba el dedo por el basto borde dentado —el pergamino era evidentemente un documento cortado en dos partes— un recuerdo cobró vida momentáneamente, y luego desapareció con la misma rapidez. Había visto un documento parecido, cortado como éste, en alguna parte. Pero no pude, en aquel breve segundo, recordar dónde o cuándo.

Sciant presentes et futuri quod ego Isabella Monboddo...

La primera línea, escrita con tinta negra, parecía saltar fuera de la página. La carta había sido ejecutada por un escribano cuyo talento, decidí, no llegaba ni con mucho al de mi padre, aunque estaba realizado con elegantes curvas y trazos afilados de escritura de juzgado. Tan hipnotizado estaba por la escritura que tardé unos segundos en darme cuenta exactamente de lo que estaba leyendo.

Sciant presentes et futuri quod ego Isabella Monbod-
do quondam uxor Henry Monboddo in mea viduitate
dedi concessi et hac presenti carta mea confirmavi Alethea
Greatorex...

Pero entonces, mientras las palabras se iban desem-
brollando de la página, comprendí. Aunque no podía
creer lo que estaba viendo. Entrecerrando los ojos bajo
la escasa luz del atestado corredor sostuve el documento tan cerca de la lámpara que el borde del pergamino
tocaba la camisa. Mis ojos desfilaron por encima del
denso bosquecillo de figuras, retornando a la parte superior de la página para volver a leerla:

Que los hombres presentes y futuros sepan que yo,
Isabella Monboddo, ex esposa de Henry Monboddo, en
mi viudez he cedido, otorgado y por mi presente carta
confirmado, a Alethea Greatorex, lady Marchamont de
Pontifex Hall, Dorsetshire, viuda de Henry Greatorex,
Barón de Marchamont, todas las tierras y propiedades,
prados, y tierras de pastoreo, con sus setos, riberas y
acequias, y con todos sus beneficios y dependencias,
que poseo en Wembish Park, Huntingdonshire...

Pero no pude seguir leyendo. El documento se me
cayó de las manos y me desplomé contra una estantería,
paralizado por la impresión, sin atreverme a comprender lo que acababa de leer. Mi pie debió de haber golpeado el rollo, porque lo último que recordé fue una visión del pergamino cayendo unos cuantos pies por el ligeramente inclinado corredor antes de iniciar su largo
desenrollado, cobrando su propia velocidad a medida
que uno tras otro de los documentos se devanaba y se
introducía sinuosamente en la oscuridad del siguiente
corredor.

CAPÍTULO QUINTO

York House se alzaba a menos de una milla de Billingsgate, río arriba, donde los almacenes y fábricas que sobresalían por encima del terraplén daban paso a mansiones que se levantaban, como formando empalizadas, junto al Támesis. Una tras otra iban desfilando, cada una de ellas con un portal en forma de arco que enmarcaba un jardín ribereño y una barcaza amarrada debajo. York House se encontraba en el borde más occidental de la fila, cerca de New Exchange, en el lugar donde el río doblaba hacia el sur en dirección a la sórdida confusión de Whitehall Palace. Los remolinos de la corriente palpitaban en torno de sus escalones de piedra que conducían a una arqueada compuerta, a ambos lados de la cual un muro de piedra incrustado de lapas mantenía a raya las mareas altas. Postes de madera cubiertos de alquitrán situados al lado de las escaleras sujetaban una barcaza provista de múltiples remos y cuyo lacado casco, bajo el sol matutino, reflejaba una imagen deformada del paisaje ribereño. Más allá de la puerta se extendía el jardín: sauces inclinados, álamos temblones desmochados, un granado en estado de abandono, todos ellos proyectando larguiruchas sombras a través de un enmarañado jardín lleno de los marchitos capullos de las últimas flores del verano. Los gorriones daban brincos en torno del seto de boj, picoteando semillas y dejando huellas en forma de jeroglíficos en la escarcha que el sol, al comienzo de su recorrido, aún no había fundido.

Al enfrentarse con las escaleras, Emilia se sorprendió de ver que la mansión —una de las más grandes situadas sobre el río, el último hogar del presidente de la Cámara de los Lores— parecía estar en ruinas. Vacías cavidades de ventana y una balaustrada irregular daban a montones de bloques de piedra amontonados en el ala oeste. Canastas repletas de ladrillos y pizarra de tejado descansaban contra la pared del ala este, apoyado en cuya superficie en proceso de desmenuzamiento, y a media altura, se alzaba un andamio de madera. Cuerdas de polea colgaban desde la plataforma como sogas, agitándose bajo la brisa. Del interior de la casa brotaba el sonido de martillazos.

Eran las ocho en punto. El corneta de posta de uno de los coches de correos salientes de lord Stanhope sonaba en Charing Cross mientras Emilia seguía a Vilém a través del jardín hasta la entrada de servicio. Su pierna y costillas izquierdas le dolían del roce con la borda del barco de pesca una hora antes. En el último segundo, Vilém la había agarrado por el brazo y subido a bordo del barco al pasar éste empujado por la rápida corriente. Al llegar a Billingsgate, los dos habían desembarcado y, cojeando y empapados, se abrieron camino a través del mercado de pescado hasta el otro lado del Puente de Londres. Los hombres del cardenal parecían haber desaparecido entre la espesura de mástiles y velas.

El avance hacia York House había sido lento a causa de la marea, que había cambiado para cuando los barqueros sacaron, empujando con los remos, el bote de las escaleras situadas al lado de La Taberna del Viejo Cisne. Vilém había elegido los dos especímenes más fornidos, así como un par de remos de aspecto impecable, pero el viaje río arriba les llevó, a pesar de todo, casi una hora. Para empeorar las cosas, los barqueros habían tenido dificultades para encontrar la casa. Las Essex Stairs... el Strand Bridge... las Somerset Stairs... todo tenía exactamente el mismo aspecto cuando el bote se deslizaba por delante. Una de las manos de Emilia se agarraba al húmedo fustán de la chaqueta de Vilém. Él parecía no reparar en su presencia, encaramado en la proa con la cabeza levantada y olfateando la brisa. Pero en un momento dado, cuando andaban por la mitad de la fila, hizo un gesto con la cabeza hacia una de las mansiones.

—De modo que eso es Arundel House.

Volviéndose para mirar al palacio, que se deslizaba por el lado de estribor, Emilia vio un jardín de aspecto invernal, lleno, no de personas, como al principio le pareció, sino de docenas de estatuas. Un grupo de figuras vestidas se alzaba debajo de los árboles, paralizadas como si las hubiera golpeado un rayo, sus brazos congelados en mitad de un gesto, sus ojos de mármol, carentes de vida, mirando a Lambeth Marsh, al otro lado del río. Otras parecían estar luchando entre sí, mientras que algunas más yacían boca arriba en la hierba como cadáveres en un campo de batalla, contemplando las nubes, con sus brazos y torsos fracturados en medio de heroicas posturas. Emilia pudo descubrir aún más ruinas bajo las alas de la casa, un heterogéneo montón de escombros, lo que desde lejos parecían los restos fragmentarios de urnas y frontones blanqueados por antiguos soles. Encima de ellos, en la piedra angular del arco, aparecía la inscripción ARVNDELIVS.

El nombre le resultaba familiar. Emilia estiró el cuello mientras el jardín retrocedía lentamente en su estela, tratando de recordar lo que Vilém le había dicho unas horas antes sobre Arundel y los Howard, sobre la rivalidad de ellos con Buckingham.

—Procedentes de Constantinopla —estaba diciendo ahora Vilém, casi con un susurro—. La más bella colección de Inglaterra, si no del mundo entero. Arundel tiene un agente en la Sublime Puerta que las envía por barco a Londres embaladas en cajas. Soborna a los imanes. Les convence de que las estatuas son idólatras, de modo que pueden ser eliminadas de los palacios y los arcos triunfales. La mayoría de las otras estatuas proceden de Roma, donde Arundel tiene buenas relaciones con las autoridades papales.

—¿Y también con el cardenal Baronio?

Vilém sonrió fríamente.

—Arundel y sus agentes han estado trabajando para Baronio, extendiendo su pegajosa red, tratando de apoderarse de todo lo posible de los tesoros de las Salas Españolas y la Biblioteca Palatina. Informes llegados de Roma indican que se ha cerrado un trato. A cambio de que Arundel entregue el manuscrito hermético, el papa sancionará la exportación de una serie de estatuas en las que el conde ha puesto todo su afán. Entre ellas hay un obelisco procedente de Egipto que ahora se alza en el Circo de Magencio. Y también algunos ornamentos del Palazzo Pighini. Arundel tiene previsto plantarlos en su jardín, imagino. Serán una magnífica vista. Monumentos de Roma en el corazón de Londres.

Ahora, apartando algunas ramas de sauce, y bajando la cabeza entre los álamos temblones, Emilia apresuró el paso para atrapar a Vilém, que le llevaba tres escalones de ventaja, el cofre agarrado torpemente en sus brazos mientras recorría el enmarañado jardín de York House.

Había una entrada lateral al lado de una canasta de ladrillos, bajo el andamio, sumergida en la sombra. Cuando Vilém dio unos vacilantes golpecitos en la puerta, un alboroto de gañidos y gruñidos surgió del interior. Ambos se encogieron y retrocedieron, mientras Vilém sostenía torpemente el cofre. Unas pezuñas escarbaron furiosamente contra la parte interior de la puerta.

—¡Quietos, quietos! *¡Aquiles!* ¡No!

Pero la ahogada voz que se oía al otro lado de la puerta no conseguía silenciar a las bestias. Unos segundos más tarde se oyó el chirrido de una mirilla al abrirse, y Emilia captó el centelleo de un imperioso ojo.

—¿Quién llama?

Vilém, aparentemente reticente a anunciarse, no respondió nada; sólo levantó el cofre lo bastante para que el ojo lo viera. Se oyeron más aullidos, así como el ruido de travesaños deslizándose en sus guías de madera. Segundos más tarde, la puerta se abrió ligeramente, una rendija que sólo dejaba ver cuatro hocicos, ruidosos y babeantes. Una jauría de sabuesos. Emilia se tambaleó hacia atrás, y sus talones resbalaron en la escarcha.

—¡*Aquiles*! *¡Antón!* ¡No!

Los sabuesos salieron desparramándose por la puerta, saltando ágilmente uno por encima del otro como una *troupe* de acróbatas. Emilia retrocedió otro paso, pero tropezó con la cesta, y luego con uno de los agitados sabuesos. La cola de éste golpeó contra el hueco de su rodilla y Emilia se cayó con un grito sobre la hierba. Segundos más tarde sintió en su garganta y manos el cálido aliento de la jauría, y luego sus hocicos y lenguas.

—Sal —explicó con calma una voz que procedía de algún lugar encima de ella—. Adoran el sabor de la sal. Evidentemente, querida, ha estado usted sudando. —Unas manos palmearon con fuerza. Ella levantó la mirada a través de un caos de orejas y colas para ver una figura de librea que le hacía cosquillas en la papada a uno de los inquietos sabuesos—. ¡Aquí, chavales! ¡Venga, chicos, venid! *¡Aquiles! ¡Antón!* ¡Buenos chicos!

—Hemos venido para un asunto importante —estaba diciendo Vilém desde su refugio detrás de la puerta, sosteniendo en alto el cofre mientras otros dos sabuesos, flacos y con manchas, se alzaban sobre sus patas traseras y le toqueteaban con las patas la barriga y el pecho, como niños que estuvieran tanteando sus bolsillos en busca de caramelos—. ¡Quisiéramos hablar con Mr. Monboddo!

—Entren, por favor —dijo el criado, riéndose disimuladamente—. Tengan cuidado con la alfombra, sin embargo, ¿quieren? Eso es, el conde es muy especial en lo que se refiere a sus alfombras. Orientales, como pueden ver. Excelente, ésta. Hecha a mano. Todas proceden de Turquía. —Estaba haciendo entrar a los perros—. ¡Un regalo del gran visir!

Las paredes del corredor estaban llenas de bustos y figuras de mármol como las que había en el jardín de Arundel House, sus viejas narices y labios cercenados como los de los sifilíticos. Algunas se encontraban aún dentro de cajas de madera embaladas con paja, donde tenían el aspecto de poetas y emperadores reposando en sus ataúdes. Mármoles arrebatados a Arundel, supuso Emilia. Más adelante, algunos retratos en sus pesados marcos se inclinaban hacia ellos colgados de sus ganchos en la pared; otros, envueltos aún en papel y atados con cordeles, se encontraban en el suelo apoyados verticalmente contra el muro.

Emilia apenas advirtió la presencia de ninguno de

ellos al pasar. Los ladridos de la jauría, que iba aumentando de tamaño, resultaban ensordecedores dentro de la casa. Colas excitadas golpeaban las paredes y los cuadros. Rosadas lenguas dejaban resplandecientes collares de babas sobre la alfombra del visir, que parecía extenderse sin fin delante de ellos.

—Buenos chicos —estaba gritando el criado de túnica color lavanco por encima del estrépito—. ¡Chicos valientes! ¡Bravos!

Fueron acompañados a través de una sucesión de habitaciones, cada una de ellas en peor condición que la precedente. Tanto el interior como el exterior de la casa parecían encontrarse en un estado, bien de destrucción o de reconstrucción, era difícil decirlo. Siguieron al criado por un tramo de escaleras, a lo largo de otro corredor y finalmente penetraron en una gran sala que rebosaba de más bustos y urnas rotas, más cajas de madera y más retratos apoyados contra el zócalo de roble a medio terminar.

—¿Quieren esperar aquí, por favor?

El sirviente desapareció con los sabuesos danzando a su alrededor en frenéticas órbitas, sus zarpas haciendo sobre el suelo un ruido parecido al de los dados sobre una mesa de juego. El cristal de la ventana había sido levantado y la habitación se estaba congelando. A Emilia se le cayó el alma a los pies. Se giró en redondo para alcanzar la mano de Vilém, pero éste ya había cruzado la sala y se encontraba en cuclillas al lado de una fila de estanterías sin terminar. Éstas se hallaban atiborradas de libros, algunos de los cuales habían sido embalados en tres cajas, todas ellas rellenas de paja, que se encontraban en el rincón más alejado de la ventana. Vilém estaba levantando un volumen de la estantería cuando una alabeada tabla del suelo crujió. Emilia se dio la vuelta en redondo encontrándose con una gorguera blanca, una capa negra y el centelleo de un pendiente de oro.

—Procedente de Hungría —retumbó la voz—. De la Biblioteca Corvina. —El tono era profundo y dorado, como el de un orador o político, aunque el que hablaba, por lo que Emilia podía distinguir de su figura a la escasa luz, era bajo, casi achaparrado—. O debería decir, de Constantinopla, adonde fue llevado por el visir Ibrahim después de que los turcos invadieran Ofen y saquearan la Corvina en 1541.

Vilém, sobresaltado, casi había dejado caer el libro al suelo, y ahora se estaba levantando, torpemente. Desde el pie de la escalera, llegó el eco del gañido de un perro, y luego el ruido de una puerta al cerrarse de golpe.

—El ex libris de Corvino aparece en el interior —continuó el bajo profundo—. La compra fue negociada por su amigo sir Ambrose. Creo que lo descubrió entre los incunables en el serrallo. —La oscura cabeza se dio la vuelta para apreciar la habitación, luego a Emilia, sólo muy brevemente, y por fin, con más agudeza, al enjoyado cofre que se hallaba en medio del suelo—. ¿No está sir Ambrose con ustedes esta mañana?

Vilém movió negativamente la cabeza, agarrando aún el libro.

—No. Ha tenido algún problema. Él...

—Tampoco está el conde, lamento decirlo. Asuntos urgentes en el Ministerio de Marina. Es una lástima, Herr Jirásek. A Steenie le hubiera gustado mucho mostrarle la biblioteca él mismo. Aunque tal vez yo pueda servirle en algo, ¿no? —La tabla del suelo alabeada emitió otro irritado crujido cuando el hombre avanzó e hizo una cortés reverencia—. Me llamo Henry Monboddo.

Sólo cuando Monboddo se enderezó y dio otro paso

hacia adelante sobre las deformadas tablas, penetrando bajo el halo de luz de la ventana —como un actor llegando a grandes zancadas para ocupar el centro del escenario, pensó Emilia—, se resolvieron finalmente la gorguera, la capa y el pendiente en una persona. Era apenas más alto que Vilém, pero proyectaba un aire de inconfundible poder, realzado no solamente por su voz una pesada piedra de molino triturando rollos de terciopelo—, sino también por una nariz aquilina, una barba limpiamente recortada y una cabeza de negro cabello tan espeso y lustrosamente aceitado como la piel altamente apreciada de algún animal acuático. Mostraba también, pensó Emilia, un brillo de picardía en sus oscuros ojos, como si hubiera captado en un rincón de la habitación, por encima del hombro de Vilém quizás, algún ridículo pero excitante objeto o escena que sólo él podía apreciar.

—Debo excusarme en nombre del conde —continuó diciendo— por el estado de la casa. Pero hay que realizar mejoras si algún día ha de hacer justicia a su colección de esculturas de mármol, cuadros y, por supuesto, libros.

—Es una... una colección sumamente impresionante —tartamudeó Vilém.

—Sí, bueno... me atrevería a decir, *mein Herr*, que ha traído usted sus cerdos a un mercado de feria, ¿no? —Se rió burlonamente al decir eso, emitiendo un borborigmo flemático que parecía surgir desde el fondo de sus ennegrecidas botas. Pero un momento más tarde, su aspecto era mucho más serio—. No tan impresionante colección, me temo, como la de Arundel. Pero, por supuesto, todo estará más favorablemente dispuesto una vez que estanterías y vitrinas —hizo un gesto amplio hacia la desvencijada estantería— hayan sido terminadas. Ya ve usted, la casa entera será dedicada a ellas, hasta el último armario y habitación. Steenie adquirió el contrato de arrendamiento a sir Francis Bacon. Actualmente está negociando la compra de otra propiedad, Wallingford House, también muy conveniente para llegar a Whitehall Palace. El vizconde de Wallingford la vende a un precio sumamente favorable. —Las risas brotaron de nuevo espesas y ricas como melazas—. Se ha cerrado un trato, ¿entiende usted? Wallingford la vende por sólo tres mil libras, a cambio de la vida de su cuñada, lady Frances Howard.

En ese momento los maliciosos ojos parecieron entrever en la oscura periferia de la sala una escena más absurdamente atractiva que nunca. Los abiertos rasgos de Monboddo flirtearon con una sonrisa burlona, cosa que le dio el aspecto, pensó Emilia repentinamente, de un escolar contemplando la posibilidad de una gloriosa travesura. Emilia apartó la mirada rápidamente, desconcertada, y vio a través de la ventana la lacada barcaza de Buckingham abandonando las escaleras de desembarque, y luego deslizándose hacia el medio de la corriente, con la proa apuntando río abajo. Dos figuras aparecían sentadas en su interior, vestidas de verde librea.

—¿Quizás ha oído usted hablar de lady Frances? ¿No? Es la prima del conde de Arundel —explicó, entrelazando las manos sobre su barriga vestida de terciopelo y cruzada por la cadena del reloj, como si estuviera sofocando otra sonora risita—. Ahora permanece sentada en la Torre, desesperada, aguardando a que el hombre del hacha venga a llamar a su puerta. ¿Quizás han llegado a Praga noticias de su pequeño y espantoso escándalo? ¿El envenenamiento del pobre anciano sir Thomas Overbury? ¿La deshonra de Somerset? No, no, no. —Estaba agitando en el aire una mano adornada de encajes, mirándoles ahora con más seriedad—. Por supuesto que no. ¿Y por qué iban a hacerlo? Ustedes, los bohemios, tienen asuntos más importantes que considerar que nuestras insignificantes riñas aquí en Londres. Pero, síganme... —Hizo un gesto acompañado de un ademán ostentoso—. ¿Puedo tener el honor de mostrarles algo de los tesoros de Steenie?

Durante los siguientes treinta minutos, Monboddo anduvo pavoneándose cámara tras cámara con la pareja pegada a sus talones escuchando su estentórea voz que resonaba contra las maltrechas paredes y alabeados revestimientos de madera. Los tesoros constituían una impresionante visión, aunque la propia York House no lo fuera. Monboddo los desenvolvía, luego los levantaba a la luz, con su morena cara radiante de orgullo. Parecía conocer, íntimamente, la procedencia de cada cosa: si había venido de una biblioteca de Nápoles después de la campaña italiana en 1495 de Carlos VIII, o de una iglesia de Roma tras el saqueo de ésta por Von Frundsberg en 1527, cuando los *landsknechts* invadieron el sancta sanctórum y saquearon la tumba del propio san Pedro... o de cualquiera de otra docena de batallas, saqueos y diversas atrocidades más. Contaba todas esas historias de matanzas, robos, traiciones y destrucción con sincero entusiasmo. A Emilia, que se había quedado rezagada contemplado las telas cortadas de sus marcos y las estatuas arrebatadas de sus peanas, le parecía que belleza y horror se habían fusionado en los preciosos *objetos* de Buckingham, como si detrás de cada centelleo de oro o piedra preciosa hubiera una historia de violencia y sufrimiento. Estaba desconcertada por la visión de las manos de Monboddo cuando acariciaba los artículos. Le chocaban aquellos gruesos nudillos con sus mechones de negro pelo. Parecían, más que las manos de un coleccionista o un experto —manos acostumbradas a tocar jarrones o violines—, las brutales garras de un libertino o un estrangulador.

La horrible perorata retumbaba en sus oídos. Cartago. Constantinopla. Venecia, Florencia. Ciudades de belleza y de muerte. Heidelberg. Praga. Se había vuelto hacia la ventana, y por entre los barrotes glaseados por la escarcha captó una visión de la rojiza superficie del río con un par de velas balanceándose en él. La barcaza y sus ocupantes habían desaparecido corriente abajo.

—... y ahora ha hecho su viaje desde Bohemia a Londres. —La jupiterina voz de Monboddo estaba terminando su última y espantosa letanía—. Igual que ustedes dos. —Sus gruesos labios rodeados por la franja de barba negra como el azabache se retorcieron en una indulgente sonrisa mientras devolvía una de las copas a su caja rellena de paja—. Fue un regalo del rey Federico a Steenie, un reconocimiento de su apoyo a la causa protestante de Bohemia. Llegó hace sólo unos meses, un paso por delante de otra batalla más. Pero no hace falta que les hable a ustedes dos de esa pequeña conmoción, ¿verdad?

Su negra y brillante mirada había ido a posarse en Vilém, el cual negó lentamente con la cabeza. Al punto, los rasgos de Monboddo se volvieron solemnes y formales.

—Y hablando de eso... —Sus ojos se dirigieron ahora al cofre que Vilém seguía sosteniendo en sus brazos—. Creo que tenemos algún asunto pendiente, Herr Jirásek. Un asunto de otros tesoros errantes, ¿verdad? Pero discutamos los detalles mientras desayunamos, ¿no? ¡Parecen ustedes agotados, queridos!

Se trajeron sillas, y después se dispuso una mesa con platos de comida: asadura de cerdo, una preparación campesina por la que Monboddo se excusó, explicando con un guiño que Steenie era aficionado a esa humilde comida desde que su madre había sido doncella. Ni Vilém ni Emilia consiguieron comer más de unos pocos bocados, pero el apetito de Monboddo, al que no parecía afectarle la poca calidad del plato, tuvo la virtud de interrumpir su charla lo suficiente para que Vilém pudiera contar su historia. Pacientemente y sin titubear, Vilém habló del naufragio del *Dellerophon*, del *Estrella de Lübeck* y de los perseguidores de librea, de los saqueadores de la playa, de los planes de sir Ambrose para contratar a rescatadores con campanas de buzo capaces de izar las cajas, así como de sus otras medidas para que un barco pudiera transportar los objetos salvados.

Cuando Vilém hubo terminado, no tanto por haber llegado a una conclusión, como por haber caído de pronto en un aturdido y angustioso silencio, la casa pareció quedar completamente en calma. Por la ventana llegaba el lejano tañido de una campana de iglesia, así como una fresca brisa sin perfume alguno. En el mismo momento las cortinas de arrás se movieron perezosamente un poco y Emilia pudo captar el ruido de unos remos en el agua y, segundos más tarde, la visión de una larga barcaza abriéndose paso con cuidado bajo la compuerta, con una cenefa de figuras a bordo. Prudentemente, la joven retornó su mirada a Monboddo.

Éste se había echado hacia atrás en su silla forrada de seda, balanceando una negra bota en el aire. Casi parecía que estuviera jugando con otra sonrisa afectada, incluso tratando de no reír, como si Vilém estuviera contando alguna complicada pero divertida historia, alguna anécdota obscena cuyo cómico desenlace él ya conociera. Eructó suavemente y se secó la barba con el dorso de la mano. Sus oscuros ojos se levantaron de la bamboleante bota y fueron a posarse en Vilém. Un remo siseó en el agua y la bota cesó en su incansable balanceo.

—Bien, bien —dijo en un tono filosófico, dejando escapar un suspiro de su profundo pecho—, un golpe a la causa, eso sí que es cierto. Una verdadera tragedia. ¡Escapar a los ejércitos de Fernando, sólo para naufragar en las costas de Inglaterra! Oh, querido, Steenie se disgustará mucho, puedo asegurárselo. Y por supuesto, el príncipe de Gales también. Se disgustará muchísimo. Y entiendo, por lo que Steenie me cuenta de su pequeño complot, que Burlamaqui ha reunido la mayor parte del dinero. Sólo Dios sabe de dónde procede, o qué fantástica historia puede haber contado a sus banqueros italianos. Pero no todo está perdido, ¿verdad? En absoluto. ¿Campanas de buzo, dice usted? ¿Un submarino? —Parecía encontrar la idea sumamente divertida—. Bien, sir Ambrose es muy despierto. Y el pergamino... bueno... eso al menos ha sobrevivido, ¿verdad?

Su mirada había bajado hasta el cofre que aparecía entre los pies de Vilém. Éste se sentaba al borde de la silla, con la espalda recta y muy ansioso.

—Sí —dijo lentamente—, el pergamino. Nos aseguramos de ello.

—Sí, sí. El pergamino —repetía Monboddo—. *El laberinto del mundo*. Eso es, cuando menos, algo por lo que podemos dar gracias.

Su voz se iba apagando soñadoramente. Estaba estudiando la nueva obra de techo, un dibujo de torbellinos y lóbulos que incorporaba el escudo de armas de Buckingham. Por la ventana que estaba detrás de su cabeza, Emilia pudo ver un par de figuras vestidas de verde librea atando la lustrosa barcaza al pie de las escaleras de desembarque. Había más personas en la embarcación ahora, también de librea. El casco golpeó contra uno de los bolardos con un ruido sordo y hueco. Entonces las cortinas de arrás se bambolearon y la visión desapareció bruscamente.

—¿Tiene usted la llave, supongo? —La voz de bajo sonaba indiferente.

Vilém pareció sobresaltarse. Levantó la cabeza, mirando como si olfateara en el aire algún evasivo perfume, como un ciervo en un claro del bosque que oye el suave chasquido de una ramita.

—¿La llave, señor?

—Sí. La llave del cofre. ¿Se la ha confiado sir Ambrose a usted, por casualidad? Es una lástima —dijo en el mismo tono despreocupado cuando Vilém, abriendo de par en par los ojos, movió negativamente la cabeza con nervioso vigor—. Una gran lástima. Nos hubiera ahorrado mucho esfuerzo.

Luego con un lento movimiento y un crujido de su silla forrada de seda se inclinó hacia atrás y agarró con su velluda zarpa una herramienta —una palanca de hierro— que estaba apoyada en el antepecho de la ventana.

—Bien, entonces, ¿qué piensan ustedes, queridos? —Agitó la herramienta en el aire—. ¿Nos atrevemos a abrirlo?

—No —tartamudeó Vilém—. Deberíamos esperar a...

Pero Monboddo se había inclinado ya hacia adelante y cogido el cofre con sus gruesas zarpas. Vilém se levantó tembloroso de su silla. En aquel momento, llegó, procedente de fuera y de abajo, el sonido de unos pasos que crujían sobre la escarcha del jardín.

Llevó varios minutos abrir el cofre con la palanca. Era una pieza sólida, que había sido fabricada a partir de la madera de un árbol de caoba talado en las costas del

Orinoco. Era también muy valioso... uno de los más valiosos de los muchos cofres de Rodolfo existentes en las Salas Españolas. Entre las joyas incrustadas en su superficie había diamantes de Arabia, lapislázuli de Afganistán y esmeraldas de Egipto, junto con oro de veinticuatro quilates que había sido extraído de las montañas de México y transportado a través del océano en la flota del tesoro española. Sin embargo, Monboddo, el gran experto, mostraba muy poco respeto por su belleza o su valor. Había soltado ya tres violentos golpes sobre su tapa y goznes antes de que Vilém pudiera intervenir.

—¡Deténgase! —Vilém había agarrado el fornido brazo de Monboddo cuando éste lo balanceaba hacia atrás para descargar otro golpe—. Pare esto, antes de...

Pero cayó cuan largo era al suelo cuando el hombre más fuerte giró en redondo y le dio un violento empujón.

—Para hacer una tortilla —gruñó Monboddo para su gorguera mientras descargaba otro golpe sobre la tapa— hay que romper los huevos.

Estaba en cuclillas al lado del cofre, gruñendo y con la cara roja como alguien que estuviera haciendo esfuerzos para evacuar. Gotas de sudor se habían formado en las profundas arrugas de su frente. Insertó el extremo de la palanca bajo el cierre, luego la armella, y luego la aldabilla del candado, tratando de forzar alguno de los tres.

—¡Maldito sea!

La palanca resbaló y la cerradura hizo un ruido metálico. La tapa chirrió como protestando y luego emitió un ruidoso tintineo cuando Monboddo se echó hacia atrás y descargó otro furioso golpe con la barra de hierro. Una de las joyas se hizo pedazos y sus fragmentos, brillantes y azules como libélulas, se esparcieron por el suelo hasta el rincón. Vilém, levantándose con un esfuerzo de las tablas, murmuró otra protesta. Emilia retrocedió un paso. La joven pudo oír, procedente de abajo, el golpe de una puerta al cerrarse y la repentina, tremenda conmoción de los sabuesos.

—¡Aquiles! ¡Antón! ¡No, no, no, no, no!

Monboddo estaba arrodillado ahora sobre el cofre, maldiciendo para sí mismo, mientras encajaba el achatado pico de la barra bajo el cierre y luego forzaba el otro extremo hacia abajo con ambas manos, utilizando su peso para hacer palanca. La mano le temblaba bajo la tensión. Entonces los goznes dorados del cierre profirieron otro crujido cuando el metal se deformó y uno de los pernos estalló quedando libre.

—¡Ja! ¡Nos haremos con él a pesar de todo, queridos!

Los sabuesos empezaron a subir por las escaleras, con gran estrépito de golpes y gañidos. A Emilia le pareció que podía oír por detrás de ellos, bajo su excitado clamor, el ruido de unas botas con espuelas pisando el primero de los escalones. Miró a Vilém, pero éste tenía sus ojos fijos en el cofre. Un segundo perno había saltado. Monboddo estaba liberando la barra del deformado cierre, su cabeza baja como un toro, jadeando pesadamente mientras se preparaba para otro intento. El cofre emitía un suave traqueteo cuando su contenido era agitado.

—¡Auguste! ¡Aimé! ¡No! ¡No!

El primero de los sabuesos penetró de un salto en la cámara, seguido por tres de sus compañeros, uno de los cuales golpeó contra una oxidada armadura que colgaba de su soporte de madera. Una rodela y un casco con visera cayeron al suelo con un ruido metálico, y luego patinaron y rodaron hacia Monboddo. Éste apenas se inmutó. Cuatro perros más penetraron violentamente en la sala, lanzándose contra las migajas de comida de la mesa. Uno de los platos fue golpeado y cayó al suelo rompiéndose en mil pedazos. Las botas con espuelas llegaron al corredor.

—¡Por Dios...!

Con un ruidoso crujido el cierre quedó liberado de sus goznes. Monboddo soltó otro entusiasmado grito de triunfo. Se encontraba todavía en cuclillas, apoyado en sus gruesos muslos, inclinado sobre el cofre, mientras el sudor le caía de la nariz. Vilém se arrodilló a su lado, su rostro curiosamente pálido. Emilia entrecerró los ojos a la escasa luz. Se sentía paralizada, atrapada en el ojo de aquel torbellino de retumbantes botas, salvajes sabuesos y platos y armaduras desparramados. El cofre emitió otro traqueteo cuando Monboddo lo agarró entre sus peludas zarpas de saqueador. Entonces, lentamente, levantó la tapa.

—¡Aquiles!

Dentro había otro cofre, exacto hasta el último detalle que el primero, desde su pulimentada caoba y dorados goznes hasta sus resplandecientes joyas. Monboddo lo levantó en sus manos, sosteniéndolo a la luz e inspeccionando sus adornados costados, frunciendo el ceño. Un entrometido perro que metía su hocico fue empujado a un lado. Vilém seguía junto a él, la cabeza ladeada, mirando también desconcertado. Monboddo levantó la tapa de la segunda caja para dejar al descubierto una tercera, aún más pequeña, y luego una cuarta, a su vez de menor tamaño... una serie de capas de madera que Monboddo fue arrojando a un lado.

—¿Qué pasa? ¿Qué es esto? —Monboddo había llegado a la quinta caja, que era apenas mayor que una caja de rapé. Giró entonces su bovina cabeza para enfrentarse con Vilém, que se había vuelto más pálido aún—. ¿Qué significa todo esto? ¿Es una broma? ¿Qué ha hecho usted? —Lanzó la diminuta caja contra la pared, donde se rompió dejando al descubierto una sexta—. ¿Está usted jugando conmigo? ¡El pergamino! ¿Dónde está, maldito sea?

Las espuelas habían dejado de tintinear y ahora los sabuesos guardaban silencio. Con dificultad, Monboddo se puso de pie, sus botas triturando con un crujido algunos vidrios rotos. Emilia, contemplando todo aquel desorden de cajas, sintió que Vilém, que estaba a su lado, daba un paso atrás.

—¡Caballeros! —Monboddo se había vuelto repentinamente hacia la puerta—. Malas noticias, mis buenos señores. Al parecer sir Ambrose y sus amigos han gastado una pequeña broma a nuestras expensas.

Hizo un gesto con su barra de hierro hacia los diversos cofres de caoba. Emilia, levantando la cabeza, vio a tres hombres en la puerta, el oro de sus oscuras libreas iluminado por la luz que penetraba por la ventana. Luego una de las tablas crujió lastimeramente y el primero de ellos entró en la habitación.

CAPÍTULO SEXTO

¿Había habido alguna vez un verano en el que llovía tanto? Siempre que trato de recordar aquellos días, veo la lluvia cayendo a mares de un cielo plomizo. Y el sol desaparecido durante semanas detrás de amenazadores grupos de nubes; podría haber sido octubre o noviembre, en vez de julio. En Londres, las alcantarillas se llenaban y fluían, alimentando el crecido Támesis. Los antepechos y tendederos ya no mostraban sus festones de ropa lavada, porque nunca había suficiente sol para secarla. En la campiña, los ríos se desbordaban, bajando torrencialmente por yermos campos, arrastrando consigo caminos y puentes. Se guardaron las fiestas, así como los días de humillación, porque, con el tiempo, se llegó a la conclusión de que las incesantes lluvias debían de ser la irritada sentencia del Señor contra el pueblo de Inglaterra por no castigar a los regicidas. Antes de que terminara el año, los traidores serían acorralados en Holanda y colgados en Charing Cross, entre ellos Standfast Osborne. Entonces las multitudes se apiñaron en Whitehall y el Strand para contemplar el espectáculo, y un millar de voces lanzaron vítores cuando los cuerpos fueron descolgados y los carniceros se adelantaron para iniciar su trabajo. Uno a uno, los vientres de los regicidas fueron expertamente rajados y las chorreantes vísceras arrojadas a hogueras que chisporroteaban y crujían bajo la fría lluvia de octubre. Nada parecido se había visto desde los días en que la reina María martirizó a los protestantes en Smithfield, o la reina Isabel, a los jesuitas, en Tyburn. Incluso la muerte se consideraba un castigo demasiado benigno para Cromwell, por lo que su cadáver fue sacado de su tumba de la abadía de Westminster y llevado en un carro hasta Tyburn, donde fue colgado y luego decapitado. Enterraron el podrido cuerpo bajo el cadalso, mientras el cráneo era untado con una gruesa capa de brea y clavado en una pica en Westminster Hall, desde donde contemplaba ceñudamente a las muchedumbres que marchaban apresuradas por delante de los tenderetes y puestos de libros y grabados que había debajo. Los niños le arrojaban piedras; otros se reían y vitoreaban cuando los cuervos se peleaban para picotear las cuencas de sus ojos. Venganza, venganza... todo el mundo en aquellos días se inclinaba por la venganza.

¿Y era yo también partidario de la venganza? ¿Era eso lo que me había hecho embarcar, febril y enfermo, en aquel viaje final, fatídico? ¿Era un desagravio lo que esperaba encontrar cuando partí de Alsatia, en medio del diluvio, en la parte trasera de un coche de correos que se abría paso traqueteando a lo largo del Strand y en Charing Cross, dirigiéndose lentamente hacia el oeste?

Recuerdo la empapada mañana de mi partida, en contraste con aquellas que la precedieron, con vívido detalle. Estábamos aún en julio, pero ya se estaban levantando los cadalsos para nuestro pequeño auto de fe. O quizás había empezado ya el mes de agosto. Lo cierto es que yo había perdido toda noción del tiempo. ¿Cuántos delirantes días habían transcurrido desde mi regreso a Alsatia procedente de la Rolls Chapel? ¿Cuatro o cinco? ¿Una semana, tal vez? Recordaba muy poco de los días intermedios, y absolutamente nada de mi viaje de vuelta a La Taberna de la Media Luna desde aquel oscuro laberinto situado bajo Chancery Lane. ¿Cómo había regresado, en coche o a pie? ¿Qué hora debía de ser cuando finalmente me encontré, aturdido y alarmado, dentro de mi pequeña habitación?

Los siguientes días —o la siguiente semana— habían transcurrido de forma horrible. Caí en un sueño de pesadilla, del que despertaba de vez en cuando, sudando y dolorido, incapaz de moverme, enredado en una fría y húmeda ropa de cama como una bestia atrapada en una red, presa del pánico.

En un momento dado, la habitación parecía insoportablemente calurosa; al siguiente, hacía un frío mortal. Tenía hambre y sed, pero me sentía demasiado débil, cuando lo intentaba, para levantarme de la cama. Tenía vagos recuerdos de pasos en el corredor. En algún momento después de oscurecer, percibí un tintineo de llaves, el suave chirrido de goznes y, en la puerta, la alarmada cara de una doncella. Mrs. Fawkes debía de haber llegado poco después. Me parece recordar a alguien más, un hombre, que caminaba arrastrando los pies arriba y abajo de las crujientes tablas. Quienquiera que fuera, me inspeccionó la lengua, y aplicó el oído a mi pecho y el dorso de la mano a mi frente. Al parecer, tenía fiebre; el resultado sin duda de mi pequeña excursión en el río Cam, junto con los esfuerzos, los viajes, la falta de alimento. Siempre he tenido una constitución débil. Mi cuerpo, al igual que mi mente, reclama regularidad y costumbre. Para colmo, el asma que sufro había empeorado. Mi pecho hacía un sonido ronco que pareció alarmar a todo el mundo. En uno de mis escasos momentos lúcidos se me ocurrió que mis clientes se asombrarían y exclamarían ante las noticias de que Isaac Inchbold, el respetable librero, había muerto en un burdel.

Sin embargo, Mrs. Fawkes no sentía deseos de dejarme morir; quizás tenía muy presente la cuenta pendiente. De modo que durante los días que siguieron recibí toda clase de atenciones de varias de sus doncellas. Cada pocas horas me alimentaban con cucharadas de caldo y gachas, al tiempo que me frotaban mis doloridos miembros con guantes de gamuza. Fui sangrado por un cirujano-barbero, en cuyo recipiente mi sangre drenada parecía tan brillante y volátil como el mercurio. Con el tiempo me hicieron bajar tambaleándome por las escaleras a un cuarto de sudar —una instalación hasta entonces desconocida—, donde me bañé en una cisterna cuya función habitual (a juzgar por las retozantes ninfas rosadas pintadas en los azulejos del techo) era algo menos saludable. Pero el baño pareció ejercer un buen efecto, así como todo lo demás, y poco a poco fui mejorando.

Una mañana en que nubes de lluvia aparecían amenazadoramente por el horizonte me levanté de mi lecho de enfermo, vestí mis encogidos miembros con las ropas de monárquico que alguien atentamente había lavado y doblado, y luego cogí mi bastón de espino y bajé cojeando por las escaleras para pagar a Mrs. Fawkes su hospitalidad. Por las ventanas de cada rellano podía ver, hundiéndose en los tejados, encogiéndose mientras yo bajaba, los torreones y gallardetes de Nonsuch House, todo ello con su aspecto exacto y familiar, pero también irreal, como si el edificio fuera una aparición o un modelo de sí mismo, o algo vislumbrado en un sueño. El puente levadizo se alzaba hacia el cielo en una lánguida pantomima. En el último giro de la escalera, la escena desapareció de la vista, e inmediatamente, bamboleándome sobre mi bastón, sentí que me ahogaba la pena, desesperadamente alejado de mi pasado.

—Pero, Mr. Cobb... —Mrs. Fawkes se había sorprendido auténticamente al ver los soberanos de oro que yo le metía en la mano—. Pero... ¿adónde va a ir usted, señor?

—Me llamo Inchbold —le dije, pues estaba harto de mentiras—. Isaac Inchbold.

Me había dado la vuelta y me encontraba ya a medio camino de la puerta. La lluvia había empezado a caer con más intensidad. Contemplé la corriente de agua que fluía en mitad de la calle.

—Voy a ir a Dorsetshire —le dije, dándome cuenta por primera vez de qué clase de oscura trama había estado tejiendo mi enfebrecido cerebro mientras yacía sudando y temblando en la cama—. Tengo asuntos urgentes en Dorsetshire.

Seis rutas postales partían de Londres en aquellos tiempos: seis caminos que irradiaban como los hilos de una gran red, en cuyo centro se encontraban apostados el director general de Correos y su superior, sir Valentine Musgrave, el nuevo secretario de Estado. Entre las radiaciones del nuevo monopolio real, tejida entre sus mallas, había una más fina y casi invisible red de postes de correos y «empresas de transporte privadas»: mensajerías independientes que servían las pequeñas poblaciones con mercado y zonas remotas del reino que los coches del Servicio General de Correos aún no habían descubierto. Esos correos era lamentablemente primitivos y desorganizados, pero espiar y pasar de contrabando —así como el embarque o la recepción de libros no autorizados— hubiera sido complicado sin ellos. En 1657, Cromwell había intentado, sin éxito, suprimirlos, y ahora supuse que se convertirían en el *modus operandi* de los numerosos enemigos del nuevo rey, los canales secretos de nuevas formas de oposición. Cogí el primero de lo que sería una media docena de ellos en algún lugar al oeste de Salisbury: un pequeño y lento vehículo, apenas más que un carro cubierto, que circulaba por un camino de trazado caprichosamente irregular a través del campo, diez millas de rodeos, inundadas aldeas y paradas obligadas, hasta que llegó el momento de esperar durante tres horas el coche de enlace que llegaba hasta la ciudad, un vehículo más pequeño aún cargado hasta arriba de damajuanas de mostaza de Tewkesbury y miel de Hampshire. Pero el último coche que tomé —el que finalmente me llevó a Crampton Magna— era considerablemente mayor y más rápido que los otros. También tenía un símbolo familiar —una cruz hermética— pintado en la puerta en oro descolorido por el sol, apenas visible por entre las manchas de barro del color de herrumbre antigua.

Estábamos a última hora de la tarde, y yo llevaba ya cuatro días en la carretera. Los demás pasajeros habían desembarcado mucho antes. Me encontraba de pie bajo el toldo chorreante de un estanco-estafeta de correos, mirando fijamente con incredulidad aquella imagen, preguntándome si no se trataba de una alucinación, si la fiebre aún no había abandonado mi cuerpo. ¿No había forma de escapar del alcance de los signos y vectores, ni siquiera allí, en aquella anónima aldea, a muchas millas de cualquier parte?

—Mercurio —explicó el conductor, un viejo de espalda encorvada llamado Jessop, cuando me vio mirando la puerta. Estaba enganchando los caballos a los arneses y éstos a las lanzas—. El cartero de los dioses. El coche formaba parte de la antigua flota De Quester —añadió con cierto orgullo, palmeando, aunque cautelosamente, la salpicada puerta con su mano—. Tiene más de cuarenta años, pero aún está sólido. El símbolo de Mercurio formaba parte del escudo de armas de De Quester.

—¿De Quester? —¿Dónde había oído antes este nombre? ¿A Biddulph?

—Matthew De Quester —respondió—. Le compré el coche a su compañía cuando ésta perdió la autorización. De esto hace muchos años. Mucho antes de su época, no me extrañaría, señor.

Con un esfuerzo, se subió al pescante y me hizo una señal de que le siguiera. Me encaramé a bordo, lleno de aprensión y desaliento. Durante las siguientes horas, mientras los exhaustos caballos avanzaban penosamente, con fango hasta el corvejón, me pregunté si alguna vez llegaría hasta el fondo de aquel extraño asunto, si tal vez la verdad que Alethea albergaba, fuera cual fuese, estaba destinada a escapar siempre de mí. Mis investigaciones no parecían haber dado como resultado más que toda aquella basura. Me sentía como el alquimista que, después de horas de trabajos, tras interminables alambicamientos, decocciones y destilaciones, no obtiene el deslumbrante bloque de oro con el que sueña, sino el *caput mortuum*, un poso sin valor, el residuo de sustancias químicas quemadas. Durante los últimos días, había empezado a dudar de mi poder de razonar. Yo, que me consideraba tan racional y juicioso, de pronto descubría que no sabía nada, y dudaba de todo. Todas las confortantes seguridades parecían haberse desintegrado.

—Hemos llegado, señor.

La voz de Jessop me sobresaltó, sacándome de mi

deprimente fantasía. Levanté la mirada descubriendo una torre de iglesia que se alzaba sobre un grupo de tristes casitas. Se acercaban linternas y voces.

—Crampton Magna. —El hombre se había escurrido hasta el suelo, con un chapoteo—. El final de la línea.

Transcurrirían otras doce horas más antes de que llegara a mi destino. En la posada del pueblo, Las Armas del Labrador, ninguno de los cinco taciturnos clientes pudo ser convencido de que emprendiera el viaje a Pontifex Hall. Me había resignado ya a un largo paseo bajo la lluvia cuando fui abordado por un recién llegado, un joven de cara cubierta de pecas que se brindó a llevarme por la mañana, si no me importaba esperar. Su padre, explicó, era el jardinero de Pontifex Hall.

El camarero pareció sorprendido de que le pidiera una habitación, pero a la hora de cerrar me acompañó por una crujiente escalera hasta un pequeño cubículo cuyas paredes estaban festoneadas de telarañas y cuya ropa de cama se había amarilleado con el tiempo. Parecía como si nadie hubiera abierto aquella puerta, y menos aún dormido en la cama, durante años. Con todo, me derrumbé, agradecido, sobre el apelmazado colchón, y después me sumergí en una serie de inquietos e interrelacionados sueños, de los que desperté horas más tarde, sin haberme recuperado. Por una solitaria ventana que mostraba un sucio techo de paja y la esquina de la iglesia, pude ver que seguía lloviendo, tan intensamente como siempre. Dudaba de que, con semejante tiempo, mi joven conductor apareciera. Pero después de que bajara cansadamente por las escaleras para tomar un sustancial desayuno, y luego me aliviara en un maloliente retrete, un pequeño coche de dos ruedas vadeó la inundada calle y se acercó a la posada con un trote ligero. La última etapa de mi viaje podía iniciarse.

¿Qué le diría a Alethea cuando la volviera a ver? Durante los últimos días había ensayado mentalmente toda clase de discursos acusadores, pero ahora que Pontifex Hall se iba acercando, me di cuenta de que no tenía ni idea de lo que iba a decir o hacer realmente. De hecho, no tenía tampoco idea de lo que esperaba conseguir, aparte quizás de provocar alguna dramática escena que llevara todo el asunto a su conclusión. Comprendí también con un sentimiento de pánico que, al coger el toro por los cuernos de una manera tan audaz, podía muy bien ponerme en peligro yo mismo. Me acordé del cadáver de Nat Crump en el río, así como de los hombres que saquearon mi tienda y luego me persiguieron hasta Cambridge. Una vez más se apoderaban de mí las dudas. ¿Se trataba realmente de los mismos hombres que habían asesinado a lord Marchamont? ¿O, como todo lo demás, eran invenciones de Alethea? Quizás ella, y no el cardenal Mazarino, era su misterioso pagador, la persona que los había puesto sobre mi pista. Después de todo, ella había creado toda la situación, ¿no? Y me había traicionado.

Al cabo de un rato los caballos aminoraron el paso y yo levanté la mirada descubriendo la arqueada entrada con sus anchos pilares así como la casa detrás de ella girando lentamente para darnos frente. Sobre las columnas aparecía la familiar inscripción. La hiedra había sido podada y las palabras cinceladas de nuevo sobre la clave. Pude comprobar que se había realizado una serie de mejoras. Los tilos muertos habían sido talados y reemplazados por árboles jóvenes, la hiedra, podada y el camino, recién llenado de grava. También observé que el seto-laberinto parecía más definido. Ahora era un gran remolino de setos verdes, de siete pies de altura, que se extendían en hierática geometría. Tuve la sensación de un gradual descortezamiento o exfoliación, de cosas viejas renovadas. Pontifex Hall parecía haber cambiado tanto como yo. En el lado norte de la casa había sido plantado un pequeño jardín con eufrasia y oreja de ratón, junto con docenas de otras hierbas medicinales y flores. Todo había florecido, y sus hojas y pétalos se estremecían con el viento. No recordaba nada de eso en mi anterior visita.

—El jardín de plantas medicinales, señor —explicó el muchacho, captando mi mirada—. Llevaba sin florecer, dicen los aldeanos, más de cien años, desde que los monjes se marcharon. Las semillas estaban enterradas demasiado profundamente; al menos, eso es lo que mi padre supone. Nada crecía hasta que él aró el suelo en primavera.

Por un segundo, me miró tímidamente desde debajo del ala de su sombrero.

—Es como un milagro, ¿no, señor? Como si los monjes hubieran regresado.

No, pensé, extrañamente conmovido por la visión. Era como si los monjes nunca se hubieran desvanecido realmente, como si durante los años de exilio algo de ellos hubiera persistido y durado, algo perdido pero recuperable, como las palabras de un libro que aguarda al lector que, tras soplar el polvo y abrir la tapa, revive al autor.

—¿Lo espero aquí, señor?

El carro había llegado a la casa, cuyos rotos goterones dejaban escapar torrentes de agua. Podía oír cómo los canales la engullían sobre nuestras cabezas. La casa, pese a las mejoras realizadas, tenía el mismo aspecto oscuro y amenazador de siempre. ¿Qué pasaría con el curso de agua subterráneo, me pregunté, con tanta lluvia? Esperaba que el ingeniero de Londres hubiera llegado ya para realizar su decisiva tarea.

—Un momento, por favor.

Me retorcí para bajar del carro, y eché una mirada más atenta al recinto. No había signos de ocupación ni actividad. Las ventanas, con sus cristales rotos —aquéllos al menos, no habían sido reemplazados—, estaban a oscuras. ¿Quizás la casa había sido abandonada? ¿Quizás yo llegaba demasiado tarde?

Pero entonces lo olí: un asomo de perfume en el húmedo aire de la mañana, dulce y acre, tan ligero y rápido como una alucinación. Levanté la mirada y vi en una de las abiertas ventanas —la que correspondía al pequeño y extraño laboratorio— la silueta de un telescopio. Sentí en mi estómago una ligera náusea de miedo.

—No —le dije al muchacho, notando que una vena de mi garganta empezaba a latir—. No voy a necesitarte. Todavía no.

Avancé hasta situarme bajo el frontón. El olor de humo de pipa —de *Nicotiana trigonophylla* secada al fuego— se había ya desvanecido. Levanté el bastón para golpear la puerta.

CAPÍTULO SÉPTIMO

—¡Inchbold!

La voz sonaba acusadora. La puerta, que se había abierto para revelar la severa máscara de Phineas Greenleaf, ahora empezó a cerrarse cuando los apagados ojos parpadearon después de que el carro partiera. Me lancé apresuradamente hacia adelante y traté de agarrar el pomo de latón.

—Espere...

—¿Qué pasa? —preguntó el hombre con el mismo tono severo—. ¿Qué le trae aquí?

Aquello no era una recepción, ni siquiera por parte de Phineas. Metí mi pie zopo en la abertura que se iba reduciendo.

—Asuntos urgentes —repliqué—. Déjeme pasar, por favor. Vengo a presentar mis respetos a su ama.

—En tal caso, Mr. Inchbold, llega usted demasiado tarde —siseó a través de sus maltratados dientes algunos de los cuales le faltaban—. Lamento decirle que lady Marchamont no está en casa.

—¿Ah, no? ¿Está entonces Su Señoría en Wembish Park? —Le di al pomo un impaciente tirón—. ¿La encontraré allí, tal vez?

—¿Wembish Park?

Su expresión se había vuelto inocente, confusa incluso. ¿Desempeñaba muy bien su papel, o acaso Alethea no le había puesto al tanto de sus secretos?

—Déjeme entrar —repetí mientras mi bastón de espino se abría camino contra la jamba de piedra—. ¿O tendré que derribar la puerta?

Era una vana amenaza partiendo de alguien de mi estatura, pero que me vi obligado a cumplir cuando la puerta repentinamente se cerró en mis narices. Apliqué el hombro a la sólida madera de roble, soltando maldiciones, antes de intentar con la bota, sin mejor resultado. Probablemente me habría roto el dedo del pie o la clavícula de no haber pensado probar con el pomo. Cuando el pestillo hizo un chasquido, oí una ahogada maldición del interior; entonces la puerta se abrió y de nuevo me vi frente a Phineas. Y esta vez el hombre se mostraba incluso menos cordial. Avanzó hacia mí con los dientes al descubierto, amenazándome con echarme como al insolente perro que era. Atravesé el umbral y le golpeé en la cadera con mi bastón, y, después de más descortesías físicas, los dos nos encontramos luchando cuerpo a cuerpo en el embaldosado suelo.

Y así empezó mi visita final a Pontifex Hall. Qué escena debía de constituir, vergonzosa y cómica a la vez, dos seres grotescos peleando débilmente en el profundo abismo del atrio, codos y maldiciones volando por los aires. Yo no soy un alborotador. Aborrezco la violencia y siempre he hecho grandes esfuerzos por evitarla. Pero picad a un cobarde en su amor propio (como reza el refrán), y luchará como el mismísimo diablo. De modo que mientras combatía contra mi anciano adversario descubrí que los mordiscos y los puñetazos —todo el brutal repertorio de los muelles— surgían fácilmente.

El dedo gordo de mi pie contrahecho encontró blanco en medio de su barriga y mis dientes en su dedo pulgar cuando trató de estrangularme. Los ignominiosos procedimientos concluyeron cuando le sujeté firmemente la cabeza con una llave mientras le aporreaba la nariz con el puño. Hasta que vi el chorro de brillante sangre no le permití escapar, gimiendo como un ternero y llevándose horrorizado las manos a la cara. Sí, sí, fue una escena vergonzosa, pero yo no la lamentaba en absoluto. Al menos hasta que oí una voz gritar mi nombre desde algún lugar más arriba. Di la vuelta sobre mí mismo con un gemido —Phineas había soltado algunos sólidos golpes por su cuenta— y levanté la mirada descubriendo a Alethea inclinada sobre la barandilla en lo alto de la escalera.

—¡Mr. Inchbold! ¡Phineas! ¡Deténganse inmediatamente! —Su voz bajaba resonando por la caja de la escalera—. ¡Por favor..., *caballeros*!

Me puse de pie vacilante, jadeando y sacudiéndome, soltando gotitas de lluvia como un sabueso de malos modales que sale de un estanque de patos. Una ráfaga de viento que penetró por la puerta abierta de par en par hizo balancear el candelabro colgante de cristal que tardíamente anunciaba mi llegada con una serie de disonantes tintineos. Mis medias hicieron un sonido como de chapoteo cuando torpemente cambié de postura, y mis anteojos estaban tan empañados que apenas podía ver a través de ellos. Era consciente de haber perdido cierta ventaja. Secándome la barba, sentí una justa cólera ante mi apuro. Debía de parecer a la vez un rufián y un estúpido.

Pero Alethea no parecía nada sorprendida ni por mi aspecto ni por mi conducta, ni siquiera por el hecho de mi repentina llegada. Tampoco se mostró irritada mientras bajaba; simplemente desconcertada o aturdida, como si esperara algo más, como si el verdadero clímax aún no hubiera ocurrido. Por un segundo me pregunté si ella había estado esperando mi llegada. ¿Acaso formaba parte también esa táctica, mi huida a Dorsetshire, de su misterioso proyecto?

—Por favor —dijo, al tiempo que sus ojos se posaban nuevamente en mí—, ¿no podemos ser educados?

La contemplé fijamente con sorpresa, mientras un espasmo de risa subía por mis tripas, amargo como la hiel. Apenas podía dar crédito a mis oídos. *¿Educados?* Entonces, mi furia, junto con mis largamente ensayados discursos, retornaron en un instante. Di un paso adelante, que más parecía una embestida, enarbolando el bastón como una pica, exigiendo saber a qué llamaba ella «educado». Todas aquellas mentiras y jueguecitos, ¿eran educadas? ¿O el hecho de que siguieran todos mis pasos? ¿O el saqueo de mi tienda? ¿O el asesinato de Nat Crump? ¿Era todo eso, pregunté con furiosa altivez, era todo eso lo que ella se atrevía a llamar *educado*?

Creo que proseguí durante algún tiempo de esa suerte, descargando mi malhumor como un amante agraviado, acusando a Alethea de todo lo que se me podía ocurrir, mi voz alzándose hasta convertirse en un chillido mientras recalcaba cada fechoría con otro golpe seco de mi bastón. ¡Cómo rugía y vociferaba! Mi arrojo y manera de expresarme me sorprendieron; no me había considerado a mí mismo capaz de emplear un tono tan apasionado y exigente. Por el rabillo del ojo pude entrever a Phineas arrastrándose por las baldosas, dejando tras de sí asteriscos de sangre. Sin acabar de bajar por la escalera, Alethea había quedado paralizada en mitad de un peldaño, agarrada a la barandilla, los ojos abiertos de par en par con expresión de alarma.

Lentamente mi discurso se fue agotando. *Ira furor brevis est*, como escribe Horacio. Yo jadeaba de cansancio conteniendo sollozos y lágrimas. Había captado mi imagen reflejada en un espejo oval apoyado contra la pared: un tambaleante monárquico, andrajoso y muerto de hambre, con la boca hundida y los ojos febriles. Me había olvidado completamente de la transformación, causada por la fiebre, junto con los potingues de Foskett. Parecía el frenético espectro de alguien que regresara de la muerte para tomar infernal venganza... una posibilidad que no estaba, tal vez, lejos de ser cierta.

Alethea dejó que transcurrieran unos momentos, como poniendo en orden sus pensamientos. Luego, para sorpresa mía, no negó ninguna de las acusaciones... excepto la del asesinato de Nat Crump. Incluso pareció trastornada por las noticias de la muerte del cochero. Era verdad, dijo, que lo había contratado para que me recogiera delante de El Cuerno del Cartero y me llevara hasta las cercanías de El Cuerno de Oro. Pero, de su asesinato en Cambridge, ella no sabía nada.

—Debe usted creerme. —Sus rasgos se esforzaban por brindarme una agitada sonrisa tranquilizadora—. Nadie tenía que ser asesinado. Todo lo contrario.

—No la creo —murmuré tercamente, mientras mi furia perdía intensidad hasta convertirse en simple malhumor—. Ya no creo ni una palabra de lo que dice usted. Ni sobre Nat Crump ni sobre nada.

Ella permaneció en silencio por un momento, retorciéndose un mechón del cabello y pensando.

—Debe de haber sido asesinado —dijo finalmente, más para sí misma que para mí— por los mismos hombres que mataron a lord Marchamont. Por los hombres que le siguieron a usted a Cambridge.

—Los agentes de Henry Monboddo —dije con un bufido.

—No. —Estaba moviendo negativamente la cabeza—. Tampoco fueron los agentes del cardenal Mazarino. Eso era también mentira, lamento decirlo. Tiene usted razón... Gran parte de lo que le conté era mentira. Pero no todo. Los hombres que mataron a lord Marchamont son bastante reales. Pero son los agentes de alguien más.

—¿Ah, sí? —Esperaba que mi voz sonara desdeñosa—. ¿Y quién podría ser ése?

A esas alturas, ella había llegado al pie de las escaleras, y pude percibir nuevamente el olorcillo del tabaco de Virginia. Y de algo más también. Al principio tomé el acre olor que brotaba de sus ropas por fertilizante, y pensé que la mujer había estado trabajando en el enmarañado jardín. Pero un segundo más tarde supe con certeza de qué se trataba: sustancias químicas. No del jardín, en este caso, sino del laboratorio.

—Mr. Inchbold —dijo ella finalmente, como si fuera a soltar un discurso preparado—, ha aprendido usted mucho. Estoy sumamente impresionada. Ha hecho bien su trabajo, como sabía que haría. Casi demasiado bien. Pero queda mucho por aprender.

Cuando extendió la mano, parpadeé de alarma ante sus dedos que parecían extrañamente decolorados.

—Por favor, ¿quiere usted subir al piso?

Me negué a moverme.

—¿Arriba?

—Sí. Al laboratorio. Ya ve, Mr. Inchbold, ahí es dónde lo encontrará. En el laboratorio.

—¿Encontrar qué?

—Cierre las puertas, Phineas. —Se había dado la vuelta en redondo y empezaba a subir, levantándose la falda y balanceándose mientras subía por la escalera—. No deje entrar a nadie. Mr. Inchbold y yo tenemos asuntos que discutir.

—¿Encontrar *qué*? —Yo estaba vociferando otra vez, sintiendo que la furia crecía en mi interior. De alguna manera me había desequilibrado. De nuevo había perdido mi ventaja—. ¿De qué está usted hablando?

—Del objeto de su búsqueda, Mr. Inchbold. El pergamino. —La mujer seguía subiendo, ascendiendo por la espiral de mármol. Una vez más, su voz resonó en la vasta caja—. Vamos —repitió, volviendo a hacerme una señal—. Después de tantos problemas, ¿no desea usted ver *El laberinto del mundo*?

Bórax, azufre, vitriolo verde, potasa... mis ojos recorrían las leyendas inscritas en los frascos y botellas esparcidos entre los alambiques en forma de burbujas con sus tubos de vidrio en espiral. Amarillentas sustancias químicas, otras verdes, blancas, de color del orín, azul celeste. El perfume era aún más fuerte y más ácido de lo que yo recordaba. Sentí un picor en mis membranas, y mis ojos empezaron a llorar. Aceite de vitriolo, agua fuerte, plombagina, sal amoníaca...

Metiendo la mano en el bolsillo en busca de mi pañuelo, me detuve en mitad del gesto. ¿Sal amoníaca? Volví a mirar el frasco, los cristales carentes de color, recordando los recipientes de tinta simpática, una tinta cuya escritura, al igual que aquella fabricada a partir de sal amoníaca, podía leerse sólo si el papel se calentaba con una llama. Sentí un suave estremecimiento de excitación que duró sólo un breve instante; también me sentí mareado, como si estuviera regresando la fiebre.

—Cloruro de amonio —explicó Alethea, captando

mi mirada. Se encontraba de pie a mi lado, respirando de forma audible debido a nuestra ascensión—. Esencial para las transformaciones alquímicas. Los árabes lo hacían a partir de una mezcla de orina, sal marina y hollín de chimenea. La primera mención de su existencia se encuentra en el *Libro secreto de la creación*, una obra que los mahometanos de Bagdad atribuyen a Hermes Trimegisto.

Asentí en silencio, recordando mis investigaciones de una o dos semanas atrás. Pero ya había descubierto algo más en la habitación, el frasco marcado como «cianuro de potasio», que descansaba, vacío en sus tres cuartas partes, sobre la mesa ante la abierta ventana. A su lado se encontraba el telescopio, inmóvil en su trípode, apuntando a los cielos. Los ejemplares de Galileo y Ortelio habían sido eliminados y reemplazados por otro volumen, más delgado éste y medio enterrado entre los detritos del laboratorio: una veintena de páginas encuadernadas, con una tapa de piel labrada.

—El laboratorio pertenecía a mi padre —explicó Alethea mientras cruzaba la habitación hasta la mesa—. Lo construyó en la cripta, donde llevó a cabo muchos de sus experimentos. Pero yo he trasladado los escasos restos de su equipo a esta habitación.

Hizo una breve pausa para inclinarse sobre la mesa y coger el frasco de cianuro de potasio.

—Necesitaba mejor ventilación para mis propósitos.

Observé nerviosamente mientras destapaba el veneno. Aún estaba temblando por mi arrebato del atrio. Y también me sentía embarazado. Todo aquello era impropio de mí. Me pregunté por un instante si debía excusarme... y entonces tuve que sofocar otra oleada de furia y autocompasión.

Alethea había devuelto el frasco a la mesa, y empezó a buscar desordenadamente entre los otros objetos. La mujer parecía estar entrando y saliendo del foco de mi mirada, de modo que levanté los anteojos del puente de mi nariz y me sequé los ojos con el pañuelo, que al apartar vi que estaba manchado de sangre. Cuando me volví a poner los anteojos, ella se estaba dando la vuelta, con el volumen encuadernado en piel —encuadernado en el estilo conocido como *arabesco*— en sus manos.

—Aquí lo tiene, Mr. Inchbold. —Alethea me alargaba el libro—. Finalmente lo ha encontrado. *El laberinto del mundo.*

Yo no hice ningún movimiento para recoger el libro. A esas alturas tenía mucho cuidado con el talento de la mujer para darme gato por liebre; para hacerme sentir como un escolar torpe. No volvería a hacer de mí un estúpido, me dije. Además, en aquel momento estaba más interesado en aquella botellita de veneno, que me pareció recordar que había estado más llena anteriormente. Una vez más consideré las historias sobre las elegantes damas de París y Roma que envenenaban a sus maridos. Pero entonces sentí que sus ojos buscaban los míos, de modo que le pregunté, a regañadientes, dónde lo había encontrado.

—No lo he encontrado en ninguna parte —replicó ella—, porque de hecho jamás estuvo perdido. Al menos de la manera que usted entendería. Ha estado todo el tiempo en Pontifex Hall. No se ha movido de la casa, cuidadosamente oculto durante cuarenta años.

—¿Ha estado en su poder todo este tiempo? ¿Quiere decir que me contrató usted para localizar un libro que...?

—Sí, y no —me interrumpió, levantando la cubierta—. El pergamino ha estado en posesión mía, eso es cierto. Pero las cosas a veces no son tan simples. Por favor... —Me indicó con la mano que avanzara. El perfume amargo de almendras se había sumado a la *mélange* de olores. A la escasa luz pude distinguir el ex libris grabado en relieve en la tapa interior del volumen: *Littera Scripta Manet*—. Póngase aquí, por favor. Llega a tiempo de ver el último lavado.

—¿El último lavado?

Una vez más, no me moví; me limité a observar mientras ella volvía a coger el frasco y esparcía una cantidad de cristales en una solución de lo que parecía ser agua.

—Sí. —Estaba destapando otra botella—. Es un palimpsesto. ¿Sabe usted lo que significa? El pergamino ha sido reinscrito, de modo que la antigua escritura debe recuperarse por medios químicos. El proceso es sumamente delicado. Y también muy peligroso. Pero creo que finalmente he descubierto los adecuados reactivos. Fabriqué cianuro de potasio añadiendo sal amoníaca a una mezcla de plombagina y potasa. El proceso viene descrito en la obra de un alquimista chino.

Avancé casi sin darme cuenta, lleno de curiosidad, pese a mí mismo. Había oído historias de palimpsestos, esos antiguos documentos que eran descubiertos en librerías monásticas y lugares parecidos: viejos textos borrados de pergaminos en los que se había escrito otros nuevos. Se sabía ahora que amanuenses griegos y latinos reciclaban el pergamino siempre que andaban escasos de él, borrando su texto mediante el procedimiento de empapar las hojas en leche y luego frotar la tinta con piedra pómez. Luego volvían a escribir en la superficie, ahora en blanco, otro texto, de forma que el primero permanecía latente y oculto entre las líneas del segundo. Pero nada desaparece para siempre. A lo largo de los siglos, a causa de las condiciones atmosféricas o por diversas reacciones químicas, el texto borrado retorna en ocasiones a la luz, apenas legible, para entregar su olvidado mensaje entre los intersticios de la nueva escritura. De este modo una serie de libros antiguos era ocultada, y posteriormente descubierta, siglos más tarde: las fiestas de Petronio interrumpiendo el severo estoicismo de Epicteto, o *priapeia* insinuando sus obscenos versos entre las epístolas de san Pablo.[5] *Littera scripta manet,* pensé: la palabra escrita permanece, incluso bajo el borrado.

Me incliné hacia adelante, entrecerrando los ojos para tratar de leer la arrugada página. Alethea había abierto aún más la ventana y ahora le estaba quitando el tapón a otro frasco, el marcado como «vitriolo verde». ¿De manera que así era, me pregunté, como sir Ambrose había dado con *El laberinto del mundo*? ¿Entre las líneas de otro texto? Me sentía intrigado. ¿Qué librero no ha soñado con descubrir un palimpsesto, algún texto que durante un milenio hubiera estado perdido para el mundo?

—Probé con agalla de Alepo al principio. —Estaba mezclando cuidadosamente la solución. Yo tosí discretamente en mi pañuelo. El penetrante olor se había hecho más fuerte todavía—. El tanino debía de haber penetrado más profundamente en el pergamino aun antes de que la goma arábiga se disolviera. Pensé que una tintura de agalla molida podría hacerlo salir nuevamente a la superficie, pero...

—¿Tanino? —Yo estaba tratando de recordar qué sabía sobre tinta, que apenas era nada en absoluto—. Pero la tinta se hace a partir de carbón, ¿no? ¿De una

5. *Priapeia*: Priapeya, género de poesía latina licenciosa. *(N. del t.)*

mezcla de negro de humo o carbón vegetal? Así es como los griegos y los romanos fabricaban su tinta. De modo que una agalla será de escasa utilidad si desea...

—Eso es cierto —murmuró ella con actitud ausente—. Pero este texto no fue escrito por los griegos o los romanos. —Estaba inclinada sobre el volumen, añadiendo tintura a la superficie del pergamino, en el cual pude ver un texto, que parecía ser latín, o quizás italiano, escrito en negro. El cabello de la mujer recibió el azote de la brisa, y la puerta se cerró de golpe—. Fue escrito mucho más tarde.

—¿En Constantinopla?

—No; tampoco en Constantinopla. ¿Quiere usted abrir la puerta, por favor? El cianuro se vuelve tóxico cuando se vaporiza. Luego probé con una sal amoníaca delicuescente —continuó, añadiendo otra gota—. Hice una solución calentando cloruro de amonio y reteniendo el gas en aceite de vitriolo. Pensaba que el hierro podía ser recuperado aunque el tanino no lo fuera. El hierro de la tinta se habría corroído con el tiempo, pero confiaba en restaurar su color si ello era posible. Pero ese método también fracasó. El borrado parece haber sido ejecutado demasiado bien. Podrá usted comprender que este proceso ha consumido muchísimo tiempo. En conjunto, varias semanas. Un número bastante grande de sucesivos lavados.

—Para eso fui contratado —murmuré. Ahora me sentía enfermo: apenas podía mantenerme de pie—. Como señuelo. Un simple peón.

—Usted creaba una distracción. —Otra gota fue añadida. Me dirigí tambaleándome a la ventana, y tropecé con la silla. Alethea, inclinada sobre el volumen, no pareció darse cuenta.

—Me compró usted varias semanas de precioso

tiempo —dijo—. Ya ve, no todo lo que le conté en Pulteney House era mentira. Existe realmente un comprador para el pergamino, alguien deseoso de pagar una bonita suma. Pero están también aquellos (nuestro secretario de Estado es uno de ellos) que quieren hacerse con él sin pagar. Creo que sus hombres le hicieron a usted una visita la otra noche.

Hice caer el telescopio de su trípode al abrir la ventana de par en par. Un peón. Una distracción. Eso era lo que yo había sido... nada más. Me daba vueltas la cabeza, como había ocurrido en la Rolls Chapel. Ella empezó a describir, con el mismo tono ausente, toda la grotesca red de artimañas: el documento cifrado, los dibujos de las paredes, las curiosidades del café, el volumen de Agrippa, el catálogo de la subasta. Todo ello preparado para que yo lo encontrara. Todo pensado para alejarme más y más de Pontifex Hall y *El laberinto del mundo*. Y para alejar a otros también. Porque, ¿qué motivo podía haberla inducido a enviar sus cartas a través de la Oficina General de Correos, más que el de que fueran abiertas por los agentes de sir Valentin Musgrave?

—Pero hay otras personas involucradas —estaba diciendo ella ahora con voz distraída. Agentes de poderes más traicioneros aún que los del secretario de Estado. También ellos tenían que ser despistados. El conocimiento secreto puede ser algo peligroso. Al final, hasta mi padre quiso destruir el pergamino. Era una maldición, dijo. Demasiadas personas habían muerto ya por él.

Yo apenas la escuchaba. Vencido por las náuseas, metí la cabeza entre los parteluces y aspiré el frío aire. La lluvia caía con sonido silbante contra el enladrillado, y encima de mi cabeza los canalones rugían. Podía ver debajo de mí el puntiagudo tejado del frontón soportando una lluvia aún más copiosa. Entonces mis anteojos se empañaron, y cuando conseguí secarlos con el pañuelo me pareció distinguir un carruaje más allá del arco de piedra, en la lejanía... algo apenas visible mientras se movía a través del denso follaje y la niebla creciente. Pero entonces me sobresalté debido a una exclamación que oí detrás de mí. Me di la vuelta en redondo descubriendo a Alethea que sostenía el libro en el aire. Entre las filas de negra escritura, había aparecido otra línea de color azul brillante, de tinta corrida aunque clara.

—Por fin —dijo—. Los reactivos están empezando a hacer efecto.

—¿Qué es esto? —Los caracteres azules, una serie de cifras y letras, parecían sumergirse y volver a flotar ante mis ojos. De nuevo la ira empezaba a disiparse y me sentía intrigado—. ¿El texto hermético?

—No —repuso ella—. Un texto diferente. Uno copiado por sir Ambrose.

—¿Sir Ambrose hizo el palimpsesto?

Pude sentir que mi frente se humedecía por el sudor. Me dejé caer en la silla, temblando, aturdido por el giro de los acontecimientos.

Ella asintió con la cabeza y una vez más el cuentagotas se cernió sobre la página.

—Fue él quien copió el texto y luego lo borró. Ya ve, él había descubierto ya dos palimpsestos en Constantinopla. Uno era un texto aristotélico; el otro, un comentario sobre Homero realizado por Aristófanes de Bizancio. Ambos estaban ocultos bajo pergaminos de los Evangelios, pero la vieja escritura había empezado a rezumar. A esto se le llama «merodear», como si el viejo texto hubiera regresado para atormentar a su sucesor. Muy pronto se dio cuenta de que sería el perfecto disfraz.

—¿Disfraz?

—Sí. Para ocultar un texto dentro de otro. —Más caracteres azules habían aparecido sobre la página, corriéndose en ella como tinta en el papel secante, aunque desde el lugar en que yo estaba sentado no podía leer ninguno de ellos—. Era la forma perfecta de sacar secretamente un texto. Especialmente si la nueva escritura se considera carente de valor.

—¿Qué quiere usted decir? ¿Sacar secretamente un texto de dónde?

De entre los contenidos de la Biblioteca Imperial de Praga, explicó poco a poco ella mientras proseguía con su trabajo, inclinada sobre la mesa como si estuviera realizando una delicada cirugía. Esto había ocurrido en el año 1620, al inicio de la guerra entre protestantes y católicos. Federico había sido elegido rey de Bohemia un año antes, o sea un protestante en un trono católico, y así sus seguidores en toda Europa habían logrado de repente acceso a los contenidos de la magnífica biblioteca reunida por el emperador Rodolfo. Los nuncios y embajadores que regresaban asustados a Roma y a los países aliados de ésta entre los príncipes de la Liga Católica, estaban alarmados ante este giro de los acontecimientos, porque una biblioteca es siempre, al igual que un arsenal, un foco de poder. A fin de cuentas, ¿acaso no había Alejandro Magno proyectado en Nínive una biblioteca de la que afirmaba que sería un instrumento de su poder tanto como sus ejércitos macedonios? O cuando otro de los estudiantes de Aristóteles, Demetrio Filareo, se convirtió en consejero de Ptolomeo I, monarca de Egipto, ¿qué aconsejó al faraón sino reunir todos los libros que pudiera sobre la monarquía y el ejercicio del poder? De modo que la idea de que la gran colección de Rodolfo pudiera caer en las manos de los rosacruces, cabalistas, husitas y giordanistas —herejes que durante años habían estado socavando el poder, no solamente de los Habsburgo, sino también del papa— disparó todas las señales de alarma en Europa. Así cuando los ejércitos de la Liga Católica marcharon sobre Praga durante el verano y el otoño de 1620, uno de sus principales objetivos, afirmó Alethea, era la recuperación —y consiguiente eliminación— de la biblioteca.

—Docenas de libros heréticos figuraban en la colección —continuó ella—. Y muchos ejemplares habían sido quemados en Roma o puestos en el *Index*. Ahora las compuertas iban a estallar. Apenas había llegado Federico de Heidelberg, cuando eruditos de todo el imperio empezaron su peregrinación a Praga. Los cardenales del Santo Oficio se dieron cuenta de que pronto perderían el control sobre a quién se le permitía leer un determinado libro o manuscrito. El conocimiento se diseminaría desde Praga en una gran explosión, fomentando tanto sectarios como revolucionarios dentro y fuera de Roma, creando aún más herejías, más libros para la hoguera y el *Index*. La biblioteca de Praga se había convertido en una caja de Pandora de la que, a los ojos de Roma, iba a escapar una multitud de males.

Yo me encontraba sentado al lado de la ventana, dejando que la brisa me refrescara la frente. La lluvia seguía cayendo, más fuerte que nunca. El techo del corredor había empezado a filtrar el agua y los frascos y cubetas entrechocaban con un tintineo sobre la mesa. ¿Libros heréticos? Me rasqué la barba, tratando de pensar.

—¿Qué clase de males? —pregunté cuando ella se quedó en silencio, inclinada una vez más sobre el pergamino—. ¿Un nuevo texto hermético que el Santo Oficio quería suprimir?

Alethea movió negativamente la cabeza.

—La Iglesia ya no tenía nada que temer de los escritos de Hermes Trimegisto. Usted precisamente debe saber eso. En 1614, la antigüedad de los textos había sido discutida por Isaac Casaubon, quien demostró más allá de toda duda que eran falsificaciones realizadas en fecha posterior. Al final, por supuesto, Casaubon, pese a toda su brillantez, volvió sus magníficas armas contra sí mismo. Con su libro, él esperaba refutar a los papistas, el cardenal Baronio en particular. Pero en vez de eso simplemente consiguió destruir a uno de los mayores enemigos de esos papistas.

—Porque el *Corpus hermeticum* fue utilizado por herejes como Bruno y Campanella para justificar sus ataques contra Roma.

—Y docenas más, aparte de ellos. Sí. Pero de un solo golpe el profesor Casaubon terminaba con un millar de años de magia, superstición y, a los ojos de Roma, herejía. Después de que todos los textos hubieron sido datados, la aparición de uno nuevo carecía de valor, y difícilmente de interés para nadie excepto para algunos astrólogos y alquimistas medio locos. Constituía por tanto el perfecto disfraz.

—¿Disfraz? —Me moví incómodamente en la silla, esforzándome todavía por comprender—. ¿Qué quiere usted decir?

—¿No lo ha supuesto ya, Mr. Inchbold?

Dejó a un lado el delgado volumen, y antes de que el viento hiciera pasar rápidamente las páginas vi que la mitad superior de la parte delantera estaba ahora cubierta de una escritura azul, el fantasma de un texto más antiguo devuelto a la vida por la poción venenosa de la mujer, que quitó cuidadosamente la tinta con un trozo de papel secante y luego cerró la cubierta. El viento había empezado a silbar entre los cuellos de los frascos, produciendo un misterioso coro. Un trozo de pizarra levantada chocó contra el canalón y cayó al suelo con estrépito. La ventana se cerró de golpe. Alethea empujó su silla hacia atrás y se levantó de la mesa de trabajo.

—*El laberinto del mundo* era sólo la reinscripción —dijo finalmente—, sólo el texto superficial. Era una falsificación como las demás, una invención utilizada por sir Ambrose para ocultar otro texto, que era mucho más valioso. Algo por lo que los cardenales del Santo Oficio se hubieran interesado. —Con cuidado tapó el frasco de cianuro—. Así como muchos otros.

—¿Qué texto? ¿Otra herejía?

—En efecto. Una herejía nueva. Porque si bien una de ellas murió en 1614, otra estaba naciendo. El mismo año que Casaubon publicó su ataque contra el *Corpus hermeticum,* Galileo imprimía tres cartas en defensa de su *Istoria e dimostrazioni,* que ya había sido publicada en Roma un año antes.

—Su obra sobre las manchas solares —dije, asintiendo con perplejidad—. La obra en la cual por primera vez defiende el modelo copernicano del universo. Aunque no consigo ver qué...

—En 1614 —continuó ella, como haciendo caso omiso de mi presencia—, Ptolomeo había sido vencido, juntamente con Hermes Trimegisto, su colega egipcio. Los dos juntos eran responsables de más de mil años de error e ilusión. Pero los cardenales y consultores de Roma estaban menos dispuestos a aceptar la caída del astrónomo que la del chamán, y así las cartas que Galileo había publicado en 1614 constituyen una súplica de que ellos lean la Biblia en busca de principios morales pero no de lecciones astronómicas, de que continúen su práctica de leer las Sagradas Escrituras alegóricamente siempre que éstas entren en conflicto con los descubrimientos científicos. Todo en vano, por supuesto, ya que al año siguiente una de las cartas fue sometida a la Inquisición.

—¿Así que el texto es el publicado por Galileo? —Yo estaba recordando la traducción de Salusbury del *Dialogo*, el volumen responsable de la persecución del astrónomo por parte del Papa, aquél de cuyo contenido Galileo fue obligado a retractarse—. ¿El texto suprimido por Roma después de que el Santo Oficio barriera el copernicanismo en 1616?

Ella movió la cabeza en un gesto negativo. Se hallaba de pie ante la ventana con su mano reposando ligeramente sobre el telescopio, que ya había sido cuidadosamente colocado otra vez en su trípode. A través de los empañados cristales pude ver que el vehículo, que avanzaba con dificultad por el barro, se había acercado un poco más. Algo más cerca de la casa, podía distinguir por entre la cortina de lluvia los sinuosos contornos del seto-laberinto. Incluso desde aquella altura, daba la impresión de terriblemente confuso, un interminable laberinto de arabescos y *cul-de-sacs*.

—No —replicó Alethea, cogiendo un cubo de la mesa de trabajo y saliendo al corredor—. Este particular documento nunca fue publicado.

—¿Ah, no? ¿Y qué es, entonces?

El agua ya no sólo se filtraba sino que penetraba a raudales a través del techo. Observé mientras ella se detenía y colocaba el cubo bajo el chorro, en medio un charco, y luego se incorporaba.

—El pergamino puede esperar por ahora —dijo—. Continuemos nuestra charla en otra parte.

Eché una última mirada por la ventana —el coche había desaparecido tras un grupo de árboles— y la seguí hasta el comienzo de la escalera. ¿Quién estaba dentro del vehículo? ¿Sir Richard Overstreet? Al punto me sentí más incómodo aún.

Me aferré a la barandilla y empecé a bajar. Me disponía a decir algo, pero después de sólo dos pasos ella se detuvo y se dio la vuelta en redondo tan rápidamente que casi choqué con ella.

—Me pregunto —dijo Alethea, mirándome con una especie de ávida diversión— cuánto sabe usted de la leyenda de El Dorado.

CAPÍTULO OCTAVO

El olor de la biblioteca contrastaba fuertemente con el del laboratorio. Todo en la cavernosa cámara estaba exactamente como lo recordaba. Sólo que ahora en el agradablemente húmedo aire flotaban también los familiares aromas del aceite de madera de cedro y de lanolina, así como el fuerte olor de madera nueva, porque algunas de las estanterías habían sido reparadas y la barandilla de la galería, sustituida. Aquellos perfumes me recordaron mi tienda, porque el olor siempre nos devuelve al pasado más aguda y rápidamente que cualquier otro estímulo. Inmediatamente sentí el mismo desconsuelo que aquella última mañana en La Taberna de la Media Luna. Parecía como si hubieran transcurrido años, en vez de días, desde la última vez que viera mi hogar.

Alethea me estaba indicando por señas que ocupara una de las sillas tapizadas en piel junto a la ventana. Éstas también eran nuevas, al igual que la mesa de nogal que las separaba y la alfombra hecha a mano, acabada con dibujos de monos y pavos reales, sobre la que estaban situadas. Crucé la habitación arrastrando los pies y obedientemente me senté con un crujido en una de las sillas. Phineas no aparecía por ninguna parte. Hasta su rastro de sangre había desaparecido. Por un momento tuve la impresión de que el desgraciado altercado había sido solamente un producto de mi enfebrecida imaginación.

Crucé y descrucé las piernas, esperando a que Alethea hablara. En aquella época, yo sabía un poco del mito de El Dorado, aquel fuego fatuo que durante la mayor parte de un siglo había atraído a innumerables aventureros al peligroso laberinto del río Orinoco. Aparece mencionado por cronistas españoles como Fernándo de Oviedo, Cieza de León y Juan de Castellanos, la totalidad de cuyas obras yo había consultado brevemente aquellos primeros días después de mi regreso de Pontifex Hall, y todas las cuales daban versiones contrapuestas de la historia. Los rumores sobre El Dorado habían llegado a oídos de los conquistadores poco después de que Francisco Pizarro conquistara el Perú en 1530. Era una ciudad de oro gobernada por un valiente cacique tuerto, el indio dorado, cuya práctica era pintarse el cuerpo cada mañana con polvo de oro sacado del Orinoco, o quizás del Amazonas... o tal vez de uno de sus centenares de afluentes, que serpenteaban a través de las junglas. Los españoles se quedaron intrigados por los rumores, y en 1531 un capitán llamado Diego de Ordás recibió una capitulación del emperador Carlos V para subir por el Orinoco en busca de ese nuevo Moctezuma y su ciudad de oro. Aunque no encontró ningún signo de él, otros supuestos descubridores no se descorazonaron, y durante las siguientes décadas un conquistador tras otro partió hacia la jungla como los caballeros errantes de los romances de la caballería tan populares en aquella época. Uno de ellos, un hombre llamado Jiménez de Quesada, torturaba a todos los indios que encontraba quemándoles las plantas de los pies y echándoles grasa de tocino fundida sobre la barriga. Con estos estímulos, sus víctimas acababan contando historias de una oculta ciudad de oro —ahora llamada en ocasiones, o bien «Omagua», o «Manoa»— situada en medio de la jungla de la Guayana, o quizás incluso, como Tenochtitlán, en medio de un lago.

Pero Quesada no encontró nada; como tampoco lo hizo el marido de su sobrina, Antonio de Berrío, un veterano explorador del Orinoco y sus afluentes a quien sir Walter Raleigh capturó después del saqueo de Trinidad en 1595. Aquel mismo año, el inglés, enardecido por las leyendas, subió por el Orinoco con un centenar de hombres y provisiones para un mes. Sólo cuando los suministros se agotaron regresó a Inglaterra, llevándose consigo al hijo de un jefe indio y dejando que exploraran el río dos de sus hombres de más confianza. Uno de ellos fue capturado por soldados españoles, aunque no antes de que pudiera enviar a Inglaterra un tosco mapa que mostraba el supuesto emplazamiento de una mina de oro en la confluencia de los ríos Orinoco y Caroní. Pero transcurrirían otros veinte años antes de que Raleigh regresara a la Guayana para su desastroso viaje final, esta vez en compañía de sir Ambrose Plessington.

La doncella, Bridget, habían entrado en la habitación con una olla de té cuyo fragante vapor subía retorciéndose por el aire. Yo me estaba mordiendo el labio inferior mientras permanecía sentado en la silla, estudiando filas de atlas situados sobre mi cabeza. Pude ver la *Universalis Cosmographia* de Martin Waldseemüller, así como varias ediciones de la *Geografía* de Ptolomeo, incluyendo una de Gerardo Mercator. Alethea, obser-

vando mi mirada, dejó su taza sobre la mesa y empujó
su silla hacia atrás.

—Varios de estos mapas y atlas son sumamente raros —dijo, poniéndose de pie—. Algunos figuran entre
los más raros y más valiosos artículos de toda la colección. Éste, por ejemplo.

Se había puesto de puntillas, para alcanzar uno de
los volúmenes, que luego dejó caer ruidosamente sobre
la mesa entre nosotros, haciendo tintinear nuestras tazas de té. Me quedé sorprendido de ver el ejemplar de
Ortelio dañado por el agua, el *Theatrum orbis terrarum*,
el mismo volumen que yo había inspeccionado en el laboratorio: aquél del que yo había arrancado el documento cifrado.

—¿Lo conoce usted?

—He vendido algunos ejemplares de él, sí —contesté mientras ella abría su tapa de tafilete. Incliné la cabeza y traté de leer el colofón—. ¿Ésta es la edición de
Praga?

—Sí, publicada en el año 1600. —Ella empezó a pasar las onduladas páginas—. Es extremadamente raro.
Sólo se imprimieron algunas copias de él. Ortelio había
viajado a Bohemia por invitación expresa del emperador Rodolfo. Desgraciadamente, murió en 1598, poco
después de su llegada a Praga. Algunos de los médicos
afirmaron que había muerto de una úlcera de los riño-
nes, de la que Hipócrates nos cuenta que casi siempre es
fatal en los ancianos. —Lentamente volvió una de las
páginas—. Otros creían que el gran Ortelio había sido
envenenado.

—¿De verdad? —Eché una mirada al atlas, recordando los rumores mencionados por Mr. Barnacle. El
volumen estaba ahora abierto por una página que mostraba la leyenda MARE PACIFICUM... el lugar en el que yo

había descubierto el documento cifrado—. ¿Por qué habría sido eso? —Yo estaba tratando de recordar lo que Mr. Barnacle había dicho sobre viajes a través de las islas en las altas latitudes—. ¿A causa del nuevo método de proyección de mapas?

Ella hizo un gesto negativo con la cabeza.

—Ningún método de proyección como ése ha sido perfeccionado aún. De cómo empezaron aquellos rumores, no tengo ni idea, a menos que fueran invención del que asesinó a Ortelio.

—¿Así que Ortelio *fue* asesinado?

Ella asintió.

—Después de su muerte las planchas a partir de las cuales fueron grabados los mapas desaparecieron de la imprenta. O debería decir que desapareció una plancha, aquella con la que fue grabado este mapa en particular. —La mujer dio unos golpecitos a la hoja con su dedo índice—. Ya ve, el mapa del Nuevo Mundo en la edición de Praga del *Theatrum orbis terrarum* es diferente de aquellos que figuran en cualquiera de las otras.

Yo seguía estudiando la página, preguntándome si debía creer su relato más de lo que había creído el de Mr. Barnacle. Se veía una elaborada tarjeta —AMERICAE SIVE NOVI ORBIS, NOVA DESCRIPTIO— y una representación del Océano Pacífico, ilustraciones completas de islas y de galeones totalmente aparejados. Todo, en aquella página, tenía exactamente el mismo aspecto que durante aquellas soñadas tardes en Molitor & Barnacle, incluyendo las escalas de latitud y longitud.

—La confección de mapas es un arte especulativo —dijo Alethea mientras daba al atlas una vuelta de 180 grados para encararlo hacia mí. De nuevo le dio unos golpecitos con el dedo, esta vez justo por encima de la tarjeta—. Mire aquí. ¿Qué es lo que ve?

Bajo su dedo índice pude distinguir un grupo de media docena de islas y la leyenda INSULAE SALOMONIS. Me encogí de hombros y levanté la mirada.

—Las Islas Salomón —repliqué con cautela.

—Justamente. Pero nadie sabe si las Islas Salomón se encuentran realmente en el lugar donde Ortelio las sitúa. De hecho, nadie sabe si existen de verdad o si fueron sólo la fantasía de Álvaro de Mendaña, quien afirmaba haberlas visto en el año 1568. Las llamó Islas de Salomón porque creía que eran las islas de las que el rey Salomón había sacado el oro para su templo de Jerusalén. Pero el rey Salomón debía de haber sido mejor navegante que Mendaña, porque el español nunca volvió a encontrar las islas. Hizo un segundo viaje en busca de ellas en 1595, pero sin suerte. Su piloto, Quirós, realizó un tercero en 1606, y muchos las han buscado desde entonces. Pero parecen haberse hundido en el océano, todas y cada una, como la Atlántida. Siguieron siendo tan esquivas como *Terra australis incognita*, que Mendaña y Quirós también habían esperado descubrir.

Su dedo se había deslizado por la página antes de detenerse a la izquierda de la tarjeta, donde pude leer la inscripción TERRA AUSTRALIS. El resto del espacio, un gran continente cuya costa seguía el meridiano doscientos del mapa, aparecía en blanco y sin más detalles geográficos.

—Otra tierra mítica descrita por Ortelio.

—El continente que aparece en la *Geografía* de Ptolomeo —dije, mientras me preguntaba qué tenían que ver aquellas legendarias islas con Galileo o con las bibliotecas de Praga.

—Y en documentos árabes y chinos también. Durante siglos han circulado rumores sobre su existencia.

Los españoles enviaron numerosas expediciones para descubrirlo, totalmente en vano, aunque, en 1606, Quirós descubrió una masa de tierra, de hecho tan sólo unas islas, que él llamó Australia del Espíritu Santo. Posteriormente, esta tierra fue buscada por los holandeses, igualmente en vano, hasta que un grupo de sus barcos que iban destinados a Java fueron desviados de su rumbo a causa del viento e hicieron diversas recaladas en las costas de una enorme isla guardada por arrecifes de coral. Veinte años más tarde, algunos de sus navíos exploraron una costa que se extiende desde el paralelo diez de latitud bajo el ecuador hasta el treinta y cuatro. Así que ahora parece que *Terra australias incognita* es algo más que un mito. Y si *Terra australias incognita* existe, entonces ¿quién puede decir que las Islas de Salomón no existen también?

Alethea se inclinó hacia adelante y con su dedo índice trazó una línea imaginaria a través del Pacífico hasta el lado derecho de la página.

—Mire aquí. Verá que la edición de Praga incluye una interesante variante.

Miré con atención la página. La luz procedente de la ventana empapada por la lluvia era tan débil que tuve que esforzar los ojos para ver su imagen. Pero allí, a unos treinta o cuarenta grados de longitud al oeste del Perú, y una docena de paralelos al sur del Ecuador, en medio del vasto Mare Pacificum de Ortelio, se distinguía una diminuta isla rectangular marcada como MANOA. Este particular detalle no estaba incluido en ninguna de las ediciones de Mr. Smallpace, estaba seguro.

—Pero yo creía que Manoa se hallaba en la Guayana o Venezuela.

—Como todo el mundo. Pero para Ortelio se trataba de una isla en el Océano Pacífico, esa gran cavidad dejada en la tierra cuando la luna se desprendió de nuestro planeta. Se encontraría al oeste del Perú y al este de las fabulosas Islas de Salomón, en el meridiano 280 al este de las Islas Canarias, que es el que Ortelio, siguiendo a Ptolomeo, utiliza como su principal meridiano. O ahí, al menos, es donde está situada Manoa en la edición de Praga de 1600.

La mujer se puso de pie y cuidadosamente deslizó otra vez el volumen en su estante.

—Ya ve, en ninguna de las otras ediciones de Ortelio figura Manoa —explicó cuando regresó a su silla—, ni en el Pacífico ni en ninguna parte. Eso es lo que hace de la edición de Praga algo único. Y eso, por supuesto, es lo que sir Ambrose encontró tan intrigante.

—Pero había otros mapas donde aparece Manoa —protesté, recordando el mapa de Raleigh, grabado en Amsterdam por Hondio, que yo exploraba con los dedos mientras me encontraba agachado entre las estanterías en la tienda de Mr. Molitor.

—Sí, pero la mayor parte eran cosas toscas. Manoa era ubicada por todo el continente. Pero, después de Mercator, se hizo posible que los navegantes se sirvieran de la latitud y la longitud cuando preparaban sus rumbos. Podían seguir un rumbo recto a lo largo de una gran distancia sin tener que ajustar continuamente sus lecturas de la brújula. Y todo lo que se necesitaba era una regla, un compás de punto fijo y una brújula. Simple juego de niños.

—Sí —asentí—. Excepto por el pequeño detalle que nadie sabe cómo encontrar la longitud en el mar.

—En efecto, ahí está el *quid* —replicó ella, retornando a la estantería—. Encontrar la latitud es bastante fácil, incluso bajo el ecuador, donde no puede verse la Estrella Polar. Uno simplemente encuentra la altitud del sol a mediodía por medio de un reloj de sol o algo parecido. Pero la longitud es una empresa tan difícil como la cuadratura del círculo.

Ése era el antiguo problema, me constaba, que había atormentado a todos los marineros. Longitud es simplemente otro nombre para la diferencia de hora entre dos lugares. En principio, su cálculo, tal como yo lo entendía, era un ejercicio bastante simple. Sea sobre Londres, o las Islas Salomón, o en cualquier otro lugar de la tierra, el sol siempre alcanza su máxima altura a las doce en punto, el mediodía local. Así, si un navegante en las Islas Salomón pudiera saber, en el momento en que se produce *su* mediodía local, la hora exacta en Londres, podría calcular la longitud de su posición por la diferencia entre ambas horas, ya que cada hora equivale a quince grados de longitud. Todo esto estaba muy bien, pero ¿cómo podía saber alguien la hora de Londres cuando se encuentra encallado al otro lado del mundo, en las costas de las Islas Salomón?

—Ni siquiera los antiguos con toda su sabiduría podían resolver el problema —estaba diciendo Alethea—. Ptolomeo, en su *Geografía*, discute el método de Hiparco de Nicea, que recomienda utilizar las observaciones de los eclipses lunares como una forma de medir las diferencias en la hora local al este o al oeste de un determinado punto. Luego, Johann Werner de Nuremberg —señaló un volumen de la pared— propone, en su edición de Ptolomeo, el llamado método de la distancia lunar por el cual la luz y el zodíaco forman un reloj celestial que determina la hora local en cada lugar del globo. Pero ninguno de estos métodos tiene éxito en el mar o en tierras lejanas adonde no pueden transportarse cronómetros fiables.

—Motivo por el cual Mendaña y Quirós fueron incapaces de encontrar las Islas Salomón cuando regresaron al Pacífico.

—Justamente. Porque en 1568 Mendaña las ubicó en el meridiano 212 al este de las Islas Canarias, sólo para descubrir cuando regresó a buscarlas en 1595 que el meridiano 212 era tan problemático de localizar como las propias islas.

—De modo que el mapa de Ortelio carece de valor —dije—. No es más exacto que cualquiera de los demás.

Ella volvió a ocupar su asiento y sirvió otras dos tazas de té, que era una bebida rara en aquellos días, algo que yo había probado solamente en dos o tres ocasiones. Al parecer me ponía los nervios de punta. La mano me temblaba cuando la alargué para coger la taza.

—Sin duda la escala de la longitud no es más que una conjetura con cierta base real —replicó ella finalmente—. ¿Pero, y la isla? ¿También es una ficción eso? Y, en tal caso, ¿por qué habría sido prohibido el mapa?

—¿Quién lo prohibió, entonces? ¿Los españoles?

—Así lo creía sir Ambrose. Y habrían tenido buenas razones para hacerlo. Praga habría sido el último lugar sobre la tierra donde el rey de España y sus ministros hubieran deseado que apareciera semejante documento. Sus universidades estaban llenas de protestantes, hermetistas y judíos, junto con toda clase de místicos y fanáticos. Exactamente de la misma clase que, veinte años más tarde, tanto horrorizaron a los cardenales del Santo Oficio. De modo que el gran Ortelio fue envenenado, y su mapa prohibido.

Cerró el libro y me miró atentamente. Pude oír a alguien que cruzaba el atrio, así como la lluvia cayendo de los canalones del tejado. Un gran charco de agua se estaba formando en torno del reloj de sol, y más agua se estaba derramando por encima del agrietado borde de la fuente. A lo lejos, más allá del descuidado huerto de frutales, distinguí la cisterna y el estanque de berros, que también se habían desbordado, y sus ensanchadas superficies burbujeaban. Arrastré los pies nerviosamente sobre la alfombra, recordando el vehículo que se aproximaba.

—Esto podría haber sido el final de la historia —dijo la mujer finalmente—, excepto por un pequeño detalle. Se refiere al barco, Mr. Inchbold. Un galeón español. Descubierto por accidente en las aguas del Caribe. —El trueno retumbó con más fuerza y la lluvia se estrelló contra la ventana—. ¿Quizás en sus investigaciones ha podido usted enterarse de algo al respecto? Se llamaba el *Sacra Familia*.

Los rayos eran seguidos por los estallidos de mortero del trueno. En medio de uno de los estampidos más fuertes apareció Bridget en la puerta de la biblioteca con una lámpara de aceite de pescado. La dejó sobre la mesa y quitó la bandeja del té, mientras sus zapatos producían ruido al rozar las baldosas. Alethea también había cruzado la habitación. Durante varios minutos estuvo trabajando afanosamente entre los estantes, subida a una escalera de tijera y cogiendo libros como alguien que arrancara manzanas en un huerto de frutales. Pero entonces Alethea regresó a la mesa con los brazos llenos de libros, que empezó a esparcir como una avalancha por toda su superficie. Yo recogí uno de los libros antes de que se cayera por el borde, y quedé sorprendido de descubrir que se trataba de *De la vérité de la religion chrétienne*, la obra de filosofía hermética traducida al inglés por sir Philip Sidney.

—... reeditada en nuevas ediciones y traducciones —estaba diciendo Alethea por encima del ruido de la lluvia a medida que los libros iban cayendo uno encima de otro y sobre la mesa—. La *Apología*, de Guillermo de Orange, *Historia de las Indias*, de fray Bartolomé de las Casas, las *Relaciones*, del informador de los ingleses Antonio Pérez...

Mientras ella elegía entre el montón de libros, vislumbré a la luz de la lámpara el tratado de fray Bartolomé de las Casas, el cura español que había enumerado las atrocidades cometidas por los conquistadores entre los indios.

—Hasta los impresores y libreros se habían unido a la lucha contra España. Estos libros y docenas más de ellos fueron llevados de contrabando por millares a todos los rincones del Imperio español para provocar el levantamiento de bandas de rebeldes derrotados y demás descontentos en Cataluña, Aragón y Calabria. Los tradujeron incluso al árabe y fueron introducidos secretamente en África para ser leídos por los moriscos, a los que Felipe III había expulsado de España. Ahora miles de moriscos, al igual que los rebeldes de Calabria y Cataluña, estaban preparados para coger sus armas y, una vez más, luchar contra los castellanos. Sólo que en esta ocasión toda la Europa protestante estaría luchando a su lado.

Así fue que me encontré escuchando por segunda vez el relato de la expedición de Raleigh, la historia de obispos y príncipes intrigantes de toda Europa que hacían secretos planes para un *coup de main* contra su enemigo común, el rey de España. Pero, en esta narración, el rey Felipe había perdido algo de su omnipotencia. Los espías ingleses y holandeses destacados en el puerto de La Coruña y en los blanqueados callejones de

Cádiz informaron de que la marina española aún no se había recuperado de la destrucción de la llamada Armada Invencible, cuya pérdida en el 88 había sido el primer indicio que presagiaba el fin de un vasto imperio. Los galeones no estaban siendo reemplazados o reparados, porque las reservas de madera en la Península Ibérica se habían reducido drásticamente y porque de todos modos no había dinero para construirlos... pues los espías de la Casa de Comercio habían informado de que las importaciones de oro y plata de América habían caído, de nueve mil toneladas al año, a un poco más de tres mil toneladas. Felipe estaba gravemente endeudado con los hombres de negocios, como resultado de ello, al igual que lo estaban docenas de comerciantes y armadores de Sevilla, que no podían hacer otra cosa que contemplar cómo el mercado de la plata se venía abajo y el comercio con los galeones disminuía. Una importante guerra europea —una guerra que los españoles no podían ganar— acabaría de una vez por todas con los convoyes españoles que dos veces al año se llevaban los tesoros del Nuevo Mundo hasta Andalucía, atravesando cinco mil millas de Atlántico. Todo lo que hacía falta era la cerilla que encendiera la mecha —una cerilla que iba a ser encendida por sir Ambrose y los soldados que iban a bordo del *Philip Sidney*.

Pero la misión proyectada terminó en un desastre. Volví a oír la historia de cómo la atrevida empresa era frustrada por informadores infiltrados en el Ministerio de Marina y que también estaban a bordo del propio *Destiny*. Al final, la empresa fracasó hasta que el *Philip Sidney*, navegando hacia casa a través del Paso de Barlovento, tropezó con los restos de la flota mexicana, que había sido diseminada a lo largo de la costa de Cuba por una de esas feroces tormentas que los navegantes españoles llamaban un huracán. Lo que siguió fue un accidente, un raro golpe de suerte en medio de un desastre. Realmente, sir Ambrose podría no haber tropezado jamás con el convoy, dijo Alethea, de no haber sido por un peculiar olor que los marineros declararon haber percibido mientras el barco efectuaba sondeos a unas diez leguas al oeste del puerto español de Santiago de Cuba.

—¿Un olor? —Recordé la descripción de Biddulph del galeón aromático—. ¿Qué clase de olor?

—Un perfume —respondió Alethea—. El mar entero olía a perfume, o quizás a incienso. ¿Puede usted imaginar algo más extraño? Al principio los hombres que iban a bordo del *Philip Sidney* pensaron sólo que se trataba de una alucinación, porque las alucinaciones son cosa bastante corriente en el mar. La mayoría de ellas tiene que ver con colores, como cuando las olas parecen verdes, de tal modo que el barco da la impresión de moverse entre campos de hierba. Sin embargo, nadie a bordo del *Philip Sidney* había conocido nada parecido a esa particular alucinación, ni siquiera sir Ambrose. Entonces, mientras el olor se iba acentuando, un marinero de una de las cofas militares avistó algo en el horizonte.

—Un galeón —murmuré.

—Una flota de galeones —replicó ella.

Era el convoy procedente de Nueva España, que había partido tres semanas antes de Veracruz: catorce galeones que se dirigían nordeste cuarta al norte a través de agitados mares hacia el Trópico de Cáncer y luego a las altas latitudes, los 40 y los 50, para escapar a los vientos alisios del nordeste. Catorce barcos solos sobre la rielante aguas llenas de corrientes y remolinos que se extendían entre la Hispaniola y el cabo Maisí, la mayor parte de los cuales iban tan pesadamente cargados que sus portas se hundían casi bajo el agua. Deberían haberse encontrado ya con la armada de la guardia de la carrera, que los escoltaría hasta las mismas Islas Canarias, pero la escuadra no había llegado, probablemente a causa de los mismos vientos que durante los dos días anteriores habían azotado el convoy a lo largo de la costa de Cuba. Ahora, trece de los barcos se habían agrupado en formación como una manada de ballenas, mientras rodeaban el cabo batido por los vientos. Pero el decimocuarto buque se estaba escorando bastante; ya se había alejado varios tiros de flecha de los demás.

—El *Sacra Familia* —sugerí, cuando ella hizo una pausa.

Ella asintió lentamente con la cabeza.

—Al comienzo daba la impresión de que el galeón era sólo una aparición. A medida que el *Sidney* se acercaba, el extraño perfume se iba haciendo más fuerte y los marineros pudieron ver que su color parecía ser dorado, como si los topes de sus mástiles y sus penoles brillaran bajo la luz del sol, o estuvieran iluminados por el Fuego de San Telmo. Sólo la amenaza de ser pasados por la quilla, pudo convencer a los más supersticiosos de que permanecieran en sus puestos. Pero sir Ambrose identificó aquel olor casi inmediatamente. No era perfume, comprendió, sino madera de sándalo, un árbol cuyo aceite es utilizado para hacer jabones e incienso. Un árbol cuyo dorado corazón le había servido al rey Salomón, se decía, para construir su Templo de Jerusalén.

—¿El *Sacra Familia* transportaba un cargamento de madera de sándalo?

Yo estaba asombrado, pero también decepcionado, por aquella revelación, por la degradación del mágico navío, el sujeto de tantos mitos, a un simple barco de carga, no más que una mula transatlántica.

—No, un cargamento, no; aunque al principio sir Ambrose lo creyó así. Pero entonces vio que, pese a su escora, su línea de flotación estaba alta. Se dio cuenta de que el *Sacra Familia* no transportaba ni madera de sándalo, ni plata, ni oro de las minas de Nueva España; ninguna carga en absoluto, aunque navegaba con la flota mexicana. Sabe usted, el olor procedía del propio galeón —explicó—, de sus planchas y mástiles. Había sido construido de proa a popa con madera de sándalo, exactamente como el Templo de Salomón. Así que, al punto, sir Ambrose se olvidó de los otros trece barcos de la flota y dio orden de perseguir al galeón.

Trece barcos con las bodegas llenas de plata procedente de las minas mexicanas, o quizás de oro en lingotes, o de balas de seda china de Manila. Traté de imaginarme la escena. El convoy más rico de la tierra, obligado a navegar sin escolta a través de cinco mil millas de traicionero océano hasta el Golfo de Cádiz. Sin embargo, sir Ambrose lo abandona —y abandona su sagrada misión— para perseguir a otro barco, uno que lleva su bodega vacía. Un galeón hecho de madera de sándalo.

—Esa madera podía haber sido excelente para construir el Templo de Salomón —había proseguido Alethea—, pero difícilmente convenía para los barcos. El duramen de ese árbol es tan pesado que apenas flota. Esto debería explicar por qué andaba tan rezagado con relación a los demás barcos. También explicaría por qué el *Philip Sidney* lo capturó tan fácilmente. Era como un corcel árabe alcanzando a una mula.

—Pero ¿por qué madera de sándalo? ¿Por qué no roble o teca?

—Ésa es justamente la pregunta que sir Ambrose se hizo a sí mismo. Y entonces comprendió. Se dio cuenta de que el *Sacra Familia* no había navegado desde Veracruz con el resto de la flota. Supo inmediatamente que lo había hecho desde mucho más lejos.

—Del Pacífico —murmuré, recordando las ratas del bambú de Biddulph, su creencia de que el barco había pasado por el Estrecho de Magallanes, aquel angosto pasaje de bajíos e islas situado en el fondo del globo.

—Supo que el galeón debía de haber sido construido de madera de roble mucho tiempo atrás —estaba continuando Alethea—, porque los carpinteros de La Coruña jamás hubieran construido un barco con madera de sándalo, por agotadas que hubieran estado sus existencias de madera. Pero, en algún otro lugar, un carpintero debió de encontrarse sin posible elección. Sir Ambrose comprendió que el *Sacra Familia* había naufragado, siendo reconstruido luego por sus carpinteros en una tierra donde no crecía el roble, o donde el sándalo era la única madera disponible. Esto debió de haber ocurrido en alguna de las islas del Pacífico, que es el único lugar donde se pueden encontrar bosques de sándalo.

Sin embargo, ni siquiera sir Ambrose comprendió la importancia de ese hecho hasta que el galeón fue alcanzado una hora antes del crepúsculo. Esto había ocurrido a una legua de las desoladas costas orientales del cabo Maisí. El *Sacra Familia* no tenía ninguna oportunidad de huir, aun sin carga, porque el *Philip Sidney* era el más formidable buque de guerra que jamás había surcado los mares, y su tripulación estaba muy bien preparada para la batalla. A la orden de sir Ambrose, los soldados empezaron a ensebar las puntas de sus picas, y los tiradores a trepar a las cofas militares con sus mosquetes y serpentinas. Bajo las cubiertas, los artilleros llenaron los cartuchos de madera con pólvora y cebaron los cañones antes de calentar al rojo bolas de hierro en el brasero, como otras tantas enormes castañas. Pero la lucha había terminado casi antes de empezar, pues el *Sacra Familia* era tan incapaz de presentar batalla como de escapar. Su pólvora estaba húmeda debido a la tempestad, y sus fondos tan llenos de percebes y de esas algas que los portugueses llaman *sargaços* que sólo se podía mover el timón a base de grandes esfuerzos. El buque inglés había llegado al alcance del cañón apenas una hora después de haberlo avistado, en cuyo momento un proyectil de treinta y dos libras fue enviado por encima del espolón de proa. No se produjo ninguna réplica, de modo que dos andanadas de metralla hicieron trizas sus velas, por no hablar de lo que les hicieron a los marineros de las vergas que soltaban más lona, en un vano intento de izar velas y escapar.

El resto de la batalla duró menos de una hora. Los tiradores abrieron fuego desde arriba, mientras se arrojaban picas de fuego desde las cubiertas y se disparaban flechas ardientes con ballestas. Una de las flechas se metió por una escotilla e incendió la camareta alta delantera, de la que pudo verse cómo saltaban los marineros al agua. Después, más hombres saltaron cuando el fuego se diseminó rápidamente por el casco. Pero esta vez el galeón estaba siendo conducido hacia el cabo, un arrecife de coral en el que se encontraba, como el expuesto cadáver de un ahorcado, el destrozado casco de un antiguo galeón cuyo nombre, *Emperador*, era aún legible en su espejo de popa. El *Sacra Familia* se unió a él poco después, y entonces se partió en un lugar donde sólo había algunas brazas de profundidad, justo en el momento en que las chalupas del *Philip Sidney* estaban siendo despachadas con un grupo de abordaje de cincuenta soldados que transportaban escalas de cuerda y ganchos. Los pocos españoles que no se ahogaron fueron devorados por los tiburones, aunque no antes de que se les viera arrojar por encima de la borda, o a las llamas, el cuaderno de bitácora, la colección de portulanos, la rosa de los vientos de madera, un derrotero... todo aquello que podría haber traicionado el secreto del viaje. Al final, sólo las ratas sobrevivieron al naufragio, enormes ratas del bambú que desertaron del barco y nadaron en dirección a las plantaciones de bananas que se levantaban a lo largo de la costa.

—En este momento la luz había empezado a menguar, y una brillante puesta de sol presagiaba el final de las tormentas. Sir Ambrose mandó efectuar sondeos y ordenó a sus hombres que soltaran anclas a una milla mar adentro del cabo, donde el *Sidney* capeó el último de los temporales. El galeón estuvo ardiendo toda la noche en el arrecife, y por la mañana se mandó a un equipo de hombres que examinaran el pecio y se hicieran con lo que quedaba de él. Se vieron obligados a trabajar rápidamente. Las llamas habían sido vistas desde la costa y los rumores de naufragio pronto llegarían a Santiago, si es que el olor no había advertido ya a los españoles, porque, a la salida del sol, el viento había cambiado al sudeste y ahora el humo flotaba hacia el interior junto con el olor de madera de sándalo.

—¿Y se encontró algo?

—Durante varias horas, casi nada. Nada que pudiera haber compensado a los hombres de su peligrosa tarea en aquellas aguas infestadas de tiburones. No había ningún rastro del cuaderno de bitácora y de los portulanos, documentos por los que el Ministerio de Marina hubiera pagado una bonita suma. Al mediodía era poco lo que quedaba del galeón, pero su quilla, y lo que el fuego no había devorado, el viento y las olas lo habían dispersado. Sir Ambrose se disponía a ordenar a sus hombres que regresaran (una fragata española había sido avistada en la costa), pero entonces algunos marineros levantaron algo de los bajíos. Estaba chamuscado y empapado de agua, pero seguía intacto.

—¿Sí? —Estaba conteniendo la respiración—. ¿Qué era?

—Un baúl de marinero —replicó ella—. Pero no un baúl cualquiera, porque estaba hecho de la misma madera que el barco. Esculpido en uno de los costados figuraba el escudo de armas de un hombre llamado Pinzón.

—El capitán —dije ansiosamente.

Ella hizo un gesto negativo con la cabeza.

—Francisco Pinzón era el oficial de derrota, y muy famoso además, graduado en la Escuela de Navegación y Cartografía de Sevilla. Había sido el piloto de la expedición de Quirós en busca de las Islas de Salomón en 1606. Debía de haber arrojado el baúl por encima de la borda con todo lo demás, pero el objeto había sobrevivido al fuego y al naufragio, porque la madera de sándalo es tan duradera como hermosa. Una vez abierto, se descubrió que estaba lleno de libros, porque el distinguido señor Pinzón era aparentemente un ávido lector. La mayor parte eran historias de empeños caballerescos, pero había otro libro dentro del baúl al lado de estas leyendas de caballería, uno que contaba su propia leyenda de una peligrosa e imposible búsqueda.

—El ejemplar de Ortelio.

—Sí. La edición de Praga del *Theatrum orbis terrarum*, un libro tan raro en aquellos días que ni siquiera sir Ambrose había visto un ejemplar. Acababa de abrir la tapa, cuando de repente uno de los salvadores irrumpió en la cabina. Se había encontrado algo más en el agua.

Se trataba de otra pista: docenas de trozos de papel procedentes de un cuaderno, o diario de a bordo, que alguien había intentado rasgar antes de arrojarlo al mar. Los pedazos fueron minuciosamente recogidos del agua. Después sir Ambrose secó los trozos y con cuidado los volvió a juntar sobre la mesa de su camarote. La tarea le llevó la mayor parte de la tarde, y resultó bastante difícil porque muchos de los pedazos faltaban o era ilegibles. Al principio sólo pudo apoyarse en unas pocas palabras: TOLEDO, LONGITUDO, IUPITER. Pero para entonces la fragata española se encontraba ya apenas a una legua de distancia, y una flota más grande había sido avistada frente a las costas de la Hispaniola. Pero el *Philip Sindey* no sería apresado. Levó anclas y poco después de la caída de la noche había llegado a las islas de las Bahamas. De modo que allí se encontraba entre los cayos de palmeras, en oscuras aguas infestadas tanto de tiburones como de piratas, cuando sir Ambrose terminó de reunir lo que quedaba de los pedazos de papel y, con ellos, el secreto del *Sacra Familia*.

—¿Se trataba de otro mapa? —pregunté.

—No —replicó Alethea—. Algo mucho más intrincado que un mapa. ¿Quizás desea usted verlo? —La mujer se había puesto de pie—. Lo que queda es aún legible.

También me puse de pie, pero el movimiento pareció desequilibrarme y me sentí mareado una vez más. Me tambaleé mientras la seguía por encima de las baldosas hasta el atrio, que estaba lleno de una misteriosa luz de tormenta. La lluvia parecía caer sobre las ventanas con más intensidad ahora, y el candelabro colgante tintineaba ruidosamente sobre nuestras cabezas. El agua había empezado a correr por la escalera de mármol, goteando de las barandillas y formando charcos en el suelo, pero Alethea sufría inconsciencia o apatía, porque me condujo con indiferencia por delante de la pequeña cascada, tirándome suavemente del brazo y diciéndome algo sobre un almanaque. Su voz quedaba medio sofocada por la lluvia. El suelo pareció temblar bajo nuestros pies cuando nos abrimos camino por el corredor, pasando por delante del gran salón y el salón de desayunar. De repente la cripta se sumía en el abismo bajo nosotros.

—... tránsitos, eclipses, ocultaciones —su voz resonaba en las paredes revestidas de cobre mientras bajábamos hasta sumergirnos en el viciado aire. Al llegar al pie de la escalera sentí agua bajo mis pies. Parecía fluir de las paredes, porque cuando rocé una de ellas mi hombro se humedeció con el toque. A nuestro alrededor se formaban pequeñas oleadas de aspecto aceitoso. Alethea se movía más rápidamente ahora, chapoteando con sus borceguíes, al parecer sin pensar todavía en las condiciones del lugar.

—Todo en las tablas ha sido calculado con la máxima precisión.

Su voz parecía lejana mientras caminaba a grandes zancadas delante de mí, introduciéndose en la oscuridad, al tiempo que sostenía en lo alto la crujiente linterna. De todas partes nos llegaban los sonidos de la invisible agua que susurraba y silbaba mientras discurría rápidamente por entre las rocosas estribaciones.

—El almanaque fue compilado por el propio Galileo, ¿sabe usted?

Así fue que me encontré otra vez dentro de la sala de documentos, el lugar donde había conocido, a través de sus múltiples fragmentos de posesiones, al misterioso sir Ambrose Plessington. Me entretuve en el umbral. El suelo, al igual que el del corredor, estaba lleno de agua. Los empapados juncos hicieron un ruido de chapoteo cuando Alethea se abrió camino hasta el ataúd, que seguía instalado sobre la mesa de caballete, seguro de momento. Cuando ella colgó la lámpara del gancho de la pared me sorprendió descubrir que el agua tenía un tono casi carmesí. Una gotita de lo que parecía sangre cayó del techo y salpicó mis nudillos.

—Rojo veneciano —explicó Alethea— Lo he estado empleando en mi búsqueda de las corrientes subterráneas. Echo un poco de tinte en el estanque de brezos para determinar qué curso siguen. Supongo que podría haber utilizado un color que fuera menos horrible, pero da la casualidad de que el tinte ha funcionado y he conseguido descubrir una serie de canales ocultos. Un ingeniero está instalando tubos y construyendo desaguaderos para que los manantiales puedan ser dominados y el agua desviada para utilizarla en forma de fuentes.

Me sequé la mano en mi jubón y permanecí en silencio mientras ella abría con un crujido la tapa del féretro y empezaba a hurgar entre los papeles. Podía oír el sordo rugido del agua a medida que ésta iba excavando su misterioso canal detrás de la piedra. ¿*Dominar* aquellas aguas? No podía más que admirar el optimismo de la mujer, la segura firmeza de sus sueños. Incluso en medio de semejante ruina, ella era capaz de aferrarse todavía a sus grandiosas visiones de la mansión. Pero también debía admirarla, suponía, por otros motivos. Porque yo había venido a Pontifex Hall enfurecido y lleno de odio, pero ahora descubría, casi para disgusto mío, que era imposible tener aversión a aquella mujer. Quizás yo me engañaba a mí mismo tanto como ella; quizás también estaba soñando y fabulando incluso mientras pisaba las crecientes aguas.

—Aquí está.

Su voz me sacó de mi fantasía con un sobresalto. La mujer se había dado la vuelta y estaba alargando en su mano un trozo de papel, o algún otro soporte, en el que habían sido pegados docenas de fragmentos. Otro texto más, otro papel que contaba la historia de la vida de su padre. Cuando le dio la vuelta para que cayera sobre él la luz de la lámpara, pude distinguir tres o cuatro columnas de cifras, cada una interrumpida de vez en cuando por un espacio en blanco.

—El rompecabezas del *Sacra Familia* —estaba diciendo Alethea—, encajado por sir Ambrose. ¿Puede usted leerlo? Las tablas predicen los eclipses de cada uno de los satélites de Júpiter.

Abrí los ojos de par en par ante aquella pieza de trabajo manual, todavía perplejo.

—¿Los satélites de Júpiter? Pero no consigo comprender qué tienen que ver con...

Y entonces, repentinamente, lo comprendí. El texto quedó enfocado y pareció destacarse de la página. El papel estaba salpicado del rojo veneciano, pero yo acababa de descifrar las palabras IUPITER y LONGITUDO, cuando de repente una piedra salió disparada de la pared como el tapón de la boca de un tonel, seguida de una marea rojiza.

Di un paso atrás tambaleándome, sintiendo que la helada agua se filtraba a través de mis botas. Otra piedra saltó despedida, y penetró aún más agua, desplegándose como una cascada de agua rojiza que se enrollaba en torno de nuestros pies. El cataclismo había empezado. Durante un paralizador instante, imaginé que la pared se pandeaba y que nosotros dos moríamos aplastados bajo toneladas de agua y obra de albañilería. Entonces salté hacia adelante y agarré la mano de Alethea.

—Vamos —dije—. ¡Rápido..., o nos ahogaremos!

Pero ella se soltó de mi presa y recogió al azar una brazada de papeles de ataúd, que ahora se balanceaba precariamente en su soporte.

—Los documentos —dijo—. ¡Ayúdeme!

Pero yo no tenía intención de ahogarme en honor de sir Ambrose Plessington. Di un paso hacia adelante y, agarrándola del brazo, tiré de ella hacia el umbral. Los papeles que ella sostenía contra su pecho cayeron al agua e inmediatamente la tinta del pergamino se difuminó y se corrió, borrándose finalmente en la remolinante corriente. Pude ver, entre aquellos empapados trozos, el papel recuperado del galeón... el secreto del *Sacra Familia*, una vez más arrojado a las aguas.

No sería recuperado por segunda vez. Alargué la mano en busca de la linterna y, sin soltar el brazo de Alethea obligué a la puerta a abrirse un poco más. El agua debía de haberse abierto paso en algún otro lugar de la cripta, porque, en el corredor, llegaba ya a dos pies de altura y fluía torrencialmente desde la escalera. Sosteniendo en alto la linterna traté de distinguir los lejanos peldaños. Ya sentía los pies embotados. Pude oír cómo el agua se arremolinaba en los rincones y golpeaba contra las paredes revestidas de cobre. Giré en redondo para mirar a Alethea.

—¿Hay alguna otra?

—No. —Ella se estaba esforzando aún por salvar lo que quedaba de los papeles de su padre, que ahora flotaban como una trucha en un arroyo, arrastrando sellos y cintas—. ¡Sólo el camino por donde hemos venido!

La arrastré y vadeé la corriente con agua hasta las rodillas, un agua que era negra ahora en lugar de roja. No habíamos dado aún unos pasos cuando oí que el féretro caía de la mesa de caballete y se volcaba. Me apresuré hacia adelante. Al levantar la linterna descubrí que las otras puertas del túnel habían estallado también por la tremenda fuerza del agua. Los afluentes aumentaban y hacían más rápida la corriente. Pronto los fragmentos de barriles de madera y trozos de cuerda viejos arrastrados por el agua obstaculizaron nuestro camino, seguidos por las urnas de huesos de algún antiguo osario. Luego vinieron los propios huesos, balanceantes cráneos y fémures, los restos confusos de un centenar de monjes que se deslizaban rápidamente hacia nosotros mientras chocaban entre sí.

Me abrí camino entre todos aquellos grotescos pecios, con Alethea todavía a remolque. No disponíamos más que de un minuto, calculé, para escapar, antes de que la cripta se llenara completamente de agua. Cuando ésta nos llegaba ya a medio muslo, oí otro ruido, un frenético chillido que confundí con los goznes de la linterna, hasta que descubrí docenas de ratas —gordos bichos de pelo apelotonado— nadando contra la marea y utilizando los barriles y cráneos flotantes como piedras para cruzar un río. Perdí pie y luego la linterna, que cayó al agua y se apagó con un silbido. No podía ver nada en la oscuridad excepto, a lo lejos, la luz de la escotilla que brillaba débilmente sobre nuestras cabezas. Empecé a hacer esfuerzos frenéticos para dirigirme a ella, pero estaba tan debilitado que cuando llegamos a las escaleras apenas podía sostenerme de pie. El agua me llegaba ya al pecho; necesité tres intentos antes de encontrar finalmente un punto de apoyo en un escalón sumergido. Entonces me aferré a la barandilla y me encaramé, mano sobre mano, hasta que, exhausto y helado, seguido de Alethea, salí por la escotilla.

El corredor estaba invadido por el agua, que se sumaba al torrente de la cripta. Nos dirigimos vacilantes al atrio, cruzando el salón de desayunar y el gran salón.

En este último las cornisas y sus ménsulas chorreaban, así como las estalactitas de yeso blanqueadas con cal. Un segmento había caído del centro del techo dejando al descubierto los listones y ensambladuras de debajo. Grietas que se ramificaban como relámpagos habían empezado a aparecer en las paredes, haciendo caer aún más yeso en el agua. Entonces, por encima del ruido del torrente, oímos una voz desesperada —la de Phineas— llamando a lady Marchamont.

—¡Los libros! —gritó Alethea tratando de hacerse oír sobre el estrépito del agua a nuestras espaldas—. ¡Hemos de rescatar los libros!

Pero no íbamos a llegar a la biblioteca, o al menos todavía no. Porque al entrar tambaleándonos en el atrio descubrimos a Phineas con su espalda vuelta hacia nosotros, esforzándose por bloquear la puerta de entrada de la casa, como había hecho conmigo. La puerta se estremecía en su marco bajo algún furioso ataque procedente del exterior. El pobre hombre no tuvo mejor suerte la segunda vez, porque después de otro golpe la puerta estalló abriéndose de par en par con un gemido de madera torturada y una ráfaga de viento. Oí cómo los cristales colgantes del candelabro tintineaban sobre nuestras cabezas al tiempo que sentía la frígida mano de Alethea en la mía. Nuestros visitantes habían llegado finalmente.

Fue su carruaje enmarcado por la puerta, lo primero que observé. Un vehículo de aspecto veloz con un techo de forma redondeada y cuatro caballos que pateaban y soltaban espuma por la boca mientras tiraban de sus arreos. Después oí crujir la grava y una corpulenta figura cruzó el astillado umbral, seguido rápidamente por tres hombres de librea negra y oro.

—¿Sir Richard? —Alethea se encontraba a mi lado,

completamente inmóvil y con la boca abierta. ¿Estaba quizás recordando el asesinato de Pont Neuf? Rápidamente se soltó de mi mano—. ¿Qué está usted haciendo aquí? ¿Qué es...?

Phineas fue el primero en responder, lanzándose al frente para luchar cuerpo a cuerpo con uno de los hombres. Pero la contienda resultó desigual, porque su adversario sacó del cinto una corta daga con la que hábilmente paró dos débiles golpes del viejo antes de clavarle la hoja con un rápido y experto gesto. El criado se desplomó sin decir una palabra, mientras que el vencedor, un hombre gordo de ojos hundidos, se secaba el estilete en los pantalones y avanzaba hacia nosotros.

—¿Sir Richard?

Alethea dio un vacilante paso por encima de las baldosas. Su rostro se había vuelto blanco. Pero sir Richard dirigió su mirada, no a su conmocionada prometida, sino a mí.

—Mr. Inchbold —dijo en un tono uniforme mientras se quitaba el sombrero con un amplio movimiento del brazo—. Bien, bien, descubro que no estoy mal informado, a fin de cuentas. Cuántos recursos parece poseer usted. Le vi ahogarse en el río con mis propios ojos, aunque mis fuentes insistían en lo contrario. No puedo más que confiar en que desplegara usted los mismos recursos en su búsqueda. —Desabrochó una presilla de latón para dejar al descubierto la pistola embutida en su cinto. El agua formaba ya remolinos entre sus botas—. ¿Así que, dónde está, entonces? —Dio unos pasos hacia nosotros. El trío vestido de negro que le pisaba los talones le siguió inmediatamente—. *El laberinto del mundo* —dijo en el mismo tono—. ¿Dónde está?

Pero cuando daba otro paso, al tiempo que trataba de sacar su arma, el suelo del atrio se inclinó como la cubierta de un barco que se estuviera hundiendo, y los cuatro hombres perdieron el equilibrio. Aún no se habían enderezado, cuando el candelabro se soltó de su amarre con un gemido y se precipitó al suelo, rompiéndose en mil pedazos entre nosotros. Sir Richard retrocedió tambaleándose, mientras seguía buscando su pistola. Yo sentí los cristales rozando contra mis botas, y después unas manos que se apoyaban en mi espalda.

—¡Váyase! —Era Alethea—. ¡Corra!

CAPÍTULO NOVENO

Las cuatro lunas de Júpiter, incluso Calisto, la más grande, son demasiado oscuras para distinguirlas a simple vista. Galileo las vio por primera vez una noche de invierno en enero de 1610, utilizando un telescopio de una magnitud de 32. Son cuatro lunas que giraban alrededor de Júpiter en períodos de uno y medio a dieciséis días y medio. Cuatro nuevos mundos que nadie, ni antiguo ni moderno, había visto antes. Publicó su descubrimiento en *Sidereus nuncius*, El mensajero de las estrellas, y al cabo de un año, su existencia fue confirmada por astrónomos jesuitas en Roma, así como por Kepler en Praga. También fue confirmada por un astrónomo alemán, Simón Mario, que bautizó a las lunas: Io, Europa, Ganimedes y Calisto.

Incluso desde el comienzo, su descubrimiento provocó tanta controversia como asombro. No solamente los cuatro nuevos satélites eran incompatibles con las Escrituras, sino que también desafiaban las afirmaciones de Aristóteles en *De caelo* de que las estrellas están fijas en los cielos. Y, lo peor de todo, contradecían la descripción del universo ofrecida en otro venerado libro, el *Almagesto*, de Ptolomeo. Los enemigos de Copérnico atacaban su sistema argumentando que si la Tierra no está, como Ptolomeo pretende, en el centro del universo, entonces ¿por qué iba a poseer la Tierra, y sólo ella, una luna que la orbitara? Pero las revoluciones de las lunas de Júpiter llevaban ahora a Galileo a afirmar que los astros podían orbitar un planeta al mismo tiempo que este planeta gira en torno del sol. Júpiter y sus cuatro satélites se convertían, para Galileo, en un modelo de la Tierra y su propia luna. De manera que en 1613 escribió, en el apéndice de sus cartas sobre las manchas solares —una obra que contradecía al astrónomo jesuita Chistopher Scheiner—, que las lunas demostraban más allá de toda duda la verdad del copernicanismo.

Pero para Galileo las lunas tenían también una importancia práctica que él mantenía más en secreto aún que su copernicanismo. Galileo era un hombre práctico, por supuesto. Dejaba caer balas de cañón de la Torre Inclinada de Pisa para refutar la teoría de Aristóteles del movimiento, y en el Auditorium Maximum de Padua daba conferencias a los estudiantes acerca de los mejores métodos para fortificar ciudades y construir cañones. Se percató de que las lunas de Júpiter —y, más concretamente, los eclipses que sufrían cuando entraban en la sombra del planeta— podían usarse para resolver el antiguo problema de averiguar la longitud en el mar; un problema por cuya solución el rey de España había ofrecido una recompensa de seis mil ducados, y los Estados Generales de Holanda, para no ser menos, treinta mil florines. La tregua entre ambas naciones, firmada en 1609, pronto iba a expirar... es decir, si primero no era hecha pedazos por el fuego del cañón. Una nueva guerra pronto vería a españoles y holandeses luchando entre las islas del Pacífico, así como sobre los viejos campos de batalla de Europa. De hecho, ya se había informado de algunas incursiones holandesas contra los presidios de Tierra Firme. Así las cosas, Galileo, un devoto católico, calculaba una tabla de los eclipses y tenía acceso a Felipe III gracias a los buenos oficios del embajador toscano en Madrid. Estas tablas —la base de las fortunas españolas en el Pacífico— predecían las horas y las duraciones de los eclipses de cada una de las lunas: eclipses que, como los de nuestra luna, ocurren en el mismo instante en cualquier lugar de la tierra. A diferencia de los eclipses lunares, sin embargo, éstos tenían lugar con gran frecuencia, casi diariamente en el caso de Io. Júpiter y sus satélites, por tanto, se convertían, para quien pudiera predecir sus eclipses, en un reloj celestial que indicaba la diferencia en la hora entre dos lugares cualesquiera de la tierra.

—A mediados de 1615, los espías, tanto del Partido de la Guerra como de los Estados Generales, mandaron desde Madrid informes de que los barcos españoles del Pacífico habían empezado a hacer pruebas utilizando las tablas de Galileo. Estas tablas eran altamente secretas, por supuesto. —Alethea iba dos pasos delante de mí, encabezando la marcha por el oscuro corredor cuya alfombra estaba hundida una pulgada en el agua—. Galileo jamás publicó una palabra de ellas.

—¿Y el *Sacra Familia* era uno de estos barcos?

La mujer asintió con la cabeza.

—Sir Ambrose había visto todos los informes que llegaban al Palacio de Lambeth, por lo que reconoció el nombre del barco en cuando lo leyó en su espejo de popa.

Perseguidos por sir Richard, habíamos escapado del atrio, chapoteando y resbalando, hacia la biblioteca, donde había penetrado tanta agua que los libros de las estanterías más próximas al suelo estaban ya medio sumergidos, mientras que docenas de otros situados en los estantes más altos habían caído al suelo. Ya las cubiertas de cartón se estaban arrugando y las páginas deshaciéndose en los trozos de deshecho de lino y cáñamo a partir de las que habían sido fabricadas. Yo me disponía a detenerme para salvar uno de ellos —un gesto inútil—, cuando Alethea me ordenó que siguiera corriendo. Nos encaramamos por la escala hasta la galería de la biblioteca, y luego la levantamos para ponerla fuera del alcance de nuestros perseguidores. Podía oír sus botas en la escalera mientras nos abríamos paso por entre los obstáculos —yeso y maderas caídos— que atestaban el laberinto de oscuros corredores del primer piso.

—¿Así que el *Sacra Familia* había encontrado un método para calcular la longitud en el mar?

—No —dijo ella, sin dejar de caminar apresuradamente—. El método de Galileo no funciona en el mar. Sobre la tierra, o en un observatorio, sí; es el mejor método de los concebidos hasta entonces. Pero en el mar es imposible. Es bastante difícil usar un cuadrante de Davis, y más aún un telescopio, en un barco que se mueve, especialmente con las marejadas que suelen producirse en el Pacífico. Júpiter podría ser avistado durante unos segundos, pero el más ligero movimiento de la cubierta hace imposible enfocar la lente en los satélites, incluso con las especiales lentes binoculares que Galileo había inventado.

¿Cuanto tiempo tardaríamos en ser capturados? Del otro lado de las paredes de yeso llegaba el sonido del trueno, o quizás de las botas de nuestros perseguidores. ¿O era el agua que se abría violentamente camino a través del corazón del edificio? El suelo parecía temblar bajo nuestros pies. Cojeando de dolor, la seguí tambaleándome. Estaba mojado y exhausto, pero aún sentía curiosidad. Insistía en saber qué secreto era aquél por el que, con toda probabilidad, iba a morir.

—¿Qué descubrió el *Sacra Familia*?

—Una isla de bambú, madera de sándalo y oro —explicó Alethea mientras dábamos la vuelta a la esquina. Me había cogido de la mano—. El *Sacra Familia* encalló en una isla situada en algún lugar batido por los vientos alisios que soplan al norte del Trópico de Capricornio. O, más bien, la isla estaba cubierta, no de oro, sino de espato blanco, los cristales amarillos que los alquimistas mahometanos llaman marcasita, una sustancia que sólo se encuentra allí donde hay oro. Era la misma isla, supo Pinzón, que la reproducida en la edición de Praga del *Theatrum orbis terrarum*. Ya ve, Pinzón había pasado junto a la isla una vez, en 1595, en el último viaje de Mendaña en busca de las Islas de Salomón.

—¿Mendaña no encontró las Islas de Salomón, y en vez de ello descubrió Manoa?

—O posiblemente era alguna de las mismas fabulosas Islas de Salomón. ¿Quién puede asegurarlo? Mendaña y Pinzón quizás consideraron la nueva isla, con toda su madera de sándalo y su espato blanco, como el lugar donde estaban situadas las minas del rey Salomón. Pero, por supuesto, tal como ocurriera con las Islas de Salomón originales, nadie fue capaz de volverla a encontrar, aunque estaba marcada en la edición de Praga del *Theatrum*.

Doblamos otra esquina y pasamos por delante de habitaciones cuyas puertas, abiertas de par en par, dejaban ver escritorios, estuches de escribir y un buró. El suelo de estas habitaciones estaba también cubierto por las aguas; los revestimientos de madera estaban alabeados y por las paredes bajaban chorros de agua. Luego el corredor torcía a la izquierda. ¿Adónde estábamos huyendo?

—Pero ahora la longitud de las islas ya podía ser determinada —me estaba diciendo Alethea—. Las tablas de Galileo revelaban la hora exacta en que cada uno de los eclipses podía ser visto en Toledo, que es donde los españoles sitúan su principal meridiano. Pinzón entonces registró las horas exactas de los mismos eclipses en la isla. Luego, una vez que el barco hubo sido reconstruido en madera de sándalo, zarpó para España, desde la cual una nueva expedición sería despachada para localizar la isla, usando las adecuadas coordenadas. Pero por supuesto el *Sacra Familia* nunca llegó a Cádiz.

Pude sentir que su presa en mi mano aumentaba, y luego mientras doblábamos otra esquina, la mujer añadió:

—E incluso, de haber llegado a España, su información no hubiera valido el papel en que estaba escrita. En el lapso de un año, había pasado de ser uno de los documentos más valiosos de la Cristiandad a una peligrosa herejía cuyos seguidores eran quemados en la hoguera.

Porque, si las lunas de Júpiter eran polémicas, entonces sus eclipses aún lo eran más. Galileo no los descubrió hasta 1612, dos años después de avistar las propias lunas. Había empezado a calcular los movimientos de éstas en 1611, pero utilizaba el sistema ptolemaico en lugar de las tablas copernicanas... aceptando, por tanto, que era la Tierra, y no el sol, el centro de los movimientos de Júpiter. Solamente cuando depuró sus cálculos empleando las tablas copernicanas, descubrió que los satélites estaban siendo eclipsados por Júpiter, cuya sombra ocultaba la luz reflejada del sol. Predecir esos eclipses era en adelante una tarea bastante sencilla, pero tales predicciones no podían hacerse utilizando las tablas ptolemaicas, que provocaban errores tanto en la predicción de la hora en la que se inicia el eclipse como en la posición del satélite contra las estrellas cuando entra, y luego sale, del eclipse. Predecir los eclipses —esas claves del secreto de la longitud— implicaba por tanto la aceptación del copernicanismo, una herejía por la que Giordano Bruno había sido quemado en Roma sólo dos años antes.

Lo que seguía era una historia que yo conocía bastante bien: la historia de la ignorancia triunfando sobre la razón, de la ortodoxia y el prejuicio derrotando a la inventiva. En 1614, Galileo escribió a Cristina de Lorena una carta en la que trataba de conciliar el copernicanismo con las Sagradas Escrituras. El esfuerzo resultó infructuoso, sin embargo, porque la carta fue entregada a la Inquisición, cuya siniestra maquinaria se puso en marcha por iniciativa del papa Paulo IV. Los cardenales del Palacio del Santo Oficio convocaron a Galileo a Roma y, tras examinarlo, declararon el copernicanismo doctrina herética. Esto había ocurrido el invierno de 1616, poco después de que el *Sacra Familia* zarpara para su largo viaje a los Mares del Sur. El método de Galileo, por tanto, en la época en que el vapuleado convoy regresó a Cádiz, no sólo era poco práctico; era también herético.

—En otra época semejante herejía podría no haber sido tan catastrófica. Vamos, Mr. Inchbold.

Nos estábamos moviendo casi a ciegas. Pude oír más ratas, toda una manada de ellas, correteando y chillando bajo nuestros pies.

—Pero en 1616, planeaba amenazadoramente en el horizonte una guerra entre católicos y protestantes. Roma no podía permitirse nuevas amenazas contra su ortodoxia, especialmente las que procedían de las teorías propagadas por alguien tan eminente como Galileo. Tal vez Isaac Casaubon había destruido el mito de Hermes Trimegisto, pero ahora los filósofos herméticos de toda Europa se estaban aferrando a esta nueva y, a los ojos de la Curia Romana, igualmente peligrosa doctrina. La astronomía había reemplazado el aprendizaje del *Corpus hermeticum* como el mayor peligro para la autoridad de la Iglesia. Galileo fue censurado y sus escritos puestos por los jesuitas en su *Index* junto con las obras de ocultistas como Agrippa y Paracelso. Su proyecto fue abandonado por los españoles, y la búsqueda de la longitud en el mar (así como de la misteriosa isla del Pacífico) llegó a su fin.

De modo que eso podría haber sido el final de la historia, declaró Alethea, de no haber llegado a Londres las noticias de que no todo se había perdido cuando el *Sacra Familia* había naufragado en el arrecife. Existían otras copias de su carta de marear. Al principio los informes eran tan adulterados y poco seguros como los que se referían a la propia isla, aunque con el tiempo fueron confirmados por espías destacados en Madrid y Sevilla. Estos informes pretendían que el *Sacra Familia*, después de zarpar de Veracruz, había atracado con el resto de la flota mexicana en La Habana, donde, temiendo que el tiempo empeorara, su capitán depositó duplicados de sus cartas, en escritura cifrada, en la misión jesuita de San Cristóbal... documentos más tarde enviados a Sevilla para su custodia en los archivos de la Casa de Comercio.

—Pero ése no fue el único lugar donde los documentos se alojaron. En marzo de 1617, precisamente cuando la flota de Raleigh se estaba preparando para su viaje a la Guayana, el archiduque Fernando de Estiria concluyó con el rey de España un pacto en cuyos términos Felipe reconocía a Fernando como sucesor del emperador Matías a cambio del territorio germano de

Alsacia y dos enclaves imperiales en Italia. El tratado reconciliaba a las dos familias más poderosas de Europa, las dos casas de Habsburgo, una de España, la otra de Austria. Los dos grandes imperios trabajarían ahora juntos, uniéndose para compartir sus ejércitos y su conocimiento, y al hacerlo así aplastarían a los protestantes de Europa de una vez por todas. Entre sus más poderosos arsenales estaban, por supuesto, sus bibliotecas.

Una pizarra del tejado retumbó sobre nuestras cabezas al caer. Parte del techo se había derrumbado dejando al descubierto las vigas de la buhardilla. El agua caía en cascada a través del agujero, derramándose sobre el camino que habíamos de recorrer. Oí un grito procedente de algún lugar a nuestras espaldas; entonces Alethea me agarró la mano y tiró de mí a través de la catarata.

—Pero el arsenal de Viena corría peligro —jadeé cuando emergía al otro lado.

—Sí. En 1617, los ejércitos protestantes del conde Thurn se encontraban a las puertas de Viena.

—¿Así que las cartas fueron llevadas a Bohemia?

—Junto con docenas más de tesoros de la Biblioteca Imperial de Viena. Fueron depositadas en los archivos de las Salas Españolas, que ya albergaban buena parte de los datos astronómicos de Tycho Brahe, así como de libros prohibidos de Galileo, Copérnico y otros herejes.

Así que el nuevo plan se desarrolló en Londres: un plan por el que se enviaba a sir Ambrose al castillo de Praga en el entorno del elector palatino. Le fue asignada la tarea de recuperar tantos volúmenes de la biblioteca de las Salas Españolas como fuera posible, pero en particular se le encargó encontrar la carta de marear y traerla a Inglaterra. A fin de cuentas, se descargaría

—aunque tardíamente— el *coup de main* contra el rey de España.

—Pero el plan fracasó —dije—. El palimpsesto nunca sería entregado al Palacio de Lambeth.

—No —replicó Alethea—. En el último momento sir Ambrose traicionó al Partido de la Guerra.

—¿Los traicionó? —Me había detenido ante una puerta cerrada, que Alethea estaba tratando de forzar con su hombro—. Pero ¿por qué? ¿Está usted diciendo que sir Ambrose era un agente español?

—No; sir Ambrose, no. Pero el Ministerio de Marina, así como el Palacio de Lambeth, habían sufrido infiltraciones. Las noticias del palimpsesto habían llegado ya tanto a Roma como a Madrid.

Estaba presionando la puerta con el hombro, pero aquélla se negaba a moverse. Oí el carillón de un reloj de péndulo que sonaba en algún lugar detrás de nosotros, y luego el sonido de unas voces lejanas.

—*¡Ven aquí!*

—*¡Vayamos por otro lado!*[6]

La puerta gimió y cedió una pulgada. Era la misma puerta, me percaté, que me había impedido avanzar aquella mañana, hacía mucho tiempo. Me precipité hacia adelante para ayudarla a empujar. La puerta crujió y se abrió otra pulgada, luego sentí una brisa y oí más tintineo: no de espuelas, como me pareció al principio, sino de frascos y cubetas en sus estantes del laboratorio.

—Sólo el hecho de que el palimpsesto sobreviviera ya es en sí un milagro —dijo Alethea cuando conseguimos abrirnos paso un segundo más tarde, y luego proseguimos nuestro camino por otro oscuro corredor—. Al final, sir Ambrose quería destruirlo. Aunque había

6. En español en el original. (*N. del t.*)

arriesgado su vida para salvarlo, finalmente su deseo era que debía quemarse.

Un pedazo de yeso cayó con un violento chapoteo delante de nosotros, y las maderas que teníamos encima de nuestras cabezas crujieron bajo una inmensa tensión. Nos abrimos camino más cautelosamente por el corredor. Otro trozo de yeso se vino abajo, a menos de diez pies por delante de nosotros.

—Los puritanos querían la carta —dije yo—. Standfast Osborne...

—Sí —repuso ella—. Al igual que los españoles. Y ahora, al parecer, el nuevo secretario de Estado se había enterado de su existencia. Sir Ambrose afirmó que estaba maldita, y tenía razón, porque hace diez años fue envenenado por agentes españoles. Tenían miedo de que se la vendiera a Cromwell, porque en aquellos tiempos andábamos escasos de dinero y los puritanos se estaban preparando para su guerra santa contra el rey de España. Para entonces, por supuesto, yo sabía que sir Ambrose no era mi verdadero padre —añadió en voz baja—. Eso es lo que son estos hombres, desde luego: agentes españoles. Los mismos que asesinaron a lord Marchamont.

Por un instante me pregunté si había oído bien.

—¿Sir Ambrose no era su padre? Pero...

—Sí —replicó ella—. Ése es mi último engaño. Mi verdadero padre fue asesinado también por agentes españoles... por Henry Monboddo, en realidad. Eso había ocurrido muchos años antes. Ya ve usted, Henry Monboddo no sólo era un corredor de arte sino también un agente español. Supo del palimpsesto por los espías de Praga. Pero sir Ambrose ya se había enterado de su traición debido al fracaso de la expedición al Orinoco, y por tanto utilizó a mi padre como señuelo. Mi madre, que había viajado desde Praga con mi padre, murió de sobreparto poco tiempo después...

—¿Su madre?

—... y yo fui criada por sir Ambrose como hija suya. Creo que lo consideraba su deber, quizás incluso como una forma de penitencia, por traicionar a mi padre junto con los codiciosos duques y obispos del Partido de la Guerra. Mi padre era de Bohemia, un hombre bondadoso dedicado a los libros y al aprendizaje. Pero sir Ambrose creía que no podía confiar en él porque era un católico romano.

Resonaron voces en el laberinto de corredores a nuestras espaldas. Alethea se movía con más rapidez ahora. Pasamos por encima de unos tapices caídos y junto a una habitación en cuya ventana centelleaban los relámpagos. A través de ésta pude ver los tilos extendiéndose en la lejanía.

—¡Caray!

—¡Por Dios! ¡Las aguas han subido![7]

El corredor torcía a la izquierda, y nos encontramos chapoteando a través de un amplio pero vacío salón. Me pareció oír un disparo de pistola a nuestras espaldas, seguido del crujido de madera astillada. A medio camino, mi pie zopo resbaló en las baldosas y caí cuan largo era de cabeza en el agua. Unos segundos más tarde, estaba de nuevo de pie, y corría, estaba convencido, hacia una horrible muerte.

—Me criaron en Pontifex Hall —continuaba Alethea como si no se percatara de los peligros—, y fue de sir Ambrose de quien aprendí todo lo que sé. Éramos como Miranda y Próspero en su isla, esperando la tempestad que llevaría a los usurpadores a su orilla. Con el

7.   En español en el original. (N. del t.)

tiempo me habló incluso del palimpsesto y de su historia. Quería que fuera destruido, tal como he dicho, y yo
hubiera obedecido gustosamente. Pero mi marido, y
después sir Richard, me disuadieron. El documento iba
a ser vendido, sabe. Me pagarían diez mil libras. Sir Richard actuaba como agente. Yo no tenía ni idea de
quién era el comprador, ni tampoco me importaba. Deseaba librarme del palimpsesto, eso era todo. Confiaba
implícitamente en sir Richard. Íbamos a casarnos. El dinero sería empleado para restaurar la casa. Habríamos
vivido aquí juntos.

Hizo una pausa durante un segundo. Yo podía oír
los gritos que venían de detrás de nosotros.

—Pero ahora los usurpadores han llegado —entonó
con tristeza—. Y ahora sé lo que yo...

Sus últimas palabras se perdieron para mí cuando
la pared a nuestras espaldas se pandeó y cayó más yeso
del techo, golpeándome fuertemente en el hombro. Vacilé y caí al suelo por segunda vez. Cuando conseguí levantarme, empapado y jadeando, busqué a tientas la
mano de Alethea; pero ella ya había desaparecido en el
corredor. En algún lugar situado al extremo de éste, en
el laboratorio, docenas de frascos estaban tintineando
su alarma.

«Y ahora sé lo que yo debo hacer...»

El miedo nos da alas, dicen. Pero también es, como Je-
nofonte afirma, más fuerte que el amor. Debo confesar
que mis pensamientos ya no se referían a los libros, ni
siquiera a Alethea, sino sólo a mí mismo, mientras corría por el pasillo unos segundos más tarde. Mis frenéticos pasos de lisiado resonaban contra la empapada pared de yeso hasta que, patinando violentamente, llegué,

no al laboratorio, sino a lo alto de la escalera, que comprendí que había sido mi verdadero destino. Vacilé al verla, sorprendido de haber conseguido abrirme camino tan fácilmente a través de aquel laberinto de corredores. Pero los escalones de mármol eran traidoramente resbaladizos, y cuando empezaba a bajar volví a sentir vértigo. Desde lo alto de la escalera podía ver casi todo el atrio, el espantoso cuadro de muerte y de ruina que se extendía ante mí. El espejo oval del atrio había sido derribado; su agrietada faz reflejaba ahora la brecha que el candelabro había dejado al caer. Y la araña misma yacía allí al lado, en medio del suelo, un pájaro de bronce despedazado. Más allá de esa ruina podía ver también a Phineas boca abajo, junto a la puerta, los brazos extendidos.

No llegaban más sonidos del laboratorio... ni tintineo de frascos, ni gritos pidiendo ayuda. Por un momento me pregunté si debía regresar en busca de Alethea, pero luego, agarrándome a la barandilla, continué mi cauteloso descenso. No estaba preparado para morir, me dije, por los pecados de sir Ambrose Plessington. Por la abierta puerta pude comprobar que finalmente la lluvia había cesado. El viento se había calmado y el sol se insinuaba entre las nubes. Ésa es la ironía del destino. Mientras cruzaba el atrio, mis botas crujieron al triturar los cristales rotos. Me sentía como paralizado e inestable, hasta que me di cuenta de que era el suelo que temblaba bajo mis pies. La sangre se había esparcido desde el postrado cuerpo de Phineas como los zarcillos de una brillante planta submarina. Acababa de pasar junto a la resbaladiza capa cuando oí un grito y luego vi una solitaria figura en la puerta de la biblioteca, vestida de negro. Capté una última visión de las volcadas estanterías y del caos de las empapadas masas de libros esparcidos por el suelo antes de cruzar apresuradamente la puerta y salir a la pardusca luz.

Los caballos, asustados por toda aquella conmoción, levantaron la cabeza alarmados y retrocedieron cuando me precipité hacia ellos. El parque, medio inundado, se bamboleaba ante mí, reflejando un pálido cielo. Pensé en subirme al coche y así escapar, pero no había tiempo. Podía oír a mi perseguidor gritando en español, mientras otra persona había aparecido saliendo de detrás de la casa, cerca del jardín de hierbas medicinales. Así que empecé a correr, huyendo en dirección contraria, hacia el seto-laberinto. Quizás tenía intención de apartar a los asesinos de Alethea... de cumplir por última vez la tarea para la que había sido contratado. ¿No había sido acaso mi precipitada huida de Londres lo que los había traído a Pontifex Hall? Era una absurda, fantástica, idea. Yo, con mi pie tullido y jadeantes pulmones, no podía competir con ninguno de mis perseguidores, el segundo de los cuales vi que era sir Richard Overstreet. Pero mientras me acercaba al laberinto me arriesgué a echar una segunda mirada de reojo y vi cómo se abría un profundo surco en el suelo a mi lado, una larga zanja que corría a través del parque, desde el estanque de brezos, en dirección al coche y sus cuatro caballos.

Mirando retrospectivamente, aquella grieta parece un cataclismo de dimensiones casi bíblicas, quizás incluso un milagro, si los milagros pueden ser tan tremendos y trágicos. Las ruedas traseras del coche fueron las primeras en ser tragadas. El suelo que temblaba bajo ellas se desmenuzó y el vehículo volcó hacia atrás antes de introducirse en la depresión, que se había ensanchado hasta más de seis pies y que se llenó de agua cuando la corriente subterránea irrumpió en la superficie. Los cuartos traseros de los caballos oscilaron durante un momento y luego desaparecieron. El primero de mis perseguidores, el hombre de negro, se paró en seco ante el borde y vaciló. Me miró, horrorizado y estupefacto, mientras la rojiza tierra se derrumbaba y el abismo se hacía más ancho. Luego, él también, desapareció en las abiertas mandíbulas.

Di la vuelta y seguí corriendo. En el aire flotaba el acre olor de alheña y jaramago, cuyas ramas demasiado crecidas me arañaron las mejillas y los hombros cuando me metía en el laberinto y torcía a la izquierda introduciéndome en un pasillo aún más espeso de húmedas ramas y punzantes hojas de acebo. Iba pisando charcos. A través de una pequeña abertura del seto, divisé a sir Richard con su pistola en la mano, mientras se dirigía a la entrada del laberinto. Otra bifurcación. Torcí a la derecha, luego a la izquierda, abriéndome camino dentro de los sinuosos pasillos. En un momento dado tropecé con una raíz y, al enderezarme, descubrí un par de tijeras de podar abandonadas en la maleza. Las recogí —las hojas estaban oxidadas pero aún afiladas— y de nuevo puse pies en polvorosa.

Debió de transcurrir un minuto o dos más antes de oír el grito. Para entonces, había llegado al centro del laberinto, un pequeño claro cubierto de maleza donde se había colocado un banco de madera, podrido ahora por los elementos. Distinguí claramente a sir Richard corriendo por los senderos y comprendí que debía de estar siguiendo mis huellas en el barro. Otra nueva pista que me había traicionado. Pronto me cogería... si es que todo el seto-laberinto no era tragado primero, porque el terreno estaba temblando y vibrando como un taller de cantero. Cuando el chillido atravesó el aire yo estaba agarrando el mango de las tijeras y retrocediendo hasta esconderme entre las podadas ramas, preparándome para el combate. Levantando la mirada, por encima de los parapetos de boj y carpe, una solitaria figura apareció en una ventana del primer piso.

Alethea había conseguido llegar al laboratorio. Me encaramé al agrietado asiento del banco y la vi abrir de golpe la ventana de par en par y gesticular frenéticamente. La divisé sólo durante un segundo, porque, apenas centellearon los cristales bajo la luz del sol —pues el sol, increíblemente había aparecido ahora—, cuando el ala sur de la casa empezaba a derrumbarse e introducirse en la zanja. Las maderas se alabearon y se partieron, luego le tocó el turno de desprenderse a las sillerías y la piedra que dejó al descubierto la biblioteca a través de una neblina de polvo de yeso antes de que sus maderos se pandearan también, derramando montones de libros al gran abismo. El primer piso quedó suspendido encima de la cavidad durante unos segundos antes de iniciar su propio y laborioso corrimiento. Una sección del tejado cayó hacia adelante, soltando tejas; luego las ménsulas se hicieron pedazos y los últimos trozos del tejado se vertieron en el río que surgía a través de los cimientos.

Yo seguía encaramado al barco, paralizado por el miedo ante el espantoso espectáculo que se desarrollaba ante mí. Oí otro grito cuando el alzado este se cuarteó y se derrumbó como una pared rocosa, levantando nubes de polvo que se hincharon y se arremolinaron como humo de cañón. La magnífica estructura con sus expuestos compartimentos —cada uno con sus muebles y papel de la pared— ahora no parecía más que una casa de muñecas, o un modelo de arquitecto. Pude incluso ver el laboratorio con su telescopio y los estantes de frascos rotos. Pero no había signo alguno de Alethea, ni allí ni en ninguna parte. Yo había saltado del banco y estaba retrocediendo apresuradamente por el laberinto cuando el suelo del atrio se desintegró y la casa de muñecas se desplomó hacia dentro, todos sus suelos hundiéndose a la vez con un ruido sordo que pude sentir en mi diafragma. Me pareció oír otro grito, pero debía de ser un error. Sólo era el sonido de hierro torturado y de vigas que se partían, los últimos fragmentos de Pontifex Hall cayendo en las voraces aguas.

EPÍLOGO

Es la hora de cerrar. La oscuridad se ha congregado en las ventanas y ha caído sobre el amplio estuario del Támesis. Las vigas del viejo puente gimen al levantarse para dejar pasar por última vez las tostadas velas de las gabarras y barcas de pesca que navegan río abajo hacia la gris lontananza. Por su parte, en tierra, el tráfico de última hora de la tarde produce fuertes crujidos sobre la calzada cubierta de nieve. Dentro de un minuto se oirá un suave susurro cuando el toldo sea enrollado, seguido del seco ruido de postigos que se cierran. Tom Monk y sus tres hijos están moviéndose por abajo, haciendo sonar las llaves y contando monedas, mientras yo permanezco sentado en mi estudio, aquí en mi último refugio, agarrando una pluma de ganso entre mis artríticos dedos y soltando lentamente toda esta ristra de palabras sobre mi pasado. Abajo la verde puerta se abre, y mi vela se apaga bajo la brisa. Me ajusto los anteojos —mis ojos se han empañado un poco más ahora— y me inclino con esperanza hacia adelante. Un trozo de carbón silba en la chimenea. La tarea, por fin, está casi terminada.

Quedan, a la vez, muchas y pocas cosas por contar. Lo que ocurrió en Pontifex Hall aquel último día nunca llegué a comprenderlo totalmente, aunque soy el único que vive para narrar la historia. Mi supervivencia fue una cuestión de suerte o de oportunidad, o quizás de la misericordia de san Juan de Dios, el patrón de impresores y libreros. Me escapé finalmente de sir Richard Overstreet, o, más bien, fue él quien se escapó de mí, retrocediendo como un loco por el seto-laberinto en dirección al precipicio cuando la casa iniciaba su derrumbe. Si esperaba salvar a Alethea, o salvar el pergamino, no lo sabré jamás, porque también él fue tragado por el torrente. Yo emergí del laberinto a tiempo de verlo montado sobre el lomo de la ancha serpiente a medida que ésta se precipitaba sin respetar nada a través del parque. Pero esta vez la casa con todo su contenido se había hundido y había sido tragada, excepto una parte de la cripta. Esparcida ante mí aparecía la escena de una absoluta y terrible desolación. Hasta el obelisco había desaparecido. Por ninguna parte se veía signos de Alethea, aunque debí de pasarme más de dos horas buscándola, levantando cascotes e incluso atreviéndome a vadear con agua hasta la cadera la inundada cripta. Pero no encontré nada más que unos pocos libros, que cuidadosamente rescaté, convencido de que aquellos empapados fragmentos podían reparar su pérdida o atenuar mi sentimiento de culpa.

Hice a pie el camino de vuelta hacia Crampton Magna, viajando a lo largo del torrente de agua que serpenteaba por los inundados campos con sus pequeñas islas de árboles y medio sumergidos tresnales de maíz. El viaje me debió de llevar varias horas. Entre los pecios flotantes de Pontifex Hall descubrí algunos libros más de la destruida biblioteca, la mayor parte tan deteriorados que apenas podía leer sus cubiertas. También éstos fueron recuperados antes de que pudieran perderse del todo. Caía el crepúsculo cuando llegué andando a Las Armas del

Labrador con la empapada carga atada en mi sobretodo; entonces dejé que los libros, siete en total, se secaran al lado del fuego en mi habitación. Durante horas yací insomne sobre el cabezal, sintiéndome como el superviviente de un naufragio que ha sido arrojado a una playa, donde yace inmóvil entre los maderos y deshechos flotantes, haciendo un cauteloso inventario de sus miembros y bolsillos antes de ponerse de pie y realizar sus primeras incursiones en el extraño nuevo mundo al que ha sido arrojado.

Y el mundo en el que me aventuré era realmente extraño. Cuando finalmente llegué a Londres, cuatro días más tarde, Nonsuch House parecía alterado y distinto, casi irreconocible. Todo estaba en su lugar, por supuesto, incluyendo a Monk, pero la tienda parecía sutilmente transformada como si fuera a un nivel atómico. Hasta los viejos rituales parecían incapaces de contrarrestar el encantamiento. Encontré solaz, por pequeño que fuera, entre mis libros. Aquellas primeras semanas después de mi regreso, solía estudiar los volúmenes salvados de Pontifex Hall como si buscara en sus emborronadas y rígidas páginas alguna clave de la tragedia. Su tinta se había desvanecido y el dorado de sus cubiertas, desgastado; incluso sus ex libris se habían desprendido. Los libros, sin embargo, reposaban juntos en un estante sobre mi mesa, y, de todos los volúmenes de Nonsuch House, aquellos siete eran los únicos que no estaban en venta.

De todos ellos, sólo uno tiene especial importancia. Es un ejemplar de la *Anthologia Graeca...* una serie de fragmentos compilados en Constantinopla por Céfalas y luego descubierta, siglos más tarde, entre los manuscritos de la Biblioteca Palatina de Heidelberg. No tiene ex libris, pero inscritas en su hoja fija de la guarda aparecen las palabras EMILIA MOLINEUX; e insertado en su centro hay un pasaporte y un certificado de salud, ambos con el nombre de Silas Cobb, ambos estampados en Praga y fechados en 1620. Ninguno de los nombres era visible al principio. Sólo con el tiempo reaparecieron, como si alguna misteriosa reacción química —«merodear», lo había llamado Alethea— hiciera salir por lixiviación los taninos y sales de hierro nuevamente a la superficie de las membranas. Y a partir de esos pedazos de papel, de esas pocas garabateadas palabras en palimpsesto, empecé a reconstruir pacientemente los acontecimientos.

Algunas partes del rompecabezas se juntaban con más facilidad que otras. Estaba, a fin de cuentas, una mención del asunto en la mayor parte de las hojas de noticias, que informaban de la muerte de sir Richard Overstreet, un destacado diplomático y propietario de tierras que recientemente había regresado de su exilio en Francia. Su cuerpo había sido recuperado tres días más tarde, a unas cinco millas de distancia de Pontifex Hall. Pero no había mención alguna de Alethea o de los tres españoles. Sus cuerpos, supongo, jamás fueron encontrados; y tampoco el palimpsesto, o, por lo que podía saber, los miles de libros de sir Ambrose.

Y, por supuesto, el propio sir Ambrose sigue siendo para mí, como siempre, un gran misterio. A menudo me he preguntado desde entonces por qué habría traicionado a sus aliados y escondido el palimpsesto en Pontifex Hall. Pero era un idealista; creía en la Reforma y en la expansión del conocimiento, en una comunidad de eruditos como la descrita por los rosacruces en sus manifiestos, o por Francis Bacon en *La nueva Atlántida*, quien cuenta cómo las ciencias naturales devolverán el mundo a su Edad de Oro, a ese estado perfecto anterior a la caída del hombre del Paraíso. A su regreso de Inglaterra, sir Ambrose debió de desilusionarse. Lo que descubrió entre los ciudadanos del Partido de la Guerra no era a unos eruditos ilustrados como los de la Academia de Platón o del Liceo de Aristóteles, sino a unos ladrones y asesinos tan ignorantes y malvados como los que existen en cualquier lugar de Roma o Madrid. Con Europa suspendida al borde del abismo, el estudio de la naturaleza y la búsqueda de la verdad habían sido sustituidas por una vulgar contienda en la que protestantes y católicos trataban de doblegar al otro a su voluntad. El conocimiento ya no estaba siendo empleado para mejorar al mundo. En vez de ello, se había convertido en el lacayo del prejuicio y la ortodoxia, y éstos, el prejuicio y la ortodoxia, en los sirvientes de la matanza. Sir Ambrose no hubiera formado parte de ello. La isla y sus riquezas, si es que existían, era mejor que quedaran sin descubrir, debió de haber decidido, hasta el día en que el mundo fuera merecedor de tales tesoros.

Sin embargo, no era en sir Ambrose ni en sus libros —ni siquiera en *El laberinto del mundo*— en lo que pensaba la mayor parte del tiempo aquellos días. Porque era por Alethea por quien me descubrí llorando su pérdida. A veces me permitía creer que quizás la mujer había conseguido sobrevivir al naufragio. Años más tarde, a menudo divisaría por la ventana de Nonsuch House a una dama con unos andares o un carruaje familiares, o cierto perfil o gesto, y sufriría durante un segundo una conmoción exquisita... y luego, inevitablemente, decepción y pena. Alethea, como Arabella, se retiraría una vez más a las tinieblas del recuerdo, convirtiéndose en algo tan distante y tan ilusorio como aquellas perdidas islas del Pacífico que incluso ahora, en el año del Señor de 1700, nadie ha vuelto a descubrir. Con el tiempo incluso esos efímeros vestigios se desvanecieron de la ventana, y ahora solamente la veo, si es que la veo, en mis sueños.

ÍNDICE